U0565723

满票

乔典运 著

乔典运全集

—— 短篇小说卷

河南文艺出版社
· 郑州 ·

图书在版编目（CIP）数据

满票／乔典运著. -- 郑州:河南文艺出版社,2025.5.
-- （乔典运全集）. -- ISBN 978-7-5559-1779-3

Ⅰ.I247.7

中国国家版本馆 CIP 数据核字第 202583LQ68 号

总 策 划　　许华伟
选题策划　　陈　静
责任编辑　　张　娟
实习编辑　　王　萌
责任校对　　梁　晓
装帧设计　　吴　月

出版发行　　河南文艺出版社
社　　址　　郑州市郑东新区祥盛街 27 号 C 座 5 楼
承印单位　　郑州新海岸电脑彩色制印有限公司
经销单位　　新华书店
开　　本　　700 毫米 × 1000 毫米　1/16
印　　张　　32
字　　数　　372 000
版　　次　　2025 年 5 月第 1 版
印　　次　　2025 年 5 月第 1 次印刷
总 定 价　　980.00 元(全 7 册)

印厂地址　　中国河南省郑州市管城回族区南曹街道金岱工业园鼎尚街 15 号
邮政编码　　450000　　电话　18695899928

　　乔典运（1929.3—1997.2），河南省南阳西峡县五里桥乡人。当代著名作家，曾任河南省作家协会副主席，南阳市文联副主席、南阳市作协主席，西峡县文联主席。国家有突出贡献专家，河南省优秀专家。

　　1955 年开始发表作品，共计二百余万字。代表作有短篇小说《满票》《村魂》《冷惊》等，中篇小说《黑洞》《小城今天有话说》等，长篇小说《金斗纪事》《命运》，其中《满票》荣获第八届全国优秀短篇小说奖。多篇作品被译成英、德、日、法、阿拉伯文。

乔典运（右二）与西峡县文化馆同事在广州。1975 年夏摄

调离西峡县文化馆前，乔典运（前排右二）与同事合影留念。1978 年 1 月摄

在西峡县文联院内。1987 年冬摄　　　　　　　　乔典运（右三）与西峡文学爱好者一起探讨创作。1985 年摄

讲课。1985 年摄

乔典运（右二）与西峡县九届人大常委班子。1992 年春摄

作为西峡县人大代表，乔典运（右二）深入山区调查，向群众了解情况。1988 年春摄

目　录

3

满票

●

大队变成了村,大队长也要变成村长了。

模范大队何家坪召开选民大会,选举村长。原大队长何老十是个老模范,三十多年来一贯吃苦在前,享受在后,官清如水,没捞过集体的一根柴火麦秸。何老十宝刀不老,选举前发下宏誓大愿,要把模范大队变成模范村,上千选民听了这个消息,无不拍手叫好,大家互相约定,还要选何老十当村长。选举完毕,王支书公布了票数,没想到何老十竟然只得了两票。听了结果,选民们一个个像做了亏心事,都羞红了脸,低下了头,还有人抽泣着哭了。

何老十迷糊了,拖着一双后跟磨透的烂鞋,高一脚低一脚跟着王支书踉踉跄跄走去。此时是白天还是黑夜,此事是在梦中还是醒着,何老十也弄不清了。

何老十在旧社会是个长工,人人都能管他,他也服人管。他没有敢想过当官,连当官的梦也没做过一次。可是,无心栽柳柳成荫,想当官的当不上,他没想当官却当上了。土改时,有一次分果实抓纸蛋,他自知身份低下,就畏缩地退到后边,让别人先抓,剩下最后一个才给了他。谁知吉人自有天相,他不抢不争,偏偏抓住

了大瓦房大老犍。正当他暗自庆幸命好时，却爆发了一场战争。抓
得不好的要求再抓，抓得好的坚决反对，双方互不相让，眼看就要大
打出手。何老十实在看不顺眼了，就长叹一声，说出了一句惊天地
泣鬼神的话："算了吧，要还是旧社会，不要说草房了，连根茅草也没
有；不要说小牛了，连根牛毛也没有。别争了，我要草房，我要小
牛！"真是一言兴邦，就凭这一句话，平息了一场内战。就凭这一句
话，他成了全县的典型。他的这句话也成了全县人人会背的语录。
就凭这句话，农会主席的纱帽搁到了他头上。以后，时势不断变迁，
农会变成了小乡，又变成了合作社，又变成了公社的生产大队。每
变一次照例来次选举，每次选举照例事先安排停当，还不等他弄懂
旧名变新名的伟大意义，他就跟着变成乡长、社长、大队长。纱帽铸
到了他的头上，头和纱帽成了浑然一体，头掉纱帽也不会掉。人们
对他的称呼也在不断地变，先是何十哥，然后变成何十叔，如今又变
成了何十爷，他虽然老了，可是秦椒越老越中用，不能因为老了就倒
过去当儿子当孙子。人们都这样讲，他也这样想，所以他从来没有
想过会丢官，连丢官的梦也没做过一次。没梦见的事如今发生了，
那一定还是个梦。

　　何老十梦游般地跟着王支书，来到了昨天的大队部、今天的村
政府。这是土改时没收地主的厅房，很宽很大，当中放了一张乒乓
球案大小的会议桌。两个人在桌子两边面对面坐下。王支书看着
何老十，心里涌起一股说不出来的滋味。他的头发苍白了，胡子也
苍白了，脸上布满了渠路沟，眼眶早盛满了惶惑和痛苦。他穿着一
件又脏又旧的黑土布袄子，腰里勒着一根皮绳。王支书记得，他上
小学时何老十就穿着这件袄子，勒着这根皮绳。经过了五十年代、
六十年代、七十年代，他还是这身打扮，只是袄子上多了几个补丁而

已。王支书看着他的面孔和穿戴，不由想起了一句古话："狗咬扛篮的，人敬有钱的。"这是旧社会待人的标准。到了新社会，敌人拥护的，我们就要反对，待人的标准就变成了"狗咬有钱的，人敬扛篮的"。一个干部只要穿得又脏又旧又破，就是思想好品德高，入党和提拔就享有优先权。穿戴好一点新一点，不是资产阶级也必定是沾染上了资产阶级思想，要想入党和得到提拔就得先滚一身泥巴，要不，没门。何老十的这身穿戴，可不是为了受到表扬和提拔，是真心实意地认为只有地主老财才讲穿讲戴，正正经经的庄稼人是生就的苦虫，就该穿烂一点，如果穿戴一新，和地主老财还有啥区别？再说，他家里常常连买盐的钱都没有，就是想变成地主老财穿好一点也没变的条件。何况他压根就不想变。早先，王支书对何老十的这件袄子也充满了感情，因为他也曾分享过这袄子的温暖。五十年代初期，王支书还是婴儿时，哥哥夜里抱着他去开会，何老十常常把他搂在怀里，就是用这件袄子裹着他。多少年来，他把何老十当成革命前辈看待，崇拜他的为人，崇拜他这件袄子，把这看成是真革命的象征。后来，他高中毕业了，又出去当了几年兵，回来当了支书，和何老十成了伙计。两个人在工作上常常不和，后来为了一个偶然的事件，使王支书对何老十和他的袄子产生了一种厌恶的感情。

一次，两个人一同去县里开会，何老十去他家里等他。王支书却不急不忙地换了干净衣服，然后又是刮脸又是梳头。何老十看得憋了一肚子气，实在忍不住了，强笑道："又不是去相亲找女人！"王支书不在意地笑道："孬好是个大队干部，不能给咱何家坪丢脸。"说者无意，听者有心。两个人一同去开了几天会，突然有一天叫何老十大会发言，本来是让他讲"继续革命"的事，他讲不出多少道理，就只好又诉起苦来。台下的人听他跑了题，闹哄哄地开起了小会。主持会议的一位领导火了,站起来训斥道:"笑什么!何老十同志就是一个字不讲,单凭他穿的这件袄子就形象地阐述了马列主义的精髓。有的干部和地主的小老婆一样,脸要刮白,衣服要穿新,和何老十同志比,难道不感到脸红!"这一番训导,确使许多人红了脸,王支书不仅脸红了,心也跳了。

这天半夜,何老十突然喊醒了睡得正香的王支书,说是有件大事要和他商量。王支书睁开睡眼看看,见他靠墙坐在被窝里,屋里烟雾缭绕,床前扔了一堆烟头,看样子已经思考了很长时间。王支书问他有什么事,他又摇头又叹气地说:"现在的青年人真不得了,不知道苦是啥味,好了还想好。就说穿的吧,穿了洋布要穿呢子,现在又嫌呢子不好了,要穿的确良,得寸进尺,这样下去咋得了呀!"

王支书听得心烦,冷冷地问:"你说咋办?"

何老十来了劲,折起身兴致勃勃地说:"咱们何家坪是县里的老模范队了,咱们得带个好头才行。我想了个办法,你听听中不中?"王支书打了个呵欠,不言不语地看着他。

何老十语重心长地说:"这事也不能都怨年轻人,他们不知道旧社会的苦是啥样,咱们得想办法,让他们也受受旧社会的苦。我想,光说不行,得玩实的。回去后,借助这个会议的东风,全大队每个人都得做一身忆苦衣……"

"干脆再回到旧社会不是更好吗?"王支书在心里顶了一句,接连打了几个呵欠,半睁半闭的眼合上了,又突然打起了呼噜,打得很响很长,任他再喊也不醒了。

"唉,年轻人就是不知道操心!"何老十宽容地叹息一声,又开始思考着治队大计。何老十的伟大创举,在上级的赞同下终于实现了。在大年三十这一天,人人穿忆苦衣,个个吃忆苦饭。"旧社会又回来了!"人们用不同的口气奔走相告。男女老少怀着不同的感情对待这件事,老的哭、少的笑,有人怒、有人骂,每个家庭都在争吵,节日的欢乐气氛一扫而空。上级来了,记者来了,邻队的干部群众也来了。别开生面的现场会开始了。来的人心里怎么想不得而知,每个人的脸上都统一地抹着一层悲伤的表情。何老十哭得和泪人一样,诉说着旧社会的苦。真正苦坏了的是王支书,他用最大的耐力掩藏着不可告人的心情,还得强做出一副苦相陪着这些参观者。现场会很快结束了,可是由何老十这件破棉袄引起的悲喜闹剧才刚刚开了个头。从此,大小领导在大小会上表扬他这件袄子,夸他不忘本色,大小记者也为这件袄子写出了一篇篇锦绣文章,只有王支书对这件袄子失去了最后一点感情。

何老十穿着这件袄子上了台,隔了三十多年之后,还是穿着这件袄子下了台。对他的下台,王支书早有预感,可没想到会这么惨,竟然只得了两票! 他也是个大队干部,对这样的结局很有些心酸。他看着何老十的袄子忽然产生了一种莫名的愤慨:何老十在旧社会就够苦了,到了新社会为什么还不叫他享一天福? 虽然是他心甘情愿受苦,可又是什么力量使他心甘情愿受苦? 难道他这一生就不该换上一件新袄? 难道他就该穿着这件旧袄走完他的一生? 可怜的何老十,该对他说些什么呢? 事到如今,一切道理都是多余的,只好做出笑脸安慰他了。

何老十模模糊糊看着王支书的笑脸和一张一合的嘴巴,王支书讲的什么,他一句也没听清,但他却看清了王支书背后满墙的奖状。一张张的奖状记录了何老十的奋斗史,记录了何老十的功绩。从土改开始,镇反、统购统销、合作化、"大跃进"、公社化、大炼钢铁、大办食堂、学习毛著、清理阶级队伍、贫下中农管理学校、"批林批孔"、计划生育、新村规划、鸡蛋派购、生猪派购、植树造林、兴修水利、三夏三秋生产，等等，何老十都被授过奖。大小不同的奖旗奖状多不胜数，三十多年的历史都贴在墙上了。这一张张奖状意味着什么？是欢乐还是痛苦？哪一张给人民带来了欢乐？哪一张给人民带来了痛苦？可能在同一张奖状中就包含着一些人的笑和另一些人的哭。欢乐也罢，痛苦也罢，谁也没有长前后眼。反正，何家坪曾经不断地光荣过，不断地激动过。何老十盯着这一张张奖状感到委屈、伤情，他为了这些奖状付出了大半生生命，自己并没有得一丝一毫收入。偶尔有一点点物质奖励，他也全部缴了公。就是指名道姓奖给他私人的，他也不肯拿回家，他说人都是公家的，何况一点点东西。他用心血和汗水为何家坪换来了无数次荣光，没想到何家坪竟用两张选票来回报他。他想不通这是为了什么，不由自言自语地喃喃道："我犯了什么错误？我哪一点对不起乡亲们了？"

这是何老十自公布票数以来的第一句话。王支书顺着他发呆的目光回头看去，见他的目光死死地盯在满墙奖状上，心里便明白了八九分，就安慰他道："你想到哪里去了，是你立的功劳太多了，大家心疼你，想叫你歇歇。"

"歇歇？"何老十叹了口气，摇了摇头。

"是该歇歇了。这两年你的身子骨瘦多了，大家背地里都埋怨上级不心疼你……"王支书真真假假地讲了群众的许多关心，又讲了他许许多多的功劳，讲了他清清白白的一生，讲了群众如何念诵他的好处。又说，他退下来是为了让他更好地进步，往后还要靠他指点，讲得十分恳切动情，催人泪下。

三句好话暖人心，何老十听得心里热烘烘的。只要人们没忘记自己就够了，人生一世还求个啥？他激动得发抖，制止住王支书的话,说:"别说了,我也真老了,干部又不是祖传世业,就是喝酒也该换换盅子。现在当不当干部都一样,有田有地,自种自吃,又没人打没人骂,不比旧社会强到天上了!要还是旧社会……"他又讲了不知讲了多少次的旧社会的悲惨日子,讲得很细很痛,讲得又哭了。过去的苦,是他解开一切思想疙瘩的万能钥匙,是他解脱一切不满和苦恼的万能灵药。他想通了,真通了,才离开他坐了几十年的大队部。

王支书被他的话打动了,送他到十字路口,又后悔又惭愧地说:"这事都怨我,我只说选举是走熟的路,只要支部提个名,只要带头投个票就行了,麻痹大意了一下,没多做工作,谁知道……唉!"

"这咋能怨你!"何老十突然攥紧了王支书的手,攥得很紧很紧。是的,这一票是他投的。何老十感激得眼泪丝丝,攥住王支书的手抖了好久才松开。何老十走着想着,王支书这娃子不是忘恩负义的人,推举他当支书没看错人。他想起了王支书的许许多多好处。远的不说,前些天自己生了病,大夫讲最好喝点老鳖汤,多冷的天,自己的亲生儿子都怕冷不动弹,王支书却破冰下水,给自己捉来老鳖补养身子。这一票不是他投的还有谁?往后自己虽说不干了,人退心可不能退,还得不断地扶着他。他还年轻,别让他跌了跤,别让他把几十年老模范的何家坪领上了邪路。

何老十想着,走到了五眼泉河边。这是一条小河。两三丈宽,夏天山洪暴发,波浪滔天,冬天水落,深不及膝,清澈见底。往年入了冬,大队只要开开口一道命令下来,生产队就派人派木料搭起个便桥,这几年大队干部说句话还不如放个屁,催了多少回也没人动弹。今天一早,何老十想着上午要开选举大会,男女老少都得参加。河水冰冷刺骨,年轻人蹚水吃点苦不要紧,冻冻结实;老年人和妇女们可不中,冻冻会出事的。他早早吃过饭,就来河里搭踏石。腊月的河水像钢刀像乱箭,赤脚跳在水里冷得刺骨扎心。他来来回回搬着石头,手脚冻木了冻硬了。人们本来以为要脱鞋赤脚过河,想到冷劲头皮都发麻了。谁知到了河边一看都笑了。大家看他冻得面皮发白,一个个都叹服、感激,说他修桥补路是积福行善,说他是个真共产党。何老十听得心里暖了,脸上笑了,便趁机教育大家道:"你们没经过旧社会,没吃过大苦,这算个啥? 要是旧……"

不等他说完,就有人抢过话茬替他讲下去:"要是旧社会,十冬腊月,滴水成冰,抬地主过河……"人们哄一下笑了,笑得很开心地走了。

人们的嘲笑刺伤了何老十的心,他首先是无趣,继而是气愤,他把人们对旧社会苦难的蔑视看成是对他的蔑视。他肚里暗暗骂娘,咬牙切齿,甚至惋惜旧社会结束得太早了,应当叫这些人也过过旧社会的牛马般生活,他们就知道是啥滋味了,就不会漠视往日的苦难岁月了。可怜的何老十还不曾料到会有更大的不快在等着他。他心疼人们,用自己一人受冻搭的踏石来免除了众人的受冻,而那些踏着他搭的踏石过了河的人们,说的好话都像河里的水一样无情地流走了,竟然都没投他的票。现在,何老十面对着河里的踏石,不由一阵阵难过,心里和身子比早上搭踏石时还冷。

"十哥,你——"一声颤抖的呼叫。

何老十扭头看去,张五婆从河边柳林里走出来。她穿着破旧,面相苍老,扛着一个箩头,里边装满了柴草。何老十怜惜地问:"又在拾柴呀?"

"我拾的都是干枝和落叶,没折一个活枝活叶。"张五婆本能地声明着走近了何老十,看着他不由噗噗嗒嗒地滚下了眼泪,伤情地说:"十哥,你……"

"怎么了?"何老十惊疑地问。

"你可要想开一点,别心里不美,气下了病。"张五婆字字连心地劝着,又愤愤不平地表白道:"上午在会场里,我只当人们都和我一样投你的票,谁知道人们没一点良心。"

"你!"何老十心里咯噔一下,睁大了眼审视着张五婆。张五婆被看得低下了头,哭声哭气地强调道:"我就是埋到坟里沤成骨头渣,也忘不了你的恩德。要不是你,我……"她泣不成声了。

张五婆说的是真心话。她的丈夫早死了,只有一个儿子,名叫小成,母子相依为命。小成十七岁那一年夏天,就在面前这条小河里,山洪卷着树木泥沙滚滚而来。小成站在一边看大水,只见一根木头冲到了河边,他家想盖房子正愁没有木料,便见财眼黑伸手去拉,突然一个巨浪打来,把他和木头一块儿冲走了。一河两岸的人狂呼乱叫,看着滔滔大浪谁也不敢下去送死。这时,何老十跃身跳进浪里,浪头把他吞没了几次,死了几死,终于把小成救了出来。寡妇的独生子就是寡妇的命,张五婆要把小成认给何老十当干儿。何老十是干部,不肯答应,可是耐不住张五婆的哭哭啼啼,只好认下了,从此两家来来往往,亲如一家。张五婆怎能忘了救子之恩,她又一次倾诉着旧情:"要是小成叫大水冲走了,我还有啥活头?你是一手救了我们两条命啊!别说一张票,就是要命我也舍得呀!"她眼巴巴看着他,实怕他不信。

"别说了!"何老十就够烦了,还得反过来劝她,"别哭了,你的心意我领了,你投我一票,我信!"

张五婆看他真的相信了,才止住了泪。两个人结伴而回,何老十夺过她的箩头扛着,关切地问:"小成的病轻了吧?"

"轻了,轻多了,到了啥年月还能不轻?"张五婆只顾高兴,不防说漏了嘴,忙回话道,"这年月好药越来越多了,还能不轻?"

"唉!"何老十叹了一声。

张五婆偷偷看了看他脸上的气色,暗自埋怨自己不该犯忌,怎么能说"到了啥年月",这不是打干亲家的脸吗?原来,小成高中毕业后回家务农,学了一手好木匠活,做家具又快又省料,样式又新,请他做活儿的人争先恐后。两年过去,他确实攒了一笔钱,本打算先把草房翻修成瓦房,然后再找个如意对象,好快快活活过一生。谁知突然间来了个割尾巴运动,凡是搞过副业的人都被算了一大堆罚款,还要游街示众。只因为这些人里面有个小成,小成又是何老十的干儿,这场运动不死不活地瘫了。何老十没想到自己干了一辈子革命,到如今成了拦路虎,深感对不起党,便在一天夜里去张五婆家里,动员小成自觉闹革命,带头缴钱游街,赶快回到革命路线上来。

小成的发家计划被粉碎了,已经在床上躺了几天,不吃不喝生闷气,开口闭口如今是劳动人民的天下,却不准人民用劳动来创造自己的幸福,小成一肚子学问也弄不明白这个道理。他看见干爹来了,像在危难中见到了久别的亲人,顿时泪水涌到了眼里,委屈涌到了嘴里,悲愤欲绝地讲个不休不止,讲社会发展史,讲革命的目的,讲人生的追求。何老十坐在床前似听非听,似懂非懂,不时和张五婆讲一些别的事,听任小成滔滔不绝地说下去。小成把满肚子的学问和理论倒完了,把憋了多天的闷气也发泄完了,何老十才淡淡一笑,问:"说完了?"

"完了。"小成看着他,等待他的理解和同情。

何老十蔑视地笑笑,用长者的口气说:"我就知道你们这些年轻人只懂得个理梢,不懂得理根。"

"啥是理根?"小成不服地追问。

"你娃子别认为喝了几年墨水就啥也懂了,还不中得很哩,我干了几十年算摸透了。啥是理根?理根就是一个穷字。咱们这个天下,是穷人的天下,穷就是最大的理,千理万理都得服从这个穷字。一穷九分理,不要说平时穷沾光,就是犯了王法,你只要是穷人,也得让你几分。你没看看,有钱的人还得装穷,穷要不好,为啥放着排场不排场,偏偏要去装穷?你本来就是穷人,这多好,多硬棒,为啥要削尖脑袋出力流汗往那些有钱人堆里钻?不是自找苦吃,不是自己要把自己弄得低人一头?你别信那些胡说八道,九九归一,有钱人终究也跑不出穷佛爷的手心,没早的有晚的,迟早都得收拾他们。别再迷了,听干爹的话没有错,早觉悟早光荣……"

小成听得浑身上下凉透,知道再讲啥理也不中了,便咚一声躺下去装死了。只有张五婆听得不住咂嘴,好像烧香敬佛一辈子今天才听到了真经。

张五婆送何老十到路口,何老十站住迟疑了一阵,从口袋里掏出一个纸包,手颤抖着递给张五婆,说:"给!"

"啥?"张五婆问。

"五十块钱。"何老十胸有成竹地说,"我知道成娃挣的钱断断续续花了一些,把这添上,明天拿去缴给大队。"

张五婆看看他穿了几十年的旧袄,想想他家常常没盐吃的日子,顿时感激得又哭了。还能说什么呢?她回来劝儿子道:"算了,别气了,财去人平安就是福,听你干爹的话吧。"

小成虎生①一下坐起，怒火烧红了眼，呵斥道："他是谁的干爹？他是穷的干爹！啥玩意儿呀，还当大队干部哩！"

张五婆吓得睁大了眼，求告道："人可不能没良心，别忘了人家救过咱的命。"

小成鄙薄地反驳道："他想救！哼，救了人又不叫人好好活着！前头救了人，后头又用慢刀子杀人。稀罕他救，还不如死了好！"

张五婆为何老十开脱道："咱出了事别埋怨人家，人家也够可怜了，怕咱们过不了这个关口，给了咱五十块钱。"

"给你五十块钱叫你买啥哩？是叫你买肉吃哩，还是叫你买衣服穿哩？是叫你买砖瓦盖房子哩，还是……"小成气得咚一声又躺下去，拉住被子蒙严了头。

何老十终于帮助张五婆买来了贫穷和屈辱，小成几年来用聪明和汗水换的钱被罚完了，还像盗窃犯奸污犯一样游了街。房子哩？对象哩？希望哩？幸福哩？都到哪里去了？都被谁抢走了？从此，小成得了怪病：看见人就躲，听见钱就抖。

张五婆心里要多难过有多难过。早先，人们都夸她没有白熬寡，儿子聪明能干，老了会有享不完的福，谁知福没享到，儿子倒变憨了。她背着人不知流了多少眼泪，暗自埋怨何老十不该不挡一阵，挡不住也该拖一阵，现在许多事不都是拖拖就算了，就你积极！天长日久，张五婆也想开了。自从小成憨后，不能挣工分和挣钱了，大队却年年救济，虽说日子穷些，但是不用自己出力了，也平安了，张五婆也由埋怨变成感激了。

现在，何老十又提起了小成的病，张五婆心里不由犯疑：何老十

_____

① 虎生：豫西南方言，指猛然、猛地。

是不是认为我对他还有意见？她又看了他一眼，见他黑丧着脸，就继续表白道："你心里也别不美，我想了，咱们这个世道憨儿比能儿好，憨儿自有憨儿福。"

何老十一个字也没听见，只是心事重重地走着。到了张五婆门口，他还一直走着。张五婆叫住了他，他把箩头给了她，一言不发地走了。他心里忽而是王支书，忽而是张五婆，搅得他心烦意乱。当他走到村前小桥时，正在担水的何双喜叫住了他："十爷，我找你半天了。"

何老十站住了，愣愣地看着双喜。

何双喜是全村有名的糖嘴葫芦，他放下水桶，跑到他面前，甜甜地讨好道："十爷，平常我说你，你还批评我哩。这下可看清了吧，全大队上千号人，只有孙娃子忠心保国，今儿上午我那一票可是没有便宜外人！"

又是一票！何老十没有回话，脸板得死死的，一双眼直直地盯着双喜。双喜发毛了，打了个冷战，忙挖心剖肝地说："上午一公布票数，和摘了我的魂一样，孙娃子心里咋能不难受呀！你介绍我入了党，这是给了我第二生命呀！"说着落泪了，"一辈子啥都能忘了，也不会忘记给了自己又一个生命的入党介绍人呀！"

何老十差一点陪着落了泪，感激地点点头，回身走了。路上，他又碰见了许多人，都面带愧色地念诵着他的好处，都说投了他一票，他也都相信，因为每个人都说得真切动情。于是，一大堆人在他脑子里争着抢着乱叫："是我投了你一票！是我投了你一票！"吵得何老十耳聋了，眼花了，头要炸了。

何老十的心又乱又酸。他不是舍不得村长这顶纱帽，他是觉得太伤情了。要是自己提出不干还有情可原，偏偏是人们把他抛弃了。方圆附近的干部他都熟透了,哪一个大小没点问题?有的盖起了楼房瓦屋,有的安排子女亲戚,有的多吃多占化公为私,有的对群众恶眉瞪眼像老子,谁没一点私心,谁像自己这样清清白白?为啥人家没垮,偏偏自己垮了?自己行了一辈子好,只说行下了东风,为啥没有西雨?人们平常见了亲热得心贴心,为啥一到关口就变了心?就说刚才路上碰见的人,少说也有一二十个,说起来都感激得一把鼻涕一把泪,恨不得把心捧出来。真要都投自己的票,也不止两票呀!不过,到底谁是虚心假意?是王支书?不会。这个人有一是一,有二是二,从来不口是心非。再说,候选人是支部研究决定的,他是支书,能当面一套背地一套,自己不执行自己的决定?是张五婆?不会。这个可怜的女人实话都说不好,还能说瞎话?正像她说的,恩都报不完,还能负义?她不会哄我的。双喜能说假话吗?也不像。不伤心不会落泪,看样子是一片真情。一个人本来只有一条命,入了党就等于有了两条命,这话嘴里说不出来,是从心上出的,假不了。还有……他想来想去,每个人说的都是真话。可是,票数又在证着。不选就不选,我又不会不依谁,为啥还要哭声流泪来表心迹,这是为了啥呀?

何老十心里乱成了一团麻,梳不开,理还乱,头都想疼了,不愿再想了。他想赶快回家,被子包住头好好睡一觉。快到家了,远远看见老婆扛着一篮红薯迎面走来。在他心里,老婆不过是一个会做活儿做饭的机器,需要她干什么,他只要下达一个口头指令,这个机器就转动了。他没有把她当成一个会思考有感情的活人看待过。他们之间也曾有过一点点相依为命的爱情,可是被二十年前的一场矛盾埋葬了。

那年秋天,食堂已经烧锅断顿多天了,何老十浮肿得像一个黄皮冬瓜,还没明没夜地泡在野地里护秋。许多人突然间变成了贼,像野猪群一样,眨眨眼就会把一块庄稼糟蹋完。何老十的老婆也瘦成了麻秆,走路都摇摇晃晃。可她还想着男人关紧,得给他补补亏。她好不容易弄了一点点嫩玉谷,用两个石片对着搓成糊糊,又挖来了野菜,在洗脸盆里煮成菜糊涂。她控制着疯狂的食欲,连尝都没舍得尝一口,因为男人第一,孩子第二,最后才是自己。好不容易等到何老十少气没力地回来了,他坐下去后就大口大口喘着粗气,头上冒出一层虚汗。她心疼死了,忙给他盛来一碗糊涂。何老十饥饿难忍,失去了意志,接过碗就狼吞虎咽地吃起来。她站在一旁看着,可怜男人饿坏了,不由一阵心疼,看他吃得如此香,心里又不由一阵甜。何老十一碗饭还没吃完就发现了问题,忽然停住不吃了,抬起头怔怔地问:"你在哪里弄的玉谷?"

"你只管吃你哩。"她会心地笑着。

"说!你到底在哪里弄的?"他怒了。

这还用说吗?能是天上掉下来的?"偷"和"贼"两个字在他心里一闪而过,他像疯了一样把手中的碗砸向了她。然后,他又把洗脸盆端到了大队,痛哭流涕地检讨了一番。自己护秋,自己的老婆却带头偷,对不起党对不起群众。接着,他带头发言,开了一夜批斗会。从此,她对他只有怕了,怕得完全彻底。他说啥她干啥,他没说的不干。不仅和他很少说话了,还像老鼠见猫一样总是躲着他。她正在和别人又说又笑,一看见他就马上合住了嘴。二十多年来,他一直没有平等地看过她一眼,总认为她怕他。现在看见她迎面走来,他却突然感到有点没趣和有点怕她了。他想绕个弯避开她。可是,她一直冲他走过来了,他只好也硬着头皮迎上去。两个人面对面站住了。她怕他怕了二十多年,现在她突然变得胆大了,竟敢两只眼直直地盯着他,眼神里充满了怨恨和快意。她憋了几十年的话就要出口了,可是看见他脸红了,头低了,忽然间心又软了、酸了,忍不住噗噗嗒嗒掉下了几滴泪水,已经到了嘴边的狠话也变了调子,叹道:"算了,别难过了。三十多年了,落个啥?上午……要不是我投你一票,真要变成……独生子女了……"还没说完就抽泣着走了。

何老十看着她的背影,心里一阵难过。他忽然发觉了她的许多好处。几十年了,她跟着他吃苦受罪,从没有说过一句怪话。不像有些干部的老婆,光拉男人后腿,还仗着男人的势力占便宜。她不仅没有多拿过队里的一根柴火麦秸,没有给他脸上抹过灰,还给他脸上添光。就说给张五婆的五十块钱吧,是她在外地工作的娘家弟弟给她寄的,叫她治病的。他说声要,她二话没说就掏给了他。一日夫妻百日恩,老婆到底是老婆,打断胳膊也是往里扭的。他好像突然发现了这个真理,心里一下亮了,什么都看清了。假的,假的,别人说的都是假的,老婆这一票才是真的。想到这些,何老十心里第一次对老婆产生了感激之情,要不是她,自己真变成独生子女了。

何老十终于到家了。这是三间旧草房,院子破落,农具到处乱扔着,没一点新气象,和旧社会贫困的农家小院差不了多少。唯一具有现代特色的东西是门上钉的一块牌子,上面写着"模范家庭"四个大字。触景生情,何老十想起这个小院的光辉时期。当年防修反修时,全县的干部都来朝拜过这块干净的圣地。县领导带着人群看了一件件实物,然后热泪盈眶地发表了讲话:"同志们,何老十当了二十多年大队干部,掌管着上千个人的党政财务大权,只要动动私心要啥没有?可是大家看看吧,看看吧,他家没有一床囫囵被子,没有一条囫囵席,没有一件囫囵家具,"他举起了一个三条腿的小板凳,"甚至连一个囫囵凳子都没有。这说明了什么?说明了何老十同志是个真正的马列主义者,是防修反修的模范家庭!"接着,领导在一片掌声中钉上了模范牌子。牌子是红色的、鲜艳的、耀眼的,可惜曾几何时,牌子已被风吹雨打得褪了色,再加落了厚厚一层灰尘,又被蜘蛛网网住,使这个小院仅有的一点点时代感也失去了。

何老十在院里站了一会儿,突然一阵孤独和凄凉袭击着心头,感到了一种莫名的悲伤。他像走了几万里路,疲劳得难以维持了,似乎有一种马上要倒下去的感觉。他拖着沉重的双腿跨进了门槛,迫不及待地在当间坐下喘口气。外边是多么明亮的天空,屋里却是阴森森的暗淡无光。这房子不知存在了多少年,能坚持到现在,也算是用够本了。当间被烟熏火燎得比用土漆漆过还黑,梁上挂着密密麻麻的玉谷棒子,地下放着一张破桌子和几个旧凳子。两边界墙上倒是花花绿绿地贴了不少奖状,可惜也都抹上了烟色,失去了光泽。何老十扫了屋里一眼,看见了锅台上的热水瓶,忽然感到了口渴,多想喝口水呀,可是又不想动弹。他叹了口气,正想喊人,突然耳畔传来了一阵窃窃的笑声。他的渴意顿时消失了,疲劳也消失了,神经又紧张了,一双怒眼瞪着笑声来处的里间,可惜隔着界墙什么也看不见,也多亏看不见,要是看见了,眼前的景象会活活气死他!

里间是又一个截然不同的世界。墙壁刷得粉白,顶棚糊得粉白,墙上贴着千姿百态的电影明星相片,床上虽不豪华却干净整齐,窗前桌上放着文房四宝。何老十的儿子苦根和媳妇秀花站在床前,互相对笑。苦根穿着一身半新半旧的劳动布衣服,平平常常不显眼。秀花却脚蹬半高跟鞋,下穿有条纹的淡青裤子,上穿一件粉红色半长大衣,脖里还围着时兴的尼龙纱巾,打扮得青枝绿叶开红花。苦根把她扭来扭过去,这边看看,又从那边看看,看个不住,笑个不停。秀花一眼一眼挖勾他,往他脸上戳一指头又一指头。男人们主贱,有个漂亮妻子又怕别人染指,又想叫别人眼红。苦根多么希望秀花穿着这一身衣服到外边走走,让大家看看他的妻子有多么漂亮。可惜得很,这只能是个梦。何老十坚决不允许自己年轻的儿媳妇穿红戴绿,更不要说到人场里去了。啥人啥打扮,又不是地主资本家的小姐太太,又不是城里的干部洋学生,更不是招蜂引蝶的窑姐,为啥要打扮得和狐狸仙一样?庄稼人穿这种衣服就不怕人耻笑,就不怕别人说作风下流?别人穿是别人穿,咱管不着,咱可是干部家属,可不能在村里带头做伤风败俗的事。苦根不服这个家教,怂恿秀花穿着这身衣服出去了一回。何老十便认为家门不幸,好像秀花在外边偷人养汉了,一连几天指鸡骂狗,闹得差一点砸了锅。苦根无奈,只好隔几天高兴了,就叫秀花打扮打扮,在里间转几圈,自己独个儿看看,也算多少满足了一点点私心杂念。今天,这对年轻夫妻又高兴了,便在里间乐个没完没了。突然当间里吭咳一声,两个人的笑脸顿时变成了傻脸。苦根赶紧帮着秀花换装,换了上衣换下衣,手忙脚乱,心里不住埋怨爹爹不该扫他们的兴。

何老十在当间不止听见一次嬉笑,气得肚子都要炸了。儿媳妇是外姓人,讲说不起,儿子可是亲生骨肉,看着老子从半天云上摔下来,不光没叹一声,还在寻开心逗着婆娘笑,良心叫狗吃完了。他憋不住想骂一场,又没个借口不好张嘴,只好吭咳一声,也算给儿子打个招呼了。

苦根和秀花一前一后从里间走出来,装作没事人一样,好像才发觉爹爹。苦根招呼道:"爹回来了。"

不待何老十回话,秀花又献好道:"爹,你喝水吧。"说着便倒了一碗开水递给苦根。苦根接过,恭恭敬敬双手端给爹爹,叫道:"爹,给。"何老十不说喝也不说不喝,就是不接,苦根一直端着碗进退不得,心里不由暗暗发火:社会都跑到哪一步了,你还死死拉住大家不准往前走四指,都不选你怨谁? 他真想把一碗水当面泼到地上算了。秀花看看爹又看看苦根,见他俩都在使性怄气,再停一会儿肯定有一个先忍不住要发作,就会爆发一场战争,她忙上去接过苦根的碗,说:"爹估计是饿了。我妈去洗红薯了,爹,你想吃啥? 我先给你做一点。"说着看着何老十甜甜地笑着,等他回话。伸手不打笑面人,何老十强压住火,闷声闷气地说:"我不饿。"

苦根实在看不过眼,就忍气吞声地劝道:"老早一家人都说不叫你干,你总是不服。谁当干部像你? 你干一辈子,没起过一回外心,一年三百六十天一颗心都扑在工作上,没有睡过一个安生觉,没有吃过一顿安生饭,对群众比对自己亲儿亲女还好,你图个啥? 落个啥? 上午要不是秀花俺俩投你两票,就会吃大鸡蛋。"

"放你妈的屁! 你也来日哄老子! 两票是你们投的? 老子还自己投自己一票哩!"何老十的不满终于爆炸了,虎生站了起来,冲进了自己住的里间,一头扎倒在床上,止不住老泪纵横,默默地流着……

原载《奔流》1985 年第 3 期

《小说选刊》1985 年第 10 期转载

气球

　　一个春天的上午，突然从天空掉下一件东西，落在村东麦地里。人们的记忆中，天上只落下过炸弹；在和平的日子里，这可是一件特大的奇事。

　　全村轰动，男女老少争先恐后地去看稀罕，人群挤挤扛扛地憋破了小路，顺七横八地踏着麦苗乱跑。那么紧那么急，连狗也嗅出了问题的严重性，汪汪大叫，纵身剪跳着跑去。

　　现场已经保护起来了。那件东西的周围钉着木桩，用草绳结成了网。只有狗钻到绳网里面，人全被挡在外边。里三层外三层的人们，为了看得真切，踮起脚，伸长脖子，狠劲往前挤着。

　　老支书去请当地驻军来检验了，副主任"火眼左三"在负责警戒。

　　"挤着争死哩！敌人打来的定时炸弹，有啥好看！"火眼左三厉色厉声地咋呼着，横着手中的棍棒，拼命把人们往后推去。一时跑东，一时跑西，累得满头大汗，嗓子也使破了，可他还是精神抖擞地推着，瞪大两只金鱼眼睛，沙哑地威胁道："我看是谁在挤！我看是谁在挤！你们还有点阶级斗争观念没有？谁敢再挤谁就是——"

"帮助阶级敌人搞破坏！"小孩们挤鼻弄眼，学着火眼左三的样子和腔调，重复着他喊了几百遍的话。

"对！对！"火眼左三不知是听不出讥笑的味道，还是听懂了不害臊，继续嘶哑地叫着，"谁再挤谁就是阶级敌人的帮凶！"

人们不敢再挤了，翻着白眼看着火眼左三，低声怨恨道："哼，就会这一套，别的还会干个啥？"

村里人都讨厌火眼左三，村里人也都怕火眼左三。他活了三十多岁，当了十多年干部，一贯正确，从来没有犯过错误，可人们硬是恶心他。群众下地劳动，他推故公事繁忙不参加；干部开会研究生产，他推故上厕所出去扯淡。他看不起生产活动，认为那是凡人才干的小事，只有搞斗争才是革命大业。因而，农事上的学问一窍不通。一次，县委刘书记来检查生产，别的干部都不在家，他去应酬。刘书记连问他几个当前生产上的情况，他不是对答不出，就是把驴腿接到马胯上。刘书记不满地问："一年有几个节令，你说说，这总该知道吧！"

"可知道！"火眼左三脱口而出。心想，这要能难住我，我这个干部去吃屎吧。他不假思索地背诵道："元旦、春节、五一、七一、十一，一共五个节日嘛！"

刘书记看他连二十四个节令都不懂，寒着脸冷冷地追问："是这五个吗？"

火眼左三看刘书记变了颜色，不知错在哪里，想了想恍然大悟道："不！不！春节是旧节，不算咱们共产党的节日，除了这个旧的，还有四个新的！"

对于这场笑话，火眼左三不认为是羞耻，反认为是光荣，经常以不屑的口吻到处宣扬道："真没想到一个县委书记路线觉悟这么低，开口就是粮棉油,闭口不问敌我友!"后来,他没少贴刘书记的大字报。刘书记被打成走资派后,他主动去把刘书记要来,在他管制下劳动改造。

火眼左三一劳动就像大烟瘾犯了,打哈欠抹搭眼,少气没力,整个体形也抽缩得矮小瘦弱,其貌不扬。可是,一听说要搞运动,就像吸足了鸦片烟,眨眼工夫就变成红脸关公、黑脸李逵,体形也变得又高又大,耍刀弄棒,浑身是劲。他记不住一年二十四个节令,却能记住全村上千人的大小问题。谁谁说过什么错话、谁谁办过什么错事、谁谁历史上有过什么污点、谁谁姑家表兄的老丈母的娘家舅是个地主,等等,他都记得详详细细。怕万一忘了,连走路睡觉都在背诵这些事,用他的话说:"搞斗争也得熟呀,熟才能生巧啊!"他记住这些,再像打米花一样,经过加热膨胀,在每人头上编成一根根小辫子,然后把所有辫梢都攥到自己手里。你要有个言差语错,或是敢对他提个针尖大的意见,他马上就把你的辫子狠狠拉拉,看你头疼了,他就洋洋得意地笑道:"咋?你小姨子的婆家兄弟偷队里萝卜,我整过他,你不满意要搞阶级报复呀!想瞒过火眼金睛,没门!"他遇事待人都要"左"上三分,全村的老少都挨过他如此这般的训斥,人们气他恨他,才叫他火眼左三。

鸦片烟吸上瘾很难戒掉,一天不吸就失魂落魄,坐立不安,哪怕卖了婆娘也得吸上一口。整人也能上瘾。这些天火眼左三正在发瘾,急得心痒手痒嘴痒,恰好那个物件落地了,他就自告奋勇跑来大显身手。老支书走后,他凭着自己的火眼金睛,把天上掉下来的这个物件看清看透了:没跑!准是"帝修反"打来的定时炸弹!为什么会打到这里?他熟能生巧,很快就分析出原因了:村里一定有阶级敌人里通外国,才选中了这个目标,想消灭先进队哩。可惜,火眼左三越肯定这是定时炸弹,人们偏偏越表示怀疑。个别人说是,多数人说非,正当大家争论不下时,从村里走出一个担大粪的,五十多岁,又瘦又高,担得那么熟练轻巧,一百多斤的担子放在肩上,竟然手不扶扁担,闪闪悠悠地安详走着。他往这边看了一眼,似乎一点也不感兴趣,旁若无人地径直走着。有人冲他叫道:"老刘,来看看稀罕呀!"

被叫老刘的人笑笑摇摇头,继续走着。

"你见过大世面,来看看到底是啥呀!"

老刘又摇摇头,还在走着自己的路。

"你怕挨批是不是?谁批我包了!"外号叫"犟断筋"的王老头命令道,"来看看到底是不是定时炸弹!"

这老刘是谁?就是问火眼左三什么是二十四节令的刘书记。他犹豫一下,终于放下担子走过来。人们闪开一条路,让他走近绳网。他伸头看看,见是一个气球,系着一个小匣子,就肯定地告慰大家道:"放心,没事!是气象单位放的气象气球!"

"哈哈哈!"人们绷紧的心松弛了,指着火眼左三迸发一阵大笑:"他说是定时炸弹哩,把他的魂都吓飞了!"

"还是火眼金睛哩!哈哈哈!"

火眼左三听见背后的议论讥笑,转过身子,看见是老刘,顿时热血沸腾,像摔跤场上就要决斗的斗士,步步万钧地逼过来,两只血红血红的眼珠子往外鼓着,马上就要憋破眼眶蹦出来似的,直瞪住老刘,喝道:"你说这是个啥呀?"

"气象气球!"老刘不卑不亢地回答,转身走去。

"回来!"火眼左三一声怒吼,像晴天打个炸雷。

老刘回头站住,人们担心地看着他,都为他捏把冷汗。一个叫郑强的小青年指着气球，做出贴心的样子，对火眼左三提醒道："嘘！金副主任，小声一点，张飞大叫一声喝断当阳桥，你这一声再把定时炸弹震炸了！你可是离炸弹最近啊！"

全场又迸发一阵哄笑。

"还笑哩！你们都上当受骗了啊！"火眼左三气得脸色发紫。又指气球，又指老刘，捶胸顿足，痛心疾首地叫道："你们还有点觉悟没有？连个好坏话都听不懂！他是个什么人？叛徒、走资派，还是个地主，是最凶恶最狡猾的阶级敌人啊！对敌人的话应该怎么听，你们懂得吗？敌人说是黑的，就肯定是白的；敌人说是白的，就肯定是黑的。他说这是气球，就证明这一定是炸弹；他说没事，就证明一定事大得很！"火眼左三越说越来劲，恨不得一口吞下老刘，激愤地怒斥道："你不好好改造，还在造谣惑众，想帮助'帝修反'麻痹群众的警惕性，想稳住大家，想叫定时炸弹把大家都炸死，你好恢复失去的天堂！哼，你以为你这个阴谋诡计怪巧，想瞒过火眼金睛，没门！你得给我写出坦白书，交代你说这是气球的恶毒用心！滚！"

老刘不言不语，脸上泛着惨淡的笑意，转身担起大粪走了。人们用同情的目光送老刘走远了，又愤懑地盯着火眼左三，窃窃私语着。火眼左三看出众人的不满，冷笑几声，自得其乐地挖苦耍笑众人道："哼，平常不练就火眼金睛，遇事还能不上当受骗？就会死做活，学习时像吃了蒙汗药一样，还能不晕头转向？这一下你们可该接受教训了吧！"

人们嗤之以鼻，没人回他的话。只有那几条狗规规矩矩坐在他身边，血红的舌头耷拉在嘴唇下边，淌着涎水。

"犟断筋"王老头后悔自己给老刘招了麻烦，心里憋了一股气，这时又听了火眼左三的贬驳，鄙薄地嘟哝道："井里蛤蟆见过碟大的天！我看老刘讲得错不了，人家走南闯北，啥事没见过！"

"可是！"人们附和道。

"啥啊！他讲的对？"火眼左三把王老头上下打量一番，眼前一亮，像发现了新大陆，又像拾到了闪闪发光的真理，振振有词地批驳道，"我说的还有人不服哩，还哼哩！看看，是谁才相信老刘的话？王生财！王光美的一家子！一个老中农，旧社会他用牛工换过贫下中农的人工，喝过穷人的血汗！新社会数他房子圆圈栽的树多，又长得粗，还闲了就编竹篮卖钱！想发家致富走资本主义道路的老中农相信的话，大家想想，能是好话吗！他越相信越证明那话一定反动透顶！"

"我就是相信了，咋着？你把我拉去叫炮崩了！"王老头气得胡子一翘一翘，转身就走，回头恨道："哼，我是坏货，我走资本主义！我吃饭，你去吃屎，你才算是真革命！"

"好啊！你还敢骂人哩！我看你长天胆了！"火眼左三咬牙切齿地说，"跟阶级敌人一个鼻子窟窿出气，绝没有好下场！等部队来证明不是气球时，咱们再新账老账一齐算，不割你的资本主义尾巴才怪哩！"

人们满心来看稀罕，不仅没看清楚，还挨了一顿又一顿整，大家憋了一肚子气，正要转身散去时，突然小青年郑强顺手拔了两棵麦，恭恭敬敬地递给火眼左三，不露声色诚恳地讲道："金副主任，咱别和那号落后分子生闲气了。我才下学，分不清草和庄稼。你看看，哪一棵是燕麦草，哪一棵是小麦苗？"

火眼左三拿着两棵小苗，翻来覆去审视着。这两种苗苗从形状到颜色都十分近似，不是庄稼人很难分清。火眼左三不敢断定哪是草哪是苗，正在作难时，一抬头看见郑强在挤鼻弄眼窃窃嬉笑，众人也都不屑地看着他,他才发觉郑强是有意捉弄他,想出他洋相,他发火了,把两棵苗苗狠劲一甩,气急败坏地大声呵斥道:"咋? 批判走资派和老中农你不满意是不是! 拿生产来压革命,想转移斗争大方向啊! 别以为你是贫下中农,金字招牌,就没人敢拔你一根毫毛! 哼,你那金字招牌上老早都沾上狗屎了! 我问你,你姑爷的儿子是干啥哩? 你当我不知道! 哼! 一个研究小麦的反动学术权威,你不和他划清界限,还跟他勾勾搭搭。想瞒过火眼金睛呀,没门! 你得老实交代你们的关系!"

"没有了? 帽子戴完了吧!"郑强不怕也不气,拾起那两棵苗苗,笑嘻嘻道,"可该说说哪棵是草哪棵是苗了吧? 不懂得了,分不清了? 哈,这比打反革命难吧? 来,听我这个社会关系复杂的人告诉你,这一棵是草,这一棵是苗!"

人们看郑强要笑了火眼左三,出了胸中闷气,舒畅地开怀大笑。笑声震荡着田野。

火眼左三气坏了,浑身哆嗦,正要发火时,突然一辆摩托车飞驰而来,人们欢呼道:"解放军来了! 解放军来了!"

走散的人们又转了回来,想听个究竟,看看火眼左三是不是又正确了。

火眼左三看来了解放军,认为一定会坚定地站在他这一边,因为只有他才是一个真正的左派。多年来,上边来的干部对他的话一贯言听计从,于是,口气更粗了,挥舞着棍棒驱赶着群众,咋呼道:"快闪开! 快闪开! 请解放军进来! 这是个对待解放军的态度问题,我看谁不闪开!"

摩托车上坐着三个人,一个司机,一个军械技师,一个是老支书。车停住以后,老支书领着技师,穿过人们闪开的路,跨过绳网,走到那件东西面前,火眼左三殷勤地关照道:"小心点,别弄炸伤住了!"

技师掂起那个气球看看,又掂起那个小匣子看着。只有这时火眼左三的脸上才泛起笑容,两只凶恶的眼睛也变得柔和了,巴结地看着技师,单等他说这是个炸弹时,自己就能做出一番轰轰烈烈的大事业来。到那时,先斗走资派兼地主老刘,再收拾那个要走资本主义道路的老中农,也不能轻饶那个社会关系复杂的小青年郑强。打倒一个通敌叛国的反革命小集团,足够红红火火地斗上几个月,他火眼左三有忙的日子了。他想到得意处,急不可耐地问道:"是个定时炸弹吧?"

"不是的!"技师不知道火眼左三的心思,对老支书轻松地讲,"是咱们气象单位放的气象气球,这东西也不需要回收了,叫小孩们拿去玩吧!"

"哈呀!"火眼左三的一颗心掉进冷水盆里了,头蒙了一下,忙拉过技师,以万分严肃的神态正言厉色道,"同志,这可是关系阶级斗争的大事,你可不能说这是气球啊!"

技师奇怪地问:"为啥?"

火眼左三神秘地悄声相告:"刚才有个走资派,还是个地主成分,都说这是个气象气球哩!"

技师怀疑地看着他,追问:"还有别的吗?"

技师本意是问还有别的原因没有,火眼左三当成是问还有别的人没有,就滔滔不绝地讲道:"有!可有!还有个想走资本主义道路的老中农,也相信这是个气球。他的资本主义尾巴可粗了,房子圆圈的树粗得两人还搂不住哩!还有个社会关系复杂至极的小青年也相信是气球,他姑爷家表叔一肚子反动学术,是个……"

"管他谁说,这真是个气球嘛!"技师厌烦地打断了火眼左三的话,转身要走。

"那你也得变个名字说才行啊!"火眼左三拦住技师,态度更严肃了。

技师怀疑地盯住他,不耐烦地问:"怎么变?"

火眼左三郑重其事地讲:"你是解放军,人民的子弟兵,反正不能和走资派、地主、老中农、社会关系复杂的人说一个腔调,一定得针锋相对才行。比如,敌人要说粉笔是白的,咱们就不能跟着说是白的,就说和雪一样颜色。敌人要说墨是黑的,咱们就不能跟着学舌头,得说和炭一样颜色……"

"什么? 叫我说谎话欺哄群众!"技师像受了侮辱,流露出愤懑的神色,甩开火眼左三,走向老支书,怀疑地问:"这个人有神经病吧!"

"他? 没有呀!"老支书愣了一下,继而恍然地苦笑道,"唉,他就是个这号人!"

技师面向群众,正要开口解释,火眼左三神色慌乱地又拉住技师,又是恳切地劝告,又是恶狠狠地威胁,说:"同志,你到这里来,我得为你负责,我不能看着你犯错误啊! 一个解放军,重复敌人的话,这可是个严重的立场错误啊!"

技师憎恶地甩开他,对群众解释道:"都回去做活吧,这是个气象气球。"

技师坐上摩托车走了。

人群哄笑着散了。

火眼左三还呆呆地站在原地,脸色煞白,目光呆滞。人们都走远了,只有那几条狗还在莫名其妙地陪着他,看着他,向他摇着尾巴,表示怜惜和同情。

整整一天，火眼左三闷闷不乐，气得白天吃不下饭，夜里睡不着觉。他气他恨，他一直想不通，一个堂堂的人民解放军技师，戴着红五星，佩着红领章，为什么不和他坚定地站在一边，竟然丧失阶级立场，出卖革命原则，和走资派、地主、老中农、社会关系复杂的"牛鬼蛇神"唱一个腔调！难道他就没有学习过，连敌人拥护的我们要反对也不懂？为什么，为什么？他想呀，想呀，头都想疼了，一直想到鸡叫才恍然大悟：部队也不是生活在真空里，也会混有阶级敌人！这个技师不是地主富农家庭出身，就是社会关系复杂，再不然一定是个反动技术权威！对，一定没跑！哼，想瞒过火眼金睛呀，没门！解放军里混有这号坏人，他感到太可怕了，太危险了！怎么办，怎么办？有了！他急急忙忙翻身跳下床，拉明电灯，满腔义愤地写着一封揭发检举信，写呀，写呀。一张，一张，又一张。

天还没明，火眼左三就跑到邮局，把那封十万火急、事关钢铁长城纯洁的检举揭发信投进了邮筒里，这时心里才轻松了许多。等到天明，他去百货公司扯了一身上等衣料，才扬扬得意地往回走着。路上，他一颗心和整个身子都像气球一样，在天上飞呀飘呀。他觉着又立了大功，反革命再狡猾，哪怕你藏到解放军里，也终究没瞒住他的火眼金睛。到了村头，看见老刘正在担着大粪，老中农和青年郑强正在锄麦，他故意提高嗓门对做活的群众讲道："哼，那根本不是气球！那个技师是阶级敌人打进咱们部队里的坏人，问题可大了，想瞒过火眼金睛呀，没门！他正在交代和咱们村里的敌人咋勾结哩，马上就要一网打尽军法从事了，等着看热闹吧！"

"你使劲等着吧！"人们嘲笑着回他一句。

火眼左三回到家里以后，把一块布料交给了妻子，严厉地命令道:"今天别下地做活了,赶快把这身衣服做好,我要出门哩!"

妻子问道:"干啥? 又叫你去县里开会哩?"

"开会算个啥!"火眼左三鄙薄地看着妻子,然后一本正经地说,"马上解放军就要来请我去做报告哩!"

妻子奇怪地撇撇嘴,讥讽道:"请你? 哼,解放军不许喝醉酒,人家没发酒疯呀!"

"你懂个屁!"火眼左三生气地骂了一句,转身走出门外,想想不妥,又回头严肃地嘱咐道,"衣服做好一点,要全心全意做,这可是对待解放军的态度问题,你小心点!"

火眼左三到底也是个人,也有为难的时候,一连多天,他见了人就忍不住摇头叹息道:"唉,真熬煎人! 我啥也不怕,就怕请我去做报告! 有啥好讲啊,我只是做了一点点分内的事。你想想,几千双手鼓起掌那个响劲,真叫人难为情啊……"

火眼左三就这样天天说着,等着,等着!

原载《奔流》1979 年第 9 期

旋风

●

傍晚，一群妇女从大队散会回来，议论着"四人帮"的罪行，发泄着心中窝憋多年的愤慨，响起了一串笑声。治安主任老金的老婆——一个外号叫作"旋风"的女人，越听越刺耳，就以权威自居，老鸹叫似的批驳道："哼，喜得不轻！江青还是江青，保险还吃不了红薯干！社员还是社员，保险还吃不了肉！"

妇女们的兴头被一瓢凉水泼灭了，又不敢反驳，只好抽鼻撇嘴地拿眼翻她。路上顿时沉寂下来，各自匆匆走着。刚进村子，一股肉香随着清风扑面而来，旋风突然尖叫一声："日他妈，才过了三月，谁家可又过年了！"

妇女们看她那个样子，忍不住要笑起来。

"噫，谁家天胆，没打报告可敢吃肉了！"

"查查，查查，看他想干啥哩？"

"咋？"旋风瞪圆了绿豆眼，振振有词批驳道，"不逢年不过节，谁会平白无故吃肉，谁敢保险他不是干坏事的？"

旋风说着一阵风走了。她生着两条细长细长的腿，走路像在草上飞，很快在村里旋转了一圈，顺着香气找到一所瓦房院。红漆大门关着,却关不住肉香。旋风站在门口,抽抽鼻子,贪馋地狠狠吸进几口香味,伴着嘴角的涎水,心里不由升起一股强烈的醋意,对着大门暗暗骂道:"日你妈,才几天没革命,这龟孙们可又享起福了!"

突然,扑鼻的肉香变成刺鼻的粪臭。旋风还没转过劲,大门"吱"一声开了,出来一个穿着旧劳动布工服的壮年人,担着两桶大粪,看她一眼,微微笑笑,很有礼貌地对她点点头,算是打了招呼,便径自往村外自留地走去。

这人姓曹,名刚,家里也是个贫农,本人在外地一个保密工厂当工程师,听说写过一本什么书,得过不少钱,父母是农民,这次回来探亲了。旋风对着他的背影,皱起了眉头,怀疑地狠看了一阵,眼珠子转了几转,忽然之间看出了重大秘密,蜡黄的脸上泛起了得意的冷笑,绿豆眼像两个手电灯泡一样闪光了,狠狠啐了那背影一口唾沫,便又一阵风似的跑了。

旋风跑到隔墙王老五家,也不敲门,咚一声闯了进去。王老五正坐在椅子上编荆筐,一看是她,就厌恶地想道:"这个串门妖精、闲话大王,又来戳啥祸哩!"想着就白她一眼,冷淡地招呼道:"来啦,坐!"王老五只说叫坐,却不抬身子,也不搬椅子,只顾编自己的筐。

旋风也不介意,斜靠在门框上,像报告母鸡生牛娃一样新奇地问:"你知道不知道,曹刚回来了?"

王老五淡淡回道:"回来了好嘛!"

旋风看对方不感兴趣,就惊讶地道:"哎呀,穿得可烂了!"

王老五头也不抬,说:"走乡随乡嘛!"

旋风又重重地说:"还担大粪哩!"

王老五随口答道:"好呀,不忘庄稼人的本分!"

"哼,死老龟一头,狗屁也不懂,就会编筐卖钱,那两年还没把你批美!"旋风对王老五的麻木很恼火,肚里骂着,嘴里不满地批评道:"噫,你说的可简单! 你想想,一个大工程师,还写过书,听说出门都坐小汽车哩。要是没出啥大事,能穿那么烂担大粪!"

"这货,又想鸡蛋里头挑骨头哩!"王老五不满地想,鄙薄地顶撞道:"咋? 按你说,人家还能是'四人帮',犯了法才回来?"

"照照照!"旋风像遇到了知音人,拍手叫好道:"哎呀,你算可锛到墨线上了! 要是没犯法,他会疯了? 放着排场不排场,穿得破破烂烂回来担大粪,吃这号苦,闻这个臭味!"

"哼,别……"王老五刚要反驳她,忽听脚步响,扭头一看,旋风可没影了。

眨眼工夫,旋风又跑到刘四顺家里。刘四顺外号叫作"顺竿爬",做一辈子小买卖,见人一面笑,看人端菜碟,你想听啥他就说啥。刘四顺正在吃晚饭,见是主任老婆,肚里气道:"真不要脸,回回都是赶吃饭时来!"身子却像弹簧一样从椅子上蹦起来,眉开眼笑地叫道:"哎呀,你可是稀客!"忙拉过椅子让她坐下,又伸手拿过一个包子塞给她,殷勤道:"吃个包子!"

旋风一点也不客气,坐下去吃着包子,真好吃! 她眼红地恨道:"哼,日你妈,才几天没给他戴笼头,吃的可比俺们好了!"她大口吃着,伸长脖子,嘴都快挨到刘四顺的脸上,神秘地说:"你知道不知道,曹刚回来了?"

刘四顺早就知道了,却装着新鲜的样子,说:"啊,他回来了!"

旋风又说:"穿得可烂了,在担大粪哩!"

"嘿!"刘四顺惊奇地顺杆爬道:"坐小汽车的担大粪!"

旋风看刘四顺一脸惊奇,十分得意,嘴伸得更长,语气严重地说:"听说他也是'四人帮',犯了法才回来哩!"

"放你妈的狗臭屁!'四人帮'还没把人家炮治①死!"刘四顺心里骂着,脸上却是惊疑地叫道:"嘿,真的?"

"我要说一句瞎话就是个这!"旋风伸出小拇指赌咒,看刘四顺半信半疑,板起面孔,铁定无疑地说:"家有四两丝,邻居一杆秤。曹刚的近邻王老五说的,还能假了?你说说,王老五是不是说瞎话的人?"旋风的绿豆眼紧紧盯住刘四顺。

"哼,王老五说的?鬼才相信!"刘四顺暗自反驳。他想和她辩辩,可又怕惹得她不高兴。他知道她的厉害,只要回去吹上一阵枕头风,你就别想安生了。他见她紧紧盯住自己,就忙投其所好道:"对对对,谁不知道王老五实得像块石头,一百杠子也打不出一个闲屁!"说了想想不妥,又假装糊涂地问:"嘿,他要真是'四人帮',人家能不批判斗争拘留他?"

"这还用说!"旋风对刘四顺的敷衍应酬感到十分投机,说的这些话好像都成真事了。她无可奈何地叹道:"唉,那有啥法子呢?批他斗他拘留他也活该了,谁叫他猴跳②哩!对这号人就不能手软,咱们也得小心才行!"

"是啊,小心没大差!"刘四顺又顺了一句。

"哎呀,你算和俺们老金想到一块儿了,他就常说小心没大差。俺们老金常说,识得字的人,心里窟窿都多得很,对这号人咱们也得多个心眼才行!"旋风说完了要说的话,吞下手里最后一口包子,突然蹦了起来,大惊小怪地尖叫道:"哎呀,只顾说话哩,天可不早了,我该回家了!"

---

① 炮治:豫西南方言,指摆治、整治。
② 猴跳:豫西南方言,意为不安分老实。

旋风又像一阵风似的跑了。刘四顺送她出去,回头狠狠关上了门,像刚下台卸了装的演员,松了一口气,骂道:"这个骚货,成天身不动膀不摇,就会钻窟窿打洞媸蛆!"

旋风哪肯安安生生回家,路过杜立功家大门口时,见院里电灯光比白天还亮,伸头一看,杜立功正在给粉碎机膏油,忍不住又走了进去。杜立功是个角刺人物,当过一段支书,去年才被免了职。这人手眼很宽,没花一分一文,在一个工厂里凭着帮兄帮弟的帮助,弄了一台粉碎机和电动机,又做豆腐又给社员加工饲料,收入不少。政治上垮了,经济上又发了,在村里又成了红人,很有几分傲气。这时,见旋风进来,他头也没抬,只顾给机器膏油。旋风当成人家没有看见她,就尖叫一声:"哎呀,又在修理印票子机哩!"

杜立功没抬头,冷冷地"嗯"了一声。

旋风跑过去,蹲到杜立功面前,伸手去摸机器。杜立功厌恶地瞪她一眼,她像被火烧着忙缩回手,眼巴巴地看着机器,羡慕地说:"你们可真美,机器一转圈,票子就哗哗出来了!"

杜立功冷冷地讥刺道:"再美能有你们老金美,他转到哪里都有人当爷敬!"

"美他娘个脚!"旋风为男人抱不平,气愤地说,"现在没有分子了,他算成了闲臣,谁还抬举他,打个猪圈都没人帮工!"

杜立功幸灾乐祸地冷笑一声,没有回话。

旋风忍不住开了正板,往前凑凑,神秘地问:"你知道不知道,曹刚回来了?"

杜立功对这事一点也不感兴趣,还是不回话,照旧低着头修理机器。

旋风又挑逗道:"穿得可烂了,一回来就担起了大粪!"

杜立功乜斜她一眼，想说什么没有说出口，又低下头膏油。

旋风看自己的话引不起反应，急了，再往前凑凑，神态严重地讲："你还不知道呀，他也犯法了，事可大了！挨了批判斗争不说，还叫人家拘留了！"

杜立功以为是官方消息，停了手里的活儿，盯住她追问："老金说的？"

"他去走亲戚还没回来哩！"旋风有根有秧地介绍道，"王老五说的，那可是个老实人，一辈子也没说过一句瞎话！"

杜立功听说是闲话，马上就散了劲，又要动手干活，淡淡地问："他咋知道？"

"人家是近邻，啥不知道！"旋风看他一脸不屑的神气，且自顾自拿起了油瓶，忙强调道，"人家刘四顺也说他挨了批斗又叫拘留了。刘四顺可是个能人，走南闯北做小生意，啥消息不灵通！"

杜立功看她实怕别人不信她的话，一个恶念突然从心头升起。他恨现在的安定团结使他丢了纱帽，也恨现任支书掺了他的行，更气老金没情没义。老金是他扶上台的，可是去年清理角刺人物时，他的错误已经够多了，谁知老金又落井下石，哭天抹泪地检举揭发，把自己乱批乱斗的责任都推给了他杜立功。他成天巴着再乱乱，叫现在的支书再下台才美。他觉着这是个机会，不可错过。他了解老金是个麦秸火脾气，一点就着。当初叫他当治安主任，就是看中他的二百五脾气，不论真假，只要从后边一吆喝，他就赤着胳膊拼命上。他也了解旋风，她能降住男人，枕头风一吹，老金就动。村里谁不知道，老金这个治安主任，有八成是旋风当的。杜立功心里想，管他真假，能叫他们斗个天昏地暗打烂头才美。于是，他忙擦干净手上的油，掏出一盒纸烟，自己点燃一支，又扔给旋风一支，为了叫她把事情说得更严重一些，就步步诱导道："叫拘留了，可是住在监狱里呀，他咋还能跑回来？他能是……"此话他只说个前半截，看着她的眼睛，让她说出重要的后半截，以免自己将来担责任。

"这……"旋风的绿豆眼骨碌碌转了几圈，像发现了又一个天大秘密，惊叫道，"哎呀，他可是敢越狱逃跑的。犯人嘛，谁不想逃个活命！"

"哟！"杜立功赞同地点点头，又用不解的口气启发道："监狱里能没看守的人？人家能大睁两眼看着他跑？能不开枪？是不是他狗急跳墙，把人家的……哎呀，曹刚还怪野毛哩，想想头皮都发麻！"这一回把中间的话留给她说。

旋风是一点就破的灵醒人，恍然大悟道："老天爷呀，他可能是夺了人家的枪，打死警卫才跑出来的！"说着咬牙切齿起来："日他妈，没想到这货真狠毒啊！"

"嘿！你越说事越人！"杜立功看火烧大了，又开始激将，表示关心地说，"这么大的事，你可得快点告诉老金啊！一个杀人越狱的犯人，要是在老金的眼皮底下再跑了，他可要犯大错误了，只怕要问个罪名哩！到那时候你也不利闪①。你得快点叫老金下手才行啊！"

"对，我这就回去！"旋风狠狠吸了一口烟屁股，站起来又一阵风似的跑了。

杜立功看着她的背影，得意地冷笑道："好歹闹起来，可该咱坐山观虎斗了！"

旋风还不想回家，觉着嘴上还痒，又到了村前大场里。那里坐着一群妇女，趁着队里的灯光在缝草袋搞副业。她站到场边瞅了瞅，

___

① 不利闪：豫西南方言，指脱不了干系。

冲着有名的快嘴风张二嫂招招手,叫道:"张二嫂,快来,我给你说句关紧话!"

妇女们看旋风那个能劲,不满地七嘴八舌低声喳喳道:

"成天懒死了,就一张嘴勤快,又要说啥悄悄话哩!"

"好话不背人!"

"背人没好话!"

人们说得张二嫂也不好意思去了。旋风看她不动,就着急地催道:"快来嘛,有个好事告诉你,保险你听了会高兴得一夜睡不着!"

张二嫂只好看看众人,难为情地走过去。旋风不等她走到身边,就急忙迎上去,咬住她的耳朵,眉飞色舞地咕叽起来。张二嫂越听脸上笑纹越多,旋风越说腔调越高,只听她最后论证道:"一点也不假,你想想,杜立功是个垮台干部,成天尾巴夹得可紧了,屁都不敢放一个。他敢说瞎话,那不是找死哩!"

张二嫂嘴十分手三分,干活好耍滑,曹刚他爹老积极,批评过她几次,她怀恨在心,早想出出恶气,如今听旋风如此一说,喜上眉梢,拍着大腿,大喊大叫地发泄道:"好啊,老东西成天拿着手电筒照别人,屁股都会说觉悟话,原来自己的儿子是个杀人凶手——"

旋风看张二嫂叫唤着往人堆跑去,这才心满意足地回头走了。

针鼻大的窟窿斗大的风。一夜过去,"犯人"曹刚的案情已经十分详细完整了。原来,曹刚是"四人帮"的黑干将,血债累累,挨了批判斗争,关进了监狱。谁知他反动透顶,不服改造,串通犯人,举行暴动,夺了看守的武器,打死警卫,越狱逃跑回来,现在腰里还揣着一支自动的无声手枪。

第二天早上,旋风的男人金主任回来了。他生得五大三粗,特别是一双突出在眼眶之外的眼睛,既大且红,像在眉毛下边摆着两枚大红枣,给人一种有眼没睑的感觉。他虽然生性鲁莽,在外边像一头猛兽,乱踢乱咬,可是回到家里,见了比自己年轻的旋风,就像一头小绵羊,言听计从,叫他斗谁就斗谁。别人也曾批评他,不该听婆娘的小话,他眼一瞪,批驳道:"咋,她不是贫下中农?不听她的听地主的?"去年清理角刺人物时,本该免他的职,可是一来念他没有脑子,干些坏事也是受人操纵指挥的,他也趁机把责任都推到杜立功身上;二来他也算个受害者。有一次他带民工出外修路,给民工训话时他竟然说:"毛主席管全国八亿人,是锅笼那么大的红太阳;我管你们一百多人,就是酒盅那么大的红太阳。"为了这个,批判斗争过他。有了这两条,他才没被免职。可是,他并不承情,还窝了一肚子火,总感到现在的政策太右了,成年不叫斗争算个啥世界?总想抓个敌人,叫人们看看,是政策右了,还是他"左"了。

　　早上,他刚进村,几个多嘴的人就对他说短道长,讲曹刚如何如何。他半信半疑。刚回到家里,旋风就大呼小叫道·"好爷呀,你可回来了——"她如此这般地讲了一遍,末了又说:"这可是个大家伙,逮住了可是放个大卫星!"他怎知道群众说的也是从旋风这里来的,只想着群众说的和旋风说的一个样,一定假不了,便立时来了劲,马上去派民兵行动。民兵排长提出逮人没逮捕证,抗拒不动,他火了,呵斥道:"谁敢打包票他是好人?识得字的人心里窟窿多,对这号人就要多个心眼!错逮了还可以再放,伤不了好人。错放了他要行凶杀人谁偿命?我是大队干部,错了我负责!"争论的结果是两边都让了步,暂不逮人,民兵们先把曹家院子暗中监视起来,他马上去大队报案,等请示回来再决定下一步行动。

　　人们看玩起真的了,就三个一伙,五个一堆,议论纷纷。少数相信,多数怀疑。一些青年人好奇,想看看杀人犯有哪些与众不同的地方,在曹家门前走过来倒过去。旋风也来了,男人去报案了,她自告奋勇来当临时指挥。曹家还蒙在鼓里,什么也不知道。曹刚在院里帮着老父亲出猪圈粪,干得大汗淋漓。旋风胆子最大,竟然不怕自动手枪自动射来子弹,扒住门伸长脖子往院里看了一眼,忙又缩回头走到一边,招招手把人召拢到一堆,卖弄着最新发现,新奇地问:"你们看见了没有?"

众口反问:"看见什么?"

旋风郑重地说:"他那胡茬子都是黄的!"

大家奇怪地又问:"黄的怎么啦?"

"咳!"旋风摆出百事通的气派,瞧不起人地说,"那是凶相啊!你们都没看过戏,好人都是戴的黑胡子白胡子,恶人才戴黄胡子。俺们老金说的可真不假,看看眉毛胡子就知道好人坏人了,有人还不服哩!"

有的服气,有的撇嘴,表情各异。

到了早饭以后,事态发展得更严重了。

曹家灶房后墙有个窗子。早饭时,旋风和一个民兵躲在窗子外边偷听墙根。曹刚可能也发现了异常现象,只听他埋怨道:"我回来就说,我的事情千万不要对外人张扬。看样子现在大家都知道了,人们像看稀罕一样都来看!"

父母都说自己没对外人讲。

曹刚又安慰道:"我今天就走了,家里也不要挂念,我出国后就给家里来信。"

曹刚的老母亲抽泣着哭了。

"贼不打三年自招,这可是他亲口讲的!"旋风把刺探到的重大机密到处宣讲。这机密使她也糊涂了,竟然忘了有些话是她自己编的，也真心相信这一切都是实实在在的事情。她惊慌不安地说："不是做贼心虚，为啥怕对外人讲？现在看窝不住了，又想投敌叛国哩，得赶紧把他逮住才行啊！"

原来大部分人一直怀疑，现在曹刚自己露了馅，又有那个民兵做证，也不得不信了。村子里的气氛突然紧张起来了，好像大祸就要临头，人们的脸上都呈现出事态严重的神色，怕事的人都躲了起来。大人们纷纷把孩子关到屋里，不许出去，以免逮捕曹刚时双方开火，伤了性命。一时之间，村里孩子哭大人叫，闹得鸡犬不安。

旋风急得像热锅上的蚂蚁，一趟一趟往村口跑，踮起脚看大路，阴阳怪气地骂着男人："日他妈，死到大队了。再晚一会儿，杀人犯就跑到外国了，上级不拿你问罪才怪哩！我看你这个治安主任是不想干了！"

金主任到底回来了，像泄了气的皮球，松松垮垮地走着。他去时兴高采烈，以为支书一定要表扬他。谁知支书听了板起脸子，批评他的毛病又犯了，说这是捕风捉影，上级没有命令，曹刚本人又没现行破坏，私自动用民兵监视公民住宅，是严重的违法乱纪，叫他马上回去把民兵撤了。他心里不服，辩了几句，支书火了，不但把他的理由驳了回去，还要叫他做出检查，听候处理。一路上他都在牢骚，还发愁着回来怎么下台收场。他垂头丧气地刚走回村子，旋风就迎了上去，大声呵斥道："我当你死到大队了，曹刚顷刻都跑到外国了！"接着她把自己如何偷听墙根，曹刚如何吐露真言，扬扬得意地表了一番功劳，又叫来那个民兵做证。老金听着听着来了劲，泄了气的皮球又打足了气，马上又蹦跳起来，冷笑一声道："哼，支书还批评我哩！这一下可叫人们看看，是他搞极右啊，还是我搞极左！"事不宜迟，他立即吆喝上几个民兵，快步去捉拿准备投敌叛国的"要犯"。

旋风看"犯人"即将拿获,这全是自己的功劳,实在得意。可是转念一想,不由变脸失色,尖叫一声,命令男人道:"回来! 你去找死呀! 你没听说,他夺的那自动手枪可自动极了,装在口袋里不用往外掏,心里想打谁,枪子就自动往谁身上飞,你有多少人也不够祭他的枪子! 还不快去给县里打个电话,叫上级派兵来逮才行!"

金主任虽想立功,却更想活着,听旋风说得有理,就命令民兵们继续严加防守,自己飞快地去打电话了。

旋风看男人走了,便又到曹家院子四周转悠,经过大门口时,往里看了一眼,只见曹刚的老母亲在擦眼泪。想到这户幸福人家马上就要家破人亡,便幸灾乐祸地自语道:"日你妈,这一下可叫你龟孙们吃香的穿光的!"

旋风没有手表,只好不时抬头看看太阳。太阳越升越高,眼看半上午了,还不见县里派兵来捉犯人。旋风真是急了,心焦火燎地埋怨县里干部,对着人们一遍一遍地牢骚道:"看看,看看,一点也不假吧,现在当官的都右得要命。这么大案件,一点也不着急,就会当官做老爷!"

说话间,一辆小吉普车向村里飞驰而来。旋风欣喜若狂,拍手叫好道:"来了,来了,可来了!"

吉普车开到曹家门口停住了,从车上没下来兵,只下来两个人,一个是县委书记,一个是大队支书(车经过大队时捎来的),两个人说笑着走进曹家大门。旋风吓坏了,实怕自动手枪打中了领导,忙扑上去要拦,关心地叫道:"哎呀,可不敢进……"

县委书记偏过头,瞪她一眼,又看看支书,就径直走了进去。支书留住步,气得嘴脸发青,狠狠批评道:"刚才听县委书记讲,曹刚同志要出国参观访问,临走前回来看看一双老人家,你们可又想乱揪乱斗了,岂有此理!"说完也走了进去。

在场的人都傻了脸,一个个瞪着旋风,气愤地嘲笑她、埋怨她、责骂她,说她是戳祸妖精。她一点也不脸红,嘿嘿冷笑几声,振振有词地辩驳道:"咋？他恁大个人物,谁叫他穿得又烂,又担大粪,还不应该怀疑他?"

县委书记接走了曹刚,村里又吵闹了半天,这都不必细说。夜里,大队开了个会,讨论这个事情。散会后,老金怒气冲冲回到家里,一脚踏进门槛,旋风就迎了上来,又是神鬼莫测地叫道:"你知道不知道……"

"知道你妈个 ×!"老金发泼了,狠狠打了旋风一个耳光,气急败坏地骂道,"老子这个治安主任,算活活叫你这张贱嘴给断送了!"

原载《莽原》1981 年第 1 期

恩情

伏牛山中有个郑家村,村东头有三间草房,住着一对孤苦伶仃的老夫老妻,年纪都在七十开外,大家叫他们老宝爷和老宝奶。

老两口当年并不孤苦伶仃,也曾有过一个儿子,名叫小宝。因为参加地下党闹革命,不光本人被国民党逮住活埋了,老两口也成了"匪属",吊打非刑,吃糠咽菜,十八层地狱下边受苦受难。好不容易熬到解放,成了烈属,才从地狱里一步升到了天堂。从此,吃喝穿戴,样样不愁,日子赛过神仙。谁知好景不长,到了红彤彤年代,突然祸从天降。一天,吴司令领着一群人打上门来,说小宝是叛徒,便砸了光荣匾,撕了小宝仅留下的一张相片。老两口摇身一变,成了"反属",从天堂又跌到了地狱。一切优待没有了,老两口都上了年纪,劳动少气没力,挣不了多少工分,吃喝穿戴样样不济,日子比黄连还要苦上几分。

老两口不靠天不靠地,靠着一群鸡贴补生活。不说母鸡下蛋换油换盐,单说拴在老两口心尖上的一对公鸡吧。一只红的,红得似团火;一只白的,白得像堆雪。两只鸡都是优良品种,长得高高大大,实在好看，谁见谁爱。

老宝爷一天三晌收工回来，总要扒几条蚯蚓喂它们。他蹲在一旁眯缝着眼，看它们脖子一伸一伸把条条蚯蚓吞下去，心里就充满了辛酸的希望。希望什么呢？有一天，他和老伴去井台上淘菜，左邻右舍几个老太婆正在那里洗衣服，一个个撂起的确良衣裳襟在夸福，笑成了一台戏。

"没想到老没牙了，穿上了的确良，不枉养儿养女一场！"

"是呀！我这是俺孙娃给扯的。他说，奶奶老了，抓紧穿两件子！"

"咳，没想到快死了，还叫洋洋哩！"

她们笑得咧大了嘴，老宝爷却越听越刺心。他乜斜了老伴一眼，见她眼红了，凹凹嘴在颤动着，他怕她哭出声，忙故意大叫一声："噫，忘记拿空箩头了，你快回去拿来！"

老宝奶咬紧凹凹嘴，头一扭匆匆走了。

从那一天起，他就存下了心，快把两只公鸡喂大了，卖了钱也给老伴买件的确良穿穿，只当小宝孝敬她了。

老宝奶却另有一番心事。秋天，她给老宝爷拆洗棉衣时，补了一个洞又一个洞，补丁叠补丁。她一针一针补着，就像一针一针扎在心上。这件棉衣穿十一年了，还是当烈属时上级送的。现在，唉——她暗暗拿定了主意，别的没进钱门路，等这两只公鸡长大了，卖了钱一定得给老头子扯件新棉袄。于是，她顿顿省下半碗饭，喂那两只公鸡，巴望着它们快些长得像鹅一般大才好。

眨眼工夫，快到春节了。这天，吃过中午饭，老宝爷去供销社卖鸡蛋称盐，老宝奶刷完锅，刚来到院里喂鸡，只见老宝爷一溜小跑回来了，不等走到跟前，他就欢天喜地叫道："他妈，我见吴支书了！"

吴支书就是那个吴司令变的。老宝奶没好气地说:"啥稀罕!"

"可稀罕!"老宝爷眉里眼里全是笑,"吴支书讲,可查清了,咱小宝不是叛徒,要给他平反哩!还说,一半天上级又要来救济咱哩!"

"真的?"喜从天降,老宝奶怔住了。

"可不!"老宝爷回味着刚才的经过,话里含着受宠若惊的味道,"吴支书这一回说话都不一样了,是跟我笑着说的!"

"啊,给你放笑脸了?"老宝奶还有几分痴愣。

"可不!"老宝爷自信地讲,"我看哩,党的恩情又来了,好日子又要回来了!"

"党的恩情又来了!"老宝奶哇一声哭了,哭得泪流满面。

整整一个下午,老两口坐不是,立不是,觉着应当干点什么,又想不起该干什么。夜里躺到床上,老两口还是睡不着,你一言,我一语,说着知心话。

"我想着共产党也不会冤枉好人!"

"这几年把好人炮治得还轻?!"老宝奶愤愤地说。

"这你不懂,哪朝哪代都一样,忠臣都得经过九蒸九晒!"

"你还记得老丁吧,那才是个忠臣哩!"老宝奶想起往事,甜丝丝地说,"那年大年初一来给咱拜年,多好的人呀,你忘了没有?"

"要得忘了,除非死了!"

那年,大年初一五更头上,村里有人刚放了头阵鞭炮,县委书记老丁领着几个干部来了。老两口喜出望外,忙着要招待他们。老丁却死拉活扯,硬把老两口强按到当间两把椅子上坐下,然后领着几个干部给他老两口行礼拜年。拜过年,老丁笑哈哈地说:"今天咱们吃个对伙①,也算个团圆饭。"说时,几个干部从自行车上取下酒肉,一齐拥进灶里忙起来。

县长当火头军烧锅,县妇联主任掌案做菜,书记老丁亲自去井台上担水淘菜。在老百姓眼里,书记县长就是县太爷父母官,当官的亲自给百姓家做饭,开天辟地没听说过的事啊! 一时三刻轰动了,全村男女老少像看戏一样,拥到了老宝爷家门口,个个踮起脚,伸长脖子往里看。老宝爷和老宝奶端端正正坐在正席上,书记老丁双手捧着一杯酒,恭恭敬敬献给老宝爷;县妇联主任双手捧着一杯酒,恭恭敬敬献给老宝奶。一个小青年看得入迷了,嘻嘻着叫道:"哈,稀罕稀罕真稀罕,沟里石头滚上了山!"

老丁他们走后,方圆附近村子里的人听说了,像赶庙会一样赶来了,差点挤破老宝爷的房子。他们纷纷打听县太爷们如何孝敬他老两口,听了一遍还想叫再说一遍,老宝爷的嘴都说困了。人们像听古经一样,响起了一屋子啧啧声,异口同声道:"看看,共产党多重情分啊! 恁大的官,像大儿大女一样孝顺个庶民百姓! 往后,当老人家的可得教儿女们拼着死命干革命!"

老两口想起这段往事,心里又甜又热,虽然是数九寒天,浑身还是热烘烘的。老宝爷虎生一下折身坐起来,发愁地问:"一半天上级来人了,拿啥待承呀?"

老宝奶也折身坐起来,为难地应道:"是啊,屋里没有能上桌的东西啊!"

老两口一个坐在床这头,一个坐在床那头,头对头,幸福地愁着。

"得弄点好吃的!"

---

① 对伙:豫西南农村常见的聚餐方式,平摊餐费。

"啥好吃啊?"

愁了一阵,突然鸡打鸣了。老宝爷眼前一亮,手往被子上一拍,失悔道:"噫,真是人在事中迷,把老公鸡杀一只就好了!"

"杀鸡!"老宝奶也灵醒了,"真是哩,咋都没想起来!"

老宝爷问:"舍得不舍得?"

"可舍得!"老宝奶回答得很干脆,停停,又不好意思地叹道,"唉,原来我还指望它们给你换件新袄哩!"

老宝爷也吐露了心事:"我可是指望它们给你买件的确良,也洋洋俏俏!"

老两口说着全笑了,笑得不响却很甜:眼看要过上幸福日子了,想起不幸时的可怜打算,怎不叫人可笑!

老两口欢喜了一阵,老宝奶又问:"该杀哪一只啊?"

老宝爷想想说:"干部们爱红的,当然得叫他们吃那只红的呀!"

第二天一早,那只红公鸡把天叫明之后就被杀了。老两口提着鸡来到了井台上,先褪毛后开膛。穷人杀只鸡,也会引起一场轰动。小孩子们先围过来了,有的抢鸡毛要做毽子,有的要尿泡。大人们也围上来了,盯着那只鸡议论着。

"啧啧,看,多肥呀,黄蜡蜡的油!"

"哟,老宝爷,怎么拼上了,不过了?"

老两口对看一眼,甜甜笑着,不肯回话。

了解内情的人吹开了:"嘿,你们还不知道呀?小宝平反了,老宝爷和老宝奶又要一步登天了。看着吧,上级又要来孝敬了,从今往后要啥没有,还指望这只鸡呀,笑话!"

人们听了无不叫好,又争先恐后讲起当年县委书记和县长如何拜年,如何献酒,年轻人听得直伸舌头,对他老两口肃然起敬,纷纷上去帮忙,很快就把鸡子开好了膛。

老两口喜气洋洋回到家里,又整整忙了一天,一边煮鸡拼菜,一边安排着即将到来的好日子。

老宝奶说:"得先给你扯件蓝呢子袄!"

"噫,叫我冒充干部哩,扯件黑布的就行了。"老宝爷连连摆手,纠正老伴的意见,又说,"给你扯件浅蓝的确良布衫,叫人们看看,咱也有大儿大女孝顺咱!"

"去去去!"老宝奶笑得嘴更凹了,"我还没活一百,叫人把牙笑掉了,要扯就扯件青的还差不离。"

老两口忙了一天,笑了一天,十年苦海中盼着的那一天就要来了。他们拼好了菜料,扫净了地,抹好了桌子,连坐的椅子也刷洗了一遍。他们等着,一天,两天,第三天上午果然来人了。一个是公社的老张,一个是县里的老申。老宝爷请他们到屋里坐下,便给老伴使个眼色。老宝奶忙从篮子里摸了几个鸡蛋,往灶里烧茶。老申上去一把拉住,夺过鸡蛋又放进篮子里。老宝爷不依,拿起鸡蛋又递给老宝奶。老申和老张又上去死死拦住。正当四个人争夺不下时,忽听外边欢叫道:"忙死我了!你们来了没顾上招呼,真是该打!"话音没落,吴支书就走了进来。他一脸好膘,笑起来鼻子眼都没影了。他和老申一见如故,握过手就激愤地表白道:"那个混账王八蛋年月,叫老宝爷受尽了苦。要不是我拦着包着,坏货们早把老两口炮治死了!"他回头两只小眼盯住老宝爷追问,"老宝爷,真的吧?"

面对面说谎,说得如此正大光明,老宝爷只得连连点头哈腰证实道:"是,是,可是!"

吴支书又对老宝爷挥手指派道:"老申也不是外人,我给你陪客,你们忙去吧!"

老宝爷知道"忙去"的意思,急往灶房走去。老申也知道"忙去"的意思,急起身拦住,说:"我们还要去慰问别的烈属,不在这里吃饭。"

吴支书拉过老申,假意恼怒道:"咋啦?咋啦?小宝平反了,老宝爷感恩不尽,想把心扒给党!你们连水也不喝一口就走,这不是打老宝爷的脸!"

老宝爷想和上级说说心里话,真不愿叫走,就眼巴巴看着老申,求告道:"就喝俺们一口水吧!"

老申被缠得没法脱身,只好坐下了。老宝爷和老宝奶忙进灶房做饭菜去了。

多少年来,除了整他老两口时来过几回人外,谁也没进过他们的门。今天上级来了人,吴支书还亲自陪,好大的面子,老两口感到很是荣耀。老宝奶又想起那年老丁来拜年的事,就嘱咐道:"停一时,人家拉你坐桌,你可别喝得忘了端菜!"

老宝爷挺有把握地说:"你放心吧,还能醉了我!"

老两口在灶房说说笑笑,忙上忙下,听着当间里人声越来越稠。

"支部分工,我抓民政,我一直想不通为啥要把烈士打成叛徒?活人整活人还不够,还要叫活人整死人!"

老宝奶侧耳听听,对着老宝爷撇撇嘴,说:"副支书也来卖嘴了!"

"我是主管优抚的,当初整他老两口,我真想起来顶住!"

老宝奶又说:"听,民兵营长也来了!"

"哎呀,我们生产队为老两口把心都操烂了!"

"队长也来了!"老宝奶嘟哝了一句,转身悄悄扒住门一看,当间里坐了黑压压一片人,大小干部都来了。她吓了一跳,忙走到老宝爷身边,又生气又着急地低声道:"你看看,来了那么多人,叫人家吃啥喝啥?"

老宝爷压低嗓门解劝道:"来了才好嘛。要不是政策变好了,前几年咱就是用八抬大轿去请人家,人家肯来?"

老宝奶叹口气不言语了。

吴支书进来了,像在自己家里一样随便,把各种菜品尝了一下,夸道:"嘿,没把老宝奶看透,还会做菜哩! 喝啥酒呀?"

老宝爷忙掂起案板角上一瓶酒,表白道:"这! 人家营业员说这不是红薯干烧的,兑有粮食哩!"

"就这?"吴支书不屑地把酒瓶放在案板上,看着老宝爷嘲笑道,"哈,叫财神爷喝这个呀,有钢要往刀刃上使嘛!"

老宝爷为难地解释道:"人家营业员说,这是咱供销社最上等的酒了!"

吴支书不听老宝爷的啰唆,对着当间叫道:"小李!"

会计小李跑了进来,吴支书挥手道:"快去供销社,给老宝爷买点酒,把我叫他们留的好大曲拿几瓶来!"

小李看看他俩,问:"钱?"

老宝爷为难地喃喃道:"这……"

吴支书大方地讲:"老申就是来发救济款的,回头我给 他讲讲,叫他多给发一点就有了。下午老宝爷领了钱就送去!"

小李得令跑了。

开席了。吴支书当了酒司令,指挥有方,首先宣布了酒规酒法,接着猜枚划拳,把众人的酒兴充分调动起来了。老宝爷匆匆忙忙来往于当间和灶房之间,端上一个菜,撤下一个空盘子,又端上一个菜,再撤下一个空盘子。老宝奶忙着做菜,忽然心里一动,问:"拉你坐上席了没有?"

老宝爷摇摇头,苦笑一下。

老宝奶又问:"也没敬你一盅?"

老宝爷无可奈何地叹道:"你咋光拿老丁那把尺子量人? 就这都算高抬咱了!"

老宝奶听说人们不抬举老伴,心里不是滋味,牢骚地嘟哝道:"咋? 人家老丁不比他们官大……"

一直喝到日偏西,酒席才终于散了。临走时,老申给老宝爷留下二十元救济款,惭愧地说:"咱们国家叫'四人帮'搞穷了。国家也很困难,一时还不能解决全部问题,这点钱是上级和党的一点心意!"

老宝爷接钱的手颤抖着,不知如何回答才好。吴支书怕他嫌少,说出不得体的话,就抢着代他回道:"不少! 不少! 一个劳动日两毛钱,这些钱顶一个棒劳力没明连夜干一百天哩!"

老宝爷顺着话路,连连道:"对! 对! 要叫我这半劳力干,得风里雨里做整整二百天哩!"

送走了客人,老宝爷去供销社算账,老宝奶洗过锅碗,又站在院里喂那只白公鸡。她想着今天这个酒席,没叫老头子上桌,心里很不是味,就暗自打算道:"不指望这公鸡买布了,等到了年节,把它也杀了,好好做做,叫老头子一辈子也吃一回全鸡!"

老宝奶正想到好处,老宝爷回来了。她看他寒着脸子,急切地问:"咋啦? 又出啥事了?"

老宝爷连连摆手,不叫她嚷嚷。他猫下腰,轻轻凑上去,一把抓住那只正在吃食的白公鸡。老宝奶疑惑地问:"你逮它干啥? 又来客了?"

老宝爷苦楚地道:"别问了! 那二十块全给人家供销社还差几

块,这只鸡添上还不知够不够哩!"

"啊?"老宝奶僵了,怔怔地道:"这……党给的恩情全叫他们吃了啊!"

老宝爷提着鸡子往供销社走去。白公鸡吱唠着,扑棱着,引来了左邻右舍的小孩,他们团团围住老宝爷,欢欢喜喜吵吵道:"又要杀鸡了! 我要鸡毛,再做个白毽子!"

老宝爷也不回答他们,提着扑扑棱棱的白公鸡径直走去。他像又老了几岁,步子都有些踉踉跄跄了。

老宝奶僵在原地,傻傻地直盯着越走越远的老伴,直到看不见了,她才突然哇一声哭了:"好老丁呀,你们咋不回来呀! 你们还会回来吗?"

原载《鹿鸣》1980 年第 5 期

姑父

阳春三月,有人说热了,有人说还冷。同样的天气,人们却有不同的感觉,不同的说法,咋才能取齐呀!

通往县城的长途客车没有满员,经过跑马镇时又上了一些乘客,都争着去后边就座,虽然后边不如前边坐着安稳,可是坐着总比站着还强一点。只有一个人不争不抢,一边往前走去一边亲热地叫道:"丁师傅!"

司机回头看了一眼,淡淡地回道:"啊,封主任也进城呀?"

"去开会。"被称作封主任的人回道,马上又强调了一句,"开先进代表会。"然后掏出了一盒三五烟,抽出一支撂给了司机,扬扬自得地笑道,"给,也开开洋荤。"

"嘿,又发财了!"司机接住烟看着牌号。

"我发财? 发吃菜!"封主任自豪地解释道,"不哄你,我姑父给我的!"

司机纳闷了:"你姑父? 干啥的?"

"你还不知道呀?"封主任朗朗笑道,"才从外地调到咱们县里当书记,姓丁。"

"啊,是新来的丁书记!"司机怀疑地看看封主任,"他的岁数可不大呀!"

"那是我亲小姑的……"封主任为有

丁书记这门亲戚感到很骄傲,说得很响亮,一个车厢的人都听到了。

全车的眼睛马上都对准了这位了不起的妻侄,对他刮目相看了。只见这位妻侄三十来岁,穿戴一新,长着个熊脸,两只眼里盛满了喜气。然后大家你看看我,我看看你,传递着各种各样的情绪,虽然都是无声的,却彼此都看得懂。

司机往后看看,问:"后边没座位了?"

"我晕车,不敢晃荡。"妻侄看看左右,又求援地看着司机。

司机为难地犹豫了一下,便对坐在零号的乘客说:"你去坐后边吧!"

这是位中年乘客,干部服,和尚头,慈眉善眼,听司机说了便要站起,坐在他身边的一号却打抱不平地发言了:"他已经坐了几百里,为啥叫他到后边去坐?"

司机理直气壮地说:"他坐的时候我就对他说过,这个号是给我们内部人员留的,先坐坐可以,有人了得起来。"

一号和和气气地讲:"你说的时候就不太对吧。谁是内部?谁是外部?买了票的乘客为什么要比你们内部人员坐得差一点?国家的客车,是为乘客服务的,还是为内部服务的?再说,他是你们内部人员吗?"

司机发火了:"我又不是叫你走,你少管闲事!"

卖票的姑娘也拔刀相助了:"你觉悟,你到后边坐,把你的座位叫零号坐!"

"我可以到后边去坐,只是你们的做法太不论理了!"一号站了起来,对零号说,"你坐这里,我到后边去,真是岂有此理!"

零号把一号按坐下,劝道:"还是我去后边。他晕车,叫他坐前边吧!"

突然,车厢里响起了一片吆喝声——

"不去,你为啥到后边去坐?"

"论先来后到你也不该去坐后边。"

"论岁数也不该撵你!"

"抱粗腿!"

…………

司机熄了火,机器不响了,冷冷笑道:"吵吧,啥时候吵美了,咱们再开车!"

零号继续往后边走去,笑着求告大家道:"别为我争长争短了,耽误了大家赶路。"

"啥事总也有个是非吧!"有人还不服气。

零号劝慰道:"算了,算了,是是非非自己想清了就行了。赶路要紧,为我误了大家的事,我就对不起大家了!"

车又开动了。

妻侄终于胜利了,占领了零号座位,靠窗而坐,非常自在得意。他又掏出了三五烟,炫耀地给司机一支,自己也燃着一支吸着。凭窗往外看去,青山绿水,野花遍撒,景色宜人。妻侄满心高兴,便打开了车窗,顿时野风呼呼着冲进车厢里。坐在二排的一位白发老大娘,被冷风一激,连打几个喷嚏。坐在她身边的十二号乘客看看她,问:"冷了?"

"不要紧。"老大娘强打精神地回道。

十二号是个年轻人,也是一身干部打扮,他本来浑身燥热,脱了外衣拿在手里,对拂面的春风感到凉爽宜人。可这时见老大娘浑身发抖,脖子直往下缩,就站起来伸长手拍拍妻侄的肩膀,求道:"请你关上窗子!"

妻侄回过头,不乐地问:"怎么啦?"

十二号指指老大娘,说:"她嫌冷!"

妻侄看看老大娘,一脸枯皱皮,穿着蓝色大襟衣裳,一眼就看出来是个农民老婆,便回头泰然坐着,不肯关上窗子。十二号等了片刻,又催促关窗,妻侄冷冷回道:"她冷,应该关上窗子。我热,也应该打开窗子。"

"你——"十二号气得脸红了,"还讲点道德不讲?"

"别!别!"老大娘吞吞吐吐地说,"人家是书记的亲戚,我冷一点不要紧……"

"不行!"十二号把手中衣服往座位上一放,指着妻侄大声道,"请你关上!"

妻侄回头冷笑道:"你想干啥?"

十二号严厉地说:"想叫你关上窗子!"

妻侄嘲弄道:"多管闲事!她是你的啥人?"

"是……"十二号一腔怒火,终于憋出了一句话:"她是我妈,怎么着?"

"同志,你——"老大娘突然抽泣着哭了,拉着十二号恳求道:"好同志,算了,别为我坏了你的事啊,人家是……"

听说十二号不是老大娘的儿子,满车厢的人都感动得炸了,吼道:"关上!关上!"

"你还有点人心没有?"

妻侄有恃无恐地回道:"就是不关,看谁能把我怎么着?都是坐车的,为什么怕热的得服从怕冷的?车安窗子就是为了叫打开的!"

人们又被激怒了,嗷嗷乱叫——

"混账话!"

"车上还有公理没有?"

"姑父是书记就恶这么狠!"

"把他撵下去!"

…………

眼看一场战争就要爆发,司机突然刹住了车,起身站起来。他看见了老大娘红茫茫的眼睛,看见了一张张愤怒的面孔,看见了妻侄向他求助的眼色。他可能是良心发现了,可能是觉着众怒难犯,也可能是恨妻侄太仗势欺人了,二话没说上去把车窗狠狠关上,然后又回到座位上开动了车。

车终于到了县城,每个乘客都狠狠瞪了妻侄一眼,才愤愤离去。

妻侄面对一双双愤懑和鄙弃的眼光,一点也不脸红,还在心里骂道:"气死你们,老子反正在美处坐了一路!"

妻侄到了招待所,报了到,洗了脸,准备去看望他那位当书记的姑父,但愿能沾上一点阳光露水,升个一官半职。丁书记是他小姑的丈夫,不过不是亲的,是远房,远到多远,连他爹都说不上来。从前不仅没有来往,连丁书记是什么样子都没见过。不过,这没什么关系,和小姑五百年前总是一家,一个封字掰不开。他提上礼物,正要出门,县委来了个干部,看他一眼,问:"你姓封吧?"

"是的。"妻侄又退回屋里,让对方坐下,问:"有啥事?"

"有。"来人开门见山地说,"你不要参加这个会了!"

"为啥?"妻侄一愣。

"上级说你不适宜参加先进代表会。"

"我怎么了?"妻侄不服地反问。

"不知道。上级只是说你招摇撞骗,仗势欺人,叫你先写个检查在广播站广播,然后再做处理!"来人公事公办地说。

"这是污蔑,我去找丁书记!"妻侄发怒了,气势汹汹地说着站了起来。

"这就是丁书记说的。"来人冷冷地说,"他说他和你同坐一辆车,说你表现坏极了!"

来人走了。

妻侄失魂落魄地跌坐在床上,喃喃道:"和我同坐一辆车! 妈呀,莫非是零号? ……是一号? ……是十二号? 还是……我疯了,为啥要当妻侄呀!"

原载《南阳日报》1986 年 6 月 24 日

平反之后

护林员老宝爷弯着的腰又直起来了，人也变得高大了，连走路的步子也快了。又低又瘦的老伴搬着凳子，在后边紧紧跟着，陪他去参加平反大会。他从五十岁开始当"反革命"，一直当到六十岁，罪名大得怕人，说他反对毛主席和马克思，被管制了整整十年。多亏党中央叫清理冤假错案，县委书记亲自过问了这个案件，他才有了出头之日。

平反大会在河滩里举行，人们见老宝爷来了，纷纷向他祝贺。他没有回话，也没有笑，他怕一开口就会哭。他坐到人群后边，低着头一直抽烟，时而往主席台上看一眼，就赶忙低下头去擦眼泪。

当年错把老宝爷打为"反革命"的火支书，正在台上讲话。他因为操劳过度，四十多岁就谢了顶，太阳照在头上闪闪发光。他态度虔诚，语气恳切，从批判"四人帮"的极左路线开始，讲到自己路线觉悟不高错斗了老宝爷，时而激昂慷慨，时而声泪俱下。他最后郑重宣布："彻底推倒强加给老宝爷反对毛主席和马克思的罪名。"

"哼，说的比唱的还好听，谁知道是真心还是假意！"老伴用胳膊碰碰老宝爷。

老宝爷瞪了老伴一眼,径自走了。

老宝爷走出会场,信步来到一别十年的卧牛山。当年他天天在这里走动。如今那葱绿茂密的山林不见了,只剩下稀稀落落的残林,他不由一阵阵惋惜痛心。当走到一个粗大的山樱桃树桩跟前时,他触景生情地呆呆站住了。这原是一棵标直的大树,当年被砍倒时,老宝爷曾跟着它陪斩。十年了,可怕的往事又泛上了心头!

十年前,天下大乱,连树木森林也在劫难逃,乱砍滥伐成风。老宝爷心疼坏了,每一斧头都像砍在他的心上。他懂得打蛇要打头,要想刹住乱砍风,就得先拿硬头开刀。一天,大队革委会乔委员偷砍这棵山樱桃树,老宝爷劝说不听,就按制度没收了他的斧头和锯子。革委会火主任(就是今天的火支书)知道后,传令老宝爷不要声张,把斧头锯子送还乔委员。老宝爷笑笑说:"还他容易,他得把砍倒的树先接活。"

火主任碰了一鼻子灰,恨在心里,到处扬言道:"真没想到阶级斗争这么复杂,一个革委会成员砍棵树就闹成这样!这绝不是一棵树之争,透过现象看本质,标准地故意往革命委员会脸上抹黑,想打倒革命委员会。这个阴谋一定要粉碎!"

好心的人听到这个消息,劝老宝爷赶快登门谢罪,奉还斧头锯子。老伴也害怕了,仰着脸眼巴巴看着老宝爷,苦苦求告道:"他爹,你就睁只眼闭只眼吧!你没看看,多少大干部都叫斗得死去活来,咱一个庶民百姓能扭转乾坤?别把脑袋硬往老虎嘴里伸呀!"

老宝爷心软了,一辈子的经验告诉他,宁得罪十个君子,不得罪一个小人,还就还给他吧。他捎信叫乔委员来取斧头锯子。乔委员没来取,只给他捎了个口信:"能撕破脸收走,就能厚着脸送来!"

"好啊!"老宝爷被逼上了梁山,牙一咬,跑到供销社买了一张红纸，写上乔委员的大名，贴在斧头锯子上边，绑到一根棍子两头，担在肩上，在村里摇摇摆摆走了三趟，边走边敲着脸盆吆喝道："老少爷儿们听着，王子犯法与庶民同罪！不管红人白人，不论干部社员，谁也不准违法砍树！"

群众喜坏了，拍手叫好；火主任气坏了，跺脚骂街。火主任盛怒之下召开了批斗大会，指控老宝爷猖狂反对"三红"，批判道："你小题大做，想搞臭乔委员，就是要搞臭大队革委会。你知道大队革委会谁批的？公社革委。公社革委会谁批的？县革委。县革委会谁批的？省革委。省革委会谁批的？毛主席。你反对乔委员，就是反对毛主席！"

"放屁！"老宝爷心里不屑地骂着，嘴上冷嘲热讽地说："都怪我过去路线觉悟低，不懂得你们的王法。今天听火主任一讲，我才提高了觉悟，知道自己罪大恶极。我对乔委员有意见，就是反对毛主席；你的官比乔委员大，我对你也有意见，那当然就是反对马克思了！"

会场上爆发了一阵阵纵情大笑，笑得火主任的谢顶头成了一颗紫茄子。他乱蹦乱跳，破口大骂，手下的狐群狗党一哄而起，把老宝爷按倒在地，毒打一顿。然后火主任当众宣布，老宝爷为恶毒攻击毛主席和马克思的现行反革命分子，撤掉护林员职务，交给群众管制改造。

从此，老宝爷天天被批斗受侮辱，在苦水中整整熬了十年。他想起这场噩梦，又可恨又可笑，到现在他还不理解为啥要搞这场运动。老宝爷正在想着心事，突然身后一声喝叫："你又跑到这里干啥？叫树精迷住了！"

老宝爷回头看是老伴，指指面前盆粗的树桩，难过地叹惜道：

"看看多粗的树呀!"

老伴气道:"再粗也叫人家砍了!"

"可是老树桩上又长出了新芽!"老宝爷抚摸着幼苗,若有所思地叹道,"咱被打倒了,也得再站起来呀!"

"啥呀?"老伴吓了一跳,"你还不死心呀,好不容易才洗净了身子,你又想沾一身屎哩!"

"咋,你说这就算了?"老宝爷摸着枯树桩上长出的幼苗,深情地看着老伴,深沉地说,"咱是个有血有肉有心的活人,能连棵没血没肉没心的枯树根都不如!"

老伴心有余悸地说:"你别忘了,老火那颗心是蝎子变的!"

"你这啥话?"老宝爷正言正色批评道,"枯树都能发新芽,老火的心就不会变了? 人家那检查你是没听!"

老伴批驳道:"他要不是怕县委书记撤他的职,他嘴里能吐出个象牙吗?"

老宝爷满怀信心地说:"怕啥? 不中了咱再去找县委书记!"

亲人劝,朋友说,都不能使老宝爷心回意转。结果他又当上了护林员,又开始在山山岭岭间走动了。

不知是有意挑战,还是积习难改,老宝爷上任第三天,就在封山区碰上了一群打柴的青年。老宝爷检查了柴担,发觉里边都夹有幼树。大家自知理亏,不敢多言多语,都看着一个满脸傲气的青年。这个青年名叫升升,见众人都寄希望于他,就口吐狂言:"不叫割柴,是不是要叫我们把胳膊腿砍下来当柴烧?"

老宝爷听他口气蛮横,冷笑一声道:"要不要烧胳膊腿,不用问我,回去问问你爹!"他爹就是火支书。

"问我姥爷都行! 他在阎王爷那里等着你哩,你快去问吧!"升升骄横惯了,放肆地狂笑。

老宝爷看他年幼无知,强压下怒气,教育一番放他们走了。傍晚,老宝爷去找火支书汇报情况,支书挽着袖子,正在油漆大门。这扇大门就是乔委员砍的那棵山樱桃树做成的。这种木料一色樱桃红,似血非血,经过十年风吹雨打还是晶莹鲜艳,光彩夺目。老宝爷每看见这扇大门,虽然知道那是木料的自来红,可总觉着那是自己的鲜血染红的,心里沉甸甸的,身上也隐隐作痛。现在见火支书用土漆把它漆成黑的,就不解地问:"本色怪好看嘛,怎么要漆成黑的?"

"现在红的不时兴了!"火支书脱口而出,哈哈大笑。

"啊?!"老宝爷心里一寒。

火支书发觉自己说走了嘴,忙收住笑一本正经地讲道:"漆了结实些嘛。有事吗?"

老宝爷汇报了护林情况,讲了升升和一群青年割幼树的事,火支书勃然变色,瞪了老宝爷一眼,"哼"了一声,骂道:"妈的,我就说不以阶级斗争为纲不中吧!看老子活剥了他!"

老宝爷心平气和地劝道:"这也不能全怪升升,都是'四人帮'惯下的坏毛病,你也不要骂他打他,好好教育教育就行了。干部家属砍倒一棵,接着就会倒下一片。"

火支书当面答应得很好,谁知第二天突然召开了群众大会,说是为了抓纲治林。火支书在会上声色俱厉地讲道:"有人听说要发扬民主了,又想在老虎头上擦痒,又要乱说乱动了——给我绑上来!"

乔委员等人闻声而动,亮出早就准备着的绳子,把升升五花大绑,拉上主席台。火支书气红了眼,又是拳打,又是脚踢,骂不绝口,闹得全场群众目瞪口呆,不知所措。

老宝爷发呆地看着,气得脸色铁青,坐在身边的老伴在他胳膊上狠狠拧了一下,恨道:"看看你闹得多排场! 这哪是打升升的屁股,分明是在打你的脸。"

老宝爷实在憋不住,冲上台去,用身子护住升升,质问道:"火支书,你这是国法还是家法?"

火支书推开老宝爷还要打:"这是国法,咋?"

老宝爷冷笑一声:"国法? 打人不符合政策!"

"我这是家法!"

"家法? 为啥在群众大会上打?"

"这……反正得给点厉害,让人们看看!"火支书气急败坏地搪塞着,转身对群众咋呼道:"从今往后,谁敢再割一根树枝,如同剁我火某一条腿;谁敢再砍一棵树,如同杀我火某的头!"

这次会后,老宝爷一直有块心病,想不透火支书为啥要这样兴师动众。不过,这个会也真起作用,一连多天风平浪静,没人再敢到封山区割一根树枝了,连牛羊也不敢再吃一片树叶了。

谁知好景不长,老宝爷复职后的第九天,发生了一件重大盗窃案。这天夜里,老宝爷值班,半夜时分,突然胃病犯了,实在难忍,就回家吃了点止疼药。当他又匆匆赶回伐木场时,只见灯火通明,吵声四起,走近一看,他吓得傻脸了:为支援重点建设,前些天伐下了一批珍贵木材,今夜被偷了许多。村里人不知怎么知道了木材失盗的事,灯笼火把地跑到山上看情况。老宝爷气得蹲下去抱住头,听着七嘴八舌的议论,伤情的话像粪水一般泼到他的心上。

"贼没内线,寸步难行。肚子疼得真巧!"

"哼,抓小偷积极,原来是为了掩盖大偷!"

多毒气的话呀，好像是老宝爷串通了贼，连他不许升升砍小树，也是为了掩盖自己当江洋大盗。他抬头看去，乔委员眼里闪着幸灾乐祸的鬼火。老宝爷再也憋不住了，一冲而起，刚要开口，火支书在一旁严厉地批评众人道："胡说八道些什么！人吃五谷杂粮，谁能没个头疼脑热？谁偷的，支部自会调查处理，谅他法网难逃。这样凭空乱猜，制造矛盾，破坏安定团结。"

"哼，安定团结！"乔委员鄙薄地道，"叫发扬民主，解放思想，天下就安定不了！"

老宝爷听乔委员攻击现在的政策，心里又烧起一团怒火，虎生生站起来走向火支书，扯开胸前棉衣，拍着胸脯道："火支书，你别讲了。木料丢了，我去找。找不到，怎么处置我都行。"他不满地扫了乔委员一眼，愤愤地又讲，"千错万错都是我的错，都怪我麻痹大意！可话又说回来，谁想拿这个事贬责现在的政策，他算瞎了眼！"说完不等回话，就转身倔强地走了。

老宝爷从后半夜找到天明，从上午找到下午，走遍了全大队的山山沟沟，察看了全大队的每一寸土地，走访了一个又一个群众，饥饿和疲劳折磨着他，而寒冷和狂风却使他更加清醒。奇怪得很，那似血非血的红大门，一直在他面前晃悠；那"现在红的不时兴了"的笑声，一直在他耳边回响；乔委员等人的得意神色，更令他毛骨悚然。当他返回村里时，浑身上下的棉衣被野刺挂得破破烂烂，露出了团团雪白的棉絮。胃疼病也犯了，他弯着腰捂着肚子，边走边哼哼着，显得更加苍老了。一路上他听到不少同情的话，也听到不少讽刺的话，他都没有停步，也没有回话，径直往家走去。村子里家家户户议论着："老宝爷被这个打击打垮了！"

太阳压山的时候，老宝爷的儿子找到火支书，说老宝爷病危了。

火支书听了忙去探望。老宝爷躺在床上,两只眼里泛着死光,少气无力地呻吟着。老伴坐在他身边,愁眉苦脸,唉声叹气。火支书摸摸老宝爷的额头,满怀同情地安慰道:"木料被偷了,责任在支部,特别在我,不该把这么重的担子交给你这年老多病的人去担。你安心养病吧,支部研究了,护林员的工作已经安排别人干了!"

老宝爷听到这里,知道自己被赶出了树林,不由得又一阵心疼难忍,哇一声趴在床沿往下吐着。火支书低头一看,大惊失色:"啊,血!血!"

老宝爷的老伴和儿孙们一齐放声哭了,手忙脚乱不知所措。多亏火支书费心安排,又是打电话叫公社卫生院快来医生,又是让大队借钱,一切料理得停停当当。村里人听到这个不幸的消息,争先恐后前来探望。大家见老人家喘息不止,只有出气,没有进气,纷纷流下了眼泪,悲伤地叹息道:"多好的人啊,可惜没有好报!"

贼们听到这个消息,个个心花怒放,放开手脚干起来了。这天半夜,几个贼把沉在黑龙潭的木料捞出来,往几辆架子车上装着,快活地小声议论着:"给他一平反,他算积极得忘记姓啥名谁了!"

"哼,才几天不打反革命,猫就想逮老虎了!这一下叫他试试,老虎到底还是老虎!"

"快装!别胡说八道!"一个话音像火支书的贼制止道。

说话间装好了车,正要拉走时,突然从村里传来了悲天怆地的哭声。贼们怔了一下,互相发问:"是不是老东西死了?"

这时,一个人匆匆跑来,冲着贼们小声叫道:"火支书!火支书!"

贼群中的火支书惊问:"小乔,咋啦?"

"好消息!好消息!老东西可死了!"

"早该死了。拦路虎！"

乔委员又咬牙切齿地补充道："老东西的心可毒气了，临咽气时还拼命叫着：要看好林子啊！死罢眼还瞪多大！"

"哼，再恶也没跳出火支书的手心！"

"哈哈哈！"

"就会笑！"一直没发言的火支书，这时喝住众贼，命令道："小乔，你今夜加个班，写个悼词！"

"哼，叫我给他写悼词呀？"

"就是叫你！不光写，还要写好，一定要写得悲痛一点，念了叫大家都哭才行！老三，你明天进城买个花圈，要最大的，不论多少钱都行！"

众贼不满地咕哝道："死了还叫他恁排场，看他对咱多好哇！"

"你们懂得个屁！他的眼合住了，还有公社，还有县委哩，睁着的眼还多着哩！走，快拉上走！"

狂风怒吼，从村里传来了一阵阵揪人心肝的悲痛哭声。在哭声中，贼们拉着偷的木料疾速走着！

原载《南阳文艺》1979 年第 3 期

价值

●

这是一个陈旧的小故事，小得比针尖还要小，旧得都有点发霉长毛了。

大山深处有个古老的小县，新来了一位县委书记，姓方。一时有一时的风尚，那时节最时髦的风气是比穷，穷就是忠诚的表现。这位书记自然不敢例外，头皮剃得比豪言壮语还要闪光，穿了一身中式棉布衣服。他的面孔和眼睛，全不像电影中的英雄人物，既不威武英俊，也不炯炯有神，完全是一个普普通通老百姓的形象。因为他太像老百姓，这一天就闹出了一件叫人不尴不尬的笑话。

方书记也是一个活人，也吃五谷杂粮，普通人有的七灾八难也会落到他的头上。他病了，头疼，鼻子冒火，嗓子发干，浑身成了火炭一块。于是，他就去看病。医院和县委会在一条街上，很近，只有几百步路。他不想惊动众人，自己步行着亲自去了。到了医院，和大家一样排队挂号，一样排队候诊。医生叫了他的号签，他就走过去，规规矩矩坐到医生面前的小方凳上。医生给他量了体温，然后号脉，又叫他伸出舌头认真地看了看，就给他开了一剂中药，还嘱咐了几件要注意的事项，就打发他走了。接着，他去药房里抓了药,司药的当他不识字,告诉他药引子是一两白糖,医院不供应,叫他凭药单去街上买。医生和司药并不知道他的职务,却都这样细心关照,他感到民风不错,十分满意。

方书记提着药包到了糖烟酒商店。店里非常冷清,偌大三间门市没有一个顾客。营业员是一个长得很美的姑娘,看见他进来,忙放下正在看的书迎过来,甜甜地笑道:"老大爷,你买啥?"

"糖。"方书记说完又补充道,"白糖。"

"哎哟!"姑娘笑了,"好老大爷,你可真会买,啥没有你专买啥。"

"没有?"方书记脸上浮起了疑问和难色。

"一个月只拨给我们一百斤糖,"姑娘指指墙上的日历,"今天都二十五号了,早八百年都卖完了。"

"我是做药引子的,只要一两就够了。"方书记把药包放到柜台上,掏出药单指着药引几个字,商量道,"把糖缸底下粘的拨拉拨拉就够我用了。"

"早二十天这个门道就用过了。"姑娘扫了药单一眼,充满同情地说,"老大爷,你这么大岁数了,和我爹都不相上下了,真要有,别说你给钱,就是你没有钱,也要给你捏一点。你是治病的,又不是闲吃的,多大一条人命还不值一点糖。"姑娘苦笑着,笑中包含着歉意。

话不多可是句句动心,方书记只好提起药包走了。刚刚走到门口,姑娘又喊住他,亲切地关照道:"街上有两家供应糖的,你再去南边那个门市看看,或许他们能给你一点。"

"谢谢!谢谢!"方书记对姑娘的指点充满感激之情,不由想起了自己的女儿,心里说:这姑娘真好。

往南走不远,果真又有一家糖烟酒商店,店里有三两个顾客在买东西。迎接方书记的是一个中年男营业员,听完方书记说明来意,后悔不迭地埋怨道:"哎呀,老同志,你咋不早来一天哩,昨天刚刚卖完,真是……"

方书记失望了,怀疑地说:"我不信能没一点点了。没有一角钱的,买五分钱的也行;没有五分钱的,买一分钱的也行。药引子嘛,多少都行。"他简直有点乞求了。

营业员双手按住柜台,把头伸向方书记,非常体贴地解释道:"老同志,看你把话说到哪一国去了!我们是为人民服务的,急顾客之所急嘛,你有病和我有病还差多少?你想想,生孩子的,生病的,谁不要点糖。只要有,谁来都一样供应。真是没有了,昨天张局长今天王局长来买糖都没有。"言语之中充满了遗憾之情。

方书记听他说得如此真切,再看看他的眼睛,眼睛里满是真诚,没有一丝一毫虚假的神色。是真没有了,营业员有什么办法呢?他无可奈何地点点头,转身要走,营业员又叫住他,说:"老同志,没有糖不要紧,你这是上焦火,我给你说个单方,去挖点黄黄苗,再采点竹叶,熬熬喝几回就好了。"

营业员竟然说出了单方,足见对人的关心了。方书记十分感动,又回头多看了几眼,他要记住这个好人。

街上行人不多,两旁的商店有点萧条。萧条也有萧条的好处,使小城显得分外幽静、安逸。街道是石板铺成的,又打扫得干干净净,再加街道两旁砌着两条小水渠,渠里清水缓流,给人一种古朴的感觉。方书记走在街上,心里感到了前所未有的欢畅。糖没买来,却尝到了比糖还甜的人情味。那甜甜的笑容,那体贴入微的言谈,还有爱人如己的心肠,像一股股清泉浇在他发烧的身上和心上,浑身顿觉凉爽,病也轻了许多。这是他到任后第一次和普通群众接触,就给他留下了美好的印象。他心里产生了一股强烈的欲望,决心要献出自己的一切,为这个小山城的古朴美添点什么,不然就对不起这里的人。

方书记怀着愉快的心情回到了县委会。通信员看他提着药包回来,好像自己做错了什么事情,不安地说:"您说一下我去就行了。"

"看病也能代替?能把我的病取下来让你拿去看吗?"方书记心情好,随便开了个玩笑。

通信员忙张罗着给他煎药,问:"什么引子?"

"白糖。"方书记随口答道,"算了,就这样煎吧,街上白糖脱销。"

"没有?"通信员弯着腰正吹火,抬起头怀疑地问,"你亲自去买的?"

"两家卖糖的我都去问了,看样子真没有。没办法,咱们的生产跟不上,供应得太少了。"方书记解释道。

"我再去看看!"通信员站了起来,"没引子咋治病,不是白苦一次?"说着就走。

方书记拗不过他的犟劲,只好顺手掏出一张两元的票子给他,埋怨道:"为啥非要白跑一趟?"

通信员走了,方书记蹲下去往药罐下边添柴。火不好生,屋里塞满烟气,呛得他连声咳嗽流泪。没多大工夫,通信员回来了,欢快地叫道:"方书记,买来了,两块钱二斤半。"他脸上布满笑容,很是高兴,好像自己立了大功。

"啊!"方书记一怔,抬头看见通信员手中的一塑料袋白糖,好像突然挨了一棒,只觉着头蒙眼花,急问:"在哪里买的?"

"糖烟酒门市啊!"通信员脱口而出。

"你——"方书记追问,"你去怎么说的?"

"我啥也没说,就说方书记要糖嘛!"通信员只顾低头生火,没有察觉方书记的神色。

一种被愚弄被侮辱的感觉击中了方书记,他跌坐在沙发里,又站起来,在屋里走来走去。岂有此理!我亲自去一分钱也不卖给,通信员去说声书记一下子卖给两块钱的。没有书记这个职务,作为一个人,难道我连一分钱都不值?那甜甜的笑脸,那亲切的语言,一下子在他心里变了形,他好像看见了一张张假脸壳。人啊,人啊,怎么能这样对待和自己一样的人!他越想越气恼,掂起桌上的糖,气极地命令道:"去,给我全退了。去告诉他们,书记这个职务是永远不会生病的,只有人才会生病。他们既然不卖给人,就让他们永远存着吧!"

通信员听这话味道不对,抬起头看见方书记满脸怒气,吓得立刻站起来呆呆地立着,不敢回话。

方书记直盯着通信员,质问道:"是在哪一个门市买的?是那个女的,还是那个男的?"

"这……"通信员这才发觉自己闯了祸,心里一阵发毛。敢说是哪一个吗?书记会批评那个营业员,还会批评营业员头上的一层又一层领导,批评完了谁也不能把他怎么着,隔上一两年他调走了,一切后果都要自己承受。再说,这能都怨营业员吗?糖如果都卖给老百姓了,县里那么多领导谁万一需要,怎么办呢?越想越不能当憨瓜,通信员都是聪明绝顶的,他突然笑了,红着脸说:"方书记,我向您坦白了吧,这糖是在我家里拿的。我怕白给您您不要,才说是在街上买的。我说了谎话,欺骗了您,要批评您就批评我吧!"说完,他羞愧难当地勾下了头。

方书记冷冷地"哼"了一声:"你也想哄我!"

"真的!我真不哄您!您要不信,我去叫我妈来,您问问她!"通信员急得要哭了,做出要走的样子。

"算了!"方书记盯着通信员的脸,想看出真假,看着看着,通信员的脸变成了那个姑娘的脸,又变成了那个男营业员的脸,三张面孔叠印到一起,分不清谁是谁了。古朴的小城,处处充满古朴的美德,他多么希望这一切都不是做出来的假象。他长长地叹了口气,说:"但愿你说的是真的!"

这个比针尖还小的陈旧故事到此完了。现在再也不会发生这种故事,因为糖已经多得卖不完了。

原载《河南日报》1986 年 1 月 30 日

春秋配

●

黄昏,当春生第十次从金支书家里出来时,魂被摘走了,脸上没有表情,双眼失去光泽,连思想也停止了活动,活像一具僵尸般痴愣愣地走动着。

春生的父亲是个烈士,母亲拉扯着他们兄妹五个长大成人。一个妇道人家,苦做苦吃,仅仅能顾住活命。家境贫寒,再加春生性情憨厚腼腆,连挨打受气也不肯对人诉说一声,当然更不会谈情说爱,所以到了二十五岁还没找下对象。妈妈为了这事,常常唉声叹气,背地里不知流了多少眼泪。也是天不绝人,去年冬天,春生上街赶集,在半路拾了个大姑娘,才有了对象。那天,下着鹅毛大雪,春生背着两把自做的小椅进城去卖。走到三里桥时,忽然看见路边有个纸包,拾起打开一看,里边包着二十元钱,还有一张药单。他想,这一定是谁家有了病人,进城买药时慌慌张张丢的。这时风急雪大,路断人稀,上哪里去找失主?他想着失主一定很急,定要沿路找来,就放下小椅,坐到上边,任凭风吹雪打,苦苦等着,一时三刻便成了个雪人。等了好久,从城里走来一个姑娘,边走边搜寻着。春生看是邻村的秋花,就问:"秋花,你找啥哩?"

秋花听到有声音叫她，看看前后没人，吓了一跳。再定睛一看，原来前边不是个雪堆，是个人坐在那里，就着急地问："给我妈买药哩，钱丢了。春生哥，你见了没有？"

春生嘿嘿一笑道："没见还不受这个洋罪哩。多少？"

"二十元。"

"给！"春生伸手把钱递给她。

秋花接过钱，审视着春生，又感激又不安地说："叫你受冻了！"

春生憨厚地回道："谁叫我拾住哩！"

秋花过意不去，忙给他打去身上厚厚的积雪，然后两个人一同往城里走去。路上，春生默默不语地走着，连头也不歪一下。秋花却一直注视着他：棉袄的轮边全烂了，露着发灰的棉絮；那双脚，穿着一双破鞋，脚指头露在外边，冻得血红。她的一双眼随着他一双脚一上一下、一下一上，不知上上下下看了多少次，忍不住问道："春生哥，你的脚冷不冷？"

春生低头一看，发觉对方瞧见了自己的脚指头，忙用劲凹勾着把脚指头缩进去，红着脸不满地说："不冷！"

秋花抿嘴笑笑，想一会儿又问："春生哥，你拾到了钱，就没想到用那钱买双鞋？"

春生猛一回头，像受到了侮辱，脸红脖粗地怪道："谁要想了都是个鳖！不是自己的钱，为啥自己想花？"

秋花的脸烧了，心也烧了。然后双方都不说话了，又默默地走着。秋花和春生同一个大队，同一个团支部，素来敬佩春生为人忠诚，今日之事使她产生了一种捉摸不住的感情。她见他一直不看自己一眼，心里挺不痛快，喊他道："春生哥，你不能走慢一点？"

春生还是不回头，硬声硬气回道："走恁慢轧路哩？你妈不是等着吃药哩!"

秋花不满地"哼"了一声。他越不看她,越不理她,她心里越热乎,越想和他说话。又走一段路,秋花挑逗地问:"春生哥,你几岁了?"

"二十五。"春生淡淡回道。

"我当你还小哩!"秋花咯咯笑了,又问,"你找着了?"

"啥?"

"对象呀!"秋花的脸红了。

春生闷声闷气地牢骚道:"人家眼没瞎嘛,图我啥? 人没人,家没家。"

"我就不信,天下能没一个瞎子!"秋花又咯咯笑了。然后,她看春生还不回头,就飞快地弯下腰,伸手量量春生踏出的脚印,又飞快地直起身子。虽然这只是眨眼工夫的事,又没人看见,可她却像做贼被人抓住了,心里跳个不停。

他们一同进城,一同回家。隔了两天,秋花瞅空硬塞给春生一双新鞋。不等春生醒开劲回话,秋花便笑着跑了。以后,不知又经过什么程序,村里人人都知道他们恋上了,大家啧啧着嘴赞美道:"好,春生配秋花! 好! 这才真是春秋配哩!"

秋花家里只有一个瞎眼老娘,大小事情都是秋花当家做主,这对象是她自己找的,当然没有问题。秋花一不要一分钱,二不要一件礼,只是提出了一个条件:春生要倒插门,去秋花家里当养老女婿。春生家兄弟多,都留在家里也着实难找对象。按说这是个踏破铁鞋没处找的好事,可是春生却有点迟疑,说:"妈把我养活大了,我翅膀才硬就走了!"妈妈可不这样想,满口答应,劝春生道:"别强装好汉了。你真要孝顺就跑着去,你能成个家,妈也不枉养活你一场。

过了这个村,就没这个店了,去吧!"

两下说好结亲,春秋配就这样定了。转眼之间,秋花二十五岁,春生二十六岁了,双方商定八月十五结婚。根据农村风俗,再穷也得做几件衣服,准备点酒菜,通知亲朋好友,到时候来热闹一番。该备办的都备办了,只剩下办个手续了。

他们虽然同一个大队,却不在一个生产队。这事要想成全,还得两道关口要过,一是秋花那个生产队准不准春生迁去,二是大队得给开个证明,好去公社领取结婚证。这两件事都得金支书批准才行。春生已经找金支书九次了,每次金支书都满口答应,说问题不大,一定研究研究给解决。今天八月十三了,后天就是大喜的日子,不能再拖了,下午春生又去找金支书,叫他把条子开了。

金支书家里正在盖房子,帮工的人挤成疙瘩,说说笑笑,手忙脚乱,一派大兴土木的兴旺景象。金支书四十多岁,长得又矮又胖,活像个炮弹。他站在高台上,谢顶头被夕阳染得血红血红。他把几盒劣质香烟拆开,撒向四面八方,人们像鸡啄米一样争着弯腰去拾。金支书眉开眼笑地吆喝道:"喂,慢慢做,慢慢做。这可是做咱们自己的活儿,可不能像在队里做活那样毛手毛脚光图快。"

春生站在一旁,瞅了个空子凑上去,说明了来意。金支书脸上眨眼工夫落了一层寒霜,也斜着眼把他上下打量一番,嘲笑道:"红口白牙说得倒容易,天下哪有这号简单事!不给秋花她们队里干部讲通,人家就同意你迁去了?"边说边走。春生紧紧跟在金支书屁股后头,苦苦求告道:"你去给他们队里干部讲讲嘛!"金支书不耐烦地怪道:"你没睁眼看看,我急得眉毛都失火了。木匠立等着做哩,还差两根木柱子弄不来。等我把料备齐了,心闲一点了,一定去给你办!"说着甩开春生走了。

春生傻了脸，急得搓手跺脚，生气地嘟哝道："又是这话，回回来都是差两根柱子心不净。你要一辈子心不净，人家就到头发白了再结婚！"

旁边一个壮年人看他急得可怜，就拉他到一边，怀疑地问："你来拿的啥？"

春生不解其意，愣怔道："没拿啥呀！"

"那你瞎子伸指头——指啥哩？"那人同情地教训道，"支书盖房子，别人没有事还借着这个机会送礼哩，你这么大事，空着两手就来了？"

春生惊讶地反问："咋，开个介绍信还得送礼？"

"啊，开个介绍信就白开了？"那人也惊奇地反问。他指着一对大梁，"王老五添个孙子，为了上个户口，还送了一对大梁哩！"又指着一堆瓦，"张家昌想入党，还送了几千瓦！"然后指着一堆砖，"你知道这是谁送的？"

春生摇摇头，问："谁？"

"县里大干部老苏啊！他儿子就是知识青年小苏，想叫开个好鉴定早点安排，开着汽车亲自送上门。你个平民百姓还想空手办事哩！"

"好老天爷，连老苏也送呀！"春生这一惊非同一般，吓得张着大嘴说不出话来，半天才迷瞪地说，"上级不是说不兴这一套吗？"

"咳！"那人听了好生奇怪，不屑地嘲笑道，"榆木疙瘩！你说说，上级啥时候讲过兴这一套！这就叫周瑜打黄盖——一个愿打，一个愿挨，上级干瞪眼也没办法。实话给你说了吧，他家连铁钉都是送的，光收的酒都能漂起船了！"

酒！春生突然醒悟了。昨天上午，他去供销社买布，见支书老婆拿了几十瓶好酒,还有一箩头好烟,转卖给供销社。营业员们笑道:"这可比去糖烟酒批的货好!"支书老婆走后,营业员们咬牙切齿恨道:"吸血鬼!装了一斤酒、买了一条烟要盖房子,房子还没盖好哩,可来卖几回烟酒了!"耳听是虚,眼见是实。春生想到这里,眼睛亮了,自觉有了主张,转身欲走,说:"我也去灌二斤酒拿来!"

"啥呀?"那人笑道,"你欺支书不识数呀?成家立业的终身大事只值二斤酒?他不把酒拿到大会上批判你拉拢腐蚀干部才怪哩!"

春生求教道:"你说我该拿个啥?"

那人郑重地讲:"他老早都点明了,你回回来他都说缺两根柱子,得送这!"

"啥呀?"春生吓愣了,两根柱子非同小可,他叫苦道,"俺们没有这!"

那人警告道:"柱子不送来,别说八月十五,就是九月十五、十月十五,他也没空给你办,那你就在村里接①媳妇吧。"

春生平常也听人说,金支书是个"百里稀",方圆附近的支书中,没一个像他那样,不论办啥事,没礼寸步难行。可是,没有想到结个婚也得叩头烧香献刀头。他家境贫寒,自己想盖房子都没木料,往哪里去给金支书弄两根上好的柱子?要是没有的话,婚姻难成,到后天两家乐就会变成两家愁。他是个实诚人,受不了这个打击,闷气攻心,从金支书家里出来,就像掉了魂似的,痴愣愣地往家走去。

妈妈正在忙着做新婚衣裳,见春生回来脸色铁青,忙问:"你怎么了?"

"不怎么!"春生一头钻进了里间。

---

① 接:豫西南方言,即迎娶。

妈妈不放心地追进来，问："咋啦？出了啥事？"

春生猛地抬起头，要把心里的怒气闷气大喊大叫出来，可是，一看见妈妈那对充满惊恐不安的眼睛，张开的嘴又合住了。妈妈守了二十多年寡，不知流了多少眼泪，眼睛都哭坏了，如今见风就流泪，怎能叫她再哭！他摇摇头，憋了半天才憋出一句谎话："别吭，我头疼。"

妈妈伸出布满粗茧的手，摸摸春生的额头，关心地说："是有点烧，快躺下歇歇。后天就大喜了，别病啦！"

妈妈走后，春生坐在桌前，双手支住下颏发愣，想着到底给不给妈说。这时，从外间不断传来人们的说笑声。

来帮忙办喜事的二姨笑道："姐，你总算熬出来了，春生找这个对象可真是百里挑一啊！"

"哎呀，啥好啥坏，只要这门人能爬个秧结个籽，我就算对住那个死人了。"妈妈的笑声中夹着扎心的哭音，"前几年我真怕他打一辈子光棍，我算白守了几十年，有时候想想，恨不得栽到河里淹死！没想到他能自己找一个……"

这些话，像闷棍打在春生头上，他眼里冒着金星。风声已经传出去了，东西准备了，现在要是突然吹了，我妈，她妈，该会多么伤心呀！不行，不能告诉妈！于是，他脑子一蒙，拿起一把斧头走出了门，走进了茫茫夜幕中。

到哪里去砍两棵树呀？自己家没有，砍人家的就成了贼，越想越作难。人在难中想亲人。他不由想起了爹爹，谁叫你早死哩，你要活着，如今大小也是干部，去开个结婚证明保险顺顺当当，哪会有这号难事！他埋怨着早死的爹爹，忽然想起爹爹坟上两旁有两棵树，一棵是椿树，一棵是楸树。对，这是爹爹坟上的树，砍了不算贼。于是,他像在黑暗中看见了光明,总算有了解救困难的门路,就快步往烈士坟走去。

天上一堆一堆云块,月光被遮得明一阵暗一阵。烈士坟里树木成荫,郁郁葱葱,秋风吹来,红叶飘零,发出沙沙响声,更加重了肃穆幽静的气氛。春生穿过一排排烈士墓,走到后坡上一座坟前站住,这座坟墓埋着春生的爹爹。坟东有棵椿树,坟西有棵楸树,树干笔直,碗盆粗细。椿树的枝子伸到了楸树上,楸树的枝子伸到了椿树上,两相交错,枝叶繁茂,像棚盖似的遮掩着下边的坟墓。春生站在坟头,叫了一声:"爹!"双腿不由跪了下去,双手扒住墓碑,满脸泪水滚流。哭完了心中的辛酸,春生才站起来,从腰里拔出斧头,看着那两棵树欲砍。他抬头看看交错的枝叶,又低头看看坟墓,不由犹豫了,头摇了几摇,喃喃地自说自道着:"活人都要住个房子,这树,夏天能给爹爹遮遮日头,冬天能给爹爹挡挡风雪,这是爹爹的房子呀!我不能为了自己找个对象,就扒了爹爹的房子,叫他成年风刮雨打日头晒呀!"

春生牙一咬转身走了。可是,当他走出烈士坟,来到三岔路口时,他迷惘了:往哪里走?再上哪里去砍这两根柱子呢?面前的路不少,他却觉得没路可走了。他呆呆地站住,长久拿不定主意。突然,他看见妈妈跟跟跄跄走来,满脸泪水,冲他哀求道:"娃子,妈吃糠咽菜喝眼泪为了啥?还不是为了给你爹留个秧,你真要存心打一辈子光棍,妈还不如去投河死了。"春生叫道:"妈,你别说了,我去砍!"说着伸手去扶妈妈,却扑了个空。他擦擦眼再看看,面前什么也没有。他长出一口气,狠狠心又拐回烈士坟。

第二天,春生拉着一椿一楸两根柱子,送到了金支书家里。金支书的一双凹勾眼笑了,脸却拉长了,怪道:"你这算啥话!共产党可不兴这一套……"旁边的人打圆场道:"哎,既然春生有这个心,已经拉来了,就收下吧。"金支书无可奈何地叹道:"真不像话! 好吧,既然大家说了,那就先放下吧。不过咱们丑话讲前头,可是只此一次,下不为例啊!"大家七手八脚地把木料抬下车之后,金支书掏出一张折叠的纸,顺手塞给春生,嘱咐道:"都说通了,这是证明,回去办吧。"

春生高高兴兴拿着证明,拉上空车,走出金支书家院子,到个背处拆开条子一看,怔住了:啊,是张白纸,一个字也没有。他认为自己上当受骗了,气呼呼又转回去,抖着白纸狠狠叫道:"金支书,你不是给我开结婚证明的吗,咋这上边啥也没写?"金支书又恨又笑,瞪他一眼,走上前指着白纸上血红的公章,没好气地嘲弄道:"结婚,哪怕你上天哩,只要有这个章就行。你想干啥自己就写啥,真是个二百五!"

"是这!"春生灵醒了,又回头走了。

第三天,春生和秋花两家人的门上,都贴上了大红对联,人来客往,喜气洋洋。春生和秋花穿戴一新,打扮得整整齐齐,并肩走着,前去公社登记结婚。春生这一次可不老实,一直歪着头看秋花,一个劲嘻嘻地傻笑着。秋花被笑红了脸,问道:"笑啥哩?"

"你真傻!"春生说。

"为啥?"秋花问。

"越看你越好看,恁漂亮找住我,图我个啥?"

"图你个老实,图啥!"

经过金支书家住的村子时,一群小孩发现了他们,就紧紧跟在他们身后,拍着小手,有节奏地欢呼道:"春秋配! 春秋配! 春秋配!"

就在这时,迎面走过来两个人,一个是大队治安主任,一个是派出所的民警。治安主任指着春生说:"他就是。"

民警上前掏出一张纸,递给春生,严厉地说:"你被拘留了!"

"我——"春生看看手中的纸,脸上的喜色全落了,低下了头。

秋花惊愕地质问道:"你们凭啥拘留他? 他可是个老实人啊!"

民警嘲笑道:"老实人? 偷砍烈士坟的树木还是老实人! 要是不老实,就把烈士坟扒了!"

"啊!"秋花吓愣怔了,她怎能想到自己认为一百成的老实人会干这事! 她瞪着春生,质问:"是真的,还是诬赖你的?"

"真的。"春生低着头,不敢看秋花一眼。

"你——"秋花气急败坏地狠狠推了春生一把,流着眼泪大声道,"你怎么能办这号事!"

春生委屈地说:"我只说砍我爹爹坟上的树不犯法……"

秋花打断他的话,追问:"你疯了,你去砍烈士坟上的树! 你要那树弄啥哩?"

"我、我……"春生偷偷看了治安主任一眼,胆怯地掏出结婚证明,喃喃道,"换这哩。"

秋花夺过那张纸,一看是张结婚证明条子,怀疑地问:"换这?"

"走吧!"民警推了春生一下。

春生踉踉跄跄走去,一边回头撕人心肝地呼求道:"秋花,你行行好,给我妈说说,别叫她哭啊!"

秋花无声地哭了,看着手中的结婚证明,眼泪汪汪,失去了知觉一样,长久地站着不动。突然,一阵阵欢呼声传来,接着鞭炮齐鸣。秋花被惊醒,擦干眼泪,四下看去。原来,金支书家盖的新房,今天立柱子上梁。烈士鲜血滋养成材的红椿木,木质鲜红,似血非血,晶莹夺目,再加上边又贴着大红对联,真是一红到底。人们指着柱子,赞美道:"好!真好!一根椿木,一根楸木,春秋配!高级!高级!"

"好啊!春秋配!"

"春秋配,真好!"

人们欢呼着,笑声一浪高一浪,笑浪像一声声炸雷,击在秋花头顶……

原载《奔流》1980 年第 1 期

石青山

●

红草沟大队支书石青山老汉,有一口奇怪的箱子,里面装的是"相当年"。

"相当年"怎能装进箱子里呢?这还得从土改时说起。有一天,全乡斗争过最后一个恶霸以后,狂欢的人们围住了农会主席石青山,倾泻着自己的喜悦:

"这一下可好了!这以后啊,自己做一嘴自己就能吃一嘴了,啥也不用管了!"

石青山老汉敞露着宽阔的胸怀,仰起头,纵情大笑。但他只笑了半截,突然尝着了这话里面有一种不好的味道,就截住笑,怔怔地问:"你们说的什么呀?"

"苦也出了,仇也报了,土地回老家了,自己做一把就落一把,以后啥也不用操心了!"

老汉听着,两只眼睁大了,像两支聚了光的手电筒,直射进人们心里。他的嘴张了几张,要说什么,可是看到大家第一次这样幸福的笑,就把要说的话咽下去了。他想起全乡的每一个乡亲,谁没有三两件痛苦的事呢?他认为自己有责任把人们扔下的痛苦捡起来,保存下去,让后代看看老一辈是怎样生活的。于是,他弯下腰悄悄拾起张太和扔下的血衣、王光斌扔下的卖儿文约,等等。今天积一件,明天积一件,到后来他积得多了,就满满地装了一箱子。

这箱子上加着一把大钢锁,钥匙常年系在他腰带上,谁也打不开,他也不轻易叫人看。一九五八年,他当了大队支书,把这箱子也搬到了大队部。一天,爱闹的青年们围住他说:"大伯,打开你的宝贝箱子叫我们看看吧!"

老汉急忙用双手护住箱子,吹着胡子说:"哎呀呀,这里面装的是疼苦啊,可不能轻易放它出来去咬人们的心!"

"哎呀呀!"青年们学着他的口头话,"既是苦,那就叫我们拿去扔了吧!"说着做出要抢的样子。

老汉扬起粗壮的胳膊,赶那打闹的青年们,说:"这苦是苦,可是能治病啊!扔不得!扔不得!"

"是药?那给一点,治治我的病吧!"大队会计小王皱着眉,弯着腰,装出病重的样子。

大家哄一下笑了。老汉也笑着说:"你等着吧,这里面也装有给你治病的药哩!"

不久,小王那句玩笑话,果然应上了。

这时,大队部扎在小尖沟。原先山上光秃秃,人们露皮肉。现在,经过几年集中治理,秃山绿了,庄稼肥了,人们吃饱了,穿暖了,还卖了余粮。过年的时候,小王费尽心机,使出了全身本领,写了一副对联,贴在大队部门口。对联是:欢天喜地享幸福,无忧无虑唱喜歌。横额是:乐无穷。

对联刚刚贴上,石青山老汉回来了。他眯着眼看了看,止不住连连摇头,捋着胡子叫苦:"这不是叫收兵卷旗享清福嘛!"他回到办公室里,找着小王,讲了一通道理。小王嘴一噘,蛮有理地说:"这是假的?咱们今年要不卖给国家粮食,手里有余钱,仓里有余粮,不是

'乐无穷'是啥?"

"哎呀呀!"老汉一惊,"是你心里这样想吗?"

"光我这样想?说家多了!"小王占行势地说。

老汉听了心里一沉。他是个不会发脾气的人,把社员、干部都当成自己的亲骨肉看,从来没有哈过谁一口大气。这时,他只当没听见小王的话,就对小王说:"哎呀呀,话扯远了!我说,咱们再换副对联,好不好?"

小王本来觉着自己编的这副对联挺不错,很有几分才气,贴出去准能露一鼻子。谁知不但吃了话头子,还叫再换一副,脸顿时寒下来,搪塞道:"我肚里掏完了,要换,你说我写吧!"

"你不知道你老叔是个大老粗,这不是将我的军吗?"老汉看小王有些赌气,就放开脸笑起来,想把小王也逗喜。

"粗中有细!"小王也强笑笑。

"好吧,细的是没有,咱就掏粗的吧。"老汉左手掮起袍子襟,右手捋着胡子,仰起头,看着房顶。小王掮起笔,等了好半天不见开口,便说:"大伯,那房顶没有对联本啊,你净看那做啥,快说吧。"老汉低下了头,笑笑,说:"有了。这长了行不行?"

"行!这对联不管多少字都可以。"小王说。

"好,那写吧!上联是:今天享幸福莫忘过去苦中苦,下联是:明天再下劲夺取将来福上福。"

小王听得睁大了眼睛,品品味道,觉着确实比自己的强,心里暗暗佩服,手中的笔一阵龙飞凤舞,很快写好了,抬起头问:"横额呢?"

老汉听问紧锁双眉,不住拍头,想来想去想不着。偏偏小王连声催,催得急了,老汉把手一摆:"哎呀呀,想不起来了,就写'想想当年'四个字吧!"

小王突然笑得弯下了腰,咳嗽道:"大伯,这是往大门上贴的对子呀!"

老汉有些不满了,他正正经经地问:"对子上就不许写'想想当年'吗? 这是谁规定的?"

小王看见老汉那两只灼灼有光的大眼,便停住了笑,咬着嘴唇,只管把横额写好了。

对子刚贴出去,人们就围到大队门口来看稀罕了。

老汉跑回屋里,打开了他那奇怪的箱子,捡出两件东西:一张卖身文约,一小包四川大米。他走出来,把这两件东西在众人面前亮亮,没有开口自己的双眼先红了,他说:"有人说咱们要不卖给国家余粮,咱们就富了,想当年可不卖余粮……咱们看看'相当年'吧!"他颤抖着双手,把这两件东西交给了身边的人,于是一个一个地传下去了!

这文约下面按有指印,那红红的指印,不是一般的印色啊,是会计小王的爹爹王老七的血啊! 民国三十年,那时节可不卖余粮,水灾旱灾兵灾一齐来了,人们先吃树皮,后吃草根,到底还度不活命。王老七把自己的女儿,也就是小王的姐姐,换了五升玉谷……

这大米,是雪白的,攒在手心里是柔和的。一九五三年,这里遭了霜灾,完了,一季的庄稼完了。那时人们一下子想起了民国三十年的命运,大家的心都凉了。正在这时,党从四川运来了大米,人们的心又热了。真的,这运了几千里的大米,还是八分钱一斤,连运费都不够呢!

当这两件东西又传到老汉手里时,老汉激动地说:"哎呀呀,不要难受了。以后,谁心里有啥疙瘩解不开时,你就想想'相当年'吧!"他的话刚落音,几双手握住了他的手,他觉着手背上一热,低头看时,原是几滴泪珠!

"想想'相当年'吧!"人们说着散去,怀着满腔火热的干劲,投入了新的一年。

老汉呢,从此得下了一个外号:相当年。

这一年夏天,又是一个好收成。

连干部们的生活也变了样。那两年一心扑在治山改地上,没有心思去想个人生活。如今呢,大队部院里不知什么时候栽了一池牡丹、一池月季,活像个小花园。

老汉看见群众的生活提高了,心里比喝了蜜还甜。可是,每次从生产队回来看见那一池一池的花,心里就别扭,他也曾不止一次按捺住这种别扭,责问自己:"你是在苦水中泡大的,咽的泪水,流的汗水,不要说栽花了,就是看花也没心思啊! 今天的青年人吃得饱穿得暖,闲下来时栽栽花,看看花,有什么不好? 你不是从心眼里希望大家幸福吗? 只要不影响工作,你为什么要不满?"他想到这些,别扭劲就暂时散了。

可是,不久后发生了一件小事,令老汉的不满再也按捺不住了。

这是龙嘴夺食的季节,眼看庄稼快收了,谁知起了大风,下了大雨。老汉恰好在红崖沟生产队,他领着社员们苦斗了一上午,结果损失还是不小。风住了,雨停了,他怀着沉重的心情往大队部走去。衣服湿了,也不觉着凉;腿上摔了两个窟窿,也不知疼。他的心中还是风风雨雨,想着下一步如何走。老汉有个特点:越是困难的时候,他的头仰得越高,步子也迈得越大,还要哼几句梆子腔。因为,他是个吃苦不叫苦的人。这时,他唱着回到了大队,刚跨进大门,就被眼前的事情激怒了。

院里，一池一池的鲜花倒下去了，小王和副大队长全兴正在一棵一棵扶着。小王惋惜地说："他妈的，就得把老天爷拉下来打一顿才出气！那两年，外面庄稼坏，院里房子坏，来个人就脸红。如今刚收拾得像个样，这一池花就像搽在脸上的粉，一阵风把这粉吹跑了！"他嘟哝着，在心在意地扶着……

老汉看了听了，不由怒火攻心，大步冲上去，踩踏那已经倒下去的花，拔掉那没有倒的花。两个干部抬起头，惊愕地看着：他们从来也没见过老汉发这么大的脾气！老汉拔一棵摔一棵，拔完了，摔完了，"踏踏"地回自己房里去了。

"老汉今天怎么了？"两个人呆呆地互相问。

"怎么了？"一个重重的声音。两个人回头一看，老汉站在背后，他已经换了一身干衣裳，脸上的颜色也平和了。他上前一步，站在两个人当中，抬起两只大手，按住两人的肩头，失悔地说："哎呀呀，都怨我脾气不好！当时只想庄稼遭了灾，群众的生活有了困难，当干部的和这事不连心，只怜惜几棵供自己看的花草，我心里比针扎还难受，就发了火。你们批评我吧！"两个人相对看了看，低下了头，说："大叔，你往后看吧！"

这天夜里，老汉在支部会上提了一条奇怪的建议："这里变了，找不着看不见'相当年'那种穷困了！我建议把大队部搬到红崖沟去！"

人家都是把大队部扎到富处，有粉往脸上擦，可是老汉要把大队部搬到红崖沟去！红崖沟，又是和从前的小尖沟一样，山是秃的，地是瘦的，房子是旧的，就不怕人家笑话？难怪干部们一时想不开，一个个睁大了眼睛看着他。

老汉看透了大家的心思，重重地说："那里还有'相当年'的秃山，还有'相当年'的贫穷，咱们当干部的不就是为了消灭'相当年'

吗……"

"为了消灭'相当年'？"小王噗地一下笑了，"那你怎么还保存了一箱子'相当年'呢！"

"这……哎呀呀，保存'相当年'，就是为了消灭'相当年'嘛！"老汉看了小王一眼，又讲下去，"真的，好地方不能住长了，睡到这里就会忘了天明！再说那里遭了灾，他们心里需要咱们啊！"

小王听了这话，想起了那花的事，脸上飞来了一片红。

大家想想，觉得有理，为了加强后进队的领导，把穷队迅速变成富队，就通过决议，把大队部搬到了红崖沟。

这天，大队部刚搬到红崖沟，干部们忙着收拾屋子，老汉呢，照例是不在大队部住的。他搬着那口奇怪的箱子，夹着行李卷，来到了生产队长石小六家里。石小六单身一条，他正坐在灶旁唉声叹气，一看老汉来了，他抱住了头，实怕自己哭出声来。老汉只当没看见他，把行李往小六床上一搦，又掭起小六的被子看看，说："你看潮了，咋不晒晒呢！"说着掭起小六的被子走到外面，搭在树枝上晒着，然后走回来，往灶里看了一眼，快活地大声说："哎呀呀，你藏在这里呢。六弟啊，大队部搬到你这里了，相当年咱们同榻给地主扛长活，今天又同榻了，这一次是来治咱们的山河了，咱们可要互相扶着点！"

石小六摇摇头，眼神有些灰暗，叹道："老哥，庄稼人靠的地，这地全给冲了啊！不要枉费心机了，下山吧！"

"下山？六弟，想不到你会说出这样的话！"老汉大声笑着，毫不在乎地说着，坐到了灶旁，伸手要过了小六的火棍，坚定地说，"我来烧锅。去，把想搬家的人都请来！"

石小六怔了一下，就出去了。不大一会儿，想搬走的人都来了，挤了一房子，争着向老汉诉说遭灾后的难处，老汉鼓励大家道："是苦啊，倒吧，把心里的苦处、把心里的闷气，统统都倒出来吧，一点也不要留！"

人们无休无止地说着，最后，石小六结论似的重复道："地刮完了……"

"六弟，我没聋啊，我早听清了！"老汉站起来，走到门口，伸出粗壮的胳膊，向外指指，"你们看，那是什么？"

人们也站起来，挤到他身边，顺着他手臂看去，不明白地回答道："那是山啊！"

"对，是山！"老汉又低下头，拉住了两个壮年人的手问，"哎呀呀，这是什么呀？"

"手！"人们更不明白他问这是什么意思了。

老汉用力地点了点头，突然抬高了声音，冲着大家说："庄稼完了，地刮了，这不假。可是，这地是自己生成的吗？"老汉说着走到床前，打开箱子，取出了一根沾满血迹的皮鞭。人们见这鞭子，脸色唰一下变白了。老汉叹口气说："想当年咱们逃荒到这里，一把镢头刨开了荒山，浑身上下全成了血道道，好容易收回一把粮食，地主来了。乡亲们，咱们交不起租子，地主就用这根皮鞭抽打我们！石小六啊，你抹开胳膊吧，那一道伤疤的血还沾在这皮鞭上……那时，咱们怎么想的？只想山是自己的，不交租子就好了！"

许多人流下了泪，老汉从腰里抽出羊肚毛巾，撂给了石小六，大声说："擦干你的眼泪吧！"他快活起来，充满信心地说："地是我们双手开的！现在，山还在，手还在，地冲了，我们再开！有党在支持我们，我们为什么要撂下自己的山！"

"别说了,老哥!"石小六跳了起来,雄赳赳地站着,他低头从腰上解下一串钥匙,取下一个,递给老汉,"这门上两把钥匙,你拿一把我拿一把!"回头从门角掂起一把钢镢,冲着大家喊道,"走,上山去!我要再说搬家,打掉我一个牙!"

人们嗷嗷叫着上山去了。

老汉回到大队门口,转了转,看了看,折一把树叶子,把大队的大门擦了又擦,直到擦得干干净净。然后,腰板挺着,精神抖擞,回到屋里,大声大气地叫道:"这地方真的太穷了! 小王,拿笔墨纸砚来,写上一副鼓劲的对联贴出去,也好给大家助助威风!"

小王正在收拾东西,一看老汉今天精神特别好,又听这话说得有劲,就连忙磨墨裁纸,扎好了架势,说:"好啊,拣那最有劲的写一副!"

"对!"老汉点点头,来回踱了几步,捋着胡子,又说,"你把那字也写得有力一点!"

"只要你说的对子有力,我保证把吃奶的劲也使上!"小王自得地眨着眼说。

"那好!"老汉胸有成竹地说,"写吧,上联是:抬头看几架荒山秃岭,下联是:低头看满眼薄地瘦苗。怎么样?"

小王扎好的虎势嘶地泄气了,他咚地坐下来,按笔不动,心中好恼:大队扎到这个穷处,不用你来揭短,已经够显眼丢人了! 他咬着嘴唇,看着老汉;老汉也在看着他,笑眯眯地好像在说:哎呀呀,小胆子,连自己的短处都不敢承认,你怎么能战胜它呢? 老汉一直笑,笑得小王挺不好受,他提笔要写,可又写不下去,就迟疑地说:"大伯呀,这不是泼冷水嘛……"老汉爽朗地笑道:"哎呀呀,我这鼓劲的话在横额上呢!"小王这才硬着头皮,把上下联写好,然后抬头看看老汉,眼睛里充满了疑惑,好像在说:"剩下这三四个字了,看你这劲怎么鼓?"老汉并不在意,一字一音地吐道:"横额写:英雄有了用武地!"小王正在气头上,噗地一下笑了,说:"老伯,我可不是小看你,横额最多的是四个字,哪有七个字之理?"老汉仰头想了片刻,反问:"最多四个字?这是谁的规矩?"小王爽利地回答道:"这是……"是谁,他说不上来了。老汉坚持道:"哪恁些斯文规矩?只要意思好就行,管他字多字少干啥?写不下了,再裁一块长纸不就行了!"小王咽口唾沫,连笔带草就写好了。

这副对联贴上以后,倒也起了不小的作用。干部们每天进进出出,看到这副对联,就觉得肩膀上的担子挺重,便鼓起了劲,步子也迈得更大更快了。

转眼又是一年,红崖沟已经变了样子。

五月,下着毛毛雨,老汉戴起雨帽,和石小六一同到羊胡沟里插秧。到了地头,天放晴了,他们卸下雨帽,跳进了田里。栽了一歇,老汉直起了身子,看着沟上沟下层层梯田,心里十分喜欢,他举手画了个大圆圈,说:"六弟,谁说沟里没有地呢?"

石小六一阵脸红,说:"当时看着可真没地啊!"

当时,石小六把手一摆,说:"要改地,找大块去!指望这巴掌大一块块也吃不饱饭!"不假,这沟狭窄得很,要找房子大一块平展的地都没有。石青山老汉山上山下转了几圈,他想:这深山古凹哪有大块地呢!要找大块,就得扔掉这山沟!他对石小六说:"哎呀呀,这又不是平操场,就是巴掌大一块地,也能种几棵麦呀!"老汉领上五个积极分子在沟里安下营,当把新买的镢头磨秃时,居然开了七十八块地,合在一起算了算,也有九亩六分。他们垒上垱子,开条转山小渠,引来山泉,要使山区也长出大米来。

石小六想起这段经过,就不好意思地说:"想不到巴掌大的地,也成了大器!"老汉笑道:"可不要看不起一个巴掌啊!一个巴掌不大,巴掌多了就能遮住天哩!"

他们说着话,插着秧,天快黑时便插完了。石小六直起身子数了数,少了一块地,从下沟找到上沟,就是找不着,叫道:"怪!怪!这九亩六分地明明是七十八块,怎么成了七十七块!"老汉帮着找了一遍,还是找不着,就试探地说:"哎呀呀,一星半点的,找不着就算了吧!"

"你不心疼,我还心疼呢!"石小六认真起来,他拉着老汉的手,指着老汉手背上的一个疤,金贵地说:"不能好了伤疤忘了疼,这疤里的血流在这地里呀!"老汉缩回了手,说:"明天再找吧!"石小六顺从地点点头,掂起放在地上的大雨帽,刚刚掂起,他喜得叫起来:"找着了,找着了,雨帽盖着呢!"老汉过来看时,是一块很小很小的地,石小六自语道:"看!看!能收一碗米的地呢!要有几万块这么小的地就好了!"老汉看着石小六的喜悦,就放心地笑了,在心里犹豫了一天的话,现在可以说出口了。

他情重地说:"六弟,大队明天要搬家了!"

"搬?"石小六猛回头抓住了老汉的手,实怕他跑了似的,"好不容易今年这里要丰收了,你要走……"

"要是今年这里不丰收,还不搬呢!"老汉笑了,笑得胡子飘飘,满脸自在的神气。

"我们呢?我不中啊!"石小六恋恋不舍的样子。

"巴掌大一块地你都看得像金豆一样,这我就放心了!再说,还有大家嘛!"

第二天,大队部搬家的时候,会计小王在收拾东西,一见老汉就叫:"大伯呀,咱现在就走,人家说你是头老黄牛呢!"

"老黄牛?"老汉一怔,"为啥?"

"为啥?"小王咬住嘴唇,不让笑出声来,"你没有见那牛,犁呀耙呀,拽断缰绳,打下了粮食它连尝也不尝,让给人们吃,自己又不声不响去吃青草,再去拽断缰绳,给人们犁犁耙耙种麦种米。你呢,治好个地方就走了……"

老汉像得了金娃娃银娃娃一样高兴地笑了,胡子翘着,连连说:"哎呀呀,你把我捧得太高了! 哎呀呀,你算给我提了个奋斗目标! 小王呀,以后咱俩挑个战,互相督促点,我争取当个老黄牛,你争取当个小黄牛!"

"你——"小王停住手,抬头,瞪眼,迷惑地说,"人家是取笑你的,你怎么真的要当老黄牛了!"说着忍不住笑了。

"咋? 像头老黄牛那样,为群众出力干活不好吗?"

小王止住笑,眨了眨眼,想了想,好像忽然发现了什么秘密一样,蹦跳着说:"我当,我当! 我要争取当个小黄牛!"

老汉笑着提起他那口"相当年"箱子,向孟沟生产队走去,一边走一边想着:孟沟那条山泉,到底从哪里引水更方便呢?

原载《奔流》1961 年第 12 期

一个雪后初晴的傍晚,在大王庄农业生产合作社的办公室里,聚集了很多人,新近才转了高级社,社员们的情绪极高。上灯时,青年们都到俱乐部排戏去了,干部们也都不在,最后只剩下一个须发如银的老社员,沉静地坐在那里,兴奋使他的脸上泛起了红光。后来我们两人闲扯起来,谈话中间使我知道他是一个饱经风霜的老者,我对他的身世很感兴趣。他讲了这样一个故事——

你问我为啥要把自己的地送给人家?这说起来话长。你要打烂砂锅问到底,我就给你说说吧!

你知道我住在王村,可是离王村二十里的张庄却还有我二亩地。为啥隔这么远还有我的地呢?这里头有一段伤心账呀!

当初,我老家是张庄的,就是"锅片张家"。你不要笑,咋叫"锅片张家"呢?也是有原因的。我老爷是个扛长工的,小时候,听我爷爷说:"你老爷身粗力壮,站着像棵大橡树,躺着像条大梁,在这一带是有名的大力气的人。有一回,他给地主李二尖赶脚,到了半路上,李二尖说:我脚跑

送地

●

疼了,你把骡子身上的东西担上吧,我要骑它呢!你老爷没有办法,找了一根碗口粗的花栎木杠子,把骡子身上的二百多斤东西担到他的肩上。他就这么有力气,一年又一年地给地主干活,后来,你老爷老了病了,地主把他辞了,工钱也赖了。他临下世时,啥也没置下,把我们弟兄五个叫到他的跟前,喘着气说:儿呀,你爹没本事,没有给你们撇下一针一线,我死了到阴间都不能合眼!你老爷哭了,我们弟兄五个也跟着哭了起来。你老爷艰难地咳嗽了一阵,就叫我们把锅从灶上揭了,拿到他跟前。我们想不透把锅拿来弄啥,可是到底拿到了他的跟前,他抬起身子,吃力地把锅打烂了。我们心里一惊:爹爹疯了!五个弟兄齐哭乱喊。你老爷气喘得更厉害了,他断断续续地说:'孩子们,我……死……了,我买不起五把刀,你们把锅铁各自拿一片吧。锅铁虽钝,也能杀死人,你们要给我报仇!报仇呀……'你老爷说完就死了!"

　　我爷爷弟兄五个,也都是好手。老爷一死,他们想.给地主扛长工,有受的气,没吃的饭,到头来只能落个五劳七伤。他们就进山开荒去了,饿了就摘些野果吃,渴了喝口山泉水,冬天没穿没盖就彻夜烤火。开荒也真是苦,浑身上下被树枝野刺挂得全是血道道。地主听说他们在山里开荒,就跑去了,指手画脚地说开荒是个好事,应该这样开、那样开,说了一大堆,就走了。最后也没说叫开,也没说不叫开。爷爷弟兄五个总觉着地主的到来是个凶兆。可是他们想:这山自古以来是没主的,谁开当然是谁的。一年过去了,地主再也没来过。他们放下了心,干得更凶了,第二年麦收时,二三十亩小麦长得真好,站在地这头推一下,地那头都乱动弹,弟兄五个欢天喜地地割好打好,正打算往家里担时,祸从天降了。地主突然在场边出现了,还带着三个衙役,气势汹汹地说:"私开有主的山,犯禁律,粮食全部归山主所有,犯人逮捕归案!"天呀,这不是大白天抢人吗!三个狗腿衙役哗啦一下拿出了手铐,五个爷爷互相使了个眼色,掂着杠子打了上去。好打呀,打得地主直叫"亲爹呀,饶命吧!"他们把地主衙役捆了捆撂到了场里,一人背一袋粮食,剩下的一把火烧了。他们逃难去了。

后来,官府派兵四下搜,到处贴告示,我爷是个老五,年轻跑不了,那四个爷爷把他藏在一个老太婆家,到底被搜了出来,打得剩下个悠悠气,地主想想打死他也榨不出一个钱来,就给县官说:"罚他给我做一辈子长工吧!"可怜的爷爷又跳进了火坑,当牛做马去了!

那四个爷爷呢?听说参加"太平军"去了。人们祷告着说:"反吧,再不造反连筋都被抽跑了,快领反军来吧!"可是,他们却一直没有回来。

老爷想要地,做得得了伤力病,活活被地主逼死。爷爷们用自己的血汗开点地,地被抢走了,人被逼跑了!天没边,地没边,可是东南西北的地全被地主占完了!

苦日子轮到了我爹,我爹叫个"夜竹匠",还是给地主种地。他白天怀里揣个黑窝窝头下地,从早到黑,一会儿也不歇,也不回来吃饭。天黑回来啦,要有月亮就趁着月光编竹器,没有月亮,就在屋里架上一堆火,在火光下编东西,一直编到天明,就又下地去了。他就不知道累,也不知道瞌睡,好像他浑身有使不完的劲。他说:"啥时候自己才有一块地呢?自己要有了地,也能出口顺气,脚踏自己的地,头顶自己的天,省得再受窝囊气了!"

到了宣统年,天下大乱,说是要革命啦,地主慌了脚,对穷人说:"我的地要卖给你们。不要不中!"他们一家挨一家去抢银子钱,我爹的一百多块现洋也被抢走了,他们随便指着一块地说:"妈的,便宜你了,这还不值一百多块钱吗!"立个约吧!"穷人们央求道。地主把袖子一甩,说:"我人都走啦,还能赖你们? 羞死啦,看我们像赖人的人吗!"穷人们眼巴巴地看着他们把大箱小箱的钱搬到城里去了。人们虽然伤心,可是一想到地成自己的时候就又笑了。

地真的成我们的了吗? 没有多久,再也没听说革命了,地主又回来了。到了秋收时,地主掂着斗大摇大摆地来了,好像根本没有卖地那回事一样,说:"分吧!"我爹以为他忘了,就说:"地卖给我们了,分什么?"地主装着惊异的样子,说:"啊? 卖给你们啦,啥时候? 拿字据来!"

他们告了官,官指着我爹和一帮穷人爷儿们说:"看你们穿得破破烂烂!"又指着地主们说:"看他们穿着绸缎!"然后把惊堂木一拍,发了虎威,大声呵斥道:"你们像买地的人吗?! 他们像卖地的人吗?! 刁民无赖……"

地,又成地主的了!

我爹忍气吞声,又苦苦地干了十年。十年啊! 连个盐味都没尝过,连一嘴稠饭都没吃过,又从牙齿上刮下几个钱,买下了二亩地。这回可学乖了,请了保人,立了文书,一家人喜得流出了眼泪,多好呀!"从今后,我张家活着能站在自己地上,死了能埋在自己地上!"这话我爹一天就说了几十遍。

立约后的第二天一早,我爹可跑去看自己的地啦。等到上午了,还不见他回家吃饭。我们就找到了地里,只见他像树一样地站着,动也不动。他痴愣地给我们指了指界石,哇地一下哭了。哎呀! 谁给界石拔了,往我们地里多栽了五尺。不用说,那是联保主任李家。我们吓得一声也不敢吭。一天没高兴过去,一家人又气得抱头大哭起来!

为了争地边，我爹得了失心疯，死时拉住我的手，一把鼻涕一把泪地说："你老爷、你爷和我都为了地死去，你要争口气，要报……"

我爹死了后，地主更混账了，界石年年往我家地里跑，地主说："人该发财，界石自己往外爬的。"二亩地很快变成八分地了，指望这块地再也养活不住自己了，我就狠狠心搬到王村，来给地主当佃户。

山有顶，水有底，苦日子到底熬出了头，八路军一来我可站了起来。

土改时，我喜得几天几夜没眨巴一眼，我到处跑，没收、分果实场场离不了我，地主看见了我，离大老远就给我让路，我跺跺脚就吓得他们浑身乱打战。后来，政府问我："把你的地分到王村吧？"我一想，那可不行，张庄那块地是我家的老业地，那块地上有我爹的汗，有我爷、老爷的心，有俺一家人的眼泪。我就说："张庄那二亩地我还要，差多差少，给我分到王村。"政府可真好说话，就答应了我。

我跑到张庄，那天斗争联保主任李元龙，我真恨不得一口咽下他，等到枪毙他时，我跑上去一把夺过民兵的枪，我说："大家评评吧！有谁比我张老汉的苦大，谁就来打一枪，要不，这口气我可要出了。"大家都同意了。你想想，我多高兴呀，地主也有死到我手里的一天。

地主家占我的地又原边不动地退给了我，八分地又成了二亩，那时候，我喜得连一句话也说不出来，光流眼泪，光拍手！

这就是我住在王村，为啥张庄还有地的缘由呀！

同志，送地的事真不容易，按说我该好好地保住它，现在我却双手捧上送给人家——不，不是人家，是自己人。

古话说："菜没心要死，人没心活不成。"土改分地就好比在我们穷人身上安上了心，我见个日头，不管地里有活儿没活儿，不管刮风下雨,我都要往地里跑上几回。一看到地,就觉着心里有了抓头,胆子也大了,浑身也舒坦了。

土改后,第一年就丰收了,第二年村子里成立了互助组。有些人三心二意不想入,噢,不是不想入,是怕人多心不齐,庄稼种不好,少打粮食。我不怕,我第一个入上了,虽说我没见过,可我总是相信毛主席是把我们往好路上领的。我就说:"八路军才来时说分地,有人不信,争着买地,临末了叫地主狠狠剥一下,后来都后悔了。眼下说互助组好,谁不信,将来少不了吃后悔药。"

果真不假,互助组就是好,家家户户多打了粮食。

不过,也有最伤我脑筋的事,就是张庄那二亩地成了我的心病啦。远田远地不发家,这句话一点不假。地远了,种得晚,荒得早,又没法子上粪,年年见的粮食不够工夫钱。你想想,多气人吧,和我那二亩地挨身有块地。那地哪能算地?是沙窝呀!可是长的玉谷棒子敢和棒槌比大小,活活气死我那二亩一脚榨出油的黑腐土。后来我一打听,原来是他们合作社把黄土担到那沙窝里,叫作什么呀?噢,对啦,叫改良土壤。要是在旧社会,也不是我吹大话,他们拿十亩沙窝也休想换我一亩。可是那天掰棒子时,我问:"一亩地拿多少棒子呀?"他们伸出了大拇指和二拇指,比了个"八"字。"好家伙,八百斤!比我二亩地还多六百斤!"我眼热地说。他们哈哈笑了:"要不,还能算合作社种的地!"哼!你是合作社我不是合作社?我心里可不服气啦,脸一红就走了。他们看着我走远了,就搋起了我脊梁沟,这个一言,那个一语,说开了:"地再好,自己也不会长个粮食籽!""净是糟蹋地!"我听了这些话,心里可不是滋味啦,为啥呢?你想想,"地再好,自己也不会长个粮食籽!"这句话说到疼处啦,我觉着对不起那二亩地,一路上我想呀想呀,咚地一下,头猛一疼,抬头一看,碰住门框了。

一到屋里,我就给老伴说:"地,这东西金贵是金贵,可是它不会给人一个粮食籽,出粮食的是力气,你出多少力气就见多少粮食!好比咱张庄那二亩地,真气死人不偿命……"我老伴一听,她那啰唆嘴就啰唆开了:"你这个老不死,喝迷魂汤啦,弄得咱们眼下出的力气多,见的粮食少。当初,不要撇那二亩地,当初……"她呀,一个当初,两个当初,就唠叨个没头,真气人,专会给人家上个后悔药,尽说些没用的话。

不过她的话也戳到了我的痛处,这就是俺家出的力气多、见的粮食少那回事。噫,你要说啦,"看看你这个老糊涂,刚才还说出多少力气见多少粮食,现在又说出力多见粮食少。眼下又不兴剥削,你这不是拿自己的手打自己的脸吗?"

是呀,你要不信,叫我给你打根说起吧!

你知道我参加农业社时,是第一个报的名。入了社,我一家人干得可欢啦。好吗?就是好呀!第一年就打了一千六百斤粮食。我老伴喜得咧着嘴,说:"乖乖,比咱去年在互助组时多打了五百斤!老东西又办回好事!"她把粮食装到芡子里,第二天又翻腾翻腾装到缸里,怕老鼠吃呗!到今年,你猜猜见多少?两千四百斤呀!一家伙卖了一千斤余粮,见天吃个馍,喝个米汤,这要是从前,生神方①也办不到。你看看我穿的吧,是直贡呢,在旧社会敢想吗?不,在旧社会也是穿的"呢子",衣裳里面是黑臭黑臭的汗泥,衣裳外面是黄焦泥。孩子们说我老了,成天像防贼一样,监视着不叫我做活。我没事了就带着小孙孙,逗着他玩,给他说:"你爷是个老来福,你爹是个

———————————

① 生神方:豫西南方言,指想尽办法。

少年苦。你呀,长大了还得去问问先生:啥叫个'穷'呀? 先生给你讲一百遍,你也弄不清'穷'是啥号样!"

日子可算美了吧,可是,人心比天高,秋天分红时,我家分的粮食足足比去年多六百斤。本来是个喜事呀,谁知俺大小子把粮食担回来,扁担一撂,扑腾往那儿一坐,脸子板得和门神爷一样,使开了高腔:"哼! 咱风里雨里干得怪下劲,可粮食见的再多,都被土地股拿去了。"接着他扳着指头,高一声低一声吵得像放鞭炮一样:"咱们做了三百三十一个劳动日,中农王福昌做了二百一十三个劳动日,可是分的粮食却比咱多六百斤!"我一听,头上可冒起了火星,我说:"去,找会计看看他怎么算哩!"大小子说:"找会计当什么用,人家土地股多,分的粮食就多嘛!"我一听,算瘫啦,干过来干过去还吃着亏呢!

我这人心里可存不住个灰尘,我去找着区委书记老赵,他就住在我们社里。我　见他,肚里就没好气,我说·"老赵呀! 这合作社好吗?"他说:"不好你能入?"我说:"你说说,我张庄那二亩一脚榨出油的好地为啥只见二百斤棒子?"他说:"地远,没做到呗!"好啦,我可套住他啦,我就说:"没做到就不见粮食,这么说粮食都是力气换的吧?"他笑啦,说:"是呀!"这一下我可抓住理啦,气也上来了,就说:"为啥劳动少的比劳动多的还要多分粮食?"我一五一十把俺大小子的话又说了一遍。他一听,喜得满脸笑纹,想了一下说:"你是想土地不分红,按劳动分粮食吗?"他呀,一锤打到了我的心窝里,我说:"是呀!"你甭看人家是个区委书记,可好吧,他一听我说个"是"字,跟见了金银珠宝一样高兴,他站起来,拍着我的肩膀,朝我面前伸了个大拇指,夸奖道:"互助组你先入,合作社你先入,这一下你又跑到头里了!""啥又跑到头里了?"我问他。他笑开了,说:"你这是要求走完全社会主义道路呀!"噫,把我弄迷糊了,来时,我怕说合作社不好,他还要批评我,谁知这是社会主义思想。后来,他又说:"你这思想是想消灭私有制,给你写写送到报社里,叫大家向你学习!"

他还说:"你知道苏联农民的好日子吧?"我说:"我可知道,人家劳动模范从苏联回来给我们报告过,我听一遍没过瘾,又跟着他们听了二遍。"他又说:"咱们将来也要走这条路!"人家到底是区委书记,说的话句句入心,和我谈了个大半夜,我这人忘性也大,别的都记不全了,就有一样我记得清。是啥?你不要心急,听我给你说。

他明知道我一家几代的苦处,可是他偏揭人家疮疤。他问我爹、爷、老爷是干啥的,我根根秧秧给他说了,说到伤心处,俺俩都哭了,他说:"你知道那苦根在哪儿扎着?"那还用问,我就说:"地主和蒋介石呗!"他说:"是呀!他们为啥能压迫人呢?就因为土地掌握在他们手里。要是土地是大家的,谁出力种谁收庄稼,你家还会受那么多苦吗?"末了,他又说:"土地私有就会使人们你争我夺,像李家弟兄俩……"

说起李家弟兄俩,我可最摸底啦。分家时,他俩为了争瓦房庄那二亩地,打得头破血流,两人结成了仇家。我好像又看到了界石在移动,有的哭,有的笑,人们在争吵!

我心里什么都忘了,就光念诵着:"要是土地是大家的,谁下力谁收粮,那我祖上几代,也不会死得那么惨了!"

他呀,可会打迷糊了。他又问:"你们社里南岗那几百亩地咋不浇水?"这一问,点着了我麦秆火脾气,我把大腿一拍,就吵开了:"渠修不成嘛。挖谁家的地,谁家怕吃亏。好说歹说,可说通了,可是当中有一块地是单干户的,就这挖不成渠,浇不上水,一季都少见几万斤粮食,真亏心!"他接着问:"要是土地归大家共同所有呢?"

唉,说了半天,原来他是引我呢!管他引不引,我好比吃了返老还童丹,好像年轻了五十岁。

说到最后,他考我呢,他说:"过去张家和李家为啥是两条心?为啥兄弟俩还不一心?为啥人多心不齐?"我满嘴打嘟噜,好坏说不出来。

话不在多少,人家老赵三句话可把我心里想的都说了出来。他说:"过去,这一姓和那一姓为啥不一心呢?那是田埂隔开的呀!为啥亲兄弟不一心呢?那也是田埂隔开的!为啥人多心不齐呢?那还是田埂隔开的!那成千上万的界石,栽在人们的当中,把人们一个一个分开了。"他这一说,我想想一点也不假。最后,他怕我还不明白,又说:"大伯呀!田埂和界石隔开的不是地,那隔开的是人心呀!"我算想开了,土地这东西私有,就是穷根和祸根!

前几天我们村子里转了高级社,你看我老了是不是?哼,那天我还扭秧歌呢!哎呀呀,咋不高兴呢,本来怕享不了社会的福,谁知道这么快,社会跑上来迎接我了!

昨天夜里开社员大会,我因为有事去得晚。啥事呢?你听着吧。我一进会场,人们都惊奇地看着我,说:"大伯呀,来开会嘛,你挑担石头弄啥?"我忍着笑就没吭。等赵书记讲完了,我说:"我说两句吧!"大家呱呱地拍起了手。

我把灯往桌子前面放了放,把担的石头往跟前掂了掂,从口袋里掏出了一张纸,就说:"这是我的土地证!"我举起了我担来的石头,说:"这是我的界石。"我接着大声地说:"土地证吗?不呀,这是'穷书'!界石吗?不呀,这是'穷根'!我要烧掉这个穷书,我要把穷根担到社里,社里盖楼房时,当根脚石,叫咱们的社会大楼永远压住这个穷根,使它千年万代永不翻身!"哎呀,底下手拍乱了,有好些人流出了眼泪,他们准是手拍疼啦!

我又说:"从今后地成一片,人成一心,咱们大家都伸出一个指头,就能把山推倒;大家哈一口气,旱天能变成雨天,雨天能变成晴天,从今后呀……"

散会了,这是一个不平静的夜晚呀,说啥也睡不着,刚一合住眼,就看见了满山遍野的花果林,金光闪闪的米粮川,电灯耀眼,小汽车乱跑,拖拉机哼哼响,到处是花,到处是红男绿女,到处是唱戏声……我喜得哈哈大笑。醒了,再也睡不着了。

正在这欢喜的节骨眼上,我偏偏想起了张庄那二亩地,好像看见拖拉机开到那块地边停下了,又好像看见人们正在修渠,修到我那块地边停了下来,人们生气地撂下了镢头、铁锨,几百只手指着我那块地说:"张老汉这块地挡住了咱们前进,把我们好日子隔住了!"哎呀,我张老汉能当绊脚石吗?到时候,这副老脸往哪儿放呢?干啥事要跑到头里,要不能称得起个高级社员吗?我下决心把这块地送给他们。

你问我心疼不心疼,老实说,也心疼也不心疼。我入了高级社,社里有八千亩地,八千亩啊,亩亩都有我一份,我在乎那二亩地吗?再说,要不是入社,生神方今年也收不了两千四百斤呀!你说,我还心疼啥?可是,我想起因为这二亩地受的气时又有些心疼,可又一想:他们为啥受苦受罪呢?还不是因为地是私有的缘故,想到这儿又不心疼了!

你不知道,有事的人总嫌夜长,昨夜我一直睡不着,巴着天明了好赶快去送地。我赶紧问老伴:"快明了吧?"问的遍数多了,她顶了我一句:"没活一百,性子还是那么急!"可你甭看她吵吵,她心里可亲我呢,给我烙了好几张油饼,还弄了壶酒,恶声恶气地说:"老东西,爬起来吃吧!"

我吃罢喝罢,天已大亮,就赶到张庄,把地送给高级社了。你知道,早送去一天,他们就可以早一天计划怎么使用那块地呀!

老社员讲完了他的故事。天已很晚了,俱乐部里排戏的青年们散伙了,夜校也放学了,外面传来一片欢笑的声音。

原载《长江文艺》1956 年第 3 期

一

贵客

山间公路上走着一群庄稼人,老的五六十岁,少的二三十岁。看样子,像是经过了长途跋涉一样,精神不振,拖着沉重的步子,有的人还把草帽扣到眉毛下面,生怕别人看见自己的面孔,不时有人发出几声长叹。

面前又是一座高山,公路像银色飘带在山腰上缠来绕去。那个帽子扣到眉下的人,看看苍茫群山,像失去了力量,陡然坐到路边一块石头上,愣愣怔怔地想着心事。

同路人一个一个走过他身边,有的看他一眼,有的同情地叹口气,有的不满地嘲笑道:"王队长,你真吓掉魂了!"

王队长抬头瞪了瞪眼,发牢骚地说:"谁愿走谁走!"

人们摇摇头,长叹一声,无可奈何地往前走去。

走在最后的一个人却精神抖擞,他五十多岁,两只大脚板蹬着一双已经踏破的草鞋,衣服搭在肩上,甩着两只粗壮的臂膀,好像专和太阳作对,草帽不戴在头上,而是背在脊梁上,宽大的脸膛晒得黑红黑红。他走到王队长面前站住脚,端详他一阵,大咧咧地问:"脚疼了?"

王队长冷冷地回道:"不疼!"

这人又问:"饿了?"

王队长还是冷冷地回道:"不饿!"

这人有点发火了,质问道:"脚不疼,肚不饿,为啥又不走了?"

王队长仍是那副冷冷的面孔,说出了冷冷的话:"没劲啦!"

"没劲了? 好!"这人扎了个背人的架势,说,"来,我背上你走!"

王队长这个膀大腰圆的硬汉子,突然哭了,委屈伤心地叫道:"高支书,咱们图个啥呀? 你看看!"他虎生站起来,伸出了一双长满厚厚一层茧子的手,又哗地扯开衣服,露出了肩膀上千挑万担压出来的肉疙瘩,话像爆竹似的炸着:"干呀,干呀,拼死拼活地干。干到底落了个只拉车不看路,连地主富农都不如,左一场批,右一场斗! 可你还要去参观,还要再干……"他说不下去了。

老高审视着他,狠狠地批道:"王长山,你是三岁小娃呀,还要我给你擦鼻涕抹眼泪啊! 亏你平常垒堰修坝能扛二百多斤的石头,一顶大帽子就把你的腰杆压断了! 你是泥捏的纸糊的,一见风雨就化了? 你以为天下就整了你,整了我,整了咱们一个大队? 走,去看看人家飞虎关公社是怎么对待这场风雨的?"

王长山在高支书严厉的催促下收住了眼泪,跟着老高乖乖地走着,可还是那副少气没力的样子。

别看老高批评王长山那样严厉,他自己心里也像针扎刀戳一样痛苦。

他们是梅溪河的,他们大队是全地区学大寨的红旗大队。为了向电气化机械化进军,大队的人劈开高山,修了一条大渠,打算引来丹江水浇地发电,苦斗了三个年头,大功就要告成,这时,地委掀起了一个学大寨赶梅溪的高潮,高山平川都拿梅溪当榜样干得火热,眼看千百个梅溪就要站起来,却飞来了一场横祸。

支书高世兴去省城搞电机设备的时候,从上边来了一群人,据说是一个赫赫有名的大学派来的调查组,专门收集走资派材料的。这群人越过县委和公社党委,一头扎进梅溪河大队。他们一不问生产,二不问生活,却别出心裁地把全体干部集中起来考试,出了一堆稀奇古怪的题。第一题是:什么是走资派?你们大队有几个?第二题是:什么是唯生产力论?用你们大队的实例说明。第三题是:你们大队在全地区有多大流毒?你们打算怎样清除这种流毒?还有第四第五,等等。这一下难住了这些庄稼人,一个个傻了脸,大部分人答不出来。就是这个王长山,憋了半天,一肚子火冒了出来,拿起来就写道:"我只知道人不吃饭就要断气,国家没有粮食就要亡国灭种。"

这一家伙惹下了滔天大祸。通报左一个右一个下来,说梅溪河大队不是红旗是白旗,什么阶级斗争熄灭论呀、唯生产力论呀,是走资派复辟资本主义的社会基础呀……最后做了个结论,说梅溪河大队党支部不是共产党是"粮食党"。把大小干部一律弄到县里,办了个学习班,又是批,又是斗,又是游街,又是挂牌。对王长山还格外优待了几个专场,请他坐了"飞机"。等放这些人回去时,水利工程已经停了,连工具也被三分不值二厘地卖个精光。

高世兴从省里得信回来,一切都晚了。不少干部一见他就放声大哭,个个灰心丧气,像六月间正在拔大节的玉谷苗被冰雹打了。高世兴坐在工地一个山包上,看着被遗弃的大渠,咬着牙流泪,从天黑坐到天明。贫农代表老七爷和副支书领着一群干部来了,老七爷还给他拿来了一包馍和几个咸鸡蛋。他窝了一肚子气,实在不饿,一口也吃不下去。可是,看看老七爷和大家期待的眼光,他接住了馍和鸡蛋,大口大口地吃着。吃完了,他站起来大大咧咧地说:"我也哭了,真没出息。同志们,咱们还是块铁,还没炼成钢,一到拉弓上弦就软了。人家邻县飞虎关公社受的压力比咱们还大,可人家顶住了,还是照干不误。我建议,咱们去飞虎关参观学习!"

支部同意了高世兴的建议,现在他正领着一群干部往飞虎关走去。

王长山跟着高世兴,翻过山,渡过河,天快黑了,远远看见了邻县的县城。王长山突然几个快步赶上去,把高世兴背在脊梁上的草帽拿起来,扣到高世兴头上,还狠劲地往前压压。高世兴愣怔地问:"这是干啥?"

王长山没好气地说:"一道二道通报下来,四路贴告示,远近谁不知道? 别露你这个鼻了脸了,你不怕丢人,大家还怕哩!"

高世兴伸手把帽子又推到脊梁上,哈哈笑道:"丢人? 咱偷鸡摸狗了? 拉谁家女人了?"他们争论着,到了县城。大家合计了一下,住进了车站旁边一家简陋的干店里。

二

干店,是一种简易旅店,只有大炕席子,不管被褥,也不供应茶饭,只有大大小小几口锅,客人可以自己动手烧水做饭,虽然很不方便,可是便宜得很,乡里人为了省几个钱,往往住进这种干店。

干店的主人拿着登记簿,指给伙计看,大惊小怪地说:"看,梅溪河、高世兴,这不是邻县有名的红旗大队老模范高支书吗? 怎么住到咱们这干店里？这可真是大神住进了小庙！"

小伙计听了实在新鲜，扭头跑到高世兴他们落脚的住室里，扒住门口往里看，想看看高世兴是个什么长相，只见这群人东倒西歪地躺在炕上休息，就回头跑了。

王长山靠窗户躺着，伸头往外一看，像被火烧着了似的，惊呼道："看！看！"

大家当成什么新鲜事，伸头看去，只见院墙上写着一条大标语："打倒走资派周大水！"

王长山不干不净地骂道："他娘的，跑来跑去，还是在'打倒'窝里！"

人们一下子议论开了。

"周大水不是这个县里第一书记吗？"

"唔，越是第一书记那些人才越打得欢！"

"我看啦，这个县闹得也不会轻了，飞虎关也不一定能干得成！"

"我说，咱们明天也别白跑那一百多里了，趁早打马回程算了！"

"行！"

"高支书哩？"

"在烧水哩！"

高世兴这时正在灶房里烧锅。今天跑了近百十里，明天还有一百多里，他要烧点热水，叫大家先烫烫脚，然后再把带的干粮煮煮，吃了饭好早点休息。

天慢慢黑下来了。这时候，一辆吉普车亮着两只大眼开进了院里，车门打开，一个五十多岁的老干部一下车，就扯开嗓子大喊大叫："高世兴哩？高世兴！"

高世兴正在烧水，听见有人喊他的名字，不知是谁，也不知道为啥,慌忙掊着烧火棍跑出来,问道:"谁?"

"周大水。怎么,不认得了?"周大水像团火一样,一开口说话就使人觉着浑身热乎乎的。

"啊!"高世兴喜出望外,忙迎上去,在衣服上擦去双手沾的锅烟灰尘,紧紧拉住周大水的手,叫道:"周书记,你——"

"我什么!"周大水打断他的话,怒气冲冲地责怪道,"好你个高世兴,到了我们县里,也不打个招呼。怎么,看我们县小县穷,管不起你们一顿饭,找不到一个住处? 你这红旗大队的支书太看不起人了!"

高世兴被说得心里像吃了蜂蜜,又觉得有口难辩,他压低声音,惭愧地说:"我们如今……"

他想说犯了错误,可又觉着词不达意。

"如今怎么了?"周大水朗朗大笑,指着墙上打倒他的大标语,"我也不比你们少啊!"

这时,一辆大轿车开了进来,周大水叫道:"人哩? 上车走吧!"

人们早已围拢过来,惊疑地看着。高世兴把大家一一介绍给周大水,当介绍到王长山,周大水笑道:"人不吃饭就要断气,是你发明的真理吧!"

王长山不知所措地嘿嘿笑着。

周大水开了个玩笑,伸手摸摸他的脖子,笑道:"咳,也是肉长的嘛,我还当是铁打的呢! 我可也是天胆,号召全县向你学习哩!"

一句玩话,却像一铁锤敲在王长山当胸,他心里咚地一震!

这天夜里,高世兴他们被安置在县里最好的招待所,住在最好的房间,吃了最好的饭,饭后,周大水陪他们到住室里去。开始,大家都很拘束,总觉得自己低人一头,可是周大水很快就打掉了对方的自卑心理,他说:"老高,这一次你可大方一回,找上门来传经送宝!"

高世兴脸红了,说:"我们是来学习的!"

"这就是传经送宝!"周大水谈笑风生,却又实在恳切,"泰山压在你们头上,你们不是爬下去呼爹叫娘叩头求饶,还要出来学习,准备回去再重整旗鼓大干一场,这种拼命精神就够我们学习两年了!"

周大水的三言五语,不但赶走了一天长途跋涉的疲劳,也吹散了笼罩在大家心头的阴云。话开了头,大家也随和了,你一言,我一语,谈天论地,笑声不绝。快到十一点,有人神色紧张地来叫周大水。周大水走出去,和来人在走廊里神秘地咕哝了几句,又转回来向大家告辞,虽然还在纵情大笑,可看得出来他心中有事。他叫大家好好休息,说明天一早他来安排去参观的路线,就匆匆走了。

细心的高世兴从他的笑声里听出了苦味,拉上王长山跟出去时,周大水已经坐上汽车走了。

招待所临着大街,街道上路灯雪亮。三三五五的人群一个劲往北走去,吆喝着议论着:

"这群疯狗又咬住周书记了!"

"听说是为了高世兴们!"

高世兴和王长山听了一怔,互相看看,不由得夹在人群当中,走进了县委会的大院。

县委会议室里里外外站着人,叫吵着,争论着,一个尖厉的声音:"你是什么感情,为什么对梅溪河这面白旗这样亲?"

周大水的声音:"我认为这是面红旗!"

又一个声音怪声怪气地叫:"上边对梅溪河的结论你看过没有?"

周大水大义凛然地讲:"砍红旗的人,总有一天会在红旗下面粉身碎骨!"

一声破锣似的嘶叫:"粉身碎骨的是你!"

"完全可能!"周大水无畏地讲,"可一个是为了砍红旗,一个是为了扶红旗,这是两种不同的粉身碎骨!"

高世兴和王长山站在会议室外边的人群中,听到这里,王长山拉上高世兴匆匆走去。出了县委会大门,高世兴问道:"长山,你听清了没有?"

王长山不回答。

高世兴又内疚地说:"咱们连累了周书记!"

王长山还是不回答,走得更快了。

高世兴又感慨地说:"咱们就是缺少这点精神!"

王长山还是不回话,他怕一开口会在大街上哭出声来,跑得更快了。

当高世兴回到房间里时,王长山已经哭起来了,他恳求道:"高支书!"

高世兴心情沉重地问:"干啥?"

王长山叫道:"你狠狠地骂我一顿吧!"

…………

第二天一早,天还没明,周大水就坐着汽车来了。他又是敲门喊大家起床,又是忙着端洗脸水,浑身散发着朝气,然后又是放声大笑:"到我们县里,就得属我这个县官管,马上派汽车送你们去飞虎关公社,去看了要多提意见。还有约法一章:去了要快点看,早点回,夜里我们县剧团要献献丑,给你们演场戏慰问慰问!"

周大水说得那样轻快随和,好像昨天夜里根本没有发生什么事情,而是睡了一个很香甜的觉。高世兴一群人互相看看,昨天在路上那种心灰意懒的表情没有了,昨天夜里那种欢乐舒畅的笑容也没有了,一个个像挑起了千斤重担,神态严肃地登上了汽车。

三

夜。

剧场舞台上挂着鲜红鲜红的横额:慰问梅溪河传经送宝团文艺晚会。四壁墙上还贴了不少"向梅溪河学习、致敬"的标语。

戏院里坐满了人,只有前几排贵宾席还在空着。人们不断回头看进口处,等待着高世兴他们的到来。后台,演员们也化好了妆,闭目静坐,使自己进入角色,单等鸣锣登场。

剧团张书记站在舞台角,看看贵宾席还是空着,再低头看着手上的表:七点,七点五分、十分、十五分……七点半开演,时间早过了。

张书记焦急地走下舞台,东找西寻,结果在戏院门口的台阶上找到了周大水和副书记们。他们也在翘首张望。张支书走过去提醒道:"周书记,八点差五分了!"

周大水还是那样热情乐观:"哈,等急了吧!"

张支书反问:"还等吗?"

周大水不假思索地说:"等!"

张支书快快不乐地问:"还等?"

"等!"周大水这一声更坚决了,飞快地说出心里话,"有人说梅溪河垮了倒了,想叫所有的大队跟着他们趴下去! 我们要叫全县都看看,他们没垮没倒,他们还在站着,他们还要干下去!"

张支书为难地说:"咱们可从来都是按时开演的呀!"

周大水果断地说:"今天来个例外!"

张支书无奈何地走了。时间到了八点二十五分,贵宾席上还是空着。剧场里骚动了,有个别人起哄骂街,站在凳子上煽动观众,质问剧团:"剧团是为谁服务的?为什么叫上千人等几个人?"

这人一言出来,马上许多人站起来回答他的挑战。

"为什么?"一个青年人针锋相对,指着横额说,"你认得字吗?你看看那上边写的,就为这个!"

一个工人模样的壮年人站起来说:"他们只几个人?难道你就代表多数吗?全地区学习他们,他们今天夜里就是代表全地区七百万贫下中农来看戏的!"

"不愿等的退出去!"

…………

剧团张支书生怕闹出事来,就又一次走到戏院门外,见周大水还在原地站着,心焦火燎地问道:"周书记,还等吗?"

周大水毫不犹豫:"还等!"

张支书反映了剧场的情况,周大水盯着他问:"你的意见?"

张支书也有同感,说:"再等,影响不好吧!"

"影响?"周大水来回快步走着念着这两个字,突然在张支书面前停住,话像瀑布一样倾泻着,"是什么影响?你想过没有?刀子砍在梅溪河头上,可是伤在千百个大队身上,疼在千千万万贫下中农心上!现在他们是泰山压顶呀,咱们能帮他们点什么?你,我,一个真正的共产党员,应该把自己变成一锨土,培在这个旗杆下边,使这杆旗扎得更结实稳当!明白了吧,我们要在精神上扶他们一把,使他们挺住不倒!这才是影响!"

张支书被周大水感染了,他自己十分赞成,可是他明白那些起哄的人不是好惹的呀,就提醒道:"有人要反对这样做!"

周大水豪爽地说:"叫他们记下这笔账,事后找我来算!"

张支书担心地说:"周书记,他们会把你……"他吞吞吐吐不好意思地把"打倒呀"省略了。

周大水明白他的意思,脱口而出道:"周大水倒了没关系,只要这杆旗站着不倒就行!"

张支书被这种无畏的精神打动了,转身往剧场走去,周大水突然叫住他,说:"你在这里等着,我去给大家说!"

周大水走进剧场,走上舞台,对大家说明了情况。高世兴他们在飞虎关公社参观,座谈很认真,又互相交流经验,结束晚了点。刚刚打来电话,汽车已开出半个小时了,希望大家再等一会儿。绝大多数观众是通情达理的,同意等下去。周大水又要求大家,高世兴们来时要热情欢迎。最后,周大水提议:"咱们唱支歌好吧!"

"好!"众人一片赞同。

周大水指挥着唱起来,他打着拍子,是那样有精神。观众被他那热烈的手势和神情所感动,唱了一支又一支。

九点整,张支书领着高世兴们走进剧场。周大水在台上第一个看见,马上一挥手,停住了拍子,叫道:"同志们,梅溪河的英雄们来了!"

全场的人哗地站了起来,刹那间响起了狂风暴雨般的掌声和阵阵口号声。

"向梅溪河大队学习!"

"向梅溪河大队致敬!"

周大水从舞台上跳下来,跑着迎了上去。高世兴紧紧握住周大水那双长满茧子的大手,激动得好半天才说出一句话:"真没想到,这么多人还在等着我们!"

周大水笑道:"春天不到花不开嘛!"

锣鼓齐鸣,戏开演了。

这场戏很难评价好坏,可是高世兴们从戏一开始,眼里就蒙上了一层泪水。特别是王长山,像坐在针毡上拧来拧去,一会儿也不安生。他忍不住对坐在身边的高世兴悄悄说:"高支书,咱们走吧?"

高世兴奇怪地看着他,问:"又咋啦?"

王长山焦躁地说:"肚子里有股劲憋得慌,再不使出来,肚子都要憋炸了!"

高世兴见周大水在看他,就对王长山狠狠地说:"炸了也得给我憋住!"

散了戏,周大水又送高世兴们回到了招待所,临告别时说:"好好休息,明天一早派专船,我陪大家去游游祖国的第一个大水库!"

大家送周大水到招待所门口,看着他那无忧无虑的样子,高世兴忍不住了,问道:"现在回去还登台演出吗?"

周大水一时没弄明白,奇怪地问:"还演什么?"

高世兴深沉地问:"今天夜里县委会议室里没有戏了?"

王长山激动地叫道:"周书记,你别瞒我们了!"

"啊!你们……"周大水明白了,朗朗大笑了一阵,捅了高世兴一拳,骂道:"好啊,你姓高的也搞起了小动作,敢偷看我们的内部演出!好,明天再给你算账!"

周大水坐着汽车走了。

高世兴没有猜错,真是有一场更激烈尖锐的戏,等着他回去才开锣哩!

四

第二天,周大水和几个副书记一早就赶到了招待所。不等他敲门,招待员就交给他一封信,他拆开一看,只见上面写着:"周书记和县委同志们,我们走了。两天来,你们使我们懂得了很多东西,革命是任何人也打不倒的。你们把我们这块铁淬了火,我们一定像你们这样战斗下去。别的没什么感谢,请你们在不久的将来参加我们的放水典礼。梅溪河参观学习小组。一九七六年八月十日。"

"他们走了!"周大水恋恋不舍地看看副书记们,又问招待员,"啥时候走的?"

招待员说:"他们就没睡,在一块儿议论了一会儿就走了,现在总是走了三四十里了!"

周大水决断地对司机命令道:"马上出车追上他们,把他们一直送到梅溪河!"

司机应了一声,转身走了。

一辆大轿车,迎着血红血红的旭光,在公路上飞驰而去……

原载《河南文艺》1978 年第 6 期

鞋

●

小木都十八岁了,妈还顾不上打扮他。衣裳不是前襟长就是后襟短,不是窄了就是宽了,一年四季没有整齐过。现在,他拖着一双大鞋,一步一跶拉地去找刘根大哥。水利局在老灌河边修防洪堤,刘根和几个年轻人承包了一段,听说一个人一天能挣两三块钱哩。妈叫他去求求人也算他一份。他找到刘根家里,见一群年轻人正在商量承包的事。刘根问他:"无事不登三宝殿,你来有事吧!"

小木胆怯地问:"你们还要人不要?"

刘根乜斜他一眼,问:"谁还想参加?"

小木看看众人,心虚地说:"我。"

"你?"人们不约而同地盯住他的脚,嘻嘻地笑个不住。

小木脚上穿着妈做的布鞋。鞋大脚小,像一根麻秆插在一个盆里。小木从小死了爹,妈又要下田种地,又要上山打柴,柴米油盐都够她招架了,哪有闲空闲心在针线活上下细功夫,穿的戴的都是粗针大线,歪好①能连到一块儿就不错了。小木从来没有穿过合脚的鞋,不是松得一步一

────────

① 歪好:豫西南方言,意为勉强、差不多。

掉,就是紧得一步一蹦,害得他不论干啥都落在人后。小木见人们盯住他的脚,知道是嫌他跑不快,怕误了做活。他不由也看看别人的脚,都是解放鞋或塑料底鞋,就羞红着脸说:"俺也买双鞋,保险跑得快!"

大家听了就看着刘根,等他一句话。原来商量人手时,就提过叫小木也参加。一来小木虽说才十八岁,可是体壮如牛,有把憨力,人也老实勤快,从不惜力。二来他家实在可怜,母子二人没一点进钱门路,应该拉扯一把。后来没去叫他,只因怕他鞋不合脚走不快,误了工夫。现在听他说要换双新鞋,也就没有了嫌弃的理由。刘根笑着送了个顺水人情,说:"吃个蚂蚱也会给你留条腿,你不来还要去找你哩。不过,可真得换双新鞋,包工活不比大工活,慢了就没有赚头了。"

小木满口应承,又问清了何时开工,拿什么家伙什,就欢天喜地回去了。路上,小木下了决心,就是打烂头也得叫妈给买双新鞋。我都十八了,不是三岁小娃了,还把我打扮成这个样子,叫我咋有脸往人前站?

妈正在喂猪,见小木回来,忙问:"咋样?"

小木讲了情况,说许多人想参加,人家嫌奸猾都不要,他一开口人家就答应了。他正要说买鞋的事,妈就打断他的话,抢着表白道:"我平常骂你打你指教你,把你往正路上领,你还和我怄气结仇哩。看看,要不是我把你料理得好,人家能看中你!"

小木听妈把功劳全揽走了,心里好不自在,便卖个关子,又泄气地说:"别喜得太早了,开头人家说要我,后来一商量又不要了。"

妈心里一凉,忙问:"为啥?"

小木把脚往妈面前一伸,重重地说:"你看看你做的好鞋!"

妈不解地问："鞋怎么了？"

小木冷冷地说："大得穿不成，走不快。"

"你别无事生非，鞋大鞋小我还不知道。"她寒下脸子，批驳道："这是照着张家你表弟的鞋脱的样，我不信有多大！"

小木看妈起了高腔，就不敢回话了。他怕妈。从他记事起，妈就天天教训他说：天下只有不对的儿女，没有不对的父母。爹死了，家中所有的理都全归妈妈所有了，自己还有什么可说。他坐下去，又压不住心里的气，就抬起脚一甩，一只鞋便抖落到妈妈面前了。

妈看鞋确实大了，却不肯认错，理直气壮地说："都十八了，不怪自己的脚死不长，就会埋怨鞋大。就是稍微大一点，碍住谁的啥事了？"

小木咕哝道："不敢抬脚，动动都得擦住地皮走。"

"你懂个啥？擦住地皮走光省得跌跤了。"妈蛮有理地批驳道。

小木低声顶道："不是走不快，耽误活……"

"总比赤巴脚强！"妈没理也能找到理，而且是真理。她是从旧社会过来的人，有着解决对今天不满足的最好办法，振振有词地讲，"你爹像你这么大岁数时去做官工，十冬腊月还赤巴脚该咋着？别美了还想美。要不是我点灯熬眼，连个这你娃子也穿不上哩！"

小木不敢应声了，他怕再争下去她会打他。妈信奉"棍头出孝子"的古训，虽说他都十八了，长大成人了，她还动不动骂他打他。他不是不敢反抗，也不是没力气反抗，是不忍。妈太可怜了，省吃俭用却拼命出力为了啥，还不是为了他！他窝着一肚子气走了，走到门外才回头撂了一句："反正不换换鞋人家不要我！"

妈到底是妈。想到儿子能挣钱了，高兴得一夜没合眼，给小木赶做了一双新鞋。一针一线都牵动着她的思绪。她想起了丈夫，十七年前他撇下孤儿寡母死了。当时有人劝她改嫁,她忘不了夫妻间的旧情,更担心儿子受后老子的虐待,咬咬牙就守下来了。寡妇的日子比黄连还苦,夜里在家中做女人的活儿,白天下地做男人的活儿,别人过一天是一天,她过一天顶两天。累死累活不说,还得看别人白眼,听别人闲话。有气到哪里出?回来打儿子。心里话给谁说,回来搂住儿子哭……做好了鞋,鸡也叫了。她想躺一会儿,实在乏得很,可一想又不敢睡,万一睡过了头,儿子头一天去挣钱就误了工,人家会嫌弃他的。她拖着疲劳的身子去灶间做饭。每天早上都是红薯糊汤,她拣了些上好的红薯洗着,忽然想想不行,吃红薯不耐饥,不到晌午就会饿了。她放下红薯去挖米做干饭,刚要淘米想想还不美,大清早没汤没水吃不多。她想起小木爱吃油旋,就掇来面,上心上意地烙了油旋馍,又在小锅里烧了米汤。等饭做好,天已闪明。她去喊小木吃饭,只见他还呼呼噜噜睡得正香。她不由来了气,朝小木屁股上狠狠打了一巴掌,吆喝道:"一点心都不操,你不知道今天要干啥哩!"

小木睁开眼,看天已大亮,忙穿衣下床,走到当间,只见洗脸水放在洗盆架上,油旋馍和米汤放在小桌上。他不好意思地对妈笑笑,妈嗔怪道:"还成天说我不该管教你哩,你看看,要不是我替你操心,头一天就会叫人把你开销了。还不快吃吃去上工!"

小木忙坐下吃饭,见妈端着碗光喝稀饭,撕下一块油旋馍递给她,说:"你也吃嘛!"

妈不舍得吃,却说:"你不知道我早晨吃不下硬的?"

小木不再推让,低头吃着。妈眼巴巴看着他吃,心里甜丝丝的,满意地问:"好吃吧?"

小木没看妈的脸色,实话实说道:"不咸。"

"啥呀?"妈没听到想听的话,心里一凉,不满地反驳道,"咋不咸? 我抓了一把盐哩,旧社会一家人一个月也吃不了这么多盐,我就不信不咸!"

小木淡淡地说:"你尝尝嘛!"

"我不尝!"妈不服地说,"你的嘴是啥嘴,连个咸淡都分不清,造孽哩。"

小木回道:"咸香咸香,不咸就不香嘛!"他撕了块油旋馍丢进妈碗里。

妈尝尝果真不够咸,不过,不咸也有不咸的道理。她骂道:"好狗不识人敬的东西,我不是怕咸得很了,你吃了上午渴得慌!"

小木不言语了。妈看他吃完饭,忙进屋拿出连夜做好的新鞋,往他怀里一塞,表功道:"看你还有啥说,可去打箭步跑吧!"

小木接过新鞋看看,真是比脚上的小了,脸上流露出胜利的笑意。他脱下旧鞋换新鞋,新鞋帮硬,把吃奶的劲都使出来,吭哧了半天才穿上。谁知道脚指头伸展不开,在鞋里凹勾着,憋得生疼。妈却在一旁得意地问:"总可美了吧!"

"美个屁!"小木心里回奉了一句。抬头看看妈,一双眼熬得充满了血丝,知道她又熬了个通宵,心里一热,不忍心说还不合脚,只好皱着眉苦笑道:"美是怪美,就是稍微嫌小一点点。"

小木只说"小一点点",妈听了就觉着不是味,不满地解释道:"新鞋就是这号样,穿上撑撑就大了。"

小木不好再说什么,拿起家伙什要走,见妈的一双眼还盯住他的脚看,就强忍住疼,装作舒展的样子大步走去。出了大门刚看不见妈,疼劲就再也忍不住了,一双脚不由自主地又蹦又拐。好在工地不远,只有二三里,总算坚持着到了。他怕人们看出他的新鞋又不合脚,再耻笑他,便咬住牙快步走到人前。大家见他来了,一齐往他脚上看去,笑道:"哈,小木真是换了新鞋,跑起来准和骡娃子一样快!"

小木脚下疼着,面上还得陪着大家嘻嘻地笑,笑得比哭还难受。分工时,因为他没有技术,只有一把憨气力,就叫他和小王去抬石头。河滩里是乱石架,高高低低一个挨一个,连巴掌大的地方也没有,一脚下去不是夹到石头缝里,就是碰到石头尖上。小木的脚本来就被鞋挤得生疼,现在是鞋里挤鞋外碰,里外夹攻,三夹两碰,更添了百倍的疼。一趟两趟还能强忍住,三趟四趟眼泪就搁在眼窝里了,到了五趟六趟脚步就不由己了,完全由疼来指挥了。正走着不是猛一蹦就是猛一仄歪,再不然就是突然尖声尖气地"哎哟"一声。有几次差一点跌倒,害得小王也乱了脚步,发火地叫道:"咋啦?咋啦?你是不是想叫咱俩都安金牙哩!"

小木理屈,干急没法回答。好不容易抬到堤前,小王把杠子一撂,对着领工刘根发牢骚道:"算啦,算啦,我不抬了!"

刘根正在垒坝,奇怪地问:"咋啦?"

小王指着小木没好气地道:"叫他说!"

刘根看着小木问:"咋啦?"

小木低下了头,任人再问也不开口,大家急了,放下手中的活儿围住他问长问短——

"是不是抬不动了?"

"咋,饿了?"

"是不是不想干了?"

"我脚疼嘛!"小木委屈得流下了眼泪,一屁股坐下去脱了鞋。大家看去,脚指头被挤得凹曲着,表皮磨破了,显出斑斑血丝。人们互相看看,便七言八语数说开了。

"新鞋还不如旧鞋哩!"

"谁给你做的好鞋?"

"又是你妈吧!"

听人又耻笑妈,小木又羞又难过,忙撒谎道:"谁说是我妈,是我表嫂子做的!"

听他说是"表嫂子",人们就不忌生冷地开起了玩笑。

"你表嫂子是男的女的,做这号活儿!"

"给你表哥说说,给她打离婚!"

人们的话越说越不入耳,小木的心像蜂蜇了一样疼,忍不住哇一声哭了:"你们光说哩,你们要也没有爹,里里外外全靠一个妈,你们的妈还没有我妈巧哩。妈再拙再笨也是妈呀,没有妈咋有我哩。"

他想起有一年他得了重病,妈去割柴卖柴给他买药,路过老灌河恰巧涨大水,妈被洪水冲走了一里多远,差点淹死。他想起前些年生活苦,每次放学吃饭时妈总是说她吃过了,叫他吃馍吃面条,等他上学走了,她用剩下的饭汤煮菜吃。有一次他发觉了,娘俩抱着痛哭了一场。他想起了妈妈的许许多多恩情,越哭越伤心,哭得大家傻了脸。刘根让大家都去干活,安慰他道:"脚疼不叫你抬了,你就站到这里给我递石头吧!"

"我抬!"小木抬起胳膊用袖头擦干了眼泪,把手里的鞋一扔,弯腰拾起抬杠就气冲冲地走了。

刘根看着走远的小木,叹了口气,对小王嘱咐道:"去吧,少抬一点,他还小,别再埋怨他了。"

小木光着脚抬了一个上午,好在已经是二月,天不太冷。只是穿了一冬天鞋,脚上的茧子早已褪净,赤脚在石头上走路自然硌得难受,到收工时双脚发烧起火,不敢挨地了。他拾起鞋强打精神往家里走去。说来也怪,当有人贬驳妈妈时,他心里护着妈。现在没人说妈的不是了,他心里反而气妈恨妈。你也不出门看看,谁家的孩子像我这样邋遢? 做个穿戴,又不是做飞机,有多难? 没有本事还光有理,叫我又丢人又受罪! 你别当我老是怕你,这一回非好好说说不可!

妈在门外踮着脚尖往路上看,一见儿子收工回来,就飞快转身跑到灶间。锅里水早在滚着,她急忙下好面条,端到了桌上。小木一脚踏进屋里,妈就指着桌上心疼地说:"饿坏了吧? 快点吃。我知道你娃子爱吃捞面条!"

小木往桌上看去,满满一大碗捞面条,上边浇着黄亮亮的炒鸡蛋,他憋了一肚子的牢骚不满连一个字也说不出来了。他坐到桌旁端起碗,看妈站在一旁,就说:"你也吃吧。"

"我又不上工,急啥?"妈看着他吃,只要他吃得香吃得多,妈心里比自己吃鸡蛋捞面还美气。她看着儿子满意地道:"快吃吧,上午这饭可不淡!"

小木端起碗吃了一口,老天爷,咸得蜇舌头,不由皱起了眉,叫苦道:"咋这么咸!"

妈得意地笑道:"咸了好,多吃点盐壮筋骨,做活有劲气!"

来回都有理。小木强忍着吃了两口,实在难以入口下咽,就端起碗去灶里添汤,想冲淡一点。妈埋怨道:"喝那么多汤干啥,汤把肚子灌饱了还咋吃稠的?"

小木翻她一眼,没好气地说:"咸成苦的了,叫人咋吃?"

妈在心在意反落下不是,又委屈又生气地埋怨道:"翅膀才硬嘴可主贵了,盐放少了你嫌淡,听你的话可放多了你又嫌咸! 咋吃? 口气倒不小,要搁旧社会你娃子吃得上这么咸的饭?"

"除了说旧社会你还会说啥?"小木在心里顶撞了一句,也不回话,任她说去。三扒两咽硬着脖子吃完了饭,就钻到里间找到早上脱的旧鞋,弄了些旧棉絮塞到鞋前脸,穿上试试还是掉。他想叫妈给钉个鞋带,又怕她吵个没完没了,还不如自己动手省事。他到处找鞋带、找针线。妈听见屋里翻箱倒柜,就进来看他干啥,见他笨手笨脚往旧鞋上钉带,没好气地问:"能得啥,咋不穿新的了?"

小木头也不抬,搪塞道:"新鞋又不是给我做的!"

妈不解地质逼道:"不是给你做的是给谁做的?"

小木低头缝着,刺道:"叫我姐的娃穿还差不多。"

他姐的娃今年才十二岁。妈听出话中有刺,就气上心头,吵道:"我不信我做这鞋多小。这是照着隔墙你小丁哥的鞋样做的,人家二十了穿上都不小,你这脚是咋长的? 哼,不长个光长脚!"

小木知道有理也说不清,就把脚往她面前一伸,含着泪说:"还不小,不小,还没把我的脚挤成肉泥!"

妈往他脚上看了一眼,强词夺理地讲:"谁家穿新鞋不挤? 不是给你说了,穿几天就大了!"

"得几天才不挤脚? 这几天我盘脚坐到屋里?"小木憋不住了,流着泪委屈地说,"光说哩,我知道不在你脚上你不知道疼! 挤得一步也走不成!"

"有多疼?"妈振振有词地训斥道,"行吧,才挨住钱边可一点苦也不想受了。我就不信走不成,旧社会女的都缠脚,一辈子就不走路了? 动不动还得叫人抬上抱上……"

小木听妈又祭起了旧社会这条法绳,便不再言语,掂起还没钉好带的旧鞋走了。

妈追到门口,看着小木走远,心里又气又疼。十八年了,他对她一直百依百顺,她做啥他吃啥,没有怨过淡说过咸;她做啥他穿啥,没有嫌过大怨过小,从没有吐过一个"不"字。今天是怎么了,他竟然这不称心那不如意,处处挑刺,真是儿大不由娘了。今天他敢不听妈的话,明天他就敢叫妈听他的话。不行,不能给他开这个先例,夜里回来得好好管教管教他!她抬起头再看一眼走远了的小木,只见他一瘸一拐,她的心又软了,莫非鞋真是太小了,挤坏了娃子的脚?她急转身回到屋里,掂起那双新鞋看了又看,比了又比,不服地想:我就不信我做不了一双合脚的鞋!说做就做。她的针线活虽然很粗,可是手头却快得很,没多大工夫就垫好鞋底,然后千针万线地纳着。一针又一针,在嘶嘶啦啦的响声中,她责怪着儿子的不孝:妈守寡辛苦为了谁;饭再淡再咸也是妈做的,吃着就该是香的;鞋再大再小也是妈缝的,穿上就该是美的……她想着心事紧上加紧地纳着,手指磨出了血印也忘了疼。

天黑了,小木回来了,见妈又在做鞋,就笑道:"妈,别做了!"

妈当他还在生气,表白道:"你娃子放心,这一双保险合脚。"

"我有鞋了!"小木得意地把脚伸到前边。

妈低头一看,他脚上穿了一双崭新的解放鞋,忙问:"在哪里弄的?"

"买的,今天的工钱,可美了!"小木高兴地说,"往后你别出这个笨力了!"

"你、你——"妈手中的鞋底脱落了,忽然感到了心疼指头疼,"你娃子买鞋给谁说了,你才挣钱就心里没有了妈!"

妈哭了,哭得很伤心。

原载《洛神》1984 年第 6 期

丁四虎

丁四虎几十年来养成个贵处①：三天不找支书汇报，人就急得慌。

当年，丁四虎是支书家的常客。他是个百拙无用的懒汉，不会摇耧撒种、不会养牛养羊、不会担柴卖草、不会治家理事。在家里，妻子忙死忙活，他坐够了躺，躺够了串门子，也不肯动动贵手帮妻子烧一把火。可是，一到支书家，马上就变成了劳动模范，丢扫帚拿斧头，见啥干啥，累得大汗淋漓，也不肯歇一下。他做着活，探听着支书的口气，要批什么斗什么，他就大量捐献炮弹：谁谁立场不稳，在大树背后和地主说悄悄话；谁谁私心严重，起五更爬半夜偷偷下河逮鱼。丁四虎讨得支书心里高兴，在大会小会表扬他，还叫生产队多给他评工，逢年过节上级发下救济款，他总是得个头份。真是政治经济双丰收。

如今，他知道形势变了，虽然许多人许多事看不惯，他都强忍下去，创造了三个月没找支书汇报的空前纪录。可是，这几天村里有些新动向，他实在憋不住了，就又去找支书了。

----

① 贵处：豫西南方言，意为长处。

支书有客，正在堂屋里谈话，他不敢贸然进去，就钻进厨房里。支书老婆李秀梅正在劈柴，一见他就眉开眼笑地喜道："你还能摸着俺们这个门吗？没忘路呀？"

丁四虎笑笑，上去夺过李秀梅手中的斧头，劈着柴解释道："王支书忙，我怕来得多了，耽误他的事！"

"别卖嘴了！"李秀梅站在一旁，奋拉着手看着他，撇撇嘴牢骚道，"哼，我就见不得有些眼皮子薄的人，看当个支书没多大用处了，就再不上门了。"

丁四虎看她一眼，申辩道："咱可不是那号人！"说着甩掉了披着的棉袄，劈得更有劲了，以此证明自己真是没有变心。

李秀梅拾起他的棉袄，只见袖头和轮边都破烂了，污黑的棉花露在外边，就取笑道："现在时兴先富起来，你也不想办法抓俩钱？"

"咱才不干那哩！"丁四虎往手上吐了一口唾沫，又重重抡起斧头，自豪地说，"哼，别看咱穷，穷是穷，早晚落个干净！"

王支书提着茶壶进来了，一眼看见丁四虎只当没看见，径自去装开水。丁四虎忙直起身走过去，说不及地道："王支书，我给你汇报个情况。"

王支书只顾装水，心不在焉地问："啥事？"

丁四虎愤愤地诉说道："太不像话啦，人心不足蛇吞象，土地包产了还嫌不过瘾……"

"到底咋了？"王支书不耐烦地打断他喋喋不休的啰唆。

丁四虎伸长嘴往王支书耳根凑凑，既神秘又严肃地讲："张镇山要织草袋了！"

"啥呀？"王支书惊奇地问。

"钱糊住眼了，要把稻谷草织成草袋卖钱哩！"丁四虎一脸义愤的表情,好像张镇山做了丢人丧德的事,不屑地数落道,"一个党员,心里竟然想着钱……"

王支书再次打断了他,好像发现了新大陆,若有所思地追问:"真的?"

"现在是啥时候,我还敢说瞎话呀!"丁四虎认真地说,"这事保险经得起调查!"

王支书装好了水,回头要走,又关心地问:"他们在哪里学的?"

丁四虎一脉尽知地道:"在五里桥!"

"好啊!"王支书满意地说着,提起壶走去,又回头说:"今天忙,改天再说吧!"

丁四虎在回家的路上,寻思着王支书的态度。"好啊"是什么意思? 他想着王支书说这两个字时的神态和口气,根据以往的经验,王支书只要说这两个字就是下了决心。下决心干啥? 当然是要整张镇山了。看样子,王支书原来还不知道,是自己最先对他汇报的,这个头功当然是自己的了。头功赏重,他越想越美,三四里路很快就到家了。

丁四虎回到家里,装作没事人一样,静等着王支书来村里搞个轰轰烈烈。一等半个月不见行动,村里还是风平浪静。突然,有一天吃了午饭,他正在睡觉,老婆从外边回来,狠狠砸了他一拳,大惊小怪地咋呼道:"你睡着能当死? 你爬出去看看,大家和反了天一样!"

丁四虎一听只当张镇山的事犯了,虎生坐起来,喜出望外地问:"咋,王支书可来了?"

"啥王支书不王支书!"老婆着急地诉说道,"张镇山叫大家都织草袋,说是一条五角钱,谁愿意织,他负责给找地方卖。"

丁四虎心里凉个净,冷丁丁地"哼"了一声。

老婆眼巴巴地看着他催道:"人家都去给他挂上钩了,你也不去找他说说,咱也织一点卖卖?"

"你别见啥学啥!"丁四虎火了,气壮如牛地说,"这算啥道路,不是共产党给的钱咱不稀罕!"

老婆听他如此说,又委屈又生气地吵吵道:"凭自己劳动挣钱花,咋不光荣?你过去使的钱多光荣?人家谁不捣你脊梁沟,说你是卖良心的钱……"

"说这话放屁!"丁四虎怒气冲冲地走了。

丁四虎又去找支书了。这里是产稻区,家家户户都有一大堆稻谷草。往年,除了喂牛吃一部分外,大部分都白白沤朽了。现在,突然兴起了织草袋,你张镇山想把群众往哪里领?你搞邪门歪道就不对了,还煽动家家户户照样学,往后究竟是生产队呀,还是织草袋队?一条五角,心可真狠,家家户户票子成把,不都变成了资本家?丁四虎越想越觉着事关重大,事不宜迟,到处找支书,终于在大队部找到了。

支书和支委们正在开会,丁四虎懂得规矩,不是党员的人不能听,就站在院里,迫不及待地喊王支书出来。

王支书不乐意地走出来,问:"又咋了?"

丁四虎为了强调事态的严重性,大惊小怪地说:"你咋没去解决呀!张镇山越来越不像话,顷刻他把生产队的性质都变了呀!"

王支书淡淡地问:"啥事嘛,这么严重?"

丁四虎愤愤不平说:"他织草袋都不说,还用大价钱勾引大家都走邪路……"

"大价钱?"王支书感兴趣地问,"多少钱一条?"

"五角钱一条呀!"丁四虎头头是道地算下去,"一条草袋用二斤稻谷草,至多值五分钱;用三两龙须草,至多三分钱。合到一块才八分钱,他们就要卖五角钱,你说说,这不是剥削是啥?"

王支书解释道:"人家还有工夫的嘛!"

丁四虎不以为然地说:"老天爷,工夫钱能要多少? 闲着不是闲着! 我都打听了,一个人要是拼上命,黑夜白天能织一二十条,值十来块哩,这样下去不都成了资本家,哪里还有贫下中农呀? 这不是把大家的成分都升高了!"

屋里支委们喊王支书快回去商量,王支书嘱咐道:"你先回去吧! 支部也了解这个情况,现在正开会研究这件事哩!"

丁四虎高高兴兴地走了。他听王支书一讲就完全明白了,只要支部一研究,这就说明事情闹大了,快要开刀整人了。他回到村里,见家家都在忙着织草袋,男的刷草,姑娘们纺经,妇女们织,小孩们拧草袋边,老年人缝,到处洋溢着欢乐忙碌的景象。他这里看了看那里,走东家串西家,幸灾乐祸地和人们说着俏皮话。大伙都知道他爱打小报告,不敢惹他,也不回话,任他说去。当他转到场里时,忽然看见自己的老婆也在刷草,他的头一蒙,冲上去一把夺过她手中的草,狠狠扔到一边,呵斥道:"妈的,我看你是当贫下中农当够了!"

他老婆恼怒地回道:"就你怕! 人家党员的党员,团员的团员,你算老儿!"

"党员团员就不会犯错误了?"丁四虎振振有词,扫了一眼看热闹的人,连刺带挂地卖能道:"哼,咱生成的穷命,穷死也不当资本家!"

丁四虎把老婆叫回家,数落了一顿,不许她再织草袋了。丁四虎扳着指头算,全村没有一户不织草袋,只有他一家没织。将来都翻了船,只有自己站在干岸上。到时候,别人受罚,自己受奖;别人挨批,自己荣光,说不定这一回还能入党当干部哩。丁四虎越想越美,只等着飞黄腾达了。

又过了半个月,大队还没来制止处理,村里草袋越织越多了,丁四虎的家里却越来越不和了。老婆去井上担水回来,说谁谁家卖了草袋,给婆娘娃子买了新衣裳;去邻居家借盐回来,说谁谁家卖了草袋要盖新房哩。老婆一天到晚指鸡骂狗地吵他骂他,最使他恼火的是老婆不给他做穿的了。脚上的鞋烂了,前头露着脚指头,后头露着脚后跟。老婆本来给他做双新鞋,底子都纳好了,就是赌气不上鞋帮。他还没有说一句,老婆就叫他去找支书要钱买一双。他埋怨大队为啥放手不管?忍无可忍又去找支书,支书没找到,回村时却碰上一件特大的喜事,一到家里就得意忘形地把老婆扯到门外,指着村前大路,连连喊道:"你看看!你看看!"

老婆看去,只见村里许多人拉着一车车草袋从城里回来,就奇怪地问:"咋啦?人家土产不收了?"

丁四虎摆出一副料事如神的样子,露能地说:"哼,你可服了吧!有些人财迷转向了,认为现在不时兴批斗了,干部就没办法治他们了。没法?法可多了!保险是王支书去批评土产了,断了他们的销路,叫他们又搭工夫又赔钱!"

老婆半信半疑,为别人可惜地说:"张镇山大包大揽叫大家织,到现在他能撒手不管了?"

"张镇山早躲起来了!"丁四虎幸灾乐祸地说,"跑得了和尚跑不了庙!这一下大家埋怨,上级不依,够他这个党员喝一壶了!"

一连几天,丁四虎都高兴得不像样子,每天走东家串西家,指着各家各户的一堆堆草袋,看着一张张愁眉苦脸,权威自居地说:"别心疼了,吃回亏领回教,费些工只当缴学费了。上级要批评了,我给你搭句好腔就行了!这点面子我还是有的!"

人们并不买他的账,冷言冷语地回他一句:"俺们不怕批评,就怕没钱花,日子过不上去。你要能给想个治穷的门路,大家给你隔河作揖!"

丁四虎连碰了几个钉子,又羞又恨,暗暗下了决心:火神爷不放火不知道火神爷厉害。等大队来处理时,一定要叫王支书对这些人从严处理,狠狠批重重罚,他们才知道我丁四虎的威风。

这天下午,老婆下河洗衣服了,丁四虎在家里闲坐,忽然听见汽车叫人声乱,不知出了什么事情,他正要去看个明白,老婆提着篮子慌慌张张回来了,把篮子咚地放下,气急败坏地扯住他胳膊拉到门外,指着村头吵道:"你聪明,你能!你看看!"

丁四虎看去,只见村头停了几辆汽车,人们争先恐后地往车上装着草袋,不由又惊又气地问:"哪里来的汽车?"

老婆生气地贬驳道:"你不是说张镇山吓跑了嘛!人家是去外地找销路哩,不光大量收购,价钱也比这里高,五角五一条哩!"

丁四虎傻脸了,继而脑子一闪念,冷冷一笑,对着婆娘狠狠骂道:"你懂个屁!这是长途贩运,长途贩运就是投机倒把!他张镇山吃了豹子胆,他跳崖你也跟着跳!"

丁四虎镇住了老婆,急忙又去找支书。拿贼拿赃,快去叫支书来当场拿住。他心急如火,可惜鞋子不加工,只能趿拉着走,干急跑不快,他就脱了鞋光着脚跑。一直到王支书家门口,才把鞋子穿上进去。王支书刚出门回来,正在洗脸。丁四虎像见到了久别的亲娘,跑上去惊慌失措地叫道:"可找着你了!事越来越大了!"

王支书却不在意，爱理不理地问："又有啥事了？"

丁四虎报警似的说："张镇山呀，本地把他的路堵死了，竟然跑到外地，不知勾结了啥坏人，要搞长途投机倒把哩！"

王支书只顾背对着他洗脸，厌烦地说："我都知道，他前头走，我隔一天就跟去了。"

丁四虎喜出望外，说："你都调查清楚了，我没说瞎话吧？"

"调查啥？是支部叫我去帮他联系的！"王支书擦了脸，转过身对着丁四虎，也不让他坐，一脸不高兴地重重说："他为了叫社员多点收入，赶快富起来，千方百计把废物变成宝。本地卖不出去，他又自搭路费跑到外地找销路，支部还要表扬他哩！"

丁四虎看王支书突然变了脸变了腔，吓了一跳，喃喃地辩护道："那不是走资本主义道路？"

"啥都是资本主义？"王支书生气地批评道，"人家为搞活经济做点好事，你三番五次来打小报告，啥意思嘛！过去，你三天两头来说这个不对那个错误，错伤了多少人！当然，过去的事我也有责任，不该信你的话，还表扬你，奖励你！可你也不能把这当成吃饭的门路呀！"

"我——"丁四虎涨红了脸，遮盖道，"我是想着得走社会主义道路！"

王支书审视着他浑身上下，看他穿得又破又脏，叹了口气，劝道："看看你穿这鞋，走啥路也走不动！别再做老梦了，往后要嘴懒一点，手勤一点，把心思都用到生产上，多想点门路，也跟着大家富起来多好。我已经给张镇山讲了，叫他帮着你先学着织草袋。回去吧！"

丁四虎羞恨得无地自容，听说叫回便跑了。走到院里，听见哇哇当当响,偏头看去,厢房里李秀梅也在织草袋哩,她冲他笑笑,他不敢搭话,匆匆走了。出门走了几步,回头看看没人,就对着大门狠狠吐了一口唾沫,不服地自语道:"哼,我好汇报人,还不都是你惯下的。当初你要不奖着叫说,谁敢来说?现在你来批评我了!你变谁不会变,往后再来给你汇报就不是人!"

丁四虎走着越想越憋气,不由浑身来了劲,暗自赌气地想道:"织个草袋有啥巧处,谁不会?这一回非拼上不可,先富起来,叫人们看看我丁四虎也是个人!"

原载《梁园》1983 年第 5 期

村里的富户是张三,倒数。

张三说,把正数倒数这两个字扣了,反正都是第一,不论啥第一只要能是个第一,就比第二强。张三有了这个认识,日子就过得快活极了。

大喜

张三今天又轮了个第一,第一个去割肉吃。乡里人碰到了大喜事,喜得憋不住时,宣泄喜的唯一办法就是吃肉喝酒。肉是化喜丹,美美地香香地吃一顿,才能把心里的喜消化了。要不,喜会把人憋下病的。张三今天碰上了十年九不遇的大喜事,理所当然得吃肉了。

张三自己没喜事,喜事来自李四家里。

张三和李四是邻居,不隔家的邻居。李四手头勤快,不知劳累为何物,大年初一也闲不住,也要下地挖几镢头,常说自己是生成的鸡刨食命。李四老婆会抠,孩子吃饭掉下一粒米也要拾起来吃了,常说,糟践东西有罪,死了阎王爷也不依。男人勤快,女人俭省,日子过得不算多富,比起张三还算强一点。张三家缺东少西常去李四家借,李四从来没有封过口。李四常给老婆说,远亲不如近邻。又说,宁得罪个富人,不得罪个穷人,人穷极了啥事都能干出来。张三有时借的东西李四家没有,李四也要转手借来,再借给张三。张三不知内情,见李四家借啥都有,很是感激,感激的次数太多了,便生出了一种说不出来的滋味,觉着李四家太美了,美得叫人心里不美。这种不美又说不出口,叫人说不出口的不美是最不美了。

张三不美了多年,也该李四家不美不美了。李四家今天可不美了一回。吃了早饭,李四老婆去买缝纫机。多少辈子没有缝纫机人们都照样活过来了,可是想美,想着有个缝纫机就不用一针一线缝了,多美!想着有了缝纫机就能省下很多时间多干点别的活儿,多美!想着自己也有了缝纫机就不用再去用别人的缝纫机了,多美!李四的老婆想着要美就去买了。本来李四要去买,老婆不干,自己要去买个自己称心如意的。李四说,你愿自己去就自己去吧,反正这钱是你自己攒的。老婆听男人这样说,心里美得很,男人这话公道,没埋没自己的功劳。这钱里头真是没男人的一分,都是自己一个一个攒的。给公家砸核桃仁,砸五斤一角钱,一角一角砸下的;给公家锁扣鼻,锁一个五厘钱,一厘一厘锁的。攒了一年又一年,才攒下这二百多块钱。

她揣上钱去了,经过村里时逢人就说,咱也去买个缝纫机。说这话时还看了王五老婆一眼,王五老婆的脸还红了红。李四老婆没有缝纫机,有时急了去用王五家的缝纫机,王五老婆没有不叫用过。有时,王五老婆正在做衣服,看李四老婆来了,就自己不做了,说,李四嫂你先做,我方便,啥时都能做。有一回李四老婆又去了,王五老婆黑着脸,黑着脸是黑着脸,也叫李四老婆做了。李四老婆心里就不是味,做了几下就推故不做了走了。后来,王五老婆找李四老婆几回,说,四嫂,那天是我们两口子生气,可不是冲着你的,你该做啥只管去做。李四老婆说，看你说到那外国了，我只要有针线活，别怕我不去，我可去。两下的话都说得好听，可是李四老婆再也没去王五家做过衣服。所以，李四老婆说咱也去买个缝纫机，王五老婆的脸才红了。

李四老婆到了街上，跑了一家又一家卖缝纫机的商店，有的是牌子不好，有的是牌子好样子不好，有的是牌子样子都好颜色不好。钱来得不容易，要买就买个心里美，买个超过王五家的，别买个后悔药。不知跑了几家商店，总算找到了心里想的。她看，她摸，顺眼，顺心，她说，就要这个。营业员指指说，去那边交钱。她好高兴，交了钱缝纫机就成自己的了。到了交钱的柜台，把手伸进口袋里掏钱，咋了咋了，口袋里空空的。她记得清清的，钱装在这个口袋里，怎么能没有了？她急了，摸，摸，浑身乱摸也没摸出个钱毛。她的黄脸急成了青脸、白脸，傻了，愣怔了，钱叫小偷偷了。她没魂了，好可怜，商店里的人没有看她可怜就把缝纫机白给她，她只好干哭着回来了。

李四和张三家隔个墙。张三啥都知道了。张三听着听着喜了，说，钱哩？去割点肉吃。老婆迷瞪了，说，逢年过节都没割肉，现在为啥割肉？张三嘿嘿笑，笑出一脸能气，说，你聋了？没听见，李四老婆叫小偷偷了。老婆说，人家叫偷了和你啥相干？张三说，叫偷二百多块哩。二百多块呀，乖乖，可不少！老婆瞪起了眼，说，管人家叫偷多少，是你偷的？钱落到了咱手里？张三干张嘴说不出话。是啊，自己又没得一角一分，自己喜的啥？老婆又说，李四和咱没怨没仇，你高兴的啥？张三还是干张嘴说不出话。是啊，李四从没有得罪过自己，自己高兴的啥？张三嘴上说不出来为啥喜，为啥高兴，心里也想不起来为啥喜，为啥高兴，反正是李四家叫偷了，自己没叫偷,心里就试着美,这种美是说不明白的美,说不明白的美最美了。张三说不服老婆就去拿钱,老婆拦住他不叫他拿。张三想喜老婆不叫喜,张三就火了,把老婆狠狠推开又恨恨地说,连这都不喜,你还算个人?张三抢了十块钱走了。

张三老婆气张三好吃懒做,生神方找理由吃,刚气个头,张三又拐回来了,嬉皮笑脸伸着头,说,我想着了,比咱美的人也不美了,就凭这咱也得美美,比过年还美,过年人家比咱美,这回可是他们不美咱美,咱这是独份美。张三说了回头又走了。张三老婆想想也是这个理,日他妈,只当这十块钱也叫小偷偷了,偷了十块总比叫偷二百多块强,还强得多了,没便宜小偷,是便宜了自己的嘴。张三老婆想想也笑了。

李四老婆还在哭,还在气,气小偷,你啥人偷不了,多少有钱的你不偷,为啥偷我?也不怕背血心!人家说,外财不富命穷人,我这钱是一锤一锤砸的,一针一针缝的,没一分外财为啥也不富我?老婆怕丢人不敢放声哭个痛快,忍气吞声哭,哭得死去活来。李四说,别哭了行不行?权当咱生病吃药了,比吃药还强得多,吃药苦这不苦。男人不埋怨她,她心里越发不美,就埋怨自己,说,都怨我,你要去我不叫你去,你要去了也不会叫偷了。李四说,那可不一定,我要去了说不定还惹大祸哩。人家要偷我不叫偷,惹小偷恼了捅我一刀,捅到腿上落个残疾,捅到心上你就成了寡妇,到那时候你就后悔不该叫我去,还不如你自己去哩。老婆说,你别说宽心话,要是要是……要是你去小偷还不敢下手哩。李四看劝不动,就说,哭你哭吧,把心里的气都哭出来,别憋下病了。缝纫机的事不叫你落空,等几天卖了余粮,我去给你买一台就行了。李四说了就拿起农具下地了。

李四老婆看男人走了,心里更不是味,越想越对不起男人。结婚快二十年了,男人对自己好得没法说,他做重活叫自己做轻活,他穿旧的叫自己穿新的,做顿好吃的,他总是推故说吃香的恶心,把肉都抄到自己碗里。自己没能耐,对男人没尽到一点心意。男人有寒气腿病,那天村里来了个卖皮裤的,自己想给他买一条。男人说,这皮裤不好,等将来买条好的。他不是嫌不好,他掂住那皮裤里里外外摸来摸去,从他眼里看得出他如意得很,想要得很。他是知道自己想争气买缝纫机,才推故说那皮裤不好。自己明明知道他想要那皮裤,可只顾自己想要缝纫机,怕把钱散了,听他说不好就假装信他的话不买了。要是把皮裤买了,也不会便宜小偷了。这都是自己黑心不顾男人的报应啊!男人到现在还不埋怨自己,怕自己伤心生气,心疼自己,自己咋对得起男人啊!男人要我这个婆娘啥益啊!李四老婆伤心透了,抽抽泣泣,越想自己越不是个人,越想越恨自己。几十岁的人了,腰里揣着几百块钱,大天白日能叫人家偷了,偷了自己还不知道,自己太没材料了。就这自己还露能,早上走时还说咱也去买个缝纫机,王五老婆还脸红了,王五老婆会咋说自己啊!自己还咋有脸活啊!真不如一头栽粪缸里死了算了。

李四老婆正哭得寻死觅活,李四回来了,见老婆的气还没消,就笑笑说,看看你这肚量,叫偷了二百多块钱就气成这号样,人家的拖拉机掉到了崖里,就该抹脖子不活了?老婆一愣怔,问,谁?李四说,王五家的。老婆又抽抽搭搭了,说,你别变着法哄人。李四说,哄你干啥,你去看看就知道了。老婆止住了抽泣,看着男人,说,我不信。李四说,王五去拉沙卖钱,走到鬼跳崖迎面来个汽车,眼看就要碰头,王五急忙往路边避,避得狠了拖拉机栽下去了,多亏王五眼疾跳下车,才没伤住身子,只是拖拉机成了一堆废铁。李四老婆听得忘了生气,哭红的眼也闪烁出亮光。李四说,比比王五出这事,咱这算个啥,二百多块还不够个车轱辘哩。李四老婆不住喷嘴,说,可是,可是,可是哩,还是咱们安分守己做庄稼好。李四说,王五也太好逞强了,美了还想美,看看,想美没美成,还白白扔了好几千块。好几千块啊,可不少! 李四老婆听得出神,好像吃了化气丸,肚里的气没有了,脸上的气也没有了,好像自己的钱一分也没叫偷,好像自己突然在路上拾了几千块钱,发大财了。她心里喜,脸上笑,说,我只当就咱倒霉哩,比咱美得多的人倒的霉比咱还大,咱还有啥气?李四看老婆不气了,看老婆高兴了,就说,听说王五翻了车别人都去割肉吃,咱们也去割二斤肉好好吃吃。老婆说,割你割,割十个二斤,也顶不住人家一个车轱辘。

李四去割肉了。

李四老婆不死了,还一个劲想笑。

王五是村里首户,正数。王五从前不美,现在很美,家里有电视机有录音机有洗衣机有缝纫机,村里人说起他乱喷嘴,说他家啥机都有只差一机了,差飞机。为人在世不敢太美,太美了就会老嫌不美,就光想再美。王五坏事就坏在太美了,特别坏到那个电视机上。王五爱看电视,王五没上过几天学,电视上演的啥他看不懂,也没心看。他爱看电视上的红红绿绿,红得鲜,绿得鲜。他爱看电视上的女人,滑冰的女人,跳舞的女人,除了一点看不见全身都看见了,看着就咂嘴流涎水,看着就对老婆说,看看人家这些女的才算个女的,掐一指甲保险流水。女人说,你咋不钻进去哩,钻到电视机里和那些女人睡。王五就嘿嘿笑,嘻嘻笑。王五主要还是看电视上人们的美劲,常常喊住老婆乱叫,你看看人家屋里的摆设,咱们屋里啥时候也能这号样,也不枉活个人!看,看,看看人家当个总统多美,多威风,出门都带着老婆,看看人家咱们算白活了。说了还要长叹一口气,叹了气还要再加一句,总要有一天咱们也美一回!老婆听了就撇嘴,说,我看现在都怪美,不是那两年了,吃块霉红薯干就说真好吃。人心别不知足,比比张三家比比李四家,人家都该不活了?王五可不和张三李四比,说,你咋不和要饭的比哩?就你这号样有福也不会享!

王五的心太野毛了,老想和电视机里的人们一样美,老想和人家当总统的一样美,就拼命挣钱。先是赶毛驴车,赶了几年发了,买了各种机,又盖起了楼房。人们直啧嘴,说,炸鞭一响,顶个县长,王五现在和县长一样了。王五说,县长算个球,好稀罕,老子还要当省长哩。王五不赶毛驴车了,买了辆拖拉机,给建筑工地拉沙拉砖拉石头,啥都拉,没明连夜地拉。老婆说,能不要命了?王五说,没有钱要个命也没球益。王五挣大钱,一天下来就是几十块。王五心想过两年买个汽车,再过两年再买个汽车,一辆两辆三辆,几十辆几百辆,然后,然后,想到然后心里就直想笑,想到然后就来了劲。谁知还没然后就翻了车,把然后翻到崖底下了。

王五坐在家里,不哭不说不骂,不吃不喝不吸烟,一直坐着,身子不动,两只眼不动,一张脸像死人脸没一点表情,像土地庙里的泥胎。老婆劝他不要生气,王五像没听见,一言不发,脸上没一点变化。老婆怕他气钻心疯了,老婆就哭了,说,拖拉机没有了就没有了,多少人原来就没有也过了。咱还有楼房,咱还有这机那机,还比张三家强,还比李四家强,还站在人前头,咱还照样唱着过。王五突然打个炸雷,眼成火炭,吼道,嘴痒了去猪石槽上磨磨!张三算啥?

李四算啥？要和他们比，我睡到床上不动也比他们强！老婆不敢劝了，王五又成了泥胎。王五面上不动心里动，还是大动。王五从小就不一般。"文化革命"时斗他，他才十几岁，他嫌丢人寻死觅活。人们劝他，说，支书都斗了，支书都不嫌丢人，你还嫌丢人！王五说，支书算个啥，几十几了才当个支书还不嫌丢人。人们说他不知天高地厚不识劝，口气不小，是个疯子，就没人再劝他了。他三天两头要上吊，吓得爹妈不敢睡觉轮班看他。后来刘少奇叫斗了，没人再劝，他也不嫌丢人了，还高兴得很，光荣得很，逢人就表白自己，说，咱如今和刘少奇一样，刘少奇和咱一样。王五一点也不脸红，真认为和刘少奇一样。后来从刘少奇到支书都平了反，王五才知道不一样，不一样得很。王五对不一样不甘心，一心想弄个一样，他知道官上弄不了一样，就打听刘少奇一个月多少工钱，打听清了他喜了，球，我当多少哩。他相信自己在工钱上能和刘少奇弄个平头。这几年在电视上没少看到总统，心想，总统和刘少奇的官一般大，拿的工钱也一定一样，只要自己挣的钱和刘少奇的工钱一样多，自己也就和外国总统一样美了。王五想着自己能过上总统的日月，就气壮口粗，粗得很，啥都不放在眼里。谁家丰收了，他说，球，离总统远着哩。谁家娃考上了学，他说，球，离总统远着哩。人家本来欢天喜地，被他扫了兴，就气。好像他离总统近得很，已经挨住总统了。村里人都说他烧，烧焦了，喊他王总统。王五不在乎，说，咋，总统不是人干的？顷刻当一个叫你们都看看。

　　王五没想到会翻车，只说走一步离总统近一步，这一翻翻得离总统远了。王五有点泄气，泄了气又生气，不是气当不成总统了，是气村里的人，气得很。王五料理了现场回到村里，村里变了样，变得喜气洋洋，像过大年一样，人们都在割肉，见了他都挤鼻子弄眼，笑，笑,笑,都在笑。人们明明知道他翻了车,又都装着不知道,还说,王总统,又发财了吧?恭喜,恭喜!王五知道,这些连过大年都喜不起来的人今天为啥大喜,这些连过大年都笑不出来的人今天为啥大笑。王五不爱见人们喜不爱见人们笑,王五爱见人们唉声叹气爱见人们愁眉苦脸。人们都唉声叹气都愁眉苦脸,自己的喜自己的笑才美,都笑了都喜了,自己的喜自己的笑还有啥球味道!没想到平常没啥喜没啥笑的人喜了笑了,这喜这笑还是自己唉声叹气愁眉苦脸弄出来的。王五想想就气就恨,日他奶奶,该笑的笑不成,不该笑的笑得开怀,这算个啥世界!

王五不说话,生闷气,冷冷地嘿嘿着,嘿得老婆身上一麻一麻。老婆劝又不敢劝,没办法叫他不生气,看看天黑了,老婆知道王五爱看电视就开了,想分分他的心,解解他的心焦。电视上花还红,叶还绿,红得鲜,绿得鲜,王五死死盯住不说话。王五不说老婆说,说平常男人爱说的话。看,看,看人家屋里摆设得多美。看,看,看人家的女人多好看。看,看,又说总统了,啊!总统坐的飞机爆炸了!飞机五零四散了,总统成碎块了,总统老婆成碎块了,总统不得当总统了。

王五看着看着变了样,泥胎成了活人,死脸成了活脸,笑了。大笑,狂笑,跳了起来,大叫,弄菜!弄酒!老婆不解痴痴愣愣。王五叫,弄!快弄!弄最好的!日他奶奶,总统多美都死了,咱还活着,比总统强多了,为啥不喝?喝,美美喝!老婆去弄酒弄菜了。王五鼻子一哼,说,看我翻个拖拉机都喜算啥球本事,老子这喜才真是大喜!王五喜出了总统水平,不知咋喜才能把心里的喜都喜出来。电视还在演,嫌电视不够劲,又打开录音机,开到最大音量,在屋里响不够劲,把录音机提到楼顶凉台上,响,响,快活地响,热烈地响,响进了家家户户,响进了人人心里。王五要叫全村人都知道,他王五也在喜,还是大喜。

小喜,大喜,喜了一村。

这个村叫快活村。

原载《莽原》1990 年第 2 期

还魂记

深山中一个小村里,有人从城里请来了一尊毛主席石膏像,马上轰动了全村,男女老少争先恐后地跑着前去瞻仰,差点挤破了这家人的院落。

"叫我看看!"五保户老宝爷快活地叫着来了。人们尊重地闪开一条路,让老人家走到放着塑像的桌前。老宝爷恭恭敬敬地站着,揉了揉老花了的双眼,怀着崇敬爱戴的心情端详着:黑漆桌上铺着红布,红布上安放着洁白的石膏塑像,显得分外庄严。

老宝爷捻着霜白的胡子,在人们不绝的赞美声中,目不转睛地看着自己的恩人。瞻仰的人走完了,他还在入神地看着,看着。主人提醒他道:"老宝爷,坐呀!"

老宝爷发觉只剩下了自己,不免有点尴尬。他看看主人,主人满面春风,笑容里流露着夸耀和荣光的神气。老宝爷不由产生了惭愧和嫉妒的心情,他没有坐,干笑一声回家了。

老宝爷住着三间房子,不算富也不算太穷,一切家具齐全。平日回到家里,总觉着屋里那样充实,今天一踏进门槛,就觉着缺少点什么,突然感到空虚。他站在当间靠后墙的桌前,对着墙上贴的毛主席画像,心里一阵难过,默默地责怪着自己:"我为什么就不知道有毛主席石膏像?这么大的事情竟然落到了人家的后边,千不该万不该呀!老宝呀老宝,要不是共产党和毛主席,你的骨头早就沤朽了。扳着指头算算,全村人数你领毛主席的恩情最多,可你屋里为什么没有毛主席的石膏塑像?"

老宝爷惭愧了一阵之后,暗自下定决心,明天也要进城,去请一尊毛主席石膏塑像回来。决心定了,他换上一双草鞋,把腰里战带紧紧,拿起斧头、绳子、扁担,上山打柴去了。

六十多岁的老人上山打柴,马上惊动了老支书,他匆匆忙忙赶来,拦住了老宝爷,喘着气检讨道:"老宝叔,我这一阵子忙,没顾上来看你,叫你没柴烧了!"

老宝爷朗朗笑道:"没柴?你去看看,小青年们给我打的柴都堆成山了!"

老支书奇怪地问:"那你还去打柴?"

老宝爷又朗朗笑道:"卖呀!"

"卖?"老支书眯着双眼,上下打量着老宝爷的衣着,关切地追问,"缺啥少啥了?"

老宝爷往前凑凑,对着老支书的耳朵神秘地说:"我也要去请尊毛主席石膏像!"

"请毛主席像?"老支书沉默了一阵,好言劝道,"算了吧,你屋里不是有一张毛主席像嘛,不要再买了吧!"

"啥?"老宝爷顿时寒下脸子,睁大惊异的眼睛看着老支书,像不认识他似的,喃喃地坚持道,"你怎么能这样说!"

老支书不敢再说下去,无可奈何地讲:"真要去,也不用你砍柴卖呀,回来我叫队里给你送点钱来!"

"那可不中!"老宝爷连连摆手,严肃地拒绝道,"这个钱一定得是我自己血汗挣的,才是我的心!"

老宝爷说走了老支书,顺着林间小道上山去了。峭壁怪石,山高林密。他这里拾来一枝,那里攀下一枝。粗的不要,细的不要,湿的不要,朽的不要,歪的不要,发杈的不要,专拣那枣子粗细的端端正正的一色花栎梢子。这是去请毛主席塑像呀,一定得拣最好最好的柴呀。为了从刺架丛中拉出一枝好柴,手上挂破了不少血道道,柴枝上染上斑斑点点的血迹。黄昏时分,他担着一担柴回来了。放工的人们围上来,看着这担柴,夸不绝口:"哈,老宝爷拾这柴不是叫烧的,是专门叫看的吧! 看看,多齐整多一色呀!"

老宝爷听了这些话,心里甜丝丝的,脸上堆满了笑容。

为了养好精神,明天早点进城,老宝爷吃过晚饭就睡了。刚合上眼,就想着塑像请来了,放在哪里呀? 人家放在黑漆桌子的红布上边呀,可自己那张桌子……他睡不稳了,又穿衣起来,点着煤油灯,走到当间检查着那张桌子。这是一张没有上漆的方桌,用的年代久了,桌面污染成灰黑色了,显得肮脏,桌面中间也炸开了裂缝。老宝爷越看越觉得不行,怎么能把毛主席的塑像放在这上边呢? 他做了一辈子木匠漆匠活,从来没有想过自己也应当有一张黑漆发明的桌子,只有现在他才感受到迫切需要。于是,他从界墙上取下多年没有用过的刨子,拂去灰尘,取下刨刃在磨石上磨利,在昏暗的灯光下,拉开当年的架势,把桌面重新刨光。他乜斜着眼,一时从这边看看,一时从那边看看,当确认刨平之后,放下刨子,拾起一把刨花,在桌面上沙沙地狠劲磨擦着。擦呀擦呀,一把刨花磨成末了,又拾起一把磨着,磨得那样专注,那样用力,额头上流下了一粒粒汗珠,终于把桌面磨擦得镜子一般的光滑,才停住了手。然后,老宝爷又从里间提出了一小桶土漆，施展着他最好的手艺，上心上意地漆着、漆着……就这样，他整整一夜未眠，鸡叫了，天明了，桌子精心漆好了。阳光透了进来，照在桌面上，从那黑漆发明的闪光中，他看见了自己的影子：花白的胡子，深陷下去的双眼，孩子般称心如意的笑脸。他觉着自己年轻了许多，忍不住对着桌面上自己的影子笑了又笑。然后，他退到门口，远远端详着面目一新的方桌，断定不比邻家的方桌逊色时，他才舒展地松了口气，自得地道："我也有了放毛主席塑像的地方了！"

老宝爷吃了早饭，从箱底翻出了过年时才肯穿上一天的新衣服，把自己打扮得干干净净、整整齐齐，挑起柴担，怀着庄重虔诚的心情出发了。他多年没有挑过这么重的担子了，脚腿也有些僵硬了。可是，他觉得自己今天要干的事情是伟大的神圣的，这样想着就浑身充满了力量，步子迈得又大又快，简直返老还童了。山村离县城三十里路，老人家到底是上了年纪的人，走着走着渐渐体力不支了。特别是到了一条大河边，河里结着一层薄冰，他咬咬牙跳进去，冰刀子割在腿肚上，像万箭穿心。走着脚下错蹬了一块光滑的石头，身不自主地打了个趔趄，差一点撂下了担子。就在这一刹那，他咬紧了牙，挺直了身子。他想起二十岁那一年，也是这个天气，河里也是结着冰，他给地主抬轿过河，冻得麻木的双脚一滑跌倒了，地主老爷把他打得死去活来，还罚了他一年工钱。他想着过去的苦难，就忘了眼下双脚的冷疼，像走平地一样过了大河。

过了河交住了公路。路上车来车往，一辆拖拉机开到他身边，突然停住了。司机是熟人，怜惜地说："老宝爷，上来吧，我给你捎上。"老宝爷也确实累了，抬头看看面前的大山，就犹豫了一下，心想："这倒省力快当，可惜不是我的力气，那不成了半心半意！"想到这里，他固执地谢绝了。

老宝爷开始翻山。每走一步，肩上的担子就像增加了十斤，双脚也越来越不听使唤了。他不住地换肩，衣服被汗水湿透了，累得他张大着嘴，喘着粗气。他多想放下担子歇歇呀，可是他怕一放下去就再也担不起来了。于是，他回忆着在这条路上曾经吃过的苦。从家乡到县城这三十里路上，解放前他走过千百次，这路就是像他这样的人踏出来的，每一寸路上都流过他的汗水和血泪，每一寸路上都留有他挨打受气的屈辱。他一步一步回忆着往日的苦难，品味着今天的幸福，恨和爱在他身上产生了一股奇妙的力量，使他忘掉了肩上的重担，忘掉了脚腿的疼痛，忘掉了干渴和饥饿，终于走到了县城，到达了他的目的地。

多年没有进过城了。

县城大变样了，闹哄哄的，到处都是红的：红的墙壁，红的门面，红的旗帜，红的袖章，红的语录牌。一群一群涨红着脸、红着眼的人，胳膊上缠着红袖标，挥舞着红的棍棒，大声呼喊着语录，匆匆忙忙地来回奔走着，好像正在从事一件重大的战斗任务。人们远远看见他们过来，就赶忙神色紧张地躲闪开去。老宝爷听人讲过，那些戴红袖章的人就是造反派，他们是专门捍卫毛主席的闯将。他怀着感激的心情，向他们投去了支持的眼光，对他们笑着走着。

老宝爷很快找到了买主。买主是个老干部，看他一大把年纪，给了他一个好价钱，秤也压得低低的，多给算了几斤，还给他烧了热汤，让他喝个暖和。他觉着这个世道太好了。他从前也进城卖过柴，可是那些生意人对穷人老不客气，不光压价，还把秤抬得高高的，总想少算点斤两，还不干不净骂哩。

老宝爷肩上的担子卸了，浑身感到轻快，又碰上好人，心里念叨着毛主席领导得好。他怀着渴望的心情,走进了商店。当他用六十多岁老骨头挣的钱,把毛主席塑像请到双手里时,他长久地凝视着,好像真的站在毛主席身边了,激动得流下了眼泪:"毛主席,请你老人家去看看咱们幸福的家吧!"

老宝爷把干粮口袋翻个里朝外,在手里搓来搓去,抖净了灰尘,然后又翻过去,小心翼翼、恭恭敬敬地把塑像装进去,一只手扛着扁担,一只手提着口袋,心满意足地走了。

老宝爷出了商店,走在大街上,他觉着天空格外的高,阳光格外的暖,街道格外的宽。他觉着一街两行的人都向他投来羡慕的眼光,心里便荡漾着幸福。

"都来看呀,我也请来了毛主席!"老宝爷想着回村后的第一句话。他好像看见男女老少都拥进了他屋里,他好像听到了千言万语的赞美声。该给乡亲们说些什么呢?对,就说,我六十多岁了,经过了几个朝代,前清,民国,都没把穷人当成人,他们想骂就骂,想打就打,想杀就杀。咱们有了今天,都是共产党和毛主席给的呀!

老宝爷感到此时是他一生中最大的满足,唯一使他放不下的只有一条,就是昨夜刚刚漆过的方桌干了没有?要是没干,红布怎么铺上去?红布铺不上去,今天夜里把毛主席塑像安放到哪里?他心里一阵不安,埋怨自己料事太不周到,临走时为啥没把方桌放到窗口,让风早点吹干!这时,虽说狂风骤起,如刀割耳,可是,他还默默祝愿着:"风啊,再大一点吧!早点把漆过的方桌吹干吧,我等着安放毛主席的塑像呀!"

老宝爷正在想得入神,突然面前一堆人挡住了去路。他走上去看个明白,原来是一群戴着红袖标的人,打着"毛主席思想宣传队"的红布横额,在测试过路人的学习成绩,每人要背五条毛主席语录才准出城。老宝爷只好排着队等着。很快轮着他了,他走过去背了五条语录,正要走时,一个人指着他提的口袋,严厉地批评道:"口袋上为啥不绣'忠'字?"

老宝爷含笑地解释道:"我没儿没女……"

另一个人呵斥道:"没儿没女就不忠了!"

第三个人动手去抢夺口袋,恶狠狠地喝道:"没绣'忠'字的东西统统没收!"

老宝爷双手捂住口袋,恳求地说:"我这里边装的毛主席塑像啊!"

"啥呀?"那群人的面目突然变得狰狞可怕了,炸雷般地吼叫起来。

"把毛主席塑像装进口袋里!"

"妄图用个破口袋遮住红太阳的光辉呀!"

"反革命!"那群人疯了。

"现行反革命!"

老宝爷脑子一蒙,像挨了闷棍,愣愣地道:"啥呀,啥呀,我是反革命?"

"还不认罪哩!"一个人挥起了红色大棒。

"谁敢侮辱毛主席就砸烂谁的狗头!"那群人一齐举起了棍棒。

老宝爷急了气了,叫道:"你们要凭良心啊!"

"还'四旧'哩!"一个人上去强按老宝爷的头,喝道,"快跪下向毛主席请罪!"

老宝爷不肯跪下,人们就推他搡他,几个胳膊强按他跪下去。他挣扎,人们就拳打脚踢地骂他、揍他。

老宝爷终于被打翻在地了,一个人还在他脊背上狠狠踏上一只脚。老宝爷顺嘴流着鲜血,他不知道该怎么说了,也没力气说出口了,只是微弱地断断续续地呼叫道:"毛主席——毛主席——"

"把他扭送到公安局去!"人们嘶叫着。

两个人拉着奄奄一息的老宝爷,顺地拖着走了。

几天以后,老支书接到命令:给现行反革命分子老宝送条被子。老支书心上像压了一座大山,默默地领着村里人,打开了老宝爷的门户,包好了被子,然后又默默地站在那张方桌周围。闪光透亮的桌上干干净净,空无一物,没有那块红布,也没有红布上边安放的毛主席塑像,只有老支书晶莹的泪珠滚落在闪光的桌面上。

粉碎"四人帮"以后,老支书从法院里把老宝爷接了回来。老宝爷变样了,瘦多了,眼窝塌下去了,胡子也长了。大家可怜他,同情他,在心在意地照顾他的生活,尽情地讨他喜欢,可他却一直没有笑过,每天不言不语地发呆。老支书和乡亲们不住来劝他,安慰他,给他讲一些现在的大好形势。可是,不论对方讲些什么,他总是死死盯着那黑漆发明的桌子,痴愣地重复着一句话:"我真傻,把眼药吃到肚子里!"

人们再也听不到第二句话,天长日久,大家叹息道:"真可怜,'四人帮'把他的魂摘了!"

一九七八年,县里来人搞农业现代化试点,住在一间破旧的磨坊里。人们川流不息地去打听怎么个搞法,老宝爷也去了,每次去都不声不响蹲在角落里,听试点组长讲着美好的明天。大家听了议论着,迸发出一阵阵欢乐的笑声,只有老宝爷不笑,也不说话。有人问他:"老宝爷,你不高兴?"

老宝爷尴尬了,可是仍然重复着那句老话:"我真傻,把眼药吃到肚里！"

不久，大队开始修水电站了。这个水电站从五八年就开始修了，当初说是要修个世界水平的，号召大家少活二十年，瘦掉十斤肉拼命干。人们也真是干瘦了，可是发觉那是吹牛的，没有那么大的水，也没有那么大的力量，白白浪费了几万工停了。"文化革命"中又修了一回，还是刚开个头又停了，说是电气化压了革命化，为这事老支书还挨了批斗。这一回实实在在地干，很快就修好了。

老支书特意交代，给老宝爷安个大灯泡。这天夜里，老宝爷习惯地点亮了墨水瓶油灯，电灯就明了。他端着小油灯，站在黑漆发明的方桌旁边，抬头看看上边挂的小太阳，又低头看看桌面上自己的影子。他长久地呆呆看着，那影子变来变去，从五八年的他，变成六几年的他，又变成七几年的他，他的心也在变来变去。不知看了多少时候，他突然发觉手中还端着煤油灯，想了想，才噗地一口吹灭了那豆大的灯光，电灯反而显得更加明亮了，他看着小太阳，喃喃道："真明了！"

这时，人们正聚集在试点工作组住地，庆贺发电成功。正当大家笑得最响的时候，老宝爷也来了，扛着那张黑漆发明的方桌来了。大家马上停止了欢笑，担心地看着他，以为他要就着这张桌子的经历哭诉一场。老宝爷放下桌子，没有哭，也没有笑，庄重地对着试点组长说："从前我真傻，把眼药吃到肚里。——你们是真的！你们在这上边写吧画吧。我老宝不傻了，把桌子可用到正处了！"

人们出乎意料，看看老宝爷，又看看试点组长。试点组长一时不知怎么讲才好，就婉言谢绝道："谢谢你，老宝爷，心意我们收下，这桌子还是扛回去你自己用吧！"

"我懂！我住过法院①，不能用我的东西！"老宝爷痛苦之极，声音颤抖了，他突然取下斜插在腰里的斧头，对着桌子扬了起来。

"老宝爷！"试点组长激动地大叫一声，上去拦住，闪着泪花说，"用！用！我们用！"

试点组从此就在这张桌上办公，每当他们坐下去写字画图，就从那闪闪发光的桌面上看到了老宝爷的形影，他们就干得更起劲了。

老宝爷每天总要悄悄去试点工作组住地看上几次，见他们在桌上写写画画，他就心满意足地走了。一来二去，细心的人发现，老宝爷的脸上常常堆起孩子般称心如意的笑容，而且话也慢慢稠了。

于是，村里人争相传颂："现代化使老宝爷还魂了！"

原载《莲花》1980 年第 1 期

---

① 法院：意指监狱，豫西南农民口头上并不严格区分法院和监狱。

前些天,给一个县委书记平反昭雪,他戴了二十年右倾机会主义帽子。当宣布平反决定后,他忍不住老泪横流。大家安慰他,他说:"我不是哭我自己,我是哭——他啊!"

含泪的谎言

他是陈家坪的人,年纪六十开外,姓陈,名叫三强,外人送号叫"石头"。提起这个外号,得先讲一段牛郎配织女的故事。陈三强年轻时家境贫寒,三十多岁还没娶亲成家。那年,有个媒人给他说了一头亲事,女方是邻村的张寡妇。张寡妇的丈夫死后,独自拉扯着一个小闺女过活,日子很是艰难。媒人讲,张寡妇二十八九,人好心好手巧,和他配成一对真是牛郎配织女。这天,陈三强前去相亲。媒人看他穿得破破烂烂,就给他借了身新衣服穿上,打扮得整整齐齐、干干净净。临走时,媒人嘱咐道:"老灶爷上天,好话多说,坏话别提。见了张寡妇,就说在外边放有驴打滚账,眼看就要到期,正在托人买地。"陈三强胡乱应下,到张寡妇家里一看,人长的真是不错,就是家里太穷。住着一间草棚,屋里只有一张用棍子绑的床铺,上边放着一条被子,烂得四处开花,除此之外一无所有。十冬腊月,滴水成冰,那个小闺女还穿着一条破烂单裤,赤皮露肉,看见来了生人,又冻又怕,站在棚角直打哆嗦,两只水灵灵的眼睛不住偷看三强。张寡妇搬来一截木头,用袖子拂去上边的灰尘,让三强坐下。三强和她相对而坐,耷拉着头,都不看对方,又偷看对方,谁也不知道应该怎么开口。默默无言坐了一会儿之后,三强又看了那闺女一眼,不由一阵心里热眼里酸,闷声闷气叹道:"咱们这事算一巴掌拍消了,你再找个好主吧,也能叫闺女跟着吃顿饱饭,穿件暖和衣服!"他说着站起来往外就走。张寡妇看他不是轻狂人,心里有了几分意思,这时听他一口回绝,不由心头一沉,强忍眼泪送他到门口,自叹命薄道:"我知道你有钱,怕俺娘儿俩拖累你!"三强听她这般讲说,不由回头站住,把媒人的嘱咐忘得一干二净,看着她愤愤地说:"我有钱?别听媒人哄你,实话给你说。"他拉拉身上的衣服,"连这张皮都是借的!"说完,不等回话疾步走去。走了几步,放心不下,又回头嘱咐道:"我看你也是老实人,以后再找主,可要打听实在,别叫媒人的瞎话嘴哄了,从水坑里跳到火坑里,叫闺女跟着受罪!"三强说完真走了,头也不回。张寡妇看着他的背影,心头一热,突然快步追上,流着眼泪叫道:"你——回来!"

从此,牛郎配了织女。村里有些能人,说起这件事来笑掉大牙,把他们当成一对傻瓜看待,经常拿他们取笑开心。陈三强总是吹胡子瞪眼反驳道:"人就是人,又不是狐狸精,为啥要说瞎话骗人!"妻子总是撇着嘴说:"我见的鬼多了,可碰见个真人,心实得像块石头,我为啥不跟他!"那些能人听了哈哈大笑,从此叫他"石头"。

合作化时期,县委孔书记来到陈家坪驻社,听说了这件趣事,专门去拜访了石头大伯一家,问清了真情实由,夸不绝口,还在大会上表扬道:"不论在啥情况下都讲实话,这是中华民族的美德,大家都要向石头大伯学习!"从此以后,石头大伯和孔书记交上了朋友。孔书记不断来找石头大伯,石头大伯进城赶集也去孔书记家里做客。石头大伯不会巧言花语,也没有高深理论,不外说些农村的实人实事,孔书记却说对他帮助很大。村里人看共产党的书记都爱见他,大家都格外尊重他。石头大伯到了人场,不论大小干部或老少群众都忙着让座敬烟。谁家有个红白喜事,也都要请他去坐上席,好像有他在场,主人脸上就添了几分光彩。他受到这般爱戴,好像塌了群众亏欠,实在过意不去,常给老伴讲道:"咱这是无功受赏,没想到说个实话,人们就这么抬举!"老伴笑得双眼眯缝,得意扬扬地说:"咋样? 还是我识货吧! 当初一见面,我就看出了你的贵处!"

石头大伯膝下一女一子,女儿早已出嫁,儿子名叫铁柱,年方二十出头,尚未成亲,在生产队当着队长。这铁柱生得憨头憨脑,在石头大伯的严格管教下,继承了陈家的祖传门风,实话实说,以实待人,把队里生产搞得十分红火,成了全社的红旗队。儿子给老子添了光彩,人们就更加尊重石头大伯。

说话间,到了某年某月某日,石头大伯突然变成一泡"狗屎",众家八户对他恨之入骨。你看怪不怪?

原来,石头大伯从春天一直病到夏天,几个月昏迷不醒,卧床不起。这天,病势大轻,便到外边走动走动。他拄着棍子,往村头大白果树下走去。这棵老树又粗又高,枝叶伸展老远老远,荫凉有一个球场那么大。树荫底下,支着一块块平整光滑的石板。每到夏日中午,人们就在这里休息乘凉,睡觉谈天,打牌下棋,笑语纷飞,实在热闹。石头大伯也想来凑凑热闹,散散心中的闷气。谁知还离老远,就发觉今日不比往常,只看见人们指手画脚,暴跳如雷,又听见一阵阵骂爹骂娘声,乱成一团。石头大伯心里大吃一惊,想着队里一定出了塌天大事，便快走几步，准备去问个青红皂白。人们怒气钻心，只顾骂人，没有发觉他的到来。他像往日一样亲切地问道："娃子们，啥事吵塌了天？"他这一叫，人们便一齐回过头去，一个个马上板起铁青面孔，怒目相对，像见了仇人一般，红着眼睛，没一个人回他的问话，接着一哄而散，树荫下只剩下他孤独一人。他愣得发傻，冲着散去的人们叫道："咋啦？咋啦？我又没变成蜇人的蜂，咋我一来都走了！"任他再叫，人们头也不回，径自走去，传来的是扎心的骂声："哼，狼心狗肺的老东西！"

石头大伯从来受到的都是尊敬，哪看过白眼，哪听过辱骂。突然，一个相同的场面在他眼前再现：土改时的一个下午，也是在这棵树下，贫下中农抱成一团，商量着次日斗地主分田地的大事，个个情绪激动，诉说着深仇大恨。正在这时，老地主王剥皮悄悄溜来，喜笑颜开地搭话。人们像今天一样，也是怒目相对，也是一哄而散，也是恶言咒骂……他想着想着，头上像挨了闷棍，踉踉跄跄站立不稳，只觉着天旋地转，顿时失去知觉。

石头大伯醒来时，正躺在家里床上，愣愣怔怔地四下看看，一颗心才算落到肚子里，松了一口气，对着坐在床边的老伴看看，庆幸地笑道："哎呀，可真怕人，刚才做了个噩梦，梦见大家都不理我，把我当成王剥皮那样的阶级敌人看待！"

老伴本来愁眉苦脸，听到如此讲说，心想他得了疯傻症，眼泪止不住簌簌流落下来，又悲又愁地说："那是真的呀！你晕倒在地，我把你……"

"啥呀！"石头大伯吓得虎生坐起，变脸失色问道，"真的？为啥？咱伤住谁一根汗毛了！"

老伴擦着眼泪，叹道："咱铁柱戳了大祸呀！"

石头大伯急切追问:"他咋了?"

"他疯了,想上天成神哩,放了个啥小麦卫星!"老伴恨得咬牙,"他鬼迷心窍了,说小麦亩产七千多斤。大家吓掉了魂,怕上级按他报的要粮食,断了大家烟火,恨不得把咱们一家撕吃了!"说着又哭起来。

"他——"石头大伯不听则已,一听火冒三丈,失急慌忙跳下床来,从地上摸起一只鞋子扬了起来,赤着脚就往外跑,嘶叫道,"铁柱哩?老子不活了,和他拼了!"

老伴忙死死拉住他,哭声哭气道:"他去开会还没回来啊!"

"这个畜生……"石头大伯气钻了心,一句话还没骂完,就又晕了过去。

天黑人静,屋里点着一盏煤油小灯,光如豆大,惨淡昏暗。石头大伯再次醒来时,看见老伴眼泪汪汪地坐在床边,儿子铁柱站在床前,一脸苦愁。石头大伯瞪他一眼,侧身坐起,冷冷地命令:"过来!"

铁柱知道爹爹家法极严,说一不二,乖乖往前上了几步,靠床站住。石头大伯突然使尽全身力气,"啪"的一声,打了儿子一个耳光。

铁柱被打得身子猛一侧歪,顺嘴淌着鲜血,痛苦万状地叫道:"爹——"

"谁是你爹?我的儿早死了!"石头大伯气得乱抖,两只眼睛射着凶光,恨之入骨地喝道,"陈家没有你这种坏货!你给我滚!滚——"

铁柱哪里还敢动弹,可怜巴巴地又叫道:"爹!我——"他有苦难言,不知从哪里下嘴说清讲明,只好求救地看着妈妈。

老伴疼子心切,求情告饶道:"他爹,铁柱也是叫人家强迫硬逼的呀!"

"放屁!"石头大伯喝住老伴,理直气壮地批驳道,"天下只有逼账逼租的,哪有逼着说瞎话的?"

老伴和铁柱看他正在火头上,知道说也不中,只好苦在心里,不敢再说三道四。石头大伯怒气不息,喘着粗气,重重命令道:"给我跪下!"

铁柱二十多岁了,算得上个男子汉大丈夫,听说叫跪下,实在弯不下腰,就乞求地看着爹爹。石头大伯又决绝地命令道:"跪下!"

铁柱看爹爹铁石心肠,就又乞求地看着妈妈,想求妈妈说上几句求情的话。妈妈不敢再说,实怕惹得老头子火气更大,又不忍心看着儿子下跪,只好流着眼泪把头扭到一边。铁柱无可奈何,迟迟疑疑站着不动。石头大伯又气又急,浑身打抖,气急败坏道:"好!你不跪! 你去拿切面刀来,先把我杀了,再去杀大家!"

铁柱被逼得走投无路,害怕爹爹气死过去,只好流着眼泪,默默无声地跪到床前。

石头大伯怒气稍息,又厉声道:"说!"

铁柱低着头,讲了始末经过。

铁柱生性憨厚,从小又受石头大伯影响,养成了多干活少说话的习惯,从不狂言诈语。陈家坪是个名扬四方的先进生产队,他能做出十分成绩,却说不出来一份功劳。每次上边开会,他总是藏在角落暗处,怕人家看见叫他登台介绍经验。前些日子,公社召开先进队长会议,上官书记做了动员报告,说是"人有多大胆,地有多高产",号召大家敢想敢说,叫大家坐火箭放卫星。第一个发言的是邻村王队长,说他们亩产小麦七百多斤。大家都是庄稼人,懂得这个数字的分量,不由得啧啧称赞。谁知上官书记怒发冲冠,大发脾气,大喊大吵道:"同是共产党的天,同是社会主义的地,别处都亩产六七千,难道你们吃的是麻雀胆!"说着把王队长叫到人前罚站,还在他脖子上插了一面黑色小旗,上边用白粉画着一只乌龟。接着又大反右倾,大批暮气。会场上杀气腾腾,队长们个个铁青着脸。铁柱本来坐在角落里,这时更钻到人后,耷拉着头,实怕被人看见。在上官书记的催逼下,有人报了亩产千斤。上官书记还不满足,骂他一顿,往他脖子里插了一面小白旗,上边画着一头肥头大耳的老母猪,罚他站在"乌龟"旁边。队长们个个手心出汗,胆战心惊。就这样一逼再逼,一个接一个把产量飞涨上去,人人脖子里分别插上五颜六色的小旗,飞马旗、汽车旗、火车旗、飞机旗……当有人插上乘火箭的红旗时,亩产已经涨到七千斤了。铁柱心里暗自骂道:"上官书记喝了谁家黄汤,来到会上发酒疯!"他正在思索,突然听见上官点到他的名字,抬头一看,只见书记脸上笑得像三月桃花,表扬他道:"老鼠拉锨把——大头在后边。现在轮着陈家坪了。铁柱,你们的土地和条件,都是上海鸭子——呱呱叫!"他从桌上拿起一面金色小旗,上面画着一颗卫星。上官书记挥舞着小旗嬉皮笑脸道:"铁柱,你不还是个童男吗?月里嫦娥在等着你哩!今天就送你去成双成对!"铁柱被逼到绝处,也强装笑脸地牢骚道:"七千斤我还嫌少!我们还想七千五哩……"不等讲完,上官书记就狠劲鼓掌,疾速把卫星金旗给铁柱插上。不容铁柱回话,就匆匆宣布散会,准备往县里去。

是真的还是开玩笑?铁柱愣了一阵,当他明白这不是开玩笑时,生气地拔下金色小旗,冲出门追上去,愤愤地道:"上官书记,我那可是句玩话!"他向上官书记递去卫星金旗。

"玩话?笑话!怎么,舍不得粮食,想瞒产私分不成!"上官书记推开铁柱伸过去的手,狠狠瞪他一眼,跳上自行车报功去了。

铁柱头皮发麻,只觉着天昏地暗,脚下像生了根,一直站在原地发怔。别的队长发觉后,才把他拉回住室。队长们在一块儿又气又怕,不住骂爹骂娘。骂过一阵,大家又做了分析,认为这是标准的胡闹台。上级也是吃五谷的凡人,地里能见多少粮食还不清楚! 肯定不但不会相信这一套胡扯八道,还一定会批评上官伤寒发高烧,说不定还会撤了他的职。这样一想,大家倒放下了心,纷纷开怀大笑。谁知三天没过,省报就发了大红字印的号外,标题是"又一颗特大卫星上天",下边登着"陈家坪亩产小麦七千五百斤"的消息。

可惜得很,铁柱没有上天,也没有和嫦娥结婚,反被吓得茶饭不进。上官书记却坐着卫星上了县,小纱帽换成了大纱帽,眨眼工夫成了县委副书记。

铁柱讲完这段天下奇谈,想着老爹爹一定会恕他无罪。谁知石头大伯哼哼冷笑一阵,笑得阴森可怕,然后鄙弃地挖苦道:"要你有啥用? 连编瞎话都不会编,满口放屁!"

"爹!"铁柱又忙低下头,委屈地道,"真是真的呀!"

"放屁!"石头大伯冲冲大怒。他了解那个孔书记,他也就认为他了解整个共产党,断定地说道:"我就不信,共产党里会有这号疯子!"他忙着下床,狠狠骂道,"你这个忘恩负义的东西! 共产党多抬举咱,你还欺哄共产党,还跟着地主老财学舌头,造上官书记的谣言,良心叫狗吃啦!"

铁柱苦苦求告:"真是真的,我要说一个字的瞎话……"

石头大伯不听他说完,挂上棍子,气冲冲地往外走去,回头威胁道:"我去找孔书记问问,要是你编的,小心我回来剥了你的皮!"

铁柱忙拉住爹爹的衣襟,担心害怕地求告说:"爹,你不能去呀,他们会……"

"你怕了是不是?"石头大伯一脚踢开儿子,声色俱厉地命令,"跪下! 没说瞎话,为啥怕我去?"

铁柱不敢再说,眼巴巴看着爹爹走了。

老伴追到门外,怜惜地劝道:"他爹,黑灯瞎火,你又有病,明天再去不行?"

"你别管,都是你平常惯的!"石头大伯跟跟跄跄径直而去。

石头大伯出了村子,看见遍地灯火,听见锣鼓喧天,不由怔住了。他想,又不逢年,又不过节,人们在干啥?为啥这般热闹?他正在纳闷,突然迎面过来一群奇形怪状的人,一个个画着五颜六色的花脸,有的像关公,有的像张飞,有的像黄忠,有的像穆桂英,有的赤臂袒胸,肉皮上画着腾空而起的飞龙……他们挑着担子,嗷嗷叫着,从他身边横冲直撞而去。他几个月没有起床,不懂得这是"化装劳动"。他看看天,月光惨淡;看看地,火光闪烁;看看人,都是前朝古代的打扮。他神志迷糊,精神恍惚。他弄不清是在做梦,还是到了另一个世界。他怀疑自己还是不是一个人,就咬咬指头,还疼!这说明自己还活着,也说明不是做梦。可是,再看看这新奇的玩意儿,不免又起疑心,咬指头也可能是在梦中咬的呀!

石头大伯像夜游神一般,迷迷糊糊走了一夜,总算迎来了黎明,看见了火红的太阳,他才真相信自己还活着。他好不容易到了城里,又累又渴,可他心里高兴,因为就要见到孔书记了。孔书记是个老实人,像他一样不说瞎话。石头大伯想得可美,孔书记一定会亲亲热热招呼他。他要叫孔书记好好整整铁柱,定铁柱一个哄上级坑百姓的大罪。孔书记听了一定会像他一样生气,会和他一路去到陈家坪,召开一个群众大会,狠狠批评铁柱,还要表扬他大义灭亲,连儿子说瞎话也要揭发。群众听了会恍然大悟,知道铁柱说瞎话和他无关,大家就会后悔不该错怪他了。散会以后,大家会一窝蜂地围住他,像以前那样亲亲热热,争着向他赔礼道歉:"我们不该把你当敌人看待。"自己该怎么回答？对，就说："大家应当怪我，谁叫我养了一个瞎话大王，差一点把大家送到了死地！"

石头大伯越想越美，不觉来到县委门口。他对通信员讲："我找孔书记！"

通信员把他上上下下打量一番，怀疑地问："你和孔书记啥关系？"

石头大伯介绍道："他常到我家，给我讲过，叫有事找他。我今天有事来找他。"

"他……"通信员长叹一声，牢骚满腹地道，"他犯了错误，撤职了！"

"啊！"石头大伯吓了一跳，好奇地问道，"多老实的人，他能犯个啥错误？"

通信员不满地说："人家说他右倾！"

"右倾"这个字眼，当时在农村还不时兴，再加石头大伯耳朵不灵，把"右倾"听成"油饼"，就奇怪地问："啥油饼呀？"

"油饼？"通信员听了好笑，灵机一动，借题发挥道，"就是他光想叫群众吃油饼，有人怕他撑坏了群众的肚子，就把他撤职了！"

石头大伯急了，严肃认真地说："小同志，你别给我开玩笑，我真有急事！"

通信员问清了他的姓名地址，顿时对他板起面孔，冷如冰霜。接着听他讲明来意，又亲如家人，热得似火，忙给他端水洗脸，又给他敬烟倒茶。通信员人小心大，灵机一动，想出上官副书记一个洋相，便不露声色地道："这事，你最好找上官副书记！"

石头大伯喜出望外地说："可行！我那不成器的儿子，就是哄了上官书记，我正要找他赔礼道错哩！"

上官正在办公室里研究批判孔书记右倾的事情。通信员领着石头大伯进来,做了介绍。上官忙站起来,欢天喜地迎上去,如同孝顺亲爹亲娘一般,扶他坐下,又拍着他的肩膀,对大家介绍道:"看,这就是卫星创造者陈铁柱的父亲!"又对石头大伯致谢道,"感谢你养了个英雄,给咱们全县争来了荣誉!"

石头大伯听他如此夸奖,心跳脸烧,忙纠正道:"哎呀,上官书记,你别夸他了,他不是英雄,是个狗熊……"

"不要客气!"上官兴高采烈,打断石头大伯的话,对大家鼓劲道,"大伯来得正好,给咱们送来了一颗重型炸弹,可能会炸开老孔的右倾保守脑袋瓜子了!"

"啊!"石头大伯又吓了一跳,慌乱失态,急切地问,"叫我炸孔书记?"

"是老孔!"上官加以纠正,又向石头大伯献好道,"他竟敢怀疑铁柱同志放的卫星,上级已经把他撤了! 哈哈哈!"

"啊!"石头大伯这才明白,是铁柱这个作祸妖精害了孔书记,只气得他有口难言,用手里的棍子狠狠捣着地板,咬牙切齿地骂:"这个该死的东西!"

上官以为他恼恨孔书记,心里更加得意,命令通信员道:"去,告诉炊事班,就说来了贵客,弄点好酒好菜,给大伯庆庆功!"

"行!"通信员看看石头大伯,欲走不走。

"还庆功哩!"石头大伯嘴脸发青,上去拉住通信员不让走,转脸对着上官叫苦道,"上官书记,你叫我娃娃铁柱哄了呀!"

上官从椅子上跳起来,慌乱地追问道:"啥呀?"

"是这呀!"石头大伯浑身乱抖,一肚子话憋得嗓子疼,走到桌子前边,对着上官和众人,愤怒地控诉道,"都怪我养了个鬼,他不算人里头的数！别看他脸白白的,他是个白脸奸臣,想用老百姓的血把自己染成个红脸忠臣呀！他黑了心肝,欺哄共产党,别说亩产七千五,连七百五也没有呀！上官书记,狼心狗肺的家伙才说这么大瞎话呀！你千万别信啊！"

这些话大家听了心里可美,恰巧上官副书记也是白脸,人们不由得窃窃笑着。上官副书记却像挨了一记又一记耳光,白脸变成红脸,红脸变成青脸。他扫了众人一眼,见人们咬着嘴唇,不敢笑出声来。他想发火,又怕伤了官威,眼珠转转,哈哈大笑道:"大伯,你是不是不舒服,生病发高烧了？通信员,领大伯去医院看看！"

"我没发烧,心里可清了！"石头大伯急急表白,又余怒未消地继续骂道,"我说的都是真的呀！上官书记,对不起你呀！都怪我管教不严,叫你上当受骗了,我向你赔礼道错！你治他的罪吧！他别说当干部了,连当个人都不够格呀！他办这号丧德的事,是吃人不见血呀！他是个奸臣呀……"他尽情地骂个没完没了,句句都说出了大家心里的话,有人还递给他一杯茶。

"疯子！"上官副书记受不住了,他想起了"击鼓骂曹",句句都戳到了他的痛处。他突然拍案而起,哪里还顾得体面,破口大骂通信员道:"你这个混蛋,要你干啥吃的？为啥把这个疯子领到办公室里来卖疯？快把他赶出去！"

通信员虽说被骂,可是心里高兴,做出不知所措的样子,站着不动。

"啥呀,我是疯子？"石头大伯愣怔了一下,忙申辩道,"我没疯呀！我说的都是实话呀！"

上官两只眼凸出来了,对着通信员暴跳着、号叫着:"你的脚叫钉子钉住了？快把他赶出去！赶出去！赶出去！"

"走吧!"通信员看他骂够了,也斜了上官副书记一眼,扶住石头大伯,恳切地劝道,"别说了,快走吧!"

"我没疯!我没疯呀!"石头大伯呼天叫地地大声喊着,惊动得县委大院的人都出来看稀罕。石头大伯被通信员扶到大门外边,他还一个劲呼叫:"我没疯!我没疯呀!你们不能信鬼不信人呀!你们也是吃五谷杂粮的活人呀,一亩地哪能产七千多斤呀!孔书记不相信是对的呀!你们不能黑着心去整他呀!"

许多人围上来看个明白,问个清楚,大家愤愤不平,又无可奈何,只有窃窃私语,摇头叹气。

石头大伯痛苦、委屈,气得流下了眼泪。他一把拉住通信员的手,失声哭道:"小同志,我没疯呀!真没疯呀!"

通信员也被感动了,流着眼泪劝道:"大伯,回去吧!谁疯谁不疯,大家心里明白。正因为你没疯,有人才说你疯了呀!"

石头大伯伤透了心,拄着棍子绝望地走了。他觉得浑身瘫软无力,走上三两步就要歇歇喘口气。这一天一夜的经历使他傻了。他气,他恨,他没见过这号事,没听说过这号事,也想不通这号事。他走着,喃喃地自己问自己:"我真疯了?……我没疯!"他反反复复自问自答。经过几千次的反复问问答答之后,他开始怀疑自己了。他凭自己解放以来的所见所闻,坚信共产党里没有人会相信亩产七千多斤,何况上官还是个书记啊!对刚才发生的事,他也怀疑了,一个书记对百姓怎么会那样凶?这一切一切是真的吗?他摇着头,坚信不疑地自语道:"不会!不会!是梦!是梦!"好像什么事情也没有发生过。

不知又过了多少时间,石头大伯回到自己的村头。啊,大白果树下又是人山人海,又是在争吵着什么。他走过去,站在一旁看着。

啊！一群外来的人在斗铁柱。他们推他，搡他，他跌倒了，跌得满脸是血。那些人拉他起来，又推，又搡，吼叫道："坦白从宽，抗拒从严！说，亩产七千多斤，粮食藏在哪里？"

铁柱头青脸肿，倔强地坚持道："真没七千多斤，我说的是句气话！"

"不老实交代，想瞒产私分，妄想！"为首的人长得肉头肉脑，对着全体群众威胁道，"粮食藏在哪里，大家要积极揭发检举，立功者受奖，窝藏不报者罪加一等！"

众人怒目相对，没人发言。

肉头人阴森森地冷笑道："好啊，你们想抱成一团搞瞒产私分！现在我宣布：男女老少都不准离开这里一步！"他挥手招来同伙，命令道："现在挨家挨户搜查！这是上官书记的命令！"接着向同伙们一挥手，"走！"

"站住！我知道，我检举！"石头大伯突然大叫一声，拄着棍子走过去。

人们大吃一惊，一齐看着他。他却从容不迫，一步一步走向肉头人。

铁柱吓坏了，扑上去拦住他，大声道："爹，你疯了！上哪儿给人家找粮食？"

"你才疯了！"石头大伯使劲推开儿子，指着发呆的儿子痛斥道，"你这个害践人的东西，到现在还不立功赎罪！"

人们惊讶地互相问道："他真疯了！"

石头大伯一步一步走到肉头人面前，态度诚恳地说："走！我知道粮食藏在哪里。真的，藏的时候我还参加了，藏得可多了！他们不老实，我老实，我立功，我揭发。走！"

肉头人审视着他,怀疑地问:"你真知道?"

"真知道!我一辈子没有说过一句瞎话啊!"石头大伯含着眼泪说,怕那人不相信,又指着大家,泪珠在眼眶里转滚着,"不信,问问大家,我可真是一辈子没说过一句瞎话呀!"

肉头人略加思索,命令同伙道:"走!跟他走!"

石头大伯领着这群人,拄着棍子在前边走着。他绕过村子,走向野地,指着远处的山坡,噙着两眶泪水,大声说道:"他们怕搜,藏在山上!真的!我一辈子没说过一句瞎话!"

惊疑的人群,隐隐约约听见石头大伯的话,突然明白了,争先恐后地往家里跑去!

当人们藏好自己的口粮后,都不约而同地回到大白果树下,往远处张望,只见石头大伯已把那群人领到了山坡上,不由得都为他捏着一把汗!

"真的,我一辈子没说过一句瞎话!"大家好像看见石头大伯噙着两眼泪水在这样说。

人们的眼睛被泪水模糊了!

原载《遍地红花》1980 年第 1 期

人们又笑了，又穿新衣裳了，又贴红对联了，又剁饺子馅了，又放鞭炮了，又过年了，又都高兴了。

这个世道算没治了。连电灯也成了马屁精，也敬有钱的，也咬扛篮的，把富人屋里的排场照得亮亮堂堂，给人喜上加喜，把穷人屋里的破烂照得凄凄凉凉，给人气上加气。也不停电了，停了电到处漆黑一团，富人看不见排场，穷人看不见破烂，大家都成了睁眼瞎子，都一样了，不分穷富了，才美！

牛二在家里气得乱拧，圆圈转，气不打一处来，浑身上下里里外外都是气，叫谁也气。两间烂草房，一张烂床，一条烂被，一个锅台，这就是家，家就是这。别的还有什么？还有他，除了他还有他的影子，只有影子还不错，还没变心，还在寸步不离地跟着他，走到哪里跟到哪里。还有一个活物也陪着牛二，就是墙上的喇叭，在唱着《天仙配》，一个有情，一个有义，多恩爱，能和仙女睡觉多美，美极了。牛二听着不由想起了自己曾经有过的老婆，曾经有过但现在没有了，没有了不是死了，也不是离婚了，是跑了，跑得没影没踪了。牛二想起老婆就气上加气了。

山妖

　　她要没跑,她要还在这屋里该有多美,也不会像现在这样冰锅冷灶,至少也给老子生堆火,至少也给老子包顿饺子,至少也和老子说说话,至少老子夜里也有搂的,至少老子也有那个的。她跑了,叫老子美不成了。不知道便宜了哪个龟孙,不知道现在正和谁笑哩,正抱着谁睡哩,正叫谁美哩,好得两个人美脱气了才美!背良心,背血心,看老子不香了就跑了,吭都不吭一声就偷偷跑了。人家都过年哩,撇下老子像个孤雁,叫老子受这号球罪!就你那个龟形,矮不高,黄病脸,泪蜡眼,啥都不会就会哭,你要不是个女的,要不是能给老子救救急,老子稀罕你,老子会要你?就凭这你娃子还跑哩,还嫌弃老子哩。你娃子跑吧,看你娃子能跑到天边,有朝一日叫老子找着了,老子不把你砸成肉泥摊煎饼吃了就不是老子,我叫你个主贱货再跑!你跑,当年你咋不跑哩?要还是当年,不用你跑,老子早把你龟孙休了,老子早换个新的了,早换个花女了。

　　说起当年,牛二就想起了当年。当年,那才是人过的日子哩。当年,当年老子那个红火劲,老子过五关斩六将立的那个功劳,龟孙们都忘了!

　　当年,几架青山,漫山绿林,成了张家坪人们眼中的摇钱树,明砍暗偷,一天就光了一片山。谁敢出头?谁敢站出来尿一泡?谁敢瞪一眼?谁敢哈口大气?都趴在屋里装龟了,都趴在屋里装孙子了。王支书火烧了眉毛,才找着了牛二,说:"牛二,你看看,咱们白云垛大队的树都快叫张家坪的人偷光了,你说说咋弄?就听你一句话了。"

　　咋弄个球!白云垛哪一家不是张家坪的亲戚?哪一家不卖国?哪一家不当汉奸?哪一家不帮着张家坪偷树?就凭这些卖国奸臣,你还叫人家当党员哩,你还叫人家当干部哩,你还叫人家当模范哩!老子忠心保国,树没偷过一棵,也没帮张家坪的人偷过一棵,你是叫老子当党员了？叫老子当干部了？叫老子当模范了？啥活美不叫老子干啥活，说老子是个二百五，说老子啥也不会干，说老子只有一身憨力气，就会叫老子担大粪。众家八户都吃香的，叫老子一个闻臭的。你当老子吃了忘狗屎都忘了，老子记着哩。现在人家偷树了，你才看见老子了，才想起老子了，晚了，晚八百年了。树都砍光了去个球，上级不依了，不依你还能不依我？老子见了你不吃都够了，有啥好话给你说！

牛二气了："你手底下的忠良将成把抓，咋不去找哩，你眼角里还有我这个人？"

王支书笑了，拍着牛二的肩膀头说："牛二，人都有个三昏三迷。咱过去昏了，分不清忠奸了，现在才看清了，别的人都是奸臣，都是狗熊，都是软蛋。只有你才是忠臣，才是英雄，才是铁汉子，只有靠你了。你说，现在我不靠你还靠谁？我可是哭天抹泪了，你要不管，不拉我一把，你能忍心看着我这个支书叫上级抹了！"

这才算句人话，才算看准了人，才算没有埋没老子，才算把老子拾到了篮里。人家堂堂的大支书都认输了，都低头了，都佩服老子了，咱还能给脸不要脸？就凭这几句话，老子应了，干了！

牛二说了："树林子有啥看，就不信老子护不住。这一下叫人们看看老子的真本事，认得认得老子姓啥名谁，再少一棵树，老子提头来见！"

牛二上任了。就凭"牛二"这两个字，贼们就胆战心惊。牛二是啥人，人们谁不知道？贼们上山才真算个贼，走上三步五步就要趴下去，耳朵贴住地皮使劲听听。听啥？听听牛二的脚步声，歪好有个动静就溜了，可不能犯到牛二手里。

龟孙们想躲过老子，老子能是好躲的？老子要是好躲的，多大的支书会求告到老子头上？老子脱了鞋赤巴脚走，叫你龟孙们就是兔子耳朵也听不见，逮不住龟孙们老子算白活了！火星爷不放光谁还知道火星爷的厉害，谁还敬火星爷？谁还怕火星爷？老子非放放光不行。

牛二想放光就放光了。

一天夜里，吼天吼地地刮着大风，下着鹅毛大雪。大队长来了，给他送来一床被子，民政局发的救济被子，三面新的被子，说："上级给了三条被子，给你一条。别人的都还没给，先给你。你护林护得好，才护了几天可护住了，都说你是山的救星，是树的救星，是林的救星！"

牛二笑了，嘿嘿地笑，心里美极了，问："真都说了？"

大队长说："可不。不信你访访问问，还能是我瞎说的？"

牛二说："球，这还不算哩，以后咱护个更好的叫人们看看。"

大队长说："今天下大雪，不会有贼，你盖上新花被好好暖暖和和睡一夜。"

大队长走了，给牛二留下了高兴才走了。

看看，看看，老子要不是有功之臣，这新花被子能盖到老子身上？

牛二睡了，搂着老婆睡的，盖着新花被子睡的。新花被子就是软，软得像老婆的肚子。想起老婆的肚子，就不由摸摸老婆的肚子。老婆的肚子是一层干皮，枯皱皮，还没新花被子软哩。原来天下还有比老婆肚子摸着美的东西哩，摸老婆的肚子还不如摸新花被子哩。新花被子真暖和，暖烘烘的，发烧，牛二热得睡不着了，虎生坐了起来就要穿衣服。老婆问他："干啥哩？"

牛二说："老子得去看看有贼没有。"

老婆说："你疯了，下这么大雪！"

牛二说："你懂个屁！猫狗还知恩情哩，就凭这新花被子，老子就是条狗也得把命豁上，人家叫咱睡咱就真睡了？"

牛二穿上衣裳出去了，眨眨眼又拐回来了。

不能叫老婆一个人盖这新花被子！她算个啥家伙，她立过啥功？这是我的功劳换的，是上级奖给老子的，叫她盖算个啥，她盖这被子就亏了这被子。

牛二一把抓起了老婆身上的新花被子，老婆成了个赤皮露肉的红虫虫，抓住新花被子叫着："你——"

牛二狠劲一夺就夺过了新花被子，又把原先那条烂被子扔给了她，骂道："日你妈，你也没有摸摸你身上的皮，是人皮还是老花栎树皮，你还想盖新花被子哩，你盖烂被子就排场你了！"

牛二又走了，走到门口又回来了，恶狠狠地说："老子走了，你敢偷偷盖新花被子，小心老子回来剥了你的皮！"

牛二上山了。好大的风，好大的雪，牛二不怕，牛二是铁打的铜铸的，牛二不知道冷是个啥东西。牛二冒着雪，顶着风，从东山浪荡到西山，从南山浪荡到北山。牛二没有白受冻，在三尖山后阴里发现了贼，有人在偷砍椽子，都是树娃，端端正正的树娃，砍得正欢哩。

好啊，老子都不怕冷了，贼比老子还不怕冷。拿贼拿赃，等你龟孙搁到肩膀头上了，老子再收拾你。你当一下大雪就把老子冻到屋里了！

牛二蹲在一旁树毛里偷偷看着，两只眼瞪得牛蛋一样大。贼把树娃绑好了，放到肩膀头上了，要走了，牛二才扑了上去，饿虎扑食一样扑了上去，拽住椽子头，大喝一声："好你个龟孙，你是老鼠舔猫屎找死哩！"

贼吓得扔了椽子，瘫成了一堆泥，蹲了下去。牛二瞪眼一看，是张小保。

又是张家坪的人,年轻轻的也当贼。张家坪没一个好货,还是学大寨的标兵哩,老的是老贼,小的是小贼,净是贼。

张小保是个小贼,见了牛二就成了软蛋,苦苦求饶,说他是初犯,说他妈有病,没钱摆治,说村里穷,从村东头到村西头借不来一分钱,要不也不会下着大雪来冒死当贼。说得泪流满面,求他开恩,只当救他妈一命。

还哭哩,还是个孝子哩。孝子也不中,孝子就该偷树?老子管的是树,谁偷树老子就捉拿谁,管你穷不穷。你穷你妈有病咋不去抢银行哩?龟孙犯到老子手里,你跑不成!

牛二不肯开恩,张小保就屙了稀屎,就说了实话,说大队长是他干哥,说:"牛二哥,牛二叔,牛二爷,你就高抬贵手叫我过去吧,打狗还看主人面哩。"

你是大队长的狗就尿得高些?你就没有访访问问老子是大队长的啥?大队长给老子送救济粮,给老子送新花被子,要说狗,老子才是大队长喂熟的狗哩。你这条狗比老子这条狗金贵些?你这条狗比老子这条狗恶些?今天咱们就玩个狗咬狗,叫大队长看看他这两条狗谁咬过谁,看看咱们谁是条好狗。你这条哈巴狗敢偷,老子这条看门狗就敢逮!

牛二想到气处,猛不防把张小保按倒在地,按个嘴啃泥,五花大绑得结结实实,一步一棍子,从山上赶到村里,拴到村头树上。

这时天已大明,牛二欢天喜地去找大队长报功。大队长还没起床,听了虎生坐起来,蒙了半天,才笑着说:"好嘛,好嘛,干得好嘛,以后还叫你当模范哩。"

牛二高兴坏了。

试试咋样?你张小保这条狗不中着哩,吃不开哩。打狗还看主人面,主人咋不向着你哩?哼,别人打主人的狗主人不依,主人自己的狗咬主人自己的狗,主人不依谁? 亏你上过学,书算瞎读了,连老子都不如,还想当狗哩!

牛二的劲更足了,回到拴张小保的地方。人们都围着看热闹,好多好多的人,人们心里和明镜一样,知道这事的分量可不轻。有的摇着头为牛二的憨傻叹息,有的一眼一眼嘲弄地看着牛二,看着这场戏咋收场。牛二好得意,得意得很,因为这么多人来看热闹,这热闹是他牛二弄来的。牛二感到威风,从没有过的威风,就对着人们嘻嘻笑,眼睛眯着笑,笑得双眼成了一道缝,嘴咧着笑,笑得嘴角扯到耳朵根了,指着张小保卖弄地说:"他算是眼叫驴球屄瞎了,认为老子逮不住他,把老子当成了别人。叫他娃子试试,老子可不是别人!"

有人忍不住问:"牛二,你知道他是谁?"

牛二说:"谁? 贼嘛,谁!"

别人不好再说什么了。

一会儿,王支书急忙忙跑来,是大队长求他来他才跑来的。他看了看说:"牛二,绑也绑了,家伙什也没收了,念他是初犯,把他放了吧。"

牛二气了,一蹦多高,说:"放球不成! 好不容易逮个贼,老子冻一夜算白冻了?老子可放次光,谁想吹口气就把火吹灭了,不沾!非烧个满天通红不行! 叫人们看看老子这个火星爷不是张纸,谁想撕就撕,谁想擦屁股就擦屁股。老子不把他炮治美,放球不成!"

王支书只是苦笑,没有办法了才把牛二拉到一边,悄悄给牛二说,张小保是大队长的干兄弟,叫牛二饶他一回,别把大队长弄得太难堪了。

牛二笑了,是大笑,是狂笑,扯破嗓子地笑,说:"亏你还是个支书哩,给人家大队长拾鞋带吧!你别腊月王八闲操心了,人家大队长还表扬我哩,一嘴说老子好几个好字哩,还叫老子当模范哩!"

王支书脸红了,看他把袖筒里的话抖搂出来,也不好再说长道短了。再加大队长平日里没少包庇亲朋来偷树,杀杀他的邪劲也好,就没再拦牛二的马头,只是叫他不要再打了,打出人命可是要住法院的。王支书嘱咐了一番就走了。

牛二把张小保押到张家坪,一步一敲锣,一步三骂娘,使尽了厉害。游遍了张家坪,骂遍了张家坪:"日你奶奶,咱们丑话先说到头里,谁敢再偷老子管的树,老子非拿他军法从办不可!别说你是社员,你就是皇帝老子也不中。别说你和谁是亲戚,你就是老子的亲爹亲妈也不中,你就是把你的姐和妹给老子睡也不中,你就是给老子的姐和妹睡还不中。这一回老子开个大恩,轻饶了张小保。下一回谁敢再动老子一根树毛,老子的斧头可不是吃素的,小心老子剁了你的爪子。老子要是说话算放屁,老子就是闺女娃养的。谁不信了去试试,老子叫你浑全着去缺胳膊少腿回!"

张家坪的人知道牛二是个二百五,不知道这货野毛么狠。看看他粗粗壮壮的肉个子,看看他的一脸二球相,再看看他的一双牛蛋眼,他啥不敢干?他说要砍可真敢砍,真要叫他砍个缺胳膊少腿,真要叫他砍得血糊淋漓,要多怕人有多怕人。再穷总还是个活人,万一真叫他砍了,连个活人也当不成了,谁还能再去玩命,再穷也只好忍了。张家坪的人顿时老实了许多,上山偷树的人也少了许多。

牛二的事传到了上级,上级表扬了牛二,说他阶级斗争觉悟高,是继续革命的标兵,还真是给了他个模范当当。上级问王支书:"牛二同志是党员吧?"

王支书满嘴打嘟噜，说："还不是哩。"

上级气了，脸子一黑，说："牛二都不是党员，你们的党员都是叫谁入了？回去检查检查，你们支部是不是好人党，是不是叫坏人掌权了。"

王支书吓得满头冒汗，回来给支部委员们一说，牛二就成了党员。

牛二好喜欢，找到了王支书，胸脯拍得发紫，说："上级真没瞎眼，又叫老子当模范，又叫老子当党员，老子知道好坏，老子这一百多斤捐上了！"

不久，上级又把牛二请到县里，一天三顿叫他吃桌，说是要给他整理个材料，叫他当大模范，再往高处走走。秀才们叫他说模范事迹，他说了。又叫他说思想，这算把牛二难住了，急得冒火也说不出来。

真是，看个树还要啥思想？思想要能看住树，还要人干啥？一天十分跟在老子屁股后头，还给老子救济粮，还给老子新花被子，比担大粪强到天上了，这是老子的金饭碗。老子吃的这份粮，吃粮不当军要老子弄球哩！树就是老子，老子就是树，谁砍树就是砍老子，就是想砸老子的饭碗，老子不砍他才日怪哩。连这道理都不懂，还要啥笔杆子？

秀才们看他是个二百五，想据实汇报又不敢，材料不整又不中，只得用他的口气编了一个活思想。说他学了什么什么，养成了火眼金睛，一眼就看穿了大队长深夜送被子没操好心，是黄鼠狼给鸡拜年，是玩的调虎离山计。他想要保住青山不变色，就将计就计，稳住了大队长，然后深夜闯雪山，发现了偷树贼，几番搏斗，几死几生，活捉了大盗张小保，使党内的资产阶级露出了原形。秀才们编是编了,只怕他是个二百五不认这个账,就使了激将法,问他想不想当大模范,想不想去省里开会,想不想去住高楼大厦。

牛二火了,说:"咋?看老子是憨子是半吊子,连上省里开会享福都不知道美?老子还想进北京哩。只要叫老子去,哪怕把老子头割了,老子把头提到手里也去。"

秀才们说,这个材料你听听,只要你说是真的,大模范就攥到手心里了。秀才们动员了一番,就把材料念给牛二听。

牛二不等听完就不耐烦了,说:"去球,别念了,曲里拐弯地把老子头都弄疼了。只要叫老子上省里,管你们咋编都行。"

秀才们不放心,说:"听完嘛,要不将来有人说是假的谁负责?"

牛二说:"天塌下来老子顶。谁敢说个假字,看老子不和他拼了!"

牛二真成大模范了,也后悔死了。

原以为模范怪难当哩,要早知道是这,老子老早都央人多编一点,老早都弄它几个当当,老早都享福了。也不担大粪受那个罪了,也不叫人们把老子不当人了。

牛二的昨天也真不算人。

"牛二,装个龟!装个龟给你一支烟。"

装就装,只要叫吸烟。装老子不会装,要连个龟都不会装,老子还算个人?

牛二趴到地下,四条腿慢慢爬着,头还一伸一伸的像极了。人们哈哈大笑,牛二吸着烟也笑了。

"牛二,叫句爹!叫句爹给你块糖。"

叫就叫,叫句爹就真成爹了?别当老子不会叫,老子从小就会叫爹,只要给糖,一步给老子一个,老子就一步喊你龟孙一声爹。

牛二喊爹了，哆声哆气地喊，跟着有糖的喊，像真的喊真爹。人们哈哈大笑，牛二吃着糖也笑了。

牛二如今当人了，当人上人了。

牛二抖开了，成了勇斗走资派的英雄，到处讲话到处吃桌，越吃越高级，啥鲜物都有，山上的，海里的，天上飞的，地下跑的，那味道比和老婆弄那还美，吃得牛二直拉稀屎。这还不算美，往台上一站才美哩。台底下好些花女对着牛二笑，窃窃地笑，又拍巴掌又乱眨眼，牛二心里痒得和猫抓的一样，比吃桌还美。

日他妈，人们的眼睛都瞎了，有眼不识金镶玉，把老子看扁了，把老子当成了二百五，把老子当成猴玩。龟孙们可看看，老子到底是二百五还是二百四？你们能，能得头发梢都是空的，你们是五百，你们是一千，你们是一万，咋不得来坐桌哩，咋不得来吃肉哩，咋不得来喝酒哩？花女们咋不给你们笑哩，咋不给你们拍巴掌哩，咋不给你们眨眼哩？眼气死你们，气也白搭，老子有这个本事，有这个福分，叫你们干气，气死你们才美！

牛二天天喝得云天雾地，天天讲得云天雾地，酒醉话也醉，把大队长讲成了犯人，把张小保讲成了犯人，双双判了五年刑，双双坐了大牢。人们才知道了牛二的厉害，老远看见他就吓得身上出鸡皮疙瘩，偷树的人再也不敢偷了。

牛二连着多天没逮住一个贼，心里就着急了，说："都是胆小鬼，都不来偷了，想叫老子吃闲饭哩。"

牛二的心白操了。

人们明知道偷树会送命，会坐牢，不敢偷，也不想偷。可是，日子太穷了，连买根针都没钱，连买个膏药贴贴都没钱，要活命就得不要命了，忍不住又来偷了，张家坪的人又上山了。还有本村的人，靠山吃山,谁不割把烧锅柴,谁不摘点野果挖点草药换斤盐吃吃,谁都离不开山。怕是怕,怕着怕着还是上山去了。

牛二的生意又红火了。牛二天天都能捉住贼,没有大的就捉小的,谁撅个树枝也不行,谁拾把干柴也不行,天天都能绑人打人,天天都能没收几把斧头镰刀几根扁担几根绳。牛二没有私心,一点也没有,没收的东西自己一点也不要,隔上十天半个月,就把没收的斧头镰刀扁担皮绳送到上级报功。

牛二问:"可够了吧?"

上级问:"啥够不够?"

牛二说:"上北京啊!"

上级说:"快够了。"

牛二好高兴,上级说快够了,就是说还差一点就够了。牛二回到村里更加油了,更厉害了。谁割把牛草也不行,也要没收镰刀箩头。多一件是一件,多一件就离"够"近了,就是离北京近了。

人们恨死了牛二,都去质问王支书:"叫人咋活呀,还不把他换了!"

王支书只是苦笑,只是摇头,就是不言不语。王支书也觉着牛二太过分了,也想把他换了。可是,如今虎已经大了,闹不好会把自己吃掉的。牛二已经是有名人物了,已经是上级树的样板了,只要当了样板就惹不得,不要说换他了,就是说他个不字也犯攻击罪,上级也不会轻饶你的。再说,看人要看大节,牛二就是千错万错,总是护住了林子,总是保住了青山,除了他谁能干出他干的事?只好任他去了。

王支书不处置他,人们就自己处置他。夜里往牛二房子上扔石头,小的大的乱扔,把房子砸了好些洞。早上开开门,门口有个坑,坑里都是大粪,牛二踩了进去,弄了一身屎。这是暗的。除了暗的还有明的。牛二进城赶集,回来时经过张家坪,走着走着忽然肚子里动作了,就钻到路边玉米地里拉了一泡屎。张家坪的人不依了,来了十几条粗粗壮壮小伙子,团团围住了牛二,说:"你不准俺们上山拿你们一个树叶,俺们也不要你的一泡屎,谁也不沾谁的光。"硬要牛二把这泡屎再吃到肚里。牛二不吃,人们就要捆他打他,一个老人说了好话,让牛二脱了衣裳把那泡屎包走,才算给牛二解了围。

牛二遭了一难又一难,一点也不回心转意,还是照旧,而且变本加厉。牛二说:"龟孙们恶,不怕龟孙们恶,别处塌下老子的账,老子要叫你们在山上还,要叫你们欠一个还十个。"

牛二更凶了,只要在山上碰见个人,人家空着手,他也不依,说人家想偷树哩,是来看路哩,也要绑绑送到上级处置。

人们拿牛二没有办法了,公的不行,私的也不行,暗的不行,明的也不行。这不行那不行,又要和山打交道,只好处处拍牛二的马屁了,像敬爷一样敬他,像待新客一样待他。

牛二傲了,傲得连脖子骨都硬了,磕头虫成仰摆脸了。每天扛着一柄特大的板斧,柄把很长很长,斧头很大很大,斧刃磨得闪闪发光,人们看到这板斧就不由摸摸脖子,想着那板斧随时都会砍掉自己的脑袋。牛二成天昂着头脸朝天,白天只看太阳,夜里只看星星月亮,不低头看地,也不平着看人。牛二走路大步大步地走,是路不是路在他脚底下都是路,想走哪里走哪里。人们跟在他前后左右低声下气地笑,低声下气地巴结。

"牛二,去咱家喝一杯吧。"

又想干啥哩?有多少?一瓶?一缸?去就去,老子喝不完不算老子。老子喝的好酒多了,稀罕你这个红薯干酒!老子喝是喝,不喝白不喝,叫老子贪赃行,叫老子卖法可不行,老子还要进北京哩。

"牛二,吸咱一支烟。"

又想干啥哩?有多少?一根?一盒?都拿来,老子吸不完不算老子。老子吸的好烟多了,稀罕你这个赖烟!老子吸是吸,不吸白不吸,叫老子贪赃行,叫老子卖法可不行,老子还要进北京哩。

牛二天天叫酒染红了脸,红得关老爷一样红。一双耳朵根夹满了烟,左边夹三支,右边夹三支。就这样走在村里,走在山上,好威风,威风极了。

牛二回到家里,十分威风又添了十分威风、二十分威风。"老子回来了!"牛二踏进草屋的门就大叫一声。接着就是洗脚,不是自己洗,是老婆给洗,不是坐着洗,是躺着洗。牛二往床上仰八叉一睡,双腿搭到床帮下边。老婆赶忙端来水,放到凳子上,高了不行,低了不行,得不高不低才行。水热了,牛二虎生坐起来,把一盆洗脚水倒到老婆头上,说:"你想烫死老子哩!"水凉了,牛二虎生坐起来,把一盆洗脚水倒到老婆头上,说:"你想冻死老子哩!"老婆哭着,不敢出声地哭,哭着给他洗着。牛二是有功之臣,有功之臣再干活就不算有功之臣。就连干那难听的事,牛二也不动弹,要叫老婆打发他美。老婆哭着,不敢出声地哭,哭着打发他美着。就这牛二还气哩,还冤枉哩。

老子是个啥?老子是样板。你算个啥东西?你是去过县里?你是吃过桌?叫你侍候老子是老子高抬你。老子见的花女多了,歪好拉一个也比你强几百倍。看看人家那脸白得和雪一样,看看人家那牙和九月寒大米一样,看看人家那手嫩得和白菜心一样。再看看你这个龟形,不吃都恶心了。都怪老子没长前后眼,当初要知道还有今天,你就是赔上你的姐和妹老子也不要。老子都后悔死了,你还哭哩。老子只要进了北京,回来非休了你不行。老子找个花女,脸也和雪一样白,牙也像九月寒大米,手也像白菜心,到时候后悔死你个贱货,你再想叫老子打你,老子还怕脏了手哩! ……

谁家又在放炮了,谁家又在笑哩,谁家的肉香又飘来了。

牛二的当年顿时没影了,花女没有了,连丑八怪老婆也没有了,屋里还是只有他,还有一张烂床,还有一条破被,还有冰凉的锅。牛二看了又看,气来了,不打一处来了。

不是当年了,当年到了年下都争着来孝敬老子,这家送肉,那家送菜,连豆腐都送,连粉条都送,连鞭炮都送,连对联都送,除了没把闺女媳妇送来给老子当小老婆,啥都送来了。屁股眼都会说话,巴不得问老子叫爷,叫爷老子还懒得答应哩。如今山包了,没贼了,不叫老子看了,都把老子忘了,忘到九霄云外了。大年三十把老子困到这个龟窝里,人都死绝了,连个人毛都不见了。老子的功劳还在山上长着哩,还发芽哩,还没吃完哩。娃子们不孝敬老子能白白算了? 不行,老子得去吃他们,不吃白不吃,不吃便宜了龟孙们。

牛二说去就去,牛二出门去了。一家门口有人在放炮,牛二就走过去了。牛二走到时没人了,推推门,门闩上了,隔门缝看看,看不见人。牛二把耳朵贴到门上听听,听见了。

"可别开门!"

"咋?"

"那货又来了。"

"一年三百六十天混吃混喝,过年也来,搅得连个安生年也过不成,啥治啊!"

"他也不睁眼看看,老早都当不成爷了,还想叫人们把他当爹敬。张家坪的人早发了,早美了,不要说来偷了,把树砍砍叫人家来抬人家还懒得来抬哩。不知道自己活着还有啥益,有脸有面早一头栽茅缸淹死了!"

龟孙真毒,毒极了!不是那两年了,那两年见了老子屁股都会笑,婆娘娃子来拉老子,实怕老子不来,老子来吃美了喝足了,临走还硬往老子口袋里装东西。如今使不上老子了,不养活老子了,还想叫老子死哩。老子偏不死,偏要活,你不养爷自有人养爷。

牛二气气地走了,去找养爷的人了。一家门前有人在说说笑笑,牛二走近时又没人了,门也闩上了。牛二把耳朵贴到门上听听,又听见了。

"他也真可怜。"

"自作自受。歪好叫他干个事,他可充起皇王老子了。绝情绝义,差一点把人家张小保炮治死。"

"张小保也不是个好东西,如今成了万元户,心也毒极了。前天给咱们村捐了一千斤面粉,说的是叫困难户过年吃饺子,可又指名道姓说不准给牛二。这是报复,是故意打牛二的脸。"

原来老子过不去年都是张小保的劲。老子咋着你了?老子不就是把你绑绑吗?老子要是不开恩,老子要是把你宰了,如今你美个球!龟孙不报恩还玩老子难看,老子轻饶不了你。都不养活老子,老子去找王支书,就不信他也不管老子。

牛二走到王支书家门口,门也闩得紧紧的,屋里正吵得热火哩。

"你又把肉菜往哪里偷?还想拿去喂狗哩?"

"你——"

"你还想惯他的贱毛病呀?你给我拿来,倒给猪吃了也不给他!"

"人总得有点良心，人家总算给咱们保住了满山的树，总得念人家多少有点功嘛。"

"有点功就得养活他一辈子？过去有功过去还给得少吗？是没光荣过？是少得东西了？现在还啥也不干，一年到头把嘴插到别人锅里。"

"唉，真是妇道人家见识短。"

"你见识长？有功的人多了，你也有过功，都有功都不干活吃风喝沫！"

"他不是啥也不会干嘛！"

"咋，他是靠贼活哩？没贼就活不成了？"

老子就是靠贼活哩，老子就是没贼活不成。咋啦，有贼老子就是活得美，有贼老子就是能光荣。老子就是靠贼活哩，老子就是没贼活不成。

牛二骂人的词忽然穷了，骂过来骂过去只有这两句。牛二气极了，要再加一点点气肚子就要气炸了。牛二在村里转了一圈，一圈都闩门闭户。牛二没处可去，只好又回到自己家里。家里没人，牛二回来了就有了人，就有了他一个人，除了他一个人还是他一个人，还是没有花女，还是连丑八怪婆娘也没有了，还是一张破床，还是一条烂被子，还是冰锅冷灶，还是只有影子忠心耿耿地跟着他。牛二好孤独，好伤心，越孤独越气，越伤心越气，气得圆圈转，要出出气又没处出。正气得要死哩，忽然墙上的喇叭唱出了好事，仙女叫老天爷抓走了，董永也成了个光身汉。牛二听了顿时得意了一点点，美了一点点，气也消了一点点，笑了。

好啊，你娃子也美不成了，也和仙女睡不成了，也和老子一样了，我还当天底下就老子独一个受这号罪哩，谁知道你娃子来给老子做伴了。人家没有了仙女都不气，我那算个球，气她孬哩！

牛二正在自解自劝，墙上的喇叭又说话了，在表扬人哩。牛二听听，是表扬张家坪哩，说张家坪成了专业户村，还表扬张小保哩，说张小保发家不忘乡亲，为了邻村困难户能吃上饺子，能过好年，张小保送去了一千斤面粉、一百斤肉，说他是文明户。牛二听着听着就又气了，这一回的气可不比上一回的气，气得肚子爆炸，气得眼里流血水了。

日他妈，这算啥天下！往年这时候表扬老子，今年这时候表扬个贼，连个喇叭都当卖国奸臣了，都和贼一心了！这龟孙天下还叫好人活不叫好人活？

牛二气上来弯腰拾起一块石头，狠狠照着喇叭砸去，喇叭顿时不响了，哑了。

我叫你当卖国奸臣，我看你还当不当卖国奸臣！张家坪不偷了，张小保不偷了，你们不偷了断了老子香火，你们美了叫老子受罪。你们咋美哩，是老子受罪换的，老子受罪了你们才美了。老子要叫你们美不成，老子要叫你们再来偷，老子非叫你们再来偷不行，不叫你们再来偷你们就忘记老子是火星爷了。老子叫你们再来偷，叫你们明天就再犯到老子手心里，叫村里的龟孙们明天就再把老子当爷敬。不信老子就不得再美了，不信老子就找不来花女了。别当老子是好惹的，老子也不是省油的灯。老子要连这都办不到，老子就不算火星爷了。

牛二拼上了。牛二揣上一盒火柴下山了。牛二穿过自己保下的层层密林下山了。牛二直奔张家坪去了。牛二又要当爷了。牛二笑了。

原载《奔流》1987 年第 7 期

砍不倒的树

●

鸡才叫，就有人敲响了广播站的大门。

编辑小李的好梦被惊破了，生气地大声喝道："再敲，我起来揍你！"

"哈，吃炸药了！"外边有人爽朗地大笑。

小李听声音似熟非熟，不像隔墙小孩捣乱，就问："你是谁？"

"石坚！"外边回答。

"啊，石书记！"小李一惊，虎生坐起。怪！深更半夜，县委书记找来干啥？他忙拉明电灯，鞋也不顾得穿，赤着脚去开了门，尴尬地笑道："老天爷，做梦也没想到是你，我又当成隔墙小孩捣蛋哩！"

石坚进屋随便坐下，笑道："这年头，做梦想不到的事多啦！"

小李弯着腰穿鞋，抬头盯着石坚，惊异不安地问："我出啥事啦？咋……"

石坚看他那害怕的样子，哈哈笑道："来揪斗你哩！"

小李听口气没有恶意，也放心笑道："哈，当权派来揪革命群众，可真是天下奇闻！"然后又郑重地追问，"真的，啥事？"

石坚收住笑，认真地说："想叫你写篇人物特写！"

"行！"小李爽快地答应，又问，

"写谁?"

石坚正经地回答道:"我!"

"你?"小李大笑不止,他知道石坚爱开玩笑,摇着头说,"我不信!"

石坚淡淡一笑:"怎么,又是做梦也没想到吧!"

小李看他当真,不解地追问:"写你啥?"

"写我今天下乡。"石坚站起来,一字一板地讲,"我干啥你写啥,行不行?"

"可行!"小李早就想写石坚一篇通讯,因为他有很多感人的事迹。可是,石坚一贯反对突出他个人,没想到今天会找上门,就高兴地说,"添枝加叶咱不会,保证能起到照相机的作用。"

"我要是干'反革命'呢?"石坚审视着小李,不放心地追问,"敢不敢写?"

"你干反革命?"小李觉着实在可笑,认为又是开玩笑,就满口应承道,"你戴着纱帽都不怕,我这个没纱帽的小兵还怕啥?"

"好,一言为定!走!"石坚往外走去,嘱咐道,"告诉你们站长,今天夜里广播的自编节目,咱们包了!"

小李给站长交代了一番,就推上自行车,和石坚一块儿出了城。天还没明,路上没有行人。两个人并肩走着,小李一直纳闷今天的事,不由问长问短。石坚笑笑,给他解开了这个难猜的谜。

石坚是个老干部,"文革"一开始,就莫名其妙地被批斗被罢官,一直在干校劳改。七五年,邓副主席提出整顿,把他又整上了台。当他正干得上劲的时候,总理去世了,邓副主席也……又是天昏地暗了。昨天,他从地委开会回来,从汽车站到县委会的路上,见有人担着桃子和杏子叫卖。当他看见第一个卖主时,下意识地想道:"气候真是反常了,才交四月边水果可上市了!"可是,当他看到第二个第三个卖主时,不由一怔:桃杏都是生的,还青得很哩,为什么不等成熟就大量上市? 到了丁字街口,又看见一个老大娘在叫卖,可是没一个人去买。他不由停住步,仔细瞧那桃杏。老大娘当成他有意要买,祈求地看着他,颤抖地说:"老同志买一点吧!一斤只要三分钱,只要个柴火价啊!"石坚定睛一看,啊,是她,是小王庄的李大娘,不由一股热流涌上心头,忙上去亲热地叫道:"老嫂子,你忘记我了吧?"李大娘觉着面熟,擦擦眼睛端详着。石坚不等她认出来,就急切地说:"我是石坚啊!"

"啊,老石!"李大娘忙站起来,又惊又喜,不住埋怨自己道,"看我这眼色多拙呀!"她打量他一阵,摇头叹息道,"你大变样了,瘦多了,头上也落霜了!听说这几年,你叫炮治苦了……"李大娘说着一阵伤心,嘴颤抖着,落下了两行泪水,感动地说,"九年了,你还记着我!"

看着李大娘慈祥的面容,石坚一阵难过,强笑道:"老嫂比母嘛!别说九年,就是九十年也忘不了你呀!"

恩情如山,海枯石烂也不会忘了啊!九年前,一个能烤焦树叶的大热天,一群牛头马面押着石坚夫妇,去到石坚蹲过点的小王庄搞现场斗争,从早上斗到半下午。石坚老两口在毒热的阳光下晒着,不准他们喝一口水,吃一口东西。他们头上脸上的汗水哗哗直流,再加上胸前挂着沉重的牌子,老两口东倒西歪站不稳,晕倒了被抓起来又斗。群众揪心一样地疼痛,不少人流下了眼泪,可是,又有什么办法呢? 这时,正在会场卖桃的李大娘突然大叫一声:"我揭发石坚!"

那群牛头马面斗了一天,当地的人没一个附和,正恨群众落后哩,见这个老太婆要揭发,真是喜出望外,忙把李大娘扶上台。李大娘走到老石夫妻面前,把眼泪咽到肚里,强忍着怒气,揭发道:"他、他、他看我是个五保户,成年没有零花钱,缺油少盐怪困难,就收买拉拢我。他不是给我送去这思想那主义,他扛着一捆子树苗去给我说:'老嫂子,我给你栽几棵摇钱树吧!'他又挖窝又担水……"

那伙人插话道:"大家听听,走资派就会用小恩小惠拉拢人,腐蚀人的灵魂,把人引向资本主义道路!这是糖衣炮弹!"

"对!"李大娘气得咬牙切齿,从篮里拿出几个红艳艳的蜜桃,"看,这就是你给我栽的树上结的糖衣炮弹!"她把几个桃子硬塞给石坚夫妇,命令道,"现在我觉悟了!你们想拿糖衣炮弹害人,不行,今天你们得把这些糖衣炮弹吃下去!"台下的群众活跃了,纷纷大声喝叫道:"吃呀!吃呀!不把糖衣炮弹吃下去,坚决不答应!"

李大娘看着石坚夫妇吃下解渴挡饥的蜜桃,不由笑着流下了眼泪,这才放心地讲道:"乡亲们,我是个没儿没女的老婆子,我啥也不怕,啥也不想,死了不想当神仙,活着不想当大官,我就想着不断有人给我一点小恩小惠,使我不愁吃不愁穿不愁花,安安生生生活到老!可是,这两年倒好,硬往耳朵窟窿里灌思想灌主义,就是谁也不给我一点小恩小惠了,谁也不来收买腐蚀我了……"她说着抑制不住地哭了,声音颤抖地呼叫道,"乡亲们,咱们得凭个天地良心啊!谁是杀人的阎王,谁是救命的菩萨,咱们不能装哑巴啊!"

那伙人发觉上当了,气急败坏地对李大娘采取了暴力行动,又推又搡,不准她讲下去。台下的人再也憋不住了,吼声震天震地,和那群牛头马面展开了激烈的斗争……

往事已过去九年,石坚却忘不了这段战斗友情。他蹲下去,和李大娘叙完家常,拿起个桃子尝尝,又硬又涩,就好奇地问:"老嫂子,有啥困难吧,咋不等长熟就急着卖哩!"

李大娘看看左右没人,就探过身子,对石坚诉说道:"人家叫砍果木树哩,说这是你领着栽的资本主义尾巴,如今要和你对着干。限三天砍完,明天就到期了。唉,阎王爷叫它三更死,谁敢留它活到天明啊!"

"谁说的?"石坚气愤地问。

李大娘叹道:"别的还有谁,姓洪的呀!"

姓洪的是新的县委副书记,有名的"闹塌天"。自从"反击右倾翻案风"开始,姓洪的就去小王庄搞点,美其名是清除走资派在这里的流毒,口号是"对着干",凡是石坚提倡过的东西要统统打倒批臭。来了以后,专搞一些对着干的发明创造,说成新生事物,往上邀功请赏。

石坚听说又是他,生气地说:"啥都是资本主义尾巴,全是屁话!"

李大娘听他说的声大,忙环顾左右,劝道:"你这脾气还没改!要叫他们听见了,不斗死你,也会叫你脱层皮!算啦,这事你别管,小气好生,砍就砍吧,别再戳下祸了!"

石坚还能说些什么呢? 也没有心思再说了,他请李大娘去他家里,李大娘坚持不去。临分别时,石坚安慰李大娘道:"我一定去看你!"

石坚怀着沉重的心情回到县委会,同志们和他寒暄时,发觉老书记一脸怒气,往日的笑容不知飞哪里去了。他径直走向自己的办公室,只见门上贴满了白色对联。上联是:今日座上客,下联是:明日阶下囚,横额是:还乡团。另外还贴了不少大字报和大标语,不外说他刮右倾翻案风,叫他及早收兵卷旗,认罪投降,等等。他站住看了几眼,冷笑一声,就愤怒地打开了门,叫来通信员,命令道:"去,叫司务长马上来我这里!"

司务长很快来了。石坚清理着桌子,铁青着脸命令道:"马上去街上,把那些生桃生杏统统买来,一个也不剩! 用我的工资,这个月不够,扣下个月的!"

司务长不解地问:"干啥?"

"请客! 我请客!"石坚加重语气强调,愤愤地说,"买来后,分给县委会每个同志!"

司务长站着不动,他不明白老书记为啥发这么大火,再说这个决定太奇怪了,谁知是气话,还是当真的,他犹豫着不知所措。

"买回来算算多少钱,我再给你打借条!"石坚的态度有些缓和了,可是语气也更恳切了,催促道,"去吧,别晚了。你去买的时候就会明白为什么了!"

司务长无可奈何地去了。

当每个同志拿到这些生桃生杏时,县委会大院里烧起了愤怒的烈火,骂声不绝,强烈要求县委采取紧急措施,制止这场野蛮的毁灭行动。石坚马上召开了常委会,多数同志支持石坚,可是,到底没形成决议。因为那位洪副书记已经把这件事当作新生事物,不仅写出了宝贵的经验,寄给了报社,昨天又亲自去省城找主子献功了。洪副书记临走时对手下人得意扬扬地许愿道:"首长要对资产阶级实行全面专政,咱们又先走一步,来个彻底消灭资产阶级法权。等着好消息吧,保险首长会……"会什么,他没说出口,可是手下人心里明白,此一去定会把小纱帽换成大纱帽。现在听说常委会开会要腰斩这个"创举",就纠集了大大小小官迷,揪打吵闹,冲散了常委会。

这天夜里,对石坚夫妇来说真是茫茫长夜啊! 他心焦火燎,在屋里踱来踱去，想着昨天、今天和明天，想着群众的灾难。老伴躺在床上，不言不语，几次想劝丈夫几句，可是话到嘴边又咽到肚里了。她也是乡下人，栽活一棵树要费多少心思和血汗，一棵树在一家人心中占多大分量，她都清清楚楚。现在有人要一斧头砍掉老百姓几十年的血汗，怎么能劝老石撒手不管啊！群众给自己给老石多少恩情啊，现在群众遭了难，能叫老石不管吗？可是，这敢管吗？这是老虎嘴里夺食啊！一想起过去被揪斗的情景，头皮都发麻了。她不由长叹一声，默默地流着眼泪，没想到干革命这么难啊！石坚看她一眼，走过去坐到她身边，抚摸着老伴的手，含情地看着她，亲切地问："你怕了吗？"老伴含着泪摆摆头。

患难夫妻啊！石坚实在不忍心叫她担惊受怕。她虽说不识字，又是小脚，可她心里有大学问，遇事通情达理。"文化革命"一开始，石坚被打成了走资派，她也被打成了"走资婆"，时常揪她去陪罪，吃尽了苦头。石坚过意不去，说："都是我连累了你！"她就埋怨他道："你连累了我，又是谁连累了你？我是外人，你说这话？我没本事，工作上不能给你分忧担愁。现在我能替你挨上几拳，也算我尽了咱们夫妻一场的心意！"石坚听了这话，心里热乎乎的。前几年，那些人抄了他们的家，又停发了石坚的工资，断了生活来源，可是，石坚在吃喝上没受大苦。每逢石坚被揪斗之前，她总是给他烧一碗荷包蛋；每逢石坚被斗完回来，她总是做好他爱吃的饭等着他。有时候石坚憋了一肚子气，不吃也不喝，她就流着眼泪劝他："吃吧，人家就是想叫老家伙死光死绝，你真想叫他们开庆祝会？"石坚要是吃得香吃得多，她就抱着膝盖眼巴巴看着他，脸上露出笑容。石坚为了使她心里舒服，常常憋着一肚子气也大吃大喝。天数长了，石坚产生了疑问，问她在哪里弄的钱，她说是平常攒的。有一天，石坚突然提早回来,到门口就闻见了肉香,可是一踏进门就看见她坐在灶间,吃着捡来的烂菜叶子,锅里却给他炖着肉,他心里比刀子割还疼。这种生活一直延续到那年冬天,她的寒气腿病犯了,走路都得扶着墙。他责备她为什么不把皮裤穿上,她推说还不冷。他扶她坐到床上,就去翻箱倒柜地给她找皮裤,这时,他才发觉皮裤卖了,毛衣卖了,都给他换成鸡蛋和肉吃了。他狠狠一跺脚,长叹一声,不由得流下眼泪。老伴像做了亏心事一样,喃喃地解释道:"不把身子骨保住,将来万一党叫你再工作怎么办……"

对这些往事,石坚只想着一概过去了。不错,七五年是翻开了新的一页,没想到七六年又翻了个儿,往事又要重演,看样子还会越演越烈。他看着老伴布满皱纹的脸,怎忍心叫她再陪着自己去受气挨打啊!可是,能昧着党员的良心,闭上眼睛不管不问群众的灾难吗?他深情地看着她,不安地说:"只怕又要叫你跟着我受罪了!"老伴折身坐起,求告道:"老石,别这样说好不好?"石坚深沉缓慢地解释着:"现在闹得全县人心惶惶,搞不好,几天过去,全县就会赤地百里啊!那成了个什么世界,群众到了夏天连个歇凉的地方都没有了!他们要砍的不是树,他们砍的是党的政策,要砍倒党在群众心中的威望啊!得民者昌,失民者亡,我不能看着党失去民心啊!那样,比杀我剐我还难过啊!"他说的这样恳切,这样动情,老伴感动得又流下眼泪,安慰鼓励他道:"别说了,我都懂得。你该怎么办就去办吧,他们就是把我打成肉泥,我也不会埋怨你!"石坚还是定不下心来,难为地说:"可是,我咋忍心看着你跟我受罪受气……"他期待地看着她,有一句话,他实在不忍心说出口。老伴明白了他的心思。她强撑着下了床,动情地说:"别说了,我明白你的心思。我现在就收拾东西,明天就回老家去。你没牵没挂了,就能放手干了!你是个好人,我就不信没有好下场!"石坚听了这话,心里一块石头落地了,他真想上去拥抱她,高兴地说:"好! 你走了,我就能打开立身拳了。除非他们先砍倒我,否则别想砍倒全县的树!"

县委没有形成决议,下不成文字通知,他才决定用自己的实际行动,告诉全县群众,树木不能砍,所谓割资本主义尾巴是非法的。为了这个,他才约请编辑小李和他一同下乡。

小李听了始末,心里也烧起一把火。他也是个不信邪的角色,早就对那些人的胡作非为看不惯,这时气愤地说:"石书记,你放心!你敢做,我就敢写! 大不了住法院!"

石坚被他说笑了,鼓励他道:"住,也轮不上你。有人不依你了,你就说是我命令你写的!"

小李笑道:"哈,叫我出卖你,自己立一功,这事我还没学会哩!"

他们两个人说着走着,吃早饭时到了小王庄大队,很快摸清了情况。

原来,此事是"闹塌天"洪副书记的一大发明。他一到小王庄,看见绿树成荫,果实累累,听见社员们称颂石坚,就气上心头,下了一道命令:"堂堂公社社员,种什么果木树? 吃不完了去卖,卖就是资本主义! 树木是走资派种下的资本主义苗苗。我们要和走资派对着干,敌人拥护的,我们就要反对。留着它是给走资派涂脂抹粉,三天以内,统统给我砍了!"三天过去了,没有一家肯砍。姓洪的发火了,马上调动劳力,去强砍了一户地主的果木树,又叫这个地主分子抬着木料游街示众,然后没收归公。姓洪的又一道命令下来:"这就是抗拒割资本主义尾巴的样板! 三天以内自己砍了,木料归自己所有。三天不砍,地主为例!"群众中起了一阵骚动,不少人对着树木流泪,可是还没人狠心下手。又过了一天,姓洪的看群众还在软抗,又派人去砍了一户中农的果木树,不仅木料归公,还把这个中农挂牌示众。姓洪的气势汹汹地讲:"别以为我只敢碰地主,金字招牌也不中。自己心疼不舍得砍,派人去砍,不仅木料归公,还要缴纳割尾巴工分!"群众敢怒不敢言,家家户户骂爹骂娘,背地里互相控诉着。姓洪的看大局已定,砍树必行,实怕别人抢了头功,前天就带着这"新鲜经验"进省城去请功领赏了。

今天是割尾巴的最后一天。石坚两人赶到时,只见家家门前有人在磨斧头锉锯子,户户门前有人发牢骚讲怪话。人们一见石坚来了,就纷纷围上去,像久别的孩子见了亲娘,流着眼泪呼喊着:"老石,救救这树木吧!"石坚安慰大家道:"大家收起斧头锯子吧! 种树没罪,党还鼓励。我这就去找工作队的人!"

石坚领着小李往大队走去。

姓洪的走后,这里只留下一个工作员,是"闹塌天"的军师,姓金,外号叫"鬼上树",他有一句名言:"要得自己胜利,就要善于诱导对方犯错误,这就是我的哲学。"这时,他正躺在床上,喷着烟,精心构思着一幅升官图。突然,石坚走了进来。"鬼上树"一见,虎生跳下床,故作亲热地让座递烟。他对石坚来这里的目的,猜了个八九,知道来者不善,善者不来,眼珠子一转,便有了计策,装出一副诚恳的样子,哈哈道:"啊,石书记,你来得正好,我正想找你请示哩!"

石坚坐下去,不冷不热地问:"请示什么?"

姓金的以攻为守地说:"洪副书记在这里割资本主义尾巴,我也拿不准,你看该割不该?"

石坚审视着他,反问:"先谈谈你的看法!"

姓金的一推六二五,哈哈道:"我? 我是个不会动脑子的人,只知道执行上级指示,洪副书记怎么说,我就怎么办。现在是一元化领导嘛！"

"哈！"石坚看他在耍滑头，就笑道，"这样说，你还是奴隶主义啊！"

姓金的连连点头道："对，对！我这个人就是有这么个缺点，干啥事都是只会盲目服从！"

小李看不惯他的油腔滑调，插嘴揭底道："我可记得你反奴隶主义反得可凶了！"

姓金的竟然脸不发红，自甘认错道："哎，别看我反，那只是态度嘛，其实江山好改，禀性难移啊！"

"这样说，你也一定会服从照办了！"石坚趁势将了一军。

"这……"姓金的一怔，继而哈哈道，"当然！当然！"

"那好！"石坚站了起来，"走，去看看你们没收的果树！"

姓金的无可奈何，只好领上石坚，到后院看没收的树木。石坚伸出手抚摸着，心情分外沉重，指着果树砍断处流的白色汁液，盯住姓金的问："这流的什么？"

姓金的不解其意，回道："树汁。"

"不对！"石坚厉声地纠正道，"流的是贫下中农的血汗和眼泪！"

姓金的像抓住了辫子，冷嘲热讽道："石书记，这是地主和富裕中农的！"

"你们不是说过，这是贫下中农的样板吗？"石坚反驳道。

姓金的低头不语了。石坚又给他讲了政策，讲了砍树的危害，指出要坚决纠正，把没收的树木退给原主。姓金的恨死了，认为这是打造反派的脸，是反攻倒算，可又不敢明吵，就软顶道："我一百个赞成，只要洪副书记同意！"

"我要叫送还原主哩？"石坚嘲笑道，"你那个一元化领导就不灵了,你那个奴隶主义就不犯了!"

"哪里,哪里!"姓金的语塞,继而灵机一动,心里有了上策,心想:"好吧,你送吧!洪副书记进省上京去了,首长要肯定这是革命行动,你石坚就是反攻倒算的反革命,就会罪加一等。首长要是否定了这件事,我姓金的也留下了退路。这是两全其美之计。"想到这里,就拿出心悦诚服的态度,说:"我同意石书记的意见,修正错误,坚持真理,这太好了。"

石坚知道他是虚心假意,可是,想叫他真心实意也不可能。于是,便叫来了大队干部,讲明了政策。这些干部早就恨死了这个"革命行动",听石坚一讲,大家从心眼里拥护,抢着去给人家送木料。姓金的笑在脸骂在心,看干部们那个积极劲,恨不得上去咬他们几口,但碍着石坚不敢发作,气得回头就走。石坚看他一眼,叫道:"老金,来,咱俩也抬一棵!"姓金的站住,迟疑了一下,心想光棍不吃眼前亏,只好忍气吞声拐回来,看着石坚掂起一根木料,不屑地挑衅道:"石书记,这一棵是地主的呀,也送?"石坚正言正色地说:"政策没画括号,说地主可以例外!"说着就放到了肩上,姓金的只好也跟着抬起。姓金的抬前头,石坚抬后头,领着一群干部走出了大队的大门。姓金的不走正道,想绕个圈子,从村后没人处送去。刚走几步,石坚站住了,问道:"为啥不从村里走?"姓金的推故道:"后边路近!"石坚笑笑道:"当初没收时都不怕路远,咱们现在也不怕,还是从原路走好!"石坚说着换了个肩,叫道,"来,咱们都向后转!"说着石坚向后转去,姓金的无可奈何也硬着头皮向后转。这样,变成了石坚在前领路,后边跟着一大群干部,抬的扛的,浩浩荡荡走向村街。

刚走进村头,就惊动了一位老大爷,他拉着小孙子看着,不由两只眼泛红了,指着石坚对孙子说:"看,真共产党又出世了!"

小孙子听了这话,挣脱爷爷,顺着村街飞跑而去,边跑边高声呼唤:"都来看呀,真共产党来了呀!"

村上的人被惊动了,男女老少忙停下手中的活儿,都跑过来,站在村街两边鼓掌叫好,一张张愁容密布的脸上绽开了笑容,评论着是非,倾泻着对姓洪的积怨。

姓金的却是又恨又羞,耷拉着头,咬牙切齿地想着如何秋后算账。"别高兴得太早了,有朝一日……"姓金的暗自骂着。他不愧是狗头军师,转眼之间一张大字报的腹稿可打好了,连标题也有了:"看! 还乡团如何反攻倒算!"副标题是:"走资派石坚向地主阶级和资本主义势力屈膝投降记!"这时候,他心里那个美劲就别提了,自认为拿到了一颗投向走资派的原子弹。正想到得意处,突然石坚不走了,抬头一看,啊,一群人吵吵着挡住了队伍的去路。

拦路的是李大娘等一群老年人。对石坚的到来,老人们不像青年人那样高兴,相反,愁上又加一层愁。他们一字排开,拦住去路。李大娘气得发抖,对石坚厉声叫道:"谁叫你来的? 你是疯了! 抬回去! 抬回去!"石坚出乎意料,不知所以地问道:"老嫂子,你们这是干什么呀?"李大娘脸上堆满了怒气,一个劲催道:"抬回去! 抬回去! 我们不叫你管! 树,我们甘心情愿砍,谁叫你来心疼我们这几棵树!"别的老人们也众口同声地吵吵道:"对,我们情愿砍,你马上回县里去,我们不叫你管!"石坚被吵得摸不着头脑,着急地追问:"老哥老嫂子们,到底是为啥呀?"李大娘忍不住哭了,求告道:"好老石,你就听老嫂子这一回吧! 你为啥找刺架钻,找着叫人家打倒! 树砍倒了,我们还能栽,可是我们不能没有你呀!"她哭得更痛了,埋怨道,"你只管拼上,你是想撒下我们不管了呀!"别的老人也纷纷动情地劝说道:"为了我们的几棵树,你叫人家打倒了,我们咋对起全县的老百姓呀!""快回县上去吧,我们看见你挨斗受气,那比砍我们几棵树,比摘我们心肝还难过呀!"一个老人吆喝着一群青年:"还不快去接住老石抬的树,送回大队!"青年人恍然大悟,七手八脚去夺石坚抬的树。

这时,石坚心里酸甜苦辣味味俱全,老人们的每一句话,都像一股热流滚烫着他的心。多好的群众啊,比爹娘还要心疼自己,自己为群众做的事太少了啊!他紧紧护住肩上的树,含着两眶热泪,恳求道:"老哥老嫂子们,听我一句话好不好?"大家静了下来,石坚激动地讲道,"大家的心意我领了!可是,咱们能不管吗?咱们舍得自己的几棵树,咱们也舍得砍倒全县的树吗?也舍得砍倒共产党吗?咱们想想,小王庄的树只要一砍倒,全县的树木林子就会一大片一大片跟着倒了啊!全县几十万群众心里会咋想?这一斧头一斧头下去,斧斧都砍在党扎在群众心中的根子上呀!"人们一听有理,大家互相看看,不知该怎么回话了。李大娘还是忧心忡忡地劝道:"可是你想过没有,他们不会轻饶你呀!"石坚动情地说:"我倒了事小,党受了损失事大啊!我是县委书记,能看着有人砍断党和群众的骨肉关系不管吗?大家爱护我,就要保住小王庄的树,叫这股歪风刮不开呀!"

拦路的群众被说服了,大家眼泪汪汪看着石坚他们抬着树走去。石坚把树木送给了原主,还向原主道了歉,又给他们开了去林场免费领取树苗的条子,这才放心地回到县里去了。

小李是个快手,石坚天不黑就看到了稿子,觉着基本上还可以,只有送树的对象含糊其词,他挥笔点明:"县委书记石坚,亲自将砍倒没收的树,给一户地主一户中农送去,还给树主赔了不是。"然后含笑地看着小李道:"是不是怕人家说丧失立场了?"小李神情不安地看着石坚添的几句话,担心地说:"这样影响太大了吧?"石坚笑笑,深思熟虑后说:"就要大一点嘛!一来,政策面前谁也不例外。二来,地主和中农的树都不准砍,贫下中农就有个保险系数了!"

小李忽然觉得石坚更高大了,也更亲可爱了,也就更怕他被打倒了,心里热乎乎地说:"群众是保险了,可是,你的保险系数一点也没有了!"石坚站了起来,哈哈笑道:"我也有!这就去送你大婶子回老家!"

夜里,石坚去车站送老伴。老夫老妻都不时偷偷背过脸擦眼泪,对着面时却都做出刚强的样子,互相安慰鼓励。石坚看着火车开走,长吁了一口气,失神地站着,火车开远了,隆隆声越来越小了,他想着她现在一定哭了。哭吧,这个奇怪的年月!

石坚拖着沉重的步子往回走去,他突然感到极度的疲劳和莫名的空虚。当他踏进三里长街时,看见三三五五的人在刷写打倒他的大标语大字报,那位姓金的也在其中。石坚刚才那种伤神的感情一扫而空,一种临战的激情油然而生。他精神抖擞了,扫了一眼五花八门的大标语大字报,愤愤地自语道:"来吧!有多少炮弹都向我打来吧——"

这时,街道两旁电线杆上挂的高音喇叭响了:"现在广播一篇人物特写《砍不倒的树》……"声音铿锵有力,充满了激情。石坚从心里笑了,他想到这声音此时正响在千家万户屋里,顿时浑身充满了力量,迈着坚定的步伐,迎着即将到来的恶风暴雨,向前走去!

原载《南阳文艺》1979年第3期

枣子和锥子

●

李家村有个李大嫂，人很实在，就是思想有点老，好信神信鬼。有一次，李大哥挖地回来，突然又冷又烧，头疼得针扎刀割一般。李大嫂急得团团转。李大哥的弟弟春生说："嫂子，请个大夫看看吧！"李大嫂摆着手说："生病哪有这么快？一定是撞见了啥，请个神婆来燎燎送走就好了。"春生劝她不要迷信，她不肯听，跑去请来个神婆。

神婆穿着镶边衣裳，头梳得比狗舔的还光，一脚踏进门，就"哎哟"道："一股妖气冲人！"进到屋里，鬼头蛤蟆眼地乱看乱瞅，又问过生辰八字，然后就连打呵欠，浑身抖擞成了一堆泥，连连叫道："李门王氏听我言，我是大仙下了凡。你家不该乱动土，犯了太岁有灾难。石磨本是白虎神，不该对住鸡笼门。你家丈夫本属鸡，鸡遇白虎命难存。"李大嫂听了连声说："对，对！我家的鸡笼门就是对准了磨，我孩他爹就是属鸡的。可该怎么办？"神婆又胡言乱语一通，才下了"马"，燎燎送送，大吃一顿，临走时要了香纸钱，还说："要是心诚，明天再燎一回就轻了。"

神婆走后，春生看哥哥病还不轻，就说："咱们的磨对住鸡笼门，是她进屋时瞅见的。我哥哥属鸡,是你给她说过岁数的。不要信她骗人的鬼话。"李大嫂还是不听,说:"要不是真神附在她身上,哪能句句都像?你不要胡说,小心冒犯了大仙!"

真是灵验!夜里,春生又突然生了病,直叫嘴疼。天明时,脸肿老高,有一个瓷包。李大嫂止不住埋怨道:"一定是你的话叫大仙爷听见了!"春生哼着,叫她快去请神婆来,给他止疼除灾。

李大嫂又去把神婆叫来。神婆知道春生有了病,气焰更高,决心要把这个不信神的人摆调一番。她哈哈着上了"马",恶声恶气地指手画脚骂道:"春生小子好大胆,敢把大仙来冒犯。先用锥子扎你嘴,再不悔改活命难!"李大嫂一边叩头一边说:"对,对,俺兄弟就是嘴疼。大仙爷,你饶了他吧!"春生叫疼叫得更响。神婆又大声喝道:"想叫本仙开恩典,先叩响头三百三;再杀猪羊把愿还,不然三天把命断!"李大嫂急忙跑到床前,扶起春生,叫他快来叩头。春生"哎哟"着到了神婆面前。神婆抖擞得更起劲,更得意,叫道:"要想嘴不疼,往后把神敬……"

嗒!神婆一话未了,春生仰起脸,把噙在口里的一颗枣子,吐到了神婆脸上,训斥道:"你睁开鬼眼看看,是不是大仙爷的锥子?我脸不肿嘴不疼,快给我滚蛋!"神婆吓得目瞪口呆,忘了还没下"马",也不顾得擞了,连滚带爬地溜了。春生转身摸着平展展的脸,说:"嫂子,是不是真有神?"李大嫂低下了头,说:"我可明白了。"

春生去请来医生,给李大哥检查一遍,说:"挖地时脱了衣裳,受了风寒。"给打了一针,又给了点药。到下午,李大哥的病就好了。

从此,李大嫂再也不信神信鬼了。

原载《南阳日报》1963 年 4 月 1 日

香

●

老王回家了,提着一块肉在妻子面前晃晃,眉开眼笑地说:"给!"

肉?已经几个月不知肉味了。妻子奇怪地问:"来客了?谁?"

"你,我。"老王一脸能气。

妻子看他一反牢骚满腹的常态,轻松,自在,得意得不是样子,一定是有了啥喜事,就追问:"咋啦,又涨工资了?"

"就涨工资了高兴?"老王嘻嘻地笑。

"那高兴的啥?"妻子想问个究竟。

老王也说不上来今天为啥心里美气,反正是不由得高兴,连连催道:"愣怔个啥,快,包饺子。"

老王说完动手剁馅,妻子赶紧和面。老王平日回家总是摔摔打打,好像肚里憋着出不完的气,除了过年,平时妻子再忙也不伸手帮上一把。今天一直笑,还主动干活,使屋里充满了节日的欢乐。两个人做着饭,老王按捺不住心里的喜气,说:"今天听说刘双喜死了!"

"刘双喜?"妻子想想,问,"刘双喜是谁?"

"咳,你连刘双喜都不知道!"老王有点失望地解释道,"咱们邻县的一个大专业户,有好几十万块钱哩。"

"你认识他?"妻子关心地问。

"龟孙才认识他!"老王扬扬自得地说,"日他奶奶,听说从前还不胜咱哩,是个吃红薯干的把式,才几年工夫可发财了。"说着脸上来了气。

"恁美咋死了?"妻子淡淡地问。

"杀的,叫戳了几十刀!"老王从心里流出了笑。

"啊!"妻子吓了一跳,恨恨地说:"谁那么毒气! 现在有些人越来越坏,逮住了也千刀万剐才行!"

"哼,一点也不亏,谁叫他美得太狠了。"老王不同意妻子的看法,愤愤地说,"听说这货烧得不是样,家里盖的洋楼像金銮殿,天天过朝廷爷的生活。听说还三天两头和书记们平起平坐,也不想想自己是个啥人! 哼,钱多得像飘树叶一样,今天给张三,明天给李四,又修路修桥,又捐钱办学……"

"按你说,人家不是怪好嘛!"妻子夸道。

"好个屁! 日他妈,把自己打扮得好像比共产党还好,操的啥猴头心,哼!"

"按你说,人家要干坏事才好?"妻子顶了他一句。

"你懂个屁!"老王烦了。

两个人默默地做饭。面擀好了,馅剁好了,妻子动手包时,老王叫道:"再放点香油。"

妻子迟疑道:"肉里不都有油吗?"

"日他妈,要香就香狠一点。"老王又放了两勺小磨油。

两个人包着饺子,一会儿老王忍不住扑哧一声笑了,笑得口水喷到了馅里。妻子看他一眼,问:"又喜啥哩?"

老王咯咯笑道:"我笑刘双喜办了件天大的好事!"

"啥好事?"妻子盯着他。

"啥好事?"老王摇头晃脑笑道,"他叫杀了,老婆能不走? 带着几十万家产,嫁给谁不是给谁办了件大好事。日他妈,这个人白白发了个横财!"老王说着突然长长地叹息一声,"唉——"

妻子白他一眼,质问道:"你眼红了? 咋弄,要不你把我杀了去要她吧!"

老王苦笑笑,说:"可惜咱没那个福气。"

妻子鄙薄地"哼"了一声。

饺子煮好了,一股肉香扑鼻。老王盛了一碗吃着,墙角的喇叭播放着曲子戏。老王爱听曲子戏。饺子香,戏好听,老王吃得津津有味,二郎腿抖得好不自在。老王听着听着,突然变脸失色地惊叫一声:"啊!"

妻子一怔,问:"咋了?"

老王指着喇叭,气愤地说:"日他妈,原来是谣言,刘双喜正在讲话哩!"原来换成新闻节目了。

妻子听了两句,埋怨道:"不亲不故,没仇没冤,他死不死关咱屁事!"

老王瞪了妻子一眼,好心情顿时没影了,只觉着肚里憋闷得慌,又犟着吃了几个饺子,重重地放下剩的半碗饺子不吃了。妻子看看他,说:"吃啊,咋又不吃了?"

"不吃了,没一点点味,连个香气都没有!"老王气冲冲地走了。

原载《南阳日报》1988 年 10 月 20 日

分路

早上,才过七点,我就和女儿小玉一路去上班了。

我在县文化局当一名小职员,女儿小玉在县毛巾厂做工。我们这样低微的人,在城里是找不来房子的,只好住在乡下老家里。好歹不算远,离县城才十二华里。又是公路,倒也方便。我们要是有两台自行车就好了,可是,好车买不来,杂牌的又不想要,只好父女两个合骑一辆旧车了。按说,她年轻,应当带我。可是,我不。虽然我五十多岁了,还有点肺气肿,力气不济,但我是个坐机关的,总觉得叫人带着有伤身份。我心甘情愿当苦力,她也看透了我的心思,就不和我争。每次都是她把车子推上路,然后就交给我。我骑术不错,她的坐术也很高,有时她轻盈地坐到车后货架上了,我竟没一点感觉,还以为她还没坐上哩。沿路青山绿水,空气清新。父女两个谈着家常话,不知不觉就到了县城,倒也自有一番乐趣。这只是想法,实际上并没多少乐趣,每次走在路上都会发生大大小小的矛盾,有啥办法!

今天的天气特别好,太阳刚跳出东山尖,又大又红,照得山更青了,水更绿了。照得人的心胸也大了许多,眼睛也亮了许多。女儿小玉大概是看见了太阳,就好像看见了自己的前途,心情特别好,高兴地叫道:"爹!"

我问:"干啥?"

小玉咻咻笑道:"你猜猜!"

"没头没脑咋猜? 我不猜!"我可没这份童心闲情。

"你猜猜嘛!"小玉笑着求我。

我不忍扫她的兴,只好猜了:"又发奖金了?"

小玉嗔怪道:"你就记得个钱!"

我又随便猜道:"谁给你提点①了?"

小玉撒娇了,捶着我的脊梁,怪道:"你就不会往正事上大事上猜猜?"

"你有啥大事?"我感到可笑,一个小工人会有什么大的喜事,我烦了,"我猜不着!"

小玉这才兴致勃勃地讲:"团支书找我谈话了,说我要再努一把力就能入团了!"

我听了当然也喜欢,就鼓励她道:"好! 好好干,也给老子争个光。入了团,就离入党不远了。要能入上党,将来也能提个干部当当,到时候——快下!"

小玉敏捷地跳下去了,我也急忙下了车。

小玉奇怪地问:"咋啦?"

我往前指指,说:"大队刘支书过来了!"

小玉不满地嘟哝道:"还有这么远,可下不及了!"

"懂啥?"我瞪她一眼,忙闪到路边,从左边口袋里掏出了纸

---

① 点:豫西南方言,是对象的俗称。

烟——大前门,带过滤嘴的,抽出一支恭候着刘支书。

刘支书骑着永久牌过来了。车子崭崭新,发明起亮,真眼气人。离我还有几步远,我就笑着迎上去先打招呼:"刘支书,你在街上呀!起得可真早呀,来,吸烟!"我一只手扶着车子把,一只手高高举起了烟。

刘支书没有下车,只是"啊"了一声,就从我身边飞过去了。

我缩回了举烟的手,没趣地目送着刘支书。

小玉对着刘支书的背影吐了一口唾沫,恨道:"哼,傲得不轻!"

我回头瞪了她一眼,她也回瞪我一眼,催道:"走啊!还愣个啥!"

我骑上车子,她坐上了。我心里忽然觉着不踏实了。刘支书平常见了我都下车,今天为啥不下车?为啥?我默默地想着原因。啊!是不是老婆得罪了他?前天刘支书老婆来我家换良种鸡蛋,白给人家几个算了,我老婆竟然有眼不识泰山,收下了刘支书老婆拿的土鸡鸡蛋。唉,这个不知高低深浅的女人,你没想想这能收吗?别人找上门送礼,你却连个顺水人情都不会送!我说你多少回了,你连个这都学不会……

我还没想出个头绪,小玉在车后边说话了,愤愤地说:"爹,你咋见他敬不及了?下一回再见他,你就不能也不下车!"

"你懂个啥!"我没好气地说。唉,小孩家到底是嫩苗子,我教训她道,"他冷咱不冷。你还小,不懂得做人难。不论对谁,也不论人家对咱啥号样,咱都得尊敬人家。要不,咋能搞好关系!"

"你懂!你跟人家搞关系,人家咋不跟你搞关系呢?"小玉太没教养了,竟然教训起老子了,抢白道,"人和人一般高一般粗,车走车路,马走马路,为啥要低三下四搞关系,找着叫人家看不起自己!"

我叹了口气,这闺女真是初生牛犊不怕虎,不懂得个利害关系,逼得我只好直说了:"你只知道咱俩吃了商品粮,你妈和你弟弟可还是农业户口,还在人家手心里攥着,你就不怕给你妈穿小鞋!"

"他敢!"小玉的口气粗得怕人,气壮地说,"他不就是个大队支书吗? 他头上的天不知道还有多少层哩! 现在可不是'四人帮'那时候,他敢胡来,咱就敢告他!"

迎面走过来一个穿得破破烂烂的人。啊,是金发! 我忙叫道:"快下!"

小玉下来了,我也忙下来,站住招呼道:"金发,你上哪里?"

金发提提手中纸包,愁眉苦脸地说:"在街上给我妈抓药!"

"啊,大娘病了!"我同情地惊叫一声。

金发叹了口气。我忙掏出大前门烟,敬他一支,把烟盒又装进口袋里。金发把手中的前门烟看了又看,是没见过这么好的烟,还是不舍得吸? 看了半天才燃着。他看看我,奇怪地问:"你戒烟了?"

"要得戒了,除非死了!"我说着从右边口袋里掏出了廉价的白河桥,抽出一支吸着,解释道,"我吸这个,价轻力壮,过瘾!"

金发听我这么说,不由又看看手中的大前门烟,脸上泛出一种难言的表情。

"大娘啥病? 多少天了? 找谁看的? 见轻吧? ……"我提出了一连串的问候,把该问的都问到了。

金发是个老实人,见我如此关心,就根根秧秧讲个没完没了。女儿小玉在一旁急得乱拧,一时看看表,一时瞪瞪我。这闺女,连个礼路都不懂。我已经问了,能不听人家的回答吗? 金发好不容易才讲完,说得眼泪丝丝的,叫人看着可怜。我真心诚意地说:"别的我也帮不上啥忙,要是需要啥紧缺的药了言一声,医院的司药找我买过戏票!"

金发千谢万谢地走了。

小玉铁青着脸,把手腕往我面前狠狠一伸,气道:"你看看,你看看,三十分钟还没走够三里路!最讨厌和你一路了,回回都差点误了上班!"

"跟得上,还有二十五分钟哩!"我输了理,苦笑着忙骑上了车子。小玉生气地咚一下坐上了,差一点把车子晃倒。唉,连个人情世故也不懂,咋独立生活呀!我这人头软惯了,在儿女面前也不会发脾气,只好忍气吞声地给她解释:"别看不起穷人。这号人,对他好一点点,他就会感谢不尽。你给当官的一支前门烟,人家稀罕?人家吸的好烟多了,给了只当没给!要是给穷人一支,他就会觉着是抬举他,很长时间都记在心里。说不定啥时候就能用上人家……"

我正说到兴头上,小玉打断了我的话,叫道:"别说了!别说了!"

我问:"咋啦?"

小玉鄙薄地回道:"给人家一支烟,就想着日后从人家身上捞点油水,听着恶心人!"

"这咋能是图报答捞油水?人和人就是这号样嘛!"我冷笑一声,用老子的口吻开导她,"你不想听,要是别人,想听我还不说哩。你前边的路还长着哩,碰到三灾八难就知道老子的话金贵了。"

上坡了,我累得一身汗。小玉不但不心疼我,还冷嘲热讽地贬驳我,说:"哼,自己一身绿毛羽,还说别人是妖精。平常就你们这号人爱说人家当官的开后门。我看啦,你们是闲极了,上班去早去晚一个样,去了也是一杯茶、一包烟、一张报,喝吸看,然后就是说东道西议论别人长短,研究咋混人,太美了!"

"你娃子算说着了。要没一点优越,为啥有面子的人千方百计叫自己的儿女去坐机关!"我感叹道,"你好好干,将来也想个办法,调到哪个机关!"

"好稀罕!"小玉竟然还看不中机关哩,说,"哼,勤快人去了也能变懒,成年喝吸看,活个人有啥意思!"

我正要驳她几句,迎面又过来一个人,是县直的老李,我忙叫道:"下! 下!"

小玉下车了,我也下车了。我忙叫道:"老李!"

老李也下了车,叫道:"老王!"

我亲亲热热地说:"五六个月不见了!"

老李也亲亲热热地说:"可不,半年了吧!"

我笑脸笑口地问:"你吃过了?"

他也笑脸笑口地问:"你也吃过了?"

我敬他一支烟,关心地问:"近来身体好吧?"

"好啊!"他也回敬我一支烟,关心地问,"你身体也好吧?"

"叫你费心了!"我亲亲热热地嘱咐道,"闲了去我家坐!"

"可行!"他也亲亲热热地邀请我,"空了去我家玩!"

老李骑上车走了。

"差九分钟就八点了,讨厌死人!"小玉狠狠瞪我一眼,从我手中狠狠地夺过自行车,又狠狠地命令道,"来,我带你!"

有啥办法,现今的老子们有几个不怕儿女的? 小玉骑上车子,她一发火,我的尊严和身份也不说了,只好坐到了后面。她骑得和飞的一样,我真担心她把我带到崖里。她在气头上,我也不敢叫她骑慢一点,只好闭上眼睛,任她飞了。我不说她,她倒又数落起我了,贬驳道："真是闲极了，听听你俩说的话，有一个字不是废话？和说相声一样，啥意思！"

我解劝道："这就叫礼貌……"

"礼貌一下几分钟不说了，一天到晚都要像你这样礼貌就别做活了！中国的事，就叫你们这礼貌、那关系给误了、坏了！"小玉说得咬牙切齿，竟然给我上纲上线了。这还不够，她又自以为懂得很多地教训起我："不知道你们是咋看报纸的，'时间即金钱'，外国人说的。'争速度'，中国人说的。这报纸上都登过，你看过没有？你们真闲极了去工厂看看也算个正事！我们一上班，别说喝吸看了，连眼也不敢眨一下。一班下来，浑身和酥了一样，谁有闲心去想那礼貌关系！"

她好像成了英雄，语气里满是得意，把车子蹬得飞起来了。

"停住！停住！"我突然看见赵卫东迎面过来了，忙叫喊着。

小玉不但没停，反而把车子蹬得更快了，从赵卫东身边一闪而过。我急得没办法，只好向赵卫东招手，表示歉意，大声呼叫道："对不起，小玉急着上班哩！"

赵卫东没有回话，只是回头对我挤眉弄眼地笑笑。他走远了，我才问小玉："你不认识他？"

小玉愤愤地说："剥了他的皮，也认识他这个小霸王！"

我又问："你没看见他过来？"

小玉淡淡地回道："老远都看见了！"

我气了，责备道："那为啥不下车？"

小玉冷冷地反问："为啥要下车？"

我被塞得倒噎气，恨道："他爸爸……"

"他爸爸是老天爷？不就是个主任嘛，多金贵！"小玉打断我的话,批驳道,"咋? 他等于他爸爸? 哼,靠老子混饭吃,还不嫌丢人! 好像天下是他的,成天胡作非为,总有一天……"

小玉说得不错,可是,谁能奈何人家? 你一个小小的工人,竟敢蔑视人家,不是找着送死吗? 我真为她这种思想担忧,就耐心解释道:"天下不是他的,可是,和是他的也差不了多少! 哪个当爹的不和自己儿子一个鼻窟窿出气? 况且他爸还好听小话。他们局长批评了他,他爸爸就给这个局长穿小鞋,磨道圈里查驴蹄,逼得这个局长没办法干,只好要求调走了。小心没大差,以后见他了多磕头,记住他是个小人就行了。"

小玉反问说:"你既然知道他是个小人,还搭理他干啥?"

我说:"越是小人才越要敬着。古话说,宁肯得罪十个君子,不惹一个小人!"

小玉反唇相讥道:"近君子,远小人。这也是古书上说的。"

我没话可说了,叹了口气,真是个劝不醒的蠢牛木马! 她这种想法太危险了,是惹祸的根苗,我警告她道:"我看你还是胆小一点、对人怕一点好,别忘了自己是个小工人!"

"小工人咋?"小玉一只手丢开车把,看看手表,放纵地说:"我只要走得端,行得正,积极干活,不出次品,谁能把我抬去祈雨? 不叫我当工人,叫我去当大官!"她得意地咯咯笑了。

我气坏了,说:"你不怕我还怕哩!"

"你爱怕你去怕吧!"小玉说时,已经到了毛巾厂门口。我跳下了车,她也下来了。我还有一段路,她把车子交给我,把手腕伸到我面前,撒娇地笑道:"看看,多险,只剩下三分钟了! 你呀,啥都怕,就是不怕我迟到误了工!"她做个鬼脸,回身跑进了工厂。

我闷闷不乐地回到局里时,已经九点多了。办公室里坐着两个局长一个会计,面前桌上放着一副扑克牌。局长见我进来,喜笑颜开地叫好道:"好啊,找人不如等人,三缺一,正愁哩! 来!"我心绪不好,不想打。可是局长已经开口了,我能不打吗? 只好赔着笑脸坐下去打起来。谁知心思收不拢,一会儿想起了小玉不通世故的样子,一会儿又想起赵卫东挤眉弄眼的笑容,思想一直不能高度集中。再加运气不好,好牌和我有仇,死也不来我手里,连续输个没完。我恨死了大鬼小鬼,连它们也拍马屁,光往局长们怀里钻。不过,我很快就觉悟了,这不是运气不好,而是好得很。不是大鬼小鬼和我有仇,我错怪了它们,它们是在帮我忙哩。看,我越输局长们越开心,对着我笑,笑得嘎天嘎地,多喜欢人呀! 我到文化局几年了,局长们对我笑过几回? 加在一起也没有今天对我笑得这么多! 我不由又想起了小玉,这牌要是叫她来打,她会使局长们笑吗? 说不定还会使局长们生气哩。哼,打牌容易? 也得有点学问哩。

这一天很好,在局长们的笑声中过去了。

第二天吃早饭时,老婆忽然大方了,端出一碗煮鸡蛋。我高兴地看看老婆,笑道:"今天的日头咋打西方出来了?"

老婆嗔怪道:"你别当是叫你吃的!"

我不解地看看小玉,她抿着嘴嘻嘻地笑。我问:"咋啦,今天有啥喜事了?"

老婆夸道:"大喜哩,小玉昨天得了个千日满勤全勤奖!"

"好啊!"我当然也高兴。

"你也知道好?"老婆兴师问罪地数落道,"听小玉说,回回都差一点叫你给耽误了,我看你这个老子算糊涂了!"

我辩白道:"啊,总不能为了赶班,连个人情礼路都不讲了,就不怕得罪人了! 岂有此理!"我真有点火了,没想到小玉也会告小状,我狠狠瞪了她一眼。

老婆麻米不分①,回奉我道:"就你怕得罪人!一辈子心思都使在咋能不得罪人上,活到老也没见你成个啥气候!"

小玉剥了个鸡蛋,放到我碗里,先安抚后摊牌,笑眯眯道:"爹,你也上岁数了,再叫你带我,你不说别人也会说我不心疼你,不孝顺你!从今往后我带你,行吧?"

"哼,孝顺!说得好听,还不是怕我误了你的事!叫你带我,碰见人还能由我的意上上下下吗?"我心里咕哝,却说不出口,怕老婆胡搅麻缠个没完。干脆,我来了个不表态,等出了门上了路再说。

老婆看我不开口,就对小玉专横地讲:"干脆,你骑,谁也不带,再给妈争个万日满勤!他们上班没个早晚,叫他从小路走着去,就那八九里路,只当锻炼身体了,有人天天早上还专门跑步哩!"她说着一眼一眼瞪我,眼神里传出了不容商量的命令。

小玉犹豫地问:"爹,你说咋弄呀?"

我忍住死不开口,老婆乜斜我一眼,又训斥小玉道:"还问个啥?你爹没说不中,就是答应了!"

就这样,从此我和小玉分路了。唉!

原载《鸭绿江》1983 年第 11 期

---

① 麻米不分:豫西南方言,指不明事理,说话办事不按规矩来。

一

和好

●

又到王大妈和媳妇英梅吵架的季节了。

麦子抽齐穗了,扬花了,根部的叶子也干枯了;田野里翻滚着金黄色的麦浪,穗儿沉重得低下了头,密得撒土不漏,人们高兴得对着它欢笑。

夜里,在社委办公室公布预分方案,好消息把全社的男女老少都吸引来了。办公室院子里闹闹嚷嚷,性急的人把会计桌围个不透风,大家都在关心着今年到底自己能收入多少。

"今年一个劳动日分十五斤麦子,一个人的土地股分四百斤麦子。"会计刚开始公布,就被人们的叫好声打断了。

月亮也从云彩里露出脸来,照着欢笑的人群,会场里一片欢笑和询问声。本来双方都知道彼此收入多少,可是无限的高兴,使他们故意发问:"好家伙,一下子增产四成,你卖多少余粮?""两千斤呀! 你呢?""两千五! 哈哈!"接着是一阵欢笑。

坐在会场西边的青年妇女英梅,听了一个劳动日可分十五斤麦子后,高兴得用手指暗暗地计算着,突然紧紧握住坐在旁边的玉英的双手,抖了几抖,激动地说:"玉英,我算了一下,我的劳动日可分七百斤麦子。你呢?"玉英柔和地说:"六百五!"这时,坐得离英梅没有多远的王大妈,猛觉着浑身不舒坦,心里阵阵作疼,她站了起来,狠狠地瞪了英梅一眼,用鼻子"哼"了一声就回去睡了。

王大妈躺在床上,翻来覆去,不住气地哼呀唉呀,心里一阵比一阵难受。多亏心呀!英梅要带来土地的话,连工分就可收入一千一百多斤,可是现在却只有七百多斤,白白少收入四百多斤啊!王大妈一合住眼,就看见这四百多斤麦了,一会儿变成十来丈黑洋布,一会儿又变成又青又白大粒大粒的盐,一会儿变成了三四十元不打折的崭新票子。可是一睁开眼,完了,什么也没有了。大妈心里明白,这些东西之所以失去,全是媳妇来婆家时没带土地的缘故啊!眼睁睁地白丢了这四百多斤麦子,这口气可实在咽不下去呀!

"吱——"开门声,接着是一阵咯咯的笑声。王大妈听着是儿子和媳妇回来了。"还笑呢!真是败家精,少见几百斤麦还逞能呢!"大妈心中好恼,一肚子气再也忍不住了,就装着自言自语地大声说:"唉!一个人的土地就分四百多斤麦!"

大妈和媳妇英梅住的是三间两房屋,英梅听见婆子这话,知道是说给自己听的,顿时板起脸"哼"了一声,忍忍气咽了下去。"真可惜呀,四百多斤麦算白丢了!"大妈还在嘟囔。于是,英梅也没好气地说:"光我劳动就挣七百多斤,比一个人的土地股还多几百斤哩!"

英梅的爱人天成一听这话不对,一个枪来一个刀去,他虎生一下坐起来,捂住英梅的嘴,小声说:"你少说一句行吧!"英梅伸手想推开天成的手,天成捂得更紧了,央求道:"她老了,想不开,你少说一句吧。"英梅这才躺下,不服气地说:"还不叫说!我没白吃谁的饭!"天成叹了一口气,心想:这啥时候才是个头呢!

第二天早饭后,大妈把天成叫到自己房屋里,她掀开门帘子,探着头往外看了看,得知媳妇没在屋里,才站到天成面前,低声埋怨着:"看看,一季都少见四百斤,你就不知道心疼!"天成涨红着脸,说:"人家劳动也挣七百多斤呢!"大妈脸一黑丧:"你还护她哩,迷糊得不轻!叫她快去娘家把地要回来,秋天咱就不吃亏了!"天成知道再说就会吵起来,便低头不语。大妈从口袋里掏出十块钱,说:"天热啦,你拿去扯身单衣吧!"天成伸手接钱,大妈把拿钱的手又缩了回来,交代道,"可不能给别人扯,英梅要问,你就说没有钱了。地要不回来,她休想个布丝!地要回来了,给她买身蟒袍都行。"大妈看着天成走了,恨恨地想:地要不回来,有她受的气,叫你试试往外迷是啥味!

天成从供销社回来,没让大妈见影,径直钻到自己房屋里,对英梅说:"这花样好吗?"英梅打开一看,白底蓝花,是自己早就看中的花布,问:"你咋知道我想要这种布?"天成抿嘴笑了笑,说:"那天咱俩一块儿上街,有个妇女穿一件这种花样布衫,走多远了你还拐回头看她,我想你一定喜欢这花样。"英梅又问:"哪来的钱?"天成说:"妈叫给你扯的。"英梅心里猛一高兴,说:"我有衣裳穿,你咋不给妈扯一身?"两人说说笑笑。

"天成,你们穿新挂花,有钱不给妈扯一身,你眼里还有你妈?"突然,大妈在当堂吵了起来。原来他小两口正在屋里说,大妈来取剪子听到了。她想不到天成竟和自己不一心,气得直哆嗦。大妈这一吵,什么都明白了。英梅噙着眼泪,天成呆呆地站着。

二

英梅和天成谈恋爱时,就问天成:"土地带不来咋办?"天成说:"想办法调换,换不来就算了。"英梅知道好多姑娘上婆家后,因为没带土地,有地的嫂嫂叽咕,婆婆也嫌弃,闹得吵架生气,有的还离了婚。自己娘家离天成这村子有二三十里,土地比不了桌椅板凳,搬不动,要是换不来,生气可受不了。于是,英梅想了又想,说:"会不会生气?"天成正在热恋头上,就用两句情歌回答了她:"不图你家田和地,只图你家好闺女!"

大妈听说儿子找了对象,就追问:"地能不能换来?"天成怕从中打岔,忙说:"能换来。"大妈这才喜欢起来。自己就这一个儿子,这一下好了,添一口人,又多了一份地,停上个年把,就可以抱上孙孙了。儿子,媳妇,孙孙,地块越变越大,儿孙满堂!守寡苦熬巴望的啥?还不是人财两旺!她想着想着就喜了起来,逢人就讲:"哎呀!那么多小伙子,人家都不找,咋偏偏看中俺们天成了?我都不明白。"对方把天成夸奖一顿,她抿着嘴笑了。

英梅精明能干,她那黑里透红的脸膛,一对滴溜溜闪动的眼睛,粗黑的辫子,裤腿一直挽到膝盖,挑着担子,大步大步地走着,不断仰起脸抬起胳膊,用袖子擦擦额头上的汗珠。大妈看着她那样子,心里乐滋滋的。"咱做庄稼人,能找个手头勤快的媳妇,算是积德到了。"她对人们讲着。

英梅刚来婆家时,见妇女们下地做活都很下力,可工分总要比男人少些,她认为不公平,就问生产队长王一昌,他却说:"把妇女们抬那么高干啥?要是和男人一样领工分,还能分出个天地?"这时英梅气得不知说什么好,心想劳动着看吧。这天正碰上王一昌在装粪,英梅却拿起钩担往他眼前一站,说:"你是几分劳动呀,队长?"王一昌不屑地说:"惹你见笑,十分。"英梅等他装好粪,抢前一步把他的粪筐担起就跑。王一昌追上去叫道:"唉,你咋把我的筐子担走了?"英梅把筐子往地下一撂,两条辫子狠狠往后一甩,瞪着王一昌的眼睛,说:"队长,能不能分出个天地?"王一昌脸像红布一样,担起筐子就跑。从此男女只要一样做活,就一样领分。大妈看英梅每天挣的分和儿子差不多,就喜着说:"死女子,看你累成啥啦!"英梅总是笑眯眯地说:"我的地没调换来,不下劲做咋够吃?"大妈不好意思起来:"图你人的嘛,谁图你那一星点子地。"一想不对,又赶紧回了话,"换嘛!慢慢想法兑换。"

这些天,大妈总是喜气洋洋,地里活针线活英梅全包下来,不等大妈衣服穿脏,英梅就催她脱下来,给她洗好浆好放到她床头上。隔三岔五,英梅总要给她做点好吃的体己饭,英梅自己却拣坏的吃。大妈过意不去,英梅说:"你老了,要补养补养,俺们年轻力壮,好坏吃饱就行。"一次,英梅给她包了点饺子,大妈盛了一碗,去串门子,到这一家门前坐一会儿,说:"英梅呀,待我比亲闺女还好,你看,她两口子喝糊汤,给我包些饺子!"别人夸奖天成有眼力,夸奖英梅孝顺,夸奖她有福气。然后,她端着碗又去另一家串门子。一碗饺子没吃完,她能串几家邻居,到家家户户门前夸奖儿子媳妇一番,又换来家家户户的一番夸奖,才喜眯眯地回到家里。

"可熬到了!"大妈时常这样想着。

日子一天一天过去,怎不见儿子和媳妇提要地的事呢?大妈着急了,她暗自埋怨年轻人没有心事。几次想问,又怕媳妇说自己小气,伤了和气,正在这时,邻居李家媳妇的地换回来了。大妈看着人家喜欢,自己就生气,几十年来,她都害怕别人比自己过得好。可是现在人家跑到自己头里了,人比人气死人,大妈咋能不生气呢?

英梅回娘家去了。大妈把儿子叫到跟前,说:"天成,你去接英梅回来,说我想她想得慌。再看看想法把土地换回来,英梅能干会过日子,把地再换回来,咱们不是更好过了嘛!"天成皱着眉头去接英梅了。天成刚走,大妈想想不放心,又追到路口,交代个没遍数:"寸土寸金,地是老根,这次去要当个事办。亲有邻有不如己有,这是应分的,不要不好意思张嘴。"大妈看着天成走远了,才嘟囔着回去:"嘴上没毛办事不牢,没结婚时说能换来,换到如今连句话也没听说过。"

天成到英梅家,丈母娘亲亲热热地招待他,他压根就没提要地这回事。天成接英梅回来,大妈吃着英梅给她拿的柿饼和花生,扯了一阵家常,可是就不听提换地的事,大妈忍不住慢吞吞地问:"在你妈那里,没有提……""地的事"三个字没有说出口,天成脸上可红了,急忙打岔说:"嘿,人家都下地了,咱们快去吧!"他两人出了门,天成擦了擦脸上汗,心想:"好危险,要是一说,英梅该埋怨我哄她了!"大妈看着他小两口走了,就埋怨开了:"瞎长一二十岁,就不知道扒家。你不说,我给英梅说。"

以后,大妈和言和语地给英梅说了,英梅去娘家要了几次,没有要来,只是说慢慢想法吧。英梅好言好语对大妈说,伸手不打笑脸人,大妈心里不美,却不好说什么,只是在心里经常思量着:本来两人土地两人吃,年年可以余一点粮食,一年加一年,再加一年,茓子越来越高,钱越攒越多,然后盖上一院青堂绿舍的瓦房。可是现在两人土地三人吃,穷根,这就是穷根,这穷根都是英梅带来的。于是,大妈对英梅慢慢冷淡了,越看英梅越不顺眼,经常当着英梅的面,对别人诉说自己人多了,土地分红少,日子不好过。英梅看在眼里,忍在心里,念起她是老人家,也就忍住不说。可是大妈万万没有想到这次分红一股就分四百多斤,一季都少见四百多斤,十年八年长算起来,可是个多大的数目啊!所以,再也忍不住了,就用风凉话来刺英梅,英梅想着自己挣七百多斤麦,流自己汗端自己碗,对大妈的敲打就一肚子冤枉。两个人心里都是憋着一股气。

三

预分方案的公布,使王大妈更是心烦意乱了。她没事就计算着淘粮食磨磨的事:媳妇没来时每月淘两次粮食,现在每月要淘三次了,虽然只多一次,她却觉得多得多。每一次做饭,她都瞪着粮饭瓢,瓢突然在她眼里变大了。"为啥要把瓢搲得那么高呢?"她暗自恨英梅不俭省。"唉——"她当着儿子儿媳的面摇了摇头,长长叹了口气。当儿子媳妇下地走了,她扒着粮食缸看了看,又去扒着粮食茓子看看,抓了把粮食摆弄着,靠着茓子呆呆地站着。她独自痛苦地想着:"咋得了呀!不得地,上口不进下口流,快呀!顷刻都会流干的。"她想起自己当媳妇时,巴不得把娘家的东西都搬到婆家,为啥儿子媳妇不扒家呢?这真得管教管教他们。

终于在吃晚饭时,大妈忍着急说:"你们年纪都不小了,要学着操心过日子,土地也得赶快想办法换回来才是!"

英梅羞愧地低下头。天成不满地说:"说几百遍了,不是找不到换处嘛!"

大妈瞪了天成一眼,脸板着说:"你们年轻,不知这地金贵,几千年都是谁有地谁好过。眼下初级社吧,一股地也顶住紧做慢做半年。再说,这地土改时是分给英梅的,要回来也是应分的。唉!想起我来婆家时,娘家穷没钱陪送,东拐西借陪了俺一箱一柜,婆子一见可恼了。"她看了英梅一眼,"三天没过去可骂了起来:'我就不信你娘家不给你,你舍不得问你娘家要嘛!你心疼你娘家,你是跟你娘家过一辈子,还是跟你男人过一辈子?'我当时流着眼泪,可是过后想想对呀!爹有娘有不如己有,我就回家明着要、暗地拿。从那起我婆子才对我好起来。"她添油加醋地说了这一通,心里气才消了不少。

英梅眼泪搁在眼窝里,倔强地说:"妈,我明白了!"天成直摇头:"唉,真是……"大妈看自己威胁的话起了作用,又说了几句落好的话:"我还能跟你们过一辈子?都是为你们年长久远打算,明天再去看看,想办法一定换回来。"

这天晚上,就这样各自怀着心事睡了。

"英梅,嘿,你不要听妈那一套,地换不来就算了,反正我不怪你!"英梅正在伤心,听天成这么一说,格外生气:"你不怪我,你凭啥怪我?我到你家也没吃闲饭,我有啥过错?"天成贴住英梅的耳朵:"小声点,管她呢,只要咱俩好就行!"英梅扭过脸:"呸,一肚子瞎话,没那么大竹叶就不要包那么大粽子。明天你去把那二亩地背回来。"英梅一夜都没睡着,想着婆婆的话好难听啊!你上婆家时受气,不管娘家死活,只管婆家发财,明要暗拿,叫我照样学。哼,休想,我不能为了自己好过,连自己的亲爹娘都坑害!我吃自己的劳动,你想拿旧社会那一套对我,就是不行!

第二天英梅回娘家去了。王大妈每一个日子都在希望中度过,她扳着指头算:"现在有五亩,英梅要来二亩,不,二亩半,合到一起七亩半,秋天多分四百斤!"这么简单的账,她一天能重复着算上几十次,每算一次心里就高兴一阵。

可等到了英梅从娘家回来时,大妈正在抽筷子准备吃饭。"妈!"英梅叫了一声。大妈抬起头,心里话脱口而出:"换成了吧?"英梅低下了头:"我爹找了两天,没有换来!"噗嗒一声响,英梅悄悄往响处看去,只见大妈手中的筷子掉落在地,大妈黑丧着脸,呆呆地站着。英梅心里凉了半截,她本来是往锅台走去,可是她又轻轻地退了回来,掂起锄头往外走了。天成干生气不知怎样才好,瞪了大妈一眼,把脚一跺,也下地去了。

大妈气落了,怕儿子饿坏,就到地头喊儿子吃饭,可是媳妇也在地里,又当着许多人面,只好先把礼做到:"英梅,回家吃饭吧。"语气非常勉强。英梅低声说:"我不饿。"大妈"哼"了一声,心想看你也没脸吃,接着非常气壮地说:"天成,走,给我回去吃饭!"天成没好气地说:"你能吃下去你吃,我吃不下去。"天成一句话出口,大妈的不满得到了发泄机会,吵了起来:"你咋不吃? 人家生我的气,你也嫌弃你妈,是不是?"这话刺痛了英梅的心,她上去夺过天成的锄:"你回去吃吧。"天成转过脸,对大妈哀求地说:"你算啦,行不行?"大妈却使开了高腔:"好,好,都怪我这个老不死,叫你们吃饭也叫错了!"

大妈每一句话都像一根针扎到英梅心上,婆婆亲地不亲人,心扒给她吃了也不说好。我走得端,坐得正,许你敲打,也许我说说道理。她抬起头,涨红着脸,嘴张了几张,可是一看见天成苍白着脸,那样为难地站着,就又低下了头。算啦,自己要插嘴,会越吵越厉害,她看看那围上来劝架的人,就咽了一口气,忍下去吧! 于是她噙着眼泪,从地北头走开,到南头锄。

"小日子过得多美呀! 不要找气生。"人们解劝大妈。大妈正想着这一句,于是接上了腔:"多美! 两人土地三人吃,有多美! 上一辈子欠下人家的账,这一辈子该俺娘儿俩还人家。往后我的日子咋过呀?"她摇头叹气感到自己可怜。自打十几年前丈夫死后,每一个大事小事自己要是沾不上光,她都认为别人在欺侮她是寡妇。多少个夜晚,都在背着儿子哭泣,心血都放在儿子身上。从前儿子总是偎在自己身旁,娘儿俩一起说说道道,度过了多少个寂寞的黄昏和雨天。现在天成一回来就钻到英梅房子里又说又笑,没人搭理自己。是谁从自己手里夺走了儿子?是英梅这个败家精,是她哄着天成不要地。现在她又迷住天成,两人结成一股气,来欺侮我这个老婆子,要是天成他爹活着……她突然大声哭起来:"我那早死的人呀!你叫我咋过呀——"人们好容易把她劝回去,看着她的背影,说:"唉,有地的人仗着地股分红,不做活;没地的人被吵得没心做活。这日子咋过呀!"

四

"吃,吃,咋有脸张开两片嘴吃!""呜——呜——"大妈一家人正在吃早饭,忽听得隔墙王文昌家又吵又哭。大妈和英梅都走过去劝架。只见王文昌的妈恶眉瞪眼地在吵,她的儿媳妇玉英在哭。经过盘问,原来是玉英从地里回来刚端上碗,不巧来了两个客,客把饭一吃,玉英就没吃饱,客走了,玉英要再做,婆子可摔摔打打吵了起来。这时玉英婆子左手掐着腰,右手指天画地地吵着:"那客也就太不要脸,土地没在俺家为啥来俺家吃饭?不带地还要吃那么多!"不用说,这指鸡骂狗的话是吵给玉英听的,玉英来婆家也没带地啊!

同病相怜,英梅看得一肚子气,她不住咽口水,想把气压下去。她扒住玉英的肩头,劝说:"玉英,不要哭。唉,不要哭啊!"说着说着她自己可眼泪丝丝的了。可是玉英还在哭，玉英的婆子吵得更上劲了。英梅突然把玉英往后推了一把，说："你哑了？你说呀！你哭，你就会哭！"玉英抬起头看了英梅一眼，说："英梅姐，我……"又哇的一声趴桌子上哭得更狠了，像受尽委屈的人，突然见了亲人一样。"没脸没面，没带地还想吃那么舒坦！"玉英的婆子还在吵。英梅心要炸了，她转过身冲着玉英的婆子火道："大婶子，你不要太不知足！你们吵，你们不做，念起你们是老人家，当媳妇的忍忍让让。不带地也没吃住你的。别的让着你们，虐待媳妇不叫吃饭就是不行！"英梅的婆子气得乱抖，说："英梅，你说谁？你反啦！"玉英的婆子耍开了赖皮："谁不叫吃？你不要烂舌头根子血口喷人！你管三尺门里，还想管三尺门外！你好，你来当她婆子！"英梅脸都气青了，一把扯起玉英，说："走，找妇联主任！哼，这不是旧社会。"玉英婆子看着英梅把玉英拉走了，气没处使了，就冲着英梅的婆子挖苦起来："看你媳妇多有本事吧，我算叫她骑到头上了！"

王大妈回到屋里，哆嗦着气得直打颤，叫着："反啦，反啦！"天成倒了一碗茶端到她面前，看着妈妈难受的样子，暗自埋怨英梅多管闲事。大妈捣着天成的鼻子，上气不接下气地说："你把她宠得太高了，她不带地不知丢人深浅，她杀鸡给猴看，她指着玉英婆子敲打我。我给你擦屎刮尿收拾大，这时候叫你婆娘把我气死了！"她一阵哼呀唉的，"你说，是要她还是要妈？你要是要妈，就得给我管教她，问她要地；你要是要她，我只当没儿没女，你们出去住。你说呀，你聋了？"天成闷着头，无可奈何，说："走，我扶你上床歇一会儿，我说她！"

就在大妈说这一番气话的时候，英梅恰好从妇联主任那里回来。她站在墙外，大妈的话每一个字好像一支箭，箭箭射在英梅心上。没有什么比挑拨爱情更伤人心了。英梅起初铁青着脸，继而低下了头，鞋尖被泪珠打湿了。忽然她咬紧了牙，从牙缝里迸出个"好"字，昂着脸，直往自己房间里走去。

天成在大妈床边坐着，忽听自己房间里翻箱倒柜咕咚、咕咚乱响。他看了大妈一眼，大妈闭着眼睛，他轻得好像脚没挨地一样退了出来。"啊！"他走进房间里吃了一惊。床上放了一个包袱，英梅还在叠衣裳往第二个包袱收。"你弄啥？"天成问了四五遍，英梅低着头也不回答。天成站到她面前挡住她，她狠劲推了天成一把，天成又推开她，把叠好的衣裳抖乱，你抢我夺。突然，她把包袱单一摔，夺门而出，天成倒退几步，胳膊伸开，挡住门口，英梅退回来坐到桌旁。桌子上的镜框里是他们结婚时的照片，两个人微微笑着。英梅突然打开镜框拿住照片，右手捏住右角，左手捏住左角，正要撕时，天成突然惊叫起来："英梅，你！"啪的一声，英梅把照片又摔到桌子上，天成哀泣似的叫声，使她再也没有力量把照片撕破了。她趴到桌子上哭了起来。天成走到她身边，说："英梅，不要伤心，妈还能跟咱一辈子？"英梅头还趴在桌子上，说："到你家来，我做的啥活，吃的啥饭，生的啥气？我忍，我让，总是想着你妈守寡就你一个儿子，不忍心使她生气，她倒居心叫咱俩离婚。我走，我不在这儿惹她生气，我有家我能劳动，我……"天成安慰地说："英梅，不要听她的。地换不来不要，只要咱能劳动，就能吃饭。你是为我来这里的，只要咱俩好好过。妈老了，心里又糊涂，她的话你那么认真干啥！再说以后她也会明白的。"好说歹说，算是把英梅按下来了，这场风波平静了下来。

不久，社里抽人进山伐树，名单上也有天成。英梅把他的衣服包好，又把从娘家拿来的三元钱装到天成口袋里。可是天成怄住不想去。英梅心里明白,说:"去吧,你放心,我不给妈吵。"这才把天成打发走。

三天没过去,英梅从邻居那里听出了风声,说是大妈要分家了,她要自己那一份地,还要天成再抽出半份给她养老。这天淘粮食,大妈又敲打起来。英梅擦干眼泪,给大妈说:"我想回娘家去看看。"大妈淡淡地说:"你去。"

大妈看着英梅走了,自言自语地说:"地要不来,非分家不中。一分家,光天成一个人做,她得在家做饭看门,又没土地股分粮食,保不够吃,叫她作作难!没啥吃了,把天成叫到我屋里,给他做点吃的,叫她试试啥劲!"说着气呼呼地站起来,拧着小脚,东看西看,把桌上的案板上的她认为好的东西,都拿去藏到自己屋里。然后又扒住门往外看了看,慌忙掂起斗去掟粮食,压得歪三扭四地往自己房间里掟去。

"天成他们要分家了!"村里人们谈论开了。

五

突然,村子里欢腾起来了。

区乡干部从县里带回了天大的喜讯:要建立高级农业社了。村子里顿时忙乱起来,广播筒没明连夜地叫,青年们连蹦带跳地开会去宣传,干部们像穿梭一样在各家进进出出,妇女们偷空缝花衣裳,真是忙啊!只有老年人抱着孙孙,在一起逗笑:"看,我就说这几天喜鹊不住叫唤,要有喜事到来啊!"村子里再也平静不下去了。

但王大妈却是心事重重,她很担心土地入公了,自己不能劳动怎么办。大妈在去开会的路上,逢人就打听高级社啥样,怎样分粮食,自己没了主意。到了会上,她推开这个,挤过那个,跑到前面。开会时,起初的报告,每个字都在心上画一道,听着听着她低下了头,扳着指头算呀算呀……她明白了高级社全靠劳动。可是自己老了啊!想到这里,她浑身失去了力量,好像被什么东西夺去了自己唯一的依靠。过去吃自己一份土地分的粮食,理直气壮,这以后呢?当然儿子媳妇是好劳力,生活会比现在好,可是我呢?儿子不会嫌弃我,可媳妇会记住我问她要地的仇气吧!会不会给我黑脸看呢?对,不能转社!这气我可受不了呀!她痛苦地思索着。不转,儿子会愿意吗?入初级社时,他都跑到头里。他要走集体道路,我能不走?要是过去和英梅处得好,该多好啊……

"当初,我为啥要嫌弃英梅呢?细想起来,她也没啥不对呀。是啊,干部们说得在理,种瓜得瓜,种豆得豆,地,人要不种它,啥也不长,粮食都是力气换来的。过去我家分的粮食少,那怪土地股多的人把劳动换的粮食拿走了啊,怎能怨英梅呢!当时咋没想开呀!"晌午了,她自言自语地往厨房里走去。厨房冷冷清清,看不见往日的炊烟,听不见往日的炒菜声。揭开缸,缸里还是英梅走时给担的水;揭开面箱,箱里还是英梅走时给磨的面。她往锅门跟一坐,心里猛一酸,似乎听见英梅说:"妈,小锅里给你包的饺子。"

她也无心做饭了,拖着沉重的腿又回到上屋。她躺在床上,孤独地想:"是我这个老偏心眼,为啥拿恶意对英梅的真心呢?是我财迷转向啦。要早知有今天,说啥也不会向媳妇要地。社会走得真快呀,自己早先为啥没想到呢?她突然害怕起来,英梅会不会变心呢?回娘家半月了没回来,是不是要离婚?英梅劳动上谁不夸奖,她很快就会找着对象,可是天成上哪儿再找这么好的媳妇?是我害了儿子!"大妈想到这里,翻身起来,跑进英梅房间里,打开箱子,把一件一件衣服拿出来,慢慢地放心了。"她的衣服东西都没拿走,许不会离婚的。"她翻呀翻的,翻到箱底时,发现一双小脚棉鞋,她的双手发抖了。"这是给我做的? 好孩子,对我这样好,为什么不让我知道!"想到这里她擦了擦眼泪,又把东西一件一件照原样放到箱子里。她坐到英梅床上,抚摸着英梅的枕头:"是我错了,我为啥不心疼她呢?"

"大妈!"突然外面有人喊叫,她赶快擦干眼泪走了出来。

"妇联主任呀,稀客。坐呀!"大妈把椅子移了移。

"可是坐不成呀,大妈。"她说着不坐,却又坐到了椅子上,"我来给你说,这转社可得一家人都同意才行。在山里放树的人已经去叫了,你得叫你媳妇回来呀!"

大妈本来就希望媳妇马上回来,但因英梅是生着气走的,怎么好去接呢? 于是犹犹豫豫地答道:"看吧。"

妇联主席站了起来,拍了拍墙角的粮食囤子:"不要再看了,明年这囤子就要比今年高了。别的婆子都去接媳妇啦,英梅多好啊,上哪儿找这样好的媳妇!"

大妈吃惊地问道:"她们都去啦?"

"连王文昌他妈都去接玉英了。这个时候,哪有顽固头! 你去把英梅接回来吧!"妇联主席说着走了,走到门口又回来开玩笑地说,"小心,明天天成回来不见英梅,可要哭着闹你!"

大妈在屋里再也坐不住了,想着:"去吧,我对她好,她也会对我好的,人心换人心嘛!"她走到门口,想想不对,又钻到自己房间里。当她把早先藏起来的东西又放到原处时,只觉着脸上热辣辣的。

大妈出门没走多远,又慌忙跑了回来,喘着气说:"看,真是老糊涂了! 不拿几个钱称点糖? 走亲家嘛,哪能空手去,真是老糊涂了!"

六

天成在山里听到了办高级社的消息，就往家跑，别人歇，他不歇，心里喜得乱跳。他想这下可好了，再也不生气了，他恨不得一步走到家中。

天成匆匆忙忙地走着，他翻过一山又一山，越过一岭又一岭，快了，可以看到自己村子了，他才停住了脚步，擦了擦汗，踮起脚，用手遮住阳光，远远看去，村子好像变了。田野里那苗儿也变得格外肥壮了，社员们扭成绳往社委会走去，看那年轻的妇女们穿得多漂亮啊！是开转社大会吧，怎么没看见娘和英梅呢？是不是太远了看不清？他有些急了。转过了一个山弯，突然看见对面岔路上走来两个妇女，年轻的扶着年老的，直奔社委会去。虽然还看不清面目，听不见她们说话，但从走路姿态上看，却很像娘和英梅。他高兴极了，拼命往前跑去。真是的！连她们的衣服都辨认出来了。娘变了呀，她两个和好了呀！

"妈——英梅——"天成跑了一阵，他抔住腰，站在路当中大声喊道。

大妈和英梅站住了，一齐回头看了看，嘻笑着在说什么。天成跑到跟前，不住地说："妈……"大妈突然脸上发红，不好意思地支吾道："看，你跑的——"她用手指了指路边的桃花，"脸红得和桃花一样！"

英梅在左，天成在右，扶着大妈急急往前走去。

原载《奔流》1957 年第 3 期

石家沟有个石三，一家两口人，他是一口，还有一口是他的妻子皮二姐。按说，两个人过日子，一把勺子俩碗，该和和睦睦唱着过，可是因为人心不同，这两年闹出了许多故事。

现在，我就慢慢讲来。

石三这人

石三原来给地主放牛，现在是个普通社员。这人有三十来岁，长的憨头憨脑，粗胳膊粗腿，为人处世心眼又直又实，没有一丝歪门，没有一点空儿。

这讲不清，还是举个例子。有一年开春，队里黄牛生下重病，要进城买药。进城，来回六十里，要翻十八座陡山，要蹚十八条深河，冷风又呜天呜地地刮着。兽医说："得快去，再晚了牛就难保！"队长朝围在一旁看牛的社员问："谁去？"没人吱声，石三却上前一步说："我去！弄啥不是出气吸气！"

石三翻山蹚水，到城里买来了药，谁知回家的路上变了天，又是雨，又是雪。走路人慌了脚，有的跑，有的躲，只有石三还是照前如后地走着。路边屋里有人喊

石家新史

道:"石三,快跑嘛!"他低头看看双手提的药瓶,实怕跌倒摔破了,就回道:"跑恁快干啥,前边也在下雨!"那人又喊:"来,避避雨吧!"石三又低头看看双手提的药瓶,实怕迟误了牛命,就回道:"怕啥,我又不是泥捏的,还能淋化!"他淋着大雨,踏着泥泞,一步一个脚窝地向前走去。

这时,队里人围着病牛,看着漫天的雪雨,断定石三赶不回来了。有的说:"趁早宰了,出出血还能换俩钱,比死了强!"有的就要去找杀牛刀。突然,石三一脚踏进门里,大家真是喜出望外,便忙着灌牛。队长看看石三浑身流水,心疼地说:"看你,为啥不借把伞打上?"石三憨笑一声,说:"雨天,咋好张嘴去借伞!"队长笑道:"傻子,谁晴天借伞?"石三说:"人家买伞也不是晴天打的!"队长退一步说:"不借伞,也该找处避避雨!"石三说:"我是去买药的,不是去避雨的!"

听了这段对话,大家都很感动,七言八语地说:"石三呀石三,你心眼实得真像块石头!"

从此,都管石三喊"石头"。

皮二姐这人

石头的妻子皮二姐,娘家是个大富裕中农。她的第一个婆家是生意人,只因丈夫不幸早早死去,才嫁给石头做妻。她这人在村里很有点名气,因为她有两大特点。

第一个特点,是嘴尖话毒。据说,她十六七岁当闺女时,心里老想早些出嫁,又不好亲口说破,就和她爹怄气。有一次,她爹叫她做件衣服,她把针脚缝得有四指长。她爹穿不出门,气得嘴脸发青,她却劝道:"爹呀爹,你别气,闺女人老眼发花!"她爹打了她一个耳光,只好快快送她上婆家。

第二个特点,是一心为自己,来回都有理。比如,集体劳动她不去,收家肥她不交,石头劝她时,她就说:"队里人多着哩,少了咱这一星半点,像牛身上少根毛,连显也不显!"可是,到收获的季节,她总要明的暗的多拿一点,石头劝她时,她就说:"队里大着呢,咱多拿这一点,像牛身上拔根毛,连显也不显!"石头说:"不把大牛将养好,牛毛也要焦!"可是,她不肯听。只因她来回都用牛毛比喻自己,天长日久,大家便隐去她的真名实姓,喊她"牛毛"。

牛毛的头发梳得光,脸上擦得香,不断往城里跑跑,倒卖点山货一类的小东小西,三块五块票子往腰里一装,就拍着口袋对石头说:"有福之人不用忙,没福之人忙断肠!"石头听她这么夸口时,就咬着牙咽口气,赶忙走开。

牛毛爱吵,石头只好不轻易惹她。石头的大哥二哥都因家穷,讨不起女人,他也是解放后才娶妻成家的。他怕为些小事不合,牛毛会和他提离婚,那时候石家就要绝后。所以,她能骂,他能忍,日子倒也将就能过。有人激石头道:"石头,五尺高的男子汉大丈夫,为啥怕婆娘?"石头嘿嘿一笑,说:"这算怕?她又没骂掉我一块肉!"不过,石头也有还嘴的时候,那一定是出了天大的事——这事比女人比后代还要重大。

听,石头和牛毛吵起来了。

石头中计

牛毛收了点山货,本想送到城里去,一来自己担不动,二来自己名声不好,怕路上有人盘问。她打定主意,叫石头送去。一来石头有力气,二来石头是有名的老实人,成分又好,叫他去送,不会有人疑心,等于在那货上贴着一块金字招牌。

这天早上,鸡叫头遍,牛毛跳下床,轻手轻脚打开门,扒头往外看看:黑咕隆咚,四下无人。她又掩上门,走到床前,拉住石头的耳朵,命令道:"起来!起来!"石头折起身,揉揉眼,隔着窗纸往外瞧瞧,说:"半夜黑地,也不叫人安生!"牛毛弯腰从床底下拉出两个布袋,指着说:"给我送到街上李大顺家!"李大顺旧社会做过生意,石头的爹因为使他枣皮账还不起,被逼投井而死。石头听见要叫他去找李大顺,便又躺下去,咕咕哝哝地说:"我不去,一年三百六十天,你去队里做几回活?还要攀扯我!"牛毛食指一伸,捅到石头的鼻子上,恶狠狠地说:"队里是你爹,队里是你妈,你这个孝子一步也舍不得离开!"石头在肚里暗暗回奉道:"我就是队里的孝子,要不是新社会,还在当牛当马哩!"但他嘴上却不言不语,装作没有听见。牛毛性起,扯住石头胳膊,质逼道:"咋,我可使不动你啦?"石头犟道:"你要星星,我上天给你摘。要给李大顺送东西,我就是不干!"牛毛看他起了高声,自己倒先软了。她不是怕石头,是怕吵起来会惊动四邻,露了马脚,便不敢强逼。

这天上午吃过饭,牛毛背过石头,用指头抠抠嗓子,就哇天哇地地吐起来,吐得流出几滴眼泪。石头问道:"怎么了?"牛毛做出一副羞态,说:"我有了!"石头又问:"有了什么?"牛毛扭捏地说:"不知是男是女?"石头大喜,赶忙放下饭碗,给她舀水漱口,还嘱咐道:"以后小心点,不要扭着了!"

下午,牛毛把布袋里的东西装到箱子里边,外面加上一把铜锁。夜里睡时,牛毛收拾好床铺,对坐在桌前的石头说:"我这心也不是铁打的,这个劝,那个说,我也想开了。集体就是靠山,我又有了身子,从今往后,我再也不胡乱跑了!"石头点头叫好,又不大相信地问:"真的?"牛毛温存地回道:"看你,谁家一个人十七还能老十七,十八还能老十八?"牛毛说着,去搬动放在界墙底下的箱子。这箱子是李大顺从山里下来时,寄放在这里的。她一边搬一边说:"明天,我就把他的箱子送去,以后再也不和他打交道了!"牛毛搬动几下,忽然弯腰捧腹叫疼不止。石头吓得出身冷汗,忙上前扶她睡下,埋怨道:"叫你小心点,你偏不!"牛毛"哎呀"着,说:"我还不是想早点和他一刀两断!唉,你明天给他送去吧,反正我已经沾上他这个鬼了!"石头想一想,问:"里面装的什么?"牛毛说:"还不是烂衣服臭袜子。"石头盼子心切,只好答应道:"可就这一次!"

第二天一早,石头就起身进城,牛毛交代道:"他还欠咱几个钱,别忘了捎回来。"石头答应着匆忙走去。牛毛闩上门,从柜子里拿出油酥锅盔,吧嗒着嘴吃着,独自喜道:"我还能玩不住你!五八四十,五五二十五……"

不能倒在河里

石头本不愿给牛毛跑腿,只是听她说身怀有孕,又听她打了保票,说只此一次,才勉强答应下来。他越担觉着越重,走到五道河时,已累得浑身汗水淋淋,就坐到一块石板上歇息。他看着那箱子出神,寻思道:"烂衣服臭袜子哪有这么重,莫非……"这时忽听一声大叫:"哪里跑?看枪!"石头吓得一怔,忙往大石后藏去,还没藏好,又听得一阵大笑,抬头看去,浑身汗落,站起来怪道:"开玩笑也不给人说一声!"来人笑个不住。这人叫飞飞,今年二十来岁,原来是个孤儿,靠讨饭为生。解放后村里给他安家,供他上学,高小毕业后就在队里当会计。他和石头住个隔墙。这天早上,要进城买农药,心中有事,老怕睡过头,就不住起来看天色,恰好看见牛毛送石头出门,他便想:"好事不背人,背人没好事。莫非石头被牛毛灌了迷魂汤,跟着她干起什么勾当?"他便关上门,挂上锁,急忙追去。

飞飞坐在石头对面,看着他惊心未定的样子,指指箱子问道:"这给谁送的?"石头答道:"李大顺。"飞飞又问:"里面装的什么?"石头说:"衣服袜子。"飞飞起身去搬搬箱子,试着很重,就摇摇头又坐下,呆着脸子思索一阵,说:"石头,我给你讲个故事。"石头说:"你讲,只要别再编派着骂我!"飞飞就想着讲着:"这个故事叫作认贼作父。从前,有个老汉在山里种枣皮树,收一百斤得给地主交七十斤。有一年春天,家里烧锅断顿,正在这无可奈何的时候,城里来了一个放枣皮账的,老汉为了养活妻子儿女,就使了他二十吊钱。当时言明,秋后本利双清。谁知,一场苦霜,把枣花全打落了。秋后,老汉还不起账,被苦苦逼迫寻了短见!"石头听着低下头去,悲叹道:"这老汉和我爹的苦处一样!"飞飞不动声色地讲:"还有。二十年后,这个老汉的儿子,过上了好生活,父仇全忘,竟反过来帮着逼死他爹的人,去倒腾生意,坑害别人……"石头心里已经明白飞飞是说自己的,虎生站起,指头捣着自己鼻尖,喘着粗气,反问:"你说我是认贼作父?!"飞飞自得地笑着,反讥道:"你没忘?帮他运的什么?""衣服!""衣服有这么重?""这……"飞飞又急问:"运衣服为什么要半夜运?""这……"飞飞哈哈大笑不止,石头怒气冲冲,问:"你笑什么?"飞飞回道:"我笑大家全是瞎子。"石头再问:"为啥?"飞飞说:"大家平常都说你是个实诚人,谁知你帮着坏人运私货,大家不是瞎子是什么!"三言五语,激得石头火冒三丈高,旧仇新恨一齐涌上心头，抢起一块石头朝箱子狠狠砸去，咔嚓一响，箱盖破裂，里面露出了红艳艳的枣皮。这枣皮形如早年间妇女们耳环上的红珠，能滋阴补亏，属于贵重药材，是国家统一收购的物资。石头看见果真是私货，双眼全红，抱起箱子就跑，跑到河边就往水里倒。飞飞快步上去拦住，说："别倒，别倒！"石头扑甩着硬要倒，连声骂道："日他娘，给他龟孙倒河里叫水冲跑，叫他发不成财！"飞飞拉住他死不放手，劝道："你疯了，国家需要这，卖给国家多好！"石头这才灵醒过来，说："要是这样讲，那咱就不倒！"

他们又往前走去，石头一路上只叫上当了，恨李大顺，恨牛毛，又恨自己。飞飞问他："石头，你说说咱们这号人，是先有家呀，还是先有社会主义？"石头回道："这还用说，咱们是先有社会主义后有家。要不是新社会，打一辈子长工，上哪里安个家！"飞飞又说："对，咱们是有了社会主义才有家。石头，你能不能站起来对牛毛说句硬话：'愿走你走，只要有社会主义，我石三离了你也能成家立业！'有没有这个胆？"石头硬声硬气地说："你别当我老是怕她！"

他们顺着大道，往前快步走去。

"你连块石头也不胜！"

天迎黑时，牛毛烙油旋打鸡蛋，饭菜做得香喷喷。做好饭，盘脚坐在灶间等石头回来报喜。她想一阵笑一阵，自语道："只要你干这一回，跳到黄河也洗不清白，不怕你不照着我指的路走！"

牛毛正想到得意处，石头回来了。他一脚踏进门里，她就站起来伸出手，问："送去了，钱哩？"石头冷冷地回道："你办的好事！"牛毛登时变脸失色，惊慌地问："出事啦？货哩？"石头板着脸子说："卖给供销社了!"

牛毛越问越气,脑袋一摆,披头散发,又吵又骂。石头看看来势不善,忙走向锅台,想盛碗饭赶快出去。牛毛胳膊一横,像个螃蟹,挡住去路,鼻涕一把泪一把,眼泪流到嘴里,嘴里流出脏话:"你个黑心肠,别的男人和婆娘一条心,你是打断胳膊往外扭!这几年了,是块石头也暖热啦,你连块石头也不胜!"石头憋一肚气,忍着说:"你吵,你吵,你不怕别人笑话?"牛毛的腔调更高,吵道:"我要脸干啥?好吃好喝?你的良心算坏透了!"石头又急又气,蹲下又站起,站起又蹲下,盯着她问:"反正已经卖了,你想咋办?"牛毛左手掐腰,右手指着石头,恶声恶气地质逼道:"你排场,你漂亮!咋办?你只说说,你做这事对不对?"她一句话把他逼到了崖楞上,要承认办得不对,等于承认她指的路是对的,也等于承认社会主义的路不对,这可不是件小事!石头在心里想了又想,说:"咱们当个社员,要不是国家,这吃的盐,点灯的油,穿的布,生产用的工具,往哪里弄?咱们要爱国嘛……"石头还没说完,牛毛就截住,喝道:"要爱啥呀?"石头回道:"爱国!"

没找着仙女

石头一气离开了家。飞飞早在隔墙听得清清楚楚,他追出来,把石头拉到保管室,又端来饭拿来馍,劝石头吃着,给他打气说:"不怕,吃的喝的包到我身上。上级讲,要为社会主义而斗争,这就是斗争,咱可不能投降!"石头说:"这一下,我是要抗战到底!"这天夜里,石头就睡在保管室。村里人听说石头要单独立灶,都想好好治治牛毛,这家送锅,那家送刀,这家送菜,那家送柴,又有飞飞帮忙,第二天一早上工夫,石头可在队里家具屋另起了锅灶。

中午时节,石头正做着饭,飞飞又送来米面,帮着烧火,问道:"石头,想不想她?"石头在案板上切菜,重重地说:"想她?想打她!"正说时,牛毛来了,她伸长脖子,先看看这门角,又看看那门角,弯腰看看床底,仰脸看看梁上,东翻翻西掀掀,两眼不够使唤。石头呆着脸,装作没看见她。飞飞看她神一出鬼一道,就问:"你找啥?"牛毛故作惊奇地说:"找啥?找仙女啊!我当他嫌我不好,有个仙女在伺候他哩!"飞飞取笑道:"没有仙女,有个妖婆!"牛毛对着他伸伸鼻子,"呸"了一声。石头手一摆,说:"走!走!你来干啥?"

牛毛本想大闹一场,吓吓石头,叫他道个错,下个保证,谁知他不吃这一壶,当真另起了锅灶。她越想越不对劲,这以后烧柴谁砍,重活谁做,荒地谁开,粮食打谁身上来?石头是她小算盘上的珠子,他走了,她没啥拨了,这才来找他。她气够了他,揭开锅盖一看,还是白开水,不由分说,掂起锅耳巴,把水泼出去,轻飘飘地说:"哼,雄气还不小,走!"说着拉他就走。石头半推半就,回头看看飞飞,飞飞挺胸凸肚,做出大丈夫的气魄,叫他不要投降。石头就边走边问:"往后……"牛毛嘻嘻笑道:"往后只要你听话,顺着我指的路走,我把心扒出来炒炒叫你吃!"石头登时站住,喝道:"饿三年,也不吃你那黑心!想叫顺你的路走,羞死啦!"他狠劲一甩,把牛毛甩得跌跌撞撞,几乎摔个嘴啃泥。石头气昂昂地拐回屋里,飞飞赶忙又添水又烧锅,伸出大拇指,夸道:"真有种!"

仙女没找着,撞住了丈二金刚。牛毛身子站稳,一只手指着家具屋,嘴张得像庙门,说不出话来。

离婚出丑

牛毛根据和前一个丈夫生活的经验，凡是夫妻吵了架，总是男的先耐不住，先向女的低头求饶。谁知，这个经验放到石头身上却不灵了。她等了又等，别说向她求饶了，石头连句话也不给她说。她恨他的心是铁打铜铸的。她决定使出最后一招：离婚。离不掉，也吓他一跳；真离掉了，再找一个也不难。她跑到法院，法院的一个同志问："男方呢？"牛毛说："腿上有伤不能来。"这位同志问过一遍，说："你回去叫队里写个介绍信，要真是感情不和，就给你解决！"牛毛又跑回去，张扬着离婚，本想有人来劝劝，说几句好话也就算了，可是没人凑腔。她便假戏真做，去找着队长，队长说："我掂不动笔杆，叫飞飞给你写吧！"飞飞问过三言五语，就给她写了介绍信。牛毛接过信不放心地问："你是怎么写的？"飞飞说："公事公办，头一句就写着你俩确实感情不和，不信找人看看。"牛毛看他一副正经样子，就拿上信走了。牛毛二次到法院，对那个同志说："你看看，我还能哄你！"那个同志接过信，看上面写道："皮巧梅和石三双方感情确实不合，皮巧梅要找李大顺合伙搞投机买卖，石三不愿意……"那个同志看着看着笑了，牛毛站在一旁说："你笑啥，这上面写的全是真的！"那个同志说："只要你承认都是真的，就好解决！"牛毛得意地说："我想着也不难嘛！"那个同志说："你等等。"他转身进去，一会儿领了一个人出来。牛毛一看是李大顺，吓得跌坐到身后椅子上，又忙站起来低下头。李大顺狠狠看她一眼，也不敢言语。那个同志严肃地说："皮巧梅，你得好好检举他，争取立功赎罪！"牛毛"啊啊"着答道："是，是，我回去就写！"一边赶快溜走，离婚的事早飞到九霄云外了。

牛毛一路回家,心里又气又怕。这婚是离不成了,得赶快把石头再抓回来,有了他的好名声,别人会看点面子,这事也就不会再往大处戳。她看着路旁的玉谷,玉谷旱得卷着叶子,心里又有了主意。

看谁最后笑

石头自从另住以后,有时也想着牛毛,只是不愿跟着她去扒社会主义墙脚,就下定决心:她不痛改前非,决不回去。他为了忘掉心中烦恼,比以前劳动得更加起劲,不论啥活都抢着干,不让自己有空去想心事。前些天,他们和别的队在上沟合修一个水坝,石头也去了。修好后,有一天他在负责看坝,突然,石坝和土坝连接处的水面上起了一个漩涡,起初碟那么大,一会儿盆那么大——坝身透洞了,再有片刻就会决口,大坝就要冲毁。石头撂几筐土没有填住,漩涡越来越大,坝上又无别人,他一急纵身跳下去,用身子塞住那个洞,一边大声呼救。附近的人赶到后,慌忙填石块填土包,才把大坝保住。幸中也有不幸,人们在忙乱中,一块石头撂在他腿上,他负了伤,现今在家躺着。可是,吃了这么大力,渠水下来时,他们队里地势高,还是浇不成。县里答应给他们一部抽水机,庄稼已经旱得卷了叶子,天天去人催,机器还没见影。

根据这些情况,牛毛分析研究一番,断定石头眼下有两种心思:一是在伤中,孤孤单单,忍不住寂寞,会想念她。二是天旱得下火,机器不来,必得埋怨国家。她认为现在去找石头,正是火候。

这天夜里,牛毛悄悄去找石头。走到家具屋附近,忽听得里面有说有笑。她轻轻扒住窗户看去,屋里坐满了人,都在问长问短。石头靠着被子,半躺在床上,满面憨笑。一会儿,东头的姑娘大花,从锅里舀出一碗荷包鸡蛋,双手递给石头。石头接住,难为地说:"这真是……"大家纷纷抢着说:"喝吧,明天再给你送一点!"石头伸出筷子指指桌上,笑道:"还送哩,要把我撑死!"那桌上当真放着半篮子鸡蛋。石头喝着茶念叨着:"这一辈子我还没享过这号福哩!"牛毛听着看着,知道自己的第一个断定错了,她看石头欢欢乐乐的样子,起了醋心,暗暗骂道:"真是个吃里屙外的人,从来没有在我面前这样喜欢过。"这时,屋里的人又扯到旱情上,有的愁眉苦脸,有的叹气,石头说:"也不知道队长今天去能不能拉来?"牛毛看着听着,心想果然应了自己的第二个断定,她轻轻笑着,肚里说:"笑嘛,笑嘛,咋不笑哩?咱看谁最后笑……"她还没笑完,忽听南边有人一路跑来一路叫道:"抽水机来了!抽水机来了!"牛毛的笑容猛一下消失,屋里接着爆发一阵欢快的大笑,齐说:"队长回来了!队长回来了!"石头长吁一口气,笑眯眯道:"我想着国家也不会叫咱们旱着!"人们挤着往外跑去,牛毛怕被人撞见,扭身顺着墙脚溜走。

换印认错

有人劝牛毛道:"去认个错吧!"牛毛撇撇嘴说:"我可不给他开这个例子!天下寡妇多着哩,我只当自己也是一个!"从此没人再劝。牛毛也想叫石头回来,并且心里早有了巧计。她想:"这个家是我当着哩,队里出出进进也是我的名字,用的我的印,到分配时,我把粮钱一领,还怕他不回来给我低头?何用我去认错!"

转眼到了秋季分配时节,牛毛趁石头进城的机会,担着箩头去保管室分粮。飞飞正在算账,见她来到,叫道:"妙,妙,来得正好!"

牛毛放下箩头,拍着飞飞的肩膀,格外亲热地说:"好会计,好兄弟,先把你赖嫂子的算算吧!"飞飞翻着账本,说:"当然,当然!"牛毛站到他身后,喳喳道:"我的好小兄弟呀,前天我见了你姑妈的表姐的外甥女,我还给你提亲哩!你可看清啊,不要算错了。我给那姑娘说,你脸蛋像桃花,心眼赛孔明。你放一百条心,这婚事包在老嫂子身上了。"飞飞看完账,抬起头说:"对不起,我已经有了对象。只是这账有点不好算!"牛毛没趣地说:"咋不好算呀?"飞飞说:"你做的活,还不够扣义务工哩!"牛毛拍他一巴掌,笑道:"你迷了,石头俺俩算到一块儿嘛!"飞飞点着头,说:"他的倒不少,够你担几担哩!"牛毛喜道:"这就行嘛。"飞飞伸出手,说:"拿来吧!"牛毛问:"什么呀?"飞飞说:"章呀!"牛毛问:"什么张呀李呀?"飞飞说:"就是印!"牛毛身子一歪,伸手从口袋里掏出印,笑道:"干啥的嘛,来还能不拿印。"飞飞接过印一看,摇着头,又递回去,说:"你的不中,得石三哩!"牛毛说:"他没印,年年都是用我的印。"飞飞又低下头算账,讥笑说:"你要往西走,他要往东行,道路不相同,账目要分清。今年得换换印哩!"

牛毛一听飞飞在卡自己,披发头往后一甩,大声嚷道:"男人不养活婆娘,叫大路上卖柴的养活?你凭什么不给我分?"飞飞只笑不语,大伙却在一旁道:"自己身强力壮,为啥叫男人养活?真能说出口!""你还靠种庄稼吃饭?吃票子就吃饱了!""想叫男人养活,为啥不听男人的?""就那还不叫男人吃饭哩!"牛毛听听没人向着她说话,十分凶气去了七分,嘴还是硬着说:"清官都难断家务事哩,你们谁敢站出来给我们评评!"飞飞从桌后走过来,正言正色地说:"工折子比清官还清,你做多少分?这可不是和李大顺打交道,凭捏窝窝办事!"牛毛听飞飞揭了她的底,就耍赖地哭道:"你们要饿死我哩!"

这时,石头从城里回来,看见牛毛在耍赖,自己倒羞臊得脸红。有个和事佬张喜子看双方闹个不休,就从中调解。张喜子先把石头拉到一边,说:"石头,一夜夫妻百年恩,你总不能看她饿着。人有错,肚子没错。你得给她点粮食!"石头低头闷了一阵,说:"给她也行,得有个条件。"张喜子问:"啥条件?"石头说:"得叫她承认,今年要不是国家支援抽水机,就见不了这么多粮食!"张喜子说:"这好办,她又不是瞎子没看见。还有没有?"石头说:"还得叫她当众讲应当爱国。"张喜子又去把牛毛拉到一边,将石头的条件讲一遍,牛毛不接受,说:"这不是辩论我哩!"张喜子说:"这哪能叫辩论,这叫检讨。人家多大的干部还检讨哩,你怕个啥?"牛毛还是摇头,说:"这不是办我丢人哩!"张喜子说:"这丢个啥人?就是丢人,你常讲的话:丢人不丢钱,不为破财。"张喜子说着站起来,做出要走开的样子,拿捏道:"你要不干,咱也就算了。只要你不要粮食,我操这心弄啥?"牛毛伸手拉着他,说:"我答应就是了,不过得称粮食时我再说。"张喜子又跑去给石头说了一遍,石头才叫飞飞给她称粮食。

牛毛立志

初分开住时,牛毛每逢看见石头,就仰摆着脸,好像眼里根本没有他这个人,露出一副傲气。这些天来,牛毛每逢看见他,就耷拉着头,不敢看他一眼,面带愧色。石头对这个变化看得清清楚楚,又听人讲她常常唉声叹气,再也不敢人前逞能。石头料她有了悔过之意,不觉动心,就和飞飞商量对策,决定先稳稳她的心,再激激她的志气。

牛毛心里确实也很苦恼。李大顺反咬她一口,又罚款又丢人;在村里自己臭一圈，人人都不同情；别的夫妻双双下田，双双回家，有说有笑，可叹自己孤孤单单，好比失群的雁，想不到会落个如此下场。这天中午，她刚点火做饭，就又想起石头，便又怨又恨地咕哝道："你个狠心贼呀，一点也不念夫妻情，全不想想我的苦处！我就是错了，也不该记仇呀！你如今粮多钱多朋友多，有人抬举你了，就把我甩到一边！"这时，邻家小姑娘小红来了，一手端着一碗雪白的大米干饭，一手端着一碗金黄的油炸鲤鱼，亲亲热热地说："嫂子，我妈说，你还没吃新米哩，恰好今天捉了鱼，叫我给你端来尝尝新鲜！"牛毛忙站起接住，叹道："还是大娘亲我！"小红催她快吃，说是等着拿碗。牛毛吃着夸道："还是大娘巧，这米饭做得真有味，比油炒的还香；这鱼做得真好，比龙肝凤心还鲜！"小红眯着眼，咬着嘴唇，看她快吃完时，说："哎，我去看看三哥，他今天上午也是做的米饭炸的鱼，不知做得香不香？"牛毛忙拉住小红，鄙薄地说："不用看都知道，他就是有好东西也没好吃！"小红忍不住拍手打脚地笑起来，说："你隔门缝看人哩，这饭这鱼就是我石头三哥做的呢！"牛毛脸上红布一般，推开空碗，犟着说："哎呀，我咋说后味不对劲！早知道是他做的，磕一百个响头我连闻也不闻！"小红一边跑开一边刮着脸蛋，说："吃了人家饭，夸了人家香，又骂人家臭哩！"

小红走后，牛毛知道石头没有忘掉自己，思念石头的心思更重了。恰好队长来传选谷种，她走到门外，见石头往田里送粪，就推故说："我没有筛子。"队长说："拿簸箕也行。"她又说："簸箕烂了。"队长生气地问："你有啥家什？"她说："有锨，我去地里撒粪。"队长忽然明白，笑着走了。

又一天早上，牛毛刚跳下床，听有人"叮叮当当"敲门，她忙整整衣服，拢拢头发，心里跳个不住，她当成石头回来了。开门一看，浑身凉个净,原来是飞飞和九九,她就没好气地问:"大清早上敲门干啥?"飞飞亮亮手里一块小木牌,说:"干这个来了。石头爱国爱社爱劳动,不光粮多钱多,还被评上五好社员,我们是来送模范牌的。"九九扬扬手中的小铁锤,说:"三嫂,给找个钉子吧。"牛毛听他们这般说,连想也不想,喜道:"有钉子,有钉子。"转身进屋拿出钉子,递给飞飞,自己退后几步,看他们钉着,还指挥道:"偏了,偏了,再往正中移一点。"九九楔了几下,猛说:"飞飞,错了吧?"飞飞问:"什么错了?"九九说:"石头如今住在家具屋,咱们把模范牌钉到这里,叫谁光荣哩?"飞飞好像大梦初醒,做出为难的样子,自问道:"这咋办?"九九说:"这好办。"回头对着牛毛期待地问:"三嫂,五好条件你占了几好? 你要够格,这一块就算你的,省得麻烦我们再摘掉!"牛毛像被打了耳光,脸臊得血红,噔噔噔地跑回去,骂道:"烂舌头根说话,来看的啥笑话!"飞飞走进院里劝道:"三嫂,生的啥气! 不会争争刚强,自己也挣它一块!"牛毛板着脸子,愣愣地说:"海水不可斗量,也不要把人看死了!"九九在一旁撇撇嘴,说:"你要有这个气性,我就……"牛毛抢前一步,质问道:"你就怎么?"九九摆出一副骄气,说:"我就把你这个'牛毛'的外号抹了,叫村里人人都不说,另外再备一桌请请你!"牛毛又上前一步,问:"谁要说话不当话?"飞飞从中和解道:"我当保人。"牛毛火辣辣地说:"走着看,怕你们不给我送模范牌来!"飞飞和九九往外走去,回头又亮亮模范牌,笑道:"只要你有这份志气,我们巴不得多钉一块哩!"

要学孔明

石头给队里搞运输,一去多天,回来到家具屋一看,锅没影了,各种用具也没影了。飞飞赶来说:"锅被三嫂拿走了,各家各户借给你的家具,各家各户都拿走了。"石头一愣,问:"为啥不叫我用了?"飞飞笑道:"当初大家认为应当借给你,现在大家认为应当把这个临时家撤了!"石头心里已经明白大半,故意又问:"为啥应当撤了?"飞飞说:"经过社会主义教育,她已经变了。"石头还要再说什么,飞飞却拉住他往外走去,还把家具屋的门锁上,笑道:"该罢休时就罢休,我要叫你再住到这里,我就成老法海了。"飞飞把他推到家门口,石头硬是不进,难为情地看着飞飞。飞飞眨眼就是见识,说:"别怕,回去就说来拿锅的,她自然会留住你。"说着把他推进大门。

牛毛刚做好饭,看见石头回来,心里一热,但故作冷淡地问:"你还要家!你回来干啥?"石头也不放笑脸,说:"拿锅。"牛毛再也忍不住了,噙着眼泪说:"你那锅上有自来油自来盐,不放油盐就香了咸了?"石头还是四下翻着找锅,牛毛扯住他胳膊,把他按坐到桌旁椅子上,扭身端来碗饭,逼道:"你吃了饭,给我说个青红皂白再给你锅。我又不是胶,还能粘住你?"石头把碗推开,重重地说:"叫吃,得有个条件。"牛毛转身走进里间,拿出个小本本,往桌上一摞,说:"我知道你的条件,拿去看吧。"石头看那小本是工折子,翻开看看,这一阵子天天三晌出工,一天不缺,他心头一轻,半喜半疑地问:"是三天新,还是久远这样?"牛毛神气地说:"羞死了。"石头又追问道:"要是再那个呢?"牛毛说:"你会跑嘛,怕啥?"石头这才笑笑,端起碗一边吃一边又说:"这次我在城里看个戏。"牛毛忙问:"啥戏?"石头说:"《诸葛亮七擒孟获》。"牛毛说:"啥稀罕,我也看过。"石头看着她,慢慢地说:"擒七次他才服,不知你得几次?反正,我得学诸葛亮,不服不收兵!"牛毛"哼"他一声,命令道:"你别给我比古说今,吃完饭去把模范牌摘了拿回来,咱们门脑上也有地方!"话没落地,门外一阵笑声,飞飞和九九跑进屋,齐说:"我们已经摘下拿来了。"牛毛咻咻笑着,飞飞说:"你俩讲的,我们都听见了。石头三哥要学孔明,三嫂你可不能学孟获!"大家都笑起来。

原载《奔流》1963 年第 10 期

麦田上的竞赛

这天早上，大队召开麦田管理紧急会议，要求在五天以内，全部麦田进行一次追肥，随追肥随浇水，保证实现小麦千斤队。支书的话刚落音，王家村生产队的男队长张龙就站起来抢着说："支书，你放一百二十条心好了！我们王家村开渠的男社员，昨天夜里都表了决心，只要施肥的女社员五天能施完肥，我们保证肥施到哪里，水浇到哪里。就怕女社员扯腿，她们要完不成任务，那我们的水可往哪里浇！"

"你不要隔门缝看人！"王家村女队长王秀花气呼呼地说："说什么'只要'呀，'就怕'呀。你保证你的五天，不用操我们的心，我们只要三天就完成任务！"

王秀花把大家说笑了，把张龙的脸说红了。他嘴里没有还话，心里可着实不服，他看了她一眼，那意思是说："走着看吧，我张龙可不是好惹的！我巴不得你们能完成任务，那小麦丰收就攥到手心里了。"

早饭时，王家村食堂餐厅里坐满了人，大家正在吃饭，张龙突然从外面闯进来，满脸庄重的气色，噔噔噔一直跑到墙报栏下，把一张红纸贴到了墙上，然后回转身咋呼道:"都来看!都来看!"人们一窝蜂地围了上来。王秀花也挤了进来,张龙冲着她说:"王队长,我佩服你的口气大,咱们比比看,在夺取小麦大丰收中到底谁的决心大!"

"你又说错了,我们不是口气大,是干劲大!不用等'到底',眼下咱们就比!"王秀花说罢去看墙报,只见上面写着:

> 天不怕,地不怕,老虎嘴里敢拔牙,
>
> 为夺丰收浑身劲,顽石见我化泥巴。
>
> 英雄嘴里没空话,修渠任务俺包下,
>
> 妇女如敢来应战,才算你们胆量大。

王秀花看了墙报,喜在心上,气在脸上。她是个党员,打心眼里喜欢张龙在生产上争强好胜的干劲;但她还是个妇女,她气张龙看不起妇女的那种傲性。她回转身向一屋子正在吃饭的妇女大声问道:"女社员们,咱们夺取大丰收有没有决心?"

"有!"大家一齐回答。

"敢不敢应战?"王秀花又问。

"敢!敢!敢!"妇女们的喊声,震得屋里哗哗啦啦地乱响。

"简直太看不起人了!还他一张墙报,叫他看看娘子军的威风!"桂枝叫道。

没有吃一碗饭的时间,王秀花掂着一张红纸进来了,她笑眯眯地对张龙说:"张队长,我们向你应战来了!"

张龙把手一摆,说:"拿去贴墙上吧!"他也不问内容,心想:应战还有啥新内容呢!

王秀花把应战书贴到墙上,又引得大家来看,独有张龙稳坐一旁,好像漠不关心。桂枝便故意叫道:"哎哟哟,这一张战表才真是干劲大哩,比张队长那一张的条件要硬棒得多哩!"接着她大声念道：

> 张龙莫要眼看花，如今妇女顶呱呱，
>
> 为夺丰收显威风，一个要顶你俩仨。
>
> 施肥任务俺包下，还要帮你把渠挖，
>
> 三天以后比真假，到时看谁戴红花。

张龙脸上装着没听，耳朵可支棱着呢，还没听完，他可忍不住跑过来了，叫道："我们不叫谁帮，我们还不知道想去帮谁哩！"

"那你就不用管了！"妇女们七嘴八舌地朝着他乱嚷嚷。

"我不和你们打嘴官司！"张龙把手一扬，回身对着男社员叫道，"走呀，先下手为强，每人都带上镢头和铁锨，赶快去挖渠吧！"他这一喊，男的女的全跑了，都争着上工去了。

田野里，万顷麦苗，油绿绿的，看着可真喜人。男社员在村北挖渠，女社员在村南施肥。只听得，村北钢锨和顽石相碰，叮叮当当；只听得，村南赶车的响鞭，清脆动听。但只见，村北渠道上镢锨飞舞，快如流星；但只见，村南道路上大车小车如流水，飞马扬鞭。村北，渠道修得快如箭；村南，田里肥堆高如山。修渠的男社员们个个满面流汗，张龙热得脱光了棉衣，他上到渠埂上，手搭凉棚，踮起脚，向南看了一眼，不由伸了一下舌头，回头对大家喊道："快快快！妇女可真是发了泼！"妇女队也很关心挖渠队的进度，秀花不时地站到马车上，向北看看，又向大家通报："男的又前进了一大段！"女社员们听了个个飞跑，路上来回穿梭，那个快劲呀，真好像万马奔腾！

眨眨眼，到了吃午饭的时候。食堂的钟已敲了三遍，可是男子队看女子队没收工，自己也不收工；女子队看男子队没收工，当然也不肯先收工。炊事员急了，就先跑到村南，说："我的好姑娘们呀，你们存心是为难人的吧，吃了饭我们还要做夜饭呢！"王秀花笑道："你这不是吃杏拣软的捏吗？你咋不先叫男子队哩？只要他们放工了，我们就也回去，谁还和肚子有仇！"炊事员又跑到村北渠上，说："收工吧，收工吧！吃饭不误工，吃了再干更有劲了！"张龙把手连摆几摆，说："去去去！你咋不叫女子队呢，就我们长着个肚子？"

炊事员叫不回来人，急得直挠头。突然他笑了，急急往食堂走去，边走边说："不怕你们不回来，我把饭送到地里！"

大战了一天，到了天黑，女社员因为要去托儿所接孩子，就先收了工。王秀花约上桂枝到村北去看挖渠的情况。这时，大渠恰巧挖到了一个小沟的地方，男社员们正在讨论怎样越过这个小沟，一见王秀花来了，大家便不由得把话题转到了竞赛上。张龙说："王队长，准备给我们送红旗吧！"他一指那开成的渠道，又说："反正我们红旗是拿定了，你心里不美也不中！"

"我为啥不美？我心里可美得很哩，保证给你们红旗！"

"哈哈！"张龙大笑，"咋样，你可服输了吧？"

王秀花眯眯一笑："张龙呀张龙，你算错透了。我们送红旗给你们，是奖励你们的胜利。可是，我们也不会输，还要走在你们的前面！"

"反正总要有人走在前面！"张龙自信地说。

这时，王秀花又问道："你们打算怎样过这个小沟呢？"

"搭磴槽。"张龙说。

"现成的吗？"

"叫木业厂给做。"

"人家要是眼下不得闲呢？"王秀花担心地问。

"他们不得闲，不会丢下别的活儿，先给我们做好再说！"张龙气壮地回答。

"如果人家手里的活儿，比给你们做碰槽还关紧，那可咋办?"王秀花驳道。

"那、那……"张龙被王秀花问倒了，也急了，也气了，连说，"你不用管! 咋，你想指望这条小沟拦住我们的路，你可跑到前面吗? 告诉你，不中!"

这话冤枉了王秀花，好心被人错怪了，她红着脸，说:"张龙同志，你说的算啥话呀!"

桂枝可气坏了，扯住秀花就走，说:"走，不搭理他，哼!"

夜里，吃过了晚饭，秀花皱了好大一会儿眉头，然后把桂枝叫到外面，说:"桂枝，我总是担心他们的碰槽三天以内做不好……"

"管他干啥，听听他那话能噎死人，只要咱完成任务就行，到时候急急他气气他!"桂枝不等秀花说完就抢过来讲。

秀花耐心地听完，摇摇头，说:"桂枝，你再想想，咱们拼出一身汗和男子队竞赛，到底是为了啥? 是麦子早浇水对大丰收有利呢，还是咱们争回一口气对大丰收有利呢?"

桂枝低下了头，羞惭地问:"秀花姐，我明白了。那你说咋办呢?"

"我想了一个门儿，"秀花说，"去年大炼钢铁时，做了好多风箱，后来用鼓风机换下来了。用一个风箱筒代替碰槽，那不很好吗?"

"好办法，好办法!"桂枝喜道，扭身要走，"我喊他们去拉一个回来。"

秀花伸手拉住桂枝，说:"不用喊他们了。他们挖一天土，下午你没看，都是些乱石夹沙，够他们累的了。咱们赶一天车，到底比他们轻些。我想约你一块儿去拉一个回来。"

"好!"桂枝双手拉住秀花的手说，"秀花姐，咱们就走吧!"

她们悄悄地拉起一辆架子车,轻快地走出了村子。

第二天一早,男子队一上工,大家被惊住了:小沟上一个比水桶还粗的风箱筒搭在两头。张龙咧开大嘴笑道:"是谁昨夜办了这个好事? 我买上一瓶酒请客。哼,这一下妇女队可看不成笑话了。"可是,大家你看我,我看你,没人回答。张龙急了,说:"说呀,说呀,说出来我放你一天工,一夜来回跑五十里,可该歇了!"可是,仍然没人回答。于是大家猜开了,一猜两猜,便猜到秀花身上,因为别人不知道碰见了拦路沟,只有秀花和桂枝知道,便决定吃早饭时,问问秀花和桂枝。

吃早饭时,张龙弄清了这件事真是秀花和桂枝干的,心里热乎乎的,说不上来是感谢还是惭愧。他冲着秀花红着脸说:"秀花,我心里明白了! 反正,咱也不会说话,以后走着看吧!"

这一天,双方又是一场热火朝天的竞赛。到了夜里,大家吃了饭,正在家里烤火取暖谈家常,张龙在场里,按照下午在工地上约好的暗号,把手指放到嘴里,吹响了呼哨。一时三刻,各家的男人们都推说有点事走出了门。到了车棚下,有的拉,有的推,然后,到场里把车上装满了粪。人多嘴杂,车多相碰,拉着拉着发出了响声,一个女社员出门一看,失声地大叫:"都来看呀,男社员给我们拉粪了!"

这一喊,只听得各家各户门声响,妇女们跑的跑,叫的叫,一齐拥到场里,各人找着各人用的车,和男社员们争抢开了。

王秀花赶来一看,站到高处喊道:"男社员帮助咱们,咱们领情了,不要和他们争! 女社员都回家吧,一个也不要留下来!"

女社员们都走了。离开粪场,许多人七嘴八舌埋怨秀花。秀花笑道:"你们还不知道张龙那个实心眼,他要帮你,你要硬不叫帮,他会伤心哩!"

大家笑了。秀花又说:"他们今天帮咱们运一夜,粪就送完了。要是咱们今夜去帮他们开渠,明天早上就能浇水,那才好哩!"

大家都同意这个意见,马上开始行动。她们互相警告着:"轻点,不要出声!"然后,一个接一个,踏着月光,向村北的渠上走去。

这一夜,不管男的女的,干起活儿来心里都格外轻快,他们和她们,虽然做的活儿不一样,可是心思却相同:"大协作嘛,就得加倍下力才行!"一个人干两个人的活儿,一点钟出的活儿比两点钟还多。

干呀,干呀! 谁也不觉得累,谁也没有睡意。到了天快明,男社员把粪施到地里了,女社员把渠也开到地边了。张龙发觉女的开了一夜渠,快活地叫道:"真没办法治你们!"王秀花笑道:"咋,你对麦田早一天吃饱喝足不满意吗?"

东方发红了,铺满粪肥的麦田,灌进了清清的渠水。男的女的一齐笑呀唱呀! 这时,老支书来了,还没走到就喊:"恭喜你们呀,五天的任务,两天可完成了!"他扫了满地欢乐的人群一眼,说:"不过,我还要批评你们。第一,你们一夜不睡;第二,你们私自男女队调换任务!"

"不过,我们也要批评你!"秀花笑着说,"你夜里坐到下两点,就该好好休息,为啥还是天天早上起来拾粪?"接着,张龙和秀花,还有那男的和女的,都纷纷向他讲述这两天竞赛的故事。他听了爽朗地大笑,说:"好呀,这一下你们是生产思想双丰收! 来来来,把我拾的一担粪也送给你们!"

人们笑着,快活地又投入了新的战斗!

原载《奔流》1960 年第 4 期

一瓜二命

生意人讲究和为贵,和生财,气生灾。咱们是社会主义国家,提倡精神文明,更要以礼待人。就是对方说出一句半句难听话,也说不掉身上一块肉。该忍就忍,该让就让,听见只当没听见,万不可火气太盛。以眼还眼,以牙还牙,定会惹出大灾大难。诸位不信,有例为证,听我慢慢道来。

六月天,热似火。张三在小街上卖瓜,喊得又脆又甜:"西瓜!西瓜!沙瓤西瓜,不沙不要钱,不甜不要钱!"他不喊行吗?一溜十来个卖瓜的都在喊呀!这时候李四来了,问道:"喂,卖瓜的,多少钱一斤呀?"张三看买主穿着干部衣服,就认为是个大吃家,忙抱起一个大瓜,笑道:"两毛钱一斤。就要这个吧?"

别看李四是个干部,口袋里的钱可不多,他只是想随便问问价钱,要是便宜了买一个吃吃,也算今年吃过瓜了。没想到这么贵,不由吓了一跳,妈呀,十斤重的瓜就是两块,比我一天的工资还多哩,他一边走去一边回道:"不要,太贵了!"

张三害怕生意跑了,追问道:"你给啥价钱?"

李四舍不得钱,决定不买了,就顺嘴

回了个价钱,说:"五分!"

张三好像受了欺侮,五分?这算啥话!没好气地往李四背后吐了一口唾沫,恨道:"你吃起瓜了再来买,吃不起瓜就别来闲磨牙!"

"你——"李四听了气上心头,回头瞪了张三一眼,只见张三满脸都是瞧不起人的讥笑,顿时赌上了气。别说两毛钱一斤,就是两块钱一斤,老子今天也要吃上一个!想着就走到和张三挨着的瓜摊,问:"多少钱一斤?"

"两毛。"卖瓜人答。

"我给你两毛一,给我挑个好的!"李四上了性,这话说得口气粗,声音响,还挑衅地看着张三。

张三听了,心里的气劲就别提了。

李四买了个瓜,当场打开,蹲到地下吃着。沙瓤,甜得像蜜。他为了解恨,又端着半个瓜,站到张三瓜摊前边,看着张三,吃一口说一声:"你看我吃起瓜吃不起!你看我吃起瓜吃不起——"

好啊,找上门来欺侮老子!张三咽不下这口气,开口就骂:"烧球你哩!"

"该烧不烧,心里发焦!哼,我吃不起瓜?"李四笑得挤鼻子弄眼的。

买瓜的人围上来看热闹了。

李四千不该万不该,又说道:"咋?你的瓜不好吃,不买你的瓜该如何?"

张三看李四砸了自己生意,气得眼都红了,喝道:"你给我滚!"

"你还骂人哩!"李四又吃了一口瓜,冲着众人继续卖张三的赖,嘻嘻笑道,"人硬不如货硬,你的瓜不好就是不好嘛,吃着和烂套子一样,不买你的瓜你还骂人哩!你再骂一句试试!"

"我骂了，你把我的屁咬了！"张三气得肚子要爆炸了。

"好啊！"李四一手端着瓜，一手去拉张三，"走，去派出所说说！"

"说你大个蛋！"张三气得疯了迷了，顺手从屁股后边抽出板凳砸了过去，砸到了李四的胸膛上，恶狠狠地说，"你尝我瓜了？你说我瓜不好，我叫你血口喷人！"

李四被这一砸，顿时躺倒地上，口吐鲜血。众人见大势不好，忙把李四往医院送。可怜李四，一个瓜还没吃完，不等送到医院就一命归西了！

李四死了，张三犯了杀人罪就别说了。

一瓜二命，值得不值得？两个人要是有一个人多咽一口气，少说一句话，怎有这等可悲的凶事！

奉劝诸君，和为贵，以礼待人！

原载《专业户报》1986 年 3 月 11 日

十万分之一

银行发行无息有奖储蓄券,三十块钱一张,十万张为一组,每组一个头奖,中奖者可得奖金一万元。虽说中奖的机会只有十万分之一,可是,总会有人得住。只要有人能得住,这个人就可能是自己。人人都这样想,于是倾城出动向万元户进军,争相抢购,银行门口排开了长长的队伍。

大梅和小梅是一奶吊大的亲姐妹,同在纺纱厂做工。虽说两个人都结了婚成了家,姐妹两个人还亲得像一个人,两个家也亲得像一家。大梅下了班,听到买有奖储蓄券的消息,就跑去对正在上班的小梅报信,问她买不买。小梅高兴得又蹦又拍手,喜道:"买! 可买! 为啥不买! 咱干一辈子也攒不了一万元,要是万一碰上了……"说着就好像已经得到了一万元,美得眉开眼笑,忙掏出三十块钱给大梅,催她快点去买个"一万元"。

大梅去排了半天队,好不容易才买到手里,回来把两张奖券都递给小梅,说:"你挑一张吧。"

"姐,我要一张不会中奖的;你跑腿,你要能中奖的那一张!"小梅嘴里这样说,心里却想:头奖说不定就在这两张里边。她把两张奖券看了又看，不由犯难了，究竟哪一张会中奖，是这一张，还是那一张？到底要哪一张才好？作难了半天，心一横把两张券又都给了大梅，说："姐，你都拿住。我不挑不选，我闭上眼睛瞎摸，摸住哪一张就是哪一张。"

"行。"大梅把两张券上上下下倒腾了几遍。

小梅把眼睛闭得紧紧的，摸了一张，睁开眼笑了。

小梅的心咚咚乱跳。人们都说命好命坏，命是啥样，命在哪里，一直看不见摸不着。这一次好了，命就是这一张小纸片，紧紧攥在自己的手心里了。小梅欢天喜地回家去了。

小梅和爱人小于都是青年工人，平日回到家里，谈论着各自的见闻，讨论些技术上的事，互相鼓劲，要干出点成绩，争取夫妻双升级，好多拿点工资奖金，攒上几年，把小家庭武装武装、幸福幸福。可是，今天小梅回到家里，闭口不谈别的，口口声声都是这一张有奖储蓄券，激动得过了十二点还睡不着。她推醒了丈夫小于，说："咱们真要中了头奖，我想了，拿出三千元买彩电买洗衣机，再置一套现代化家具，你说行吧？"

"可行！"小于迷迷糊糊地问，"剩下的七千元干啥？"

"干啥？存到银行里。"小梅早就想好了，脱口而出，"我算了，存五年期，咱们身不动膀不摇每个月就能拿六十多元利息，等于养了一个不吃不喝又能挣钱的机器人。"

小于懒洋洋地说："快睡吧，别做梦接媳妇了！"

小梅的兴头不减，反驳道："要是万一能得到呢？"

小于淡漠地说："就是万一能碰住，也碰不到咱头上。要碰运气也只能叫大梅碰上，人家正在红运头上哩！"

"她？"小梅的心动了。不错，大梅今年入了党，姐夫今年升了级,他们的儿子今年考上了大学,真是三星临门,步步好运。自己哩,一件好事也没碰上。福不单降,有运气的人拿的奖券也一定有运气中奖。小梅越想越肯定大梅会中头奖,好像看见了姐姐手里拿着一万元钱。她心里又气又悔,都怪自己,下午要是摸住那一张多好,摸错了一下,就白白失去了一万元,彩电没有了,洗衣机没有了,现代化的家具没有了,机器人也没有了。小梅心里的味道别提多难过了,难过得一夜没睡好。

第二天,小梅找到大梅,说:"姐,咱俩的券换换吧!"

大梅笑道:"咋了? 我这一张会中奖?"

小梅撒娇道:"是我这一张要中奖! 你跑腿买的,奖叫我中了,我怕我姐夫打你!"

"死妮子,别给我玩嘴了。"大梅猜透了小梅的心思,也不点破,就大大方方地给她换了。

小梅好喜欢,好像把姐姐的运气拿来了,头奖也跟着运气到她手里了。夜里,她给爱人小于报喜道:"这一下红运来咱家里了!"

小于先笑笑,又想了一会儿说:"你呀,说不定把头奖送给了大姐!"

"咋?"小梅吃了一惊,奇怪地问,"你不是说咱不走运,咱那一张不会中奖吗?"

"对,病就在这里。"小于给小梅分析道,"咱运气不好,不该得奖,却偏偏拿着能中奖的券。大姐该得奖,又偏偏拿住了不能中奖的券。为了使该得奖的中奖,不该得奖的就把能中奖的券去给她换换,叫她中奖。要不,平白无故去换的啥? 这就叫一切听命运安排。懂吧?"

小梅豁然开朗,越想越可能。自己命里没这一万元,本来到手了还得白白送给人家。是这个理,要不,为啥不去换过来心里就如疯了一样!"我就不信,自己就碰不上一次好命!"小梅决心要和命运扭个劲,把这一万元弄到手。

次日,小梅又找到了大梅,认真地说:"姐,咱俩的券再换换吧!"

大梅有点烦了,说:"你是咋了? 想奖想疯了?"

小梅诚恳地说:"我想了,你命好,这奖本来该给你的,我给你换了,将来这奖要是我得了,等于抢了亲姐姐的钱,我还咋有脸见你见姐夫? 越想心里越不美!"

大梅不往深处计较,劝道:"那有啥? 你有钱和我有钱还不一样! 再说,十万个里头才有一个中头奖的,买一张只是凑凑热闹,心里有个想头,谁还能当成真的!"

小梅坚持要换,说:"不管它中不中奖都换换,你不知道心病难害,昨天到现在,我心里一直觉着对不起你!"

大梅看她说得诚恳,就又和她换了奖券。

小梅好像把失去的钱又找回来了,心满意足地回到了家里。丈夫小于听她说了经过,连连摇头道:"换! 换! 很可能中奖的券到你手里两次,两次你都硬要换给大姐,这就叫命里七合米,走遍天下不满升,不把能中奖的换出去不安生。"

小梅吓愣了,一万元真要到自己手里两次,两次都是自己硬把它换出去,到时一开奖,姐姐真中了奖,自己可要气死了,悔死了……

这天夜里,大梅也给丈夫老王说了小梅来来回回换券的事,是当成笑话说的。老王是个工程师,听了哈哈大笑,笑过了又长叹一声,感慨万千地说:"人啊,真可怜! 在金钱面前啥也不说了。"

第二天,小梅又来了,还没开口先羞红了脸,吞吞吐吐地说:

"姐,小于骂我了,说我不该来回换了,逼着我来再换过去……"

大梅听着不由想起了丈夫的话,心里像吃了个蝇子,就拿出自己的那张券,强笑道:"别来回换了,外人知道了会笑话。我这一张也给你算了。你姐夫说,你结婚时就想给你买个尼龙蚊帐,当时没有卖的,现在有了,这三十块钱只当给你买蚊帐了。"说着硬把奖券塞给小妹,就推故有事走了。

小梅看着手中的两张奖券,心里忽然觉得没趣,又觉得突然间失落了什么,愣怔了半天才闷闷不乐地回到家里,对爱人讲了姐姐送奖券的事。

小于气得连连跺脚,埋怨道:"你呀,尽做些没材料的事!将来不得奖,会惹得姐姐和姐夫骂咱不是人,白欢喜一场,白费心机。就是万一中了奖,本来是咱的那一张中了奖,也成了姐姐给的那一张中了奖,跳进黄河也洗不清,一辈子都说不清!"

小梅想想也有理,但说再还给姐姐吧,姐姐肯定不会要,还会说对她有了意见。再说,谁知道哪一张会中奖,不论给哪一张都犯心病。想来想去,也就没再退给姐姐,只是暗地里有了打算,姐夫在自学外文,自己要真中了奖,给他买个高级录音机,也就算尽了姐妹之情。

何时开奖,小梅一天一天等着,心情也一天比一天紧张。盼着开奖,又怕开奖;一时想着中了奖,一时想着没中奖;忽而高兴,忽而失望,激动和烦躁弄得她黑夜白天迷三倒四。在厂里做活,不断走神,不断出事故,不断受批评。在家里做活,也常常出差错,把白糖当成盐放进面条锅里,往暖壶里装开水,竟然看不见壶口,把水倒了一地还在倒,惹得丈夫不断骂她。一张笑脸变成了一张哭脸,光想和亲人说说心里话。可是爹妈早死了,只有姐姐是亲人,要是从前,早去抱住姐姐哭一场了。如今却不行了，心里老是怕见姐姐，远远看见就不由得想躲，躲不开碰到一起了，也不由得脸红得像醉了酒。姐姐笑倒还笑，只是笑得不自然了，姐妹俩中间像隔了一层黑森森的布。小梅就这样度日如年地过着生活，等了一天，再等一天……等了一百八十天，离开奖还有半年。日子真难过，厂里月月扣发奖金，家里天天生气，更难过的是姐妹关系一天比一天生分了。只有那十万分之一的中奖机会，像远在天空的星星一样，对着她和千千万万和她一样的人眨着眼睛微笑，笑得狡黠，神鬼难猜……

原载《河南日报》1986 年 5 月 22 日

雨
●

夏日气候总是变化无常,不凑人的心愿。天,不等所有的麦子割完,突然扯了个闪,接着雨水从天空没命地倒了下来。

春申昨天看见一片云彩就急得愁眉苦脸,听见一声雷响就吓得浑身流汗,现在却躺在凉意浸人的竹席上,听着房外淅淅沥沥的雨声,悠闲自得地闭着眼睛,想睡,又睡不着。人在得意的时候,哪怕疲劳得要命,心却还要咚咚地跳,安静不下来。今年包工包产,各队干得好了有奖,坏了要罚。他是第二生产队队长,一队之主,自当队长,他就抱着人过留名、雁过留声的雄心,兢兢业业地干着。曾不止一百次地用大小事情向自己的队员证实:大家选他选得准,没有看错人,有我这个队长,是不会让大家吃亏的。这次,自驾镰割麦,白天,他领着大家在晒得烫皮的太阳底下抢割;夜晚,借着月光,他领着大家用一半力气支撑着上下眼皮,而用另一半力气割麦。挂在他心上的只有一件事:不能让雨水抢去社员嘴边的粮食,也不能让别的队跑到前面;挂在他嘴边的也只有一句话:"天呀,行行好吧! 哪怕等我们早晨割完,你上午就下雨呢!"毒热,疲劳,心焦火燎,一连几个不眠之夜,他憔悴了许多。但当看着自己队里没有割完的麦子减少得很快,大大胜过其他队的时候,他简直是吃了神仙一把抓的补药,精神立时又抖擞起来。只是到了今天早上,当收割完最后一棵麦,又当他仔细地检查了每个麦垛,垛瓷实,滴水不漏,这时他才毫无所惧地看了看那阴暗得如铁锅一般的天,而后扬扬自得地说:"哼,可下吧,看你有多么厉害!"谁知一句话出口,却似泄了气的皮球,腿软了,胳膊困了,眼也无神了,浑身散了架,多天的疲劳一齐袭来。甚至有人给他说话,他只摇摇头或点点头。而当第一滴雨滴落到他身上时,他的劲又来了,当着慌慌张张担着麦从他面前经过的其他队的社员,他摆着手,对自己的队员高声说:"下雨了,回去休息吧!不要淋下病了!"他说了一遍,大家都听见了,却还继续这样嚷叫着。只是在面前没有其他队的社员经过时,他才不满足地拖着疲劳的双腿走回家去。

　　一个炸雷,一阵急雨,一片从远处传来的嘈杂喊叫声。春申朦胧地睁开了眼,他明白那嘈杂的人声从何处传来,又是为了什么。他翻了个身,"自作自受!谁叫你们不割快一点呢!不亏!"他嘟哝一句,随后又合上了眼。他恍恍惚惚地躺着,一个还说不清的想法在心中飘游,想呀想呀。一会儿,他眼睛睁开了,还放射出快乐的光,于是双手就伸到头下,把头部垫得高高的,嘴唇微微颤动了一下,马上脸上布满了笑意。那刚才思索的东西现在已经明确了,浓重的睡意消失了。他非常希望能把自己意识到的东西传达给别人,虽然,这不能直爽地说出。如果能够广为传播,使全队全社每个人都能明白这件事,那多称心。这就是二队的麦子能在雨前割完,别的队为什么不能呢?劳力、土地等条件是相同的呀!还有,雨要是连阴下去,结果有的队丰产又丰收,而有的队虽丰产却减收,这又是为了什么呢?

"嘘！群众眼睛是亮的,大家会说出个究竟!"春申好似听到众人在公正地议论着,他放心地抿着嘴笑了。

"春申在家吗?"这熟悉而又讨厌的喊声惊断了春申的思路。他并不回答,急忙把脸转过去面对着墙。

"春申!"随着喊声,一个头戴竹笠、身披蓑衣的尖下颏青年,慌慌张张地跑进屋里。春申在打呼噜。这青年怔了一下,上去推了几把,声声叫道:"醒醒吧!"

春申"哼"了一声,转过脸来,揉了揉眼,身子微微抬起看了看,好似久梦初醒,说:"噢,新志。雨还在下吗?"

新志卸下竹笠说:"还在下!"

"啧啧……"春申咂了咂嘴,"多危险呀,不是抓得紧,这一场雨准会抢去咱们三五成收成。唉,多危险呀!"然后,他好像才发现新志还在站着,急忙欠起身子说:"喂,坐下来吧!"

新志却往前走了一步,还是站着,两只黑白分明的眼祈求地看着春申,说:"三队的麦子还没割完哩……"

"唉,这也难怪。"春申打断了新志的话,以过来人的口气说,"那么多麦子,要三五天抢收完毕,可也算不容易。单说动员工作吧,就磨破了嘴唇,还要合理调配劳力,难呀,这要凭真刀真枪真本事。"他打了个哈欠,伸了个懒腰,还把拳头伸到脊背上捶了几捶。这一切都说明他是劳累过度了。

"你给大家说一声,找几个人去帮助三队抢收麦子!"新志看着他那困倦的样子说。

"是社长说的,还是支书说的?"春申虎生坐起来,既兴奋又夹杂着好像是不得已的心情说,"他们知道咱二队麦子抢收完了吗?"

"我说的!"新志坦然回答。

春申被误会所勾起的兴奋心情顿时消失,又松劲地躺下去,脸上刚刚浮现的光彩被阴沉代替了。他非常不屑地想:"哼,喜欢露能的家伙!真是多管闲事,难道躺在床上没有去淋雨痛快吗?"可是,他却眨眨眼睛说:"唉,你也够忙了。今年以队为单位分红,你也该快些把各家各户的工分结算好,免得出了差错,让人们背后说咸道淡的。趁现在落雨把它算好,天晴了,你不是也好多做一些工分嘛!"

新志搓着手说道:"我就是在家算呢,可是一听见三队的人嗷嗷叫地抢麦,想着那金豆一般的麦子叫雨淋着,就急得坐不住了,一个劲地抠错算盘子。去帮他们抢收完了,再算也不晚!"

春申嘿嘿一笑,说:"你急什么?吃增产粮少不了你的。你是大轰大嗡成习惯了,不是自己的事也手痒脚痒地想去干一把。现在包工包产了,各自跌倒各自爬!"接着他得意地暗暗说道:"哼,二队选我当队长,三队的人还说选住我这个冒失鬼。哼!"

新志不满意地说:"包工包产不是分家。别人遭灾咱们躺到床上不动,这能算话?"说完,他走到窗户前站下,看着外面,嘴鼓着,"哼"了一下。

"不假,咱们现在睡着,这是三更不睡、五更早起换来的。为了抢收,咱们哪个人没有把吃奶的劲都使上!现在谁还有力气?别的队现在抢收,他们这几天没累着,人家把力气积攒着就是到下雨天使的嘛,这怎能比?"春申突突地说,显然对新志说他睡觉的事生了气。

"你不用挖苦人家把力气攒着。"新志恼火地说,"要是咱们还没割完,那还有没有力气去割?只管自己吃增产粮了,为啥不肯帮别人一把,使别人也吃增产粮呢?看着别人喝稀的心里高兴吗?!"

春申突然又变得好像无动于衷,闭上了眼睛,不打算继续说下去了。过了一会儿,才又喃喃地说:"本来嘛,包工包产了,就是要八仙过海,各显其能。劳动好的吃稠的,劳动坏的喝稀点。要是核桃枣一篮子,怎能分出个好坏?"

新志气得两条腿哆嗦着,说:"好呀! 为了显出自己的好,就宁愿叫别人坏下去。你成天喊着国家国家的,这粮食损失了是不是国家的? 原来这一切都是假的!"

"你不能这么说,我可不是这个意思。"春申坐了起来,他简直无法忍耐了,"公修公得,婆修婆得,不修不得。他们做活懒散,现在遭了灾,这能怨我们? 说到国家,咱得从长远处看。不摔跤不知道路滑,这一次他们吃了亏,下一次就长了见识,以后生产就会搞好了。要是一脸血一脸汗,把自己活抢先做好了,还得去给那懒散的人做,以后谁还积极呢? 再说,去帮他们,他们做惯了这个梦,以后还会吊儿郎当的。这哪对国家有利? 哪对国家没利?"

"少说几句养养神吧,你不去就算了!"新志把竹笠戴到头上,气昂昂地走了出去,把椅子撞得咕咚响。刚踏出门外,他又回头狠狠地说,"坐看别人遭灾不救,绝不能证明你更加光荣!"

春申跳下了床,冷冷地说:"没有遭灾也不是耻辱。"可是,他知道新志什么事都能做出来,什么话也能说出去,就不放心地追到门口问:"你上哪里去?"

新志并不理会,只是向前走去,被问急了,才说:"你管得着? 你不去,我们大家去!"

竟敢如此。春申胳膊伸到门外,指着新志大声吆喝:"你给我回来! 你叫大家去,这是十八口乱当家,谁想调动人就调动人? 你给我队长撤职了,管你怎么调动人都行。现在就是不中!"

咔嚓! 一个炸雷从房顶响过,震得房子掉土,地下乱颤。雨,从天上压了下来。

新志在雨中站着,听他把话说绝,气得满脸发青,就大声质问:"你不能这样! 前年咱县受灾,国家从几千里外运粮食来支援我们,为什么同是一个合作社的,别的队遭了灾你就看着不动?"

"这些大道理我都懂得。"春申心里打个冷战,硬把新志又叫到屋里,竭力压着满肚怒气,平静地说,"新志,年轻人不要那么大火气。不是我不让大家去,你看看,咱们队里哪一个人不是累得精疲力竭,身子都瘫化得和泥一样,再到雨水里泡泡,还有不得病的? 天一晴,咱们繁忙的夏种任务就完不成了,到时候咱队里怎么办? 再去请别人帮助吗? 求人不如求己! 落后了还不是大家丢人,减产了还不是大家吃亏!"他来回踱着,不时用祈求的眼光向新志看去。他知道拿硬的制服不了这个倔强的年轻人,于是拿定主意用软的来对待他。他又一次热情地说:"现在让大家歇息歇息,天放晴人强马壮地投入生产,咱们不是又可以跑到前面嘛! 你想想这能是为了我个人? 这全是为了大家啊! 我是队长,我不能为了个人落个帮助别人的美名,而使我们全队生产受到损失啊! 我们都是干部,都得对全队人的利益负责! 我们一季能跑到前面,季季都会跑在前面。难道你不愿意使我们先进队的称号巩固下去吗? 当然你是愿意的。"本来他还想说:"哼,傻瓜! 竟然要去帮助自己的对手来打败自己,这真是搬砖砸自己脚!"可是他觉着和面前这个毛头小子说这些话没用,也就咽了下去。

新志一直站在门口,注视着雷雨交加的天空。他的脸由红变青再变成煞白色,头上的汗珠顺着双颊滚下来。

春申走到新志身边,用胳膊肘碰了他一下,说:"多大的雨呀,还是进来躺一会儿吧。上午让你嫂子给擀面条,咱弟兄俩好好吃一顿!"

新志突然把膀子一甩,扭回头用愤怒的眼光逼着春申,嘴里喷铁块子似的向春申抛去:"你说些什么话呀!看见别人遭了灾,你心里高兴,认为这样一来你就可以跑到别人前面去了。为什么不去帮忙,怕别人会追上自己。你……想用别人的损失来突出自己的成绩,想用别人的痛苦来显示自己的快乐,想用这罪恶的办法来证明你精明能干!你不配当我们的队长,我们要告你,要罢免你!"

春申好似被蜂蜇住,噔噔地从新志身边走开,脸上的肌肉抽搐着。他冷笑一声,说:"不用威胁人,你去告吧!"他心里也确有些害怕,他拧着眉毛,思索着将要发生的一切问题的后果。不过,他很快得出了结论:当然这也是错误,如果说这个错误有铜钱那么大,那么领导生产得到丰收的优点就会比巴掌大,一巴掌满可攥住这十个铜钱。于是,春申大言不惭地说:"我等着撤我的职好了,谁能行让谁干。如果再选队长,我一定投你一票!"

新志冲门而出,咬牙切齿地说:"自私极了!我们瞎了眼!不叫去,非去不行!"

春申不甘心,再次追到门口,板着脸孔说:"新志,现在给你布置活儿。你马上到后沟去检查修补垱子田,冲坏了你负责!"

雷声轰隆,狂风呜呜,大雨铺天盖地。

新志还没走出院子,一个人踉踉跄跄扑了进来。新志惊惶地跟着这人又走进屋子。这人衣裳湿得贴在身上,浑身流水。他抹了一下脸,摇了摇头,头上的雨水向四下洒落。春申大吃一惊,走上前去,大声呵斥道:"成福,你怎么跑回来了?这么大的雨,母秧地冲了怎么办?"

成福边拧衣裳边说："嘘,渠打个口子!"

春申马上面如土色,上去用双手揪住成福的双肩,抖落着,气急败坏地说："我的天爷!你要大家的命是不是?成天不叫你干任何活,叫你专门看母秧地,你会让渠打开口子。完了!母秧地刮了,这秋天几百亩水地栽啥?叫大家吃风喝沫?叫你去看,我算瞎了眼啦!你说呀!你说!"他跺着脚,大口大口喘气。然后,连雨帽也不戴,恶狠狠地看了成福一眼,向门外跑去,没命地叫着:"完了!完了——"

成福却并不发急,喊道："哎,你慌的啥,没有刮成呀!"

春申听见这句话,一个箭步又跳回来,急不可耐地说："到底刮了没有,你快些说!"

成福弯下腰,拧着裤腿上的水说："危险极了!渠帮突然冲开盆那么大个口子。我吓坏了,头一蒙想着完了。也是不该咱们倒霉,恰巧三队的人担麦从地边过,他们看我吓瘫了,五六个人连裤子也没脱,扑通扑通跳到水里,人多手快,三下五去二可把口子堵上了。真危险呀!再晚一会儿就完了!"

春申松了口气之后,脸唰地红了。他恨成福不该让渠帮冲开口子,他也怨新志不该又转回来,他更后悔自己刚才的一番话说早了。他尽量躲开新志的眼睛,胆怯地但怀着一线希望地问："他们说什么没有?"

成福在整理草鞋,不在意地说："说什么?都是一个社的,互相帮帮忙还不是家常便饭!都说有钱难买苗嘛!"

新志若有所悟地接着说："是呀,没苗难求籽!"

春申的一线希望也落了空,人家没说任何话!要不,就可证明别人也是和自己一样的。他真想钻到地下去!

新志看看春申,只见他羞红着脸,头耷拉着,叹了几口气,想抬起头说什么,可是,几次头刚刚微仰了一下又低了下去,嘴张了几张又闭口不言,只是不断地搓着手。新志心里已经明白了八九分,不由得眼睛中闪烁着快乐的光,用充满怜惜和同情的语调说:"春申,过去的事情让它过去好了。咱们现在去吧!"

春申心里一阵温暖,低沉但有决心地说:"去吧! 你去传第一组,我去传第二组。"他又回头对成福说:"你也快去,可要小心点!"

新志第一个跑了出去,春申从门角里掂起扁担绳也跟着跑出去。他大声地向新志交代道:"让整劳力都拿扁担绳,让半劳力拿镰,叫一个去一个,不必等齐了,越快越好!"

暴风雨中,他们飞快地向前跑去。

原载《奔流》1957 年第 9 期

三个怕老婆的人

秋高气爽,正是种麦的好天气。

王村长从南而来,丁支书从北而来,两个人在供销社门口碰面了。

"干啥呀,急得和救火一样!"王村长看丁支书跑得气喘吁吁的。

"买化肥。"丁支书开口就摇头诉苦,"整党,整党,整得人昏头昏脑,到现在化肥还没弄到手,今天早上老婆吵塌天了,说再不弄来一点,中午就要停我的饭了!"说着擦汗,苦笑。

"啊!"王村长暗暗叫苦,怕处有鬼,怕着怕着碰车了。

"你来干啥?"丁支书乜斜着眼反问。

"我? 也是来弄化肥的。"王村长说得更玄,"催别人种麦,催到现在我还两手空空,连一两化肥也没弄,老婆说了,今天再弄不来,就不叫我进门了!"说了摇头叹气,又补充道,"你知道,我那个屋里人麻米不分,又恶又不讲理!"说时眼巴巴地看着丁支书,求他救救自己。

"唉,今年化肥真难弄!"两个人同时说着走进了供销社,看看没有买东西的人,又同时对营业员小李说:"叫你留的化肥还有多少?"

"又来了!"小李在心里牢骚了一句,

"你们每个人都买几回了,还要来买,也不想想老百姓!就进这几包复合肥,你们能全包了?不知又是给哪个亲戚开后门哩!"想到这里就强装笑脸道:"只剩下一包了!"

丁支书一怔,质问道:"不是还有六包哩?"

王村长批评道:"不是给你说过不准卖吗?"

"你们光说哩,老支书来要两包,老村长来要一包,还有……"小李一肚子不高兴,一边说一边走进后边,抱出一包化肥,放到柜台上,搪塞道:"反正就这一包了!"

面对柜台上的化肥,丁支书看看王村长,王村长看看丁支书,都希望对方说一句:"你要吧!"可是谁都不肯开口,于是两个人的眼光一齐落到了化肥包上,暗暗地打着主意,如何把这包化肥弄到自己手里。

丁支书忍不住先开口了:"要不是我那个老婆不通性,闹起来寻死觅活的我就不要了!"说时,丁支书一只手按住了化肥包的一角。

"是啊,我那老婆要是多少分点思路,我说啥也要让给你!"说着,王村长一只手按住了化肥包的另一角。

两个人对峙住了,都默默无言地站着。

小李看看他俩又好气又好笑,平时对群众讲起话来,一个比一个会讲,一个比一个觉悟,为了一包化肥,就互不相让了,我看你们两个今天如何解决这个矛盾。他心里想着,眼里忽然觉得这两个人低了矮了。

"这样吧,"丁支书让步了,对王村长说,"干脆,咱俩平分吧!"

"平分?行。"王村长无可奈何地说,"一人五十斤,有一点总比没一点强,回去了也好交账。要不……唉,那个婆娘真没治!"

两个人同时对小李命令道:"再找个空包,给称称分开。"

小李正找空包，突然又进来了一个人。此人三十多岁，姓江名三成，是个普通村民。三成一眼看见柜台上的化肥，像饿狼扑食似的蹿上去，双手按住了化肥包，哈哈大笑道："这两年我真是交了好运，事事顺。看，正想要化肥哩，就有了化肥。哈，还是进口的复合肥哩！好，多少钱一包？"说着就掏钱。

小李心里笑了，却板住脸说："可惜你来晚了，这化肥已经有主了！"

"谁？"三成一怔，问。

小李往左右使个眼色，挑逗地说："丁支书和王村长分了。他两个只要让给你……"

"他俩？"三成左右看看丁支书和王村长，突然大笑起来，"这不成问题，不成一点点问题！"

丁支书和王村长互相看看，双双板住脸不说话。

三成笑笑，对着丁支书求告道："丁支书，让给我了！"

"要是光我可行！"丁支书不放笑脸，愁着脸说，"你不知道我那个老婆恶糊涂恶糊涂，今天化肥拿不回去，会吵得四邻不安！"

"这我知道。要是光你，我就不用说了，前些天你还在村民会上讲，通过整党要全心全意为人民，声音还没落地哩，我咋可能忘了？"三成满脸堆笑，说得轻松自在，又嘻嘻笑道，"你老婆也没事，再糊涂总也是个女党员哩，总比我那个刀客婆娘强一百倍一千倍。今天我要拿不回去化肥，她可敢把我杀了！"

三成掯住这一头，也不管丁支书啥表情啥态度，就扭脸对王村长说："王村长，丁支书都答应了，你的这半包也让给咱吧！"

王村长看着丁支书垮着脸，就为难地说："三成，真不中啊！我再三动员大家多施肥，要能让给你我巴不得，只是你王嫂为弄不来化肥成天吵得我不敢进门,她的话难说呀!"

"王村长,咱就是听了你的话,才卖了猪来买化肥哩,我还不知道你不会和我争。"三成眯着眼又是一阵大笑,"王嫂也没事! 别看她是你的老婆,你还没有我对她了解得清哩。前些天,我们家里生气,我老婆要上吊,王嫂还去批评教育她哩,说的句句入情入理。噫,她去县里参加模范家庭代表会可是一点都没假!"

三成滔滔不绝地说了,又冲着小李问:"说呀,多少钱?"

小李看看丁支书和王村长,为难地说:"人家还没表态哩!"

"哎呀,你真是隔门缝看人——把人看扁了。丁支书和王村长能是与民争利的人? 你呀,就会站柜台赚钱,也不开个会,前天丁支书和王村长还讲:要当个合格的党员,除了人民的利益别的啥也不争!"三成笑着对丁支书和王村长夸道:"我听着心里一热,眼泪可流出来了! 你俩没看见?"

丁支书和王村长对看了一眼,又对三成说:"拿去吧,拿去吧! 你娃子别玩嘴了!"

三成交了钱,扛起化肥,对着丁书记和王村长伸出大拇指,眨着眼笑道:"高! 高! 多亏你们救了驾,我回去老婆保险会笑,保险会夸你们!"说着扬扬得意地走了。

"回去咋给老婆交代哩?"丁支书和王村长相对笑笑,也分头而去。

"都会拿老婆做文章!"小李笑了。

原载《南阳日报》1986 年 11 月 8 日

于大硬不是没情没义的人，刚刚发点财就备下烧鸡美酒、名菜好烟，去请恩人四顺了。

鸡仇蛋恩

这个村子原来是反修防修的模范村，穷得叮当响，十家有九家吃不上盐。前年，党员李红心从外地买回了一百只生产白良种鸡娃，去年开始生利，一天能下七八十个鸡蛋。良种蛋每个二角五分钱，一天就能收入二十元。消息传开，人人流口水。有人试摸着去求李红心，想用自己几分钱一个的土鸡鸡蛋换他的良种蛋。李红心倒也大方，有求必应，在村里大喊大叫地说："只要是想抱鸡娃，用一般的鸡蛋换也中，按一般的鸡蛋价钱买也中。"谁不想弄点活钱花花，听他这么一说，家家争先恐后来换来买，一时之间全村都成了养鸡户。唯独于大硬不换也不买，还暗暗骂道："你李红心还没把人害践死，今天又来讨好卖乖，我就是饿死、穷死，也不向你李红心低头弯腰！"

原来，李红心不叫红心叫洪新，"文革"中改名红心。在割"尾巴"中，红心为了献红心，处处打头阵。上级规定一人只准养一只鸡，于大硬家却每人平均养了两只。李红心劝他把超额的鸡处理了，于大硬不肯,反说:"管天管地,还能管住养猪养鸡?"为了把全村"尾巴"割净,李红心奉命把毒谷撒在于大硬门前,害得于大硬家断了油盐火柴钱。从此,于大硬便和李红心结下了仇,见了李红心就眼红。如今见户户都向李红心讨换种蛋,心里又气又急,气的是别人没骨气,有奶便是娘,不该忘了旧仇;急的是别人都有了进钱的门路,眼看自己就要过到别人后头。他心焦火燎,正在走投无路时,隔墙近邻王四顺来了,提着一篮种蛋,说:"我和我姑父换了种蛋,你要了就留下,不要了再退给我。"这真是天无绝人之路,于大硬感激不尽地留下了。

于大硬为了争气,精心侍弄,抱的小鸡出窝了,他心里的话也出唇了,几次当着李红心的面对别人甩刺道:"在别处换鸡蛋也会出鸡娃,没想到离开杀猪匠也能吃猪肉!"等鸡娃长大了,下蛋了,他又当着李红心的面对别人挖苦说:"我的鸡也下蛋了,没想到鸡蛋也是白的!"

别人见他一再办李红心难看,就不平地反讥道:"你那鸡蛋上还长有花哩!"

于大硬乜斜着涨红了脸的李红心,自得地说:"花是没花,就是干净些!"他看见李红心耷拉下头,心里好不自在。

今年,于大硬卖鸡蛋弄了不少钱,上午又推回了一辆新自行车,心里一高兴,就要请王四顺的客了。他出了家门,按捺不住心里高兴,也是为了发泄对李红心的不满,便不直接去找王四顺,专门拐弯抹角走遍全村,逢人就故作慌张地问:"见四顺了没有?"

"找他干啥?"

"想请请他。"于大硬便夸起四顺如何帮助自己,让自己也发了财,然后又贬损李红心,说,"没想到离开他这棵烂白菜,也照样办酒席。"

于大硬张扬了一个村子,把欢乐和仇气都发泄够了,才来到四顺家里。四顺正在拌鸡饲料,听他说明了来意,便谢绝道:"算了吧!"

"这可算不成! 知恩不报非君子,为人总得有良心!"于大硬朗朗大笑着去拉四顺。

四顺挣脱他,正言正色地说:"我可不敢无功受赏。你真知恩要报,就去请李红心吧,那一篮鸡蛋是他求我送给你的!"

"啥呀?!"于大硬如雷轰顶,愣住了。

四顺淡淡地讲:"红心过去盲目听话伤了大家,心里比受过伤的人还难过。他决心帮大家都富起来,他说要不就枉当个党员了!"

于大硬听得迷迷糊糊,埋怨道:"你为啥不早说哩!"

四顺看他满面愧色,笑道:"他不叫说。他说,只要你日子过得好些,心里啥都有了。"

"他——"于大硬蹲了下去,抱住了头,想起一次一次和李红心过不去,羞愧难当,以后还咋有脸见他? 他突然狠狠往头上击了一拳,叫道,"我——我——"

于大硬的酒席是不是不办了? 下情就不知道了。

原载《洛阳日报》1985 年 1 月 28 日

三人行

伏牛山南边,有座高山,名叫猴上天。猴上天南边,又有两架山岭,在东的叫黄草坡,在西的叫刀头岗。两架山岭的中间,有条小溪,叫作恶虎河。河两岸有句歇后语:恶虎河的龙王——心毒!为什么起了这么一个吓人的名字?为什么有这么一句歇后语?只因为,这条河生性古怪。每逢天旱,庄稼人要浇地时,河里连蛤蟆喝的水都没有。每逢下雨,河里却波浪滔天,又冲房子又冲地。几千年来,也不知毁了多少良田!人们拿它全无办法,恨死了它,便给它起了这么一个难听的名字。

不过,这都成了古话。一九五七年冬天,这里的社员们不甘心再忍受恶虎河的欺侮,靠着集体的力量,出动人马,在国家和社里扶助下,大干一冬,把心毒的龙王拦腰斩断,修了一座坚固的小水库。从此,天干时,库里清水荡漾;下雨时,堤坝挡住恶浪。大家便把恶虎河改了个名字,叫"幸福河"。

转眼,又到阳春三月。幸福河生产队的社员们,正在计议如何进一步发展生产的时候,区里工作员小封来到这里搞"点"。这小封年轻心热,就是嫌急躁一些。急到啥程度呢？有例为证。一次，区里修补房屋，叫他去担两担石头，他跑到河边，心想，一家伙担回去多么干脆，省得再跑第二回。他便狠狠装了两大筐，谁知，压得闪腰岔气，在床上整躺半个月。

小封一到队里，肩上背包还没放下，就叫队长大山传队委开会，说是有一件天大的喜事，要做研究。队长大山，外号叫"笑话脸"，三十多岁，吃的饭大概都长成了骨头，身子细瘦细瘦的，脸上一副精能的神气。这人也怪，天大的难事，他也不愁，还要丢个松①，掼个凉腔，逗得人笑。早晚看去，他都是嘻嘻哈哈的。或许是"伸手不打笑脸人"的缘故，谁也别想治住他。他听了吩咐，就去把队委们找来，在保管室坐下，听小封开会。

小封站起来，先卖个关子，瞧着大家问："大家愿不愿过好生活？愿不愿一步登天？"

"可愿，就怕上不去哩！"人们笑道。

"能上去！"小封从口袋里掏出一份文件，举到头顶抖抖，"上级指示，叫旱地改水田。我想啦，咱们来个大刀阔斧，把全队的旱地，全部改成稻田，水库里再放上鱼苗。到秋天，咳，你看吧，吃大米，浇鱼汤，比起啃玉谷，还不是一步登天！这就是上天梯。"

"上级又说到我们心窝里了！"人们赞叹道。

"上天梯，上天梯。"队长大山手指敲着桌子，轻轻地念道，品足了味，抬起头，看着小封，眯眯笑道："既是梯子，那就得一层一层上吧，只怕都改水田不行！"

小封手一挥，说："我的好队长呀，不管干啥，你都有几个'只

---

① 丢个松：豫西南方言，指在严肃正经场合做出不合时宜的举动。

怕'，不会来个快刀斩乱麻！"

大山慢慢摇头，笑道："不能斩，不能斩！理顺了更好用，一斩断，就搓不成麻绳了！"

人们笑起来。大山接着说："把上级的指示，念给咱们听听吧！"又开玩笑地嘱咐道："口干了，有开水！一个字也不许漏掉啊！"

小封笑一笑，展开文件，朗朗地念下去。大山听着，眼睛一阵比一阵明亮，还不时点头叫好。小封读完，快活地问："听听，指示得多好，还有'只怕'没有？"

"只有一个！"大山一边给小封倒水，一边笑道，"这怎么和你讲的不一样？"

"不一样？"小封一怔，"怎么不一样？"

大山微微笑着，站在桌边，弯腰看着文件，指着"根据条件，因地制宜"八个字，逗笑道："刚才，你把这八个字私装腰包了。"

小封听他又在挑刺，顿时老不高兴，强笑着说："你又不是秀才，怎么偏会死抠字眼？看文件，要领会总的精神！"

大山坐下，笑道："总？一斗米是十升，扒下二升，就不成一斗了。把这'根据条件，因地制宜'八个字，从文件上抠下来，这就不能叫作'总'了！"

"对！"队委们笑笑。

小封热心掉进了冷水盆，冷冷地问："你的意见是不改？"

大山放声大笑，说："我和'穷'是儿女亲家？我和'富'是冤孽对头？我是说，少改一点，一步一步地把穷送走！"

小封从椅子上站起，说："不是儿女亲家，为啥舍不得一下子把它送走？"

"条件不够嘛！"

"啥条件不够?"

大山想一想,扳着手指,说:"第一,水库里蓄水不多……"

"天还会下雨的!"小封往外指指天空。

"老天爷要是咱们的儿子,那就好了!"大山笑着,"第二,肥料也跟不上,头年冬天忙着修水库,现在来不及积了!"

"山上有朽叶子!"小封出口就说。

"唉,它又没长腿,会自己跑下来吗?"大山嘻溜哈啦的腔调,"稻田比旱地费工,再加技术不熟,就更费工,都挤到一块儿去搞,劳力只怕跟不上!"

"这好解决,"小封刚开个头,公社的通信员来喊他,叫马上去开会,他便匆匆忙忙地交代道,"不要迷信条件! 条件,是人创造的!大家要好好想想,我叫多改,是为了什么? 还不是为了大家早点过上幸福生活! 难道穷还没受够? 这改水田,是个好事,好事嘛,越多越好!"

小封走后,队委会又扯一阵,争论不休,大山让队委们安静下来,笑嘻嘻地做了结论:"别争,别争! 咱们都有爷、有爹、有叔、有哥,都回去问问他们,再决定吧。"

隔了两天,队委们又碰一次头,大山心里有了两种情况:一是风调雨顺,一是旱涝不均。也有了两个数字:一个大,一个小。这两个数字,在他心里是半斤对八两,还要在那一头加个码子,才能分出高低。他虽为这事定不住发愁,可是,想到几千年的穷沟,就要长出金黄的稻谷,心里那股热劲,能点起火来。

夜里,回家吃饭的时候,大山拍拍妻子的肩头,神秘地说:"顷刻,你去稻香村学习学习!"

"我?"妻子迷糊地问,"学啥呀?"

“学学大米饭怎样做呀！”

妻子撇嘴一笑，说：“不要喜得太早了。娃子还在肚里揣着，谁知道是男是女。有人讲，扩大水稻面积多了，是抱住一个西瓜，扔了满地芝麻！”

大山睁大双眼，说：“嘿嘿，这才是好话怕得冷水浇！哎，你听谁讲的？”

“老赵婆！”

大山马上从灶房里站起，左手端着碗，手心里夹个馍，右手拿筷子，还端一碟菜，向外走去。妻子埋怨道：“黑天黑地，又上哪里？吃碗饭也不安生！”

大山一直走去，回道：“你说了，咱要不去了解了解，你又该说咱官僚啦！我去问问。对了，趁早接受；不对，赶紧解释，省得泄了大家的劲！”

大山穿堂过院，来到老赵婆家，问这话从哪里说起。老赵婆一推三不知，说：“俺妇道人家懂个啥？是南院李老二讲的！”

大山跑到南院，找着李老二。李老二看他追根究底，当成要批评讲这话的人，就和解道：“算啦，算啦！宰相肚里行舟船，个别人说句落后话，值不得生气！”

“谁生气了！”大山忍不住好笑，“说不定，大家没想到的，这一个人就想到了。也说不定，这一句话，就能叫大家多收千把斤粮食。你怎见得这是句落后话。”

李老二“噢噢”着，连说：“对！对！三个臭皮匠，胜过一个诸葛亮。只是，怕他不说。”

“谁？”

“白胡子老汉。”

　　白胡子老汉,七十来岁,流过的汗比年轻人喝的水还多。在漫长的人生道路上,看尽了眉高眼低,尝够了酸甜苦辣。现在,世道好了,儿孙成群,公私都不用他去操心,他也乐得享着老来福,啥事不管不问。常说:"人老了,心也糊涂了,事少管,话少讲,又清闲,又不生气!"大山听说这话是他老人家讲的,一边走着,一边寻思如何把话掏出来。

　　白胡子老汉还没睡,见来的是队长,指指椅子,让大山坐下,就夸队里生产好,然后,把门关死,说:"爷对你,可是没一星意见!"

　　大山心中明白,看着老汉一个劲傻笑。笑得老汉急了,便问:"你吃了笑药,怎么光笑?"

　　大山大声笑道:"笑啥? 实说吧,今天夜里,你要不给我提几条意见,不怕你能,我还要哭着吵闹你哩!"大山说着,看老汉要吸烟,忙放下碗筷去点火。看他要躺下,忙去扶正枕头,然后,坐到床帮上。

　　"三爷,好比有一个孙娃子只顾往前面跑,前边有个沟没有看见,爷在一旁看得清清楚楚,也不打个招呼,看着孙娃子摔倒。你说,这个爷好不好?"

　　白胡子老汉笑得直咳,说:"傻子,哪有这号爷爷头!"

　　"远在千里,近在眼前!"大山真真假假地说。

　　"我?"老汉一撅坐起,连连摆手,"你算把爷看扁了!"

　　白胡子老汉越说越笑,心中乐得开了花,手指捅捅大山的头,说:"你别给爷拐弯抹角了。爷放出一句话,想着你耳朵尖,一定会找来的。看你娃子心诚,爷就对你说了吧。古话讲:不行春风,难得秋雨。今春,可是风丝不动啊! 咱们就这一个小水库,不胜不改稻田,到时候,天万一旱了,全队的地都能匀一点水浇浇!"

大山听着，又点头，又摇头，呆坐一阵，才温和地说："三爷，咱们不能老守着这个穷光景不动啊，得一步一步地往美处走嘛！你看，少改一点行不行？"

白胡子老汉喷一袋烟，咬着牙，说："这话对！"又凑近大山耳朵，悄悄地问："听说，小封强按牛头喝水，叫把几百亩旱地都改成稻田？"

"没有这事，不要听人们乱说！"大山认真地说。

后来，白胡子老汉又世故地交代道："娃子，我这是顺嘴胡呱嗒。我说了，只当没说；你听了，只当没听。责任我可担不起呀！"

大山爽朗地笑着，跳下床，拍拍肩膀，说："你忘了，我担柴都担一百多斤哩！"

大山辞别了白胡子老汉，心里两种想法乱打架：是多改？是少改？眼看就要下谷苗了！他送回碗筷，披件衣裳，掂根棍子，又匆匆走了。他去访了南山老药农、北坡老羊倌，又跑十几里，去气象站里熬干一灯油。等他转回家时，寒露打湿了衣裳，公鸡在埘里啼叫，他一头扎到床上，就扯起了呼噜。

第二天，召开社员大会。大山把几天来了解的情况，根根秧秧地讲了一遍。因为是头一年改水田，要是出了闪失，下一步就难走了。结果社员们听完觉着有条有理，都赞成少改一些。只有一个年轻人不服地说："不蒸馒头争口气。刚给人家应了战，偏又吹了！"

大山回道："蒸出玉谷面馍，喝个大米汤，不是也很好吗？等到明年再吃大米干饭，行不行？"

一句话逗得满场大笑。经过讨论，大家根据现有条件，再加上干劲，决定改三十亩水稻。白胡子老汉坐在场当中的石碌上晒暖，右手端着长杆烟袋，左手捻着胡子，见自己的意见被接受了，喜得心里咚咚跳,高兴地想:"一句话,就少改了百十亩地,这真是老百姓坐天下!"

就在这时,小封拉着一辆架子车来了,车上堆放着几麻包什么东西。他敞着怀,一面跑来,一面兴冲冲地叫:"好消息!好消息!我在农场把谷种换来了!"

一个小青年跑步迎上去,接过拉车,笑嘻嘻地说:"也不讲一声,叫我们去拉!"

小封一边擦着汗,一边说:"还等你们哩,要不是我跑得快,人家都换完了!人家要先拿玉谷去,再给称谷种,我没办法,给人家打了个条子……"

"不轻哩!你这是多少地的谷种啊?"这小青年问。

"一百亩。不够了,我再想办法。反正,不能落到别人后面!"小封得意地说下去。

"不够?还使不完哩,咱们只改三十亩!"

"啊?"小封站住了,又忽然跑到场中,冲着大山,问:"为什么只改三十亩?这像话?"

大山把情况又讲一遍,小封越听越气,觉着这是诚心拆台,也是打自己的脸,不等听完,就冲着大家问:"谁放的这个冷炮?你是龙王爷,敢保险一定缺雨?"

这话像一棍子打在白胡子老汉头上,烟袋从嘴里掉下,连身子也从石碌上溜下来,低下头担心地想:"糟啦!队长马上就会说出我的名字,我怎敢保险一定会旱。小封这火暴脾气,要当着众人整我一顿,老脸可往哪里放?"

这时,小封又声声催道:"是谁?有理为什么不站起来说?"

大山走上去,拉拉小封,微微笑道:"算了吧!管他谁的意见,我接受了,就变成了我自己的意见。错了,我包住,行吧?"

白胡子老汉长吁一口气,提得老高的心又落了下来,擦擦额头上渗出的汗,想道:"哎呀,要不是大山包下来……"

可是,小封又呆着脸,对大山重重地说:"同志,当保守派可不光荣!"

白胡子老汉的头猛一下蒙了。他不常开会,那两年只听说过反动派,便觉着凡是"派"大概都是要打倒的。他是个好人,一辈子没连累过别人。现在,自己多讲了一句话,使队长成了"派",这可该怎么办? 他在心里告诉自己:"好汉做事好汉当,可不能害了大山啊!"他双手按住膝盖,要站起来承当这一切,还没站起,大山却抢在他面前,一点也不害怕,对着大家叫道:"都先下地去吧!"

人们议论着走去,白胡子老汉站了站,也回家去了。这时,大山又对小封说:"走,到保管室坐下谈谈。"

小封看着散去的人群,气得咬着嘴唇。他本想在人场里狠狠批评大山一顿,大山好像猜透了他的心思,赶忙把人支拨走了。小封跟在大山后面,气呼呼地说:"真是太不像话啦! 别的队,有七十亩的,也有八十亩的,咱们就是不全部改,也该走在别人前面!"

大山知道他在气头上,就赔着笑脸解释道:"五个指头还不一般齐。各队的条件不一样,要强拉齐……"

"又是条件! 要人干啥的? 不能创造条件?"

"创造? 当然要创造,可也得一步一步来!"

"又是一步一步! 就会用腿跑? 不会坐汽车?"

"汽车也是一圈一圈转的!"大山笑道。

"我看你怎么给上级交代!"

大山站一下,又和小封并肩走着,温和地说:"只要增产,正合上级心意,有啥不好交代!"

"我看你把这谷种怎么办?"

"我去退!"

"我看你脸往哪里搁?"

说话间,到了保管室。小封一坐下,就狠狠批评道:"你对扩大稻田,为什么这样抵触?"

大山蹲在门口,搓着一根断了的缰绳,也不抬头,嘿嘿笑道:"我是怕万一旱了!"

小封一声冷笑,说:"为什么只死抓住那万一? 这不是保守能是先进?"

大山一愣,抬起了头,想冒火,可是一看见小封敞开着怀,那里面的衬衣被汗湿透了,他不由得想到小封主动去换谷种,又不怕劳累地拉回来,一个人,全是上坡路,也不知流了几身汗……想到这里,他把头上的帽子取下,在手里拍拍,自语道:"天热了,戴上帽子怪不美的!"说着把帽子撂到小封面前的桌上,又低下头,搓着麻绳,才回小封的话,一丝也不生气,说:"对啊! 万分之九千九百九十九,是大头,应当要想。可是,想那万分之一,也正是为了保住那万分之九千九百九十九。公粮,余粮,大家吃的穿的,得叫它一万成就有一万成的把握才行!"

谁知,大山不发火,小封却更生气,吵又吵不起来,无奈使出最后一招:"你的嘴,总是有磨的! 你说说,咱俩到底是谁听谁的!"

大山沉默一会儿,巧妙地回道:"这还用说! 你听党的,我听你的。"

"听我的? 我啥时候叫你只改三十亩?"

大山被逼到了悬崖上,只好说:"可是,党啥时候叫你都改稻田?

党叫根据条件,因地制宜,咱们不能为了争个人面子⋯⋯"

小封虎生离开椅子,走到大山面前,委屈得几乎流出眼泪,说:"你说我不是为大家?我是为了自己?我爬半夜起五更,来给你们拉谷种,到五里岗上不去,又没人推一把,我一包一包扛到岗顶,才又装上车拉回来!眼下饭还没顾上吃,却说我是争个人的面子⋯⋯"

大山听着,心里各种滋味都有。他抬起头看着小封,半天没说话,最后深深地叹口气,向外走去,情重地说:"唉,有啥办法呢?条件就是这样,你就是给我拉一车金子,我也不能叫大家多改呀!"

剩下小封一个人,他生了一阵闷气,正在恨大山落后、无情时,大山的小女儿来了,她拉住小封,叫:"叔叔,叔叔!我妈说你平常最亲我,叫我来喊你回去吃饭,给你烙的饼,油可多哩!"

隔两天,白胡子老汉找着大山,又抱愧又感激地说:"大山,害得你⋯⋯"

大山正在出粪,抬起头,睁大眼,惊奇地问:"什么害呀?对,对,我前天害了一场小病,那是感冒,出出汗就好了。"

"不是哩,是改水田那事!"

大山放声笑道:"你一点也没老糊涂!我都忘记了,你还记得那么清!怎么能是你害了我?我说,你这还是捧我哩,以后我还要多多请您给我出主意哩!"

白胡子老汉"啊啊"着,他认为这是大山怕自己担心,才装作忘了,才装作不在意的样子。他这样想,心里就不安,又问:"听说,你吃了批评?"

"干工作,吃批评怕什么,只要能把工作搞好就行。"

白胡子老汉叹息一声,喃喃地说:"唉,你替我受了屈,我这一辈子也忘不下你。"

大山笑了一阵,说:"那我这一辈子可忘不下谁哩?"

"你的心意我领情了,不过不能老让你替我背黑锅。你们年轻人,不要为我误了前途。"

大山说:"你赌放宽心吧,芝麻大的事也没有呀!"

白胡子老汉回去了。他除了觉着对不起大山以外,还觉着大山不愧当队长,真是个有肩膀头的人。他逢人就说:"你们不知道吧,大山真是个好人! 讲义气,够朋友,能共事,靠得住,不愧是在党的人!"

时间一天一天过去。五月完了,到了六月。新改的稻田,秧苗一派黑绿,旱地的玉谷,也开始拔大叶了。谁料,从初几到二十,滴雨未落。住岗坡怕的是六月大旱。人们说:大旱不过二十五。可是,二十五也没下雨。小河干了,水库的水也浅了。这时候,队里开展了抗旱斗争,想方设法保住新改的稻田不缺水,还把全队的旱地浇了一遍。

小封因为盲目叫多扩大水田的事,调回区里一段。现在,区里领导说:"小封,你还到大山那个队去吧,不过这回去了要虚心一点呀!"

小封又回到了大山队,心里总觉得有点对不起队干部和乡亲们似的。晚上,他跑到大山家里,两个人一直促膝交谈到三星落地,要不是大山催他回去休息,他连天色到什么时候全都忘记了。

这时候,白胡子老汉的心事才放下。到七月十五夜里,他叫家里做四个小菜,装一壶二锅头老酒,趁着月色,请来大山。一方面是想报答他替自己"挨批评"的情义,一方面也好了却这桩心事。谁知,大山坐下来一个劲地骂老天爷不下雨。

白胡子老汉劝道:"愁啥? 咱们的庄稼都浇了。这一旱,不正好说明你的打算对了吗？"

大山举到嘴边的杯又放下，心情沉重地说："三爷，不能这样想啊！你没到人家西沟村看看，有的庄稼都快旱坏了。别处不收，咱们一端起碗，想起他们受灾，就是再好的饭，吃着也没味了呀！"

白胡子老汉还是愤愤不平地说："这话不假。可是，小封也不该说你是个'派'呀……"

恰巧，大队来通知要材料，小封来找大山，走到白胡子老汉门口，只听大山情深意长地说："小封嘛，也是想叫大家一嘴吃个胖子。这个同志，到咱们队里，丢权摸扫帚，啥活都干。起五更，打黄昏，给咱们想了不少好门道……"

小封听到这里，也不喊大山了，回身慢慢走开了，狠狠砸了脑袋一拳。

这天夜里，小封和白胡子老汉翻腾了一夜，想东想西，一合住眼，就看见大山站在面前，对自己笑着。虽然觉没睡好，可是第二天，小封的精神却足了，工作也大胆了；白胡子老汉显得年轻了，话也多了，在场里和人们谈笑风生。

秋风起时，树叶飘落。队里的庄稼收了，打了，分了，国家多了余粮，社员们多了口粮，个个都欢天喜地的。月半间，一个夜晚，队里开会讨论明年的生产，请白胡子老汉也来参加。他一跨进门槛，大家就向他鼓掌，对他非常亲热。他一辈子没被人这样欢迎过，急得他竟向人们拱手作圆圈揖，惹得人们巴掌拍得更响。他问大山："啊，啊，这是干啥呀？"

大山咧开嘴，笑道："干啥？听你的话听照了，大家多收了粮食！"

"啊！"白胡子老汉急得乱摆手，"这不能啊！当初你讲过，管他谁的意见,你接受了,就是你的意见嘛,现在为啥又变了卦?"

"当初是三月,现在怎么是十月?"大山笑道。

"不行啊! 吃批评,你包下,功劳可推给别人,你图个啥?"白胡子老汉拉住大山的手。

"我图啥? 就图个这!"大山挣开老汉的手,向外指着。人们顺他指的方向看去,月光下,金黄的谷草垛,黑黑的玉蜀黍秆子垛,向远处伸去,像山岭一般。大山放下手,朗朗地笑道:"三爷,喝酒也该转转盅,现在轮到你了。归根到底,这意见是你提的!"

白胡子老汉还要推托,年轻的小封却抢前一步,做起了检讨。他讲得那样诚恳,白胡子老汉上去拉住他的手,闪着泪花,说:"孩子,别讲了。你们都是光明磊落的人,有了缺点也要给大家讲清楚,我们更觉得亲近,不会有别的。也只有现在的干部,才能这样! 再说,你也是一片真心为大家嘛!"

最后,大山在会上宣布了明年继续适当扩大水田的意见和生产计划。散会时,月光极好,大山和小封,一个在左,一个在右,扶着白胡子老汉,走在前面。

"这三个人啊……"跟在后面的人,齐声笑起来。

原载《奔流》1963 年第 1 期

夜惊

三娃睡得很晚,睡到床上心里还是咚咚乱跳,五分喜,五分怕。谁知道明天一早等着自己的是吉还是凶,他失眠了。

三娃买了辆手扶拖拉机,村里乡里跑了几天,公章快把一张纸都盖满了,还是没领来牌子。管牌子的黑老李人倒不错,还对他一个农民娃子笑哩,笑罢了说:"我都不急,你急啥呀,等我们研究研究就给你发嘛!"可是,等了一天又一天,一直没研究。崭新的拖拉机没牌子上不了路,三娃急得心痒手痒,就去请教老开拖拉机的人,人家乜斜着他,嘲笑道:"我问你,拖拉机没有油,会不会动弹?"三娃心里顿时开了窍,今天下午趁住黑老李上班,就往他家里送了一包饼干。黑老李的老婆白得像雪,大家都叫她雪娘娘。她招待三娃喝了一杯茶,问他:"小兄弟,你给俺们送礼,咱们是啥亲戚呀,我怎么都没听说过?"

三娃脸红了,说:"我和老李哥是相好。"

"相好?"雪娘娘笑笑,把小椅往他面前移移,低声低气地说,"现在到处都在整党,我真怕他在外边戳祸呀,你要听说他做了啥见不得人的事,千万来给我说一声,也不枉你们相好一场!"

"你放心,老李哥不是那种人!"三娃说。

两个人说了一会儿话,三娃就走了,走到门口又有点不放心,回头嘱咐道:"李嫂,我那个包里有份申请,老李哥回来了,你叫他看看,给我个信。"

雪娘娘笑道:"你放心吧,我叫他明天一早去找你!"

…………

三娃睡不着,想着雪娘娘的话,不知道是真心实意,还是虚心假意。狼走天下吃肉,狗走天下吃屎,不信她不爱财! 可是,她说"现在到处都在整党",看样子也真有点心虚。人都是骨头肉长成的,又不是钢筋铁骨,谁不怕挨枪子! 她要万一……三娃迷迷糊糊睡着了。

黑老李来了,一进门就大喊大叫大笑:"好你个三娃,为啥在饼干包里放着一百块钱? 你把老哥看成啥人了! 谁不知道老哥是黑脸包公,老哥老早就把一颗心交给革命了! 给,这是牌子,还有这一百块钱,你数数。下一回可不许干这种傻事了!"三娃高兴得抱着黑老李乱蹦……老婆推了他一把,喝道:"你疯的啥?"啊,是个梦!

三娃醒了,他笑笑,给老婆说:"我做了个好梦。"

老婆一惊:"啥梦?"

"黑老李给咱送牌子来了,把钱也退给咱了!"三娃实在得意。

"只怕要坏事了!"老婆说。

"为啥?"

"梦都是相反的,说死了一定活着,说活着一定要死!"老婆担心地说。

三娃听老婆解了梦,心里顿时发毛了,不由得又胡思乱想开了,快到天明才又迷糊过去。

咚咚咚！有人敲门，敲得很重很急，三娃忙披上衣服去开门。门一打开，妈呀，冲进来几个持枪的公安局的人，把枪口对准了他，喝道："三娃，你知道不知道你犯了啥法？"

"我、我、我没犯法呀！"三娃吓得筛糠了。

"还不老实！给我抓起来！"一个民警哗啦一声亮出了手铐，把三娃铐上了，说，"你这个坏货，竟敢行贿，拉拢腐蚀干部，该当何罪！"

"走！"又一个民警一声喝叫。

几个人拉上三娃就走。三娃死死抓住门框不走，哭叫道："饶了我吧，下一回我再也不干了！"

"哎哟！"老婆一声嘶叫，狠推了三娃一把，伸手拉明了电灯，折身坐起，指着身上，恼怒地火道："你今黑是咋了？你看看，你看看，把我身上都抓破了！"

三娃看看老婆的胳膊，真有五个指甲印，苦笑道："我又做了个噩梦！"

"啥噩梦？"老婆有点喜了，忙问。

三娃心有余悸地把梦中的事说了一遍，老婆突地笑了，高兴地说："好！好！有门了！"

"咋有门了？"三娃心里还在咚咚跳，"我都吓死了。"

"刚才不是给你说了，梦是相反的。抓你就是不抓，他报告公安局就是不报告，收下咱的钱又不报告，还能不给咱发牌子？"老婆得意地给他解梦。

三娃听了觉着有理，心里顿时不怕了，说："真要是天一明就给咱送来牌子，咱们上午就上山拉柴，跑一趟挣它个二三十块，咱们先下顿馆子,庆贺庆贺,然后,咱们也洋气洋气,手拉手去看场电影!"

老婆瞪他一眼,说:"你就记得这!不行,先给我妈撕件衣裳,我妈把卖了几年的鸡蛋钱都给咱,叫咱凑凑买个拖拉机,才美可忘了我妈!"

"行行行!"三娃笑着答应了。可是,想想又犯愁了,"可是,今黑做俩梦呀,一个吉,一个凶,你说说,哪一个算数呀?"

老婆被问住了,想想说:"当然是后一个算数呀,前头那个过去了!"

三娃有点不放心,说:"啥事都是先来后到,我怕是先做的那一个梦算数!"

"先做的那一个要算数,后头的梦还做它啥益?"老婆往好处想。

两个人不睡了,坐在床上你一言我一语地说着。不同的理由,心思可是一模一样,都想要吉,不想要凶。究竟哪个梦算数,两个人研究着,不知不觉天大明了,还没研究出个结果。

咚咚咚!有人敲门,"三娃在家吗?"

"啊,黑老李来了!"三娃夫妻俩又怕又喜互相看了一眼,忙应了一声,"来了!"双双忙下床争着去开门。

是吉?是凶?开开门让黑老李进来就知道了!

1980 年

大梦难醒

"看看,我真不是反革命吧!"赵报恩走在山路上,穿着土黄色囚衣,一脸癫愣相,挥舞着一纸证明,嘻嘻地憨笑着,不住喊叫,声音都沙哑了。

他的脸又黄又肿,刚刚理过发,头上像扣了个葫芦瓢,被太阳照得闪闪发光。突然释放使他喜疯了。他饿了几顿,省下一点路费钱,买了一串鞭炮,扬扬得意地往家走去。每走一段,看见附近有人,就点燃一个纸炮,扔向天空。炮在空中炸响了,引来了两面山坡上做活的人,大家发觉是他,顿时惊讶不安地互相看看,问道:"啊,你咋回来了? 期满了?"

"不是的!"他好比得胜回朝的将军,骄傲地仰摆着脸,头摇得货郎鼓一样,嘻嘻憨笑道,"咱可不是刑满释放犯人,是给咱平反了! 共产党真不愧是火眼金睛,谁骨头缝里咋想都能看得清清楚楚,到底看出咱是个真革命。咱一个穷得叮当响的贫下中农,当牛当马还报不完毛主席的恩情哩,咋能背良心反对'文革'!"

人们突然又听见这种话,好像面前站着一个隔世的鬼魂,又互相看看,奇怪地反问:"啊,你还赞成'文革'呀?"

"这还用问。咱不哄人,上级都查清

了,咱真不反对呀!"他看人们满脸怀疑,以为是不相信他的话,忙递过平反证明,炫耀地说,"看看,上级发有证明,证明咱是个真革命!"

人们传看着证书,脸上不是冷冰冰的,就是嗤之以鼻。赵报恩气了,看不起他他不怪,看不起证书可是看不起法院呀。哼,山里人没见过世面,啥也不懂! 当人们把证明不屑地还给他时,他又把证书挨个伸向每个人眼皮底下,指着血红的公章,郑重地一遍又一遍强调道:"看看,这是法院的大印,这还能是假的? 看清了吧,咱真不反对'文革'呀!"

人们反感了,厌恶地批驳道:"'文革'还没把人害死完,你还赞成哩!"

"你说说,'文革'有哪一点好处?"

赵报恩马上板起住法院前的教师爷面孔,呵斥道:"这是啥话? 这一回算了,我不去报告,下一回再说……"

他的圣人面孔,他的自作宽大,惹得人们嘎天嘎地大笑。

"你们……"他像碰见了一群无法无天的野人,吓得回头踉踉跄跄地逃跑了。

人们看着他那慌不择路的样子,止住了笑,又气又同情地叹息道:"这个可怜虫,还没睡醒!"

他真可怜!

当他还不知道自己姓名时,就死了父母。开头到处讨饭,后来给人家放牛放羊。他漂流到赵家村时,已经快二十岁了,长得憨头憨脑,力比牛大,头一天给赵老大做活,就给自己立了一座碑。赵老大叫他挖坡地,离村很远,领他去交代了活儿,留下干粮走了。天黑时,赵老大去了,看他挖的地比两个棒劳力挖得还多,高兴得不得了,可是,再看看留的干粮原封没动,就吃惊地问他:"哎呀,这么重的活儿,中午咋没吃饭呀?"

他憨笑着说道:"没听人喊嘛!"

"真比石头还实诚!"人们听说后这样评价他。

从此,人们都愿找他帮忙干活。他不要工钱,还拼命死干,天长日久,抓住了穷人的心,他在这里也算站稳了脚跟。逢着雨雪天,没人叫他做活,却争着叫他去吃饭。穷人把他当成自己人看,只有地主们说他憨不憨,奸不奸,是个二百五,常常拿他开心。比如在场边碰见他,就指着石磙激将道:"喂,都说你力气大,能把磙子抱起来不能? 不中吧! 哼,都是别人吹牛皮的!"他一听就变了性,胳膊一多,使足了劲,硬把石磙抱起来。地主们看他浑身上下青筋暴跳,眼珠子鼓得差点憋出来,就哈哈大笑一阵。逢年过节,地主们拿些馍来,找他打赌,笑话他没本事,吃不了五十个煮鸡蛋。他又上了性,当场吃五十个鸡蛋,噎得又瞪眼又伸脖子,地主们看着乐得笑出了眼泪。每逢这时,穷哥们儿就气红了眼,埋怨他道:"你疯了!"

他不服,像斗胜了的公鸡,歪着犟筋脖子,气愤地说:"哼,日他妈,谁叫他看不起咱!"

他就这样活着,除了混个肚子圆,连穿戴也挣不来,常年赤皮露肉。直到解放,人民政府开放救济,他才第一次穿上新衣服。他高兴坏了,每天跟着人们斗地主剿匪反霸,吃苦的事,得罪人的事,别人往后缩,他硬往前冲,每次都要提提衣裳襟,嘿嘿笑着向人们表白道:"人不能没良心。就凭这,没人干咱干!"

不久,分田分地开始了,要造个花名册,工作队长提笔问他:"你姓啥?"

他傻笑笑,不在乎地说:"不论写个啥姓都行。"

一个人活到二十多岁,没名没姓,还觉得无所谓,工作队长心里沉重，闷了半天，说："住在赵家村，就姓赵吧，行不行？"

他连想也不想，又嘻嘻笑道："可行。上级叫姓啥就姓啥。"

工作队长又说："为了纪念土改，不忘党的恩情，叫个报恩吧。"

他还是想也不想，高兴地说："行，可好！"

从此，他成了有名有姓的人。不久，他分了二亩好地、一头小牛，还分了一口上等棺材，柏木的，响过堂，里外上了很厚的漆。原意是叫他卖了，说个女人，好成家立业。他高兴得像吃了笑药，一天到晚嘻嘻着笑个不止，逢人就说："天下哪有这号好事呀，不光管我活，连我死都管了，毛主席真是大恩人啊！"当他接到土地证时，泪流满面，二话没说，连夜跑到山上，砍了一担柴，第二天一早去城里卖了，请回一张毛主席像，恭恭敬敬贴到当堂墙上，然后趴下去磕了很多响头，直到额门磕出血见了红，他才满意地站起来。

隔了一年，乡里吴支书来搞合作化试点。农民们把土地看成命根，再三动员，也没人带头把土地入社。吴支书心焦火燎，苦没办法。一天，人们扯闲话，说到赵报恩和地主打赌吃鸡蛋的事，逗得人们大笑不止。说者无意，听者有心，吴支书突然有了主意。第二天，他就到赵报恩家里，面对面坐定，吴支书先引导他忆了一阵苦，然后心情沉重地叹道："才享几天福，可有人忘了本，不听大救星毛主席的话了！"

赵报恩问："谁可忘本了？"

"谁？"吴支书寒下脸，恼怒地冷冷道，"有人举报，说几个地主在一块儿悄悄议论，说人都没良心，别看毛主席把咱们的地分给赵报恩，才几天他可忘了本，也不听毛主席话了。说是你讲，要叫入社，除非碌子发芽驴生角，真的？"

"谁说的？"赵报恩急炸了，虎生站起，抹起袖子，眼瞪得铜铃似的追问,"老子和他拼了!"

"先别管是谁说的。"吴支书冷丁丁笑道,"你先说说,地主们是不是看准了你的心思?"

赵报恩更急更气了,狠狠赌咒道:"谁要有这号心,叫天打五雷轰,不得好死!"

"共产党不兴赌咒!"吴支书板着脸,声色俱厉地讲,"心在你肚子里长着,谁也看不见。自己真要是没有忘本,就做个样子叫大家看看。"吴支书讲了很多知恩要报的道理,临走时才换了副面孔,替赵报恩抱不平地说:"真没想到,连地主都说你赵报恩不报恩。他妈的,真看不起人!"

这天上午,吴支书召开群众大会,继续动员大家入社。报告没完,赵报恩可来入社了。他担着拔的界石,牵一头披红挂花的小牛。大家对他的觉悟之快感到迷惑不解,都睁大眼看着他。吴支书请他到主席台上,叫他用现身说法,去打动大家的心。他憨头憨脑站在主席台上,吴支书带头鼓掌,大家只好跟着鼓掌。掌声催得他憨红了脸,憨粗了脖子,憨得一颗心要蹦出来了。他忽然撕开衣服,露出了毛茸茸的胸脯,甩开巴掌把心口窝拍得"啪啪"作响,吵架似的叫道:"人凭良心树凭根,我要是知恩不报就不是人! 毛主席叫入社就入社,谁也不能叫他老人家费心着急!"就这一句,再也没有了。

吴支书急了,鼓励他道:"别急,说说,合作化有哪些好处?"

"可行!"赵报恩答应得很顺当,他想,这还不好讲,就挥舞着拳头大喊大叫道,"要不是毛主席给分田分地,早饿死八百年了。毛主席是再生父母,恩比天高,这一辈子报不完,下一辈子变牛变马也得接住报,别说叫入社,就是叫上刀山下火海也得干! 谁要不干就不是人生父母养的!"说到这里又完了。

赵报恩这话,像在火中撒了一把盐,会场顿时一片炸响,人们互相嘀咕起来。吴支书知道从他嘴里再也掏不出优越性了,就把他这几句话进行了分析,说他的话代表了贫下中农的心声,群众心中蕴藏已久的社会主义积极性迸发了。

会后,吴支书把他的材料加工提高,上报县里。县里如获至宝,树为典型,到处宣传,有力地推动了合作化运动。只是赵家村对他有不同看法,干部们夸他是积极分子觉悟高,群众则骂他是二百五露球能。夸也罢,骂也罢,反正他已成了全县的有名人物。本来还想提拔他当干部,可惜他眼不识字,嘴不会说话,只好封他个积极分子,每逢运动都请他出面带头罢了。

转眼到了火红的一九五八年,生产上"一大二公",吃饭当然也要"一大二公",一道命令下来,农村要实现食堂化。农民们几千年吃的小锅饭,对大锅饭这个新生事物的优越性认识不了,思想不通,抵触很大。当年的吴支书,如今的区委吴书记,灵机一动,领着全区大小干部来赵家村开现场会了。

这时候,赵报恩的老婆刚生了个儿子。吴书记找到他家,不免亲热一番,吴书记又帮他忆了苦,然后如此那般地咕叽了一阵,吴书记就去开会了。现场会开始,吴书记做了动员报告,把食堂的优越性讲得天花乱坠,谁听了食堂饭菜那个香劲,谁就会顺嘴角流涎水。可是,农民们的听觉触动不了味觉,不但不流水,嘴上还像贴了封条,个个愁眉苦脸,不肯开腔。正在这冷场时,赵报恩抱着还不满月的儿子来了,嘻嘻笑着走向吴书记,央告道:"给他起个名字吧!"

吴书记接过孩子,看了又看,然后又看着赵报恩,连连夸道:"看看个头多大啊!真不愧生在一天等于二十年的火红年代,叫个跃进吧,好不好?"

"好,好,可好!"赵报恩脸上堆满憨笑,儿子也不要了,回过身飞一般地跑了。

一会儿,赵报恩拿着锅来了,往地下一扔,转身又跑,穿梭一般来回跑了几趟,搬来了缸呀盆呀罐呀,摆了一大片,然后又跑了。大家不知道他要干什么,看傻了眼,正在纳闷时,他扛着镢头来了,一言不发,抢起镢头,疯了一般,把好端端的锅盆缸罐砸个稀巴烂。大家吓得你看我,我看你,个个张大了嘴巴合不住。只有吴书记稳坐一旁,会心地微笑着。赵报恩把一切都彻底粉碎之后,才撂下镢头,走向吴书记,接过孩子,憨声憨气地讲道:"人凭良心树凭根,要不是毛主席给咱分田分地,早八百年都饿死了。知恩不报不是人!毛主席叫吃食堂咱们就吃食堂,不能叫毛主席他老人家费心着急!我要求今天上午就吃食堂,叫跃进张开嘴吃第一嘴饭,就吃的是'一大二公'食堂饭!"

吴书记听了这话喜得满脸堆笑,带头鼓掌,把他狠夸奖了一番,说是贫下中农肚里蕴藏已久的共产主义积极性迸发了。第二天,赵报恩的模范事迹就上了县报的头版头条,添枝加叶,描绘得玄上加玄,说是连初生婴儿都要求大办食堂,证明这是社会主义发展的必然规律,共产主义的一代新人伴着共产主义的新生事物诞生了。于是,高音喇叭和土广播一齐开动宣传,在他的模范事迹感召下,掀起了彻底砸烂盆盆罐罐的热潮,几天之内,所有的嘴巴都伸向了"一大二公"的食堂。

伟大的共产主义创举,使吴区委书记变成了吴县委书记,赵报恩也福从天降。他的儿子被命名为跃进,跃进又带头吃了食堂。有志不在年高,虽然跃进还不满月,可是已经成了社会主义的促进派。小跃进被当成"大跃进"的象征,县委责成卫生部门派出专门医生,保证跃进的健康成长。从此，小跃进又变成全县的小贵人，一旦打个喷嚏，全县就闻声丧胆，跃进病了，这还得了？不说医院里不惜贵重药品，精心治疗，各部门各单位也兴师动众，送来大批高级食品点心，堆得筐满箩尖。赵报恩本来是个老实人，做梦也没想到去沾别人的光，现在因为儿子起了一个金贵的名字，竟然福如流水滚滚而来，使他喜出望外，一天到晚忍不住嘻嘻地憨笑。老实人吃惯了外财，也会变得奸猾起来。赵报恩再老实也终究是个人，每当好东西吃完，食堂的菜汤使他饥饿难忍时，人得填饱肚子的本性就逼得他去想邪门。他把小跃进有意冻一冻，使他发冷发烧，然后去找县委吴书记，愁眉苦脸报告跃进又病了，马上就又会收到大批慰问品。此方百试百灵。在那三年灾害中，别人是吞泪充饥，他一家却不断高级糕点罐头，夫妻两个不由暗自庆幸，认为小跃进是个天生的大命人，从小就给家里带来大富大贵，日后必成大器。

公家如此看重跃进，赵报恩夫妻更是把他当作掌上明珠。公私两方的宠爱都集中到了跃进身上，吃的穿的玩的样样不缺。这孩子确实生得聪明伶俐，再加打扮得齐齐整整，倒也令人喜爱。跃进刚满周岁就会咿咿呀呀骂人，赵报恩听他骂得刁钻古怪，按不住内心喜欢，常常抱他到人场里，向人们夸道："看，才过生儿可会骂人，骂得可刁了。骂一个叫叔叔婶子们听听。"

跃进听话，真的骂上几句不堪入耳的脏话，人们看赵报恩那个高兴劲，不得不强笑着夸奖一番。赵报恩听到人们赞美，心里更像吃了蜂糖，笑得更响更甜。

跃进长到两岁，就经常抓破爹妈的脸皮；长到三岁，就会打骂邻家小孩；长到四岁，就会说谎骗东西；长到五岁，就偷瓜摸枣；长到六岁，就成了村里的小霸王。对于跃进的学坏，赵报恩也生过气，可是,一来享了跃进带来的洪福,二来常听人讲,凡是大命人小时候都调皮使坏,因而也就没有弹过他一指头,放手任他坏去。

村里人对赵报恩早就窝了一肚子气,没想到这个老实人变得这么不老实,次次露能献好,又是要求吃食堂,又是给儿子取名跃进,害得瘦了众人,肥了他一家,虽不敢咬他一口,可是背地里议论起来,都咬牙切齿,埋怨当年大家瞎了眼,给赵家村收留下这个祸害。对于小跃进,众人更是恨在心里,谁家小孩他没打过骂过?谁家的瓜果他没偷过吃过?可是眼看公家把他当成一尊小神来敬,谁还敢说个不字,只好忍气吞声。况且,他这个名字本身就有免罚免罪的贵处。你要说句跃进不好,上级就会当个政治案件来抓,谁知道你是对赵报恩的儿子跃进有意见,还是对三面红旗中的"大跃进"胸怀不满?弄不好给你戴上一顶指桑骂槐的帽子,还有不坐监蹲牢之理!村里人恨在心里,又有口难言,只好背过赵报恩的面就给跃进戴高帽子,给他出主意想门道,教他尽量学坏。跃进读书读不进去,可是学坏却精灵得很,一点就破,一学就会,一年一年越学越坏了。

转眼之间,跃进九岁了,已经是四年级学生了。因为政治运动一个接一个,跃进的名字渐渐失去了威力,上级好像把他忘了,也再不来送礼了。当食堂散了,大家的生活一天一天好起来时,赵报恩一家的生活却明显的下降了。一个人没有享过福,对继续受苦不会感到多大的不舒服,可是,一个享惯福的人,反过来再受苦就会留恋过去。赵报恩就是这样,他时常觉着不自在,不过他到底在旧社会吃过大苦,对眼前的苦还能咬咬牙忍住,跃进可真是受不住了。从前,他饿了吃饼干;现在,他饿了吃红薯干。从前,他骂人打人,对方不敢还口还手;现在,对方竟敢和他对骂对打,连老师也不向着他了。他可受不了这个冤枉气,就和别人死打活拼,经常被打得头破血流回家。赵报恩夫妻对儿子的遭遇又心疼又无可奈何,除了念诵"大跃进"的好处之外,就是咒骂那些过河拆桥的干部,特别是恨那个姓吴的,他如今当上了县委书记,见了面连理也不理,全忘了他能爬上去也有跃进的一份功劳!可是,这个吴书记为啥突然不亲近他和跃进了?他一直猜不出原因,只有背地里咒他没有好下场,别的再没有好办法了。

不久,"文革"开始了。赵报恩参加了几次斗争会,才明白自己的福气为啥丢了。原来是朝里出了奸臣,反对三面红旗。反对三面红旗,他的跃进当然也就不吃香了。每次参加斗争会,他心里都有一种怨气得到报复的满足。特别是那位吴书记也被打成了走资派,并且拉到赵家村斗争,他感到特别高兴。他那苦愁了多年的脸上又堆满了憨笑,还忍不住没板没眼地喊了几句戏文。人们看到他的憨笑,听到他的憨腔,不由想起了"大跃进"时他的得意劲,自然也想起了吃食堂的苦处,多年来对他的不满情绪迸发了。有人把他也揪了出来,进行了批评,说他是走资派的黑爪牙、小爬虫,勒令他交代走资派送给他多少东西,还说他血债累累,吃食堂时饿死的人都是他谋财害命害死的,要他抵命。他大字不识一个,还有点二百五,真当要抓去砍头了,他跟跟跄跄跑回家里,一头趴到土改时分的那口棺材上,放声痛哭道:"毛主席呀毛主席,你开开恩吧,就是把我杀了,也叫我装在这口你给我分的棺材里吧,行不行呀!"妻子问个明白,也吓成了一堆泥,陪着哭了一阵,忽然想起来听人讲过,监里吃不饱,她就一边哭一边给他烙油旋馍,他就一边哭一边大口吃。忽然门外响起咚咚锵、锵锵咚的喊声,只当来抓他了,两个人吓得走了魂,妻子掂起一个馍塞到他怀里。谁知进来的是儿子跃进,他挥舞着红缨枪,又蹦又跳号叫着,一脸喜气。赵报恩一见儿子,想起马上就要生离死别,哇的一声哭得更痛心了,伸手去拉儿子,叫道:"跃进,爹……"

"你才叫跃进哩!"儿子瞪大了眼,气势汹汹推开赵报恩,恶声恶气地咋呼道,"谁稀罕走资派给起的臭名!老子改名了,从今往后叫文革!"说着一把夺过赵报恩手中的油旋馍,大口大口吞着,憋得脖子一伸一伸的。

"啊!"赵报恩忽然眼前一亮,"你改了名?"

"老子也当官了,金刚钻造反兵团的司令官!"赵文革满嘴塞着油旋馍,嘟嘟噜噜地炫耀着。

"司令!"赵报恩一喜,可是马上又想到那是孩子们闹着玩的,救不了他的大难,就哭声哭气诉说着自己挨斗的事。

"妈的,敢欺负老子的老子,看老子宰了他们!"赵文革气冲冲地号叫一声,掂把红缨枪转身就跑。

赵报恩吓坏了,上去紧紧拉住儿子,苦苦求告道:"我的好爷,你别再给老子加罪了!"

赵文革性如烈犬,怎肯听劝,可是又挣不脱推不开,心中一急,低下头去狠狠一口咬在赵报恩拉他的手上。赵报恩疼痛难忍一松手,文革就像脱缰的野马一样跑了。

原来,学校里也乱了套,成立了什么造反兵团,什么战斗队,舞棍弄棒,到处抄家打舍,又威风又好玩。跃进是个小野人,当然也要参加。谁知,有人说他的名字是走资派给起的,社会关系不好,几个组织都不要他。他一怒之下,改名"文革",约会几个全校有名的害娃,成立了金刚钻造反兵团,意思是金刚钻虽小,却能钻动瓷器。这时,赵文革听说村里斗了他爹,怎肯罢休,就吆喝上小战友,到斗争他爹的人家门口示威,自称是毛主席的红小兵,贴了几张狗屁不通、满篇白字的大字报,乱喊一通油炸、打倒之类的口号。这都不怕人,最吓人的是他们扛着红缨枪,枪尖上绑着麦秸,人人手里拿着火柴,七嘴八舌咋呼道:"再不投降,非火烧你不可!"

乡里人东西来得艰难,不怕油炸,也不怕打倒,就怕火烧。省吃俭用,从牙齿上刮一辈子几辈子,才好不容易盖几间房子,真怕这些无法无天的小野毛放上一把大火,一家人立时就没有了安身之地,谁不害怕?他们所到之处,家家恨在心里,笑在脸上,说好话赔不是,夸他们最听毛主席的话,还往他们口袋里硬塞花生、柿饼、核桃等好吃的东西,连哄带捧,才把这群小火星爷送走。可是,人们把这笔要烧房子的仇恨都记到赵报恩头上,异口同声骂道:"妈的,没想到赵报恩的心这么毒,自己不敢出头了,打发儿子出来放火!"

赵报恩哪里知道这些,他想着多大的县委书记都叫斗了绑了打了,儿子小小年纪有多大神通,怎能救了他的命!他在家里还是吓得魂不附体,外边一有脚步声,他就面无人色,忙叫妻子道:"听,人家来逮我了!"

正当赵报恩吓破胆时,儿子文革吃着柿饼,扬扬得意回来了,照他面前地上撒了一把花生,像老子训儿子似的说:"看把你吓的!吃吧,没事了!"

赵报恩哪里肯信,还是心惊胆战,吓得门也不敢跨出一步,一夜数惊。可是,几天过去,果真风平浪静,再也没人来找事了。他试着出去走了一圈,斗过他的人看见他就赶忙远远躲开。他发觉人们怕他了,就感到了满足。他耷拉着头出门,仰摆着脑袋回来,对妻子嘻嘻憨笑道:"真没想到,小小娃家这么大本事。吃食堂时给咱们带来大富大贵,这一回又给咱们解了大灾大难。看起来真是个大命人哩!"

大命人赵文革真是命大,步步高升。他看着红大兵的样子,打砸抢抄抓样样都学,样样精通,谁见谁怕,十分威风。大队造反派头头看他不要脸不要命,是块造反的好料,就把他拉进去,封他当个二号服务员,他更是忘了姓名。上头讲,小生产者时时刻刻产生着大量资本主义,他便充当了割资本主义尾巴的刀斧手。造反派没钱花了,自己不便出头,就叫他去没收人家搞副业的钱;造反派嘴馋了,就叫他去没收人家喂的猪羊。他也十分愿干,因为不光能显示自己的威风,还可以多分一点拿回家去。赵报恩念过"革命无罪,造反有理"的语录,认为儿子的所作所为都是上级提倡的,当然也是合理合法的。儿子拿东西回来,也就受之无愧。妻子胆小,他就对妻子说:"他妈的,也该他们给咱压压惊!"

赵报恩又过上好生活了,可是还常常记着挨的那场斗争,心里总有点生气。于是,逢到吃好的时候,就端上一碗肉,手指缝里夹着一个白馍,专门到人多的饭场里去吃,憨笑着说上几句露能话,想气气人们,叫人们看看他赵报恩还是福大命大,不但没垮,还比他们过得自在。他的这个想法果然实现了,人们见他碗里端着从自己家里抢走的猪羊,恨得每根汗毛都竖了起来,嘴里不能明说,心里暗暗发誓赌咒:不报此仇不算人!

谁知,老天爷专与人们作对,不但没给人们报复的机会,还赐给了赵报恩一家齐天洪福。原来,忽然有一天,上头不知怎么高兴了,又传下一道旨意,叫各级都要高抬儿童团。这一下忙坏了县里乡里,到处查访,要找一个敢冲敢打的儿童团树为典型,找来找去,找到了赵文革,全县的造反派中数他年龄最小,胆子最大,造反历史最长,就封他当了县革委常委。一个十四五岁的害娃,忽然之间登上了全县最高权力机关的宝座,小车来小车去,好不威风,人们不由想起了三岁登基的宣统皇帝。赵报恩也跟着升了天，在县里和大官们吃了几顿酒席之后，模糊了一辈子的人忽然开了窍，什么都明白了，都懂了。他觉着上头讲的一切都好得很，可恨下边的百姓们没见过大世面，和猪狗一样不通情理，不听上头的话。就说旱地改水田吧，上头还不是想叫老百姓享受共产主义的福，大米干饭哪一点不比红薯吃着美？可是，人们生成的红薯嘴，不但不感上头的恩，还骂上头喝酒喝醉了，偷着瞒着不肯改。就会说个没有水，没有水，要人干啥哩，不会去弄水？他想起上头讲的，种水稻是毛主席革命路线，种红薯是修正主义路线。他一眼就看穿了，这是想给"文化革命"抹黑哩，是变着法反对毛主席。不行，得坚决捍卫，他就去县里告了大队一状。后果不用说了。从此，他在大队说一不二，不论是动员生产，还是动员革命；不论是搞计划生育，还是声讨苏修，他都登台发表演说。他站在主席台桌前，学着县里大干部的样子，先吭咳几声镇镇场，然后，重复着土改以来他讲过千百遍的老话，外加一点现学来的名词，教训大家道："人凭良心树凭根，要不是毛主席给分田分地，咱们早饿死八百年了。要不是毛主席叫搞'文化革命'，咱们早八百年就叫刘少奇哄卖吃了。知恩不报不是人，别说毛主席叫干个这，就是叫上刀山，咱们赤巴脚也得跑；就是叫下油锅，咱们也得脱光衣裳往里头跳；就是叫吃屎，咱们也得张大嘴抢着吃！谁敢反对毛主席，谁敢反对'文革'，咱们就砸烂谁的狗头。"

"啥玩意儿呀，帚子骨都戴帽子——也充人哩！"人们在台下撇嘴冷笑，一眼一眼翻他，骂不绝口，都巴着有朝一日能仇报仇、冤报冤，啥人还是啥人。他自己倒还很得意，好像自己真是革命圣贤，一点也不害臊脸红。

赵报恩稀里糊涂被潮流推到了风口浪尖上，成了最最革命的权威,人人怕他,恨他,又不得不虚心假意敬他。小鬼冒充神,受不了大香火,熏得他头晕脑涨,说话云天雾地。有一次给人们讲解什么是舵手时,竟憨笑着吹道:"毛主席掌管全国是大舵手,俺们文革掌管全县是小舵手!"从此,赵文革被人们笑称为"小舵手"了。

赵文革被他爹封为小舵手,照旧掌不稳舵,还是东一篙西一篙,胡乱行船,常常把船碰到礁石上。那一年,上头说,为了不占耕地和节省木料,死了人要火化。恰好赵家村死了个人,家属不愿火化,装进棺材里埋了。赵文革从县里回来听说后,冲冲大怒,就领了几个造反派,去扒开坟墓,劈了棺材,把尸首拉出来扔在野外,被饿狗吃了不少。这在农村,可是一件犯众怒的大事。人们忍无可忍,给家属烧了底火,人人手执棍棒,把赵报恩家围个水泄不通,和赵文革说理斗争,质问他家为啥还留着棺材。开头,赵文革还想耍耍造反派威风,想用常委的权势把众人的火气压下去。可是,官逼民反,众怒难犯,人们怒吼着要和他拼命。赵文革平时怪凶,这时也怕被乱棍打死,只好赔情求饶,还把他爹那口上等棺材赔出来,才算退了众人。无巧不成书,这天恰好赵报恩不在家,回来后听说此事不由气上三分,又一看自己那口值几百块钱的棺材赔了人家,不由气钻了心,气昏了头,竟然忘了儿子是小舵手,疯了一般破口大骂儿子。儿子从来就比老子凶,开口和他对骂。赵报恩骂不过就开打,儿子打不过就夺门而跑,赵报恩掂起杠子就追,边追边撕破嗓子大声叫骂:"文革哎,我日你八辈老祖先了!""文革哎,我日你妈了!你扒人家坟,你还算人不算!""文革哎,你个龟孙……"

赵报恩一句一个文革,骂不绝口,追了一个村,骂了一个村。村里人看他追,听他骂,没一个人劝架,只是在一旁兴高采烈地看洋戏,有人耍笑道:"好啊,这货口口声声骂'文革'!"一句话点醒了有心人,大家七嘴八舌议论道:"他啥是骂儿子,真是恶毒咒骂'文革'嘛!"

"对,告他一状!"

"是门,叫他也试试!"

赵报恩不知大祸将至,还在拼命追着。前边又有一群看热闹的人,害怕赵报恩追不上,打不起来,就假装劝架,上去死拉活扯硬拦住文革,劝道:"跑啥嘛,有啥事爷儿俩好好说嘛!"就在这时,赵报恩追来了,人们又火上浇油激将道:"不敢打!不敢打!"赵报恩本来性不全,此时又红了眼,早忘了革命王法,大喝一声:"你看老子敢打不敢打!"话出手落,一杠子打下去,儿子文革便被打翻在地,昏过去了。

报复的机会终于来了,几个人互相使个眼色,虎生一下上去抱住了赵报恩,说他指鸡骂狗,恶毒咒骂"文革",殴打革命小将,把他绳捆索绑起来。那年月时兴群众扭送,群众就把他当成现行反革命分子扭送到公安局了。人们积了多年的怨气发泄了,大家全乐了。公安局来村里调查,没一个人替他说好话,都说他是走资派多年来培养的黑样板黑爪牙,对"文革"怀着刻骨的仇恨,有根有秧,有鼻子有眼,把他说成地地道道的恶毒攻击犯,坚决要求从严法办。就这样,他为了砸锅吃饼干,为了割下资本主义尾巴自己吃肉,为了儿子的为非作歹,为了几十年的过度积极,其实他什么也不为,只是被一些往上爬的人当了垫脚石,终于他自己付出了代价——被判了刑送去劳改了!

现在,赵报恩走在山路上,走几步就放上一颗纸炮,高兴得心花怒放。虽然,像本文开头描写的那样,他碰上了一群贬驳"文革"的野人,使他惊怕了一阵。可是,他想了想,很快就明白了。其实那些人都是真心实意拥护"文革"的,要不,他们当初为啥把他扭送到公安局,还不是为了捍卫"文革"! 他们刚才那样讲,是故意试探他的,想勾引他说出不满的话,再送他去法院。想到这里,他骄傲地憨笑不止,自言自语自夸道:"行吧,就凭你们这几个山里人,都想掏问我哩! 人家法院的人比你们能得多,啥方没使,都没从我嘴里掏问出个屁来! 真金不怕火炼,咱心里压根就没有反对的思想,你再掏也是白掏!"

再拐弯就要到家了,赵报恩一想到马上就要和妻子儿子团圆了,喜欢得心里咚咚乱蹦。他到劳改农场以后,妻子央人给他去过信,说儿子没有死,治了一段伤,出院后还是县里委员,革命革得更积极了。他想,回家后得好好向儿子道个错,保证往后支持他把革命闹得更红火,报答毛主席的恩情。

赵报恩想着走着,很快拐过了山嘴,抬头看见村头五八年修的跃进楼,不由想起住法院前,自己经常站在那上边给人们讲话的情景,心里又酸又怕。忽然又听见鞭炮齐鸣,锣鼓震天,欢呼声山摇地动,村里在干什么? 是了,一定是接到了他平反归来的通知,召开欢迎大会哩。他想起那一年,儿子文革被封成常委回来时,也是这么热闹。他不由赶忙把衣服上的灰尘拍净,又拉平展些。多年没有登台讲话了,给欢迎的人们说啥好呢? 树有根,水有头,一千年一万年也不能忘了根本,还得从根上说才行。对,就说:"人凭良心树凭根,知恩不报不是人。要不是毛主席给分田分地,咱们早八百年就饿死了。要不是毛主席发动'文革'……"来不及多想了,人群冲着他走过来了,他憨笑着赶忙迎了上去。

"啊!"赵报恩一字出口,就惊吓得合不住嘴了。走在前边的是个被逮捕的犯人,那不是儿子文革吗? 他、他又怎么了?

"坚决镇压打砸抢分子!"怒吼声像炸雷击在赵报恩头顶,他赶忙溜到一块巨石后边,两只眼死了一般瞪着大路上的人流。他头晕了,身子也有点晃悠了,迷迷糊糊像入了睡,正在做着一个大梦,梦见了地主们和他打赌吃鸡蛋,梦见了一生中见到过的人——其实他什么也没见,只模模糊糊看见了二十多年没看见过的千百张笑脸!

他会醒吗? 大概会的,因为世界上还不曾有过睡不醒的觉!

1981 年元旦

苦笑

一天中午,老王家来了一位客人,姓丁,是一所高中的校长。丁校长原先是文化馆长,老王是农民业余画家,因为业务关系,两个人就认识了。老丁爱说实话,老王也爱说实话,脾气相投,谈起来很投机,一来二去就成了好朋友。

"文革"开始时,老丁成了走资派,造反派要整他,就找老王提供炮弹。当时老王还算革命群众,造反派就先来软的,鼓励他揭发,还要大胆揭发,叫他再立新功。老王看不写不中就写了。写老丁罪大恶极,不该太老实了,不该太相信党了,党叫干啥就干啥,不会走样,是个标标准准的驯服工具。造反派一看冲冲大怒,软的不中就来硬的了,桌子拍得震天响,说老王和走资派穿着连裆裤,写的不是揭发,是给老丁搽脂抹粉,逼他再写。老王说真没啥写了,再写就是编瞎话了。造反派恼了,说:"好啊,你敢说毛主席的战士逼你说瞎话,这不是恶毒攻击毛主席是什么?"一怒之下,把老王打得口吐鲜血,连门牙都吐出来了。老丁知道老王为自己吃了苦,心里感激不尽。后来,村里有人贴了革委会张主任的大字报,说张主任乱搞男女关系。张主任不识字,叫别人给他念念大字报,听着句子很顺,认为学问浅的人写不了,就怀疑到老王身上了。于是,就把老王定成反对红色政权的反革命分子,还说他画过黑画,是文艺界周扬的小爬虫,就一天到晚绑他打他,整得老王奄奄一息了。老王的老婆要给老王治伤没有钱,就剪了头发辫拿到街上去卖,恰好碰见了老丁。老王的老婆怕连累老丁,就转弯磨圈躲开老丁。老丁远远地跟着老王老婆,从北关跟到南关,从南关跟到北关,到了城外没人处才叫住她,说:"回去给老王说,我打听了,老王没一点事,叫他想开一点,千万别寻死觅活。留得青山在,不怕没柴烧!"嘱咐了一遍又一遍,还给了十块钱和一条白河烟。当时老丁还在管制中,一个月只发二十块钱生活费,得养活婆娘娃子一家人。老王本来想死,为了老丁的嘱咐和十块钱一条烟就不死了,说:"我不死了,死了对不起老丁的一片好心!"

"文革"的闹剧完了,老丁当了高中校长,老王还是业余画家。老丁和老王成了生死之交,来往更勤了。两个人共患难的事情传为美谈,邻里间无人不晓。

今天老丁又来看老王了。老丁不会喝酒,老王也不会喝酒,老王说:"会喝不会喝都喝一杯吧,来了不喝一杯总觉着差个啥。白酒劲大,咱不喝白酒,喝点家酿的黄酒吧!"老丁说:"行,喝就喝一点。"老王就叫老婆收拾酒菜,两个人在客屋里说着闲话。

一会儿,进来了一个人,五十来岁,光头,胖子,笑眼。老王没抬身子,随便招呼道:"来了,坐!"来人没坐,径直走向老丁,亲亲热热地说:"你是丁校长吧?我一看就想着是你。我是老张,老王的邻居、朋友。"老丁听说是老王的朋友,马上站了起来,笑着握手,然后就坐下了。

老张人很随和家常,屁股刚挨住椅子,就左顾右盼地问:"哎,酒菜还没弄好呀?"不等老王回话,就站到门口冲着厨房催道:"老婆子,快一点呀!"不一时酒菜端上来了,老张看看菜不丰盛,就深表遗憾地说,"乡下没菜,不知你今天来,要早知道我就去街上买点菜,好在不是外人。"倒像老张是东道主。他客气过了,又安排老丁坐这里,老王坐那里,自己坐到了下席。老张主持着这个三人的酒席,劝老丁酒,劝老王酒,还说:"咱们都不是外人,今天得喝个痛快,酒逢知己千杯少!"热情得很,家常得很,殷勤得老王也忘了自己是主人,只好跟着他的指挥当客人了。

几杯酒下肚,除了老张,老丁和老王都耳根红了、脸红了。老张就对老丁说:"丁校长,我知道你和老王是患难之交,好得只多一个头,要不是多一个头就成一个人了!"

老丁笑从心底生,得意地说道:"千载难逢一知己! 能有老王这个朋友,今生足了!"

"对!"老张又指着老王对老丁说,"你总也听老王说了,我和老王也是好得只多一个头,要不是多了一个头就成一个人了。老王,对吧?"

老王看看老张的眼睛,不由低下头喃喃地说:"喝,喝吧!"他第一次主动捧起了杯。

老张端起杯又对老丁说:"有一次斗老王,打得皮破血流,要不是我早把他打死了。'文革'斗死了多少人,死了不是都白死了!"

老丁听说老张救过老王的命,就把他看成自己的救命恩人,给老张敬了一杯,说:"这样一说,咱们也算生死之交了。"

"不是算,是真的!"老张又一一斟满了酒,放声大笑道,"老丁,老王,加上我老张,咱们三个人有三个头,可是只有一个心,也算得桃园三结义了! 来,喝个同心酒!"

老丁端起杯为难了,说:"我已经过量了,真是不中了!"

老张看看老王,关心地说:"不能叫老丁再喝了,咱们是谁和谁,叫老丁醉了可不是咱俩的心意!"老张伸手夺过老丁的杯,说:"我也是见酒就醉,可宁可我醉也不能叫老丁醉。"说时仰起脖子一饮而尽。

老王端起杯也面有难色,犹豫地说:"我、我也不中了!"

老张又夺过老王的杯,对老丁说:"老王从来滴酒不沾,为了陪你才开了戒,这一杯我也替了!"又仰起头一饮而尽。

真够朋友!够味气!

老丁和老王都有了几分醉意,老张随随便便地说:"老丁,有个事你得办办!"

老丁说:"只要我能办。"

老张哈哈笑道:"咱们是谁和谁,我还能给你出难题?小事,一嘴吃二十四个圆枣——小事(柿)。我二小子没考上高中,成天寻死觅活,我急坏了。老王劝我说:'芝麻大个事划得着急?我包了,给老丁说一声还有个不中之理?你的娃子就是我的娃子,我的娃子就是老丁的娃子!'我咋想咋不美,叫老王给你说,好像咱们多远一样。我说,我亲自给老丁说,我不信老丁能把我的脸撂了。就这,鸡毛蒜皮的事!"

老丁看看老张,老张涨红了脸低下了头。如今学校少学生多,后门只要闪个缝,一个不合格的学生溜进来,跟着就要有一大群不合格的学生拥进来。老丁的亲外甥没有考上,老丁都没让他入学,为这事把亲姐都惹恼了,骂他六亲不认。怎么办?老丁为难了好大一阵。老张救过老王的命,老王已经大包大揽答应了,要说个不字,就会伤了老王的心,朋友了几十年,老王从来没为私事开过口。士为知己者死。人生得一知己足矣。为朋友两肋插刀。老丁心头闪过一个一个为人的格言，绝不能伤了朋友的情义。老丁心一横牙一咬强作轻松地笑道："行，叫他去吧！"

"不会坏你啥事吧？"老张并不感谢，反而正色地说，"咱们丑话先说前头，要是为娃子上个学会坏了你的啥事，咱们说啥也不叫他上！"

老丁苦在心里，笑在脸上，还安慰道："看你说哪里了！别说坏不了啥事，就是会坏啥事，也不能耽误娃子上学呀！叫他去，明天就去！"

老张笑得眼细了，埋怨老王道："我就说吧，我亲自给老丁说也行嘛，你还怕我说不响哩，看看！"

老王尴尬地嘿嘿笑着。

三个人吃完了饭，老张责怪老丁道："你不能一来就光来老王家里，这算啥话？下次来了得去我家里，省得叫外人看着咱们多远一样！"

老丁连说："好！好！"

老张站了起来，说："咱们就一言为定了，明天我就送娃子去！"

老丁又一连声说："好！好！"

老张笑道："我这就回去给娃子说说，叫他也高兴高兴。"

老张大摇大摆地走了。

老王看着老张走远了，才埋怨道："你咋会答应了他？"

老丁奇怪地问："咋？"

老王反问："你知道他是谁？"

老丁说："不是你的朋友吗？"

"朋友？朋友个屁！"老王气急败坏地说，"他就是那个一天打我几顿的革委会张主任。当初,我的儿子在村里上小学,他都勒令退学,说无产阶级的学校不培养黑狼羔。现在垮台了,还骂我没良心,到处给人讲。当初没把他打死,给他留了条命,他还不承情哩!"

"啊!"老丁迷瞪地说:"我看他来了那么随便,和你贴气①得很,说和你好得只多一个头,你咋不反驳哩?"

老王叹道:"他当咱俩面说和我好,我咋能面对面说和他不好!"

老丁不言语了,老王不言语了,两个人同时叹了口气,两个人低下头沉默了好久好久,当四只眼睛又碰到一起时都笑了。

笑得很苦!笑得很可怜!

原载《河南日报》1979 年

---

① 贴气:豫西南方言,指关系显得贴近而亲切。

两张"告示"

●

五月,这是收获的季节。当人们把黄金般的小麦扛回家中,为了去年盛粮的家具不敷今年应用而感到为难时,从四面八方对这丰收发出了纵情的欢笑,人们从一年比一年增大的粮食垛中,看见幸福的明天。

五梅乡农业社,它以自己的两季大丰收,像磁石般地吸引着周围的农民。社员们热爱它,个体农民称赞它,政府支持它。可是,也有人在仇恨它,阴谋破坏它!

两张"告示"

这一天早上,突然在村上发现了两张反动告示。

五梅乡党支部书记兼农业社社长马金昌,也和大家一样感到丰收的喜悦,可是,今天这件突然而来的怪事,却在他欢乐的心情上抹上了阴影。现在他坐在办公桌前,正在专心地想着一个问题:是谁贴了两张"告示"?

马金昌有个老习惯,一动脑子想个什么问题,他总用右手食指敲着桌子,敲得非常均匀,好像在给自己的思想活动打拍子一样。现在,他敲打着桌子,两双眼透过窗户向遥远的什么地方看着,他在聚精会神地考虑着和今天早上这件怪事可能有联系的每一个人。一会儿,他又把视线转向放在桌上的两张黄表纸上。

这两张纸上写着什么呢? 一张是"彤华宫火德星君示:兹因五梅村违犯天意,弃神明而走歧路,竟敢组成农业社,背天而行。奉玉帝旨意,三天内火烧汝村,作恶者定有天报。此告。"另一张是:"乌浩宫水德星君告示:兹因汝等背天而行,触怒玉帝,罪该火烧,现令黄河水伯神断其水路,以助火威。作恶天必报,汝等速回头。此告。"

这两张"告示"是分别贴在村东火星庙和村西龙王庙外面的墙上的。一张是小玉去割草时看见的,一张是张治富交来的。

小玉是个十六岁的孩子,高小毕业生。一早去割草时,走到龙王庙看见墙上贴了这张反动告示,就不管三七二十一地撕了下来,飞跑回来,把它交给了马金昌。

张治富是个四十开外的人了,他拿着那张反动告示找着马金昌时,惊疑不定地低声说道:"早上我去锄地时,走到火星庙跟前,看见墙上贴了一张告示。你看,这是从哪里说起的呀! 神! 真有神吗?"然后献媚地补充道:"我怕大家知道了影响情绪,所以没叫别人知道。"

看着这两张黄表纸,马金昌深思起来。神,这原是反动统治阶级用它来麻醉劳动人民的,可是直到现在,村上有些老婆老汉过年过节还没忘了它啊! 他又想起前年过年他去劝告他们不要迷信时,他们对他讲起的一件事来。

那是二十年前的一个年节,村子里的头户王之九带头组织火星会,入会的人一户一斗麦、一斗谷子。有的是诚心入了会,有的是因为王之九有势力,被迫不能不入。只有何太喜坚决不入,说:"活人都没吃的,哪有东西去敬神!"王之九就说:"不入不行!没粮食,我借给你。"何太喜说:"借下的是账,塌下账还不起!"王之九非常恼恨他。火星会成立了,正月十五这天,当人们正在敬神时,忽听得外边大声喊叫,跑去一看,只见何太喜的房子被烧着了。第二天在被烧过的墙上发现一张神的"告示",说他目无神灵,又说神做事是光明正大的,烧了他的房子还要下个"告示"。从此,那些老婆老汉总要说:"孩子呀,可不敢胡说。敬神有神在,不敬神不怪。你可不要糟践神呀!"

马金昌想罢了这个听来的故事,摇一摇头,他当然是绝不会相信神的。

不过,二十年前何太喜的房子确是被烧了,墙上的确还贴有"告示"。马金昌把二十年前这件事和这两张"告示"联系起来,又严肃地深思起来。

活着的"死人"

中午,太阳的光线透过窗户射进社委办公室里,明得刺眼,就是屋里也热得不行。

这时,马金昌和乡治安委员刘大德从外面了解情况回来,正聚精会神地研究这两张反动告示。他们一直摇着扇子,可是并没有给他们带来多少凉意,还是要不断地掏出手巾擦脸上的汗水。

"你看写这'告示'的目的是为啥?"马金昌说。

"那还用说,为了破坏咱们扩社,破坏合作化运动!"

"是的,这就是敌人的主要目的。不过,他们是永远达不到目的的。我们的责任,就是不论敌人藏得多么巧妙,也要把他们全部肃清! 好,咱们来好好把这东西研究一下。"

马金昌说着把"告示"平摊到桌子当中。他俩都站了起来,弯腰俯向"告示"。

"这一笔字写得还流利,虽然有些做作。"马金昌指着署名火星爷的那一张说道,然后把另一张端详了又端详,"这一张写得歪三扭四。不过,你看,"他右手指着"火德星君"四字,左手指着"水德星君"四字,"这几个字笔迹多么相同呀!"他把这几个字又端详了几遍,点了一下头,幽默地说,"是的。这么看来,龙王爷和火星爷都很穷,两位大神合用一个秘书!"

刘大德被说笑了,本来他也已注意到这一点,就补充说:"虽然两张告示的墨色浓淡不相同,字体也不相同,不过从笔迹,特别是点的捺法来看,可以断定是一个人写的——他再做作,也免不了露出马脚。"

马金昌显然对大德的分析感到满意。他把视线从纸上转到大德身上,正想说什么,大德把手一摆,接着说:"刚才我到现场去观察了一下,从两张告示贴的高度看,我量了一下,离地都是五尺上下,地下没有放过凳子的痕迹,也没有毁去这种痕迹的迹象。可以说这是一个人贴的。"

"那么,我们已经发现了三个线索:两张告示可能是一个人写的;两张告示可能是一个人贴的;贴告示的这个人有五尺上下的身长。不过,写告示和贴告示的是不是一个人呢? 假使不是一个人,那么写告示的是谁? 贴告示的又是谁?"马金昌进一步提出了问题。

"当然,现在我们还不知道。不过有一点是值得注意的,小玉送来的一张,四个角的背面还沾有墙上的石灰粉;张治富交来的一张,只留三个角,我到现场去看了,那个左上角还贴在墙上。这两张纸都是贴在石灰墙上,这种石灰墙是贴不牢纸张的,只要轻轻一扯,纸就顺势脱落下来。可是张治富交来的一张,为什么撕破了一个角,那个角还留在墙上呢?"

"也许是撕得太急,用力过猛了。"金昌猜测着说。

"撕得急也不会留个角。"大德很有把握地说。

为了证实这一点,两人在房内做了试验。大德拿一张纸贴在墙上,这墙和火星庙的墙土质是一样的,等糨子干了后,果然一撕就整个脱落下来了,用力猛也是如此。要想留下一个角,就要一手按住角再撕,那就是张治富的撕法了。

"这是有意识的!"金昌也觉得这点可疑。

"是的。这就是说,张治富撕时是按住左上角,才把它撕下来的。可是,一个平常的人碰到这种情况时,他是不会想到这些的。"刘大德分析着。

"这是做贼心虚!好,这又是一个线索,说明张治富在这件事上有嫌疑。可是要说写嘛,张治富可写不出这一笔字。"金昌同意大德的分析。

沉默。马金昌用食指轻轻地敲着桌子,有时失去了节奏,忽快忽慢。大德皱着眉毛,瞪着房顶。两个人心中想的是同一个问题:"告示"到底是谁写的呢?

马金昌这时感到了责任的重大,应当赶快抓住证据,把敌人查出来,现在只是有了一些线索,还应该多发现一些线索,跟着这些线索追查事实。村上到底是谁懂得这神神鬼鬼的一套,并且又能写这一笔字呢?他想着想着又想起来了二十年前那个故事,自言自语地说:"是的,有过这么一个人,能写一笔字,还懂得神神鬼鬼这一套,不过早已死啦！"

正在沉思的刘大德看了金昌一眼，眉毛一挑，说："王之九吗？都说剿匪时他长疮死在山上了，我就不相信。你说谁亲眼见过王之九的尸首呢？"

"是啊，谁见过呢？"金昌又陷入了沉思。

"吉星高照"

马金昌从社委办公室回到自己家中。这是三间雪片瓦房，他一回去就坐了下来，仰着头，瞪着房梁上写的"吉星高照"四个字——这是当初盖房子时贴上的。

看了一会儿，他站了起来，找着一根竹竿和一把扫帚接到一起，举到梁上轻轻地扫拂一下积灰，于是那"吉星高照"四个字看得更清了。然后，他走进里间拿了一面镜子，又坐了下来，他把镜子平放着，镜面向上，那"吉星高照"就和嵌在镜子里一样清晰。他把那两张"告示"也掏了出来，平放在镜子旁边，两眼盯住了"吉星高照""火德星君""水德星君"的三个"星"字。

"是的，这告示的内容和他反动会道门头子的身份相吻合，这三个'星'字又是那样的相同。"他这样想着。

马金昌这座房子是土改时分来的——原先是王之九的。盖这座房子时，自己在这里做工，立梁时，王之九当众提笔写成"吉星高照"四个字，还扬扬得意地说："咋样？好吧！光凭这笔字也走遍天下吃酒肉！"当然，他不会想到有今天。妈的，那是什么样的年代呀！出力流汗的人有受的气没有吃的饭，那老财们游游转转却吃不完的山珍海味。就拿王之九说吧，他霸占了多少土地，每年农民都得向他交地租,每年每户还要向他交二斗"神粮"。多少条生命被他害死!多少妇女被他利用神的名义奸污了! 他还是国民党区党部的书记,又是什么谍报组长……马金昌被这些回忆激动着,眼睛里射出了愤怒的光芒,他又仰起头看了那"吉星高照"一眼。

房子里很寂静,午后的炎热把人们都赶到渠边的树下乘凉去了。马金昌躺在床上,很想睡一小会儿,可是合不上眼,责任感驱散了瞌睡,对敌人的愤恨使他不由得又把思想集中到刚才考虑的问题上。

那是七年前的秋天,这里刚刚解放了三个月。在县人民法院监狱里押着一个犯人,四十上下的年纪,罗锅腰。每天他没明没夜地叫着哭着,衣裳撕得稀烂,当着众人的面就脱下裤子屙屎,然后便捧起这屎往自己嘴里塞,又用尿糊把自己的脸涂得不显鼻子眼。他经常说些莫名其妙的话,今天说姓张,明天说姓孙。审问他害过多少人命,他会说:"我带着天兵天将,被花果山老孙杀得大败而回。好杀呀好杀! 那时节我一怒之下,火烧曹兵八十三万……"他就这样说些不着边际的话,弄得人们称他是"疯子"。可是,在一个大风大雨的夜晚,"疯子"失踪了。他就是王之九。当五梅村的群众得知曾欺压他们多年的恶霸王之九失踪的消息后,很不放心,就组成了搜山大队,配合着公安部队搜遍了附近的每个山头、每片树林,可是扑了空。接着,王之九长疮死在深山,尸首被狼吃掉的风声传开了,这也不知是人们对他的诅咒,还是别有用心的人故意说的。而王之九家里却设上了灵堂,哭哭啼啼地办起了丧事。一个月后,王之九的婆娘也改嫁了。她说:"我不给王之九这个罪该万死的人守节。"她嫁的是张治富的哥哥——一个瘫痪了多年的病人,他不久就死掉了。从此,王之九婆娘就和张治富成了一家人。那张治富是富农,解放前在村里也是个场面上的人,解放后伪装老实,其实因为不能再放账盘剥,对新社会是怀恨在心的。

这一连串的往事,很快地在马金昌心中掠过。"错就错在看犯人的卫兵一时麻痹了! 当然,这几年我们也没追问这件事。"他给自己说,"当初听到王之九死去的传说时,原也没有信以为真呀! 可是追查了一年多还没有影踪,慢慢地也以为是真的了。"

马金昌把自己的思想从头整理了一下,得出这样的初步结论:从"告示"的内容和字体上来看,是王之九写的;从"告示"贴的高度和张治富的身长相同,从王之九婆娘和张治富的关系,从张治富撕"告示"时的故意做作这些地方来看,"告示"是张治富贴的。

"那么,这只是分析,"他从床上坐了起来,"更重要的是事实。"

铛! 铛! 铛! 农业社下地做活的钟声响了。马金昌朝社委办公室走去。

鬼计

夜深人静,只有青蛙在鸣叫着。

村子的尽东头有一座瓦房,从表面看来已经关门闭户,人已睡熟了,因为没有灯光,也没有声响。不过,这样的看法错了。两个月来,每到夜里,这座房子里的人才开始活动。

二更天了,张治富习惯地爬下了床,顺着窗户格子向外张望,然后又走到院里把耳朵贴住了墙,听着外面确实没有一点动静,这才走到王之九婆娘的房间里去。他走到床前弯下腰,推开了床底下的尿罐,罐底是块木板,嘣、嘣、嘣,用手指轻轻地敲了三下,那块板子就往东移开,张治富就从这里爬下地窖里去。他的头刚刚钻进去,板子又合拢了,王之九老婆又把尿罐放在原处。

洞底倒也宽大,铺着草席和被褥,一盏鬼火似的灯放在铺的对面。原来那个传言中已死去了的王之九,就在这里匿藏。王之九一见是张治富,就罗锅着腰,把张治富让到铺上坐。

"风声咋样?"王之九颤抖着问。

"早上在树下吃饭,我对大家说神贴了告示,大家都谈论开了,看来老年人有些害怕。听说干部和党员、团员已开了会,治安委员刘大德吃着饭老是用眼瞧着我。"张治富叹了一口气,"干这号事可真叫人提心吊胆!"

王之九笑了一笑,给张治富打气说:"别怕,他们发现不了的。只要搞得他们人心不定,扩社就成问题,老社员也会不安生。"

原来,他们在这样做以前是有过争论的。

两个月以前,王之九被美蒋特务机关委任为"司令"后,就偷偷溜了回来。他首先拉拢了张治富,封张治富当了"参谋长"兼"军需处长"。官是有了,可是兵呢? 工作又怎样开展呢? 都是问题。

一天夜里,王之九问道:"连一个人也弄不过来吗?"

张治富摇了摇头说:"你怎么知道人心变得多快呀! 他们是要一心一意跟着共产党走了,休想拉开他们一步。"

当然这些话王之九不喜欢听,不过,他从亲身的体验中也尝过这种滋味。可是,无论如何也不能使张治富有这种情绪,他就故作镇静地说:"不对! 你错了。不要忘了利用神来帮我们的忙,我们没人信,神还有人信。二十年前何太喜房子被烧的事,很多上岁数的人都还相信。关于这一点,上级也有过这个指示。"

最后,这才决定用写"告示"的办法。

张治富一直在低着头。这几天他害怕所有的人,不管大人小孩好像都在注意着自己,尤其是刘大德瞪自己几眼,这更使他担心。现在他听到王之九的笑声,真有些讨厌,心里说:"妈的,你又不去亲手做,第一个倒霉的还不是我!"不过当王之九提到何太喜房子被烧的事,又使他壮了胆子。"是的,二十年前你火烧何太喜家,又贴上了告示,人们不但没发觉,反而对神格外信奉了。看来,这回也许没问题,只要方法高明。"张治富露出了笑容。

"下一步什么时候动手?"王之九紧逼着问。

张治富考虑了一阵,犹豫地说:"我没有主意,你说呢?"

"你不是说明天晚上村里开总结统购大会,还唱戏,就在那个时候下手!"

"不!他们在开大会时,防得分外严,这时下手最容易露出马脚来。"

"可是,他们会认为这时防备得严,别人不敢活动,就在他们认为'不敢'的时间下手,要比平常保险些!"

"那就试试看吧。"

"一定得办成这事!"王之九命令地说。

他转身从挂在墙上的口袋里掏出一个小圆镜、一小卷棉絮、一小包药粉交给了张治富,交代道:"放心吧,就是神仙也休想找出一点痕迹。把燃烧药放到棉花上,再把火镜和棉花放在一起,给它向草房上一放,任务就完成了。单等第二天太阳出来一照,大火就会突然而起,连火镜一齐都烧毁了。第二天一早你可就要上街卖余粮,最好约个伴,在街上耽误到天黑再回来。这样有个好处,就是整天有人和你在一块儿,就可以免去别人对你的怀疑。"

张治富点了点头。

这时,王之九婆娘倒了两杯白酒,从上边递给他俩,娇滴滴地说："喝杯如意酒吧!"他俩接过杯子,一饮而尽。

王之九拔出钢笔,在纸上写了些什么,递给了张治富。张治富凑近灯亮,只见那上面写着:"以神显灵之法,使人心已归向于我。神军即可组成。并已火烧五梅乡农业社,该社已破产散伙。张治富有功,拟提升为副司令。"

张治富知道是份电报稿,就说:"还没做呢!"

王之九哈哈大笑道:"时间早晚而已。"

水落石出

昨天晚上,就在王之九和张治富商议破坏计划的同时,从县里连夜赶来了公安人员,当晚即同马金昌、刘大德和乡里的主要干部,研究了敌人活动的情况,决定继续侦查,加强戒备,单等破坏的手一伸出来,就把它砍断!

马金昌和刘大德从何太喜家里走出来时,东方已经发白了——他俩是开过会后,到何太喜家来了解二十年前房子被烧的情况的。刘大德愤恨地说:"还想用这套办法来迷惑人呢!哼,如今行不通了!"接着他又轻蔑地说:"昨天早上,张治富和我们在树下吃饭,他向别人套问对告示的看法。我当时直瞪着他,他后来不吭声了。妈的,算盘不要打得太如意,装得再像也不中!"

马金昌提醒他说:"不要太激动了!敌人没有睡觉,他们还会有新花样的。我看今天晚上的群众大会,我们要特别警戒好。"

"都已布置好了,我再去检查一下。"刘大德走了。

马金昌回到家里,他回想着昨晚会议上大家汇报的情况。张治富近来总是悄悄地买烟、割肉,装到布袋里背回去。离河这么近,可是王之九婆娘却在家里关住门洗衣裳。看来,昨天夜里研究的结果是肯定的了。王之九呀,你断没想到人们认为你还没死掉!不过,这也没啥,几天之内,说不定就在今晚,人们就会永远相信你是真正的死掉了!张治富这个王八蛋,到阴司也要给王之九当狗腿子的!这时,咚咚的敲门声把金昌叫了起来,来的人是王大婶。

王大婶在昨天吃晚饭时,她儿子下地回来,向她说起庙上贴了"告示",说是敌人又活动起来了。王大婶是个细心人,这使她想起两月前她遇到的一件事,一夜没睡好,天一明,就去找马金昌。

"……两月前,天都二更了,李木匠从城里做活回来,路过咱村,住在俺家。那时天还冷,他没带被子,我家被子又不够,我就到张治富家去借被子。我怕人家睡了,不好意思叫人家再起来,谁知一到他门口,王之九婆娘在大门口站着呢!深更半夜的咋不睡呢?她一见我就赶忙说长说短,我懒得和她说恁些,就一直走进去。怪事!只见张治富从屋里向院子中挑土,见了我,连忙说:'上屋地不平,担的土没用完。你有啥事?'我把借被子的事一说,他慌忙进去把被子抱出来给了我。当时我想,说不定是挖坑窖粮食的。"王大婶反映了这个情况。

马金昌送走了王大婶,就去找大德和公安人员了。

当天晚上,会场上挂起了汽灯,人们向会场集中。

会场上的人越来越多,闹闹嚷嚷的和庙会一样。张治富也夹在人群当中,他让别人吸纸烟,和别人打招呼。他想:"这样,他们会证明我始终没离开会场。"他的眼简直是用不过来,搜索着所有的人。他见马金昌、刘大德这些人都坐在台上,民兵队长新群和民兵志高、德超这些人都在会场上,和人们谈笑。"那么,真是天灭他们了!"他笑了,心中高兴起来。他摸了摸袋中的物件,扭回头向村中的一片草房看了一眼，"最好不过了，这一片山墙连山墙的草房一经烧着，全村都会完了的！"

马金昌报告了今年夏粮统购的成绩，接着就要演戏了。今天演的是《妇女代表》，是本村剧团演出的。人们争着看戏，喧嚷着，站在会场后边的人都往前边挤，会场里乱哄哄的。张治富一看这是个好机会，就偷偷溜了出来，装着要解手，提着裤子，匆匆往村里跑去。

当他上到磙子上，踮起脚，把手从口袋里掏了出来，伸到草房顶上时，动作是这样快，只有一眨眼的工夫，可是突然有人抱住了他的腰，把他摔了下来。几支手电全亮了，对准了他。民兵们发出胜利的笑声："妈的，早就看着你呢！"张治富被扣起来了。

就在张治富被捕的同时，另一场战斗在村东头展开了。公安人员进入张治富家里，找到地洞，逮捕了王之九，并在洞里搜出反动告示、电台、毒药等罪证。

这时，戏还没有开演。王之九、张治富被押到戏台上。马金昌把敌人的罪恶活动向大家讲了一下，揭穿了贴"告示"的秘密。会场沸腾起来了，人们为捉住了罪大恶极的王之九而高兴，为迅速破获了特务活动的案件而高兴！

公安人员押着犯人往城里走了。人们看着他们的背影，说："敌人不死心，百般生法来破坏我们的幸福生活，我们一定得提高警惕！"

原载《河南文艺》1955 年第 21 期

割草回来

●

夜幕降临了。从田野通往村庄的小路上,牛铃的叮当声,"打打咧咧"吆喝牛的声音,拉拉杂杂的歌声和欢笑声,一齐涌向村子里来;村子里老太婆们撑着小脚撵鸡鸭回笼,托儿所的孩子们哭着伸着小手要妈妈。平静的村庄顿时被杂乱的声音淹没了。

在牛屋门前的场里,妇女们挎着今下午才割的青草,拥挤在一起,等着饲养员刘三本来过秤,发工分。只有月芬一个人冷冷地站在一旁,她身子往前探着,两只眼一直瞪着一个穿花布衫妇女的一筐草。她嘴鼓着,嗓子里一句话几乎要脱口而出:"好,这一下可逮住你了!"不过她没说,只是咬着牙。

刘三本整天和牛打交道,只有这时他才回到人群里。"刘三哥,给我先称!""刘三叔,我家孩子等着吃奶……"刘三本咧着一张大嘴,笑着。他这时心情非常欢乐,他为别人求告自己而感到得意。一时,他忙得满头流汗也顾不得擦,可是,他还没忘了和好开玩笑的妇女打趣骂笑,只引得女人们笑骂他一顿,他才感到心里舒坦痛快。草堆慢慢高大了,人也慢慢地少了,他想把这种说说笑笑的场面持续得长久些,于是他慢下来,也不顾人们的催促,尽量拉延着时间。可是,到底他还得称最后一秤,他尖着嗓子说:"噢,我的心尖肉!"他学着月芬结婚那天夜里被别人听走的悄悄话。月芬弯腰把秤钩挂上,抬起了筐子,说:"你就会烂舌头根,快称吧!"称罢了,月芬把草扔到草堆上,领了工分,两眼瞪着刘三本,忍着气说:"我问你,社里分麦时,给我分干麦,给你分湿麦,你愿意不愿意?"这话从哪里说起呀,搞得刘三本晕头转向,不过他听出这话里有牢骚,刘三本赔着笑脸说:"我的好姑娘呀,为啥发恁大脾气!"

月芬好像被这话触动了什么心事,话像决口的大水一样:"你知道这割草多难吧!腰弯得像弓,整下午都不敢站起来直直,生怕少割一把草。腰啊,使得酸疼酸疼,你知道吧?"她说着说着故意用拳头在腰上捶着。刘三本这时可当真发了急,他央求道:"哎,哎,你看,我还急着铡草呢,到底有啥事快说吧,不要拐弯抹角!"月芬不理这一套,说:"看看我的手吧!"她把手伸到刘三本面前,"刺儿菜把手扎得生疼生疼!多难呀!那汗把衣裳漉得能拧出水!"她弯下腰,抓了一把她刚才倒出来的青草,拿到灯前,说:"你过来看看,看看我割的草多干净呀,能拣出一个带土的草根吗?能挑出一个柴火棒吗?我挑了又挑,拣了又拣!"她把一把草递到刘三本手里,刘三本看都没看一眼,说:"草还行!"月芬说:"还行?还有哪一点不行?"刘三本忙改口说:"好,好,青枝绿叶和灵芝草一样!你到底是啥事呀?"他把草又扔到草堆上。月芬走上去,卷起袖子,胳膊往草堆中狠狠地一掏,掏出了一把草,往刘三本面前伸去,说:"你看看,这草为啥湿这么狠?淘过的,在河里淘过的!""啊,淘过的?"刘三本惊奇地叫了一声,接过月芬手中的草,狠劲一捏,扑嗒、扑嗒滴下了几滴水。"谁恁孬种!"刘三本呆呆地站着。月芬这一下捉住了刘三本的把柄,话就和连珠炮一样:"那就是不行!十斤干草淘淘,就会变成十五斤。我没淘就该我吃亏,哼!"她说着把手伸过去,"拿来!"刘三本这时正在埋怨自己称草时粗心大意没有检查,一听月芬说"拿来",就没好气地说:"拿来啥?"月芬理直气壮地说:"分儿呀!我的草没淘,分量轻,给我添分呀!我可不能吃这个亏。"刘三本越听越烦,说:"她淘草,她坑害社里,她跳粪缸里淹死,你也跟着下去?"月芬火了:"那你为啥多给她分呀?"刘三本说:"谁知道这是谁办的好事!"月芬气势汹汹地说:"你眼叫鸡屎糊住了!谁?还不是拿社里工分送人情!"吵呀吵呀,刘三本被缠得昏昏迷迷,说:"我算服你啦,好,好,给你添三分!"月芬脸涨得滴溜溜红,接过工分本,啪地往地下一摔,说:"羞死啦!你打听打听,我占过社里一个皮钱的光没有?我待见这几分?"刘三本弯下腰拾起工分本,告饶地说:"左不是右不是,那你说咋办?"月芬说:"咋办?我就是不依,我使得腰疼腿酸,拼着命干,做出的粮食都叫那些奸猾头混去了,我一千个一万个不依!"刘三本无可奈何地说:"唉,你怎么这么黏!你男人还是个团员,他咋教育你的!"月芬一听刘三本不但不认错,还想往别人身上抹脏,她更气了:"我男人咋?他哪一点不好?他不好是我和他过日子,又不是你和他过日子。长胡子的人啦,说出话来要负责!"刘三本说:"他好,是一朵花。我要是个女人,也要嫁给他。行了吧?"一句话把月芬逗笑了,说:"呸!不要脸!"

刘三本好说歹说才把月芬送出门口。月芬出了饲养室,把脚一跺,"呸"了一声,说:"能人多吃四两豆腐,就是叫你吃不成!"她越想越气,好像被谁抢走了命根子,冤枉、牢骚一齐涌到喉咙,独自一人走着嘟囔着,不断地回头往饲养室那里吐口沫。她糊里糊涂顺着心里的不满,嘴里也麻米不分地东埋怨西埋怨:"不行!她哥是队长也不行！指望混分吃饭就是不行！"

到了村口，她爱人正在等她，心想怎么还不回来呢。他俩说了一阵，她爱人不知说了句什么，她拐回头一直往饲养室跑去，跑着说着："我就说该这样办吧！我就说该这样办吧！"她跑到饲养室，二话没说，扒开草堆，把那淘过的草装到筐里。刘三本上来问："干啥哩？干啥哩？"月芬连看他一眼都没有，说："我就说该那样办吧，把这草拿到今天夜里的社员会上，叫大家看看！哼，不行，就是不行！"说完，挎着筐子跑了。

刘三本笑了，把她送出门口，看着她走远了，可是，还听得到她一句连一句地说着什么……

原载《河南文艺》1956 年第 15 期

补缺

●

河务局长死了,谁来补这个缺呢?河务局肥得流油,管着几百里水路管着几百条船,南来北往的客运货运谁不求河务局?还有个很大的水库,水库里养的鱼足够吃半个省份,谁想香香也得求河务局。人们大眼瞪小眼看谁能跳进这个福窝。有的人不光看,还钻门子去活动,想坐上河务局长这把金交椅。

最近要补这缺了,有两个候选人,一个张文,一个王武。已经派人对他们两个进行了考核,究竟叫谁当,县委还没决定。说来也巧,张文和王武还是顶要好的朋友,两家住在一座家属楼里,抬头不见低头见,常常在一块儿喝茶谈天下象棋。考核以后,两个人心里都觉得有点不得劲,好像当中忽然垒了一道墙,每次见面都只打个哈哈。张文心想,别为这事伤了朋友间的和气,有一天就找到了王武,很诚恳地说:"王武老兄,咱们别为这事伤了感情。从我心里说,这个事你干最好不过,你比我大几岁,我以后还有机会,我绝不会和你争。"王武干笑笑,说:"我老了,不中了,从革命利益出发,你年轻有为,还是你干着合适。"两个人互相推辞谦让了一番,最后说定,这事听从上级定夺,谁也不做小动作,谁也不拆对方的台。送走了张文,王武就骂娘,自己急了坐不住了,想来探听虚实哩!想稳住我别动,你娃子可去活动,你想去拾落果。哼!休想把我当成二百五卖了。

王武就开始活动了,找到了表弟小丁,小丁在县委当干事。王武把小丁请到家里,一边喝酒,一边试探着说:"县委是个清水衙门,你这几年也够苦了。这一次万一叫我去河务局当头头,我一定想办法把你调到河务局当副局长,也好助我一臂之力。"小丁听了很高兴。别看县委门楼高,里边有实权的不多,再加要求严格,工作员们都个个清贫,眼看好多外单位里的人一个个都发了,他早就想调出县委找个有实惠的单位,也好鸟枪换大炮,只是没人提携。今天听王武说了,就感恩不尽,便说:"表哥,你有事只管说,小弟愿意跑前跑后。"王武看谈得投机,就问:"张文这些天找过县委李书记没有?"小丁想想,说:"去了。前天下午我见张文从李书记屋里出来,脸红脖子粗的,给他说话,看他带着气色,没准是急着要官,挨了批评。"王武一听笑了,心想:这货平日装得老实,还真是个贾雨村式的角色哩。王武又问:"你知道李书记喜欢啥东西,咱们也得心情心情、表示表示。"小丁说:"嘿,这可不是闹着玩的,听说李书记不收礼。"王武笑了笑,说:"谁能说自己收礼?不收是没送到他心里想的。"小丁闷着头想了半天,说:"有了,他有支金笔送人了,很是后悔,还想再要回来。"王武一听笑道:"这事咱包了。"

原来,李书记有支好金笔,是大学毕业时论文写得好,上级奖给他的。参加工作后,他常常用这支笔写报告,给报刊写文章,大家都说他写得好。每逢有人夸奖,他就掏出笔炫耀道:"不是我会写,是这支笔好,不用想就顺着笔尖流下来了。"这支笔成了他心爱之物。谁知前年他突然得了坐骨神经痛,跑遍大小医院也治不好。这种病谁不得谁不知道它的厉害,痛得你站着不敢动,睡着不敢翻身,连咳嗽一声都会痛得哭爹叫娘。李书记求遍良医,有人给他说王村有个老中医专治这号病,治一个好一个。李书记听说有如此神法就去了。王村这个大夫是个草医,大家叫他王先儿。王先儿行了一辈子医,到如今还没混个铁饭碗,还在村里做庄稼捎带看个病。王先儿给乡亲们看病不要钱,人们过意不去,这个给他送二升绿豆,那个给他送一篮花生,逢年过节争着送干果肉菜。他过得倒也逍遥自在。王先儿千好万好就是有一点不好,不爱给干部们看病。因为干部们在"文革"中整过他都不说,来求他看病还放不下架子,和使唤下人一样使唤他。这天,李书记来找他看病,恰逢王先儿在吃午饭。李书记一看他一把白胡子,就没向他喊医生或大夫,恭恭敬敬地喊了一声"大爷"。跟来的秘书给王先儿介绍,说来人是县委李书记,是县里的一把手。王先儿一听来人是个大官,顿时老大不高兴,屁股也没抬一下,寒着脸说:"大官去大医院找大医生治病才对,来我这里干啥?"秘书要发火,被李书记制止住了。他对王先儿说:"大爷,你先吃饭。"王先儿叫他在屋里等着,他不,他退到外边在院里等着。数九寒天,冻得他牙嗒嗒乱颤,秘书说:"进屋里坐吧。"他不肯,说:"有生人在场,不是催老人家快吃吗?"王先儿吃了饭,叫他进屋看病,他还不肯,他说:"不急,老人家午休要紧,你躺一会儿有精神了再看也不迟。"他死不进屋,忍着痛在风地里在村里转悠。王先儿很是感动,以往来找他看病的干部,不管有人先来他也要急着看,吆五喝六好像圣上到了。看起来这个书记知书达理,是个好人。人家敬我一尺,我该敬人家一丈才对。王先儿躺不住了,就起来跑到村里找到了李书记,请他到家里诊脉治病。王先儿看得很是仔细,然后开了几味草药当场熬了,叫李书记喝下,又给他轻轻按摩了几下,便请李书记下床走动走动试试,李书记顿觉疼痛风吹而去,腿脚灵活,便连连叫道:"神仙! 神仙!"王先儿自得地笑道:"我再给你开个方子,你去药铺买了喝它几次,保管你永不再疼。"说着,从笔筒抽出一支又秃又干的毛笔,放在舌尖上轻轻咬着,磨好了墨,给李书记开好了药单。李书记十分佩服,真是来时寸步难行,走时轻松如飞。李书记感激之余,从口袋里掏出五十块钱放到了桌上,说:"大爷,多谢了! 真是药到病除,感激! 感激!"王先儿见钱勃然变色,说:"这你就不对了。我问你,你为了治这病跑了多少医院花了多少钱,难道我这只值区区五十块钱?"李书记听了一阵脸红,想想老人家说的也是,为治这病跑了不止十家医院,钱也花了几千,怎么只给人家五十块钱? 便从口袋里又掏出一百元,恭恭敬敬奉上。王先儿哈哈大笑道:"这你就更不对了。老汉要想发财早就发大了,谁痛急了不舍得花三百五百? 老汉看病从来不收分文,世上还有比钱更贵重的东西,我只是为了解人痛苦积点阴德罢了。你这不是太小看老汉了?"说完把钱原封退给了李书记,又一阵哈哈大笑。李书记感动得不得了,心里老觉着过意不去,急得浑身乱摸也摸不出一件能表达心意的东西。这时,看见王先儿往笔筒里插笔,他灵机一动从口袋里拔出钢笔,双手捧着敬给了王先儿,激动地说:"大爷,这笔你收下也算留个纪念吧。"王先儿还要再推辞,秘书劝道:"大爷,你就收下吧,这是李书记的一点心意,你要再不收就有点太为难人了。"李书记又恳求道:"这笔好用,你留下多开几个方子,多解除几个人的痛苦,啥都有了。"王先儿哪里知道这是一支金笔,也值一百多块钱哩,只是看李书记诚心相赠盛情难却,只好笑笑收下了。

小丁不知送笔的详情,只知笔送人了。他几次来找李书记签发文件,李书记掏出笔都是甩了半天不下水,还说:"买了几支笔,都没有我原来的那支笔顺手好使。"看起来还恋恋不舍那支金笔。王武听了个大概,便说:"这点小事还不容易,保险能叫物归原主,打发他心里喜欢。"王武打听出了笔的下落,就来到了王村乡政府,找到了哥们儿石乡长,说明了想把金笔完璧归赵的缘由。石乡长听了面有难色,说:"这笔是李书记亲手送给王先儿的,现在再去明火执仗要过来合适吗?"王武哈哈大笑道:"活人能叫尿憋死?不会想个办法叫他自己拿出来?"石乡长想了一会儿,说:"有门儿!王先儿的孙子王林在化工厂当工人,为了转正的事前天还找过我。"王武听了大喜,问:"你给他批了?"石乡长说:"还没有。不过这孩子积极老实,考试也合格,符合转正条件。"王武说:"还没批就好,拖他几天,你给他点个醒,叫他把笔弄来再给他批。"石乡长碍于朋友情分,想着这也不是大事就答应了。

再说,这天王先儿出门看病,只有老伴在家看门。王林匆匆赶回来,看见那支笔插在笔筒里,他想偷偷拿走,只是老实惯了,就对奶奶说他要转正了,也不需要请客送礼,只想要李书记送的那支笔。奶奶听说孙娃子要转正了,又不要请客送礼,就满口答应了,说:"一支笔有啥好稀罕的,上级只要成全你,给你转正,人家要支笔是看起咱,你拿去就是了。"王林就欢天喜地拿起跑了。王先儿回来后发觉钢笔不见了,就着急地问老伴,老伴照实说了,王先儿心里很不是滋味,说:"人家送给咱们的东西,咱们怎好再拿去送人。"老伴说:"一支笔能值几七几八?林娃转正可是大事。"王先儿说:"礼轻情义重,这是人家李书记的一片心意,把人家的心意拿去给林娃换个转正,咱的心往哪里放?"可是笔已经拿走了,无可奈何了,不过王先儿心里搁了一块病,总觉着对不起李书记,一连几天闷闷不乐,像掉了魂似的,天天念叨道:"天不转路转,以后万一再见了李书记,他要问起这笔,咱的脸可往哪儿搁?"

王武得到了笔,好像坐上了河务局长的金交椅,心里高兴得很,就想立即送给李书记,李书记一高兴马上就会下通知。可是,去给李书记送笔怎么说?要说得不美还会坏了大事。苦苦想了两天,想了几十个说法,最后优中选优选了一个,才兴高采烈地去了,说:"李书记,我在路上拾了个钢笔,有人说是你的,你看看是不是?"李书记接过一看,上面刻有×年×月×××大学赠,果然是自己的,不由喜出望外,就拔出笔在纸上写了几个字,还是那样顺畅流利,好似久别重逢的亲人,爱不释手地说:"这一年耽误我少写了多少东西啊!"高兴过了又问:"在哪里拾的?"王武说:"在街南头马头桥拾的。"王武借着送笔的机会,把李书记美美地恭维了一番。马屁拍到好处便适可而止地退出来了。

王武走后,李书记反复看着手中的笔,越想越不对劲,一定是王先儿出门看病在路上弄掉的。他像看见了王先儿戴着老花眼镜浑身乱摸又趴到地下到处乱找的样子,心想可别把老先生急坏了,想到这里就叫秘书立即把笔给王先儿送去。秘书知道李书记常常思念这支笔,就说:"算了吧,他又不知道笔在你手里,是他自己弄掉的。"李书记说:"他不知道不假,可我知道,总不能自己骗自己吧。"秘书又说:"要不,把这一支留下,我再去买支新的送给他。"李书记还是不肯,说:"我送给他这一支就是这一支,再好的东西送人了就不能反悔,我再舍不得也不能不讲信用啊!"

秘书只好去了。王先儿听说是李书记专门派他送笔来的,又怕又喜,感动得老泪直流,说:"我对不起李书记,我不该把这笔又送人。"王先儿把经过讲了一番,又说:"这笔我不能再收了,我已经对不起李书记了,不能再对不起石乡长了。君子一言既出,驷马难追,我已把笔给了石乡长,一定是他弄掉的,你就拿去给石乡长吧。"秘书听了忍住气去找到石乡长,石乡长吓坏了,把根根秧秧说了一遍,秘书就回县委对李书记讲了。李书记听了前后经过,震惊得半天没说出话,没想到自己怀念这支金笔,就有人善解领导心意,做出了这般事情,心中不由好恼,立时就亲自给王先儿送去,对王先儿说:"都怨我对下边教育不够,实在惭愧,望大爷宽恕我的不是,收下这支笔吧。"王先儿看堂堂的县委书记能如此这般,感动得不知怎样才好,想了半天下定了决心,说:"你给我找个徒弟,我把这个秘方传给他,多为人们看好病,也算老朽对你的报答吧!"李书记连连说好。事后,李书记果真责成有关部门,派了个年轻的医科大学生跟王先儿当了徒弟。这是后话。

再说王武还在鼓里坐着,自以为得计,天天等着让他去河务局上任的通知。小丁也在等着,急着去河务局当副局长。这天,小丁听说通知下了,就急急忙忙去找王武。王武在家里喝得醺醺大醉,小丁欢天喜地叫道:"表哥,通知到手了吧?可别说话不当话把小弟忘了!"王武冲冲大怒,大喝一声:"滚你妈的蛋!你还来看老子啥笑话,老子叫贬了,贬到深山里去了。"小丁大吃一惊,连连退了几步,愣愣怔怔地问:"为啥?"王武气红了眼,骂道:"都是你龟孙给我提供的好情报,使我亏了张文同志的心!"

原来,那天张文去找李书记,说王武是老同志,经验丰富,任河务局长当之无愧;自己年轻,还嫩,请组织不必考虑了。李书记说谁当谁不当,是组织上的事,批评他不该感情用事。所以,那天张文从李书记屋里出来,显得脸红脖子粗得很不好受。

王武昨天才知张文去找李书记的原委,今天就接到"被贬"的通知,既愧疚,又懊恼,就把气全撒在了小丁身上。这时,王武把通知

"啪"地摔在小丁面前。小丁一看,果然不假,真是调到黑石洼乡当一般干部了。通知上还有李书记写的两行毛笔字:善解领导意,不知人民心。

小丁目瞪口呆,一下瘫坐在那儿,好半天才说:"我就说李书记不收礼不收礼,你偏说要送个心里想!"两人互相埋怨开了……

河务局长这个缺呢? 张文没活动,却偏让张文当了。

原载《故事家》1992 年第 2 期

捉狼记

五月末的一个夜里,何家庄村边的打麦场里放着一张单桌,桌子上放着一盏煤油灯。小风一阵一阵地轻轻吹着,把灯吹得忽明忽暗。会场里很静,只有干部老李在一个字一个字地公布各家应卖余粮的数目。

"……何外面:六百斤。完了,谁有意见可以提提。"老李公布完,喝了一口茶,顺手把灯头拧大了些。顺着灯光看去,只见他满脸流汗,衬衣被汗粘到了身上。像小学生扒着窗口看老师给自己批分数一样,他等待着群众的反应。这是自己初次下乡工作,难道头一炮就打不响吗?这时冷静的会场有些乱了,笑声、满意的谈话声传到了老李的耳中:"和我划算的不差啥,没有胡来。"这话好比清凉散一样,老李听到心里一阵高兴,浑身的汗也落了,不由感到一阵凉爽。可是紧接着有三五户嚷了起来:"这一卖,缸底就要朝天啦,我们只有扎住脖子啦!"村子里的几家头户,掰指头算的,和别人比的,闹得和三月的蜂一样。

"喂,我说一点吧!"何外面站了起来。人们翻了他个白眼,不约而同地想到:"算了吧,撅起尾巴就知道你要屙啥屎,又是我苦啊,爱国嘛是好事,可是没有也没法子……哼!收拾起来吧,谁不知你眼下还是吃的前年的陈麦。"只有那三五户装穷叫苦的人,眼巴巴地瞅着他,好像在说:"何外面,说吧,说说给咱们都减一点。"

何外面顿了一下,场子里稍微静了点,就说开了:"老李同志把话讲得一清二楚,说到骨头缝里了,就是铁打的人心也该动了。咱们要'三支援',国家兴亡,匹夫有责……"他的话像拉稀屎一样没有个头,从国内到国外,从上古到如今,说得头头是道。老李不住点头称是。但是场里的人在咕咕唧唧,显然是对这些话不感兴趣。不知是谁悄悄地说道:"驴粪蛋外面光,说人话不做人事!"接着又有一个人尖声尖气地说:"嘴说乏了,没人给烧茶喝。撇两句,死了给阎王爷说,省得下油锅炸你!"这话何外面也隐隐约约地听见了,只觉着脸上一阵发烧,跟谁打了他的耳光一样,就赶快把话刹住了:"坚决拥护统购政策,改造自己,重做新人。给我评六百斤,我再节约一点,卖一千二百斤!"

哗地一下天空扯了闪电,晴天打了炸雷,人们摸不住门道了。接着,也有人惊奇地评论着:"何外面咋进步了?"

在散会的路上,党支部书记何彦昌一边走,一边用心地琢磨着会场上的每一句话。想来想去,一时还下不出一个判断来。

会后,住在何俊昌家的老李,正在写报告:"'三支援'教育已深入人心,连富农何外面也提高了爱国主义觉悟,愿意彻底改造自己,如评议六百斤,自报一千二……"

"你杀了我吧!我是不活了!"忽听得外边场里大哭小叫,老李把钢笔一扔,就往外走。到场里一看,不由得猛一愣怔,只见何外面的女人披头散发,撕着何外面的领子哭着吵着:"你把俺们勒死吧,省得活着受这份洋罪！你排场,你漂亮,你都拿去卖吧！"老李这才明白是怎么一回事,就走上前劝解道:"深更半夜你哭的啥,你没恁些少卖一点也行!"这女人一听说少卖点也行,好像临死得救一样,就撒开了手,转身向老李说:"你不要光听他那两片嘴呱嗒,俺们可真是没有恁些。"何外面抢着说:"妇道人家见识浅！老李,说卖一千二就卖一千二,我何外面人前一句话,马后一鞭子,说了还能不算?我算好了,两个棺材里装着一千一,三个大缸里装着一千斤,卖一千二,还余九百斤,足够用了。"这婆娘一听露了底,像母老虎一样一头碰在何外面身上,碰得何外面脸朝天屁股朝地,跌了个仰八叉。何外面把牙一咬,恶狠狠地对老李说:"真是他妈的一个榆木疙瘩,没一点爱国思想。"老李又说了两句就走了。

在何外面的房间里,他女人坐在床上气呼呼的,嘴噘得能拴下一头叫驴。外面走到桌前,把灯吹熄,然后靠着女人坐下。那女人身子一扭,把脊梁对着外面。何外面嬉皮笑脸地说:"你是个二球带傻瓜,你咋知道其中妙计。"接着就亮开了嗓子说道:"支援国家工业建设……"这一声好比黑老包,叫得隔墙的老李、上房下屋的婶子大娘都能听见。"要想刀把子攥到咱们手里……"这一声和蚊子哼一样。"坚决服从对富农经济的改造。"又是一个大声,震得隔墙大嫂家的娃子哇一下哭了,然后又是轻言细语:"……放长线钓大鱼,舍不得娃子打不住狼。要不我疯了?"那女人扑哧一下笑了:"那能行?"外面蛮有把握地说:"准行。这是个难得的机会,老李好对付,老好头我又抓着他的小辫子,会给我散空气……你等着看吧!"

这时老李正趴在桌子上,满面笑容,哗哗地写道:"何外面思想进步,忠诚老实……"老李不时抬起头,喷个烟圈,那烟圈越散越大,他沉醉到甜蜜的幻想中去了:一年前自己还是个学生,现在头三脚已踢开了,谁都说顽固的何外面,都被自己教育得进步了。这一下可给那些说我没经验的人一个回答,让他们看看我的本事吧!他好像看见自己戴着大红花在参加模范大会了,人们鼓着掌在欢迎自己做报告。想到这里,老李禁不住得意地微笑起来。

党支书何彦昌,方方的脸上一笑两个酒窝,特别是那两只眼,又大又机灵。人们说:"何彦昌那眼,能看透人家心窝里想的事情。"他的身体铁一样结实,能掂百斤拿百斤的两只胳膊比茶碗还粗,劳动上也是好样的。

这个二十五岁的人,要搁往常,干一天活儿又开半夜会,沾住床他就睡着了,可是今天夜里不中啦,由会场回来躺在床上,一合上眼就看见了何外面,那谢顶头、窝窝嘴、鬼头鬼脑的样子,说一句话都要眨巴几十回眼。刚才会上的情景,真叫人难猜。何外面为啥这一回格外积极呢?是急着用钱吗?不,他有钱,他儿子还月月往家里拿。是真的进步了吗?没那么简单。这家伙说不定又想玩什么鬼把戏了,先来个遮眼法。

他想起了一句话:"嘴里叫哥哥,腰里掏家伙。"何外面是这号人,不过这两年他伪装进步,又玩弄些小恩小惠,拉拢了一些人,像老好头,有时就小言小语地替他说两句体面话。要想整治他,只有揭穿他。反正不能把他的话信以为真,要是叫他钻了空子,那我对党说些什么呢?我咋对得起群众?

前思后想,何彦昌刚合上眼,何外面来了,只见他张牙咧嘴,眼瞪得和铜铃一般,穿着绸布衫,背后腰里插了一把刀,口口声声叫道:"你们这些穷猴听着!我忍气吞声、低三下四这多年了,现在是我的天下了!你们吃我的按年算,住我的房子给我滚蛋,谁要说个不字,头给他打烂。"景川老汉颤抖着说:"那怎么能行,你不是说过永远跟着共产党吗?"何外面把嘴一张,像血盆一样,抢前一步,抓住景川老汉劈头一刀。何彦昌心中怒火高烧,趁何外面去杀景川老汉时,掂起一块石头,朝何外面头上砸了下去,只砸得何外面脑花流了一地。忽听得一阵钟声,何彦昌睁开了眼,一看天已大明,原来刚才是个梦。想起了这个梦,何彦昌自言自语道:"得赶快布置一下,小心没大差!"

第二天是星期日,何外面那个当小学教员的儿子回来了。他来找老李,一见面真是热火,叙了一番旧日同学的交情,就言归正传,请老李去帮助打通一下他妈的思想。老李本意不去,忌讳他家是个富农,可是挡不住何外面的儿子口口声声叫着老同学。再说,何外面可算得统购中的积极分子,于是就去了。

到了他家,何外面一家忙得不可开交,拿烟倒茶,外加瓜果一大堆。忙过了一阵,老李开腔讲起统购的好处,那婆娘忽而点头称是,忽而一言不发,忽而连声叫好,忽而面带疑难提出问题,最后则是称赞不绝:"要早这么一说,甭说他要卖一千二,就是刮刮牙齿再多卖一百二百,我也心甘情愿。"

何外面的儿子,还没等他妈话音落地,就接了上来:"不怕你那脑筋像榆木疙瘩,就怕碰不见钢水好的斧头。"他又转回头对老李说:"一点不假。没有不觉悟的群众,只有没有做好的工作。只要炉子里火好,烂铁还能炼成纯钢。你说是吧?"

何外面坐在椅子上,一双眼喜得眯成一条线,不等老李接腔,一拍腿叫道:"我这人做啥事好痛快利落,以前干部们道理没讲清,还说我不通,要像你老李一样,知道卖余粮有这么大好处,那我砸锅卖铁也要跑到头里。爱国家,你叫我落后,我还不干哩!"

"要是早碰见老李,咱们一家人也早就……"何外面女人接着说。他儿子怕她说漏了嘴，忙接了腔："早就成个进步家庭了！"

屋里一阵哈哈大笑。

中午，七个碟子八个碗的，是一顿很排场的饭菜。老李也少不了推辞一番就坐上了席，按何外面儿子的说法这是旧交重逢，也是庆祝他家的进步，稍微浪费一点也是应该，这都不在话下。临行时，何外面的儿子再三交代老李："我不在家，你要不客气地教育他们。咱们既是老同学，又是同志，真是情同手足，哈哈。"

从此，老李不时去他家走动走动，何外面也经常向老李说些情况。老李倒也小心，对外面说的话总要再了解一下，可回回都是真情实确的，三五回过去，老李就放下了心。何外面再说个什么，他也不再了解了，认为可靠。可也就从这起，一些中贫农不再和老李交往了。

这天吃了午饭，开党员、团员会，研究建社的问题。何彦昌出门碰见何外面送老李回来，何外面红光满面，一股酒味。彦昌心中一凉："怎么搞的！老李在何外面家喝了酒？"何外面一见彦昌就凑了上去，嬉皮笑脸地献媚道："咱们庄上快建合作社了，我想啦，别人都不中，只有你当社长才能把大家领到好路上！"这鬼样子和这溜沟子的话，都使何彦昌想吐。彦昌瞪了他一眼，没搭理他。何外面吃了个没趣，就耷拉着头走了。

何彦昌到了会上，见人还没来齐，问老李咋没来，俊昌说："老李说他头晕，不列席参加了。"何彦昌心想："得快给老李谈谈，不能看着他跳到沟里去。"

开会了，彦昌让大家先谈谈对何外面那天在会上自报余粮的看法。华昌说："这是个甜头，先把大家的嘴糊住，再下毒手。"大家都同意这个看法，接着凑了些情况，顺昌说："何外面那天见了我，说：

'老弟,将来建了社,这社长准是你的,论进步、论能力都是你的。'这是戴高帽子哩!"华昌、彦昌、恒昌都说何外面也给自己说过同样的话。

大家一研究,认为这不是戴高帽子,这是挑拨离间,叫大家互相不服气,他好从中捣鬼。恒昌又说:"老好头本来很老实,这些日子也说起怪话来了。前天他说:'地主富农一刀断,剩下中农慢慢剜。'正说着我去了,他不说了。这不是造谣破坏中贫农团结吗?"大家都很气愤。接着,华昌、俊昌又详细汇报了何外面儿子回到庄上的一些活动。

彦昌等大家汇报完,沉静了片刻,他走到同志们中间说:"事情是很清楚的,何外面卖余粮加上六百斤,是耍的花招。对他的儿子也要注意,只要他回来一趟,庄上就会出现敌人的谣言,出现怪事。我们必须警惕,敌人会趁我们眨巴一下眼的工夫来进行破坏的。"

大家同意彦昌的分析,从各方面核对信息,仔细研究,觉得敌人眼下要破坏的是建社工作。最后大家分了工:恒昌、华昌负责监视敌人的言语行动,彦昌、俊昌负责建社工作,并决定天天碰头。

何外面这一阵子成天粘住了老李。才开头动员入社时,前庄有几户中农不通,老李很着急。外面没等老李开腔,就献上了计,说:"老李,你放心,这事我去,保险一捏两半。"何彦昌一再向老李讲:"何外面是个鬼,千万依靠不得,尤其是上他家吃吃喝喝更不对头。"说得老李脸一红一红的,心里可真是不服气,想道:"我上他家咋着?又没包庇他。马有高低,人有好坏,不能一概而论。咬住政策死不丢,可是忘了灵活运用,这要看具体对象呀!"老李心里虽是这样想,可是表面上倒也不常往何外面家里去了,见了何外面也冷言冷语的。何外面一看这里头有了毛病,就装着一本正经的样子解劝道:

"我知道你这两天心里不美,我早就想给你说,这几天,何彦昌们在外边对群众说:'老李既不是党员又不是团员,是个白板,骄傲自大。哼!往上一个汇报,就能叫老李滚蛋。'何彦昌就有这个老毛病,你还能和他一般见识?只要群众拥护你,你怕啥?"老李一听,嘴里不说,心里可窝火,想道:"怪不得他们今天提我这意见,明天提我那意见,哼,烧啥!见过碟大的天,可瞧不起人了!"从这以后,老李就格外注意何彦昌,觉着何彦昌说的每一句话、每一个眼色都是看不起自己,也就越觉得何彦昌好嫉妒人、闹宗派、自高自大。

这天中午,在老李住的房子外边,大杨树下的石板上坐着七八个人,他们在开会讨论社员名单。不时有人来打听一下:"我的批准了没有?""去吧,把你的老犍子洗个澡,喂上二升料,等着往社里牵吧!"接着是一阵笑声。笑过一阵,打发走了来打听的人,又往下讨论。最后讨论到何外面。

"坚决遵守社章,服从领导……所有土地和一辆大车、两头牛、一匹马,全部入社。申请人何外面。六月二十日。"老李又念完了一张,照例等着大家发表意见。

"咱们才建社,底子空,我看……"何景川老头看了看别人的脸色,然后小声地自言自语,"一辆大车、两头牛、一匹马,不管谁,只要奉公守法都是一样的,我看那也没啥!"

"什么没啥?一辆大车、两头牛、一匹马,会把咱们拉到深沟里摔死的。甭财迷转向了。"何华昌说。

"是呀!"何恒昌刚要发表意见,却被何景川打断了。何景川急得脸红脖子粗,吵道:"华昌,你说谁财迷转向?你胎毛才退几天,可想教训别人!你也不能光认死理,也要看看人家这回卖余粮,一下就要多卖六百斤,再说人家入社也能帮咱一把,叫他入社,有啥不好？你真是没有大小，竟敢教训起叔老子了！"何景川摆着长辈的架子，吵得和放鞭炮一样，没有个头。

别的人本来也想说不同意，可是一见吵了起来，也就只顾得去劝架了："自己叔侄们，何苦呢！"

"就这样，叫他入社，虽然成分不对，可是这人已经改造好了，谅他也不会兴风作浪！"老李做了结论。

"老李，大家有意见，就该再调查调查。依我看，何外面的问题还是慎重一下好。"何彦昌严肃地说。

"看人要分情况，错不了！我负责任。"老李对何彦昌的不同意，有些恼火，就板着脸子，做了决定，并写报告请示区委。

"老好头这两天逢人便试探着说：'这办社，好几十家合到一块儿，要没有个能打会算的人掌住事，稀里糊涂的可能赔个净。咱庄里何外面心底清，又识字，当个会计保不会出啥差错。'还有，昨黑何外面挟了个小包包，看了看没有人，就出溜一下钻进了老好头家里，一直到二更过后才出来，出来时没有拿小包包了。这小包里包的啥东西呢？"何恒昌向大家汇报着最近的情况。他又说："我和老好头谈了心，看他心里很难过。"

小屋里坐着六七个人，点着一盏小灯，每个人脸上都表现得很紧张，聚精会神地在听何恒昌的汇报。

"还有，何外面的儿子在煽动中农。他说，中农出资本，叫贫农当掌柜，搞到底没有中农沾的光。昨天他家里还来了一个不三不四的客，说是他的同事，我叫小春去看，并不是他的老师。"华昌补充道。

"从以上情况看，敌人活动得很厉害，明天晚上的社干选举会是个问题。很明白，敌人放的空气也好，挑拨中贫农关系也好，都是为了篡夺领导权。对于何外面的问题,老李说他已写了报告请示区委,可是现在还没批下来。不过无论如何,咱们不能让敌人把刀把子夺去。"何彦昌很冷静地分析了情况。

"这样,我提个意见,咱们今夜派人连夜去区委汇报情况和当面请示,剩下的人在家里工作。"何恒昌说。

这时,从不远的地方传来了一阵胡琴声、唱戏声、笑声。大家心里明白,这是何外面的儿子拉的胡琴,自从他放暑假回来就成天和这个那个拉拉扯扯。

"去你妈的吧!甭高兴得太早啦!"何华昌一肚子火气地骂道。

"好!我和顺昌去区里。你们在家里要把老好头的情况了解清。不过要注意,对待老好头不能发脾气,要教育他,不能和何外面一样看待。华昌进一步要了解一下何外面他儿子的情况,特别要小心破坏,必要时抓住他!"何彦昌交代道,同时吩咐顺昌,"走,背上枪。"

"明天一定赶回来呀!"大家嘱咐彦昌。

"放心!"彦昌和顺昌答应着,便匆匆地走了。

第二天,恒昌和老好头在谈话。

"他说这事办成,把他的儿子过继给我,我会要他的龟孙儿子?唉!只是他吓唬我多少年了,我这个老糊涂就给他帮了腔。我错了!我对不起毛主席!"老好头用双手捂住了脸,伤心地哭着。

"是的,大叔,他用上了你,给你一点甜头吃;用罢你了,过河拆桥,反回来倒打你一耙子。靠谁呀?我们能看着你老了,病在床上没人端茶端水伺候你吗?"何恒昌劝说道。

老好头确也有这心病,他常说:"我这人命不好,走得快了撵上穷,走得慢了穷撵上,不快不慢穷跟上。土改后才有了安家的点子,和穷断了亲。就是一样不放心，五十多岁的人了，光棍一条，要有个三灾四难可怎么着呢？"

何恒昌和他谈了半天，他才把真情实话说了出来，还答应在今天夜里的会上控诉何外面。

何恒昌从老好头屋里出来时，天已快黑了，可是何彦昌还没回来。他站到村南的桥头上向前面看着，可是连个影子也没有。"咋搞的！来回一百二十里路也早该赶回来了，出了啥事吗？"他焦急地想着，耳边不断传来广播催开会的声音，使得他更加着急。这时华昌也走来，两人合计一番，决定建议老李把这选举推迟一晚上。当他们正在合计的时候，见前面不远有三个手灯忽明忽灭地闪着亮光，慢慢近了。

"彦昌回来了。"恒昌一眼看见，拉起华昌就跑着迎了上去。和彦昌一起来的区委赵书记，是个性情开朗、做事果断的人，人们说他皱皱眉头就有计。他听完恒昌和华昌的汇报，就决断地说："去告诉传开会的人，所有的社员和群众一齐参加。"然后他到老李住的地方，老李一见赵书记来了，就迎了上去，问吃饭了没有。赵书记说："先别客套，汇报汇报你的工作。"彦昌们一见叫老李汇报工作，怕老李当着别人面不好说话，就走了出来。赵书记交代道："叫老好头来，我和他谈谈。"不大一会儿老好头来了。赵书记说："老伯伯，你怎么没儿呀？有的是！将来叫你住养老院哩，有人给你端茶端水。要不，你记住我叫老赵，你要有个三灾四难，捎个信，我来伺候你！"说得老好头只是发笑。

三谈两谈什么事都弄清了。老李在一旁只觉着脸发烧。

开会了，赵书记和老李、彦昌等走到了会场里。群众一见来了新干部就叽叽咕咕猜开了。何外面的儿子是认得赵书记的，因在区上开会见过他，就走上去搭讪道："赵书记来了！吃饭了吧？"并忙着递来了扇子。赵书记没搭理他。这群众看得清清楚楚，就小声说："这人气粗，敢给教员黑脸，保准不是和老李一样和外面走恁近的人。"外面的儿子一看赵书记的脸色，知道事情不妙，就想溜走。华昌一眼看见，就叫住了他，说："先不要急着走，等开完会再走不迟。"于是他就慢慢地站住了。

"现在开会，先请赵书记给咱说说。"彦昌指着赵书记介绍道，会场顿时静了下来。人们感到将要有不平凡的事，就都望着赵书记。何外面做贼心虚，这时他四下窥探，想告诉老好头，叫他今晚先别提名叫自己当社委，免得引起别人注意。只见老好头和何彦昌站在一起，也就不敢上去搭话，只有横着心硬挺了。

"好，我说两句。咱们当权，就管制敌人，敌人要当了权，就要杀我们的头。就在咱们村里，刀把子快被敌人夺去了！咱们脖子上已经被敌人放上了刀，大家还蒙在鼓里，危险呀！大家不信，听老好头说说！"赵书记开门见山地提了出来。

会场上的人，你看我，我看你，不由得想起了最近村内的怪事和谣言。何外面吓得浑身流汗，想走，刚扭回头，只见背后站了个背枪的民兵，只有低下头去。

"我会说吗？"老好头激动地问彦昌道。

"行，你会说的，不要怕！"彦昌鼓励他。

老好头站了起来，指着何外面愤怒地说："就是他！"人们顺着老好头的手指看去，只见何外面把头耷拉得几乎要钻进裤裆里。

老好头向中间站了站说："是在八年前的一个冬天，那时我在何外面家做长工。有一次，何外面家中来了一个远方的朋友，穿戴很阔气，带着很多银圆，据说是做买卖的。何外面像接待女婿一样接待了他,顿顿不离酒肉。他两个每天关着门在一块儿谈话,有一回我从窗口经过,只听那客人说:'这个票子算我的,下一次再绑了票算你的。'我心中一凉,想着:哎呀,这俩家伙是绑票的土匪,我没敢再往下听就走开了。没过几天,这一夜大风大雪没命地刮着下着,我在牛屋里睡,冻得直打哆嗦,说啥也睡不着。到半夜时分,只听何外面从上屋出来,喊那客人道:'下雪了,冷得很,我给你拿床被子搭着。'那客人吱的一声把门开开,就听得哎哟一声,发生了什么事吗?我吓得用被子包住了头,连想也不敢想。'老好头,起来。'没多大一会儿,何外面跑过来了。'是要杀我灭口吗?'我害怕地想。他把我领到客屋,只见那人脑花流一地,旁边扔了一把菜刀,我赶忙闭上了眼。何外面嘿嘿一笑,说:'去吧,在猪圈里挖个深坑,埋了他,快点!'我埋掉那个人以后,何外面把我叫到了上屋,让我坐到炭火旁,还给我一碗热酒,逼着我喝下去,然后又给我十块银圆,说:'明白人好讲话,我们的事你休要管!人是你埋的,你要走了风声,你也不得干净!要是官家知道了,多不了我花几个钱。可你呢?这个人就是你的下场。'八年了,八年是多长的日子呀!外面还不放我。解放以后,他逼着我向他报告群众会的情况,叫我在外边传扬他的好处,替他放空气,向他脸上搽粉。远的不说,最近自打建社以来,他就叫我在外边说,何外面精明能干,当会计是好样的,中农出钱,贫农当家,没有好果子叫中农吃。他说,只要中贫农互相争斗,他就可以握住刀把子。他说,蒋介石这个王八羔子派来了一帮人,迟早还是他们的天下。我背着良心给他干这坏事,我不愿意,可是他吓唬我说:'要不我告你杀人行凶!'小辫子攥在人家手里,我只得狠着心干。那天晚上,何外面拿了个小包,里面有一件夹袄和十块钱,给我送来,说:'老李没问题,好对付。何彦昌、何华昌、何恒昌这伙人,我已下了手,弄得他们不团结,互相争权夺利。这两年在群众面前也下了功夫,大家都说我改造得不坏。你要在选举社干的会上提我的名,成功了,有你享的福。想要儿,我那三个儿,你挑一个。不能往外说,小心你的命!'我是吃饭长大的,我知道何外面是条狼,他许的那些愿都办不到。谁好谁坏我也看得清。我要说,我要把这八年的苦水吐出来!我错了,我对不起大家,我该死……"

会场上静得能听见呼吸的声音。人们被愤怒和辛酸引起了许多痛苦的回忆。

老好头哭了,他惭愧,他后悔,他用手打自己的脸。何彦昌从悲愤中醒了起来,上去拉住老好头的手。老好头挣扎着还要打自己的脸,说:"我对不起自己心口窝的那四两肉啊,我错了!"彦昌安慰道:"大叔,你这一步走对了!"

接着彦昌、恒昌等人也揭露了何外面挑拨离间的破坏活动。老李也检讨了一番,说是没有站稳立场,上了圈套。会场上的人们非常愤怒和激动。

何外面的儿子看见大势已去,害怕自己也露出尾巴来,要上去对他父亲的花样来一个假揭发,想放烟幕。他刚要张嘴,华昌却说了话:"何外面的儿子跟父亲是一号货,我要揭露这个反革命分子。有一天下午,眼看着暴雨来了,学生要求提早放学回家,免得挨雨淋,他不允许,说:'人民政府的制度谁敢更改。'结果学生们淋得一个个病倒床上。他就假装关心,一家一家去慰问。你猜他到学生家里去说啥?他对学生家长说:'校长就是不关心学生的死活!'有些糊涂家长相信了,结果对政府不满。问问小春他爹,看有没有这回事?"

小春他爹把烟袋锅狠狠地一敲,搭腔说道:"你说那一点不错,是这回事。"

华昌接着说："这还只是个小材料。何外面的儿子，给何外面通风报信，国民党特务造的谣言，都是他回家传给他爹，再由何外面在村上散布的。前天他家来了客，满口金牙，他说是他学校的同事。我跟春说：'你老师来了，去看看吧。'春去了就回来了，春说：'俺没有这个老师。'又说：'这个人我认识，常来学校找俺何老师。有一回他来了，俺们正游戏，他说，好好锻炼身体吧，长大了都叫你们当兵去。'大家想想看，要是好人，他为什么说破坏话，又为什么隐姓埋名，装学校的教员。"

这一下大家的劲头上来了，接着许多人对何外面和他儿子的罪恶活动又进一步做了揭发。

"打倒狡猾的反革命分子！"会场上喊起了愤怒的口号。

赵书记在最后向大家讲道："事情很明白，雪里埋不住死尸，当大家的眼睛擦亮了的时候，一切反革命分子都漏不了网！华昌说的那个满嘴金牙的人，就是敌人派遣的特务分子，昨天晚上已被县公安局逮捕。他们都是一伙儿的，何外面和他的儿子，交政府依法处理。"赵书记又说了一些叫大家提高警惕的话，最后又说："老李同志犯了错误，调回区里反省。我留下来帮大家办社。"

话刚落音，会场上便激起了一片欢呼。

散会了，月亮把地上照得白花花的，从会场通往各家的小路上，一片谈笑声，何家庄被欢乐笼罩了。

原载《河南文艺》1955 年第 18 期

"哎哟!"

"踩住脚了!"

"别挤行不行?"

"怕挤去坐小车!"

"生成的挤命还怕挤!"

让座

上边人头挨人头,下边人脚挨人脚,扎针的缝也没留。车厢要憋破了,要吵炸了。妈的,二百华里,能是玩的,站着不把人的骨头架挤零散了才见鬼哩!

现在什么是最大的幸福?就是坐着。

二号座位上的人,三十来岁,穿着西装,没系领带,衬衣领子脏得黑漆发明。他看着人挤,听着人骂,暗自庆幸自己有个座位。好自在,好得意,一脸笑,猴笑。坐山观虎斗。人们越挤越吵,他越为自己高兴。掏出一包三五牌香烟在手里,玩弄着,实怕别人看不见埋没了三五牌。转身看看一号座位上的人,像个干部。得烧烧,得露露,就敬这干部了一支烟:"来一支!"

"不!"一号有点不屑。

"三五的,进口的。"他说。

"不!"一号懒得回答。

他笑笑,只好抽出一支叼在嘴唇上,又掏出气体打火机啪地点燃,然后双腿抖搂着。

一号对他的扬扬自得颇有几分不快,淡淡地问:"贵姓?"

"王,三横一竖,国王的王。"二号自诩地说,好像他就是国王了。

"噢,王洪文的王。"一号故意给他个蝇子吃,又把他上上下下打量了一番,不在话下地说,"是跑买卖的吧?"

"不,不,"姓王的忌讳"跑买卖"这三个字,觉着不好听,有点那个味,有点不是正经人的味,纠正道,"是发展商品经济的。"

"一样,一样。"一号嘴角挂满了讥笑。

"起来!起来!"忽然有人叫唤。

姓王的感觉着有人踢他一下,忙回头看去,面前站着一个壮汉,横眉竖眼,穿着四个口袋的老式衣服,胸前小口袋上并排别着三杆钢笔,手里提着一个挎包,上边印着一列银字:"三山乡政府奖"。看样子准是个村干部。姓王的看见这号人就有气,妈的,在乡里横行惯了,这是啥地方还想耍威风!不由开口就充满了火药味:"你踢我干啥?"

"起来!叫你起来!"壮汉命令道。

"为啥?"姓王的瞪大了眼。

"这是我的座位!"壮汉气壮地说。

"你的?"姓王的怀疑地一声冷笑,"你几号?"

"二号。咋?"

"你也二号?"姓王的一怔,伸出手说,"我看看你的票!"

"这还能是冒充的?"壮汉掏出车票递给姓王的,指点着票上的号码,催道,"起来吧!"

姓王的把票翻来覆去看个不够,好像要永远看下去。壮汉不耐烦了,质逼道:"咋,我这票还能是假的?"

"真的倒是真的。"姓王的把票塞给壮汉，轻松地嘲笑道，"晚了，来晚了，我也是二号。"

"啥呀?"壮汉一愣。

"我也是二号。"姓王的颇有点幸灾乐祸。

"你——"壮汉傻脸了，怔了一下又不死心地说，"我看看你的票!"

"看看也是二号。"姓王的一点也不心虚，伸手掏票，身上摸遍也没掏出来，忽然想起车票放在提包里，提包放在车头机器的盖子上，就过去取票。壮汉眼疾屁股快，趁姓王的抬身取票之机，坐到了二号座位上。姓王的取出票回头一看，座位已被抢占了，不由气上心头，责问道："你怎么坐下去了?"

"这不是二号吗? 咋啦?"壮汉一脸迷糊的样子，惊讶地反问。

"你看看我是几号?"姓王的伸过了票。

"我不看。"壮汉摇摇头，不理睬对方伸过来的票。

"你为啥不看?"姓王的不缩手，坚持要壮汉看。

"你这同志才怪哩，我又不是检票员，我有权管你几号不几号。"壮汉摆出一副与己无关的样子，扭过头看着窗外，不再搭理对方了。

"你还论理不论? 你——"姓王的不知道该怎么说了。

"你这同志冲我发这么大火干啥? 我坏着你啥了? 我坐我买的二号，又没坐错号嘛!"壮汉好像受压了，受欺了，委曲求全地说，看对方怒气不息，又心平气和地解劝道："大家都是坐车的，不论职位高低，不论穷富，只要上了车都是一般高一般粗的旅客，都得一律平等，都得凭票坐车，谁有了票都一样坐嘛!"他说得轻松，说得合情合理，说完从提包里抽出一节甘蔗悠然地吃起来。

"你——"姓王的听了他的理，气得更狠了，脸上憋得血红，却说不出更有理的理,半天才憋出一句话,"你给我起来!"

"有理不在声高。"壮汉还不动火,只是白他一眼,责问,"凭啥叫我起来?"

"我也是二号!"姓王的说。

"咋?你的二号比我这二号高贵些?"

"我先来!"姓王的理直气壮。

"你先来?"壮汉略一含糊,又气壮如牛地辩道,"要是凭先,我还比你先买票哩。"

"你啥时候买的票?"姓王的追问。

"前天。"

"我大前天。"姓王的只说占了上风,只说压住了对方。

"你比我早买一天,这可是你自己说的。"壮汉笑了,振振有词地说,"这说明你的座号作废了,人家才重新卖给我。你的号要是还起作用,你想人家为啥又会卖给我,这不是明摆着的道理嘛。"

"为啥?你去问车站!"姓王的没想到又输了一着。

"我为啥去问?人家又没说我的号不起作用。"壮汉沉稳地说,"要问,你可以去问问,谁也没有拦你嘛。"

"你到底还论理不论?"姓王的气坏了。

"到底是谁不论理?"壮汉反问。

"我坐着,你要看票,诳我起来了你可坐下去!谁不论理?"姓王的气得发抖了。

"这能叫诳你?这个座位是二号,就说你也是二号票,你应当坐;可我也是二号票,我也应当坐吧?你坐了就有理,我坐了就没理?"壮汉不动声色地徐徐讲着,又用旁观者的口气劝道,"你说你先来,先来就是理?我比你大几岁吧,我比你先来到这个世上,难道我事事都比你有理？理能这样评？为了个座位，又不是祖传世业永远归自己所有，看你吵的，值得吗？年轻人不要不虑后，天不转路转，就断定以后不见面了？"

"你别卖嘴！"姓王的被说成了无赖之徒，肚子快气炸了，越气越说不出个一二三，只好玩硬的，指头点到壮汉鼻尖上，威逼道，"你说说你到底起来不起来？"

"你看你，你看你，这是干啥呀！"壮汉为了争取周围人的同情，扫了一眼众人，还是以柔克刚，用无可奈何的口气软磨道，"怎么能这样呢，年轻轻的逼着别人起来自己坐，也不怕别人笑话自己不讲礼貌。"

有人刚挤过来不知虚实，只听壮汉说得合情合理，就劝姓王的说："算了，算了，站着也站不死人嘛！"

"你们不知道！"姓王的看看大家，见人们都用责备的眼光看着自己，座位叫抢跑了，又落了个王八蛋，冤枉得要吐血了，憋了半天忽然对着一号恳求道，"这位领导老早就坐在这里，叫他说说怨谁不怨谁。"

人们的眼光一齐对准了一号。

一号先看不起姓王的，认为他有俩钱就不知自己姓啥名谁了。后来更看不惯壮汉的举止言行，说人话不做人事。他早就想说两句公道话，又怕惹火烧身，事不关己，何苦自找麻烦，也就忍住了。现在看姓王的向自己投来了求援的眼光，又称自己为领导，就不得不开口了，对着壮汉轻声细语地劝道："你……"

"你不要挂牵别人，把一号同志也拉扯进来！"壮汉实怕一号会站到自己的对立面，忙打断一号的话，冲着姓王的批评道，"和我吵还不中，还想扩大矛盾？一号同志碍住你啥事了，你找他的啥麻烦？撵我撑不起来,咋还想叫一号同志起来让你坐?你这个同志也太那个了!"

壮汉话中有话,软硬齐发,封住了一号的嘴。一号不愿再多言多语了,只是对着姓王的摇摇头,叹息一声罢了。

"你——"姓王的被逼到了绝处,又咽不下这口气,只好拼上了,趁壮汉不防猛地伸出手把他扯起来甩到一边,自己就要坐下。壮汉没想到对方会来这一手,气急败坏地冲上去拦住了姓王的,呵斥道:"你坐不成!"

"我偏要坐!"

"咋?你的票是外国钱买的,一个顶几个?"壮汉一反上车以来的常态,黑了脸红了眼,一把抓住姓王的威胁道,"你还想打架哩!"

"谁想打架?"姓王的挣脱着。

"你当我怕你!"壮汉气势汹汹。

"谁还怕你!"姓王的也不甘示弱。

两个人拉拉扯扯,大眼瞪大眼,眼看就要大打出手了。周围的人一片乱叫——

"打呀!打呀!"

"要打下去打!"

"别把血溅到我们身上了!"

"干啥?干啥?"一个人从车门口往这边挤过来,大声地训斥道,"大家都是为了一个共同目标——坐车回家的,同舟共济嘛,有啥不能解决的问题,吵的啥?"

大家看去,来人五十多岁,胖胖的,白白的,慈眉善眼,上穿着毛呢中山服,下穿带红道的绿裤子,看样子像公安上的一个官儿,不过官儿不会太大,大了就不会坐这挤死人的公共汽车。他呼呼哧哧往前挤着,声声叫道:"请让让,请让让!"叫得既有礼貌,还带着几分神圣的威严，又不断地埋怨，"不像话，不像话，只顾多卖票增加收入，不管旅客死活了。太不像话了，回头我得给他们讲讲，叫多加开几趟车！"周围的人被他的口气和气度镇住了，拼命地往两边挤，给他闪出了一条缝，让他走到前边。

"啊，是李所长！"壮汉看看来人，突然亲热地呼叫。

"啊，李叔！"姓王的看了来人一眼，又听壮汉如此呼叫，就叫得比壮汉还亲三分。

"啊！啊！"来人迷糊地左右看看，见壮汉和姓王的都看着自己，才知道真是叫自己的，就胡乱答应着，看着这两张陌生的面孔在互相瞪眼，就问："咋啦？咋啦？吵啥哩？"

"是这，我妻弟给我了个二号票。"壮汉指着姓王的控诉道，"李所长，他硬逼着我起来让他坐！"

"你论理不论？我妻侄给我买了个二号票，"姓王的故意高对方一辈，毫不示弱地说，"李叔，我先上来坐半天了，他把我诓起来他坐！"

"什么，你俩也是二号票？"李所长愣了。

"你也是二号票？"壮汉和姓王的惊叫。

"可不！还是车站于书记给买的！"李所长掏出票，在二人面前晃晃，恨恨地说，"不像话，不像话！怎么能卖重票，这不是在故意制造矛盾，破坏安定团结吗？岂有此理，回头非批评他们不可！"他看看空着的二号座位，又看看壮汉和姓王的，连连叫苦道，"这可怎么办？我这身体，早知道这样，我今天就不走了！"

"李所长，你坐！"壮汉送了个人情，好像这座位是他的，说完又自得地看了姓王的一眼：妈的，不让老子坐，老子也叫你坐不成，谅你娃子也不敢和李所长争。

"李叔,你坐!"姓王的看壮汉抢了头功,自己也不甘落后,上去拉住李所长往座位上推,然后瞟了壮汉一眼:妈的,你咋不横行了?见了当官的屁股都会说话。你别以为就你会拍马屁,老子也不弱于你!

李所长想坐又挣扎着不坐,说:"不行,不行!可不能这样,这可不像话!"

"坐你的!"姓王的把李所长强按到座位上,笑道,"我年轻,能站,站惯了,有时坐火车没座位,我都能站两天哩!"

李所长坐下去,又很快站起来,看着壮汉说:"你坐吧!"

"你坐,你坐!"壮汉也伸手去按李所长,认真地说,"我站着没事。别说站了,前年不通汽车,我从这里一直跑回去都跑了。"

"这可真是太不像话了!"李所长看看壮汉和姓王的,难为情地说,"好吧,恭敬不如从命,我就坐了,只当给你俩解决个矛盾!"

壮汉忙掏出一盒白色烟,敬给李所长一支,卖弄道:"你尝尝,这是我弟弟单位发的,内部烟,外边没卖的。"

"哈,后门货。这东西好,又便宜质量又高,看看烟丝多黄!"李所长把手中的烟看来看去,夸不绝口。

烟贵人荣。李所长夸烟,壮汉觉着自己的身价涨了许多,得意地斜了姓王的一眼,又掏出火柴划着去给李所长点烟,姓王的嘿嘿一笑,忽然叫道:"李叔,吸这个,三五的,英国货!"话音未落,一盒三五烟可落到李所长怀里了。李所长有肉不吃豆腐,把已经噙上口的那支内部烟取下来,换上了扔来的三五烟,当伸嘴去凑壮汉手中燃着的火柴时,姓王的气体打火机也伸到了嘴边,火柴的火和气体打火机的火合成了一个火苗,点燃了李所长嘴里的烟。李所长狠狠吸了一口,连连喷嘴道:"好,好,外国烟就是比咱们中国烟好吸!"说着开心大笑。

"妈的,啥天下呀,连拍马屁这号龟孙也拍得比正经人响!"壮汉心里骂道,狠狠瞪了姓王的一眼。

汽车开动了。

二百里路,三个小时,站着的人涌来涌去。挤,人和人挤成了一疙瘩,你躺在我怀里,我压在他身上,随着汽车的颠簸,人们忽而东忽而西地倒过来又倒过去。壮汉的骨头都挤酥了,气也出不来,真是受不住了,可是一看见姓王的也被挤得喊娘,不由得笑眯眯了,在肚里骂道:"妈的,你可抢着坐嘛,到底也得和老子一样挤!"姓王的身子在东头脚在北,人被扭成了麻花,似乎一分钟也受不住了,可是一看见壮汉也被挤得满头大汗,不由得嘻嘻笑了,在肚里得意地骂道:"妈的,你可抢着坐嘛,到底也得和老子一样挤!"李所长稳坐在二号,见人们挤得和墙倒了一样,不由看看壮汉看看姓王的,见他俩都嘻嘻地笑着,心里十分过意不去又十分纳闷,皱紧了眉头在想:"这两个人到底是谁?怎么会叫我李所长?为啥对我这样亲热?"

车终于到站了,大家下车了。壮汉和姓王的已经挤得瘫成了软面条,连路都不会走了。可是,一看见李所长向他们走过来,就又忽然来了精神,壮汉叫道:"李所长,走,去我家歇吧!"

姓王的也抢上去动手就拉,叫道:"李叔,走,去我家喝杯茶!"

李所长哈哈笑了,说:"谢谢你们了,我不姓李,姓张,在剧团里演戏,早晚想看戏了去找我!"说完眨眨笑眼走了。

壮汉和姓王的都怔住了,只怔了一会儿,壮汉瞪了姓王的一眼,"哼"一声;姓王的瞪了壮汉一眼,也"哼"了一声,两个人就各奔南北了。

原载《莲花》1982 年第 2 期

公社的人情

饲养员老田在村外割草,他弯着腰正干得起劲时,背后忽然有人叫道:"哎呀呀,可真是积极透了,连晌也不歇,等选模范时,老娘举你两只手!"

老田回头一看,哈,原来是王二婆从娘家回来了,穿着一色深蓝衣裳,右胳膊上扛了一个竹篮,左手甩得和货郎鼓一样,喜得满脸笑容。老田虎生一下站起,说:"你可回来了!"

"就这还是偷跑回来的呢!"王二婆打断老田的话,走到老田的身边站住,说,"你不知道呀,秀兰她外婆和舅母待人可实在了,说啥也不叫走,我挂牵着秀兰就偷跑了。谁知道她舅母紧跟着撵上来,说我看不起亲戚了,把我好埋怨一顿!你看,"她揭开篮子上盖的毛巾,露出了半篮子鸡蛋,又赶忙用毛巾遮住,说,"这是她舅母送给的,我说啥也不要,她舅母那麦秸火脾气可炸了,说:'你眼里要没有这门亲戚,那你就不要!'我怕惹她舅母生气,才拿回来了。"她收住笑脸,一本正经地说,"说到天边,亲戚到底是亲呀!这鸡蛋可是缺物,要是外人,借还借不来呢!"

老田听到后头这几句,心想:这人咋

光看重这些事,就松松地说:"快回去吧,秀兰今上午给你生了个白白胖胖的孙子!"

王二婆喜得一愣怔,说了声谢天谢地,甩着胳膊,跑着碎步走了。可是,没有几步又拐回头说:"你呀!话比金豆还珍贵。你咋不早说,叫老娘在这里和你闲磨半天牙!"

"你那嘴和剥蒜瓣一样,还能轮上我说。"老田回奉了一句,便又弯下腰割草了。

王二婆一脚门里一脚门外,就叫道:"秀兰呀,都怪我这个老没材料的人,一去就是几天,不料你生这么快,也没人伺候,叫你受作难了!"话没落地,从屋里出来一个小媳妇,手里端着一个空碗,王二婆一见就迎上去,说:"梅英呀,你在这里伺候秀兰,我可要隔河作揖——承情不过了。天保佑你将来也生个红白大胖的小子!"梅英一闪身穿了过去,羞红着脸,低声说:"谁稀罕你的情!"

秀兰在床上躺着,看见婆婆回来,便要起身。王二婆上去把她按住,说:"算啦,算啦,哪怎些礼数,可不要累着了!"她说着揭开秀兰里面的被角,露出了一个胖小子,睡得正甜呢。她伸过头去,在那小脸蛋上亲了亲。

眨眼工夫,王二婆可跑到厨房了,对着梅英说:"哎呀,我这眼力可就不错,我早就说一定是个孙子,到底应了我的话!"

梅英一贯讨厌王二婆,因为她是尖酸石榴皮,那两年专好沾社里光。自从秀兰到了她家,秀兰是个党员,看不惯她那一套,少不了天天教育她,倒也改得不少,不再拿社里的柴火麦秸了。可是,王二婆还常常和秀兰说:"亲有邻有社里有,到底不如己有。咱不沾社里光,那是大家的血汗;可是社里也不能沾咱家的光,那是咱的血汗!"梅英想到她的为人,见她那么得意,心里老不是味,便顶撞一句:"你得积德好吗!"

"哎呀,这话可不假呀!"王二婆只管自己高兴,没品出梅英的话味,"你秀兰嫂,她可是一心扑在大家身上,为亲邻们办了多少好事呀,你说,这不叫积德啥叫积德!"

"你也为大家办了许多好事呢!"梅英挖苦地说。

"哪里,哪里!"王二婆慌张地回答着,拿起了碗,指了一下锅,说,"滚了,滚了,俺们这口小锅可灵了!我去掬酒了!"说完便往上屋走去。

梅英一怔,便急急追了上去。王二婆到上屋后墙,弯下腰揭开酒缸盖,碗往下一伸,像蝎子蜇住了似的大惊小怪地叫道:"这是谁真缺德呀,把我做的一罐酒倒腾到哪里了?!"

梅英小声地威胁道:"你吵什么呀!队里的老母牛生了牛犊没下奶,用你家的黄酒表奶了!"

"好啊!老田这东西就会在别人身上打主意!"她扬着胳膊往饲养室跑,边跑边说,"牛没酒喝都不下奶,这人没酒喝就下奶了?他可倒怪大方,拿着我家的酒去爱社,老娘好欺侮不是?我倒要问问他安的啥心?"

梅英撵上去拉住她,说:"你找老田干啥?酒是秀兰自己送去的,人家老田不接,秀兰硬给人家留下的!"

"啊!"王二婆回过了头,说:"我算把她看透了,就没有看看自己的身子,真是没有一点主心骨。她不怕没奶饿坏孩子,我还心疼我的孙子呢!"说了又嘤嘤嗖嗖地往回跑去。

梅英又好气又好笑,又追上去拉住她说:"你去找秀兰吵吧闹吧!惹她生气了,哼,你孙子可没奶吃了。你去闹吧!"

王二婆一屁股坐到院外的椅子上,仰摆着个脸,说:"好,好,我不管。你爱社,你把黄酒端给牛喝,轮到你要酒的时候,谁也没有扒头问你一声。"梅英也不再搭理她,自己钻进了厨房。

原来是前几天的一个上午,秀兰因为快临产休假了,在家闲不住,便在村子里转悠,到了饲养室,见老田端着一碗饭在喂小牛娃,秀兰靠在门框上,说:"怎么拿饭喂牛娃呀?"

老田心里正发毛,翻了秀兰一眼,说:"谁有头发肯装秃子。母牛不下奶,我能看着把小牛饿死?"

"那你怎么不给它表表奶呢?"秀兰问。

"我上哪里偷酒? 又不逢年过节,谁家做黄酒。"老田头也不抬地说。

"早先咋不做酒呢?"

"我又不会三年早知道,谁晓得它不争气不下奶呢!"

"你总是有理!"秀兰是个没多余话的人,说完便走了。

没有多大一会儿,秀兰端了一盆子酒来了,一进门就说:"去给牛表奶吧!"

老田抬头一看,叫了声:"酒!"便笑眯眯地上去接了过来。可是当他想到秀兰也快落月了,便又将酒递了过去说:"你也快用上了,人总是比牛要贵重得多了。我想法子对付过去算了。"

秀兰并不伸手去接,靠在门框上,说:"留下吧。人是活的,到时候能想来办法。牛是哑巴牲口,人不照料它,它只有挺着死。咱队正缺牛使呢!"

"那我就收下了!"老田迟疑地说。

秀兰不愿多费话,便径自走了。老田端着盆追出来,只是看着她的背影,两眼睁得和铜铃一般大小看呆了。

王二婆越想越不是味,一下子站起来,跑到厨房掂起个斗,扭身边走边说:"这才是现时报,河里拾块板家里掉扇门,去要了几个鸡蛋,家里把酒弄跑了。我去社里问问,也该给说个青红皂白,没有酒还我,那就该再给我米!"

梅英听了这话,气得瞪了她一眼说:"你不怕丢人,还不怕丢秀兰的人?你看哪个社员不是爱社如家,社里牛吃你一点酒,看你闹的。"王二婆听了,心里虽然很气,但也没有什么话可说,一转身便回屋做饭去了。

"喂,王二婆在家吧?出来我和你说句话!"王二婆正在厨房做饭,忽听外面有人喊,便拉起围裙擦擦手走出来,到院里一看,只见大门外站着一个妇女,二十八九岁,长得比劈柴还粗壮。这妇女是邻村的,叫张二妞,素来和王二婆没来往,也不知来干什么。王二婆迎了上去,笑道:"他张大姐呀,稀客,稀客,来屋里坐吧!"

张二妞摇着头,笑道:"我有事,就不进去了。我是来给秀兰送酒的,生孩子没有酒喝可不行啊!听大队长开会表扬秀兰,说她把自己的酒给队里的牛表奶了,我把自己的给她送一点!"

王二婆连说"承情不过",便把酒接了过来。她想:"哪有这好的人呢,好酒自己不吃,送给别人吃。"她走上去揭开那酒罐子上的毛巾,一股酒香扑鼻,不由得说:"好酒,好酒! 你约莫什么时候要用,我早些做好了还你,省得误事!"

张二妞上去把酒盖住,护住了罐子,说:"哎呀,你把人看扁了!你回去问问秀兰,看她把酒拿给牛表奶时,说过叫还没有? 我这酒可不是为借给人才做的,你要还,那你去找点子借吧,我就走了!"她说着当真提起了罐子。

王二婆上去夺过罐子,说:"不还,不还,好吧?"

张二妞笑了,说:"这才像话。她为的是大家嘛,也就是为我!"

"那你到时候喝啥呢?"王二婆真心诚意地关心起别人了。

"我不会再做嘛。就是来不及,也不会缺酒喝,一个公社几千家子,大家能看着我没酒喝?"张二姐随随便便地说。

王二婆送走了张二姐,心头又喜又乱,她想:"这张二姐真是个好人,天下少有,和秀兰一样光为别人,兴许也是党里人!"

"你是王二婆吧! 我要找王二婆!"王二婆猛听背后有小孩子叫。她回过头一看,一个小姑娘,一身花衣裳,连头发上也扎着花布条,不认识呀,王二婆揉揉眼,说:"你是哪里的呀? 咋我把你忘记了!"

这小姑娘嘻嘻一下笑了,说:"我就没见过你,你咋能把我忘了。"她说着走到王二婆身边,提起右手掂的罐子,说,"给你酒,这是送给秀兰姐喝的!"

"哈,又是酒!"王二婆说着接过酒,摸着小姑娘的头,问,"是谁叫你送的?"

小姑娘低下头,掐着指甲,说:"是我嫂子。"

"你嫂子是谁呀?"

"我嫂子不叫说她的名?"

"那你们在哪里住?"

"我嫂子也不叫说!"

"好小心肝,给婶子说说,婶子亲你。你说了,我不给你嫂子说,好吧?"

"我不! 我嫂子说,你再哄也不能说!"

"好! 你不说这酒我不要,你再提回去!"王二婆假装生气地说。

"你松开手我说!"小姑娘要求道。

王二婆松开了手,小姑娘退后一步,眨眨眼睛,说:"我嫂子说,我们是公社里的人!"说完像小燕子一样,一扭身可飞跑了。

王二婆追了出去,可没踪影了,她自语道:"这小闺女真精! 叫我承情也没处承!"

"现在的人真好啊!"王二婆一下午都在喃喃自语,"可是,她嫂子到底是谁呢?"她想呀想呀,一直到天快黑时,她才恍然大悟,拍了拍头,"哎呀呀,人越老越糊涂,这还用猜,是社里的人嘛!"她笑了,心里感到从来没有过的轻快!

天黑的时候,放工的人群流进了村子,支书来看秀兰。王二婆从厨房里出来,亲亲热热地拉住支书,说:"支书,社里还需要啥东西不要? 需要啥你只管说一声,只要是为大家,割我身上的肉心里也美气!"

支书一怔,接着一阵爽朗的大笑,说:"好呀,不知你啥时候又进了一步!"

王二婆笑红了脸,说:"哎呀呀,我的好支书呀,你不知道咱这脚小嘛,得大家推着走才行。你以后可要多拉扯我一把,也好叫我走快一点才行!"

这一说,大家都呵呵地笑了起来。

原载《长江文艺》1960 年第 3 期

平常不平常

　　一个平常的夜晚,在一个平常的家庭,发生了一件平常的事情。

　　上灯时分,老丁、妻子和儿子,一家三口人围住小桌坐着,吃着晚饭。饭菜不错,心情又好,屋里洋溢着小家庭的欢乐。

　　老丁四十多岁,在一个小单位当一名普通干部。他长相文雅,心地老实。旧社会上过几天学,新社会又爱读书,说话办事总是面露笑容,温柔而斯文。今天夜里,他和妻子商定,要对儿子进行一次关于诚实的测验。他吃着饭,端详着十二岁的儿子,做出随随便便的样子,问道:"小水,今天在学校里又受表扬了没有?"

　　"还受表扬哩,吃批评都吃饱了!"小水眨眨顽皮的眼睛,一点也不含糊,得意地说,"还罚我站哩!"

　　老丁对妻子会心一笑,追问:"为啥?"

　　小水忍不住扑哧一声笑了,天真无邪地说:"睡午觉时,我给小军画了个大花脸,他睡着了不知道,醒了没有洗。上课时,满堂哄笑,老师看见不依了!"

　　老丁想象着当时教室里的情景,忍不住也笑了,问他:"老师怎么说?"

　　小水回道:"老师的脸都气红了,态度

可恶了,问是谁画的。"

老丁担心地问:"你敢承认?"

"画的人不承认,叫老师去猜疑没画的人?"小水不理解爹爹问的意思,怀疑地看着爹爹,反问道,"为啥不敢? 你不是成天叫我讲实话吗!"

老丁没回答小水,看着妻子,不放心地问:"是不是这样?"

妻子叫卫春玉,是个心直口快的普通工人。她和教小水的女教师是朋友,经常打听小水在学校的表现。她对丈夫点点头,又乜斜着小水,说:"一点也不假,调皮鬼!"

"往后老实点。这多不好,影响大家学习!"老丁强板着面孔,重重批评一句,接着脸上堆起了满意的笑容。几年来,他和妻子费尽心血,用言语和行动教育儿子当一个诚实的人。通过刚才这场考试,证明自己的心血没有白费,老丁心里十分高兴。

他往小水碗里夹了一块肉,嘉奖道:"好,一百分!"

小水迷糊地看着爹爹,奇怪地问:"啥子一百分?"

"怎样做人这门主课!"老丁心花怒放,滔滔不绝地表扬道,"有了错误,不往别人身上推,敢对老师承认,好! 在外边吃了批评,回来不瞒大人,更好! 这才是一个真正的中国人! 咱们中华民族有个美德,就是诚实。当个人的起码标准,就是要说实话。说谎话的人,是咱们中华民族的败类,至多算个衣冠禽兽!"

卫春玉实怕儿子听不懂丈夫那些斯文话,就举例说明道:"比如老金……"

"他是个瞎话大王,不算个人!"小水贬损地抢着说。他听大人讲的次数太多了,都会背了:"哼,'文革'中说我爹杀过一个人,把我爹打得活不成!"

提起老金,老少三口人身上和心上的伤痕就隐隐作痛。原来,老金和老丁是一个单位的同事,又是朋友,平时交往甚密,无事不谈,无话不说。"文化革命"初期,他们这个小单位的领导调走了,老丁暂时负责主持工作。不久,开始横扫一切牛鬼蛇神,到处揪斗成风。他们这个单位却按兵不动,上边三番五次批评之后,老金找到老丁,关心地说:"咱们也开始揪吧。再不揪斗,可就对咱们不利了啊!"

"揪谁?"老丁迷惑地瞪着老金,然后扳着指头,把本单位的同志一个一个过滤了一遍,大部分同志历史清白,个别同志虽有污点,经过镇反、肃反和审干,也都交代清楚了。他为难地解释道:"这是关系一个人身家性命的大事,怎么能乱揪乱斗呀!"

"你怎么能这样看问题!"老金从椅子上站起来,来回走着,情绪激动,慷慨陈词道,"咱们都是党员,想问题办事情都应当胸怀全局,不能斤斤计较一两个人的命运问题。阶级斗争学说是放之四海而皆准的普遍真理。按你说,咱们单位干干净净,这不就等于否认这个学说的普遍性了?同志,咱们应当用实际行动,来证明来捍卫这个学说的正确性、普遍性,这可是个忠不忠的态度问题呀!"

"用牺牲一个好同志的办法去证明,"老丁看老金一眼,见他一双凸出的眼睛里射着血与火的凶光,就低下头去沉思着,半天才喃喃讲道,"我不能这样……"

谈话不欢而散。万万没有料到,第二天老金突然揭发老丁,说他曾经卖身投靠国民党,杀害过一个共产党地下党员,讲得有根有秧,有鼻子有眼。当时的帮派人物如获至宝,马上召开大会,表扬了老金,揪斗了老丁,并以此为根据,又总结出一条斗争规律:哪个单位揪斗不力,不是这个单位没有敌人,正好说明这个单位的领导本身就是双手沾满革命鲜血的反革命。于是,成百上千善良的人被揪出来了，成群结队被驱赶着挂牌游街。他们经过的路上被泪水血水洒湿了。老丁被严刑拷打，皮开肉烂。他心疼自己，也心疼别人，更心疼国家。一天游斗之后，他拖着遍体鳞伤的身子，回到家里，妻子看他浑身衣服被撕打得破破烂烂，上去扶住他，刚要开口安慰他，他突然拉住妻子的双手，仰头看着妻子，两只眼睛泉涌一般滚着泪水，痛不欲生地求告道："春玉，你看见了没有，你听见了没有，满耳朵都是谎话，满眼都是揪打，这算个啥世界呀！国不成国，家不成家，活着叫人心疼呀！你就叫我死了吧！行吧——"

卫春玉吓怔了，心比刀割还难受，傻着眼愣了半天，突然冷笑了几声，对丈夫愤怒地喝道："死！死你一个，死你十个，就能感动他们了？国就成国了，家就成家了？你不活，便宜了他们！我就不信树不焦顶能顶塌天，总有一天……"

谎话害得他们差一点家破人亡。整整十年，苦难一直折磨着他们，度日如年的生活，使他们懂得了一个平凡的真理：谎话能误国，谎话能杀人。因而，他们格外珍视诚实，追求诚实，决心要把儿子培养成一个诚实的人。

一家人又回忆起这段往事，老丁就趁势诱导儿子道："谎话害得咱们国家差点崩溃，谎话害得咱们差点家破人亡！你长大了，可千万别学老金，再用谎话去祸国殃民！"

卫春玉也嗤之以鼻地说："哼，说瞎话最丢人丧德了。前边走，后边就有人捣他脊梁骨，衣服穿不烂，也叫大家捣烂了！"

小水不眨眼地看着爹妈，认真地听着想着，这时突然问道："说谎话那么坏，为啥上级还叫老金当官？咋不把他撤了，也批批斗斗？"

"这……"老丁张大嘴回答不出来。这是个极简单又极复杂的问题,该怎么样解释才好,他求助地看着妻子。

卫春玉也想不通弄不懂,不满地"哼"一声。

是啊,为什么还叫他当官?只有鬼才知道为什么。老丁被斗后才听说,五八年上级提出一天等于二十年,人有多大胆,地有多高产,老金当时在乡下工作,他为了证明上级这个论断的正确性,就谎报小麦亩产八千斤,最后不仅没受到任何处分,还入了党提了干。这一次,他虽没有参加帮派,可是又投个别上级的所好,用乱踢乱咬来证明其号召的正确性,升成了本单位的副主任。"四人帮"被粉碎后,经过查证落实,老丁平了反,恢复了原职原薪。可是,差点害死老丁的老金,却平安无事。老丁想不开,去找过领导;卫春玉不服,去质问过上级。一位负责同志苦笑一阵,然后苦口婆心地教育他们道:"群众运动嘛,不能要求完全正确,应当看到粉碎两个资产阶级司令部的伟大成绩嘛!有则改之,无则加勉嘛!你看,组织上最后不是没有根据他揭发的材料,来处理你吗!给你平了反,实际上就是对他的最大批评嘛!言者无罪,闻者足戒嘛!哈哈哈!"

卫春玉听儿子质问这事,想起了那不关痛痒的哈哈哈,气愤地牢骚道:"有政策保护人家说瞎话嘛!哼,我就不服那些漂亮话,总有一天……"

提起这事,老丁也动肝火,可又觉得妻子的话不正确,会给儿子造成不好影响,就用眼光制止住妻子,忍气解释道:"看一个人高低,不能光看官职大小。有的人官位升高了,可是在群众心里的地位降得更低了!"

老丁夫妇正在为这事不愉快,突然,关着的门咚一声被撞开了,一个女人一阵旋风似的冲进来,披头散发,恶眉瞪眼,上去一把揪住小水,像老鹰抓小鸡似的提了起来,破口大骂道:"小龟孙,你为啥说俺们宝娃偷学校灯泡了？我叫你娃子嘴尖毛长烂舌头！"

小水身体悬空,踢跳着,嘴硬地反驳道:"咋？他偷教室灯泡,叫大家都学习不成,你为啥不叫说！"

这场突然袭击,搞得老丁夫妇晕头转向,惊魂一定,看是老金妻子,外号叫作"母老虎"的泼妇。老丁素知她蛮不讲理,仗着男人的一点权势,欺东邻骂西舍,谁也不敢惹她。要不,她回去枕头状一告,老金就会千方百计打击报复。他是个文人,看她如入无人之境,如狼似虎,早气得浑身乱抖,直瞪着眼,不知如何对付才好。卫春玉可不吃这一手,上去一把夺过小水,理直气壮地怒斥道:"老金家,现在不是'文革'了！那时是没王子蜂,谁愿蜇人就蜇人！现在'四人帮'倒台了,有王法了。小水犯了哪条法？犯了校规有校长,犯了国法有法院,轮不着你亲自下手！"

老金妻子先是一怔,接着是冷冷一笑,再接着是双手把屁股拍得嘭嘭响,双脚跳着,扯开烂嗓子大吵大叫道:"咋？你们'文革'挨了斗争,有啥了不起！这是上级发动的,不该俺们响应？中央斗的大干部多了,你就不该斗了？有本事去找江青、王洪文算账！哼,你们软头捏,硬头怯,来俺们小萝卜头上杀恶气,算啥本事！你们自己不敢出头露面,打发孩子来坑害俺们！"

老金妻子鬼哭狼嚎一般嘶叫,引来了左邻右舍,门里门外挤得里三层外三层,像看大戏一样乱吵吵闹哄哄。老金妻子看人多了,劲也就更大了,扑通一声坐到地下,双脚一盘,双手捂住脸,像寡妇上坟一般,一声高一声低哭得有韵有辙:"我的老天爷呀,逼得俺们咋活呀！宝娃要有个三长两短呀,你们给俺们披麻戴孝呀！"

老丁是个有自尊心的人,见这么多人来自己家里看戏,再加老金妻子喷粪般的脏话,羞辱得他无地自容,不由热血上涌,头昏脑涨脸烧,气得牙齿打战。老实人自有老实人的处事之道,不斗对方,专拿自己人出气。他拉住儿子就打,打着,反反复复说着同一句话:"我叫你惹是生非!我叫你惹是生非!"

小水哭着,一头拱在他怀里,不服地反抗道:"你打!你打!你成天叫我说实话,我可说了你打我!你打!你打!"

老金妻子看老丁痛打小水,止住了鬼哭,扬扬自得地冷笑道:"哼,好像俺们头软好捏一样!"

卫春玉又心疼儿子,又气老金家欺人太甚,上去狠狠推开老丁,火辣辣批驳丈夫道:"他有啥错你打他?你不敢打狼你打羊!"

"你说谁是狼?你娃子红口白牙咬俺们宝娃一嘴,还说我是狼!你们算骑到俺们头上了,这和旧社会还有啥区别呀!俺们还咋活呀!你们也不用逼,我自己打发你们高兴!"老金妻子发了泼,越吵越来劲,竟然不顾羞耻地掀起衣服,解下裤腰带,抬头往梁上看着,威胁道,"我知道,俺们是你们眼中钉肉中刺,你们成天巴着俺们死,我吊死到你们梁上,你们去打二斤酒,摆庆功宴吧!"说着就伸手往梁上搭腰带,只是腰带太短,梁又太高,搭了几次都没搭上去。

老丁又急又气又怕,忍气吞声上前将好话劝道:"老金家,有话好好说嘛。我不是已经打了小水,给你出了气吗?你这又何必,谁想叫你死呀……"

卫春玉不等老丁说完,就上去拉过他,搬了一把椅子,咚的一声放到老金妻子脚下,又找了一根麻绳,塞到老金妻子手里,正言正色道:"上去!吊吧!我拼上砸锅卖铁也一定给你买口上等棺材。今天你要是不吊死,说话就算放屁啦!"

"咋?你还当我是吓人哩!"老金家凶狠地说着,蹦到椅子上,往梁上搭着绳索。她断定这么一来,人们就会吓得慌忙来劝解,说上一堆好话。可是,绳索已经绑好了,还不见人们动作发话,偷偷一看,只见人们都在鄙薄地冷眼旁观,嘻嘻窃笑。她不由又羞又恼,双脚一跳又蹦下椅子,狠狠骂道:"哼,龟孙们想叫我死,想瞎你们眼了,我偏要活着,气死你们!"

看热闹的人哄地一下笑了。

老金妻子见人们都不同情她,不敢再继续恋战,一边倒退着往门口走去,一边咋呼道:"哼,骑驴看唱本——咱们走着瞧!"踏出门槛,又觉着难以下台,就虚张声势地威胁道:"不要喜得太早了!三十年河东转河西,那是旧社会走得慢,现在说不定只要三年、三个月、三天、三点钟,到时候咱们再算总账!"

老金妻子走后,众人劝慰老丁几句,也都散了。这时,小水的眼泪早被吓干了。老金妻子像一只恶虎,又吵闹又上吊,临走时又撂下一颗定时炸弹——有一天要和爹妈算总账。他那颗小小的心灵,万没想到因为自己说了一句实话,就惹下这么大一场灾祸。他偷偷看看爹爹,爹爹坐在桌旁,脸色铁青,喘着粗气。看看妈妈,妈妈呆呆站在那里,满脸怒气,紧咬着嘴唇。他不由害怕了,害怕人家又编瞎话,打爹打妈,便觉着是自己害了爹妈!他又惭愧又后悔,低下头去,进了自己的住室。

老丁夫妇也闷闷不乐走进住室。他们住着三间房子,小水住东头,老丁夫妇住西头。夜已深了,夫妇两个还睡不着,对坐在床两头生闷气。东间传来了小水的抽泣声,像一把刀子同时刺痛了夫妇两颗心。卫春玉忍不住埋怨道:"你成年教育他说实话,他说了实话,你不敢支持他,你还打他,我看你以后还怎么教育他。"

"这……"老丁这时才发现,儿子做的和自己想叫儿子做的,是两码不同的意思,他解释道,"我教他说实话的意思……唉,他理解错了!"

卫春玉看他吞吞吐吐,追问:"咋错了?"

老丁寻找着准确的词句,来恰当表达自己的想法:"我是说,对自己做的事情,一定要说实话,不用谎话骗功,不用谎话害人,只要自己不祸国殃民就行! 对别人的事……唉,该怎么讲,对小水才能不起副作用呢?"

"好讲得很! 对自己做的事,要实做实说;对别人做的事,哪怕他杀人放火,也要装个睁眼瞎子。有人追问,就昧着良心讲谎话,说没看见不知道!"卫春玉一语道破丈夫的内心世界,看他默认地苦笑着,就辛辣讥讽地批驳道,"哼,这就是你的不祸国殃民! 你想把儿子的心一撕两半,一半教成诚实的,一半教成虚伪的! 哼,想的倒怪美。只要教他染上一点虚伪,他整个的心都会变成虚伪的,最好也不过成个两面派。你这是害他!"

老丁吸着烟,想着心事。妻子的话有理,可是,一想起那怕人的往事他不由摇摇头,无可奈何地叹道:"也总不能叫他再像我一样受罪呀! 有什么办法? 说谎话不犯法,就不能无条件讲实话! 得罪了人,运动一来,自己就是个仙女,也会被人说成是妖魔,不死也得脱层皮。你听听,老金家临走时说那话多怕人!"

"她放那是狗臭屁!"卫春玉一声冷笑,充满信心地讲,"我就不信,堂堂正正的八亿中国人民,伟大的中国共产党,会容忍说谎人永远说下去! 要是连说谎都治不住,还算个啥社会主义,还搞个啥'四化'! 哼,还想做靠说谎整人升官那个梦呀! 三点钟,三天,三个月,三年,三十年,叫他们等到碌子发芽驴出角吧,我就不信还会有这一天!"

老丁不再言语了,靠墙半躺着,紧锁眉头,唉声叹气。妻子的话,不能说没有根据,就说自己接触到的干部群众吧,没有一个不恨死了说谎的人,党中央也三令五申要恢复实事求是的好传统嘛,可自己总是提心吊胆,叫蛇咬一口,三年怕井绳! 老丁不由一阵惭愧,明知儿子讲的是实话,自己却打了他。明天,怎么见儿子呢? 往后,还怎么再教育儿子呢? 这一顿打,会不会打消几年来对儿子的苦心教育,把这门吃了一百分的主课,打成一个零分呢? 要是把儿子打成老金那样祸国殃民的说谎者……他不敢想下去了。他突然觉得打儿子的手掌发烧起火的疼痛,接着脸上也发烧了,又仿佛听见儿子在质问他:"你教我说实话,我真的照着做了。我说了实话,你又打我! 原来,你也是口是心非说的假话呀!"

老丁出了一身冷汗,觉着许多虫子在咬心。他虎生跳下床,要去看看儿子,解释解释。可是,一只脚刚伸出里间门槛又缩回来了,该怎么说,才能使儿子忘了这顿打? 他在屋里转悠着,痛苦地思索着。妻子看他难过,又想起那令人厌恶的"哈哈哈",想着丈夫心有余悸也有道理,又是同情又是恨,生气地牢骚道:"哼! 啥叫言者无罪? 说实话的都有罪,说谎话的才没罪! 从粮食亩产上万斤,到阶级敌人越斗越多,吹大话,编瞎话,一方面是少数说谎者升官发财,一方面是多数老实人受苦挨整,真是祸国殃民! 中国吃这个亏,我看也吃够了,吃穷了,吃坏了,再吃下去就要吃亡了! 总有一天,会制定一条法律,拿说谎者重重治罪! 我就不信中央下不了这个决心!"

妻子的话,给老丁添了信心和勇气,他毅然去到东头那一间。他拉明电灯,见儿子已经睡熟了,只是眼窝里还滚动着泪水,可能正在做着一个可怕的噩梦。他坐到床头,怜惜地给儿子擦着泪水,悔恨交加地轻轻叫道:"小水! 小水!"

小水真是在做着噩梦,梦见老金狰狞地笑着,挥舞着棍棒,把爹妈打得血肉模糊,爹妈昂头挺胸宁死不屈,他正要上去和老金搏斗,突然被叫声惊醒。他睁眼看见爹爹坐在床头,霎时脸上露出惊恐和悔恨的神色,虎生坐起来,负罪地求饶道:"爹,我再也不说实话了!"

"啊!"老丁差点被谎话杀死,也就恨死了谎话。他耗尽心血,要把儿子教育成一个诚实的人,没想到自己又打得他下决心不再说实话了!当他听儿子说了那句可怕的话之后,好像身边有个炸药库爆炸了,顿时失去了知觉,昏迷过去了!

小水吓得一声尖叫,卫春玉奔跑过来,看见丈夫昏了过去,吓得脸上血色全无,急忙抢救呼唤。当问清是怎么一回事时,又气又急,声声催促小水道:"快!快!叫你爹,就说到死也不说谎话!"

吓呆了的小水,这时一头扑到爹爹身上,撕人心肝地呼唤着:"爹!爹!我到死也不说谎话,一句也不说呀!"

老丁睁开了眼,惊疑地看看妻子,又看看儿子,思索着出了什么事。小水看爹爹醒过来,惊喜地流着眼泪:"爹,真的,我保证死也不说谎话,一句也不说!"

老丁脸上露出了笑容,紧紧攥住小水的手,满意地说:"原谅爹爹这一回吧!爹不该错打了你!"

…………

做人说实话,本来是理所当然的事,也是极平常极简单的事,不知为什么变成了极不平常极不简单的事,但愿很快还会变成极平常极简单的事!

原载《奔流》1979 年第 7 期

一块金表

山里麻雀抓鹞子，

平地猪娃背豹子。

两句戏文念罢，引出一段故事来了。

且说县里有位书记，姓丁名叫大江，论岁数不大，才有五十多岁；论身段很高，足有四尺七八；只可惜长得太瘦，除了皮包骨头没有几两肉。闲话休说，只说这日丁书记从地委开会回来，打开住室的门，入眼就看见地下扔着一封信。丁书记拾起一看，信是从何家坪寄来的。丁书记的女儿小梅当年曾在何家坪插过队，落过户，接受过贫下中农再教育。这信是谁写的？要干什么？丁书记心里动了一下，不等坐下，就撕开粘得结结实实的信皮，抽出信纸匆匆忙忙看了下去。丁书记不看则已，一看就不得了了，血压升高了，脑袋要炸了，浑身发抖了，只觉着天旋地转，眼一黑就跌坐到沙发上了。

看官该说，别弄玄虚了，信里写的是啥就这么厉害？信里是啥？是颗炸弹，比炸弹还厉害几分！不信，我念给你听听：

丁书记：咱们县里有几个共产党县委会？上个月，仲东山的儿子仲大成因为贪污，共产党的县委会盖着血红的大公章把他开除了。这个月，共产党的县委会又把他安排到纺纱厂了。请问，哪个县委会是真共产党？哪个县委会是假共产党？你们说反对不正之风，是空话；发展不正之风，是实干。如此这般下去还怎么"四化"？只怕一化也化不成了。你要是个真共产党，请在广播上向全县人民回答，你敢吗？

一群众

你说说，这信写得恶不恶？不是炸弹却胜似炸弹。丁书记怎能不气！列位，你知道这仲东山是个什么人？是根刺，比皂角树上的刺还硬还利。"四人帮"横行时，他乱踢乱咬，混成了何家坪大队的支部书记。仲东山一旦权在手，就张开了血盆大口，喝血像喝凉水一样，不光喝本大队老百姓的血，还喝城里干部和工人的血。有人该问，他是乡里支书，咋能喝城里人的血？因为有百十个知识青年下放在何家坪，他借安排之机，敲诈勒索，他要星星不敢给他月亮，要不，你想调回城里，没门儿。"四人帮"垮了，他也跟着垮了。别看仲东山垮了，没事，老子垮了还有儿子补。仲东山的儿子仲大成在商业上当了个挺管事的头目，这货也不是一盏省油灯，日鬼弄棒槌会玩得很，借改革开放的机会，大捞特捞，几年工夫日鬼了不少钱。经过查证落实，县委把他作为搞不正之风的典型，集体研究决定：开除回家。

丁书记晕倒在沙发上，灵醒过来后怒气还没消。丁书记心想，仲东山不但不臭，还有这么大神通，竟然能把县委的决定吹了，真是欺人太甚，欺党太甚！丁书记气得把茶几拍得啪啪响，气过了再一想又怀疑了，这事可能吗？不要说重新安排个贪污分子，就是正常安排一个好人也不容易啊，要有招工指标，还要经过村政府、乡政府、县政府三道关口，要办多少手续，要盖多少公章，要通过多少人啊！

一个人昏了，难道能都昏了头？现在正在搞廉政反腐败，谁还敢如此胆大妄为，难道不怕丢了乌纱帽？丁书记想到这里，就认为这事不可能发生，因为据他所知，还没有一股力量强大到可以推翻县委的决定。谁敢保证这不是一封诬告信？

丁书记站了起来，走到桌旁抓起了电话，要通知有关部委局调查一下，看看此事到底是真是假。电话拨通了，丁书记刚刚开口，忽然又放下电话不说了。他想，如果这件事是真的，正是这些单位自己经手办的，再叫他们去调查，他们会用各种借口给你搪塞过去，遮盖起来。再说，纺纱厂就在县委眼皮底下，不过二三里路，为什么自己就不能亲自去了解一下？

丁书记说干就干，骑上自行车就去了。走到半路，丁书记被冷风一吹彻底吹醒了，心里不由犹豫了。万一这件事是真的，一定牵连很多人，处理不处理？要是严肃处理，又会得罪一批人。过去就因为办事不留情面，"文革"中落个家破人亡。要是睁只眼闭只眼应付过去，等于给歪风邪气开了绿灯，那自己还算个共产党员吗？怎么办？丁书记想来想去，只有一个希望了，希望这封信中说的事是假的，是假的就好了，就不必处理人了，自己良心上也安生了。

"文革"中丁书记在纺纱厂"劳改"过几年，人很熟路很熟。丁书记到了纺纱厂大门口，老传达忙上来接过车子，亲亲热热地说："哎呀，你可是稀客！是来找厂长还是来找书记的？你跑空腿了，他们都去开会了。"丁书记说："找你就行。"老传达听了乱摇头，笑道："别哄人了。找我，我能办个啥事？"丁书记说："打听个人。"老传达问："谁？"丁书记说："仲大成。有这个人吗？"丁书记看着老传达，希望他能说声没有。老传达顿时不笑了，把丁大江看了又看，冷冰冰地说："你找这个爷干啥？"真是怕处有鬼，丁书记希望没有却偏偏有了。老传达一脸不满,追问:"你们是亲戚?"丁书记摇摇头。老传达又追问:"你和他爹是朋友?"丁书记又摇摇头。老传达心想,一个堂堂的县委书记亲自来看一个工人,一定非亲即故,就又问:"你们总有啥关系吧?"丁书记看老传达盘问个没完没了,就干脆给他一五一十说明了来意。

老传达听了,双手紧紧握住了丁书记的手,上上下下地抖动着,激动得闪着老泪,说道:"老丁呀,你如今是县委书记了,但我还要像当年你在这里劳动时一样待你,一样说话,说几句不知深浅高低的话。你们县委会办事咋能连活人眼都不遮?昨天把他开除了,今天又把他安排了,不是自己打自己的脸是啥!往后谁还看重你们,谁还相信你们?好些工人都骂你们了。我听了那些难听话,真替你们担心,为你们感到脸红啊!"

老传达的一番话说得丁书记直冒冷汗,一个老工人把自己的心双手捧给了共产党,丁书记好不惭愧。丁书记请老传达陪他去见仲大成,约定不叫介绍。仲大成和另一个人在办公室里下棋,正杀得难分难解。仲大成穿着一身新潮服装,头发梳得比狗舔过还亮还光,品着茶,面前放着一盒万宝路洋烟,好不气派。丁书记和老传达走了进去,仲大成抬头乜斜了他们一眼,见丁书记相貌不扬,又穿着一身劳动服,看胡子也不是杨延景,不是个什么官的样子,就不屑理会他们,又低下头下棋。丁书记强忍怒气站在一旁看了一会儿,这小子走了一步厉害棋,吃了对方一个车,就得意扬扬地品着茶。茶喝完了,竟然像使唤仆人一样,连看一眼都懒得看,就把茶杯递给了老传达,命令道:"倒杯茶!"老传达脸上的肌肉都发抖了。丁书记怕他发作忙伸手接过茶杯,倒了一杯递给仲大成,趁他回头接杯的机会,盯住他的眼睛,不冷不热地问:"你们上班就是下棋吗?"仲大成好不满意,瞪着丁书记,反问:"下棋咋?"丁书记嘿嘿一笑,又问:"你是叫仲大成吧?"仲大成生气了,反问:"咋?是了咋,不是又咋?"丁书记淡淡一笑,说:"你不是叫回家了吗,怎么又来这里了?"仲大成不听则罢,听了冲冲大怒,把手中棋子啪地往桌上一击,喝道:"你说这话啥意思?毛主席教导我们说,一个人犯了错误有什么了不起,只要改了就好。咋?你反对毛泽东思想?反对毛泽东思想就是反对四项基本原则,还想搞资产阶级自由化!你是干啥的?哼,狗逮老鼠——多管闲事!"丁书记还要听他说下去,老传达忍不住了,大喝一声道:"你嘴里放干净点!别有眼不识泰山,这是咱们县委丁书记!"仲大成一听吓傻了眼,脸上的血色全落了。不愧他是玩人的人,眨眼工夫又变了过来,马上嬉皮笑脸地亲亲热热叫道:"哎呀,原来是丁叔,你可是稀客,坐,坐。"仲大成又倒茶又敬烟,还不忘回头埋怨老传达:"你开的啥国际玩笑,进来也不介绍一下,怠慢了丁书记。"老传达不服要回敬,丁书记示意制止住了。事情既然证实了,丁书记没喝茶没吸烟就和老传达一起走了。丁书记刚刚走到门外,仲大成追了出来,眼里脸上满是能气,不冷不热地嘻嘻笑道:"丁叔,你们小梅哩?我爸常说,小梅下乡时对我们可好了,我们一辈子也忘不了她,叫她有空了去玩。"

丁书记听了仲大成这几句话,顿时脑子嗡的一声又炸了,只觉着一股血腥味从肚里直往上冲,脸上唰地全白了。仲大成不过说了几句家常话,为啥丁书记又受不住了?列位不知,这是几句黑话,翻译成明话就是:丁大江,你放明白点,你别忘了,你也做过见不得人的事!对不起,咱们是彼此彼此,谁也不要说谁。

说来话长,丁书记的女儿小梅是第一批下乡知青,因为丁大江被打成了走资派,小梅成了"可以教育好的子女",在何家坪受到百般歧视。大队每逢开会,都逼着小梅上台揭发丁大江的罪行,说这叫大义灭亲,只有出卖爸爸才能走上革命道路。小梅受不了这个刺激,回来哭得死去活来,说是活着不如死了,再也不肯回何家坪了。可是,那时丁大江已被扫地出门,妻子受不了屈辱早已投河自尽了,有心叫小梅在家待着也没家可待。再说,丁大江认为"文化革命"这场噩梦快要做完了,就耐心劝解小梅道:"要坚强,这是一场考验,到农村去锻炼锻炼大有好处,要相信党,天快晴了。"小梅倒也听话,噙着眼泪又下去了。后来,下乡知青安排了一批又一批,比小梅晚下去的都回城了。小梅又回来求告父亲,叫丁大江也给她活动活动。什么叫活动?不外是行贿送礼罢了。丁大江就烦这一套,批评小梅,说活动活动不是共产党员干的事。小梅听了冷笑道:"别把自己当神敬了。你是共产党员?谁承认?共产党是解救人类的,你连你自己也救不了,还算什么共产党员!"小梅这话刺伤了丁大江,他一怒之下把小梅赶走了。小梅从此再也没回来找过他。

　　一天,一个好心人瞅了个空子把丁大江拉到背处,悄悄劝他心眼活一点,赶快给何家坪大队支书仲东山进点贡,把小梅从大队里弄出来。丁大江说道:"别说我现在一贫如洗,就是手里有东西,怎么能拿得出手?一个共产党员干这号事,别说真干了,就是想想也脸红。"好心人看他死不回头,就把实话告诉了他,小梅在大队受到坏人欺侮,曾经走她妈妈的老路,投河自尽,幸亏被人救了出来,再不把她调回县城就没命了。丁大江听了又羞辱又气愤,痛不欲生。到了这时他才明白,大道理救不了自己,更救不了女儿,要想把女儿救出火坑,只有给仲东山进贡这一条路可走了。可是,当时丁大江一无所有,工资早停发了,拿什么去进贡呢?唯一的一件值钱东西就是一块金表。丁大江想到要把这块金表当成贡品,心里比刀割箭穿还要难受。

列位,丁大江怎么会有块金表?原来,丁大江的父亲是位老革命,名叫丁双河。丁双河作战勇敢,在一次战斗中,他活捉了一个号称常胜将军的国民党师长,上级首长为了表彰他的勇敢,不但把从这个师长手里缴来的金表奖给了他,还把他从营长提成团长。丁双河对这块金表爱之如命,一时戴到手上,一时装到贴胸口袋里,不知放到哪里才好。后来在一次战斗中,一颗流弹打到了丁双河胸脯上,也真巧,金表的后盖朝外,子弹把金表的后盖碰了个小坑,丁双河才没当成烈士。丁双河后来转业到了地方,积劳成疾,死前把这块金表亲手交给了丁大江。这表不仅是纯金外壳,还记载着先父的功劳和仇恨,丁大江把它看成了传家宝。一想到要用这块金表去行贿,丁大江就痛苦万分,不由泪水如流,好像割肝摘心般难舍难分。可是救命要紧,只好出此下策了。丁大江闭着眼睛把这块金表交给了那位好心朋友,咬牙切齿地说道:"拿去给仲东山吧。我这可不是向共产党行贿,我这是向刽子手买命,叫他刀下留人。"金表送去后,倒也灵验,隔了不久,丁大江的女儿小梅就被招工进了城。

仲大成说那话的意思非常明白:丁大江,你别忘了你家小梅是怎么安排的,我这安排可是跟你学的。丁书记心想,难道因为我曾经行过贿,就让这腐败的空气永远腐蚀党不成?不行!向仲东山进贡的事我要对党交代清楚,党怎么处理我,人民怎么骂我,我都乐意接受,绝不能因为我干过错事,就让歪风邪气发展下去。丁书记在回县委的路上,下决心要把重新安排仲大成的事查个水落石出,不管涉及谁都要严肃处理,向全县人民交代清楚,不能把反腐败的事当成一句空话。

丁书记回到县委会时,正逢下班,顺便问了几个同志,仲大成是怎么又安排工作的。丁书记估计这几个同志都了解内情，因为安排工作得经他们点头批准。可是没一人回答，不是吞吞吐吐一问三不知，就是嘻嘻哈哈东扯葫芦西扯瓢。连着碰了几个软钉子，丁书记才发觉问题不简单，这件事一定牵连到一个或是几个负责同志，要是没有靠山，下边的同志也不敢如此去干。丁书记在回家吃饭的路上，分析着县里每一位负责同志，不知是哪一位为仲大成开的这个后门。

丁书记一路闷闷不乐，想回家后通过老伴先了解一下情况。老伴不老，名叫李梅英，比丁书记小十几岁，人也长得漂亮，还是个党员，在人劳局工作，是丁书记后来新找的。人都说，丁书记老了又走了桃花运。丁书记去地委开了半个月会，李梅英早就等不及了，听说他今天要回来，便割了肉买了鱼，要好好团圆团圆。丁书记回到家里，李梅英好不欢喜，迎过去亲热了一番，忙卸了手表放到桌上，去淘菜切肉了。丁书记见桌上金光闪闪，走近一看，啊，一块金表！拿起翻过来一看，一个小坑！丁书记感到好像天崩地裂了，浑身像起了火，失去了自我控制的力量，大喝一声："这表在哪里弄的?!"李梅英抬头一看，丁书记两只眼像两团火，不由怯了，嘟嘟哝哝地说："买的。"丁书记冲了上去，抢起胳膊，狠狠打了李梅英一个耳光，骂道："妈的，你买得好！"李梅英吓坏了，顺嘴角流血，一步一步退着，丁书记一步一步逼着，把她逼到了墙角，李梅英哆嗦着跪了下去，坦白了，什么都坦白了。李梅英说，自从那天丁书记去地委开会，就有人缠住了她。不是一个人，是一群人，送来了这块金表，还说这叫"完璧归赵"。

丁书记气得浑身乱抖，李梅英白买了肉白买了鱼，丁书记拿上这块金表气冲冲地走了。他把这块金表拿到了县委常委会议上，激动万分地说:"这就是仲东山有权时,我送给仲东山的贿赂;这就是我有权时,仲东山送给我的贿赂。仲大成的一切手续都是我老婆亲自去各部门办的。县委书记的老婆,竟然推翻县委的决定,可恨!跟着县委书记老婆的指挥棒转的人,可耻!"这天夜里,丁书记在广播上向全县人民讲了这件事的根根秧秧,还宣布了县委的几项决定:第一,仲大成再次开除回家;第二,李梅英留党察看两年,撤销一切职务;第三,这块金表没收归公,永远挂到县委会议室墙上,引以为戒。

从此,这块经历了风风雨雨的金表找到了归宿,全县人民也更加相信党了。

原载《故事家》1990 年第 6 期

争祖宗

●

城东边荒岗上新建了一个纺纱厂,面积很大很大。听说,国家投资了很多很多钱,扎得附近的人眼红,都想方设法去捞一点,不捞白不捞,捞了也白捞。

纺纱厂要修一条通往城里的路,从哪里修,经过哪里,厂里很费了一番心思。往东一点是李家大坟园,往西一点是张家大坟园。迁谁家的坟,谁家就会无休止地纠缠,得说一大堆好话,得花一大堆钱,还得拖延好长时间,误事。厂里经过调查了解,决定从李家坟园和张家坟园的当中修,这条线路虽说要填个大坑,要多费不少工,可是只经过一个孤坟,还是个无主的坟,和左邻右舍没有什么瓜葛,不用和谁扯皮,填坑多花点钱比迁坟还是省多了。

纺纱厂的如意算盘打好了。这天动工修路,正要推平孤坟,才挖了几镢头,张老七气呼呼地跑来了,夺过工人的镢头一撂老远,吵道:"还有点王法没有!公家就不论理了?欺侮人也不是这样欺侮的!"工人们傻眼了,问:"咋啦?咋啦?"张老七一屁股坐在孤坟上,喝道:"咋啦?挖不成!"工人们赶紧回去找基建科的王科长。王科长急急跑来,看张老七一脸怒气,就赔着笑脸上去递烟,说:"张七叔,吸个烟。"张老七一巴掌把烟打到地下,说:"你别给我来这一套。"王科长忍气吞声地问:"张七叔,有话好说,生这么大气到底为个啥?"张老七虎生站起来,指着脚下的坟,质问道:"为啥? 你别给我装迷瞪僧,你屙屎也不找个地方,屙到我头上,还问我为啥。我倒要问问你,你挖这坟给谁说了?"王科长愣怔了一会儿,犹犹豫豫地说:"这坟我们了解了,都说是无主的坟呀!"张老七眼瞪大了,一蹦老高吵道:"无主? 无主没人埋咋有坟哩? 这是我老爷的坟。埋我老爷的时候,现在的人还都没生出来哩!"王科长干笑笑,说:"你说是你老爷的坟,谁证明?"张老七嘿嘿冷笑道:"咋啦,我还能找个野鬼来当老爷不成? 你去问问石三爷,哪个节气我没来上坟,算我张老七是王八蛋。"王科长连说:"好,好,你先回去,这坟先不平了,等我们了解了解,咱们再商量,该给多少钱一分也不少。"张老七走了,边走边牢骚道:"咱们没啥商量,骑驴看唱本——咱们走着瞧。"

王科长叫工人先不平坟,自己去找石三爷了解情况。石三爷八十多岁了,一辈子没说过一句谎话。石三爷住在坟园旁边,王科长找来了,问石三爷:"老人家,那个孤坟是不是张老七老爷的坟?"石三爷又摇头又点头,想了半天说:"是不是我也不知道,他老爷活着时还没有我哩。"王科长又问:"张老七给这坟烧过纸没有?"石三爷说:"张老七逢年过节都来上坟,这错不了。"王科长又问:"你亲眼见的?"石三爷说:"是我亲眼见的。"王科长没话可说了,只好回去给厂长汇报了。厂长想,管它坟里埋的是谁,反正总和张老七沾亲带故,要不能年年去上坟? 想到这里就说:"该给多少钱就给多少钱,就是多一点也没啥,只要不拖延工期就行。"王科长就去找张老七,讲了迁坟的政策和钱数。张老七说:"你打听打听我张老七是不是稀罕钱的人。仗着公家的势力欺侮老百姓,连个招呼也不打就扒人家的祖坟,你就是给个金山银山也晚了。"王科长看把门堵死了,好说歹说也不中,就托人把张老七请到酒馆里吃喝一顿,王科长连连敬酒赔错,说:"千错万错都是我的错,张七叔你抬抬贵手叫我们过去算了。"张老七这才松口说:"早有这句话就行了,为了国家建设,我一分钱也不要。到这时候了才说,只怕晚了。"王科长检讨了一番,叫他原谅,接着讲到了迁坟的规定,说:"钱还得给,你不要我们也过意不去,按政策迁一个坟五百块钱。"张老七的脸又黑了,说:"你们没打招呼就平坟,国家先不按政策办事,到这时候叫我个老百姓按政策了,坟是坚决不能平。"王科长心里明白了,面上装作不明白,问:"张七叔,你也是通情达理的人,路要晚修一天,机器就晚到一天,咱们不能叫国家受损失呀!"张老七又换了副脸大方地说:"话说到这个份上,我也得让个步,不论谁对谁错,咱也不能不要国家。钱嘛,钱嘛,咱也不能死抠政策。"王科长知道这五百块钱不中了,经过反反复复讨价还价,除了按政策给五百元外,另加二百元输理钱,张老七才半推半就答应叫平坟。

　　王科长办成了这件事,心里很高兴,通知工人马上开工。谁知刚挖几镢头,李老八又来拦住了。李老八嘿嘿笑笑,说:"咋了,咋了,是看我李老八头软好挖不是?吭也不吭就扒我家祖坟了!"王科长一惊,刚打发了张老七,又出来个李老八,一个坟怎么有两家孝子贤孙?王科长心里好恼,面上还是装出了笑容,说:"李八叔,你是不是记错了,张老七说这是他老爷的坟呀!"李老八仰天大笑,笑得大家愣愣怔怔,笑完了说:"笑话,笑话,真是天下少有的大笑话!这明明是我老奶奶的坟,谁不知道?"王科长看他当真,心想这事好办,就说:"李八叔,张老七说里面埋的是他老爷,你说里面埋的是你老奶,咱们去找找张老七,三个人当面鼓对面锣说个清楚,看看到底是你们谁的坟,就把钱给谁。"李老八连连摇头说:"我和张老七没有瓜葛,井水不犯河水,我凭啥去找张老七?我不去!"王科长看他不去,认为他心虚了,就说:"你说是你家祖坟,总有个人证明吧。"李老八说:"真的假不了,假的真不了,不信你去问问石三爷就知道了。"王科长心想:找石三爷就找石三爷,他一个嘴里总不会长两个舌头。王科长去找石三爷,李老八要和王科长一块儿去,王科长怕李老八去了,石三爷碍于情面不说实话,就不叫李老八去,说:"我一个人去就行了,石三爷是个老实人,你还信不过他?"李老八说:"有你这句话我就放心了,只要你信石三爷的话就得了。"

王科长去找石三爷了,石三爷在门口晒暖,石三爷说:"又来了,我想着你还会来的。"王科长好生奇怪,问:"你咋知道我还会来?"石三爷说:"我会算。"王科长再问,石三爷笑而不答,反问:"说吧,又有啥岔子了。"王科长说:"又出来个李老八,他说这是他老奶奶的坟,你说这到底是李家的坟,还是张家的坟?"石三爷哈哈笑笑,说:"我还是那句话,是不是李老八祖奶奶的坟我也不知道,他老奶死时还没有我哩。"王科长又问:"李老八给这个坟烧过纸没有?"石三爷板上钉钉地说:"李老八逢年过节都给这坟烧纸。"王科长有点上火了,质问道:"你不是说过张老七来上坟吗?怎么又成了李老八来上坟。"石三爷说:"张老七来上坟是真的,李老八来上坟也是真的。"王科长以为石三爷吃了两家的黑来日哄他,就咽口唾沫压下怒气,说:"石三爷,你老人家老实厚诚了一辈子,咱老了可不能说瞎话呀,坏了一辈子的好名声。"石三爷听了这话像受了极大侮辱,板起脸子说:"咋了,你认为我这是瞎话?你打听打听我石老三骗过人没有。我要是说一个字瞎话,就天打五雷轰,就挨枪子,就不是人生父母养的!"王科长看石三爷气得直哆嗦,赶忙道错劝他不要生气,好说歹说石三爷才放了笑脸。石三爷说:"我说的句句实言,真是两家都上这坟。你们有难处我知道,可我也不能昧着良心偏向一方呀!"

王科长无可奈何地走了。石三奶埋怨石三爷不该赌咒发誓,说他这是自己咒自己,石三爷说:"我咋咒自己了?我说一个字瞎话了?"石三奶想想也是,石三爷是没说瞎话。原来,这坟真是个无主的野坟,夹在张家和李家的坟园当中,张老七和李老八来给自己祖先上坟时,都顺便给这野坟也烧几张纸,石三爷夸过他们,说他们心好,积福行善不忘穷鬼。张老七和李老八都满脸堆笑,说:"阴间和阳间一个理儿,自己祖先在阴曹地府有钱花,不把他们身边的穷鬼打发美,叫他也有几个钱花花,他穷极了也会偷也会抢也会造反,会闹得自己的祖先有钱也不安生。"石三爷想起张老七和李老八说过的这些话,又摆头又叹气,对野鬼都这么关心爱护,为啥对公家就这么狠心无情,想方设法也要沾骗一点?人心可真是不古了啊!石三奶又数落石三爷:"为啥不把张老七和李老八的原话都告诉王科长?这也是实话,你咋不说哩?"石三爷瞪了石三奶一眼,说:"人家只问张老七和李老八给这坟烧过纸没有,咱照实说就行了。再说,是实话都能说?都是左邻右舍,都想多弄点钱,说多了不得罪人?该说的实话得说,不该说的实话不能说。公家又不会承情,咱只要说的不是瞎话就对起公家了。"

再说王科长碰到了难题,就去给厂长汇报,说张老七和李老八多年来都给这个孤坟烧纸,弄不清到底是谁家的坟。厂长问打算怎么办,王科长说:"就这两家都够麻烦了,我怕再出来个王老六赵老五,事情会越闹越大,不如给张老七和李老八一家五百块钱算了。"厂长不同意,说:"这不是明摆着捉公家的大头,一个坟怎么能成两姓人的祖先？这个老冤咱不能当。反正咱只拿七百块钱，多一分也不掏。"王科长无奈先去找到张老七，说给他们每人三百五十块钱。张老七一听火了，说："李老八不李老八和我啥相干？七百块钱我都是把你面子看多大，要不是为了国家建设，你就是给一万我也不会平坟！昨天夜里我老爷给我托梦了，说他坚决不搬家，说他住的这个地方是风水宝地，要是搬了张家就败了。"王科长看张老七把话说死了，就又去找李老八，心想捂住李老八这一头剩下张老七了再慢慢做工作，谁知李老八的话头更硬。李老八笑笑说："我央你们平坟了？我不是没央吗？我正要找你哩，昨天夜里我梦见我老奶奶了，她老人家哭得上气不接下气，说她这个阴宅地气好，李家才出了干部出了大学生，李家才家家有碗饭吃，要叫她搬了家，李家要出大灾大祸，永远不得安生。我总不能为了三百二百块钱就卖了老祖先，就卖了李家一大户的太平日子。公家也想得太便宜了吧！"王科长一听又是梦，干气没办法，只好回去把矛盾交给厂长了。

厂长越想越恼火，强修吧，李家和张家都拦住不让修；投降吧，又咽不下这口冤气。想来想去就把这事起诉到法院。法院受理了这个案件，就把张老七和李老八传来了，先是调解，劝他们各自认下三百五十块钱算了，否则扒开坟分出了男女，不论哪一方败诉了一分钱不给，还得掏诉讼费。张老七和李老八都不服，心想，别唬二百五了，一百多年了骨头渣子都沤朽了，你法院再能，咋分得清里面埋的是男是女。法院看他们都硬得和脚指甲一样，就决定开棺验尸，要是男尸就是张老七的老爷，要是女尸就是李老八的老奶，谁输了谁掏诉讼费。张老七和李老八都同意，还按了手印。两个人都想自己输不了，到时候不怕纺纱厂不给钱。

第二天开棺验尸，方圆附近的人都赶来看热闹，围得人山人海。

张老七和李老八两个人都像真的一样,都花钱做了装尸骨的匣子,都戴孝抬着匣子来了,都跪下磕头,都哭声哭气诉说道:"当晚辈的没权没势,叫你老人家不得安生了。"然后,张老七和李老八站起来嘱咐挖坟的人,叫他们慢慢挖,别碰着尸骨了。人们看着张老七和李老八,纷纷议论,不知坟里到底埋的谁的先人。有人说,里面要是男女合葬就有好戏看了。厂长在一边听见了,心里猛地一惊,马上找到法院的人发愁道:"要万一真是男女合葬,你们该断谁胜谁败?"法院的人也没主意了,也皱起了眉头。正在这时,有人大叫一声:"挖出来了!"人们哗啦一下都围到坟坑边伸头看去,啊,原来是一架狗骨头,脖颈部位还有个铜铃。嘲笑的声浪铺天盖地而起:"哈,狗爷爷,狗奶奶!"人们的眼光在寻找张老七和李老八,只见他们挤出人群慌慌地溜走了。

原载《故事家》1993 年第 9 期

租笑

没有赤子之心当不了作家。司马文的赤子之心赤透了,才三十多岁,作品已像秋天的树叶,漫天乱飘,几年工夫出了十个集子,成了人人称颂的名作家。

一次,省里召开文艺工作大会,司马文在会上做了长篇报告,题目是"我爱生活,生活爱我",据说讲得妙极了。何以为证?一是报告结束,掌声如雷;二是参加会议的各地市文联头头把他围个水泄不通,先是一阵颂扬之词,然后就争先恐后邀请他去讲学。一句句赞美之词,一双双盼望的眼睛,感动得司马文眼都红了。他不知如何回答才好,就回头求助于他的领导老武同志。老武也被缠住了,正在应付一个五十来岁的胖子——B地的文联头头老于。老于挤着可怜巴巴的眼睛求告道:"老武同志,虽说我不懂文艺,隔行如隔山,可我懂得没有老师就没有学生。我们地区的作家盼老师如久旱盼雨,我更是如鱼盼水。请你做做主,叫司马作家去给我们传传经送送宝吧!"老武被胖老于思贤若渴的精神深深感动了,立时做了决定,对争论不下的人们说:"别争了,老于都快哭了,司马作家先去B地,然后再轮流去各地讲学。"

领导发了话,人们顿时不争了,都羡慕地看着胖子老于,笑骂道:"你小子可真精!我们求他本人,你求领导,真有一套!"

胖老于笑得很开心,因为他胜利了。

散会之后,老武对司马文嘱咐道:"B地的情况比较复杂,作家们对胖老于的意见很大,说他只爱权不爱文,不关心作家的创作。现在,看样子胖老于真要为作家办点好事了。你去讲学,一来传授创作经验,二来缓和一下作家和胖老于的关系。你好好准备一下,争取去了讲得更好一点。"

司马文很是激动了几天,很是准备了几天,讲稿写了几十页,改了又改,把自己认为最好的经验都写了进去,决心讲出个新的水平。

司马文去了,事先也没有打电报叫接车。他不爱摆阔,有名的人和普通人一样才更受人尊重。他坐在火车上,又重新翻阅了讲稿,基本上满意,言之有物,有自己的独到见解,相信能打动听众的心。只有几段空话套话显得干巴些,可是这是必说的话,是万万不能删掉的,删掉了就像古时的战将被脱了盔甲,就不能防身了。他想,自己的报告如能对B地的作家有一点点启发帮助,也算助了胖老于一臂之力,不辜负他为了繁荣文艺创作的一片苦心。

当司马文突然出现在B地文联时,正在下棋的胖老于感到了惊讶和奇怪,脑子里一时转不过来弯,愣愣怔怔地叫道:"啊!你——"

"怎么?"胖老于的神态也使司马文愣怔住了,"忘了?"

胖老于很快想起来了,很快热情起来了,很快扔下了棋子,很快拍着司马文的肩头,哈哈大笑道:"我说,司马作家,你怎么也不打个电报来,我们也好去车站接接。你这样亲自走来,要不是我们见过一面,我说啥也不相信你就是名作家!有名而不名,真是可敬可佩!"

胖老于马上把司马文安排到高级宾馆,又亲自陪着他吃了高级晚饭。夜里,胖老于和司马文谈了很久,倾诉了自己的苦处。文联这个头头太不像官了,别的部门是下级巴结上级,文联不行,哪怕是个普通百姓哩,一旦写了好文章就忘了自己姓啥名谁,还想叫头头去巴结他,太不像话了。他举出本地几个重点作家的种种毛病,有惋惜,更多的是愤慨。司马文虽然心里有不同看法,可也同情胖老于的处境。他想,一个巴掌拍不响,作家也有不对的地方,为什么不能主动做做团结工作?

第二天上午,在一个会议室里举行了报告会。人不少,从服装上看,多是来自生产第一线的工农作家。司马文为 B 地有这么多作家感到兴奋,不由对胖老于的看法全改变了。一个地区的文联头头如果不热心文艺创作,怎么可能有这么多作家?胖老于做了热情洋溢的介绍,司马文就开始做报告。他讲得很生动,很得体,妙趣横生。他从听众的表情上,看到演讲的效果。会场很肃静,一个个仰着脸,瞪大了眼,聚精会神地听得张大了嘴,像是入了迷,愣愣怔怔的。当然,也有人打盹,不过这是个别的,不论再重要的报告都会发生这种情况,不足为怪。台下不时响起掌声,不时响起笑声。掌声和笑声给司马文注入了激素,讲得更加有劲了。可是,几阵掌声几阵笑声之后,司马文突然感到了失望,感到了困惑。为什么偏偏是自己不满意的段落,空话套话的段落,才引起掌声和笑声,而自己认为最精彩的段落却毫无反应,这是为什么?若是作家没水平,不识货,难道全体作家都没水平,都不识货?作家都爱怀疑自己,司马文不能不怀疑自己了。莫非是自己被成绩冲昏了头脑,失去了辨别真伪的能力,把粪草当成了宝贝,把宝贝当成了粪草?他赶忙调整了自己的情绪,对自己不满意的段落也讲得格外有劲了。他想,回去以后,要认真地冷静地把讲稿再分析分析,不要太相信自己了!

报告会在雷鸣般的掌声中结束了。胖老于做了致谢词。他说,司马作家的报告讲得如何如何精彩,从认识论到方法论全都有了,真是听君一席话,胜读十年书。这个报告必将推动本地文学创作的大繁荣、大丰收。还说,就是从来没写过东西的人,听了这个报告也会成为作家,成为曹雪芹,成为鲁迅。司马文对自己的报告虽然自我感觉良好,但胖老于不伦不类的评价却使他脸红。自己和曹雪芹、鲁迅相比,不过是一棵小草,怎么听了自己的报告的人就会成为曹雪芹和鲁迅?他有点怀疑胖老于在讽刺挖苦他,可是,胖老于的表情和语气却是真诚的,他只好哭笑不得地收下这份恭维了。

中午又是宴会,一来庆贺司马文的讲学成功,二来为司马文饯行,因为下午他就又要去别的地区讲学了。胖老于在祝酒词中免不了又是一番颂扬,然后又征求司马文的宝贵意见。司马文对他的盛情招待感激了一番,接着说:“一切都好,就是本地几个熟悉的文友没来,不能会上一面,有点遗憾!”胖老于不无遗憾地说:“通知了,他们没来……骄傲使人落后……”正在这时,突然进来一个年轻人,对胖老于耳语了几句,胖老于顿时面有愠色,忙对司马文说:“有个事,我去一下就来!”说着走了出去。

院里,一群听报告的青年人竖眉瞪眼,似有决一雌雄之势。胖老于走上去,不耐烦地责备道:“已经给你们一天工钱了,你们还想干啥?”

“干啥?”领头的青年一声冷笑,“给一天工钱不假,那是听钱。后来,你又说,你鼓掌叫我们也鼓掌,你笑叫我们也笑。我们就白鼓掌白笑了?”

“岂有此理!”胖老于火了,“听会还有不鼓掌不笑的?无事生非!"

两下争论不休。原来,胖老于邀请司马文,只是想叫上级看看自己也爱才如命,自己也竭力培养本地作者,没想到司马文连句客气话都不懂,竟然当成了真的。司马文的突然到来,使胖老于左右为难,进退不是。通知作者来吧,又怕作者们和司马文说长道短,传到上边对自己影响不好。闭门谢客,不让司马文讲吧,对上级更难交代,影响会更不好。最后,终于想着了一个两全其美的办法,去附近工地上请来了一群小工来听,也算培养新人吧。当时言明,不给工钱(谁家听报告给工钱?),只给相当一天工钱的补助费。这样就是上级知道了也合理合法,谁敢断定这群小工中将来不出个大作家?没有想到听是听钱,鼓掌和笑还要另外给钱,胖老于又急又气,不住回头张望,实怕时间长了,司马文会出来,万一撞见了可是难以下台。

一个青年气着叫道:"算了,算了,你不给算了,我们去找那个似马似驴的作家要钱。我们能给他白笑了?"

"对!走!"青年们说着就要往餐厅里冲。

胖老于看得清清楚楚,这群人明明是硬敲竹杠,又有口难言,只好赶紧让步,忍气吞声地问:"你们要多少钱?"

"我们鼓了九次掌,笑了十一回。鼓掌算白送了,笑一次算五块钱吧!"青年们嚷嚷着。

胖老于吓得出一头冷汗,说:"啥呀,笑一次都要五块?"

"就这还少要哩! 古时一笑值千金,现在物价都涨了,我们的笑就那么不值钱!"青年们嘲笑着。

胖老于可不敢答应,笑一次五块,每人笑了十一次,就是五十五块,这么多人该多少钱?他不知怎么办才好,气得嘴脸发青,说不出话。青年们看他死不开口,就威胁道:"到底给不给呀!雇我们来干这个活儿,这是哪一条政策上规定的?不给了,走,咱们去找上级说说!说住我们了,我们算白笑了!"

胖老于吓坏了,没想到智者千虑,必有一失,只说把司马文应付走了就算了,谁料到会惹这么大麻烦,叫上级知道了还得了?胖老于急于收场,就软的硬的一齐来,经过反复讨价还价,最后答应每人再给十块钱,才算结了这件奇案。青年们得胜笑着走了,有人还回头撂了一句:"拜拜!下一回再有需要我们笑的地方,我们还帮忙!"

胖老于气个半死,哑巴吃黄连苦在心里。他擦擦汗,定定神,才又回到餐厅,对司马文苦笑道:"听报告的作者们还没听过瘾,硬要你再讲一天不可。我说,你还要去别的地方讲学,已经和人家约好了。费了好大劲,才把他们打发走了!"司马文信以为真,为作者们的好学精神感动不已。胖老于又敬了司马文一杯,充满信心地讲道:"这里的情况你都看到了,培养了一大批新作者,又得到了你的真经,相信不要多久就会开花结果。你回去给老武同志讲讲,请他放心!"嘴里这样说,心里却恨死了,肚里骂道:"都说作家是能人,能个球!连个客气话都不懂,不知道咋混上个作家!管他呢,下一回再也不敢对作家们说客气话了!"

下午,胖老于把司马文送上了火车,互相道别,不免又是一番恭维。火车开了,司马文想到这里的作者们对自己的讲学如此热情,如此叫好,如此挽留,更加感到自己的责任重大,就又取出了讲稿,认真地审阅着。他想,得趁着路途上这点工夫,把讲稿修改得更好更充实些。——要不,真对不起人!

(写作时间不详)

道错

支书章云山又向老农铁河爷道错来了。

三年前，他们闹过一场矛盾，从此就反贴门神不对脸了。

那年夏天，上边来了个人物，要求把全部水田起旱，不种水稻种玉谷，说玉谷是高产作物，产量一季"过长江"；说这是和走资派对着干的伟大创举，事关路线斗争，只准成功，不准失败。本来这是死命令，可是为了搞点民主，装潢装潢门面，来人召集了一个座谈会，名义上是发扬民主，走群众路线，实则是叫大家喊几句英明。铁河爷是有名的种庄稼活神仙，当然也被请了来。来人一口一个路线，要求种出一个路线田。他说了一嘴白沫，人们听了却争先恐后上厕所，厕所里人们争先恐后骂爹骂娘，热热闹闹，会场里却冷冷清清。来人急了气了，催逼道："说呀，咋想咋说，言者无罪。"这类保证人们听得多了，懂得这是诱供的甜言蜜语，谁也不打头炮。来人火了，指着铁河爷道："听说你在庄稼活上还懂一点，外号叫活神仙，你先说说！"

活神仙早憋了一肚子气，又听这个年轻人这样品评他，冷丁丁回道："我懂个屁！我这神仙只见过鸭子浮水，还没见过田鸡浮水哩，比你的见识差远了！"

支书章云山听这话里夹有刀子，再看来人变了脸色，忙截住活神仙的话，批评道："铁河爷，你老了，新形势你不懂……"

"我不懂，你们叫我来干啥！"活神仙虎生站起来，用烟袋指着章云山吼道。他像受了莫大侮辱，胡子都气抖了，然后冲门而出。走到门外，他又余怒未息地回转身，把头伸进门里，火辣辣地恨道："新形势！新形势！有了新形势，滚油锅里也能养鱼了！"

活神仙把会闹散了，来人冲冲大怒，又是追查活神仙的祖宗三代，又是查找黑后台，一时闹得全大队人心惶惶，结果批判了活神仙，一场大祸就要到来，章云山千赔罪万道错才免了灾难。可是，活神仙一点也不领情，不仅不再理会章云山了，反而利用自己的威望，处处和他作对。上级交下来的革命任务，章云山只要一有动作，活神仙就千方百计拆台，使得他寸步难行。因为完不成任务，章云山没少挨整。活神仙成了章云山的拦路石，他几次去找活神仙求情，给他让让路，都被活神仙顶了回去。

"四人帮"被粉碎后，章云山想找活神仙谈谈，可是每次走到活神仙门口，就觉得脸烧心跳，转悠一阵又拐了回去。就这样又拖一年多。昨天夜里从公社学习回来，他下定决心，今天一定要找活神仙谈谈心。

章云山走在路上，盘算着见了面如何开腔，活神仙会怎么回话，他怎样答复，想得顺顺当当。可是，事情总是出乎意料，他走到村头就碰见了活神仙。活神仙正在和一群人说些什么，指天画地，笑得嘎天嘎地，胡子都飘了起来，一见章云山走过来，马上闭住嘴巴，寒下脸来，转身就走。章云山硬着头皮，追上几步，强笑道："铁河爷！"

活神仙站住,回头冷冷地问:"你找我干啥?"

"我——想叫你骂我哩!"章云山想好的话被打乱了,他用孩子讨老人喜欢的口吻,说了这句顽皮的话。

"叫我骂你?你自己的嘴干啥哩?"活神仙狠狠地说着走了。

众人看看双方,也不知说谁对谁错,木然地愣着。章云山吃了个没趣,尴尬地苦笑笑,高兴而来,败兴而归。他心里像压上了一座大山,走到河边坐了很久很久,回想着从前他们之间的关系。活神仙是解放后第一任农会主席,他那时还是个孩子,活神仙教育他,批评他,有时批得他哭,可是批了以后还照样培养他。后来活神仙又介绍他入了党,他们之间为了工作,不断发生争斗,结果不是他认了错,就是活神仙认了错,然后又同心协力地工作。没想到这一回闹得这么僵,唉,都怨自己说话不讲方式方法。

夜里,章云山心情沉重地回家去了,妻子早听说他碰了一鼻子灰,就同情地安慰他:"不理咱算了,别再低三下四去找他了。离了张屠夫,照样吃猪肉!"

章云山心烦意乱,听了妻子的话心里一震,警觉地追问:"你这话给别人讲过没有?"

"没有!"妻子不以为然地反问,"咋啦?"

"咋?你别火上浇油了,这话要再传过去……"章云山心事重重地讲,"那件事是我错了嘛,我伤了他的心,人家生气也是应该的。再说,麦米都有个芯,是他把我领上革命的路,又介绍我入了党,咱不能背良心!"

妻子听他说的入理,也想起了活神仙的好,和着面,皱着眉头,给丈夫出谋献策道:"这还不好办,他不理你,你不会死缠住他?他不听,你不会硬往他耳朵里送?他是一老,你是一小,给他说好话又不算丢人。你给他解释清楚,就说当时是为了他不吃眼前亏!"

章云山接受了妻子的策略,吃完晚饭又去了。天漆黑漆黑,刮着西风,像刀子一样直割耳朵。他深一脚浅一脚走着,心想:这一回你就是骂就是打,也得把肚里话倒给你。快到了,远远看见活神仙家的窗口还亮着,他加快了步子。

活神仙已经睡了,老伴还在灯下做针线。突然有人轻轻敲着窗棂,温和地问:"铁河爷睡了没有?"

活神仙听出是章云山的声音,抬头噗一口吹灭了灯。老伴要拦没拦住,事已如此,只好生气地回道:"是云山啊,老东西睡了,睡得和死猪一样。我去给你开门!"说着就要抬步,活神仙却一把拉住了她,不让她动弹。

"不用了。天气冷得很,你别冻住了。我就在外边说几句吧!"章云山心里明白,活神仙并没睡着,那灯可能就是他吹的。他咽下一口气,对着窗子动情地讲:"等我铁河爷醒了,就说我又来惹他生气了。那一年,我说话没有高低,伤住他的心了。当时,按住心口窝讲,我真不是批评他,我是怕人家整他啊!"

铁河奶奶忙表白道:"是啊,我也知道你是为了他好啊! 常话说,老变小,他老糊涂了,分不清个屎香屁臭,你可别和他一般见识……"活神仙越听越气,伸手捂住了老伴的嘴,不让她讲下去。她挣扎着,硬掰开他的手,补充道:"你别见怪,我知道好坏!"

章云山站在冷风里,痛心地讲下去:"我是他看着长大的,抱着长大的,又是他培养我入党的。我再没良心,也不会存心整他啊! 对待我,他骂也骂得,打也打得,可他一个劲不理我……"风声中夹着伤心的哭音。

铁河奶奶的心被打动了,忙安慰道:"好侄子,你别难过了。这事包在奶奶身上,我叫他明天就去找你赔不是!回去吧,别冻坏了身子,奶奶也心疼!"

章云山默默地又站了一会儿,长叹一声,拖着沉重的步子走了。

活神仙听着脚步声远了,虎生折身坐起,又点上灯,气得用烟锅敲着桌子,恶狠狠地瞪着双眼,火道:"你刚才胡说八道些啥!"

老伴看着他那个凶相,胆怯地反问:"我说坏了啥啊?"

"我请你替我认错了?我请你替我检讨了?"活神仙气急败坏地质问,"你懂得个啥!"

"我不懂!"老伴委屈地说,"人家站在冷风里,哭声哭气地给你赔不是,你连吭一声也不吭,你有点良心没有?"

活神仙火更大了,吵叫道:"我咋没良心,你说!"

老伴想想从前,看看现在,伤心落泪地诉说着:"你有良心!你良心好得很!那一年你害病住院开刀,人家云山从水库上跑去给你输血,到如今你身上还流着人家的血,要不是人家你早死了。人家说你几句,你就和人家记这么大仇!你有良心?"

"你懂个啥?血!血!"活神仙激动得发抖,话像瀑布一样倾泻着,"要不是我身上还流着他的血,要不是我看他还是块料,我还不处处拦他马头哩!良心?你懂得啥叫良心?那两年,那些坏货在前边硬拉着他往泥坑里跳,按你说,我还应该在后边用劲推着他往坑里跳!要听你的话,顺着他,捧着他,早把他推到坑里毁了!"

老伴擦着眼泪,不服地反驳道:"'四人帮'可打倒了,你为啥还不理人家?"

"轻易给他算了,他还会轻易忘掉,就得叫他记一辈子!"活神仙理直气壮地咋呼着,"再说,他身上还有'四人帮'的毒,自己还没看见……"

老伴无可奈何地追问道："你还要把他咋着？"

"咋着？"活神仙气壮地回道，"还要狠狠地骂他！这事你少插腔，哼，听听他今天夜里来说了些啥话呀！"

活神仙越想章云山的话越不是味，憋了一肚子气，气得一夜没睡。第二天，他真是狠狠地骂了章云山一通。

吃早饭时，大家端着碗在山墙头晒暖。话题从上午的群众会谈起，自然而然地扯到了章云山，有人说他不错，在消除"四人帮"的流毒上做了不少工作。活神仙接住了话头，没开口先动气，字字如刀地骂道："错不错还得再看看哩！那年为了起早种玉谷的事，他批了我，还说是一心为了我好，怕人家整我。这能像个支书办的事？全大队三千人的生产生活、吃苦享福不放在心上，为了报我的恩，怕整我，宁肯三千人喝光汤！要是为了他自己不挨整，说不定还会咋卖大家哩！他的觉悟叫狼掏了狗吃了，还说我不懂哩！到现在还拿这个来我面前落好哩，好像还得叫我承他情哩！这算是个啥玩意儿！我不会轻饶他哩！"他越说越气。

人们劝他息息火气，他怒气冲冲，胡子一翘一翘，末了又决绝地说："你们谁给他捎个信，就说我骂他了，要和他算账哩！"

乡里人传话快，像一阵风似的把这话刮进了章云山耳朵里。章云山正要去开会，听了这如刀似箭的话，又失态地坐了下去，脸色像铅块一样了。他万没想到活神仙的话这样重，昨天夜里，他还要求活神仙骂他打他，可是没想到真挨了骂这样难受。他一言不发，一脸呆相，心里翻腾着往事，要不是传话的人还在场，他真想哭一场。传话的人看他这副神态，走不得坐不得，同情地劝慰道："铁河爷也太不像话了。"

"是我不像话！"章云山不让对方讲下去，果断有力地说，"他到底骂了,好啊!"

对方摸不着这话的头脑,不知如何答对。

"走吧,开会去!"章云山邀上传话人走去。

这是揭批"四人帮"反革命路线的大会,人来得很多,大家情绪也很高。活神仙坐在人群后边,吸着烟袋,老伴坐在他身边。章云山经过他们身边时,看了他们一眼,欲说又止,欲停又走。活神仙只装没看见,老伴却注视着。她从章云山的眼光和神色中看见了一种不比平常的光彩,又见那个传话人对他们诡秘地一笑,她的心略噔了一下,不由对着活神仙的耳朵埋怨道:"你可骂嘛,他今天不敲打你才怪哩!"

活神仙厌烦地说:"你看错人了,你认得他?"

铁河奶奶自诩地说:"啊,我老得眼都瞎了,连章云山都不认得了!"

活神仙不屑地贬驳道:"你认得个屁!"

会议开始了,大家抢着发言,声泪俱下地控诉了"四人帮"的罪行,满场怒火。轮到章云山讲话了,他讲了自己很多错误,也讲到了和铁河爷的矛盾。他痛心地责备自己,十分恳切地讲:"当时,铁河爷想的是全大队三千人的柴米油盐和幸福痛苦,我想的只是铁河爷一个人的安危。铁河爷和我的觉悟比较,是三千比一,所以当时我没勇气抵制错误的东西。我对不起的不是一个铁河爷,是三千个贫下中农。可我只把这当成和铁河爷的个人恩怨……"人们一齐回过头去,用敬佩的眼光看着铁河爷。铁河爷既没怒气,也没喜气,好像讲的不是他,看的也不是他,一个劲地咂巴着烟袋,只有铁河奶奶咧开嘴在笑。

章云山在台上又兴高采烈地讲:"铁河爷看了我三年,到底没把我当外人看,痛痛快快地骂了我一顿。他骂我,是看我还有救,是相信我不会打击他,报复他,是相信我能改正错误。"他激动地流下了眼泪:"我感激他的信任,我一定不辜负他的信任! 同志们,希望大家都向铁河爷学习,向我开炮吧,打掉我身上和心上的坏东西!"

全场上响起了热烈的掌声和欢呼声。

"还表扬你哩,我可真没把云山这娃子认透哩!"铁河奶奶感动得掉下了眼泪,她说着回头看老伴,可是,铁河爷不知啥时候早走了。

章云山在会上撂下背了很久的沉重包袱,心里轻松了许多。散了会,人们围住他说短道长,安慰他,鼓励他,好像刚才他不是在检查错误,而是在数说自己的丰功伟绩,人们投给他的全是信任的目光。他觉着有一种重新解放的感觉,觉着全身轻快了许多,回家的路上步子也格外大了轻了。他走着心里打着算盘:下午还要再去登门拜访铁河爷。铁河爷是种庄稼的活神仙,一定得把他这个老先生请出来,赶紧把生产搞上去,已经耽误十多年了,群众的苦也受够了。为了三千人,哪怕把铁河爷的门槛踢破,也得叫他老人家出来呀!

章云山想着心事回到了家里,踏进门不由一怔:铁河爷端坐在他家当堂里。章云山愣住了,不等他开口说话,铁河爷就站起来迎上去,向他伸出了粗壮的大手,语音中带着几分愧疚说:"娃子,我叫你坐了我几年冷板凳,我的心也太狠了,你骂我吧!"

章云山上去紧紧握住了铁河爷的大手,却说不出话来,只有那泪珠不由地滚落在两只紧握的手上。

（写作时间不详）

是梦终要醒

大队长金成忠受了批评，蹲在家里怄气。

这个大队有两个自然村：王村和石村。两个村子早先有不少人家爱好结亲，不是王村的姑娘嫁到石村，就是石村的姑娘嫁到王村。两个村子的人常来常往，和睦相处，患难共济。男人们把两个村子称为兄弟村，女人们把两个村子称为姐妹村。后来，不知为什么两个村子反目成仇，断了往来。只要大小有点风吹草动，王村就攻击石村，石村就攻击王村。最近要清查经济领域里的犯罪活动，两个村子马上又展开了唇枪舌剑，你说我偷过陈芝麻，我说你拿过烂谷子，闹得黄河水不清，把正正经经的大事搁到了九霄云外。

为这事，公社批评了金成忠。说他当了多年干部，办了不少好事，王村和石村的群众都说他是救命恩人，威信很高，几次选举，两个村子的人都一致投他的票，为啥把两个村子团结不住？每次工作都叫闹得不了了之？金成忠吃了批评，急得像灯下的苍蝇来回乱飞，今天找王村的队长王天福，明天找石村的队长石丰山，又是批评，又是教育，劝他们以团结为重。谁知越做工作，两下的火气越大，大有拼个你死我活之势。金成忠一怒之下,又施展了故伎——撂了纱帽,向公社表态道:"谁有本事,能把两个村子团结好,就叫谁干吧!"

这天上午,金成忠正在家中纳福。他坐在里间沙发上,录音机播放着他百听不厌的《拷红》。他叼着过滤嘴香烟,抖动着二郎腿,抹搭着眼皮,轻轻拍着沙发扶手,得意地哼着。妻子汪玉姣靠在窗前桌上,一脸哭相,可怜巴巴地看着他,担惊害怕地说:"人家要真不叫你干了,墙倒众人推……"

"你懂个屁!"金成忠乜斜她一眼,自信地说,"哼,除非我得暴病死了!"

突然有人敲大门。金成忠给汪玉姣使个眼色,叫她快去开门。

来人是王顺子,王村队长王天福的儿子。顺子跨进堂屋门槛,只见金成忠坐在当间打麻鞋,弯着腰,低着头,打得聚精会神,顺子就嬉皮笑脸地呼叫道:"老天爷,多大个大队干部还吃这个苦!"

"啊,顺子!"金成忠要站起来招呼,站了几次都直不起腰。他背过拳头往腰上捶了几下,才好不容易挺直了腰杆,站起来走过去苦笑道,"坐!坐!"

汪玉姣顺手从方桌上拿起白河桥纸烟,抽出一支递给顺子。金成忠一把夺过汪玉姣手中的烟,瞪她一眼,责怪道:"顺子轻易不来,去,把过年时买的那盒大前门拿来!"

"好好好,叫咱吸个好的再过过年!"顺子喜得挤眉弄眼。

汪玉姣从里间拿出了大前门烟。金成忠敬了顺子一支,自己吸白河桥。两个人吸着烟,扯着家常。金成忠拿过打的麻鞋让顺子看,夸着自己打得如何如何美观结实,这个副业门路如何如何赚钱。接着又牢骚地诉苦,说别人只看见他美,不知道他深更半夜打麻鞋受的啥苦,还造他的谣,说他的钱来路不正。汪玉姣靠门板站着,听着听着不由得叹了一口长气。

顺子看看金成忠,又看看汪玉姣,取笑道:"叹啥气呀,是不是美伤了?"

金成忠狠狠瞪汪玉姣一眼,朗朗笑道:"她心里难过呀! 夜里我腰痛翻不过来身,就这她心疼死了,贵贱不叫我干了! 逮个野麻雀还要费个柿皮哩,想挣钱怕出力还行!"他大笑一阵,忽然想起了什么,关心地问顺子道:"只顾说哩笑哩,你来有啥事吧?"

"可有!"顺子爽快地应了一句,又羞羞答答地说,"有人给我提个对象,我爹去我舅家了,屋里钱不凑手,我妈叫我来拐个弯!"

金成忠掩饰不住内心的喜悦,追问:"咋,和石春真是吹了?"

顺子气愤地说:"别提了,我算知道她了!"

顺子一言未了,门外突然响起脆甜的叫声:"金三叔在家吧?"话音刚落,大门咚一声推开,一个秀美的姑娘背着挂包,神色匆忙地跑了进来。

真是无巧不成书。这姑娘就是他们刚才说的石春,石村生产队长石丰山的闺女。

金成忠忙站起来,笑脸相迎道:"啊,石春,快来屋里坐!"

石春一脚跨进门槛,看见顺子也在场,不由怔住了,马上收起了笑脸,合上了嘴巴。顺子见是石春,脸子顿时一寒,忙站起来扭个脊梁对着她,去看墙上的美人图了。两个人闹了个反贴门神不对脸!

王顺子的父亲王天福和石春的父亲石丰山,早年同给一个地主当长工,又都是肯为朋友两肋插刀的血性汉子,两个人亲如骨肉,拜过干兄弟。解放后,两个人又都当了队干部,也没少互相帮助。后来,有人在两个村子间传言送语,他们渐渐犯了生涩,日积月累便成了仇人,断了来往。有时不得不在一块儿开会,也是黑脸来黑脸去,从不搭话。可是,顺子和石春从小就是同班同学,后来又一同考上县高中,两个人同窗共读十年,又都爱好历史和外语,志趣相同,不免常在一块儿研究学问,探讨社会,因而感情越来越深。特别是为了学好外语,两个人合买了一个盒式录音机,更把他们扭在一起了,每日里形影不离。同学们都取笑他们,说他俩是新时代的梁山伯祝英台。快毕业时,两个人竟然悄悄私订了终身大事。可是,他们一想到两个村子的矛盾,怕毕业回家后好事难成,不由双双皱起了眉头。这时候互相之间就发誓赌咒,说回队后一定要寻根问底,找出两下结仇的根子,使王村和石村言归于好,决不让梁祝悲剧重演。谁知事与愿违,毕业回家后两个人只要一接触,爹妈就骂他们是认贼作父,邻居也骂他们是卖国奸臣。双方的老人为了斩断他们的感情,都分别给自己的儿女找了对象。再加闲话越来越多,他们也渐渐变成了见面不说话的仇人。特别是清查经济领域犯罪活动以来,双方的老人都非逼着自己的儿女,让他们写材料揭发对方,仇气就越来越大了。

金成忠看着他们两个反贴门神不对脸的样子,眼角闪出一丝得意的笑,故作热情地声声催道:"坐呀,坐呀,都坐呀!"

两个人谁也不坐。石春愣怔了一下,回头欲走,没好气地说:"我走了,你们谈吧!"

金成忠忙拉住她,急切地问:"有啥事吗?不说就走了!"

石春瞪了顺子的脊梁一眼,要说又不想说,不说又没办法,只好拍拍挂包咬咬牙说:"我去看我姑哩。我姑生病住院要开刀,打发人来问俺们借钱,说是开不成刀就没命了。俺们有点钱才买个牛,我爹叫来借点钱,给我姑送去。"

"得——"汪玉姣同情地问,"多少"两个字还没说出口,金成忠就瞪她一眼,她忙合上嘴,低下了头。

金成忠抱歉地说:"你们没张过嘴,我再没有也得借给你一点。可惜你来晚了一步,谁给我买个自行车,早上才来把钱拿走。真不巧!"他急切地搓着手,自言自语:"这可咋办?"

石春听了,顿时一脸失望。金成忠看了怕误会,为了证明真是没钱,指指顺子的脊梁,说:"顺子也是来借钱的,也没有给他。真是对不起得很!"

"你们谈吧,我走了!"顺子忽地扭过身,恶狠狠瞪了石春一眼,就悻悻而去了。

"你——再坐一会儿嘛!"金成忠伸手欲拉又不拉,无可奈何地叹了口气,任他走了。

石春不满地目送顺子走去,也告辞道:"我也走啦,再去别处借借。"

"急啥?"金成忠稳住石春,又对女人指指大门,汪玉姣不乐意地走出去把大门闩上。金成忠把椅子往石春身边拉拉,安慰道:"坐呀,坐呀,放心,误不了你的事!"

石春只好耐着性子坐下去。金成忠又支拨女人道:"闺女轻易不来,去,把年下买的糖拿来!"

汪玉姣忙进屋拿出了一盒带锡纸的水果糖,放到石春面前。石春焦急不安,哪里有心去吃。金成忠拿起一颗,剥开锡纸,递给石春,亲热地笑道:"吃呀,吃呀!得多少钱嘛,看把你娃子急的!"

石春看着金成忠的脸色,担心地说:"不少哩,至少得一百块钱!"

"就这划得着急成这号样!"金成忠哈哈大笑,慷慨大方地说,"你姑和我亲姐一样,你只要开开口,我就是砸骨头卖扣也得给你呀!"

石春喜出望外地问:"真的?"

"我能哄你?"金成忠把椅子往石春面前移移,贴心地解释道,"刚才顺子也来借钱,说是找了对象。我不想和他们打交道,才说没有的!"

石春脸红了,为了表示自己不记仇,同情地说:"找对象也是关紧事嘛!"

"再关紧也得分个厚薄嘛!"金成忠叹了口气,不满地讲,"我气他们呀!好好个队,叫他们王村给捣成了一窝乱麻。自己活,得叫人家也能活呀!成年仇恨石村美……算啦,算啦,不说不生气!"

石春睁大了美丽的眼睛,愤愤地追问:"他们又说俺们石村啥坏话了?"

"他们有啥说,还不是乱咬!"金成忠摇着肥头大耳,气得涨红了脸,忍不住满腹牢骚道,"你不知道,王天福不是个玩意儿,像条饿狼,恨不得把石村一口吃了!说包产时,我不该把机井分给石村。去年大旱,不分机井,石村人吃风喝沫?手心手背都是肉嘛,成年都想叫我和他们抱成一团,压死石村!"

石春听了,醒悟地点头,感激地说:"怪不得我爹成年给俺们石村社员讲,要不是你在大队当家主事,俺们石村人就还要拉棍要饭吃二遍苦!"

金成忠立时正言正色地批评道:"往后可不准这样讲,这都是党的恩情嘛!算啦,别再提了。就为这他们都攻击我,造我谣哩!"

石春愤慨地追问:"他们咋攻击你?"

汪玉姣长长地叹了口气,金成忠看她哭丧着脸,就支拨道:"去,给闺女取一百块钱!"

汪玉姣默默地走进了里间。石春又追问:"说说,他们造你的啥谣?"

金成忠又往石春面前移移椅子,试探道:"我问你一句话,你可不许怪!"

石春反问:"啥话?"

金成忠冷笑一声,说:"刚才顺子对我讲,说你爹逼着你写材料,揭发我倒卖木材计划!"

"他造谣! 我爹咋能说你个不字!"石春着急得涨红了脸。

金成忠放心地笑了,安慰道:"我想着你爹也不会这样说,咱们是谁和谁嘛! 哼,顺子一开口,我就知道他撅起尾巴要屙啥屎。能哩不轻,想借刀杀人,叫我打击报复你们,好死心塌地和他们滚到一起!"

汪玉姣拿着钱出来,递给金成忠。金成忠把钱递给石春,讨好道:"攒了点钱,给我妈买寿木哩。你姑有病,比我妈关紧,你先花。不够了,你再言一声。"

"谢天谢地!"石春装起钱高兴地走了。

金成忠送她到门口,嘱咐道:"可别叫顺子们知道了,又要说咱们走得近了,和你们石村一股气了。影响团结可不好!"

"你放心!"石春一脸得意的神色,重重地说,"这一下我算真知道谁好谁坏了。我回去一定给我爹说说,叫他往后眼亮一点!"

金成忠看着石春走远,心满意足地笑笑,然后回到屋里又打开柜子取钱。汪玉姣担心地问:"还拿钱干啥?"

金成忠顺口回道:"给顺子。"

汪玉姣上去拦住,乞求道:"你别再去戳了行不行? 叫人闹着啥益吗?"

"你懂个屁!"金成忠火了,刚才在石春面前她唉声叹气,他就有气了,现在又敢拦住,他生气地伸出手把她狠狠推开,"爬一边去!"

汪玉姣被推得踉踉跄跄跌到床边,止不住抽泣着劝道:"人总要凭个天地良心,捣得人家老的不好,再叫人家小的也成仇人! 叫人家都安安生生过日子,坏咱啥事了!"

金成忠取出钱,阴森森瞪她一眼,批驳道:"妈的,多少年了,你就是块榆木疙瘩也该醒开劲了。说的可轻巧,两下都要安安生生过日子,谁还靠咱? 两下要不互相咬着对方,那么多眼都要瞪着咱,老早都把咱撕吃了! 你还想美,美个屁吧美!"

汪玉姣抹着泪,担心地说:"当个人谁不积点德,你就不怕报应?"

"封建迷信!"金成忠咬牙切齿地骂了一句,揣上钱扬长而去。

顺子正在家里自学英语,录音机里教一句,他哇哇啦啦学一句,忽然透过窗户看见金成忠来了,忙弄好录音机,迎到当间,嘻嘻哈哈笑道:"是来给咱送钱的吧?"

"不晚吧? 对象没飞吧?"金成忠取笑一句,拍拍口袋,笑道,"老叔还能不成全你娃子的美事!"

顺子高兴地笑道:"我还当你真没钱哩!"

"傻货,再没钱也得看看是对谁嘛!"金成忠两只眼眯成一条缝,献好地笑道,"你娃子找对象,和我说媳妇差多远? 我就是砸锅卖铁也得给你呀!"

"我想着你也会借给我的!"顺子眉开眼笑。

金成忠走到门口,看看外边没人,回身坐定,解释道:"刚才就想给你,可是石春也要借钱,我不想借给她,才说个没有。你娃子可当成真的了,一冲起来走了,真是直肠子驴!"

顺子幸灾乐祸地说:"我想着你也不会借给她嘛!"

金成忠突然面生愠色,气愤地说:"你不知道,我看见石村人就来气。好好个队,叫他们石村人捣成一窝乱麻。特别是那个石丰山,像条疯狗,乱咬乱叫,揪住王村死不放!"

顺子愤愤地问:"又咬俺们啥了?"

"算啦,你打听这也没益。说吧,得多少钱?"金成忠似有口难言,站起来掏出了钱。

顺子也拉起硬弓,追问道:"刚才我走后,石春一定说俺们坏话了。你不给我说说,这钱我也不借了!"

"真没说你们啥坏话,就是对我不满嘛!"金成忠只好又坐下,叹道,"她父女俩真是一个模子刻的,都会乱咬。说包产时,我不该把抽水机分给你们王村。哼,自己活,总想叫别人死。当时我要不是硬着手脖子把抽水机分给王村,去年大旱,王村人吃风喝沫!"

顺子恍然大悟道:"怪不得我爹成年给俺们王村社员讲,说你是俺们王村的救命恩人。要不是你,王村早就叫石村人灭门霸产了!"

"可别这样说,这都是党的恩情,我有啥能耐!"金成忠又拿出钱,"没有了。可说说得多少钱?"

顺子质逼道:"我不信就这一点,你说说,刚才石春说我啥坏话了?"

金成忠吸着烟,皱起了眉,想说又不说,劝道:"别和这条疯狗一般见识行不行?"

顺子越发要听,追问:"她到底咬我啥了?"

金成忠狠狠心说:"她说你造我的谣,说我倒卖木材计划了!"

顺子火了,恨道:"我倒说是她造的谣!"

金成忠劝道:"你也别气,我心里有数。她张开嘴,我就知道她撅起尾巴要屙啥屎。这谣言肯定是她和她爹造的,反过来把赃栽到你们头上,想叫我和你们王村结下仇气,借我这把刀去杀你们。心多狠呀!"

顺子气得拍着心口说:"心可真毒啊!我爹回来了,我非给他说说不可!"

"可别说,要以团结为重!"金成忠真要走了,又站起来问,"得多少钱?"

顺子难为地说:"得一百块哩。"

"咳,我还当得千儿八百哩!"金成忠把钱数给他,又表白道,"这是我准备打发闺女的钱,你这事关紧你先用,不够了只管说!"

顺子感激地说:"咋谢你哩?"

金成忠笑道:"又说外气话了。"

顺子送金成忠到门外,金成忠又嘱咐道:"可别叫石春知道了,又该说不借她借给你,说咱们走得近了,和王村一道气了,影响团结可不好!"

顺子点点头,看着金成忠走远了,才转身回到屋里。看看桌上的闹钟快五点了,忙把录音机装到挂包里,背起来就欢蹦欢跳地往老灌河边跑去。那里是沙滩地,有个看瓜的天棚,没到种瓜季节,空着没人住。顺子兴高采烈跑来,攥着手中的钱,哗哗啦啦摇着,大呼小叫地吆喝道:"我有钱找对象了!"

石春突然从天棚里钻出来,把钱举到头顶,嘎天嘎地报喜道:"我姑也有钱看病了!"

"这个戏咱们演成了!"两个恋人异口同声地笑着坐下来,掏出录音机,放着金成忠的话。听到得意处,两个人咯咯笑个不停;听到恨人处,两个人咬牙切齿。听完了,两个人互相取笑着,你刮我鼻子,我刮你脸皮,尽情地嬉戏着。

顺子说:"你爹是条疯狗!"

石春说:"你爹是条饿狼!"

顺子说:"你们坏,队里叫你爹捣成了一窝乱麻!"

石春说:"明明是叫你爹捣成了一窝乱麻!"

顺子说:"看看人家多亲你,把给人家妈买寿木的钱给你姑治病!"

石春说:"人家才亲你哩,把陪闺女的钱给你找对象!"

顺子说:"亲你! 亲你! 人家把骨头砸砸旋成扣卖卖给你!"

石春说:"亲你! 亲你! 人家连饭都不吃了,把锅砸成铁卖钱给你!"

两个人笑得在沙滩上打滚。笑够了,喜美了,石春叹道:"这几个月,咱们总算没有白当仇人!"

顺子笑道:"这一下,梁山伯可要娶祝英台了!"

两个人又同时说道:"这一下可叫我爹听听金成忠的真腔!"

他们合计了一阵,就高兴地回家去了。

这天夜里,金成忠在屋里听收音机唱戏,他抹搭着眼皮又点头又踏脚又拍膝盖。突然有人敲门,金成忠挥挥手,叫一旁做针线的汪玉姣去开门。

金成忠又坐在当间里聚精会神地打麻鞋,又变成了弯腰弓脊。听见来人踏进门槛,才抬头看了一眼。这一看立时出了一身鸡皮疙瘩,头也轰地炸了。老天爷,是王天福和石丰山! 这两个冤家对头怎么能一同来了? 金成忠竟然忘了叫腰再痛,慌乱失态地站了起来叫道:"啊! 你们——坐! 坐!"

高个子王天福一脸怒气,放炮似的叫道:"我不是人,咬了我兄弟多年,今天我才知道我咋变成了饿狼!"

"都怪我信鬼不信人!"低个子石丰山呼哧呼哧喘着粗气,抢着说:"金成忠,你能,你中! 你叫我变成了来咬亲兄弟的疯狗!"

"要不是娃子们识得几个字心眼稠,这个梦做到死也醒不了!"王天福和石丰山又异口同声地说着,同时上前一步,把各自借的一百块钱甩到桌上,然后愤愤地回头走了。

两人来去匆匆,突然得使人迷迷糊糊。金成忠两只手抓住两叠票子愣怔住了。汪玉姣吓哭了,埋怨道:"这可咋得了呀! 老早都说你你不听,这一下人家拧成了一股绳还不来绑咱!"

"日他奶奶,识得字的人没一个好东西,整死他们也不亏!"金成忠狂怒地吼叫一声。突然,他感到脚下的土地晃荡了,站立不稳了,眼也花了,好像看见洪水排山倒海似的向他压来了。

（写作时间不详）

龙

县城离我久别的家乡仅仅五十里路，可是这五十里路为什么这样长呢？倒好像越走越远了。"老乡，离许家庄还有多远啊？"我逢人就焦急地问。一次、两次、十次、二十次，刚问过没走出五步，我仍然要问另一个迎面而过的路人。我想象着每一个熟悉的面孔，每一座熟悉的房子，村前捉过鱼的河，村后放过牛的山，十年了，这一切都起了什么样的变化啊！

这时已是隆冬季节，但天空没一丝云彩，气候显得非常暖和。看起来是许久没有落雨了。在我的身前身后，成群结队的骡马驮着拆散的水库零件，成包成包的水泥，晃晃荡荡地向前行进，在它们的身后，扬起了一条长长的尘雾的尾巴，把空气拌成灰蒙蒙的。路两旁没边没沿的麦田里，黑压压的人都在忙碌着：推水车的，担水的，在锦旗下面相互吆喝着。村中土屋的黄色墙壁上，有白石灰刷成的标语，上面写着："脚踢高山，手斩河流，不让一滴水白白流走！"等等。不时从远处山谷里传来几声巨雷似的轰隆炮声，紧接着从炮声响处，一股浓黑的烟柱直冲云端。这向大自然进军的雄伟场面，使我感到自己即将从事的农业生产也是和拿枪杆一样的雄壮豪迈,但也使我想起了家乡许许多多修在陡崖峭壁上的龙王庙。正如现在每尝到肉香,就想到小时候过年一样;想到了龙,也就想起了许大伯,于是,止不住发出了一声同情也是嘲讽的微笑……

许大伯虽然是和我们合一堵山墙的邻居,但却好像是隔几架大山那样远。他从来不去别人家里串门子,就是他的小儿天佑,也不许踏出门槛一步。我记得有一次,趁他不在家的空子,我们约天佑到李家院捉迷藏,正玩得高兴,许大伯突然站在李家门外吆喝天佑回家去。天佑像老鼠见猫,就乖乖地跟着走了。我们的兴头被打断了,也就追了上去。谁知他一进门,却把我们关到门外。我们几个孩子眨眨眼,就把耳朵贴到墙上。只听他气呼呼地问天佑:“说说,你还去串门子不去?”天佑没有言语,他的老伴截住说:“你要把天佑圈到屋里闷死是不是? 出去玩玩能把你身上玩掉一块?”许大伯恼了,说:“你妇道人家懂个啥? 一群孩子去人家屋里玩,人家要失落了东西,说起来咱孩子也在那里,叫人家犯些心病何益?”他的老伴说:“也没有见谁家失落过几回。”许大伯说:“等失落了就晚了,不怕一万,就怕万一!”老伴又大声吵道:“万一,万一,你成天就是怕万一! 连孩子也被你万一得连门也不敢出。刚上李家玩一会儿,看看你把他逼的!”许大伯着急地说:“嘘,你小声点行不! 万一叫李家听见了,万一当成咱们不叫孩子去他家玩,是对他家有啥过不去呢!”我们扑哧一下笑了,许大伯赶紧打开门,我们一下子跑开了。

虽然许大伯不许自己的孩子去别家玩,他自己也成年不和大人们说一句话,可是他却喜欢我们小孩子到他家玩,碰巧了,他还会把在山上打的野果散给我们吃。我们也喜欢找他玩,他会讲很多故事,就是我们一时打坏了他家的东西,或者做了错事,他最多说上一句:“下次小心点!”或“以后可不敢了!”他从不告诉我们的大人使我们受气。有时我们会好奇地问他："许大伯，你怎么不和我们大人好？"他就会急得煞白了脸，说："你听谁说的？是你爹说的吗？"我们摇摇头，他才放心地叹口气，说："小孩子家问这没用，你们长大了就会明白的。人穷话不值钱，说对了，也没人听；万一要有一句话说错了，那就吃不消了。唉！叫长虫咬过的人，一辈子看见井绳都害怕！"这些话当时我们全然不懂。

许大伯又是一个信神信得发迷的人。他在那艰苦的年代里忍受着诉不完的痛苦，可是他心安理得。他说："谁穷谁富是命中注定。人是不能胡思乱想的，你心里只要有个念头动一下，神就知道了！"

说到神，许大伯说他亲眼见过。有一年春，村后坡上的百草发青了，我们和许大伯赶着牛群上坡放青，到山中腰白龙庙停了下来，这里的青草真浓得很啊，采下一把，用手一攥，就直淌绿汁，牛羊啃着青草，响着铃铛，四下散开了。我们偎着许大伯坐在白龙庙前的草坪上，呼吸着清香新鲜的草味，晒着太阳，要许大伯讲故事。他想了想，指着庙前的一池山泉，说："我给你们讲讲白龙爷显真神的故事吧。有一年夏天，太阳焦热焦热的，我在这后面割草，到晌午头上，渴得鼻子嘴冒火，我就到这白龙潭来喝水了。哎呀呀，真想不到，我一来就撞见了。""撞见了什么？"我们好奇地问。"撞见白龙爷了，我刚趴下喝水，就看见一对白蛇在潭里自由自在地游呢！这不是白龙爷是啥呢，我就赶紧闭上眼睛，跪在地下祷告：白龙爷呀，我冒撞着你了，我该万死！""你闭上眼睛看不见，它咬你一嘴咋办？"我们担心地说。"傻孩子，白龙爷能咬人？"他满有信心地说，"我一睁开眼白蛇不见，归还真位了！以后我每到这里之前，就要先吭一声，打个招呼，省得冒撞住了白龙爷。"我们听得瞪大了眼睛，一个个张口结舌。接着他告诉我们说，白龙爷能呼风唤雨，天旱了，向他敲锣打鼓，烧香叩头,就能下雨。旱得真没办法了,把龙王爷抬出来晒几天,再许上修庙镶金,保能下个透墒雨。他津津有味地说着,我们好奇地听着,不能不信,也不愿全信。

这一年夏天,旱得寸草不生,太阳烤焦了大地,树叶发黄了,苞谷苗干了,河里的小鱼被滚热的河水煮死了,白花花地浮了一层。龙王爷在日光下晒了半月,人们敲锣打鼓手掌也累肿了。许许多多人家翻箱倒柜,卖掉了最后的一件首饰,献出了仅有的一头猪。一半装进了地主的腰包,一半变成香表,香表变成一堆灰尘。天,还是瞪着眼;人,还是在叩头。这真要命! 于是,一天早饭后,几个青年人在一块儿议论:如果在龙脖上开一条渠,河里的水就可引过来浇地了。说到龙脖,我们最熟悉这个地方。因为我们常在那里捉鱼。龙脖就是一条伸到河中的青山石,龙脖以上河床很高,河水从龙脖截下去,水位就低了。要能在龙脖上开一条渠,河水连一点也跑不了。但地主许二长竭力反对这事,他说这会断了他家的风脉,其实是怕渠开成,不会有荒年,他的粮食卖不成大价钱了,也不能趁荒年三分不值二厘地收买穷人的地了。

谁知,许大伯竟然也不赞成。他向青年人说:“就这龙王都不下雨了,你们还想作孽! 要是打断了龙脖,触怒了龙王,我看持续不下雨咋办? 听老年人说,有一年江南来个寻宝的人,想打开龙脖,打了一天,第二天一早打过的地方又合住了,外面还浸渗着血水,那人的手腕可再也抬不起来了!”青年人顶撞他说:“你试过吗?”他没趣地走开了,自言自语:“谁不想引水浇地,可是强扭能行吗? 命里七合米,走遍天下不满升啊!”我们几个喜欢恶作剧的孩子一合计,晚上趁着月光,每人拿了斧头铁钻,悄悄地跑到龙脖上,叮叮当当地胡乱钻了起来;钻了一会儿,就在洞上撒一泡尿。谁想到许大伯趁着月光正在龙头烧香许愿呢,他一发觉我们,就和疯了的老水牛一样向我们扑来,我们本不怕他,可是料不到他是真正气得眼红了。他声音发颤地说:"你们想害方圆的人都死净是不是?走,去找你们的大人!"他扯着我们见了大人,他说:"问问你们的孩子干的好事!我倒不是怕报应轮到我头上,我是怕孩子给你们大人造罪过呀!"于是,我们一个个都被大人打了一顿,而我们的大人又赔了香火,去净了净龙脖。

后来,我也到城里去上学了。一直到我远离家庭的那一年冬天,我回家了一趟,听说许大伯的日子越发不如从前了,儿子天佑也时常生病,现在是吃上顿没下顿,有时成三两天冰锅冷灶。我去他家两次,他都没有在家。第二天下午,我过河去看望一个亲戚,快到河边时,看见一个头发蓬松的老人,穿着一件棉花有一半露在外面的破袄,赤着脚,在吃力地搬着石头修踏阶。走到跟前才看清是许大伯,我吃惊地说:"哎哟,许大伯在修桥铺路呢,想不到你还有这份闲心!"他抬起头惨淡地苦笑一声,说:"你回来了!唉,我现在过得不如人了,不要笑话。"他摇了摇头,又无可奈何地说:"不修今世修来世吧!"我们站着寒暄了几句,就此分别了。

谁知这一分别就是十年,他还健在吗?他如果能活到今天,他将怎样对待目前这一切呢?我胡乱地回想着过去的一切,低着头走着。猛然,又一声炮响,惊得我忽地抬起了头向前看去。哎呀,你看,前面那座苍松翠柏的大山,不就是我们村庄后面的白龙山吗!我的一切念头都一下跑开了,欢喜得急急忙忙地向村里走去。

我到社委办公室去交介绍信,真想不到社长就是我们小时候在一起玩过泥巴的志祥。彼此之间谈了谈离别后的酸甜苦辣,他骄傲地又谈到目前移山倒海的水利建设,说得有声有色。进步真快呀!

我暗自赞叹。他向我夸耀地介绍着我们小时的伙伴,现在如何如何的了不起。我打断他的话,问:"许大伯还健在吧?"

"嘿,许大伯现在是全县的红人!"

"嘿!"我摇了摇头。

"想不到吧?人说三岁看老,可是许大伯却是老来红。"他显然是因为本社能出这么一个有名声的老头而感到自豪。他在桌子上找出一张报纸,指着其中的一段,"你看,报纸上还登有他的事呢!"

我拿起报纸看了看,原来是一篇报道本社开展关于农业发展纲要大辩论的新闻,上面有关许大伯的事情是这样写着:"……实现千斤社能不能达到呢?老中农胡文发说:'一千斤?一千斤得两年!现在亩产五百斤,明年就想一千斤,这好比你今天能担一百斤,明天一下子叫你担二百斤,还压死你呢!'六十三岁的贫农许大伯立时加以反驳,说:'今天你担一百斤,明天你用个车就能拉五百斤,用个马车能拉两千斤!做庄稼也是这样,要照老办法,今年五百斤明年还是五百斤,可是你要改改办法,让地喝几遍水,吃几遍粪,它就会加倍报答你!'……"

我说:"只知道他是个老头固,想不到竟然还是个促进派,这是怎么搞的?"

志祥说:"自从土改到转社这么多年,他的生活也好了,不过只是死做活,最多和人们凑着说个笑话,说到正经事上嘴也不张。别人做错了活儿,他看见了也不提意见,只是自己不声不语地去重新把它做好。叫他提意见,他怕冒犯住谁了;叫他提合理化建议,他怕说了不管用,还怕别人说他露能,给大家找麻烦。不过,捐献呀,卖余粮呀,买公债呀,他倒不声不响地走在前面,他就会说:'人凭良心树凭根,共产党对咱好,咱也要凭心报答共产党。'他还没把自己当成主人。"

志祥又接着说:"去年夏季的一天,许大伯在六里店一带的马路上拾骡马粪,他的两个筐已拾满了,路上还有许多粪,他就用粪叉把路上的粪都给扔到路两旁的田里。谁知道他这样做,引起了一个中年拾粪人的注意。这个中年人问他:'你是六里店农业社的吗?'许大伯说:'不是的,我是许家庄农业社的。'你不知道,去年夏天有一阵子社员们光顾自己挣分,不管集体利益。许大伯这样做使这个中年人很感兴趣,他就又问:'不是一个社的,那你不怕白出劳力?'许大伯瞪了那人一眼,说:'我们做一辈子庄稼的人,见糟蹋一粒粪就生气。管他哪个社的,扔到田里总比糟蹋了好些。这又不费个吹灰之力!'他这一顿脾气不要紧,那个中年人可大伯大伯地向他喊了起来,亲亲热热地给他美美地表扬一通,两个人就坐在路边树下扯起闲话了。扯东扯西,扯到种田上,许大伯指着面前的水田,随口说:'上级成天叫找增产门路,要在这秧田埂子上,夏天种上黄豆,冬天种上茶豆,一块地的埂子一年还怕不收三五十斤豆子,这全社全乡恐怕有几万条埂吧!'他们越谈越热火,和多年不见的至近亲戚一样。这个中年人问清楚了许大伯的姓名住址,两人就分别了。谈了半天,许大伯可连人家姓啥名谁,家住哪里都没问。"

"这和许大伯突然进步有啥关系呢?"我听了志祥社长这一番不明不白的话,暗自纳闷。

他把椅子往我面前移了移,神秘地问:"你猜,这些话我是听谁说的?"

"谁说的?"我反问。

"县委王书记呀!在扩干会上,王书记表扬了许大伯把粪给扔到外社地里的事,又号召全县在秧田埂上种上豆,他说光这一项,全县就会多收几十万斤豆子。从此许大伯成了县里的老农顾问，去县里开了几次会，和县委书记、县长坐在一起研究全县的生产。他第一次从县里开会回来，走到夏天和那个中年人谈话的地方，他蹲下来看着田埂上的茶豆，然后又抚摸着，人们见他哗哗地老泪直流。他回到社里见着我就说：'以前我都错了，想不到穷人的话会这么金贵，这真是穷人坐天下了。以后你看吧！'人就是这样，越想自己老了，腰就越弯得很；越想自己没本事，心就越不开窍，反过来也是这样。许大伯从此走起路来腰板也硬了，说话也不再吞吞吐吐的了。说话之前，总要先大声地'吭'一下。每遇到事情，总是拿出主见，说：'我认为应当这样办！'或'为什么不那样办呢！'什么事情也抠得真了，批评和建议也多了。打他嘴里出来的话，都是应当办而也能办到的。谁要胡乱说些不合理的话，他就会像受到侮辱一样，阴沉着脸教训道：'现在是指望我们穷人的话治天下的呀，说话就不能和哼小曲一样顺嘴溜！'你看，原来树叶落下来怕打烂头的人，现在进步多快啊！"他哈哈大笑起来。

我仍然半信半疑，问："县委王书记怎么知道他的事情呢？"

"哈哈！"他笑了，"那个拾粪的中年人就是王书记啊！"

我们的话题又转移到目前社里正在修建的龙脖水渠，自然也扯到了神的问题。这几年我深切感到，越是山区，越是对神迷信得很；越是贫困，越是拿钱敬神。我问："怎么样，许大伯们一班子老年人有阻力吧？"

社长摇摇头，说："阻力不大，要是前几年就说不定了。你知道村东的娘娘庙吧，旧社会年年唱大戏，烧香许愿。解放后虽说不时兴了，可是人们表面不敬却在心里敬。五一年时说扒了神像改学堂，群众不愿意。好吧，不愿意就再等两年吧。五三年可同意扒了，当时许大伯也表示赞成,当夜议定第二天去扒,也派有许大伯的工。谁知道许大伯第二天一早就进山了。神像是拆了。过后许大伯说:'扒了我也没意见,可是叫我亲手扒,我不干!'这一次开水渠大不同了,有三两个老年人不同意,许大伯就亲自去动员。在全社动员大会上他说得真是漂亮极了。他说:'我信神信够了!纸我烧有上百斤,头我叩有上万个。我一辈子被神弄得迷迷糊糊,在家有财神,做饭有灶王,出门有门神,吃水有河神,打柴有山神,走路有路神,没有一个没有神的地方,想都不敢随便想一下。就拿娘娘庙说吧,咱们穷人烧的纸灰也够几个人担了,可是在旧社会为啥咱们求子无子呢?就是有了也会生病死掉!为啥这两年咱们不敬娘娘奶奶了,反倒家家户户子孙满堂呢?那是因为过去咱们生活苦,现在咱们生活好了。去年打井,有些人说动着太岁了,要有凶事临头,可是降在我们身上的是多打了粮食!可不要再迷糊了!'果真他打出了第一个钻洞,他点燃了第一炮。自从开工,他没有离开这工地一步!"

一直谈了很久,我才回到家里。久离初归,当然自有一番亲热,可是男人们都到工地去了,周围虽坐了许多婆婆妈妈问长问短,但总觉着心里空落落的不自在。于是晚饭过后,我坚持着也到工地去了。这时,几盏汽灯的银光铺满了工地,冷风呼号,人声吵吵。我的到来吸引了许多人,许大伯也过来了。我用力地看着他的脸,想从中发觉他变化的特征。也没看出什么,只是稍许胖了些,头上多了一顶干部帽。我们刚问过好,就有人喊他,他抱歉似的匆匆走了。开工的时候,我表示也要干,并表示要和许大伯在一起干。许大伯跳在齐腿肚深的水中往外撂砂石,他听了说:"你在岸上担吧,下面水冷呀!"我也没有回答,就脱去鞋袜跳进水里。我们在一起做着活谈着话。他说:"老了,不中啦!要比吃苦受罪,还不弱于青年;要比出力担挑,就不行了!"

我说:"听说如今你是老英雄!"

"哪里,全是外人乱哄的。你出去这多年,到过北京没有?"

"没有!"

他惋惜地摇摇头,又说:"见过拖拉机吧?"

"见过的次数可多了!"

他停了停说:"人心比天高,得一步还想再进一步!"他好像在责备自己贪心。

"人嘛,就得一步一步往前走。要进一步就不想下一步了,那还不是停住了!"我说,"你下一步想些什么呢?"

"想到北京看看。这成个心病了,每天干活,干着干着就会想到北京,一天成几次想。北京就像吸铁石一样,我的心被吸住了。再就是捉一辈子牛鞭子,能不能亲手用拖拉机种次地呢?"

"两样都不难。"我说,"说不定选你个模范上北京开会呢,用拖拉机的日子也不会远了!"

他哈哈一阵大笑,说:"模范? 选我当个麻烦兴许够格!"

我们谈着话下劲地干着,他的眼睛却不断向四下看望。不时,他会一句话没顾得说完,就突然跳上岸去,在人群中指点着什么。然后又会急急地走过来,诉苦似的说:"没办法,生成的出力杠子,做个笨活还行,可是大家抬举我,硬叫我当水利委员,一下子管这么大的工程,我成天提心吊胆怕窝工浪费了。你出过远门见识广,看有什么缺点可要勤说些!"

"我才是个白脖子①呢。"我说。

---

① 白脖子:方言,意为外行,不懂。

夜深了,冷风刮得耳轮子疼,脚腿也冻得麻木了。我有些吃不住,焦急地想着怎么还不收工。正在这时,担石头的人发生了争吵,我也趁机跳上岸跟着许大伯去看个究竟。原来是一个年轻力壮的小伙子推故腰疼要回家去,可是组长不同意,于是就发生了争吵。

"我少做一会儿少要一点工分行不行?"那个要回家的青年人说。

"都少要点工分都不做,行不行?!"组长质问道。

许大伯在一旁铁青着脸,质问着那个青年人:"你是来做活的还是来做工分的? 你是来建设社会主义的还是来混分的? 你真不能做就回去好了,什么工分工分的!"

那个青年灰溜溜地走了。许大伯又对着组长和那一群愤愤不平的青年人说:"这是啥好事没轮到你们,你们气不忿? 这修水渠就是铁匠打铁,铁烧红了拿出一打,铁碴子铁屎都被打落到地下成废物了,没打下来的都是钢,就会被打成有用的物件。他走了,他像铁渣子一样终究成不了大器,你们是钢啊!"说得那一群青年心里甜滋滋的,又干了起来。

在放工回家的路上,我腰疼腿酸,可是许大伯还是蛮有精神,我羡慕地说:"许大伯身板还很结实呢!"

他四下看看没人,悄悄地说:"对侄娃子不说假话,也真不如以前了,人老了也没火力了。可是我能首先说吃不住? 如果当干部的要这么一说,大家的劲不都也跟着散了!"末了,他又嘱托我说:"这话你可不能对社里干部们说,就这人家都嫌我老,不叫我干呢!"

"真吃不住了也不要强干,受苦几十年,也到养老的年岁了!"我劝解地说。

他回过头责备地说:"看,人家这样说,你怎么也这样说? 你还不知道我！唉，我是土已经埋到脖子的人了，一辈子糊里糊涂地混过去了，连一星值钱的事都没做，谁知道还能活几年，趁着现在没病没痛干几天，给子孙后代做点好事，也不枉活一场！"

"话是那么说，可是身子也要紧呀！"我说。

"什么身子不身子，要不是这个社会，我的骨头渣子也早都沤朽了。现在一天不干，就好像心被人摘走了，老是不安适！"

说着，可进了村子，他拉着我死也不放，一定叫我到他家坐一会儿。进了门，许大婶和他儿子都已经睡了（他儿子没轮到今天的夜班）。他点上了灯，靠后墙放下了一张方桌，我们坐了下来，他又跑进里间屋里拿出了一瓶白酒，说："来，喝一杯，驱驱冷气，很快浑身就会发热！"他给我满满地倒了一杯。我喝着酒想着心事，上午在路上走着的时候，本想见了面奚落他一番，可是现在我又能说些什么呢？鼓励他几句吗？不必。于是我装作无所谓的样子，向墙上看那张年画。小时节在他家墙壁上看到的"福禄寿三星高照""抬头见喜""大吉大利"等对联，还有财神、大仙等神像都没有踪影了，换上的是毛主席像，和董存瑞、刘胡兰的画片。他看我注意那些画片，就兴奋地说："有志不在年老少。看看人家董存瑞、刘胡兰小小的年纪，多大的心胸本事呀，十几岁二十几岁就做出惊天动地的大事，一千年一万年人们也忘不了他们！我的年纪顶上他们几个，可是做了一辈子傻事！"他呷了一口酒，长长地叹道："要晚生三五十年就好了，也能把力气出到正项上！"

这真使我无言答对。是的，当一个人老了，回过头看清了自己所走的道路全是一团泥糊，又怎能不痛心呢？为了避免他的伤心，我把话题扯到了水渠上。我说："龙脖上面的青龙庙，我仿佛看见还没扒。"

"为什么要扒呢？大家对了砖瓦,准备好好翻修一下呢,如今才真有了龙啊!"

"啊!真有了龙?"我吃惊地问。

"你来看。"他端起了灯向门外走去,我跟在后面。"这是叫隔墙王石匠打的,准备到渠修好放水时,开个大会,敲锣打鼓扶真龙登位!

我们到了院里,顺着灯光看去,原来是一块青石碑,有三尺长短,一尺宽窄,他把灯光放低,说:"你看看上面的字!"

我仔细看去,只见上面写着:

> 自古河水低处流,如今引水上山头;自古河水往东流,如今命令河水东西南北走;自古水流千里归大海,如今高级社把它留;自古求龙龙不灵,如今高级社化就是万条龙!
>
> 五星高级农业生产合作社
>
> 一九五八年元月一日立

"好!"我不由赞叹。

我们往屋里走去,我问:"谁编的?"

"你先不问是谁编的,你先说编得怎样?"

"有气魄!"我说。

他哈哈笑了:"是我瞎胡编的,支书们说还可以,就改了改可刻上了!"

"真想不到许大伯还有这一手!"我脱口说。

他又给我倒了一杯酒,说:"连我自己也没想到自己还会有今天。你还记得你挨打的那回事吧,还生我的气吗?"

我脸上热了一下,说了句谎话:"我忘了!还提那干什么呢?"

他把一杯酒一饮而尽,站了起来,身子隔着桌面向我倾伸过来,说:"你忘了?我可忘不了,我常想那是什么样的年代呀,房子、地、力气、血汗,连身子都被地主霸占去了,不但身子吃苦受罪,就是装在胸里的心也不由自己支配,也被'神'霸占去了,又是阴曹地府又是来世,吓得心里也成天吃苦受罪。现在呢?共产党领导着把房子、地、力气、血汗、身子都从地主手里抢过来交还我们了,又从'神'手里把我们的心抢过来交还我们了,我们这才真正是天下的主人了。你说,什么事情能难倒我们? 不要说移山倒海,就是把天地翻个身也能办到! 我一想这些,肚里的力气直往外鼓,那股劲鼓得你就睡不着觉!"

我抬头看他,只见在那霜白的眉毛下面,一双眼睛像两个燃烧着的小火球,闪烁着青春的光芒。

远处的鸡叫明了,我才从他家里走出来。他伴着我走到门外,不好意思地问:"你见过社长了吗?"

"见过了!"

"他对你谈起我了没有?"

"谈了,他说你是老英雄!"

"什么英雄不英雄的!"他犹豫了一阵,又低声地说,"你没听他说什么时候叫我进党?"

"啊,入党!"我本来没有听社长谈起这件事,却心不由己地说,"他说快了!"

他满足地笑了。我踏着寒霜往家走去,这时虽北风紧吹,冷气侵人,但我却毫无凉意,心中好像有一盆炭火在熊熊燃烧。

——原载作品集《磨盘山上红旗飘》

河南人民出版社 1958 年 10 月出版

小诸葛

一

小王虽然今年才十六岁,年纪小,个子低,可是对工作一点也不含糊。有一次他在担土,一旁有几个捣土的妇女,用锄柄支住下巴颏在扯淡话,他把担子一放,眉毛一夹,左手叉腰,右手指着那几个妇女,吆喝道:"喂!你们积积福吧,不要把锄柄压断腰啊!"

几个妇女脸一红,捉住锄柄干了起来。干了也就算了吧,可偏偏有一个中年妇女不满地回奉道:"人家干部都没说,就你一个人长有嘴!"

小王听了,用惊奇的眼神回头看了看担土的人,又对着妇女们叫道:"咳咳!天下还有这号人呢,不好好干活还不叫人家说。"

"不叫你说,你还能给谁怎么着!"那个妇女强笑着开玩笑似的回答他。

"我长个嘴嘛不叫说,我偏要说,我偏要说!"他说着起了高腔,用左手食指和大拇指,把左嘴角的上下嘴唇狠狠捏住,气呼呼地向那个妇女走去,从右嘴角吐出一连串的气话,"来来! 不叫说,你找个针给我嘴缝住。"

吵得人们捧腹大笑。当然,最后他占了上风,这才神气地走开,说:"不叫说! 哼,试试谁输理了!"

小王就是因为这些事才出了名的。

且说这一天夜里,水库指挥部向全体民工做了"献策献计,加快工程进度"的报告。第二天一早,不,还是后半夜,指挥部的人被"啪啪啪"的拍门声惊醒了。

"谁?"指挥员老申半睡半醒地问。

"谁? 哎呀,你连我的腔都听不出来!"门外回答。

"是小王呀,你半夜三更干啥?"老申奇怪地问道。

"我来献计呀,有个非常好、非常好的主意。"小王说。

"好啊。你先回去睡,明早再说吧!"老申疲惫得实在不想起来开门。

"睡! 睡! 你叫人家想主意,我整想了半夜,一瞌睡就挤鼻子尖,把鼻尖都掐流血了。"小王在门外埋怨着,"唉,你到底叫说不叫说呀,不叫说我就走了。"他原地踏着脚步,装着走开的样子,咕咕哝哝地说,"好! 我走。现在你不叫说,等明天早上,你找到我头上,给我一百两狗头 金子,也不给你说了。"

"哟,说那么厉害。不要走,我给你开门。"老申只好起床把灯点着,把门打开。

小王一脚踏进门槛,就滔滔不绝地说:"我想个窍门,再也不用人担泥了……"他一气把自己的办法比画着说完,才抬头看了老申一眼。老申皱着眉毛,品着纸烟,坐在床板上微微点头。

"怎么样? 好得很吧!"小王站在桌旁快活地问道。

"让我考虑一下!"老申沉着地回答。

"保险!"小王左手拉住老申的手,右手拍着胸脯,"你放一百条心,这事包在我身上,弄不好才有鬼呢! 我明天就开始试验了!"话没落地,人可跑没影了。

门外传来快活的歌声,慢慢远了,听不见了。老申想着小王,想着小王说的窍门,想着想着笑了。

二

工地。马在奔驰,车在轰隆,人在飞跑,广播筒在哇啦,鞭声、口号声、催快的吆喝声,像一锅滚水,像十字街的闹市,像战斗激烈的战场。

小王在水库坝基上面的崖沿上,低着头,骄傲地高高地挥舞着双臂,照地下挖洞。川流不息的人群,担着沉重的泥筐子,从他面前经过。人们扎稳了脚步,身子向后仰着,一步一步地走了下去。然后,又担着空筐子,弯着腰,额头几乎碰住了坡,艰难地爬行上来。这水库是石头砌成的,需要很多很多的泥。水库的坝基是在一个山峡里,两面陡如墙壁。为了把拌好的泥从崖上西面的平场里担到下面坝基去,每天要有一百多人在这立陡的崖上爬行着。下去时是重担子,一不小心就会一头栽下去,上来时担子虽是空的,但上坡花费的力比下坡时更多,汗水也流成一道河了。小王对每一个从身边经过的人,都要抬起头看看,是怜惜也是夸耀地说:"噫! 看你脸上的汗吧,和一头扎到水里才出来一样。顷刻,我都不叫你们担了!"

"怎么不叫担了?"有的人问。

小王直起腰,眨了眨眼睛,说:"我自有办法,先不给你说,到时候你就知道了。"

"好啊,真是弄成了,大家请你喝一壶!"问的人半开玩笑半当真地说着走了。

可是,也有人听了摇摇头,说些怀疑和泄气的话。高个子李天和就说:"不要吹大气,把天吹塌了! 天下能人多着呢,几千年还不是双肩当先!"

小王听了气得瞪大了眼睛,说:"谁吹大气? 你倒吹大气呢!"然后歪着脑袋,十分不屑地说道,"哼! 人家老申都信我说的能行,你说我不行。"

李天和提着自己的耳朵,蛮有把握地说:"不要作精了吧,真要能弄成,把我头割了当尿罐用!"

小王霍地从挖的洞内跳出,说:"你不要小看人! 来,咱们打手击掌,我要弄不成,把我的头砍下来!"

上午的时候,小王已经是一身汗了,他在崖头上用三根木杆搭成一个架子。老申指派协助小王的一个社员,在坝基上也搭了一个同样的木架。他们用一根粗铁丝拉紧绑到两头木架上,一头高,一头低。小王在崖头上,把一个铁环穿到铁丝上,铁环下面挂了一个钩子。这时候,小王的鼻子、嘴、眼都笑了。他用双手合成一个筒形,对着人群大叫:"喂,都来看呀,都来看飞机运泥了!"

于是,很多人放下了工具,围了上来。数不清的眼睛闪动着不同的光,喊喊喳喳地议论着。有的是张开双手,准备鼓掌庆祝的;也有的把讥笑的话放在嘴边,准备一失败就射出来。小王可没顾到这许多。这时候的小王已不是小王了,简直是胜利归来的将军。他右手提住铁环下面的铁钩,左手指着一个社员,命令道:"快快,提筐泥来!"

泥担来了。小王把一筐泥往铁钩上一挂,顺势往下一推,只听

"嗖"地一下,筐子摇摇摆摆顺着拉直的铁丝溜了下去,只眨眼的工夫,可溜到坝基上去了。

掌声响乱了。

小王眼前迷迷雾雾,一个劲地说:"怎么样!怎么样!"

且慢高兴。当又滑下去一筐时,铁环却还在坝基上,是刚才挂上一筐泥时滑下去的。怎么办呢?下去把铁环拿上来再滑这一筐吗?那才不合算呢。人担是担两筐跑一来回,现在却要滑一筐跑一来回了。于是,掌声冷落了,停住了。

"快是快,再想个门就好了!"多数人说着走开了。

小王着急地搓着手,无可奈何地说:"这才糟呢!这才糟呢!"

李天和却站着不走,喜气洋洋地说:"可能吗?我就说要能弄成把我头砍下吧。试试怎样,不服教师有挨的打。哼,啥发明,净是胡闹!"

"那你说我该死了是不是?好!好!你把我活喝了吧!"小王气得话也说不清楚了。

"谁说你该死!我是说你当初就不该假充这份能人!"李天和后退了一步,和缓地说。

"要是当初就不搞,怎么能证明你这保守主义的看法是正确的呢?"一个坚定有力的声音响了。李天和吃了一惊,小王顿时一喜。

原来老申在他们身后说话了。他向李天和逼去,又断然有力地说:"李天和,你敢肯定研究不成吗?我看,现在你的头已经被砍掉一半了!"

李天和用鼻音"嗤"了一下,灰溜溜地走了。

小王好像吃了大力丸,浑身又充满了力量。他看着李天和的背影,狠狠地吐了一口唾沫,撇了撇嘴,说:"哼!你可把人看扁了,咱们走着看!"接着,他天真无邪地向李天和,向来来往往的人群大声宣布:"李天和,你这个保守家伙,我可要和你记仇了!大家看看,俺俩谁要先和谁说话,就是个……"

老申拉住小王的手,说:"不要灰心,可也不能骄傲。什么事,只靠个人是很难做好的,得学习,得依靠群众。走,找大伙商量商量。"

三

从指挥部开完诸葛亮会议出来,小王拉住张大伯的衣裳下襟,仰着脸,乞求地说:"张大伯,你今天下午也去帮着我们把它弄好吧!"

张大伯低下头,左手捋着八字胡,右手抚摸着小王的头,说:"我还得去砌石头,你照着大家刚才说的样子去办吧。不要怕丢人,一回弄不成,就多试它几回。"

小王的小脸顿时寒了下来,赌气地说:"你不去,我也不干了。"可是,他忽然扭转身,挡住张大伯的去路,拉住张大伯的双手,用头往身后摆了摆,说:"你看看那些人担得多慢。你不也经常说要想办法使水库早一天修好吗?去吧,你要真不去,我可要趴地下给你叩头了啊!"

张大伯看着小王那眼泪丝丝的模样,怪惹人爱怜的,想起了自己的孙孙也曾这样在自己面前撒过娇,于是,只好满口答应:"我去,我去,好了吧,可不许噙着眼泪了!"

他们并着肩往水库的崖头上走去,工地上的人们向他们打着招呼,好奇地看着笑着。小王装着大模大样地走着,目不斜视,神态表情竭力做出毫不在乎的样子。但他心里却想着这些笑声一定是耻笑自己的失败,于是,脸也红了,双肘抬了几抬,想用双手捂住面孔。可是,他却"咳"了一声,壮壮胆子,向旁边一个调皮的小青年训斥道:"笑,笑,你笑啥?你看不起我,就是看不起诸葛亮。"他模仿着老申在座谈会上的话:"三个臭皮匠,顶一个诸葛亮。张大伯们六个人研究半天,顶上两个诸葛亮呢。就说我年纪小比不上张大伯们,可是总也能抵得个小诸葛亮吧!"他说着已走过那青年人多远了,但好像余怒未息,又回头对那青年人看去。那青年对他做了个鬼脸,伸了伸舌头。小王也对着他用手指刮刮脸皮,说道:"能得不轻,你连这个失败的也没弄出来。不要脸,笑死才美呢!"

在木架跟前,小王帮着张大伯拉锯、打木眼。上上下下的人群有径直而过的,也有停住脚步关心地问上两句的。张大伯回答着人们的问话,小王却低着头,一边打木眼,一边一本正经地重复着从老申那里学来的话。虽然,并没有问他,可是他却一直对人们或许是对自己说道:"哼,有的人研究一件东西,失败了几百次还不灰心,到底成功了。我这才失败一次,有啥值得笑话的!这一下看着吧,从前就我一个人弄,没试成功,现在张大伯们都来动手了,真要试验不成,我头朝下转三圈!"一次,两次,三次。于是,就有人问了:"小王,你对谁说的啊?""你管得着?心里没病不怕喝凉水,谁保守我就是说给谁听的。非和保守家伙试试不可,哪怕失败一千次我也要做好它,不信斗不倒保守的人!"小王瞪大了眼睛,看样子是做不好不肯罢休。

半下午的时候,一切都做好了。崖头的木架子上拴了一个木轮滑子,顺滑子空穿过一根长绳绑住了铁环。张大伯去牛车上找了一点涂车轴的油,抹在滑子、铁环和铁丝上,然后拍打着身上的锯末木屑,说:"好了,可试试看。"

　　小王不再像上午那样大喊大叫和命令别人了,他亲自去装了一筐泥,挂到铁环下面的钩上,左手拉住滑子下面的细头,右手把筐子一推,筐子"嗖"地一下溜到坝基上。下面的人把筐子里的泥倒了,又把空筐子挂到铁钩上。小王在上面捉住绳头,出溜出溜地几下把空筐子拉了上来。张大伯看着喜得抿嘴笑。小王喜得两个眼珠子滴溜溜转,喜得额头上冒汗,他一把拉住张大伯跳着,惊喜地说:"张大伯,可成功了!"张大伯含着笑,捋着胡子,一个劲地点头,可是,他忘了小王在向他报喜呢!

　　首先是三五个,接着是所有担泥的人把筐子都担来了,一窝蜂似的围成了一堆。小王手忙脚乱地把泥筐挂上,放下,拉上来,又放下去。他这时什么也忘了,周围的人在啧啧称赞,他没听见;周围的人个个满脸欢笑,他没看见。他只是一心一意地在享受着创造的快乐,在操纵着自己的劳动成果。他用灵巧的双手,迅速地把泥筐挂上,放下,拉上来,再放下去……

　　这时候,只有李天和独自一个,仍是担着泥筐,顺着蜿蜒的小路,在上上下下地爬行着,他连往小王那里看一眼都不看。如果这时候谁要用温度计放到他的脸上试试,保准有一千度呢!

　　"这里只留下十个人送泥就够了,剩下的百十个人去抬石头吧!"指挥员重新计算了劳力,向大家宣布。

　　工地上爆发了狂欢的呼叫……

　　可是,小王突然停住了,他拉住面前的一个社员,交代道:"来,你来挂钩!"

　　"好。你呢?"那人巴不得地接住了绳,谁不想先尝一下这新办法的滋味呢。

　　小王抬起胳膊,用袖管擦擦额头上的汗,踮起脚四下看去,像在寻找什么东西。他并不回答接替他的那个社员的问话,却向张大伯喊道:"张大伯,斧头呢?"

张大伯当成又发生了什么故障,向前走了几步,反问:"要斧头干啥?"

"干啥?"小王说,虽然张大伯就在他面前,用再小的声音说话也能听见,但他却用炸雷一般的声音,认真地说,"干啥?去砍李天和的头嘛,这还能说话不算话!"

于是,工地上再一次爆发了狂欢的笑声……

原载《奔流》1958 年第 6 期

我选举了他

同志,你是问我为啥要选举张文昌当我们的生产组长吗?哼!这可不是随随便便的,老实说吧,为了选举我想了好几天,才挑中了他。为啥呢,就因为我喜爱他嘛。你不要笑,听我说呀!

我认识张文昌是去年秋天的事。那时我刚从学校毕业回来。秋天就有个秋天的景象:玉米长得和小树林一样,宽长翠绿的叶子,乌红的缨子,和棒槌大小的穗子,真惹人喜爱。

就在这个时候,有的社要来参观合作社的庄稼了。我们的社长张致和,是张文昌的哥哥,是个心强好胜的人,他跑得满头是汗,逢人就嚷:"快快,快加把劲,把粉搽到脸上。"他采取了许多紧急措施,其中有一条措施是把大路两旁的杂草都铲净。

黄昏时分,人们劳动了一天,都来找张文昌领工票。张文昌是个记工员,他发一张问一个:"做的啥?"轮到王玉梅说:"铲大路边草。""啊!"张文昌惊奇地叫了一声,噗嗒把工票盒子盖上了,闷了半天说:"那不能发工票!"几个人心里一怔,质问道:"咋?"张文昌瞪了那几个人一眼,认真地说:"咋?我是记工员,我要向社里负责,谁的劳动对社里有益,我就发。你们铲大路图排场漂亮,可是不能使社里多见一个粮食籽,那我就不发!"几个人听了这话,"哗"一下吵开了:"是社长叫俺们做的,你当记工员不给工分,到底听谁的!"张文昌板着脸,想了一下说:"听谁的?谁说的对社里有益就听谁的。社长也要按道理办事!"话还没落音,王玉梅红着眼吵吵道:"有人叫我们做,我们就做,哪怕叫我们上河里洗坯,哪怕叫我们上井里打水往河里倒,我们管不着,反正得给工分!"这句话显然是刺伤了张文昌的心,他霍地站了起来,脸红得像红布一样,脖子上青筋乱跳,颤抖地说:"你这是个社员的话?你要洗土坯,我偏不叫你洗!"说完这句话就气呼呼地走了。

当时我也在领工票,他们吵架时,虽然我没有插嘴,可也憋了一肚子气,我想张文昌这人,说话真不讲理,要说错,错在社长身上啊,为啥不给发工票!我看着他走远了,狠狠地瞪了他几眼,对大家说:"官不大,傲得不轻!"

谁知道这天夜里,张文昌去找王玉梅我们几个,低着头羞红着脸说:"你们干这一天,对社里没一点好处,社里就不能给工分。这都是我哥的不对,他不该爱面子图排场叫你们这样做,你们劳累了一天,把他的工分给你们!"说完话,把工票往桌子上一放就走了。我们被他这突如其来的事倒弄得不好意思了,谁也不知道咋弄才好。"这样不行啊!"王玉梅红着脸追了出去,我们也跟在后面。"文昌,文昌!"我们几个人一齐喊着,可是他已经走远了。

后来听说为这事他和他哥还吵了一架,起初他哥不接受,后来他说他要在社员大会上揭发这种虚荣思想,他哥才让了步。

从这时起,人们做活都学会了动脑筋,大家做活之前会半开玩笑半当真地互相告诫道:"小心张文昌不给发工票呀!"经过了这回事，人们对张文昌也没啥坏印象，只说他是"土命人，心眼实"。

说实在话，经过这回事我后悔自己不该说他"傲"了。他也常常来找我，叫我帮助他学文化，问我个什么字和那一句话怎么讲，慢慢地我们也好了起来，每到做活休息时都在一块儿。你甭看好是好，可也少不了吵嘴，有一回叫我哭了一黑夜呢！

这就是那天扒红薯堆的事。上工的钟声刚敲过，张文昌就来喊我和我爹，我爹在不紧不慢地吸着烟，斜了张文昌一眼说："吃罢饭还能不叫稳稳食，急啥！"张文昌也没吭，和我一块儿先走了。我们扒了二三十个红薯堆了，我爹才挪着锄来到地里。我看得可清啦，张文昌瞪了我爹一眼，嘴张了几张最后咽了一口气，又扒起来了。我真担心他们会吵起来。到了中午，下工的钟声刚"当"了头一下，我爹一个红薯堆才扒了五锄，就扛起锄头要回家了。真活活气死我了，扒一个红薯堆仅需要八锄，扒八锄仅需要一分钟，可是他却剩下三锄不把那个红薯堆扒好。他见别人都没走，就吆喝道："收工吧！要遵守制度呀！"张文昌走上去把他那个还剩下三锄的红薯堆扒好，挖苦道："将来要选你当个遵守制度的模范！"我只觉着脸上哄地烧了起来，谁知道我爹还边走边说："多扒一锄也是四分，不多扒也是四分！"你想想这能算话吗？我真想上去和他吵，叫我怎么好和张文昌说话呢？张文昌许是看出了我的窘态，当时什么也没说，我的心才放下来。

真没想到，这天夜里开社员大会时，张文昌把这个问题在大会提出来了，他说："这种人，你说他不遵守制度，拖拉疲沓吗？不啊，你要这样说，他会说你冤枉了他，他会说：你看，钟声一响我不是马上就停工了吗？一个红薯堆还差三锄就扒好了，可是，为了严格遵守制度就多一锄也不干！"会场上的人发出了纵情的讥笑。我的脸上好像被谁打了一个耳光。我瞪了爹爹一眼，只见他把头耷拉着。张文昌接着说："谁说这是小事呢？看起来上工时拖拉，下工时利索，这是遵守的什么制度呢？这是遵守的个人主义制度，这是挣分思想，我们要反对这'差三锄'的作风！"他说完话到一个墙角里坐了下来。我第一次听到他这么多的话，我第一次看见他这么激动！我流了眼泪，我感到羞耻，我没脸见人，我不等散会就悄悄地溜走了。这一夜我没眨眼，人们的笑声一直在鞭打着我，我决心要和爹爹谈个明白，我可不能陪着他丢这份人。最使我担心的是想着这一下可坏了，张文昌必定要看不起我了。

第二天一早，我想要不是爹爹这一手，张文昌又该来喊我了，这一下谁还理我呢。还没想完张文昌可来了，这真出乎我的意料，我急忙披上衣服边走边扣扣，迎了出去。他叫我带上木锨往地里去。俺两个肩并肩走着，我低着头实怕看见他的眼睛。他好像猜透了我的心事，温和地说："你生我的气吗？"我就怕他提起这回事，可是他偏偏这样问。我说："我想和爹爹分家，人家都走社会主义，可他偏……"他不等我说完，就碰了我一下，急促地说："咋？你疯了，要分家！"他猛地离开了我，还重复着："你要分家！你要分家！"接着他又挨近我，拉着我的手，说："为啥呢？你认为他不对，那不就好了。你和你爹在一起，不是可以更好地帮助他吗？"我说："我丢不起……"他抢着说："去你的吧！分家分家，这是一个正争取入团的青年的话吗？大家在搞集体，你要分家，你爹养活你就是为了你和他分家吗？"

也不知道是他发觉我思想上有包袱呢，或是什么其他原因，张文昌到我家的次数更多了，他不管我爹黑丧着脸，也总是找空子和他说话，渐渐地都把那件"差三锄"的事忘了。我爹有时当着我的面也夸奖他一番。

可是自打转高级社后，社里转向了大生产运动，他去我家的次数少了，成天去开会和在野外勘查打井的事。吃了饭丢下碗就走，有时成天看不见他的影子，有时见了说上三两句话就走了。不过我发觉他忽地变了样子，话更多了，脸上总是带着一副快活劲，本来他忙，所以看着性子也焦了。

一直到社里决定全面开展打井，他才没到处忙，他要我和他在一班，我当然应承下来了。这打井的活儿比不上别的，井口小，底下只能存住一个人干活。人多了有力使不上，人少了又慢，慢了又不行，等着用井水浇地。咋办呢？决定一个井两班，每班两人，日夜轮换打。和我们合打一个井的那个班是张治富，前两年好倒腾个买卖，人们都叫他"秤钩心"。我可不愿意和张治富合打一个井，我妈也说和他在一块儿做活没有你沾的光。可是张文昌偏要和他在一班，张文昌调皮地笑了笑说："咋，你怕和他一起会吃亏？哼，有方治他！"我心想张治富是你近门爷爷，看你有多大个办法！

我猜得可准啦，第一天张治富就露出真相。这天早上张文昌来和我商量谁先打，地表皮土虚好打，张文昌说："这是个便宜，张治富一定要占先，咱们可不能争啊！"正说着，张治富跑来了，一见面就抢着说："文昌呀，你明天有事没有？没有吧！那你明天打，我明天没空呀！"张文昌脸上露出一丝笑容，他大概是在笑自己猜得准吧，却装着为难的样子说："哎呀，明天我也没空呀！不过你是爷爷，表皮土虚好打，今天就让给你吧！"张治富脸一红，说："也不是那样说！"张文昌半笑着说："不是啥呀，不要瞪着两眼说瞎话。"张治富又喜又羞地走了。

这打井是包工活，每打深一尺是十五分。张治富就在这上面打了我们的主意。

第二天早上我们去接班时，本来一路上有说有唱，可是下到井底一看，霎时把肚子都气炸了。张治富把井底打成圆圈深、当中高，活像一个碗扣在井底一样。可是他计算深度是打圆圈的深处往上量，这样他们就少做活多得分。我越想越气，心里烦躁得不得了："前面有车，后面有辙，咱们也要这样打！"可以看出来张文昌也气得板着脸，听我这么一说更火了，狠狠地看着我说："你这是和谁上劲？他挖社会主义墙脚，你学着他的样子去扒社会主义，是不是？"我真想和他辩驳一番，可是他那两只眼却逼着我低下了头。我觉得委屈，这一上午我就没说话，只顾闷着头干活。休息时我气呼呼地往下一坐，谁知他还是在埋着头挖呢，我当他没听见钟声，就说："歇歇啦！"他头也不抬，说："你累你歇吧！我把他们撇下的凸肚挖了。"我也不好意思一个人歇了，就帮他干了起来。

这一上午我们都没歇，到晌午放工时，他看着我流汗的脸，笑了笑："累坏了吧！这一下我们用休息的空子把凸肚挖了，把那个通到泥坑的'辙'毁了，省得人们迷了心窍也跳到泥坑里去！"我扑哧一下笑了。我明知道他这话是说我的，可是我明白过来了，明白了这里面的意思。吃了中午饭，我们一块儿往井上去。他说："我想起了个门道，这个单方能治张治富的病。像他这号人光凭嘴说是不行的，大道理他比你还会说。"我问："啥方？"他笑了笑，神秘地说："明天吃晌午饭时你去看吧！"到了井口处，他给我提出了一个要求："咱们走出个好辙，叫别人照着走怎么样？"我还没明白"辙"是怎么走法，就随口说"行"。这天晚上，我们撇给下一班的井底是圆圈高、当中深，像锅一样。我们计算打井的深度还是从圆圈量起，实际上我们多做了活少领了工分。张文昌心满意足地笑着，可是我心里总觉着别扭,认为和张治富这号人一起,总是吃亏。

一件叫人哭笑不得的事发生了。

第二天晌午我怀着好奇的心去看张文昌如何给张治富"治病"。这时张文昌和张治富等一些人都在场里蹲着吃饭,张文昌给我使了个眼色,不叫我说话,我靠着草垛看着将要发生的事。

张文昌一碗饭吃完了,但他并不回去盛,他只顾和别人闲扯,等到张治富也吃完一碗饭时,张文昌站了起来,把手伸向张治富,说:"叫我给你捎盛一碗。"张治富顺手把碗递给了张文昌。这有什么奇怪呢?张文昌和张治富住在一个院内,张文昌是张治富的近门孙孙,像捎饭这又是习惯,所以我并不会想这上面有什么问题。

当张文昌从屋里端饭出来时,谁知他把张治富的饭碗翻了个口朝下,在碗底背面的碗座上装有一口饭。张文昌离几步远就喊:"大爷,给你饭!"他的喊声把人们的眼光引到他的身上。人们还只当作是孙孙和爷爷开玩笑的,引起了人们的大笑。张治富还没醒过来是怎么一回事,他眨着眼睛说:"这娃子,还和爷爷开玩笑,这能吃饱人?"说着接住了碗,立起了身子要回家去盛饭。张文昌笑得嘎嘎的,拉住了张治富的手,说:"你知道这样盛饭吃不饱嘛。可是你把井打成这种样子,就出不了水,浇不了地,增不了产呀,你也就吃不饱,到不了社会主义!"张文昌还在一直笑着,可是张治富却收起了笑脸,脸上发红后又变白。他甩开张文昌的手,大步大步地走回去了。当场里人们明白事情的根源后,又是一阵大笑。

当我和张文昌又去接张治富的班时,张治富在井台上说:"我算服你啦!"张文昌却认真地说:"爷孙们开个玩笑,什么服不服的!"我觉着这当中自己不好插嘴,就一声不响地跳下了井,我一看就笑了,只见井底当中挖得更深了,比圆圈要深半尺多,算起来张治富那一班多做了一个劳动日的活儿。我把这告诉了张文昌,他反倒皱起眉头,叫我把上班多打的量一量,又给张治富送了十个工分。从这起,我们那个井两班人,你怕我吃亏,我怕你吃亏,全社要数我们先打好那眼井。为了这,社委会奖励了我们一面红旗,红旗上写着"团结井"。

从这以后,我算认准了张文昌,他会领着我们往正路上走的,所以我才在这次整社中选他当我们的生产小组长。

原载《长江文艺》1956 年第 6 期

歇晌

晌午,天气正热,小鸟在枝头跳来跳去,人都躲到林荫里。田野静下来了,只有火红的太阳照在当空。

吃过午饭,社里的青年人都聚集在王家门前的大槐树下,有的握着半边草帽狠劲地扇风,有的用草帽垫着头躺在石板上,有的在看小人书,还有的在地上画横五道、竖五道,两个人做着扎方的游戏。

张明昌躺在石板上,紧闭着眼睛,很想睡一觉。他夜间开了半夜会,今早又起了五更去犁地,真想美美歇个晌。可是蹲在地上扎方的小李,不住嘴地吵跳,不是吵对方多走一步,就吵对方混个子儿。张明昌霍地坐起来,一步抢上去,三脚两脚把画在地上的方擦个净光,说:"吵,吵!做活打瞌睡,歇晌光吵吵,还不赶快睡一觉!"然后又怕别人抢去了他的石板,赶快拐回头又睡了下去,合上眼睛。小李气傻了脸,撇撇嘴说:"好,好,算你厉害,行吧!"他走过去挤到看小人书的小王跟前坐下来,跟着看开了小人书。

张明昌越想快睡越睡不着,他狠劲地闭着眼睛。停了一会儿,小李看张明昌闭上眼睛不动,当他真的睡着了,就对小王努努嘴,伸手把小王手里的小人书合住说："哟！小人书有啥好看，听我给你讲个新鲜事吧！"小王说："啥事呀？"小李挤挤眼，神秘地说："张明昌和他丈人哥八面光的事呗！够酸啦，酸得跟八百年陈醋一样！"

张明昌合住眼睛睡不着，忽听小李说自个的闲话，就装得跟真睡着了一样，心里骂道："看你这个快嘴风，道个啥黑白！"

年轻人都好听秘密事，小王急着催问道："到底是啥新鲜事呀？"小李看自个的话吸住了人，浑身都有了劲，说："听我说了，不许对外人说，谁要说了，"他伸出了小拇指，"就是个这！"然后就得意地讲起来。

"他呀，张明昌他丈人哥八面光不是个记工员嘛，他呀，才是一百个滑头鬼给他磕头作揖哩。为啥呢？他是个总滑头鬼呀！那一天割麦，袁家门前那块地是王一之割的，割完了去领工分，恰巧生产队长也在跟前，八面光为了露能，露啥能呢？露露自己认真负责呀！王一之说这块地是九分，按社里包工规定，割一亩麦十分，就该领九分。但八面光的眉头皱了皱说：'这块地不是九分地吧！'他抓抓后脑勺，'哎，你记错啦，这块地解放前俺家种了几年，我记得是八分地！'王一之是个老实头，也是不好意思争分，就领了八分。王一之走后，八面光对队长说：'啥！记工员的小算盘就得打紧点，要不把社里工分乱发，那咋能行！可是，也没少得罪人呀！不过话又说回来了，干社会主义工作，怕得罪人还能行！'你看，说得可真是一等一级！真不亏人家八面光当过两年油坊记账先生，连河水说得都能点着灯！

"昨天上午，张明昌在袁家门前那块地犁地，去领工分时，问：'这块地是多少呀？'八面光搬把椅子让张明昌坐下，嘴笑得能塞下个大鸭蛋，两只眼眨巴眨巴地说：'噢，你还不知道吗？咱们都是自己人，可不能欺负你，土改复查时，丈量土地我也在那儿，那是整一亩呀！'按照社里包工规定，犁一亩地十二分，八面光就实打实发给他妹夫十二分。你们说这事新鲜不新鲜，同是一块地，一会儿是八分，一会儿是一亩，看起来，唉，还是亲为亲呀！"

小李刚一说完，小王就急着问："真的假的？"小李伸出两只手，比画了个圆圆的龟，说："我哄人？哄你我就是个这！"小王"噢"了一声，说："那头打烂也不沾，拿社里分送人情，你咋不提意见呢？"小李努努嘴，说："哟，提意见？你不知道人家张明昌是团员哪！"

"团员咋你啦？"小李的话还没落地，张明昌搭了腔，他一肚子气再也憋不住了，霍地坐了起来，两眼瞪得跟铜铃一样。小李没料到张明昌来这一手，他满嘴打嘟噜地说："不咋，不咋。噢，忘了，我妈叫我担水呢！"说着站起来走了。

张明昌上去一把拉住小李死不放，急着问："你说话可得负责任啊！"小李急得眼泪搁在眼窝里，说："我听人家说的，真不真你去问吧！"张明昌松开了手，狠狠地说："我去问，要是假的，我可不依你！"

谁都知道张明昌是个直性子人，眼里落不下个灰尘。他不占别人便宜，也不许别人占社里便宜。打麦时，大家把麦担到他家门前小场里，后来又用大车拉到社屋门前大场里去碾。拉完了，张明昌他妈在垛根揽了一把落场麦，拿回了家。恰巧张明昌从家里喝了滚水出来，他一眼瞧见，一口热水没咽下去，急得又吐出来，两只眼睛瞪着他妈，说："在哪儿捡来的？""在麦垛根呀！"他妈不在意地说。张明昌上去一把夺过来，气呼呼地说："捡！捡！你咋不上社屋仓库里去捡？大家的血汗你拿回来，觉摸着心里怪舒坦，要是咱血汗挣来的东西叫别人偷去，你又该吵开花啦！"说完掂着麦子出门去了。他妈一愣，也不想这几句话的意思，光听着最后有个"偷"字怪扎心，就一扭一扭地撵了出来,指着张明昌的背影骂道:"我知道你娃子翅膀硬了,可来贬损你妈了!"

这回,张明昌更气了,走起路来脚跟噔噔响,心里窝了个大疙瘩。他狠劲攥着拳头,两步并成一步走,找到了王一之,竟忘了这事和王一之无关,就厉声厉色地问:"你说,那天你在袁家门前那块地割麦,记工员给你按多少地算工分?"王一之感到问题很突然,口气又硬,还当是自己多领了工分,忙说:"他讲那是八分地,我也说不清!"张明昌一听"八分"扭头就走,王一之莫名其妙地看着张明昌那个劲,心想:"谁又点着了麦秸火啦?"

张明昌一听有鬼,好像谁打了自己一个耳光,脸上热了一下,心都快气炸了,便骂了起来:"啥东西! 拿社里工分送人情。嬉皮笑脸,真是个白脸奸臣!"他一直往八面光家走去,走到他丈人哥房后时,他忽地站住了,又忽地拐了回来,寻思道:"找他? 他啥家伙,有啥跟他说的!"又一寻思:"对了,去找团支书说说。"便一直往团支书家里走去。从村里穿过时,别人叫他,他只"噢、噢",既不回头也不答话,飞快地走着。碰见熟人也抬不起头,像被八面光给脸上抹了一层灰。

他一直走出了村子,四面没人,他没高没低地骂了丈人哥一阵,心想,见了团支书,定要一五一十地告诉他,请他马上解决这问题。

他闷着头走路,扑哧一脚踏到了河里,他才弯腰把裤腿往上挽了挽,过了小河,顺着堤岸往北走去,边走边寻思:"……这河堤好比社章一样。河里水有个河堤,不让水滥流,把水引来给社里浇地。但记工员八面光这人,就好比在河堤上扒了个小洞,把河水放到我的自留地里;但日久天长水洞越冲越大,整个的堤都要崩溃啊! 因此,我坚决向团支书提出:第一,要在大会上揭发八面光;第二,最好撤换他的记工员。当然,我首先把多得的工分退给社里。"张明昌想到这里,往团支书家跑得更快了。

当张明昌从团支书家里出来后,起初是愉快高兴,因为团支书鼓励了他,可是马上又皱起了眉。"啊!她要吵呀!上一回我说她哥自私,她就跟我闹了几天别扭。还说我黑夜白天跑,对她变了心,故意在她娘家哥身上撒气,想找离婚条件。"他一想起自己爱人乔月芬那吵劲,又摇起头来了。有几次,都想和她吵个痛快,可是几次都没张开嘴。想起她爬五更起半夜的劳累,想起她夏天就给自己缝棉衣,冬天给自己缝单衣,只怕自己冷着热着,满肚子的火气也就消了。

"这一回,又戳马蜂窝了。"张明昌有点无可奈何,他又想,"这得给她讲明道理,教育她。不过,这也不是马上就能解决问题的,得慢慢来呀;不过,这也得表明我对她可真是没有变心呀……"他顺便绕到供销社,给她扯了一块花布。当他从供销社出来时,一个往日的情景从他心头掠过:去年冬天,因为看粮食,他在社屋里住了整整一冬,她吵呀闹呀,一直找气生。是有一天夜晚,自己正准备睡时,出来解小便,一个黑影出溜一下钻进了社屋,又出溜一下跑出来,手里夹了一个东西。自己当成是贼,一个箭步追上,一看,原来是她把自己盖的被子拿着。她没等自己开腔,就抢着说:"你有本事来社里睡,你不要盖我做的被子!"自己只好跟着她回去了。

张明昌想到这里笑了。"是的,她不会因为她哥哥的事怪我的,不管咋说,俺俩到底是俺俩啊!""嘿"了一声,张明昌连忙跑回家去了,他背上了农具,嘴里嚼着一口馍,跟大伙上地去了。

原载《河南文艺》1956 年第 11 期

一

挡不住的脚步

一九七五年过去了,飞虎山林场的好日子也过去了。那时节他们月月超额完成任务,上级发奖状,用材单位送贺信,可真是一片红火。自打进入一九七六年,大字报和大标语越来越多了,木材上缴任务越来越少了。上级批评,用材单位的催发电报,像雪片似的飞来,真叫人着急!

党委书记老陈的脊梁上背着"走资派还在走"的黑牌子,仍然迈着坚实的步子走向采伐区,和工人并肩战斗,天天超额完成任务。可是伐下的木材大部分不翼而飞了,护林站为什么守不住关口呢?

这天老陈匆匆赶回场部,请护林站老站长万山春来研究把关的事。

老陈刚坐进办公室,就进来一个高大粗壮的老人,豪爽地叫道:"老陈,还认得我吗?"

"啊!"老陈定睛一看,从椅子上跳起来,跑过去紧紧握住他的手,惊喜地叫道:"丁部长,你怎么跑到这里来了?"

"别丁部长了,叫丁大山吧!"丁大山气愤地笑笑,"部长叫撤了!"他掏出一封信递过去。

老陈一惊,拆开信一看,是介绍他来劳动改造的。他再仔细看看丁大山,胡茬子老长,脸也消瘦了。他拉他坐下,倒上茶,关切地问:"怎么搞的?"

"为了一个字,差点头都叫砍了!"丁大山简单地介绍了经过。

一个坏人贪污了一万多元公款,丁大山提出要严加惩办。和这个坏人拉帮结派的头头找到丁大山,对他施加压力,说他矛头向下,镇压造反派,就是走资派。

丁大山觉着这些话好似放屁,不值一驳,就讥讽地取笑说:"你说错了一个字!"

"啥字?"那头头追问。

丁大山怕他不懂,就顺手提起桌上的笔,随随便便地在面前纸烟盒上画了几个字:"揍资派!"

"揍资派?"那头头看看,突然如获至宝,拿起这个随便写的纸片跑了。

眨眼工夫,大街小巷就出现了铺天盖地的大标语,说他肆意歪曲毛主席的指示,恶意篡改关于"走资派还在走"的矛盾性质,等等。经过一阵批斗,就把他的部长给撤了,还说这样做就可挡住走资派的脚步,叫他想走也走不成。

"这群王八蛋,只准自己放火,不准别人救火!"老陈听完介绍,感慨万千,停停又深表同情地说,"不叫走了,那就到这儿来歇歇吧!"

"哼,他挡不住!拼上了,还要揍下去!拼命流血打下的天下,不能看着叫他们给倒腾坏了!我就不信这天能永远阴下去,总有一天……"丁大山喝了一口茶,压下后边的话,豪放地笑笑,"乌纱帽摘了,斗起来更方便了!他们想得倒轻巧,好像劳改劳改,就会趴下去向他们叩头求饶了!"

"好啊!"老陈被丁大山的精神打动了。沉默了一阵之后,他突然走到丁大山面前,铁了心地说:"老营长,不管他们撤不撤,我这个连长还听你的。来,我向你汇报汇报这里的工作……"

一言未了,护林站老站长万山春来了。

"老万!"老陈截住刚才的话,让万山春坐下,然后又对丁大山抱歉地说,"你先歇歇,我们谈个事!"

"你们先谈吧!"丁大山站了起来,走向洗脸盆,问,"有刮脸刀吗?"

"有。"老陈拿出刮脸刀,递给丁大山。

"官掉了,精神不能掉!"丁大山笑笑,像回到家里一样随便,把一壶开水倒进洗脸盆里,回头说,"你们谈吧。"

老陈转向万山春,亲切地问:"这一阵身体怎么样?"

"老陈,别说了,你骂我吧!"万山春突然抱住头呜咽着哭起来。

老陈惊讶地问:"咋啦?咋啦?"

"木材在我眼皮底下,却被人家弄走了,我对不起党啊!"万山春痛苦万状地诉说着最近发生的一件事。

前些天,万山春在巡山时,发觉一个偏沟小岔里藏了一批国家急需而又稀少的珍贵木材。谁藏的?有赃就有贼!他每天夜里蹲在附近丛林中守候着。一夜又一夜过去了,眼红了,脸瘦了,风吹霜打得筋骨又酸又疼。可他还是守着。他想得不错,只要拿到真赃实犯,就可以在会场进行一场大批判,刹住这股资本主义偷盗妖风。这天夜里,风大雨狂,他还是蹲在那里守候着。半夜时分,一群人拉着架子车来了。他喜怒交加,喜的是可以当场拿获罪犯,怒的是这群盗贼太目无法纪了。他忍耐着,等他们把木材装上车时,他才站出来走过去。

这群盗贼发觉了,有人惊叫:"有人!"

这群盗贼里,为首的竟是党委秘书江文举。他拧亮手电射去,只见一个浑身水淋淋的人迈着大步向他走来。光束射到这个人脸上,又看到两只闪烁着怒火的眼睛。啊,是万山春!江文举一惊,继而发出一阵魔鬼似的狞笑:"我当是个人哩,原来是条狗!"

"哼!我当是群狗哩,原来是群狼!"万山春大义凛然地走了过去。

江文举冷笑一声:"你想干啥?"

万山春火辣辣地回道:"你明白!"

江文举态度有点软了,试探着问:"我看还是多修条路,少打道墙吧!"

万山春斩钉截铁地回答:"这堵墙打定了!"

"好吧!"江文举又是一阵狞笑,然后指挥走卒们把万山春用绳子捆在一棵大树上,撕下万山春的衣服,塞进万山春嘴里。

万山春大睁双眼,看着人民的木材被强盗们狂笑着抢走,心里像刀剜的一般难过。可他还是坚信不疑,上级不会轻饶了这群强盗。三天过去了,他忍受了怎样的三天三夜呀!绳捆索绑,风吹雨打,饥寒交迫!

场党委副书记王卫江听说万山春失踪了,就亲自带领护林站同志到处去找,终于找到了。

王卫江亲自给万山春解下了绳子,还表示了极大的愤慨,当场对万山春叫道:"说,是谁?老子斗他一千场!法办他!枪毙他!"

万山春咬住牙狠狠地道:"江文举!"

"哈哈哈!"王卫江突然迸发一阵狂笑,对护林员们挥手招呼道:"来,快把老万送到医院去!马上!"

万山春怔住了,说:"我不住院,这点伤不要紧!我要找江文举——"

"他受了这场刺激,神经上出毛病了!"王卫江对护林员们解释道,然后又对万山春说:"你神经错乱了!那天夜里,江文举一直在我身边写材料,熬到天亮,寸步没离,怎么能是他!"

万山春叫屈道:"王副书记,你记错了!"

"错了的是你!"王卫江换了一副可怕的面孔,故作恍然大悟道,"你这样一说,我倒怀疑是不是你们自己搞的苦肉计,是不是走资派为了右倾翻案,为了陷害造反派搞的政治阴谋?"他越说气越大,吼叫起来,"说!走资派是给你封官了,还是给你物质上啥好处了?说!坦白从宽,抗拒从严!"

"你——"万山春直直地瞪着眼,眼珠子像死了一般。这一切他全没想到,比绳捆索绑的打击还要突然,还要沉重,只觉得胸腔闷得慌,好半天才哇的一声,吐出了一口鲜血!

…………

"比禽兽还坏!"丁大山听到这里,不由得大叫一声。

"看着木材叫人家弄走,我受不了这个气!我要再干,就要疯了!"万山春的心像被撕碎了,他从口袋里掏出一串护路栏杆的钥匙,往桌上一放,眼泪哗哗地叫了声"老陈——",下边的话噎住了,半晌,突然转身急步走了。

老陈追到门口,叫道:"老万!"

万山春头也不回,急急地走了。

老陈回身,沉重地坐在椅子上,嘴唇都咬出了血。

丁大山早气坏了,他撂下刮脸刀,走到老陈面前,激昂地叫道:"咱们可不能看着叫国家吃亏,叫好人受气,叫坏人得意呀! 咱拼上这条老命,也得把这群恶狼干了!"

老陈摇摇头,指指办公室里贴的大标语,叹道:"现在这个形势,只怕拼上命也打不死狼啊!"

"那……唉!"丁大山叹了一口气,坐了下来。

是啊,自己不就是没有打住狼,还叫狼咬了一口吗?! 他沉思了片刻,又忽然来了劲,走到老陈面前,信心十足地说:"我看,完全可以先拔掉狼牙!"

"你是说……"老陈眼睛亮了,看着丁大山问道,"先搞掉江文举!"

"对!"丁大山胸有成竹地讲,"敲掉狼牙,让群众看看谁嘴里流血!"

老陈下了决心:"好!"

丁大山高兴地走到桌边,拿起老万留下的那串钥匙,看着老陈说:"把这个交给我吧!"

"你?"老陈惊愕地看着他,"你去干这个?"

"我在这里打过仗,我相信这颗狼牙我还是能拔掉的!"丁大山充满信心地讲,"放心吗?"

老陈上去紧紧握住丁大山的手,满怀激情地叫道:"我的好营长,我相信! 别说狼牙,就是虎牙,你也能拔下来!"

二

万山春辞职不干的消息,像一颗炸弹撂在护林站里爆炸了。愤怒、惋惜、痛心、绝望——各种各样的情绪交织在一起,笼罩着护林站。

这方圆几百里的森林,是咱们的江山啊!为了从敌人手里夺回它,多少战士流了鲜血!你万山春为保护这片林子也流过血啊!你怎么能狠心撒手不管撂下它!你曾说过,咱们就是死也要和林子在一起啊!你不能走啊!于是,护林员们四处找万山春。

万山春哪里去了?群山层叠,千姿万态;茫茫林海,遮天盖地。到哪里去找?

一座虎头似的岭顶上,长着一棵粗壮高大的冬青树,枝繁叶茂,闪着油青油青的光泽。此时此刻,万山春抱住这棵大树悲愤交加。共过患难的冬青树呀,我怎能狠心撂下你呀!

解放时,一群溃败的蒋匪军,奉命要烧掉这万顷林海!

"烧它个寸草不留,不给共产党留下一根棍子,不给穷鬼们留下一片叶子!"一个秃头的匪军官绝望地号叫着,掏出了火柴。

时值残冬,草叶枯黄,一个火星就会燃起熊熊大火,再加西风吼叫,风助火威,万顷林海马上就会化成灰烬。

匪军官划着火柴,刚弯腰去点,突然飞来一支利箭,射进了匪军官的手腕,火柴落地熄灭了,他惊慌地嘶叫一声:"土八路!"

又一支利箭飞来!

匪军们四下搜索,发觉箭是从冬青树上射来的,就从四面八方围上去,几十支枪口对准冬青树,叫喊着:"下来!下来!再不下来就开枪了!"

"冲啊!"突然,从匪军们背后响起了枪声,杀出了一个解放军战士。

匪军们转过身来,惊魂未定时,这个战士勇猛地扑向那个匪军官,两个人滚打在地。匪军们扑了上来,对这个战士下了毒手。当解放军小分队赶来时,这群匪军才落荒而逃。

万山春得救了,可那个战士却负了重伤,闭上了眼睛。万山春趴到担架上,泪水滚流,感恩不尽地哭道:"你救了我万山春,可你⋯⋯"

那战士被雨点般的热泪浇醒了,睁眼看看,含笑道:"别这样说,你也是为了救这万顷林海⋯⋯"

现在,像又听到了这句话,万山春心里一热,下意识地摸摸口袋中的钥匙,口袋里空空的,只觉脸上火辣辣地发烧,暗自责备道:"真是个软蛋,我怎么把钥匙交了? 这不是投降了?"

"万山春同志!"一声亲切的呼叫。

万山春猛地转过身来,只见面前这个人庄重地看着自己。这不是在老陈办公室刮胡子的那个人吗? 他来干啥? 万山春迷惘地问:"你⋯⋯"

"忘了?"丁大山一笑,"咱们是老朋友了!"

"老朋友?"万山春竭力回忆着,摇摇头,迟疑地问,"啥时候?"

"三十年了!"

"在哪里?"

"就在这里!"丁大山指指他背靠的冬青树,赞扬道,"你用弓箭对枪炮,真是个英雄!"

"啊! 你——"万山春心头一亮,狂喜地扑上去,紧紧拉住丁大山的手,"你就是、你就是⋯⋯"

"万山春!"四面八方呼唤着。

护林员们发现了他,飞跑过来。

万山春指着丁大山,给大家介绍道:"这就是我常给大家讲的那个救命恩人!"

大家免不了一阵热情的欢迎，接着又谈到了如今的灾祸，丁大山鼓励大家道："三十年前，蒋匪军用枪炮对我们，我们都没投降。三十年后，这群强盗用绳索刀棒对我们，我们就投降了？别看他们怪凶，总有一天和蒋匪军一样下场！社会主义的一草一木也不能叫他们抢跑！"他说着把那串钥匙放进了万山春的手心，期望地看着他说："三十年前咱们一同打蒋匪，没想到三十年后咱们又要共同打豺狼了！老万，收下我吧！"

"啊？"万山春迷瞪地看着丁大山。

"老陈派我来当护林员！"丁大山笑笑，"要我吗？"

"要！要！"万山春和护林员们喜出望外地欢呼着。

丁大山的不幸遭遇给大家添了仇恨，丁大山这种不屈服的精神给大家添了信心，从此护林站的工作有了起色。

不久，老陈通知他们：狼又要张嘴了。有一群人从城里来找王卫江和江文举。夜猫进宅，没事不来。老陈希望他们能当场拔掉狼牙，用实人实物擦亮职工群众的眼睛，再点一把仇恨的烈火，狠狠打击阶级敌人的破坏。

丁大山和万山春进行了周密的研究，布下了天罗地网，单等狼嘴张开，就利利索索地拔掉狼牙！

三

丁大山他们想拔掉江文举这颗狼牙，可是江文举也不是好惹的。这人三十出头，是副书记王卫江的心腹。在他们那群混世魔王中间，算得上首屈一指的人物，胆大包天，武艺超群。当年他到一个大城市里串联，请了几个朋友去一个名牌酒楼开洋荤。大家还当他腰缠万贯哩,其实身上没有分文。他点了名酒名菜,然后叫大家稍等片刻,就下楼弄钱去了。去哪里弄?江文举灵机一动,走进一家钟表店。拥挤的顾客中,一个青年妇女买了一块上海牌手表,喜滋滋地欣赏个不够,然后戴到了手脖上,掏出钱数了数递向营业员。就在这时,江文举挤了过去,一手抓住那妇女手中的钱,一手左右开弓"咣咣"两声,打了她两个耳光,凶狠气愤地骂道:"不叫你买!不叫你买!你背着老子来偷买!"

这妇女被抢走钱又挨了打。这突然袭击使她蒙头转向,又气又急,张着大嘴直叫:"你!你!你——"

在场的人只当是夫妻打架斗气,也不便插言,看着江文举扬长而去。等到明白了真情之后,还上哪里去找这个亡命之徒。

当年王卫江招兵买马进行造反,就先请江文举入伙。有人劝王卫江,说江文举是个"大猴",万万不可收他。王卫江仰起头朝天大笑道:"万万得收下他,越是这样的人越是有用。当年孟尝君不是因为收养了一群鸡鸣狗盗之徒,不然怎能赚开关门,逃回齐国?"

王卫江没有白造反,果然入党做了官,前年调到这里当了副书记。江文举也没白效犬马之力,人家吃肉他也喝了油水,跟着王卫江来林场当了秘书。两个人狼狈为奸,呼风唤雨,把一个好端端的林场闹得乌烟瘴气,林场成了他们发财致富的宝地。

这几天王卫江当年的战友们来看他,这些人如今都混得不错,在地区都是数得着的人物。这次前来,明是探望老战友,重叙旧情,实则是共谋大事。眼看一统天下就要到手,地区的几把交椅如何分配,这次来林场就是密谋这件大事的。经过几天讨价还价,人人皆有升迁,皆大欢喜。末了,一个个伸出了手,说进宝山不可空回,光占据了"上层领域"不中,也得搞点"物质基础"。王卫江是绝顶聪明的人,慷慨答应送给每人一些上等木材。一来,眼看大功就要告成,马上都是地区的头目了,鸟枪换大炮,家里也得做几件像样家具,装备装备。二来,现在投资正是一本万利的大好时机。王卫江就把这件大事交给江文举去经办,并且特别嘱咐:一定要避开护林站,免得出了差错,给这些将来的"首长"脸上抹黑。

江文举深知责任重大,事关自己将来的官运。想来想去,想出了一条妙计,只有先调虎离山,才能万无一失。于是,决定先从鸡冠峰动手。

飞虎山是伏牛山的头顶,鸡冠峰则是头顶上的头发梢。站在这上边,能把方圆的山山岭岭尽收眼底。从场部到鸡冠峰下有汽车可通。江文举下了汽车,顺着蜿蜒小路往峰顶爬去,那路像是墙上划了一道壕,又陡又滑。江文举两只手轮换攀着头顶上的树枝子,累得浑身大汗,嘴张得像血瓢一样喘着粗气,好不容易攀上了鸡冠峰顶,冲着瞭望棚大呼小叫:"喂!谁在放哨?"

没人回答。

江文举三步并成两步,跑到瞭望棚下,又连叫几声,还是没人答应,忙顺着梯子跑上棚顶一看,一个青年护林员呼噜呼噜睡得正香。他一把抓起他,训斥道:"你不好好护林,却在这里睡觉!"

"啊!"这青年如大梦惊醒,吓了一跳,看他一眼,佯装着满腹牢骚地说:"站长都像霜打的萝卜叶一样,耷拉着头躺倒不干了,我积极干啥?"说着又要躺下。

"你这是啥思想!"江文举心里喜脸上怒,故作严厉地批评了一句,又认真地说,"通知你们护林站,明天集中学习这个材料!"他掏出一份文件递过去,交代道,"讨论三个问题,一、什么是民主派;二、什么是走资派;三、要结合本场实际情况,找出谁是走资派!"

这小青年一点也不在意,淡淡地道:"管他谁是,反正我不是!"

江文举重重地说:"你别给我当儿戏!后天我来考试,谁不及格,四十五斤就别吃了,还回家去戳牛屁股吧!"

"啊!"这小青年从棚顶蹦了下来,故意装着一副十分担心的样子,说:"那你别急,你再讲一遍,叫我记记,别把饭碗打烂了!"

江文举看他认真起来,又高兴地讲了一遍。这青年一笔一画地全部记上,并且表了态,说:"保证一人不漏!"

江文举兴高采烈地放心走了。这小青年想起丁大山的布置,对着他的背影,忍不住扑哧一声笑了。

"狼嘴已经张开了!"这小青年按约定的信号,立即把这一情况通知给丁大山和万山春。

四

第二天,江文举领着那几个跟随"首长"的小兄弟,在一条深沟岔道里砍伐一种稀有的珍贵木材——椴树。树放倒了,还要锯成几段才好装车运走。这几个平常肩不能挑、手不能提的公子哥累得大汗淋漓,江文举张着嘴呼哧呼哧喘气,四面张望着,牢骚地骂道:"他妈的,人都死绝了,也没个过路的来帮帮忙!"

话音刚落,丁大山就从老林里走出来了。几天来一直在林子里巡逻,他的头发蓬乱着,一脸胡茬子也老长了,腰里斜插着一把板斧,衣服被野刺林挂得破破烂烂,脚上蹬着一双葛麻草鞋,踏着落叶,发出沙沙的响声,一步一步向他们走来。

江文举一看见这个人,心里不由打了个寒噤。他怕是护林站的人,再看看没戴袖标,也没背枪,肯定不是护林员了,才放下了心。

他那些小兄弟可没多这个心眼,看见来人,就像捞住了救命大仙,对江文举哈哈大笑道:"你是真命天子吧,金口玉言,正想找人,人就来了!"

江文举自得地朗朗大笑,看那来人,虽不认识,可肯定是本场职工,也就是他的"手下人"。自打上次捆绑万山春,这事不仅没有伤着他一根汗毛,反而又得理又得势。杀了万山春这只"鸡",哪个"猴"还敢乱说乱动!谁不知道他江文举背后有个王副书记,老子在飞虎山不算第一也算第二了。他用以上傲下的口气命令道:"喂,老家伙!来,帮忙锯锯!"

丁大山没有答话,一步一步不紧不慢地走来,盯住江文举,长久端详着。江文举被他看得不耐烦了,指着树干命令道:"给我锯呀!"

丁大山收回目光,服从地放下腰里板斧,一只脚踏住树干,有力地来回拉着锯子。

找到了"奴隶",江文举就轻松地站在旁边,叼着烟,用主人的口气问:"你是本场的吧?"

丁大山拉着锯,毫无表情地"哼"了一声。

"看样子你还是个老工人哩!"江文举摆出一副"首长"的架子,训导道,"老家伙们旧思想多,你咋样?好好进步,将来给你弄个班长、队长干干!"

"谢谢!"丁大山不冷不热地笑笑。

江文举为了向小兄弟们讨好,又问丁大山:"这是珍贵木材椴木吧?"

丁大山肯定地点了点头。

江文举转身对小兄弟们夸功道:"我给你们选这木料,天下难找,做柜子不用上漆都能照见人影,拿回去嫂子们保险会心满意足！"

一个小兄弟笑道："好啊，啥时候看见这柜子，就会想起你老江的功德！"

另一个笑得更响："哈，听！你的丰功伟绩将与柜子共存了！"

第三个笑道："就凭这，将来也会给你弄个县长当当！"

他们放声大笑，独有丁大山没笑，他强压心里怒火，盘算着收拾这群强盗的火候。

丁大山把树干锯成几段，擦了一把汗，坐到旁边休息，拿起斧头，用手指试着闪光锋利的斧刃。

江文举一伙把木料装上拉车，竟忘了旁边那个刚刚为他们流过汗的老头，连一个谢字也懒得说，若无其事地拉上车要走了……

丁大山不慌不忙地走过去，拦住路，不动声色，也不言语，向他们伸出一只粗糙的长满老茧的大手，双眼直盯着他们。他们互相看看，江文举愠怒地责问道："咋，要啥？"

"你不是说给我弄个班长、队长干干吗？"丁大山把手掂掂，嘲笑地道，"拿来吧！"

"哈！你是想当官想迷了，性子比我还急哩！"江文举哈哈大笑，一摆手说，"少不了，你等着吧！"

"咋，这还赊账呀！"丁大山正言正色地 说，"不给官票，那得给木材计划！"

"啥呀？"江文举放声狂笑，这家伙真是多见树木少见人，有眼不识泰山，竟然向我要起计划了，就问，"计划？你不认识我？"

丁大山嘴角露出一丝嘲笑，摇摇头，又指指车上装的木材，有力地重复道："计划！"

江文举急了，就自报家门道："我是场党委的江文举，知道吧！"

丁大山摇摇头,重复道:"计划!"

江文举被他的无知激怒了,真是俗话不假:四路贴告示,还有不识字的。当着小兄弟们的面,他好像受了莫大侮辱,大喝一声:"我是场党委的江秘书,总可知道了吧!"

"江秘书?"丁大山又摇摇头,跨上前一步,把江文举上上下下打量了一番,突然抓住他的领口,又猛劲推开,吼道,"你这个大骗子!"

江文举被推得跟跟跄跄,差点跌倒,指着丁大山怒吼道:"你——反天了!"

江文举的小兄弟们也忙挺身出来做证道:"他真不是骗子,真是你们场党委的江秘书呀!"

"你们都是骗子强盗!"丁大山蔑视地一笑,"你们早就恶贯满盈了! 不过,再给你们个洗心革面的机会,放下车子,回去向群众低头认罪,重新做人!"

江文举打个冷战,又重新看了丁大山一眼,质问:"你到底是干啥的?"

丁大山自豪地说:"老百姓! 咋?"

江文举四周看看没人,胆子大了,从身边车上拿下绳子,大喝一声:"捆起他,喂狼!"

那几个小兄弟对打人捆人早已练得烂熟,再加丁大山也不十分反抗,很快就把丁大山捆到了树上。江文举阴笑道:"有意见到狼肚子里去提吧!"

江文举命令道:"走!"

"走? 你们走不开了!"丁大山大笑一声,冲着一片茫茫林海大叫一声,"捉骗子呀——"

"捉骗子呀——"群山响彻着震撼人心的回音。突然间,护林员们从四面八方的山崖上像猛虎般扑下来。人人手执板斧、猎枪,向他们压过来。

"啊! 他们吃惯这道饭了,又把老丁绑起来了!"人们把丁大山从树上解下来。

丁大山指着早已吓坏了的江文举,问大家:"他像不像个秘书?!"

"像! 可像!"一个老护林员眯住眼,打量着江文举,一本正经地说,"解放前有一回我见到个国民党的秘书,就是他这个熊样! 可像!"

"你——"江文举被嘲弄,眼里闪着凶光,瞪了老护林员一眼,突然转向万山春,"万山春,你总认得我吧?"

"我?"万山春摇摇头,冷笑一声,"上一回我把你错当成江文举江秘书了,王副书记说我神经错乱了! 这一回我这神经可正常了,你可冒充不成了,你是个地地道道国民党的秘书。"

江文举气急败坏地威胁道:"好啊! 你们搞阶级报复,回去了再算账!"他对小兄弟们一挥手,命令道,"走!"

"还走啊?"丁大山冷笑道,"你们已经走到头了!"

丁大山一摆手,护林员们冲过去挡住了去路。

江文举恼羞成怒地吼叫道:"你们要干什么?"

丁大山笑笑:"不是叫抓走资派吗? 抓到手里还能放了!"

"什么?"江文举自恃有靠山,指着自己鼻尖,有恃无恐地追问,"我是走资派?"

"别装啦! 你还能真以为自己不是吗!"丁大山指着江文举,回头问护林员们,"他是不是?"

护林员们齐声回答道:"货真价实的走资派!"

丁大山痛斥道:"东山砍树是江文举,西山砍树是江秘书!今天来偷树的,又说是将来的江县长!你想想,你办的这号事,说的这号话,哪一点像一个共产党的秘书!明明是假充秘书的冒牌货!货真价实的骗子强盗!"他说着看了万山春一眼。

万山春命令道:"小石!小刘!"

"有!"两个雄壮威武的青年应声而出。

万山春嘱咐道:"你们马上抄小路去场部,向陈书记报告,'狼牙'拔掉了,叫他准备批斗大会。等我们把这伙强盗骗子的罪行向沿路职工群众宣讲之后,就把'狼牙'送到场部。"

"好!"两个青年飞快地走了。

江文举哪里肯服,七窍冒火地冲着丁大山呵斥道:"你叫什么名字?"

丁大山一字一顿地说:"丁——大——山!"

"丁大山!"江文举不由脸色陡变。丁大山的到来,他曾听人说过,因林场太大,再加上也不值得去认识一个打翻在地的"死老虎",所以不曾相识。今日一见,方知名不虚传,真是一个死不悔改的走资派。一个被打入十八层地狱的"走资派",竟敢如此对待一个响当当、硬邦邦的"造反派",岂止大逆不道,简直胆大包天。他垂死挣扎地指着丁大山威胁道:"丁大山,你别忘了,你现在不是部长了,你是个死不悔改的走资派!"

"哈,哈,哈!你也说错了一个字!"丁大山豪放地大笑起来,"音对字不对,我是个揍资派,还是个死不悔改的,要永远揍下去!怎么,你今天不是被我揍了吗?还不服气?"他突然刹住话,挥臂指向公路,怒喝道,"请吧,让广大群众见识见识你们的丰功伟绩吧!"

江文举们还要挣扎,护林员们却不由分说押着他们走了。

护林员们从来没有这样痛快过,苦没办法表达这种欢乐,就拾起石头敲着板斧,发出有节奏的叮叮当当声,押着这群盗贼,奔向大路! 奔向前方!

原载小说集《枫岭晨曲》

河南人民出版社 1979 年 2 月出版

一　要当敌人的"司令官"

将计就计

●

伏牛山解放不久，大军渡江南下，米家坪区中队奉命在本地剿匪。

这天，中队长老郑接到情报，说土匪明天要窜扰东沟，抢粮杀人。民兵们听了怒火填胸，决心给敌人以沉重打击，为乡亲们报仇雪恨。正当部队要出发去伏击顽匪时，副队长老王又拿来一个情报，说土匪不去东沟，要去西沟。东沟和西沟相距三十余里，若是分兵待敌，兵力不足，集中兵力作战，又弄不清土匪真实动向。何去何从？老王捉摸不定，急得满头大汗，不由得瞅瞅老郑，心焦火燎地问道："你说说，这该怎么办？"

"沉住气不少打粮食！"老郑拿起脸盆，端了一盆水进来，笑道，"来，洗一洗，去去火再说！"

老郑四十多岁，早先在部队当过侦察员，战场上千变万化的事经得多了。他一点也不急，一锅烟又一锅烟地吸着，看老王洗完脸，反问道："你说说，为啥张阎王要突然改变计划？"

老王对答不出,茫然道:"这……咱又不是张阎王的参谋长!"

老郑笑笑,又追问道:"东沟是个富村,西沟是个穷村。抢粮食不去富村去穷村,张阎王是不是酒喝醉了?"

老王眼前一亮,恍然大悟道:"对! 张阎王在玩计哩,想声东击西!"

"不那么简单吧!"老郑摇摇头,深思熟虑地说,"张阎王连吃几个败仗,会不会怀疑他身边有咱们的人,故意来试探?"

老王听了,心里一沉,不由为打入敌人内部的同志担心,急切地追问:"怎么办?"

老郑沉思片刻,诙谐道:"只好官升一级,不再当张阎王的参谋长,当他的司令官,叫他服从咱们的指挥……"

二　狼狈为奸

张阎王是国民党地方民团的头子,鱼肉乡里,无恶不作。解放军一来,他不敢正面交战,就拉上人马进山为匪,自封司令。这时,蒋军里有个营长王效正,带着残兵败将来投靠张阎王。张阎王见添人添枪,喜不自禁,就封王效正当了副司令。两股匪帮,分住青石峰上两座古庙,相距有二里远,统一指挥,互相配合,狼狈为奸。解放大军南下后,他们仗着暂时兵多枪多的优势,看不起区干队,不断下山打家劫舍,杀害我农会积极分子,妄想变天,还口吐狂言道:"国军马上就要杀回来,这宛西还是我张某的天下。"

张阎王一心要变天,可是每次出战,都跳进区干队伏击圈里,损兵折将,伤亡惨重。三番五次大败之后,张阎王就疑神疑鬼,一怀疑王效正的人马中混有土八路,二怀疑他的勤务兵李大木走漏消息。

于是,他决心不惜一切代价,搞个水落石出。这天,他命令王效正攻打东沟,又故意向李大木透露消息要攻打西沟,还以重用为名,叫李大木去当班长;然后,又密令他的心腹干将"没毛飞"唱一出"王佐断臂",打入区干队,查清弄明自己队伍中到底谁是土八路。

一切安排妥当,张阎王自以为得计,便稳坐匪巢,吸大烟,玩女人,单等情报到手,就把打进来的土八路斩尽杀绝。

三 真假英雄

郑队长派人去东、西沟进行了侦察,又从各方面分析了敌情,向区委做了汇报。根据指示,在东沟附近设下天罗地网,严阵以待。傍晚时分,果然王效正率领匪徒来了,当他们扬扬得意进入布袋阵后,地雷在脚下炸,子弹从四面来,打得他们措手不及,伤亡大半。王效正看大势不好,命令张阎王的人马断后,带上自己的人马狼狈逃去。张阎王的人马也不肯恋战,丢下一堆堆死尸,边战边退。退到一个山嘴时,匪军中一个大汉挺身而出,从身边匪徒手中夺过一挺机枪,大叫一声:"弟兄们快跑,我来断后!"众匪徒见有人抵挡,便纷纷逃散。

这个大汉姓李名叫大木,生得膀粗腰圆,浓眉毛,厚嘴唇,满脸傻气。他虽出身贫苦,但系张阎王远房亲戚,再加傻里傻气不会玩心眼,跑腿办事都很牢靠,所以深得张阎王信任。可是,连吃败仗之后,张阎王对他起了疑心,才派他到匪徒中当名班长。他有个朋友,是王效正的贴身护兵,名叫宋小五。这次下山窜扰路上,宋小五悄悄告诉他:"听王副司令讲,张阎王疑心你是八路探子,你小心点,脑袋别叫砍了!"李大木听了一点也不害怕,嘿嘿嘿傻笑一阵,说:"你别吓我！张司令真要犯我心病，还能提我当班长？"他寻思着立个大功，叫张司令看看。但是，机枪子弹该往哪儿打，他心里是豁亮的。这时，他端着机枪，正在左顾右盼，突然响起一声大吼："不许动！"

李大木大吃一惊，回头见是一个猎人，又高又瘦，像是一根鞭杆，头戴个瓜皮帽，一双小眼闪着鬼火，手执土枪，向他逼来。李大木把他上下打量一番，觉得似曾相识又不相识。他眉头皱了几皱，搜肠刮肚想着此人来历，忽然想了起来：一天夜晚，他去给张阎王送酒，只见一个人影从张阎王后窗跳出去。他不知是谁，大叫道："有贼！"那人影回头看了一眼跑了。张阎王哈哈大笑遮盖道："活见鬼，我在屋里坐着，哪里有人！"李大木认准就是这个人，心头一亮，趁其不备，猛扑过去，两个人厮打起来。这个人不是对手，被李大木按倒在地，骑到他身上，拳起拳落，打得他门牙脱落，满嘴喷血。这人挣扎着，号叫道："八路同志，快来抓土匪呀！"

区中队追来，听见叫声，忙赶过去，见二人厮打，一齐举枪喝住。郑队长看了李大木一眼，大声喝道："快给我绑了！"众民兵蜂拥而上，把李大木捉住，将他绳捆索绑起来。

这时，那个人擦着满嘴鲜血，拾起被打落的牙齿，述说着自己身世。他姓靳，名叫三虎，以打猎为生。张阎王占山为匪以来，断了他的生路，早就怀恨在心，想把土匪消灭干净，所以拼命夺取机枪，为区中队开路。猎人说到气处，突然扑向李大木，又踢又打，口口声声要打死他，为民除害。李大木一脸不屑地冷笑，怒目圆睁，因为被绑，不能还手，就狠劲往他脸上吐着唾沫。

"你还反动哩！"靳三虎大叫一声，搬起一块石头，就向李大木砸去。郑队长忙上前拦住，给他讲了优待俘虏的政策。靳三虎还是不肯罢休，定要砸死李大木，为了表功脱口而出道："他可不是一般土匪,他是张阎王的亲戚和亲信啊!"副队长老王怀疑地问道:"你咋知道?"靳三虎自知失言,胡乱应道:"我看他那么反动……"郑队长看了老王一眼,替靳三虎圆话道:"对,他要不是张阎王的亲信,怎能这么顽固?"

这时,天色已晚,区中队押着俘虏,唱着凯歌,得胜而回。靳三虎自告奋勇,扛着他缴获的机枪,扬扬得意地走着。老王拉拉老郑的衣服,指指前边的靳三虎,悄声问道:"我咋越看他越不是味,他说话支吾,会不会是个假的?"老郑不让他讲下去,对他会心一笑,抢前几步,伸手要夺靳三虎扛的机枪,亲亲热热道:"来,叫我扛,你歇歇。你和敌人搏斗也够累了!"靳三虎不肯,口吐豪言道:"不累!这算啥!为了早日剿灭土匪,就是下油锅也不热,上刀山也不疼,剥皮抽筋也美气!"老郑哈哈大笑道:"好!有了你这种英雄,张阎王就好比秋后的蚂蚱——活不了几天啦!"

四 两狗相咬

张阎王此时正在匪窟寻欢作乐,突然有人报告,说王效正大败而归,又说王效正逼他张某的兵马打头阵,伤亡惨重。八路不在西沟而在东沟,事实证明王效正起了二心。他不由勃然大怒,从床上蹦下来,挥舞着大烟枪,骂道:"妈的,把我的人马当成肥肉,去请土八路的客。看老子毙了你!"马上命令护兵去传王效正来见。

王效正也是个老奸巨猾的人物。自从投靠张阎王以来,虽然被封为副司令,可他明白,张阎王不是真心看得起他,只是想借他的人马为他张阎王保江山而已,于是就特别爱惜自己的部下。可是,每次出战,张阎王都叫他姓王的人马打头阵,屡有伤亡,王效正便心怀不满,怕一旦他的人马完了,他也就完了,所以千方百计保存实力。这时,听说张阎王叫他,他心里有了谱,不由暗暗骂道:"死你几个人,你也知道心疼啊!"可是,他也知道,张阎王杀人成性,就做好了准备,外边挂了个手枪,怀里揣了个手枪,一边走一边盘算着对策。

张阎王正在冲冲大怒,王效正也冲冲大怒地进来,不等张阎王开口,就先发制人,把外边挂的手枪,往张阎王面前的桌上一搁,气势汹汹吵道:"张司令,事到如今,没想到有人还在耍手腕,在紧急关头助敌杀我,兄弟只好另找生路了!"张阎王没料到这一手,一时不知所措,冷冷问道:"你这是什么意思?"王效正打起仗胆小如鼠,这时却气壮如牛,瞪着张阎王,大吹大擂道:"我好不容易诱敌深入,当我占据有利地形,正要全歼土八路时,想不到竟然有人派了一个猎人,从背后杀来,夺我机枪,投敌而去。"张阎王听到这里,脸上换了颜色,喝退左右,正言问道:"老弟,你怎么知道那猎人是自己人?"王效正不屑地讥笑道:"小弟虽说不学无术,总还看过《王佐断臂》这出戏。不过,拿一贯效忠于司令的李大木去当礼品,足见司令待人用心之……"张阎王不等他把"狠毒"二字说出口,忙连连劝茶,假意叹道:"舍不了娃子打不住狼,我也只好忍痛割爱了!"

五　顽固不化

这时,在区中队禁闭室里,李大木和郑队长正密语交谈。原来,解放前我游击队派李大木打入民团,解放后,为了全歼匪徒,大木奉命一直没有暴露。大木详细汇报了匪情和内部矛盾,又说靳三虎外号叫"没毛飞",是张阎王的坐地探子。老郑听了汇报,沉思一阵,自信地笑道:"好啊,他会唱《王佐断臂》,咱也来段《蒋干盗书》!"接着老郑又传达了区委指示:"敌人兵力暂时比我们多,只有充分利用和扩大敌人内部矛盾,促使他们狗咬狗,然后才能乘机一网打尽。"大木听了,胸有成竹地要求道:"郑队长,让我再打进去吧!"老郑在心里盘算了各种利弊,又和大木一起合计一番,最后十分肯定地说:"好吧,我叫敌人把你抢回去!"

一个民兵进来报告,为靳三虎庆功的宴席已经端上。老郑对大木抱歉地笑道:"我们去喝酒划拳,你还得蹲在这里受罪!"大木笑道:"我不在面上笑,还不会在心里笑!"

宴席设在队部当间,几张桌上摆满了八大碗。郑队长陪着靳三虎坐在上席。宴会开始后,郑队长举杯向靳三虎祝酒。靳三虎看众人毫无戒意,自认得计,几杯酒下肚就云天雾地乱吹一通。正当他举杯回敬时,从后边禁闭室传来一阵狂呼乱叫声,众人一惊,停杯细听。一个民兵慌慌张张来报告:"不好了,李大木和来探监的他爹打起来了。李大木顽固不化,还说张阎王兵多将广,又说蒋介石请来了美国人,马上就会杀回来踏平伏牛山。他爹一气把他打得头破血流!"郑队长听了,击桌而起,震得杯倒酒流,大怒道:"这个顽匪真是胆大包天,竟敢在区中队进行反革命煽动!"说着直奔禁闭室而去,靳三虎和众人一起也离席跟上去。

禁闭室里,李大木被打得鼻青眼肿,嘴角流着鲜血,眼角含着泪水。李老爹怎知儿子内中隐情,真以为儿子死心塌地反革命到底,禁不住怒发冲冠,浑身乱抖,恶狠狠骂道:"我算眼瞎了,当初没把你这个畜生丢到尿罐里淹死,养活你这个害人精! 你跟上张阎王绝不得好死! 连人家王营长都想过来了,可你……"

靳三虎本来有几分醉意,神志恍惚,听了李老爹的话,心中一震,手中纸烟失神落地。郑队长看在眼里,忙拉过李老爹悄悄地劝道："当老人家的心意也算尽到了，他不觉悟自有政府处理。至于王效正的事，你不摸底，往后千万莫要乱讲。"这些话，靳三虎听得仔细，一字不漏地记在心里。

第二天，对李大木进行审讯，靳三虎作为受害者出席做证。审问了半天，李大木顽固不化，拒不坦白。副队长老王火性发作，桌子一拍，大声说道："你是活够了不是！你以为你不坦白，我们就不了解土匪的情况？你算瞎眼了，你不说还有人找上门说哩！"老郑听着，一脸着急不安的神色，忙悄悄拉他的衣裳。老王自知失言，尴尬地坐在一边。老郑的一切行动，靳三虎全偷偷看在眼里。最后，郑队长当众宣布，明天把李大木押送县城。

六 奸细下场

这天夜里，张阎王接到情报，知道王效正暗通八路，恨不得一刀杀了他。原来他怀疑李大木是土八路的耳目，就故意透露要攻打西沟的消息，后来又派人去西沟侦察，区干队连一个人也没去西沟，说明李大木不是八路的探子，现在又听说李大木宁死不屈，就后悔当初不该牺牲李大木了。他怕李大木去县城经不住审问，泄露了机密，于是，便派出心腹去抢救李大木，单等大木回来，再处置王效正。

从区里到县城，有八十里路。两个民兵押着李大木，从西大路直奔县城。这条路上过往人稠，颇有几分热闹劲。郑队长怕东大路偏僻，敌人抢时会伤了大木，才改从西大路走，并悄悄地把情报透给靳三虎，好让敌人"智取"。中午时分，一行三人来到龙尾镇，走得又饥又渴，正想吃点东西，一眼看见靳三虎和一个同伙站在山货店台阶上四下张望，两个民兵和大木相对一笑，就冲着靳三虎走去。一个民兵快活地叫道："喂，老靳，卖多少钱呀？发大财了吧，可该你请客啦！"靳三虎急急迎上去，笑得咧着嘴，说卖了不少钱，这回说啥也要为自己的同志花销几个，说着拉上两个民兵就要进对面的馆子。两个民兵为难地看看李大木，靳三虎就招呼那个同伙道："喂，伙计！来，看住这个坏蛋，我和两个同志去喝两杯！"那个同伙摇摇头道："说得轻巧，万一他跑了，我这脑袋就搬家了！"靳三虎假怒道："妈的，活老虎你都能打死，一个戴着手铐的犯人都看不住？别拿捏了，一时少不了你喝的酒！"那个同伙勉强地说："好吧，可要快点！"两个民兵还不放心，指指李大木说："叫他一块儿进去吃一点吧！"靳三虎变脸大怒，上去踢了李大木一脚，指着自己嘴巴，骂道："喂狗也不叫他吃，看他还没有把我的牙打落完，饿死他也不亏！"说着死拉活扯，硬把两个民兵拉进馆子里，要来好酒好菜，正喝到兴头上，那个同伙跑进来呼爹叫娘道："跑了！跑了！他说去厕所，我在门口守着，等了半天不见出来，进去一看没影了！"靳三虎气急败坏只顾埋怨，两个民兵大惊失色，掂起枪往外就跑，靳三虎也尾随出来。两个民兵追了一阵，回头见靳三虎越跑越远，两个人不由会意地笑了。

再说李大木，被几个匪徒抢救出镇，钻进一片密林里，刚打开手铐，忽见靳三虎匆匆赶来。大木略加思索，为了证明自己根本不知道靳三虎的身份，免得张阎王怀疑，便从身边一个匪徒手中夺过一支枪，大叫一声："土八路追来了！"话音没落，就叭的一枪，向靳三虎打去。靳三虎惊叫一声，倒在地上。众匪徒慌了神，忙从李大木手中夺过枪，说他是自己人。李大木看着这条癞皮狗的狼狈相，心里暗暗高兴，脸上却装得傻里傻气，愤愤不服地说："就说他是咱的人，那也不该比八路还八路，把我打的……"匪徒们批驳他道："说你傻你可真傻，不比真八路还有觉悟，咋当奸细哩！"

七　一网打尽

张阎王听了靳三虎和李大木的详细报告,知道王效正暗通八路属实,气得脸色比猪肝还要难看三分,决心把王效正这帮人马斩尽杀绝。靳三虎被抬下去养伤之后,李大木为了坚定张阎王的决心,求着不走,絮絮叨叨不休,要求枪决靳三虎为他出气,说靳三虎也暗通八路,夺他机枪送给八路立功,还和八路在一块儿大吃大喝,亲得不出五代,对他又打又踢。张阎王越听越喜,断定区中队没有识破靳三虎,也断定李大木受苦是真,就更加相信他们带回来的情报。可是,又不好承认靳三虎做的一切是他张阎王安排的,就给李大木许愿道:"别说了,老子知道好坏。从前答应过你,把共产党打跑了给你五十亩地,现在再加五十亩好了吧!"李大木听了眉开眼笑,傻乎乎地问:"一百亩,真的?"张阎王大言不惭地说:"老子还能哄你!只要将来宛西十三县归了老子,老子还叫你挂千顷牌哩!"李大木这才心满意足地笑着走去。刚走两步,张阎王又突然大喝一声:"回来!"大木转回头,只见张阎王两只狼眼眨也不眨地直盯着自己。大木被看得心里发毛,面上却傻乎乎地上下打量自己,故作不知什么地方出了毛病,又是拉展衣服,又是扣上扣子。张阎王看他那个傻相,喜溢眉梢,忍不住大笑道:"妈的,不叫你当班长了,还伺候老子!"

几天后的一个傍晚,李大木突然找到好友——王效正的勤务兵宋小五,把他拉到背处,看看左右没人,忙掏出五块银圆,塞到他手心里,说:"快跑!快跑!"宋小五看看手中银圆,又看看李大木,愣愣地问:"咋啦?为啥?"大木傻乎乎地道:"叫你跑你就跑,俺们司令不叫说!"宋小五追问:"咱俩又不是外人,你不说我不跑!"李大木仍不放心地道:"那你给我赌个咒,不给别人讲!"宋小五真给他指着天赌了个咒,李大木又看看左右没人,才贴着宋小五耳朵咕哝几句,宋小五听着连连点头,李大木才走了。

三更时分,张阎王领着人马,去摸王效正的营,想把王匪一网打尽。王匪住的庙门口有个站岗的,正在偷睡懒觉,打着呼噜。张阎王领着人马溜进庙里,然后像饿虎扑食般分头扑进匪兵住室,去搜缴枪支,谁知里面不仅不见枪支,床上也没一个人影,原来是座空营。张阎王发觉中计,慌忙后撤,刚挤到院里,脚下的地雷响了,炸得众匪血肉横飞。张阎王突然想到自己的老营,忙指挥残匪向自己驻地跑去。走到半路,又碰上王效正的伏兵,不免又是一场恶战,双方死伤大半。张阎王好不容易冲出伏击圈,回到自己驻地,只见庙门紧闭,残匪们齐呼乱叫:"李大木,快开门,快!"李大木在里边慢腾腾回道:"张司令说了,谁叫门也不开!"张阎王气急败坏地吼道:"老子就是张司令,快开门!"李大木在里边嘻嘻笑道:"好!好!我早等着你哩!就来了!"匪徒们听说就要开门,往前挤得更近更紧。突然,从院里扔出了一个又一个手榴弹,在匪徒中接连爆炸。众匪徒如同惊弓之鸟,又惊又叫,乱作一团,刚要回头四散逃命时,没料到早就埋伏待敌的区干队,正从四面八方杀过来,机枪像雨点般打来,开阔地上又没处隐蔽,只好都跟着张阎王回到阴曹地府去了。

再说王效正,虽然也有伤亡,可是看到张阎王已溃不成军,肚里恶气已出,一阵扬扬得意。当他们得胜回营,大摇大摆走进一条峡谷后,突然从两边峭壁上飞下了手榴弹和子弹,像冰雹似的打在每个人头上,一时之间呼爹叫娘声和爆炸声响彻山谷,横尸满沟。王效正飞身贴到一个石崖下边,刚要指挥残匪顽抗,就被宋小五从背后一枪打死。原来这宋小五也是我军派到匪军中去工作的。这时，宋小五冲着慌乱无神的匪徒们大喝道："王司令有令，缴枪投降！"两边崖上也响起炸雷般的吼声："缴枪不杀！"众匪徒看大势已去，纷纷搁下枪，举手投降。

战斗结束后，在一片欢呼声中，宋小五和李大木才知道彼此是同志，宋小五打了李大木一拳，笑道："装得真像，还给我五块银圆哩！"李大木回敬了宋小五一拳，笑道："你装得不像？还给我赌咒发誓哩！"这时老郑走来，祝贺他们这出戏演得成功，李大木和宋小五齐声回道："哪句台词哪个动作，不是你这个导演亲自教的！"说得大家大笑不止！

这时，靳三虎被押来，老郑对大木和靳三虎说："看看吧，真假英雄今天可分清了吧！"

崇山峻岭荡漾着歌声笑语！

原载《大河呼啸——河南民兵革命斗争故事》

河南人民出版社 1980 年 7 月出版